Sasha Laurens

Youngbloods

Sasha Laurens

young bloods

Roman

Aus dem amerikanischen Englisch
von Wolfgang Thon

PIPER

Entdecke die Welt der Piper Fantasy:
PiperFantasy.de

Wenn Ihnen dieser Roman gefallen hat, schreiben Sie uns unter Nennung des Titels »Youngbloods« an *empfehlungen@piper.de*, und wir empfehlen Ihnen gerne vergleichbare Bücher.

Unser Versprechen für mehr Nachhaltigkeit
Klimaneutrales Produkt
FSC®-zertifiziertes Papier
Hergestellt in Europa

FSC
www.fsc.org
MIX
Papier | Fördert gute Waldnutzung
FSC® C083411

Deutsche Erstausgabe
ISBN 978-3-492-70726-8

Published by Arrangement with Sasha Laurens
c/o NEW LEAF LITERARY & MEDIA, 110 West 40th Street, Suite 2201, NEW YORK, NY 10018 USA
Dieses Werk wurde vermittelt durch die Literarische Agentur Thomas Schlück GmbH, 30161 Hannover.
Titel der amerikanischen Originalausgabe: »Youngblood«, Razorbill, New York 2022

Redaktion: Paulina Schaeffer
Satz: psb, Berlin
Gesetzt aus der Adobe Caslon Pro
Druck und Bindung: CPI Books GmbH, Leck
Printed in the EU

Für die Mädchen, die noch auf der Suche sind.

1

Kat

Ich lehnte mich über den Tresen des Imbisses im El Dorado Hills Country Club und starrte auf den Pool. Das kühle, hellblaue Wasser würde sich auf meiner verschwitzten, fettigen Haut unglaublich gut anfühlen. Es war ein heißer Tag Anfang August, und im Pool hatte es den ganzen Tag von schreienden Kindern gewimmelt. Der Ansturm auf das Mittagessen war heftig gewesen und in den Ansturm auf Snacks übergegangen, und ich hatte immer noch Milchshake in den Haaren. Jetzt endlich versank die Sonne langsam hinter den Bäumen, und ein kühler Schatten kroch über die Reihen der Liegestühle. Die Rettungsschwimmer scheuchten die Kinder aus dem Pool und zurück zu ihren Kindermädchen, Au-pairs und nicht-verreisten Eltern.

»Kat, wenn ich noch einen Caesar-Salat ohne Croûtons oder Dressing machen muss, schreie ich«, sagte Guzman am Waschbecken. »Warum bestellen die nicht gleich einfach nur Salatblätter?«

Ich lachte, aber mein Blick war auf den Pool gerichtet. Abends tauchte immer eine andere Gruppe von Clubmitgliedern auf. Ich hatte sie den ganzen Sommer über beobachtet: Schwimmer, die in der verblassenden Sonne ihre Runden drehten, und elegant gekleidete Frauen, die an der Bar im Innenbereich Weißwein nippten. Für diese Clubmitglieder schien sich die ganze Welt zu entspannen, um ihnen einen Moment der Gelassenheit zu schenken.

Ich wollte zu ihnen gehören.

Guzman spülte einen Mixer mit Wasser aus. »Flirtet Shelby eigentlich mit diesem süßen Rettungsschwimmer – wie heißt er noch gleich – Ryan?«

Ich blickte schnell zum Büro der Rettungsschwimmer und sah gerade noch, wie Shelby in their rotem Rettungsschwimmeroutfit mit hochgeschobener Sportsonnenbrille einem Kerl mit nacktem Oberkörper mit einer Poolnudel auf den Arm schlug.

»Jep, Shelbs flirtet definitiv.« Ich schob die Ketchupflasche durch das Fenster der Essensausgabe. »Meinst du, die Clubleitung lässt uns nach Ladenschluss auch mal draußen herumlungern, bevor der Sommer ganz vorbei ist?«

»Du meinst, sie erlauben uns zu schwimmen, Pommes zu bestellen und in der Sonne zu liegen?«

Das war ausgeschlossen. Ich vertrug keine Pommes, und in der Sonne wurde mir immer übel. Aber trotzdem kribbelte die Sehnsucht in mir. »Ich möchte einfach mal wissen, wie es sich anfühlt, Mitglied in einem Country Club zu sein, verstehst du?«

»Mhm, das verstehe ich, und ich bin ziemlich sicher, dass meine ganze Familie es ebenfalls versteht, einschließlich derer, die wir in El Salvador zurückgelassen haben. Und nein, ich glaube nicht, dass sie uns einen Nachmittag freigeben, damit wir tun können, als gehörten wir dazu. Wir sind hier die in Uniform.«

Ich wandte mich wieder der schummrigen Küche zu, während ich noch die von der grellen Sonne pulsierende Poolszene vor Augen hatte. »Wir müssen erst Millionäre werden. Dann können wir Mitglieder sein.«

Guzman durchwühlte den Kühlschrank. »Ich liebe diese Langfrist-Perspektive, aber als unmittelbaren Akt des Widerstands bereite ich mir eine Quesadilla zu. Dieser Laden hat uns unsere Mittagspause geklaut. Willst du die Hälfte?«

Die Wahrheit war, dass ich das Mittagessen nicht ausgelassen hatte, weil wir beschäftigt waren. Ich hatte es übersprungen, weil Guzman da gewesen war. Sommerferien bedeutete, ich konnte so viel arbeiten, dass etwas Geld für das Schuljahr übrig blieb. Guzman plante das Gleiche, und wir hatten uns beide bei der Imbissbude beworben. Da Shelby Lifeguard war, schien es die perfekte Lösung für einen perfekten Sommer zu sein – auch wenn Guz und ich ihn in einer winzigen, viel zu heißen Küche verbringen würden.

Es gab nur ein Problem: Ich hatte vergessen, Hema in den Plan mit einzubeziehen. Guzman den ganzen Tag um mich herum zu haben bedeutete, dass der Menschenblut-Ersatz, den ich zum Frühstück trank, bis zum Ende meiner Schicht vorhalten musste. In den ersten Tagen war ich bei Dienstschluss so hungrig gewesen, dass ich mich dabei ertappte, wie ich viel zu lange auf die nackten Handgelenke und entblößten Hälse der Clubmitglieder starrte. Ich überlegte, etwas Hema in die Küche zu schmuggeln, um einen Schluck zu trinken, wenn Guzman gerade nicht hinsah. Aber erklären zu müssen, warum neben den Burger-Patties eine Flasche mit Blut stand, war weitaus schlimmer, als zu hungern.

Ich legte meine Hand auf die Stirn. Mir war etwas schwindelig. An den meisten Tagen kam ich damit zurecht. Selbstbeherrschung war mir nicht fremd. Aber meine Mutter und ich hatten oft nur gerade genug Hema, um über die Runden zu kommen, und heute Morgen hatten wir zu wenig gehabt. Nachdem wir die letzte Flasche geteilt hatten, war uns beiden klar gewesen, dass wir zum Abendessen Heißhunger haben würden. Keiner von uns hatte das Thema erwähnt. Ich würde heute Abend noch etwas besorgen müssen.

»Ich brauche nichts«, versicherte ich Guzman.

Er klatschte eine Tortilla auf den Flachgrill. »Wenn ich herausfinde, dass du eine dieser Iss-dich-gesund-Diäten machst, bei denen du kein Gluten, keinen Käse, keinen Spaß und kein Glück haben darfst, werde ich richtig sauer.«

Ich schaltete die Fritteuse aus und warf die übrig gebliebenen kalten und salzverkrusteten Pommes in den Mülleimer. »Mein Magen macht mir in letzter Zeit zu schaffen.«

Guzman schnappte übertrieben nach Luft. »Tut mir leid, das hatte ich *total* vergessen.«

»Guzman, wenn ich dich dabei erwische, wie du gemein zu Kat bist, melde ich dich wegen Verstoßes gegen die Poolregeln.« Shelby schob den blonden Kopf durch das Servicefenster. They hatten eine tiefe Sommerbräune, die their Zähne strahlend weiß glänzen ließ, wenn they lächelten.

»Es ist nichts«, sagte ich. »Nur eine Magenverstimmung.«

Ich tat, als würde ich den Blick nicht bemerken, den Shelby Guzman zuwarf.

Zu Beginn des zweiten Studienjahres hatte ich die Fähigkeit verloren, Essen verdauen zu können – jedenfalls das Essen, das meine Freunde verschlangen. Es war ein hartes, trauriges Jahr, in dem ich nicht wusste, ob ich gerade meine letzte Eistüte, meine letzte reife Erdbeere oder mein letztes Stück Pizza verspeiste. Meine Mutter stellte Dokumente aus ihrer Klinik zusammen, die mir eine chronische Verdauungsstörung diagnostizierten. Als die Schule vorbei war, ernährte ich mich ausschließlich von Hema, was in den Augen der anderen bedeutete, dass ich nichts aß. Niemals. Das zu akzeptieren fiel den Leuten schwer, selbst wenn sie wussten, dass ich krank war. Und es hielt den Schulpsychologen nicht davon ab, mir Broschüren über gesunde Ernährung in die Hand zu drücken. Meine Freunde warfen sich gegenseitig besorgte Blicke zu, wenn sie glaubten, ich würde es nicht bemerken.

Ich war keineswegs undankbar für das Hema. Ich hatte unglaubliches Glück, dass ich noch nie meine Reißzähne in den Hals von jemandem versenken musste, vor allem nicht jetzt, da mich *ein* falscher Biss umbringen konnte. Aber dieses Herumlügen war ziemlich anstrengend. Ich wusste nicht, wie ich die beiden nächsten Jahre auf der Highschool überstehen sollte, wenn ich dabei immer wieder heimlich Schlucke aus einer Thermoskanne mit lauwarmem Blutersatz nahm, die ich in meinem Spind neben meinen Sportsachen verstaut hatte.

Und es ging nicht nur um zwei Jahre. Nicht nur um den Rest meiner Highschoolzeit. Es galt für immer.

Oder wie lange Vampire leben mochten.

Shelby pflanzte sich mit einem Hüpfer auf den Tresen. »Gib mir die Hälfte. Ich bin am Verhungern.«

Guzman, der ein Messer in der einen und eine Avocado in der anderen Hand hielt, sah Shelby über die Schulter an. »Das kann ich mir vorstellen, nach einem langen Tag *schamlosen Flirtens* … O Mist!«

Shelby schnalzte mit der Zunge. »Das Karma bestraft einen sofort.«

Ich drehte mich zu Guzman um. Er sagte so etwas wie: *Kannst du das glauben?*, und streckte mir seine Hand entgegen.

Aus einer Wunde in seinem Daumen lief ein karmesinrotes Rinnsal in seine Handfläche.

Blut.

Mein Hunger steigerte sich von einem dumpfen Schwindelgefühl zu einem Rausch in meinem Kopf. Mein Blick fokussierte sich auf die kostbare, dunkelrote Lache, die sich in seiner Hand sammelte.

»Ich hole den Erste-Hilfe-Kasten«, sagte Shelby. »Kat, kannst du ihm ein Papierhandtuch geben?«

Konnte ich nicht.

Mir lief das Wasser im Mund zusammen, und bevor ich es verhindern konnte, drückten sich meine Reißzähne in die Innenseite meiner Lippe. Panik durchfuhr mich, als ich mir die Hände vor den Mund schlug. So etwas war mir noch nie passiert, ich hatte noch nie die Kontrolle verloren und meine Reißzähne herausgleiten lassen. Falls jemand das sah, war mein Leben hier zu Ende. Aber trotz meines Schrecks pochte da etwas in meinem Kopf – Hunger –, und eine kleine Stimme wimmerte, dass ein winzig kleiner Schluck nicht schaden würde.

Nein! Die Hand immer noch auf meine Lippen gepresst, wich ich von ihm zurück bis zur Theke. Das war so weit von ihm entfernt, wie es in der kleinen Küche möglich war. Was hatte ich mir nur dabei gedacht? Dass ich Guzmans Blut trinken würde? Das war schrecklich – es war falsch –, und ich würde es niemals tun. Selbst wenn ich es wollte, könnte ich es nicht. Man konnte nicht wissen, wer die Infektion in sich trug. Ein Tropfen vom falschen Blut, und schon hatte sich das mit der Unsterblichkeit.

»Erde an Kat?« Guzman zog ein Papiertuch von der Rolle und wickelte es um seine Hand. Als das Blut außer Sichtweite war, holte ich tief Luft – so tief, dass ich meine Reißzähne einziehen konnte. Eine Sekunde später war Shelby wieder zurück und holte ein Dutzend verschiedener Desinfektionsmittel und Verbände aus einem Erste-Hilfe-Kasten.

Shelby sah mich an. »Geht es dir gut?«

Ich schwitzte, meine Nerven waren angespannt und überreizt. Ich fuhr mit der Zunge über meine Zähne, prüfte sie einmal, dann noch einmal. »Ich habe … ähm … eine Blutphobie? Wenn ich nur einen Tropfen Blut sehe, wird mir übel«, murmelte ich. »Guzman, warum verschwindest du nicht von hier? Du kannst nicht abschließen, wenn du überallhin blutest.«

In Wirklichkeit wollte ich nur von hier wegkommen, aber falls ich ging, würde es mich einen Stundenlohn kosten. Das konnte ich mir nicht leisten, nicht bei den Preisen, die zurzeit für Hema verlangt wurden.

»Aber wir wollten doch zusammen abhängen«, protestierte Shelby.

»Ich muss meine Mutter von der Arbeit abholen.« Ich zwang mich zu einem reißzahnfreien Lächeln. »Ich bin mir sicher, dass ihr euch auch ohne mich amüsiert.«

Guzman zog seine frisch bandagierte Hand von Shelby zurück, warf seine Schürze in eine Ecke und zog mich in eine schnelle, nach Pommes stinkende Umarmung. »Du bist offiziell meine spaßbefreiteste Freundin, und danke.«

»Schick mir eine Message, wenn du uns später treffen kannst, okay?«, bat Shelby.

»Ganz sicher.« Ich wusste, dass ich das nicht tun würde. Der Knoten in meinem Magen löste sich erst, als beide weg waren, die vergessene Quesadilla im Müll lag und ich einen dicken Nebel aus Reinigungsmittel über den gesamten Bereich versprüht hatte – bis die einzige Erinnerung an Blut, die übrig blieb, das langsame, unablässige Pochen meines eigenen Hungers war.

Ich fuhr auf den Parkplatz neben der Sacramento-Belegbettenklinik und schrieb Mom eine Textnachricht. Fünfzehn Minuten später gab ich das Warten auf und ging hinein. Mom war 1900 geboren und wurde dieses Jahr 122 Jahre alt. Obwohl ihr Vampirkörper immer noch aussah, als wäre sie Ende dreißig, vergaß sie immer wieder, dass man sich jetzt Nachrichten schrieb.

Als ich die Türen der Klinik aufstieß, hüllte mich dieser unverwechselbare Geruch ein, bei dem sich mir der Magen umdrehte: Desinfektionsmittel, die süßlich-synthetischen Aromen, die ihren Gestank überdecken sollten, und unter alldem das allgegenwärtige Aroma von Blut.

Infiziertes Blut.

Das Wartezimmer hatte eine abgründige Energie. An den Wänden hingen abstrakte Aquarelldrucke, als ob Versandhandel-Kunst die Atmosphäre verbessern könnte. Die wartenden Patienten, die auf den mit Klebeband geflickten Sitzen hockten, hatten diesen entrückten Blick, den ich als Anzeichen einer schweren CFaD erkannte, auch wenn das kein Symptom war. Sie waren mit ihren Gedanken ganz woanders und versuchten, mit ihren Schmerzen oder ihrem Bankkonto fertigzuwerden. In der Ecke ließen eine erschöpfte Frau und ihr Kleinkind Holzperlen über Drahtschienen rollen – es war das deprimierendste Spielzeug der Welt, das es nur in deprimierenden Umgebungen wie dieser gab.

In dieser Klinik wurden Patienten mit Gerinnungsfaktordysfunktion, auch CFaD, behandelt. Seit der Entdeckung des

Virus in den 1970er-Jahren hatte sich mehr als die Hälfte der Menschen mit dem CFaD-Virus infiziert. Bei den meisten waren die Symptome nicht stärker als die einer normalen Erkältung. Die Patienten, die in der Klinik meiner Mutter landeten, waren die Unglücklichen mit einer chronischen Erkrankung. CFaD brachte ihren Kreislauf durcheinander. Ihr Blut gerann zu schnell, zu langsam oder gar nicht, an den falschen Stellen und zu den falschen Zeiten, und ohne Behandlung konnten sie sterben. CFaD war meist harmlos – bis es einem schadete.

Vampire hatten das auf die harte Tour gelernt und kapiert, schon lange bevor es die ersten schweren Fälle gab. Denn jeder Vampir, der von einem Menschen mit CFaD trank – ob mit oder ohne Symptomen –, war innerhalb von Minuten tot. Die Vampire nannten es »Die Verseuchung«: Als sich CFaD explosionsartig in der menschlichen Bevölkerung ausbreitete, wurden wir fast ausgerottet.

Nur Hema hatte uns vor dem Aussterben bewahrt.

Aber meinen Vater hatte es nicht retten können.

»Hallo, Kat«, begrüßte mich die Empfangsdame. »Angela müsste bald fertig sein. Wir waren heute unterbesetzt.«

»Wie immer, oder?«, fragte ich.

Die Klinik hatte nie genug von dem, was sie brauchte. Das ging allen CFaD-Kliniken so – schon von Anfang an. Obwohl sie versichert waren, hatten viele Patienten meiner Mutter ihre gesamten Ersparnisse für die Behandlung aufgebraucht. Sie hofften, so lange durchhalten zu können, bis ein Heilmittel gefunden wurde. Die Black-Stiftung – der bedeutendste Name in der CFaD-Forschung – arbeitete seit etwa fünfundvierzig Jahren an einem Heilmittel. Wenn CFaD heilbar war, würde die Black-Stiftung das Mittel finden. Immerhin wurde sie von Vampiren kontrolliert. Vampire machten nicht oft gemeinsame

Sache mit Menschen, aber wenn es um virenfreies Blut ging, waren sie zu einer Ausnahme bereit.

Die andere Ausnahme war – natürlich – meine Mutter. Sie lebte ihr Leben so, als ob sie vergessen wollte, dass sie ein Vampir war.

Ich setzte mich auf einen Stuhl, um auf sie zu warten, und schrieb Donovan, unserem Hema-Händler, eine Nachricht mit einer Bestellung, die ich später abholen wollte, likte ein Video von Shelby und wischte dann, mehr aus Gewohnheit, bis zum letzten Screen meines Telefons. Dort öffnete ich einen Ordner mit Spielen, die ich nie gespielt hatte, und entdeckte das Icon einer E-Mail-App.

Ich hätte das Konto schon längst löschen sollen. Ich hatte mir fest vorgenommen, das zu tun, wenn die Schule im Sommer zu Ende ging. Mom würde wütend werden, wenn sie herausfand, dass ich ein E-Mail-Konto auf ihren Namen eingerichtet hatte. Aber das Ende des Schuljahrs war gekommen und gegangen, und das Konto war immer noch da. Bei den vielen Tausend Malen, die ich es überprüft hatte, war der Posteingang immer leer gewesen. Jetzt war praktisch der Beginn des zweiten Schuljahrs, und ich hatte den Antrag im Januar eingereicht. Es war viel zu spät, um noch etwas von ihnen zu hören – aber wie konnte ich die Hoffnung aufgeben, solange ich überhaupt keine Antwort erhielt?

Ich warf einen Blick in den Flur, um sicherzugehen, dass meine Mutter nicht auftauchte, und öffnete das Konto.

E-Mail-Konto: AngelaFinn1900

Posteingang: 1

Zulassungsstelle@TheHarcoteSchool.edu –

Zulassungsentscheid für Katherine Finn

Ich saß regungslos da und starrte auf das Display.

Das ist es.

Ich tippte, um die Nachricht zu öffnen.

Das miserable WLAN der Klinik drosselte den Download, und es dauerte. Zuerst kam der Briefkopf mit dem Fledermaus- und Schlosswappen, das ich überall erkannt hätte. Darunter stand in verschnörkelter Schreibschrift *Optimis optimus*, was, wie ich wusste, »Die Besten der Besten« hieß. Mir stockte der Atem, als der Text endlich erschien.

Liebe Ms Finn,
wir freuen uns, Katherine Finn für das kommende Schuljahr die Zulassung zur Harcote School anbieten zu können.
Ich möchte mich entschuldigen, weil ich die Zusage nicht schon zum Frühlingsbeginn geben konnte, wie es bei uns üblich ist, aber wir haben ein spezielles Finanzhilfepaket geschnürt, das die Verzögerung verursacht hat. Ein anonymer Spender wird Katherines Einschreibegebühren finanzieren. Dieses großzügige Angebot wird auf der folgenden Seite näher erläutert.
Das Schuljahr beginnt in etwas mehr als zwei Wochen. Wir werden Ihnen jede Unterstützung bieten, um sicherzustellen, dass Katherine vorbereitet ist. Bitte unterschreiben Sie das beigefügte Dokument, und senden Sie es so bald wie möglich zurück.
Lassen Sie mich der Erste sein, der Katherine in unserem fünfundzwanzigsten Jubiläumsjahr an der Harcote School willkommen heißt!
Mit freundlichen Grüßen
Roger Atherton
Direktor

Ich war drin!

Ich war tatsächlich angenommen worden.

Mich kribbelte es am ganzen Körper, und mir wurde schwindelig, aber diesmal war es nicht Hunger, sondern eine Erregung, die sich nicht real anfühlte.

Harcote School war eines der besten Internate des Landes. In der Welt der Menschen galt es als äußerst exklusiv und hatte eine einstellige Aufnahmequote. Das lag daran, dass die Menschen nicht wussten, dass Harcote nur eine Sorte Schüler:innen aufnahm: *Youngblood*-Vampire, die nach der Verseuchung geboren worden waren.

Und nicht irgendwelche Youngbloods, sondern die Youngblood-Elite, die von den reichsten und mächtigsten Persönlichkeiten der Vampirgemeinde abstammte.

Und jetzt auch mich.

Ich las die E-Mail wieder und wieder und versuchte, dieses Gefühl der Zufriedenheit in mein Gehirn einzubrennen. Wenn ich es mir nur tief genug einprägte, würde ich es vielleicht für immer in mir tragen. Denn wenn ich zu dem Angebot für die finanzielle Unterstützung vorblätterte, würde ich den Traum, Harcote besuchen zu können, ein für alle Mal aufgeben müssen.

Die Studiengebühren betrugen Zehntausende von Dollar pro Jahr, und finanzielle Unterstützung gab es bekanntermaßen so gut wie nie, ganz gleich, welche Formulare man bei seiner Bewerbung einreichte. Für die Kids, die nach Harcote gingen, spielte das keine Rolle: Sie waren Sprösslinge von Vampir-CEOs und Vampir-Milliardären, und ihre Schöpfer, die »Zahngeber«, wie man sie nannte – die Vampire, die ihre Eltern verwandelt hatten –, waren wahrscheinlich Legenden. Ich war die Tochter einer Vampir-Krankenschwester, und mein Vater hatte die schlimmste Phase der Verseuchung überstanden, nur um dann sein Leben zu verlieren, weil er von einem infizierten Menschen trank, als das Geld für Hema zu knapp wurde. Das machte das Schulgeld für eine Elite-Privatschule nahezu unerreichbar. Selbst wenn wir es uns hätten leisten können, war meine Mutter davon überzeugt, dass ich auf Harcote nichts zu suchen hatte.

Es spielte keine Rolle, dass ich, schon lange bevor meine Reißzähne wuchsen, davon geträumt hatte, dorthin zu gehen.

Meine Mom und ich hatten nie so richtig zur Vampirgemeinde gehört. Es war nicht nur so, dass sie mich immer auf eine öffentliche Schule geschickt hatte, während die meisten Youngbloods Privatlehrer hatten, oder dass unser Bankkonto ewig nur knapp über null schwebte. Wir hatten keine Abstammungslinie, die in der Vampirgemeinde angesehen war. Vor der Verseuchung, so erzählte mir meine Mutter, hing es vom Zahngeber ab, welchen Rang man in unserer Welt hatte. Der Schöpfer war ein älterer Vampir, der einen für das unsterbliche Leben auswählte und diese Gabe weitergab, indem er einen verwandelte. Ein echter Schöpfer lehrte einen frischgebackenen Vampir, wie man jagte und sich ernährte, wie man Menschen unter einen Scheinzauber bannte und sein vampirisches Charisma einsetzte, wie man sich an das unendliche Leben anpasste. Im Grunde lehrte er, ein Vampir zu sein. Zwischen Schöpfer und Erschaffenem existierte ein ewiges Band. Jetzt, da die neuen Vampire geboren und nicht mehr verwandelt wurden, hatte man diese Tradition angepasst. Die Zahngeber deiner Eltern galten auch als deine eigenen Zahngeber. Wenn andere Vampire nach meiner Abstammung fragten – jedenfalls früher, denn ich hatte seit Jahren keinen mehr getroffen –, erzählte ich ihnen, dass meine Zahngeber väterlicher- und mütterlicherseits der Verseuchung zum Opfer gefallen seien, und lenkte das

Gespräch dann auf den Zahngeber meines Vaters. Er hatte tatsächlich nicht überlebt. Der Zahngeber meiner Mutter war ein absolutes Tabuthema. In Wahrheit wussten wir einfach nicht, ob er dem Virus erlegen war oder ob er immer noch zu den Ewig-Lebenden, Niemals-Sterbenden gehörte. Wir wussten nicht einmal, ob er ein *Er* war. Es lag daran, dass meine Mutter nicht wusste, wer ihr Zahngeber war. Punkt.

Meine Mutter war nicht für dieses Leben auserwählt worden, und ihre Unsterblichkeit war kein Geschenk gewesen. Ihr Schöpfer hatte sie überhaupt nicht verwandeln wollen: Er hatte sich an ihr gelabt und sie danach liegen lassen, weil er sie für tot gehalten hatte. Jahrelang hatte sie geglaubt, sie sei der einzige Vampir auf der Welt.

Als sie schließlich anderen begegnete, wurde ihr klar, dass sie ohne dieses Wissen besser dran gewesen wäre. Sie behandelten sie, als hätte sie es nicht verdient, eine von ihnen zu sein, als wäre ihr unsterbliches Leben ein Irrtum und als hätte der Vampir, der sie gebissen hatte, die Sache besser ganz beendet. Sie wollten nichts mit ihr zu tun haben.

Deshalb hatte sie mit den Lügen angefangen – Lügen, die ich von ihr übernommen hatte und die ich auch immer erzählte.

Außer einmal.

Und dieser Fehler rächte sich schnell. Auf der Fahrt quer durchs Land, als wir das Leben in Virginia hinter uns ließen, um in Kalifornien neu anzufangen, hatte ich viel Zeit, über den Mist, den ich gebaut hatte, nachzudenken. In Sacramento versprach meine Mutter (sie versprach es sich selbst, ich wurde dazu nicht befragt), dass sie mit den anderen Vampiren fertig sei. Wir waren jetzt seit drei Jahren hier, und außer Donovan kannte ich im ganzen Staat keinen einzigen Vampir.

Zuerst war ich froh gewesen, die Vampirgemeinde hinter mir zu lassen, nachdem ich mir so die Finger verbrannt hatte. Aber als ich älter wurde und meine vampirischen Züge nicht mehr zu ignorieren waren, begann mich die Isolation zu zermürben. Vielleicht war es falsch, die Anerkennung einer Welt zu suchen, die mich abgelehnt hatte, aber ich konnte nichts gegen den Stachel des Ehrgeizes ausrichten, der mich quälte, wenn ich an Harcote dachte. Diese Schule würde alles austreiben, was mich anders und geringer machte. Ich würde wirklich dazugehören.

Das war kein Ansinnen, das meine Mutter teilen konnte. Ganz und gar nicht. Sie sagte, eine Bewerbung komme nicht infrage. Außerdem würden wir es uns sowieso niemals leisten können.

Aber dieses Jahr hatte ich keine Lust mehr gehabt, um Erlaubnis zu fragen. Ich hatte den Antrag selbst ausgefüllt und heimlich eingereicht.

Ich seufzte. Besser, den schlimmen Teil gleich hinter sich zu bringen. Ich scrollte weiter zu dem Angebot für finanzielle Unterstützung.

Finanzielle Unterstützung

Finanzierung jährlich, für zwei Jahre (drittes und viertes Jahr), sofern der Ehrenkodex der Harcote School eingehalten wird:

- Jährliche Studiengebühren: werden in voller Höhe gezahlt.
- Unterkunft, Verpflegung, Uniform: werden in vollem Umfang gestellt.
- Zusätzliche Ausgaben, einschließlich Lehrbücher, Computerbedarf, Kosten für Vereine, Sportmannschaften oder Bildungsreisen: werden in voller Höhe übernommen, auf Antrag, ohne Begrenzung.

- Reisekosten für den Umzug zum Harcote-Campus und eine Familienheimfahrt pro Semester: werden in voller Höhe übernommen.
- Unvorhergesehene Ausgaben, einschließlich neuer Kleidung und anderer notwendiger Dinge vor der Ankunft auf dem Campus: auf Antrag in voller Höhe, ohne Begrenzung.

Alle Mittel werden durch anonyme Spenden bereitgestellt.

Ein Hochgefühl durchströmte mich heiß und innig. Ich zog meine Lippen zwischen die Zähne. Es fühlte sich nicht richtig an, in diesem trostlosen Wartezimmer strahlend zu grinsen.

»Was macht dich denn so glücklich?«

Meine Mutter stand im Flur. Sie war blass und ausgezehrt am Ende des langen Tages, aber sie lächelte neugierig.

Ich sprang auf. »Mom, ich gehe nach Harcote – ich bin drin!«

Ihr Gesicht krampfte sich vor Wut zusammen, ihre Augen traten aus den Höhlen, und sie fletschte die Zähne. Genauso schnell beruhigte sie sich wieder. Sie presste die Lippen fest zusammen, verkrampfte die Faust um die Henkel ihrer Handtasche und ging an mir vorbei, durch den Warteraum und auf den Parkplatz. Die Tür der Klinik schwang zu, bevor ich ihr folgen konnte.

2

Kat

»Hast du gehört, was ich gesagt habe?« Ich joggte hinter meiner Mutter her. Sie ging zügig über den Parkplatz und war schon fast am Auto, als ich sie einholte.

Sie stand auf der Beifahrerseite und warf mir einen strengen Blick zu. Sie sog die Wangen ein, sodass sie eingefallen wirkten. »Kat, mach das Auto auf.«

»Ich bin auf *Harcote* angenommen worden!«, wiederholte ich.

»Ich habe dich schon beim ersten Mal verstanden. Bitte öffne das Auto.«

»Ist das alles, was du zu sagen hast?« Ich umklammerte die Autoschlüssel. »Nicht mal so etwas wie ›Herzlichen Glückwunsch, Kat, meine einzige Tochter, dass du an einer der besten Highschools des Landes angenommen wurdest‹?«

»Ja, Kat, herzlichen Glückwunsch, dass du dich hinter meinem Rücken beworben hast, obwohl ich dir ausdrücklich davon abgeraten habe. Du bist so gewieft – da ist es kein Wunder, dass sie dich aufgenommen haben.«

Ihre Worte verletzten mich, aber noch schlimmer war der Blick in ihren Augen. Sie blitzten zornig und verrieten mir, dass sie nur einen Bruchteil dessen gesagt hatte, was sie wirklich dachte. »Ich verstehe das nicht«, stammelte ich. »Ich dachte, du wärst stolz auf mich.«

Hinter den Hitzewellen, die das Autodach ausstrahlte, schien sich ihr Gesicht zu verziehen, als sie mich wieder ansah. »Ich bin immer stolz auf dich, Kat. Aber ich werde dich nicht nach Harcote schicken. Es war ein langer Tag, und ich bin müde.«

Plötzlich durchzuckte mich blitzartig die Wut und wischte den Schmerz und die Verwirrung von vorhin einfach weg. Meine Mutter war also müde? Ach was! Ich war auch müde. Ich hatte es satt, in diesem blöden Imbiss arbeiten und Leute bedienen zu müssen, die hundertmal reicher waren, als ich es je sein würde, obwohl ich stattdessen ein Praktikum machen oder einen zusätzlichen Kurs hätte belegen können, der mir bei Colleges und eventuell den juristischen Fakultäten gut zu Gesicht gestanden hätte. Ich hatte es satt, mir Sorgen um Geld und Hema zu machen; ich hatte es satt, mich wie der einzige Vampir unter hundert im ganzen Staat Kalifornien zu fühlen.

Ich war es leid, mehr zu wollen und es nie zu bekommen, und ich war es leid, Angst zu haben, dass mein Leben für immer so bleiben würde – dass es sich für den Rest meiner Unsterblichkeit nie besserte.

Ich knirschte mit den Zähnen, aber ich tat, was sie verlangt hatte. Ich fuhr uns nach Hause und hoffte, dass ihr mein ätzendes Schweigen zusetzte. Es war ein kalkuliertes Vorspiel für den Streit, den wir ausfechten würden, sobald wir zu Hause angekommen waren. In meinem Kopf spielte ich hundert verschiedene Argumente durch, überlegte, wie ich am besten angreifen und ihre Verteidigung abwehren konnte. Ich wartete, bis die Wohnungstür geschlossen war und sie ihren Mantel aufgehängt hatte, bevor ich anfing.

Ich war entschlossen, rational und beherrscht. »Ich weiß, es ist schon spät im Sommer, aber sie haben mir eine volle Finanzierung zugesagt. Das Förderungspaket deckt sämtliche Studiengebühren, Unterkunft und Verpflegung, *alles.*«

»Das ändert nichts an der Tatsache, dass du mich angelogen hast.«

»Streng genommen habe ich nicht gelogen. Du hast mich nur nie gefragt.«

Sie blähte die Nasenflügel. »Wie dumm von mir, dich nie zu fragen, ob du dich heimlich für ein Internat beworben hast.«

»Gut. Ich habe dich hintergangen, das war falsch«, räumte ich ein. »Aber jetzt ist es so, dass ich angenommen wurde und wir es uns leisten können. Vielleicht könnten wir sogar Geld sparen, wenn ich in der Schule wäre und alles geregelt ist.«

»Es geht nicht nur um das Geld oder den Zeitpunkt, der – offen gesagt – lächerlich ist. Ich will nicht, dass du auf ein Internat gehst, schon gar nicht nach Harcote. Dort sind nur Vampire, keine Menschen. Ich möchte, dass du eine größere Welt kennenlernst.«

»Seit wann ist Sacramento *eine größere Welt*?« Ihrem Blick nach zu urteilen, hatte ich mich damit vergaloppiert. Ich änderte meine Taktik. »Und ich *bin* ein Vampir, Mom. Das Zusammenleben mit Menschen wird daran nichts ändern.«

»Was soll das, Kat?« Sie streckte die Hände vor sich aus, als wäre diese Tatsache eine unsichtbare Präsenz im Raum. »Du hast viele Freunde hier.«

»*Menschliche* Freunde, die ich jeden Tag über meine Identität belüge. Kannst du dir vorstellen, wie schwer es für mich ist, mein ganzes Leben lang keinen einzigen Vampir in meinem Alter kennengelernt zu haben?«

»Mir war nicht klar, dass dein Leben erst begonnen hat, als wir nach Sacramento zogen, Kat. Ich erinnere mich doch richtig, dass du viel Zeit mit einem Vampir deines Alters verbracht hast, bevor wir hierherkamen.«

Das traf mich tiefer, als es hätte tun sollen. Denn es stimmte. Bevor wir nach Kalifornien zogen, hatten wir vier Jahre bei einer Vampirfamilie gelebt. Nun, nicht direkt bei ihnen, sondern in einem Gästehaus auf ihrem großen Anwesen. Ihre Tochter war meine beste Freundin gewesen – bis sie mein Vertrauen missbrauchte und wir vor die Tür gesetzt wurden.

»Das war etwas anderes!«, fuhr ich sie an. »Wir waren Kinder, noch nicht einmal richtige Vampire. Und du weißt, dass ich nicht mehr mit ihr gesprochen habe, seit wir von dort weg sind. Ich muss mit anderen Youngbloods zusammen sein, weil es *jetzt* wirklich wichtig ist.«

»Du hast mich, und du hast Glück, dass es so ist. Vampire haben schon immer einsam gelebt, Kat. Das liegt in der Natur der Verwandlung.«

»Und alle waren sich einig, dass das nicht gerade eine gute Sache war. Warum sollte ich so leben müssen, schließlich sind die Dinge doch jetzt anders?« Vor der Verseuchung waren Vampire nicht am Kinderkriegen interessiert – jemanden zu verwandeln war nur Erwachsenen vorbehalten. Eine Schwangerschaft war mit einem unsterblichen Körper, der superschnell heilte, schwer zu bewerkstelligen. Erst als CFaD die Verwandlung unmöglich machte, begannen Vampire, Kinder zu zeugen. »Es gibt eine ganze Generation von Youngblood-Vampiren wie mich, und ich hänge ganz allein hier draußen herum.«

Sie massierte sich die Schläfen. Ich schaffte sie. »Warum bekommst du so viel finanzielle Unterstützung?«

»Weil wir pleite sind und alle anderen reich. Und weil ich es verdient habe.«

Sie warf mir einen erschöpften Blick zu. »So funktioniert die Welt nicht, das weißt du.«

Sie hatte recht, das wusste ich. Schon lange. Die Wände der kleinen Wohnung fühlten sich zu eng an, die Luft zu still und heiß. Ich fuhr mir über das Gesicht. Aus mir unerklärlichen Gründen hatte ich in dieser Diskussion die Oberhand verloren. Das war unmöglich, inakzeptabel, aber ich war so frustriert, dass es mir nicht gelang, wieder richtig in Fahrt zu kommen.

»Harcote könnte *mein Leben verändern*, Mom!«

»Ich habe versucht, dir das bestmögliche Leben zu bieten.« Ihre Augen schimmerten, und das machte mich wütend. Sie stellte es immer so an, gab sich zerbrechlich und tragisch, als wäre das eine legitime Art, so einen Streit zu gewinnen, und nicht nur ein peinliches Ausweichmanöver.

»Flöße mir keine Schuldgefühle ein, wenn du diejenige bist, die im Unrecht ist! Nur weil du damit zufrieden bist, hier deine Unsterblichkeit zu verplempern, heißt das nicht, dass ich es auch bin. *Denn ich bin es nicht.* Ich kann nicht ewig so leben.«

Ewig.

Eine vertraute Enge schnürte mir die Brust zusammen, raubte mir den Atem – die Panik, die mich packte, wann immer ich zuließ, daran zu denken.

Die Menschen sprachen über die Unsterblichkeit, als wäre sie ein unglaubliches Geschenk. Es klang schön, wenn man sie in einem Schloss zu verbringen beabsichtigte, auf einem Berg von Geld hockte und alle Zeit der Welt hatte, um es zu verprassen, wie die Vampire in Filmen und Büchern. Dieses Leben kam mir auch ziemlich erstrebenswert vor.

Aber das war nicht das Leben, das ich führte.

Unsterblichkeit sieht ganz anders aus, wenn man Jahrzehnte der Ungewissheit vor sich hat. Ich hatte Pläne für die nächsten paar Jahrzehnte. Youngblood-Vampire alterten bis zum Ende ihrer Teenagerzeit wie alle Menschen; von da an verlangsamte sich der Prozess extrem. An meinem hundertsten Geburtstag würde ich vielleicht wie eine Dreißigjährige aussehen. Das machte es schwer, sich irgendwo ein dauerhaftes Leben aufzubauen. Mein Plan war gewesen, College und Jurastudium auf Kredit zu absolvieren und dann in einer Anwaltskanzlei zum Partner aufzusteigen. Ich wollte ein paar Jahre jeden Cent sparen und am Schreibtisch heimlich einen Schluck Hema trinken, bis die Tatsache, dass ich immer noch wie eine Studienanfängerin aussah, zu viele fragende Blicke auf sich ziehen würde. Dann würde ich tun, was schon andere Vampire vor mir getan hatten: an einen neuen Ort ziehen, ein neues Leben aufbauen und darauf warten, dass sich der Prozess wiederholen würde. Das hieß, keine lebenslangen Freunde, niemals miterleben, wie jemand alt wird, keine Schultreffen nach zwanzig Jahren. Es reichte nur für das, was ich wirklich wollte: Sicherheit, Stabilität, ein Leben, in dem ich mir keine Sorgen machen musste, aus Versehen einen kombinierten Mord und Selbstmord zu begehen, wenn ich von einem infizierten Menschen trinken musste, weil mein Bankkonto leer war.

»Ich will da hin, Mom«, sagte ich mit rauer Stimme. Jetzt musste meine Trumpfkarte kommen. »Ich glaube, Dad hätte das auch für mich gewollt. Damit ich nicht so ende wie er.«

Zwei dünne Falten bildeten sich zwischen ihren Augenbrauen, wie immer, wenn sie einer Sache zustimmte, die sie eigentlich für eine schlechte Idee hielt. Das wars – das war ihr *Ja*. Doch dann sagte sie: »Ich bin nicht der Meinung, dass er Harcote für dich wollen würde. Er würde eher darauf vertrauen, dass du lernst, ohne so etwas auszukommen.«

Ich versteifte mich, mein Mund blieb offen stehen. Den ganzen Streit über hatte die Wut in mir gekocht, aber jetzt war ich mit voller Wucht gegen eine Wand geprallt. Ich konnte mich nicht mit ihr darüber streiten, was mein Vater gewollt hätte. Er war gestorben, bevor ich alt genug war, um ihn richtig wahrzunehmen. Die meiste Zeit konnte ich damit leben, aber in diesem Moment fühlte es sich an, als wollte meine Mutter mich absichtlich an das erinnern, was ich verloren hatte.

»Glaub mir, Kat.« Ihre Stimme wurde weicher. »Das ist das Beste für uns.«

Ich konnte sie nicht einmal ansehen, als ich mir die leeren Hema-Flaschen von der Küchentheke schnappte. »Donovan erwartet mich.«

Das ist das Beste für uns.

Diese Worte rotierten in meinem Kopf, als ich zu Donovan fuhr.

Harcote war eine Weltklasse-Schule, ein Ort, der Macht, Privilegien und Exzellenz vereinte, mit Klassen, die College-Niveau hatten. Aus Harcote-Schüler:innen wurde was, sofern sie es nicht schon waren. Alle Möglichkeiten standen ihnen offen, und diese finanzielle Unterstützung sorgte dafür, dass ich die gleichen Möglichkeiten hätte.

Wie konnte meine Mutter nur glauben, dass Harcote nicht das Beste für mich sei?

Ich musste zugeben, dass die Sache mit der finanziellen Unterstützung zu schön war, um wahr zu sein, aber ich gehörte an meiner Highschool zu den Besten und hatte einen hervorragenden Bewerbungstext geschrieben. Ich brachte das Zeug dazu mit, und ich hatte definitiv das Bedürfnis danach.

Ich packte das Lenkrad fester. Das Einzige, was mir im Weg stand – und was mir *je* im Weg gestanden hatte –, war sie.

Ich bog in die Straße zu dem Einkaufszentrum ein, in dem sich das *Donovan's* befand, und fuhr auf die Rückseite des Gebäudes. Von vorne betrachtet war *Donovan's* eine Spelunke mit einem schrillen Neonschild und verdunkelten Fenstern. Im hinteren Teil betrieb Donovan einen Vertrieb für Hema, und wir verließen uns darauf, dass er uns einen guten Preis machte. Ich drückte auf die Klingel und wartete zwischen den Müllcontainern, Holzpaletten und Zigarettenstummeln. Es roch nach Müll mit einem ekelhaften Unterton von Urin. Ich kickte eine leere Bierdose weg.

Ich wäre auf dem dunklen Parkplatz gern nervös oder ängstlich gewesen. Oder angewidert. Hätte mich gern deplatziert gefühlt.

Aber so war es nicht.

Stattdessen spürte ich nur die vertraute Beklemmung in der Brust: *eine Ewigkeit wie diese, eine Unsterblichkeit wie diese.*

Für immer. Ich sollte für immer so leben.

Die Tür schwang auf, und Donovan streckte seinen Kopf heraus, einen Zigarettenstummel zwischen den Lippen. »Hallo, Kat.«

Er kam raus und zündete sich an der Kippe eine frische Zigarette an. Donovan hatte ein altersloses Aussehen, durchdrungen vom vampirischen Charme, der die Menschen zu ihm hinzog, obwohl sie nicht genau hätten sagen können, warum. Insbesondere, weil er sich nicht pflegte: Sein Haar war fettig, und ein Jahrhundert folgenlosen Kettenrauchens sorgte dafür, dass der Gestank von abgestandenem Rauch ihm aus allen Poren drang.

»Zwei Flaschen, richtig?«

»Ja.« Ich hielt ihm die beiden leeren Flaschen hin, die ich mitgebracht hatte.

»Mit einem kleinen Rabatt für die Flaschenrückgabe …« Er tippte mit einem nikotinverseuchten Finger die Zahlen in sein Smartphone. »Das macht dreihundertzehn Dollar.«

Mir wurde flau im Magen. »Das sind zwanzig Dollar mehr als sonst!«

Donovan stieß eine Rauchwolke aus und kratzte mit einem Fingernagel eine juckende Stelle auf seiner Kopfhaut. »CasTech legt die Preise fest, Babe. Ich bin nur der Zwischenhändler.«

»Wenn ich dir jetzt zweihundert gebe, kannst du den Rest auf unsere Rechnung setzen?«

Donovan verzog das Gesicht. »Eines Tages wirst du diese Rechnung bezahlen müssen, das ist dir doch klar? Aber für deine hübsche Visage werde ich es tun.«

Ich zwang mich zu einem Lächeln, während ich das Geld zählte. Als ich bei der letzten Banknote ankam, rutschte mir der Magen in die Kniekehlen. »Das sind nur hundertneunzig. Ich dachte, ich hätte mehr.«

»Du machst mich wirklich fertig, Kat.« Donovan warf seine Zigarette weg. »Hör zu, ich habe da noch Ware, die ich loswerden muss. Ich gebe sie dir für hundertneunzig, und damit ist die Sache erledigt.«

Donovan verschwand im Inneren und kam dann mit zwei Flaschen zurück. Das Hema darin schimmerte fast schwarz. Ich kippte die Flaschen auf den Kopf und beobachtete, wie die zähe Flüssigkeit am Glas kleben blieb. Dann schraubte ich den Deckel einer Flasche ab und roch daran. Fast hätte ich auf die Straße gespuckt.

»Das ist ja schon fast ranzig!«

»Wer bettelt, kann nicht wählerisch sein. Das frischeste Zeug kostet im Moment fünfhundert pro Flasche.«

Ich hätte am liebsten geweint oder geschrien oder beides. Ich malte mir aus, wie ich die Flasche auf dem Boden zertrümmerte, Glasscherben und klebriges altes Blut dort verteilte und das Hema auf Donovans Füße spritzte, um herauszufinden, wie ihm der Geruch gefiel.

Aber das tat ich nicht. Ich konnte es nicht.

Stattdessen schraubte ich den Deckel wieder auf und nahm ihm auch die zweite Flasche ab. Ich gab ihm das Geld und bedankte mich für seine Hilfe. Donovan zwinkerte mir zu und sagte, es sei ihm ein Vergnügen, mit mir Geschäfte zu machen. Das sagte er jedes Mal, und wie immer fühlte es sich wie eine zusätzliche Demütigung an. Dann stieg ich wieder ins Auto und fuhr nach Hause.

Fünfhundert Dollar für eine Flasche frisches Hema. Bei solchen Preisen kam es einem Wunder gleich, dass die ärmeren Vampire überlebten. Ich zitterte. Würde es eines Tages so weit kommen, für uns – oder mich? Wenn die Hema-Preise weiter stiegen, wenn der Klinik weiter die Mittel gekürzt wurden. Wir waren immer nur einen Fehltritt davon entfernt, in den Abgrund zu rutschen. Hunger machte einen verzweifelt, und verzweifelte Vampire gingen unsägliche Risiken ein. Risiken, die sie alles kosteten.

Das ist das Beste für uns.

Mom hatte unrecht. Ich spürte es, hart und wahrhaftig, an der Stelle, wo die Krallen der Unsterblichkeit an meinen Rippen kratzten. Vielleicht war es ja das Beste für sie, aber ich wollte mehr. Zum ersten Mal überhaupt bot sich mir jetzt die Chance dazu. Harcote war ein Ausweg, der Weg zu etwas Besserem, ein Ort, an dem ich endlich *dazugehören* konnte.

Wenn sie das nicht einsah, gab es zwischen uns nichts mehr zu besprechen.

Als ich vor unserer Wohnung parkte, nahm ich mein Handy heraus und öffnete die Nachricht von Direktor Atherton. Schnell, bevor ich die Nerven verlor, unterschrieb ich die Dokumente mit der Unterschrift meiner Mutter, checkte alle Kästchen und drückte dann auf »Senden«.

Das zweite Studienjahr begann in zwei Wochen. Dann würde ich Schülerin in Harcote sein.

3

Taylor

Auf der Kuppe des Campus-Hügels setzte ich mich auf das Geländer der Bibliotheksveranda und rückte meine Sonnenbrille zurecht. Das Gestell war riesig, und ich sah damit wie ein Käfer aus, aber sie hatte die dunkelsten Gläser, die ich diesen Sommer nach endloser Suche finden konnte. Sie war so dunkel, dass ich kaum richtig durchsehen konnte. Leider war sie nicht dunkel genug, um das Geschehen auf dem Hügel unter mir zu verbergen: Der Einzug der Neuen an der Harcote School.

Ich verzog mürrisch den Mund, ein Ausdruck, den ich wahrscheinlich bis zum Ende der Schulzeit im Juni beibehalten würde.

Ich hatte den Einschulungstag im ersten Jahr als Studentin mit großen Augen und im zweiten Jahr eher ernüchtert miterlebt. Dieses Mal lief es nicht anders. Das Ganze war ein Spektakel voller erfundener Traditionen, wie zum Beispiel, dass die Lehrkräfte am ersten Schultag schwarze, knöchellange Umhänge tragen mussten, obwohl es im Bundesstaat New York so heiß und feucht wie unter einer Achselhöhle war. Fast, als befürchtete Atherton, dass man sie nicht als Vampire erkennen würde, wenn sie sich nicht mit Accessoires aus Zeichentrickfilmen schmückten. Der Sinn dahinter bestand darin, übervorsichtigen Vampir-Eltern das Gefühl zu geben, dass sie ihre kostbaren Youngbloods einer ehrwürdigen Institution anvertrauten, die so alt war wie sie selbst. Damit man vergaß, dass Atherton die Schule erst vor fünfundzwanzig Jahren in die Finger bekommen und zu einer Vampirschule umfunktioniert hatte.

Ich baumelte mit den Beinen und ließ die Fersen meiner Sportschuhe gegen das Holzgeländer prallen. Ich war noch keine drei Stunden hier, und schon spürte ich, dass sich meine Schultern verkrampften und ich anfing, mit den Zähnen zu knirschen. Es war kaum zu glauben, dass ich mich noch am Morgen tatsächlich ein bisschen darauf gefreut hatte, wieder zur Schule zu gehen. Aber als ich jetzt wieder auf dem Campus war, wurde mir klar, dass drei Monate zu Hause bei meinen Eltern meine geistigen Fähigkeiten beeinträchtigt hatten. Ich hatte das verzweifelte Bedürfnis, von ihnen wegzukommen, mit dem Wunsch verwechselt, nach Harcote zurückzukehren.

Auf dem Campus unter mir, zwischen den Vampirfamilien, die unter schwarzen Seidenschirmen und riesigen Golfschirmen Schutz suchten, entdeckte ich Radtke, unsere Lehrerin für Vampir-Ethik. Sie tupfte sich die Stirn mit einem Spitzentaschentuch ab. Radtke gehörte zu den Traditionalistinnen unter den Vampiren, eine viktorianische Blutsaugerin der alten Schule – sie war vor etwa 150 Jahren verwandelt worden. Sie trug immer noch die gleichen Trauerkleider wie damals, mit Korsett und allem Drum und Dran. Ihre Röcke waren von Blutflecken übersät, die aus der Zeit stammten, als man sich noch gefahrlos von Menschen ernähren konnte. Sie war sichtlich bemüht, sich nicht über jedes Mädchen zu echauffieren, das es wagte, beim formellen Dinner ein Tanktop zu tragen, aber meine konservative Bluse mit Button-Down-Kragen gefiel ihr natürlich auch nicht besser. Radtke war zudem die Vorsteherin vom Hunter House, meines Wohnheims in diesem Jahr. Dabei hatte ich auch ohne Radtke genug Gründe, mein Wohnquartier zu meiden.

Um Radtke herum luden die Adjutanten – mit einem Zauber belegte menschliche Diener, die kaum wussten, was sie taten – mühsam Gepäck aus Luxus-SUVs und stellten es auf den Parkplatz. Jedes Jahr gab es ein paar waschechte Schrankkoffer aus der *Titanic*-Epoche, denn Vampire brachten es einfach nicht über sich, etwas einfach in der Vergangenheit zu belassen. Einige der Eltern waren schon bei der Vorstellung völlig aufgewühlt, ihr liebstes Babymonster ein ganzes Semester lang aus den Augen zu lassen. Meinen Eltern war es beim ersten Mal genauso ergangen, obwohl ich jetzt ohne ihre Begleitung zur Schule ging. Aber wenn mein kleiner Bruder an der Reihe war, würde meine Mutter sicher an allen vier Einschulungstagen einen tränenreichen Abschied zelebrieren und unseren Schöpfer im November mit zum Descendants Day schleppen. Einer der Erstsemester beging den tragischen Fehler, sich vor allen Leuten an seine Mutter zu klammern. Vermutlich würde sich sein Ruf frühestens in den Frühjahrsferien erholen.

Der Rest der geschätzten Schülerschaft von Harcote – die Besten der Besten, Nachkommen der Ewig-Lebenden, Niemals-Sterbenden, jeder von ihnen ein besonderes und einzigartiges Monument unserer Beständigkeit im Angesicht der Verseuchung und ein geliebter Schulkamerad – ließen die Sau raus, sobald sie unbeaufsichtigt waren. Sie galoppierten über den Hof, brüllten aus den Fenstern der Wohnquartiere und fielen sich in die Arme, als wären sie gerade aus dem Krieg und nicht aus dreimonatigen Ferien zurückgekehrt. Ich konnte praktisch von hier oben hören, wie sie die neuesten Erkenntnisse ihrer Social-Media-Nachforschungen verglichen: Wer ist gerade vom

Modeln aus Mailand zurückgekommen? Hast du gehört, dass Soundso mit einer K-Pop-Band auf Tournee war? Wie es sich für echte Harcoties gehörte, klärten sie unverzüglich ab, wer im Sommer heißer, reicher oder cooler geworden war und wer dieses Jahr an der Spitze des gesellschaftlichen Kartenhauses stehen würde. Sie mochten lächeln und sich freundlich geben, aber selbstredend hatte jeder von ihnen Reißzähne. Und sie würden sich gegenseitig zur Strecke bringen, falls es nötig war.

Oder Spaß versprach.

Ich seufzte. Ich war mittlerweile so weit, dass mich daran nichts und niemand interessierte.

Hinter mir knarrten die Bohlen der Veranda. »Schon eingezogen?«

Ich schwang ein Bein zurück auf die andere Seite des Geländers und ließ die Sonnenbrille ein Stück die Nase herunterrutschen.

»Aus genau diesem Grund pflege ich einen minimalistischen Lebensstil, Kontos. Immer schön easy peasy.«

Kontos' mächtiger Schnauzbart zitterte, als er versuchte, spöttisch zu lächeln. Aber er war einfach zu nett – und hatte kein Talent dafür. Er trug seinen schwarzen Umhang über dem Arm, und sein Hemd war schweißnass. »Wie viele Paar Turnschuhe sind denn mit so einem minimalistischen Lebensstil vereinbar?«

»Dieses Jahr? Siebzehn. Für das Wesentliche ist immer Platz.«

»Schön, dass Sie wieder da sind, Taylor«, sagte er und grinste.

Ich lächelte, sprang vom Geländer und umarmte ihn. Kontos unterrichtete Chemie und war eine der wenigen Personen – vielleicht sogar die einzige –, die ich in Harcote mochte. In meinem ersten Jahr hatte er wissenschaftliche Forschung unterrichtet, und ich war beim formellen Dinner an seinen Tisch gesetzt worden. Aber wir wurden erst richtige Freunde, nachdem ich mich geoutet hatte, denn Kontos war auch queer, und Harcote war eine nachweislich homosexuelle Einöde. Kontos' Modebewusstsein war ein paar Jahrzehnte nach der Verwandlung in seiner Entwicklung stehen geblieben, und so pflegte er weiterhin einen Look, den ich liebevoll als »Siebzigerjahre-Dad« bezeichnete, wozu auch sein Schnauzbart gehörte.

»Wie sieht es dieses Jahr mit Ihren Mitbewohnern aus?«, fragte er.

Mein Lächeln verdorrte, zerbröckelte zu Staub und verwehte im Sonnenuntergang. »Es ist buchstäblich ein Supergau, die Atomraketen sind vorprogrammiert, eine totale Katastrophe.«

»So schlimm kann es nicht sein.«

»Ich verwende das Wort *buchstäblich* nicht leichtfertig.« Ich riss meine Sonnenbrille herunter, um ihn eindringlicher anstarren zu können. »Evangeline Lazareanu.«

Kontos öffnete und schloss mehrmals den Mund, während er versuchte, etwas Positives an dieser Situation zu finden. »Das ist vielleicht nicht ideal, aber waren Sie zwei nicht mal Freunde?« Wie aufs Stichwort ertönte ein hoher Schrei vom Campus zu uns hoch. Wir drehten uns beide um und sahen, wie ein Mädchen mit langen schwarzen Haaren über den Hof der Wohntrakts rannte und jemanden mit einer Umarmung zu Boden warf. Gekicher! Lächeln! Mädchen sind eben Mädchen!

»Stellen Sie sich vor, mit *so was* leben zu müssen«, sagte ich. »Dazu kommen noch eine satte Ladung gegenseitiger Verachtung und ihre gehässigen Freunde ... Gut, dass ich unsterblich bin, sonst würde ich wahrscheinlich an den Ausdünstungen ihrer Haarpflegeprodukte ersticken. Lachen Sie nicht!«

Kontos tat, als würde er seinen Schnurrbart glätten, um zu kaschieren, dass er amüsiert gluckste. Sein Versuch schlug fehl. »Ich bin Lehrer, ich bleibe neutral. Warum versuchen Sie nicht, sich in ein anderes Haus verlegen zu lassen?«

»Sie wissen, dass sie kein Umquartieren aus ›persönlichen Gründen‹ bewilligen. Was wäre geeigneter, die anderen Mitglieder unserer Vampirgemeinde lieben zu lernen, als neun Monate lang mit ihnen in einem winzigen Zimmerchen zusammengepfercht zu sein?«

»Es kann nicht schaden, sich Mühe zu geben. Sie werden diese Vampire für den Rest Ihres Lebens kennen, und das ist eine sehr lange Zeit.«

Ich setzte die Sonnenbrille wieder auf. Kontos mochte mein bester Freund in Harcote sein – so erbärmlich das auch war –, aber das bedeutete nicht, dass ich ihm alles erzählt hatte, was zwischen mir und Evangeline vorgefallen war. Ich deutete mit dem Kinn auf seinen Umhang. »Sollten Sie den nicht tragen?«

Er warf mir einen strengen Blick zu. »Ich kann die Jugend nicht lehren, unsere Traditionen hochzuhalten, wenn ich einen Hitzschlag erleide. Gehen wir«, sagte Kontos. »Wir müssen uns für die Eröffnungsfeier aufstellen.«

Wenn es einen Ort gab, der verdeutlichte, warum Vampire so verdammt dumm waren, dann war es die Große Halle von Harcote. Als Atherton beschloss, eine Schule nur für Youngbloods zu gründen, wollte er unbedingt diese Oxford-Harvard-Atmosphäre erzeugen. Die schäbige Kapelle des Jungeninternats, das er gekauft hatte, war dafür nicht geeignet. Und da die Schule verdammten Geschöpfen der Dunkelheit dienen sollte, war eine Kapelle nicht gerade angebracht. Das Problem waren dabei nicht die Kreuze – sie lösten nicht einmal die leichte allergische Reaktion aus, die Knoblauch manchmal hervorrief. Das Problem war, dass viele der beeindruckendsten Details des Christentums – wie zum Beispiel die Auferstehung – nicht sonderlich interessant waren, wenn man davon ausgehen konnte, ewig zu leben. Also baute Atherton stattdessen etwas doppelt so Großes und millionenfach Barockeres und nannte es die Große Halle. Von Weitem sah sie aus, als hätte man eine europäische Kathedrale auf den Campus versetzt. Doch aus der Nähe sah man, dass das Mauerwerk vampirisch gestaltet worden war, mit Reliefs von Fledermäusen, Raben, Totenköpfen und Menschen (meist Frauen mit unübersehbaren Brüsten), die in den Armen bemantelter Vampire mit gefletschten Reißzähnen lagen, die ihnen den Lebenssaft aussaugten. Die Glasfenster mit ihren bunten Farben und dicken Bleifassungen sahen aus, als wären sie einem Comic entsprungen.

Im Grunde also dezente, untote Eleganz.

Meiner Meinung nach – die zwar niemanden interessierte, die ich aber freigiebig kundtat – hätte Atherton etwas Aufregenderes als die Billigkopie einer Kirche entwerfen können. Wie konnten wir Vampire so *supermächtig und überlegen* sein, wenn wir unsere Macht auf die gleiche Weise zur Schau stellten, wie die menschliche Gesellschaft es tat? Nun, etwas Neues zu erschaffen gehörte wohl nicht zu den herausragendsten Fähigkeiten von Vampiren.

Ich verließ Kontos, um mich umzuziehen, und stapfte zur Halle hinauf. Fünf Schlangen von Vampiren standen vor den Holztüren an: Lehrkräfte, Studenten des vierten Jahrgangs, des dritten, des zweiten und zuletzt die pubertierenden Frischlinge. Als ich meinen Platz in der Schlange des dritten Jahrgangs einnahm, nickten oder winkten mir ein paar Schüler:innen aus der Wandergruppe und der Theatertechnikgruppe zu, aber keine wurde bei meinem Anblick so von ihren Gefühlen überwältigt, dass sie mich vor Eifer umwarfen. Niemand erkundigte sich auch nur danach, wie mein Sommer gewesen war.

Was auch egal war. Es war ganz okay, dass sie nicht so taten, als interessierten sie sich für mich; ich hatte ja auch nicht vor, so zu tun, als wären sie mir wichtig.

Als Carolina Riser, die schon in den beiden vorangegangenen Jahren vor mir in der Schlange stand, sich umdrehte, um zu plaudern, dachte ich zuerst, sie meinte jemand anderen. »Taylor! Ich habe gehört, du bist dieses Jahr im Hunter House?«

Es geht los. Der große Nachteil dieser Sonnenbrille war, dass niemand sehen konnte, wie ich die Augen verdrehte. Mein Augenverdrehen war nämlich waffenscheinpflichtig. »Ja, mit Evangeline. Mit wem wohnst du zusammen?«

Carolina ignorierte schamlos meinen Versuch, vom Thema abzulenken, und sagte: »Oh, es macht ja so viel Spaß mit Evangeline. Wohnt Lucy nicht auch im Hunter?«

Na großartig! Geradezu perfekt.

Carolina lächelte eifrig und wartete darauf, dass ich mich in die Nesseln setzte. *Stell dir vor, was Taylor über Evangeline und Lucy gesagt hat.*

Aber den Gefallen wollte ich ihr nicht tun. Ich presste die Lippen zusammen und zuckte mit den Schultern.

Es kam nicht gänzlich unerwartet, dass die Leute darüber redeten, dass Evangeline und ich ein Zimmer teilten. Spannungen zwischen Zimmergenossen am Einschulungstag waren ein Segen. Sie konnten genug Drama erzeugen, um uns durch die ersten zwei Monate der Schule zu tragen, bis uns dann der Gründerball ein neues Dauerthema bescherte. Evangeline war so beliebt, dass die eine Hälfte der Schule sie für Marie Antoinette und die andere Hälfte für Mutter Teresa hielt, während ich allgemein – und vollkommen zu Recht – als lesbische Spinnerin und Schlampe galt. Alle wussten, dass wir nicht miteinander auskamen. Ich konnte mir nicht recht vorstellen, was passieren würde, wenn Evangeline und ich das ganze Jahr zusammen in einem Raum eingesperrt waren. Aber ich konnte mir gut vorstellen, dass sie auf jeden Fall eine Story daraus machen würde, bei der sie am Ende noch gefürchteter, beliebter und mächtiger dastand. Evangelines Manipulationskünste waren – ehrlich gesagt – beeindruckend (und zugegeben auch ein kleines bisschen heiß). Das bedeutete aber nicht, dass ich damit leben wollte. Ich ließ meinen Hals und dann die Fingergelenke knacken. Vielleicht konnte Kontos die Verwaltung dazu bringen, eine Ausnahme zu machen und mich in ein Einzelzimmer zu verlegen, um uns allen den Ärger zu ersparen.

Die Warteschlangen marschierten der Reihe nach in die Halle. Zuerst kamen die Lehrkräfte, dann der vierte Jahrgang, alle mit stolzgeschwellter Brust. Mein dritter Jahrgang folgte und setzte sich auf die entsetzlich unbequemen Kirchenbänke, die völlig fehl am Platz waren, da die Große Halle nie eine Kirche gewesen war. Der Kammerchor stimmte die Harcote-Hymne »I Pledge to Thee, O Harcote« an, die fürchterlich trübsinnig war. Ich sackte auf meine Kirchenbank, meine Knie gruben sich in die Bank vor mir, und ich legte den Kopf an das harte Holz. Ich wollte gerade einschlafen, als sich die Türen der Großen Halle knarrend öffneten.

Wenige Augenblicke später flüsterte Carolina der Bank vor uns zu, dass ganz hinten ein neues Mädchen saß.

Das passierte in Harcote so gut wie nie.

Sehr interessant.

Vielleicht waren Evangeline und ich dieses Jahr doch nicht das einzige Gesprächsthema.

4

Kat

Als die glänzende, schwarze Limousine schließlich durch die Toreinfahrt zum Harcote-Campus fuhr, war ich ganz schön nervös. Mein Flugzeug war mit Verspätung gelandet, und mein Koffer wurde buchstäblich als letzter von der Gepäckausgabe ausgespuckt. Aber ich hatte nicht viel zu schleppen. Der Wohltäter – so nannte ich den anonymen Spender, der meine finanzielle Unterstützung stemmte – hatte dafür gesorgt, dass meine gesamte Harcote-Uniform und die meisten Schulsachen, die ich brauchte, bereits in mein Zimmer gebracht worden waren. Einen Tag nachdem ich die Anmeldeunterlagen zurückgeschickt hatte, ließ mir ein Harcote-Vertreter per Nachtzustellung eine Kreditkarte liefern, mit der ich alles andere bezahlen konnte – mein Flugticket für allein reisende Minderjährige und einen brandneuen Laptop eingeschlossen. Am Ende passten meine Sachen in einen einzigen Koffer: etwas Kleidung und ein paar Erinnerungsstücke. Wegen meiner Verspätung war ich so damit beschäftigt, mich bei dem Vampirfahrer zu entschuldigen, den mein Wohltäter beauftragt hatte, mich zum Campus zu fahren, dass mir erst auffiel, dass ich tatsächlich *von einem Vampirfahrer am Flughafen abgeholt worden war*, als wir uns auf die Autobahn einfädelten.

Ich hätte Guzman und Shelby gern eine Message geschrieben, aber das ging natürlich nicht. Außerdem hatten sie nicht wirklich verstanden, warum ich im zweiten Schuljahr die Schule hinschmiss. Und meiner Mutter wollte ich ganz sicher nicht schreiben.

Stattdessen merkte ich während der Fahrt, wie mein Puls immer schneller wurde, je näher wir dem Campus kamen. Die Tore des Campus öffneten sich für uns – oder *für mich*. Als wir einen Hügel zum unteren Campus hinunter fuhren, fühlte es sich an, als sähe man das Set seiner Lieblingsserie plötzlich in echt: Die Gebäude zwischen den ausladenden Eichen und den gepflegten Rasenflächen schienen mir nach den Stunden, die ich auf der Website von Harcote verbracht hatte, so vertraut, dass es mir vorkam, als wäre ich durch den Computerbildschirm gefallen.

Der Wagen hielt auf einem Parkplatz, und ich machte sofort den Anfängerfehler, die Tür selbst zu öffnen. Ein Vampir mit spitzem Gesicht und tiefliegenden Augen erwartete mich. Er trug einen schweren, schwarzen Umhang, und seine langen Finger huschten über einen Tablet-Computer.

»Ms Katherine Finn«, näselte er. »Willkommen in Harcote. Die Eröffnungsfeier in der Großen Halle hat bereits begonnen. Ein Adjutant wird sich um Ihre Taschen … Tasche kümmern.«

Er machte eine Handbewegung, und ein Mann in einer Khakihose und einem Harcote-Poloshirt nahm meine Tasche aus dem Kofferraum. Die Art und Weise, wie er das tat, hatte fast etwas Mechanisches. Sein Gesichtsausdruck war starr und distanziert, als nähme er uns kaum wahr.

»Er ist ein Mensch?«, fragte ich vorsichtig.

»Versteht sich«, antwortete der Vampir mit dem spitzen Gesicht. »Solch niedere Aufgaben muten wir keinem Vampir zu.«

Mir wurde unbehaglich. Es war schon seit jeher von größter Bedeutung, die Fassade aus Lügen und Täuschung aufrechtzuerhalten, die die Vampire vor den Menschen verbarg. Unfassbar, dass sich an einem Ort wie Harcote Menschen aufhalten durften. Es sei denn …

»Sie wurden mit einem Bann belegt?«

Der Vampir legte seine knorrige Hand auf meine Schulter. Er bildete sich wohl ein, ich empfände es als beruhigend, wenn mich ein Fremder berührte. »Direktor Atherton verhext die Adjutanten persönlich.«

Verhext. Sie unterstanden also Direktor Athertons direkter Kontrolle. Sie mussten nicht nur alles tun, was der Schulleiter von ihnen verlangte, sondern waren nicht einmal in der Lage, etwas anderes zu *wollen*. Und nach ihrer Entlassung würden sie nicht mehr wissen, dass sie Diener an einer Vampirschule gewesen waren.

Schweiß lief mir den Nacken hinunter. »Sind sie … wie kommen sie zu dem Job?«

»Sie werden sehr großzügig entschädigt«, erwiderte er, was meine Frage nicht beantwortete. Er drückte erneut meine Schulter. »Wenn wir uns beeilen, können wir es noch schaffen. Die Rede von Direktor Atherton beginnt gleich.«

Wenn das in Harcote normal war, dann musste es in Ordnung sein, oder nicht?

Ich folgte dem Vampir eine Treppe hinauf in den oberen Teil des Campus und zu einer riesigen alten Kirche: die Große Halle von Harcote. Sie sah aus wie aus einem Geschichtsbuch, aber ich hatte keine Zeit, sie zu begutachten, weil der Vampir bereits eine riesige Holztür aufzog.

Drinnen saß ganz Harcote in den Kirchenbänken und lauschte einem Chor, der gerade sein Lied beendete. Es passte zu mir, dass die Holztür mit einem dumpfen Knall zuschlug, der bis zur gewölbten Decke widerhallte, als der letzte Ton des Lieds verklungen war. Vermutlich hatten sich alle umgedreht, als ich in die letzte Sitzreihe rutschte und versuchte, meine glühenden Wangen hinter meinen Haaren zu verstecken. Mein Blick blieb starr auf den Boden gerichtet, bis sich jemand in ein Mikrofon räusperte.

Das sollte Direktor Atherton sein?

Am Rednerpult stand ein junger Mann, der so frisch und rotwangig aussah, dass man ihn für einen Studenten hätte halten können. Im Gegensatz zu den anderen Lehrkräften trug er ein hellblaues, von der Hitze leicht zerknittertes Hemd und eine Khakihose. Sein Outfit betonte, wie jung er war. Oder gewesen war, als er das letzte Mal altern konnte. Er strahlte uns förmlich an und wippte vor Begeisterung auf den Fußballen.

»Jungs und Mädels, willkommen zu einem weiteren Jahr an der Harcote School«, rief er. »Es wird nie langweilig, diese Worte zu sagen, und ich mache das schon seit fünfundzwanzig Jahren. Es stimmt, dieses Jahr feiern wir Jubiläum! Für einige von uns« – er deutete lächelnd auf sich selbst – »sind fünfundzwanzig Jahre nur ein Tropfen im Ozean, aber in dieser Zeit hat sich eine Menge verändert. Als ich Harcote mit nur fünfzehn Schülern eröffnete, war zwar das Schlimmste vorbei, aber die Gefahr noch längst nicht überwunden. Die Idee einer Vampirgemeinde war noch neu. *Youngbloods* waren noch etwas Neues! Wir wussten nicht, wie sie sich entwickeln würden, aber wir wussten – und *hofften* –, dass die Vampire, wenn alles gut ging, gestärkt aus der Verseuchung hervorgehen würden, anstatt sie nur zu überleben. Wir sollten *gedeihen*. Die Vampirgemeinde und die Youngbloods sind für immer miteinander verbunden.« Atherton verschränkte demonstrativ die Finger. »Deshalb ist die Generation der Youngbloods für uns alle etwas ganz Besonderes, und deshalb ist es für uns in Harcote eine große Ehre, Sie junge Vampire darauf vorzubereiten, auf der Erde zu wandeln, bis es sie nicht mehr gibt! Nehmen wir uns eine Minute Zeit, halten wir inne und denken wir darüber nach, wie glücklich wir uns schätzen können, hier zu sein, umgeben von unseresgleichen. Von Vampiren, die so sind wie wir.«

Ich hatte nicht viel von der Versammlung erwartet – an meiner alten Schule gingen wir am ersten Tag einfach in den Unterricht und es waren keine großen Zeremonien nötig –, aber als ich meinen Blick über die Bänke vor mir schweifen ließ, wurde mein Herz von einer seltsam zufriedenen Sehnsucht erfüllt. *Youngblood-Vampire wie ich.* Nicht nur einer oder zwei, sondern fast zweihundert.

»Wir haben dieses Jahr eine Menge netter Überraschungen für das Jubiläum vorbereitet – und ja, wir werden auch etwas lernen. Aber lasst uns eines nicht vergessen: Ihr Leben mag ewig dauern, aber diese kostbaren Jahre hier nicht«, sprudelte Atherton mit bemühtem Ernst heraus. »Nun wollen wir uns erheben und unsere Reißzähne präsentieren, um den Harcote-Eid zu sprechen.«

Unsere Reißzähne präsentieren?

Ich beeilte mich, aufzustehen, und ballte ängstlich die Hände zu Fäusten. Reißzähne musste man verstecken, so hatte man mir beigebracht. Wenn sie aus Versehen hervorblitzten, hielt man den Mund geschlossen, bis man sie wieder einziehen konnte. Als sie gewachsen waren, ließ Mom mich anfangs jede Nacht üben, sie auszufahren und dann wieder einzuziehen. Das habe sie ganz allein lernen müssen, erzählte sie mir oft. Es sei mein Glück, dass sie mir beibrachte, wie man sich unter Menschen bewegte.

Aber hier war ich nicht mehr unter Menschen. Ich war von Vampiren umgeben, und offenbar waren sie alle daran gewöhnt, bei Bedarf ihre Reißzähne auszufahren, als wären sie eine kieferorthopädische Zahnspange.

Ich wollte mich darauf konzentrieren, sie loszulassen: das Gefühl, angespannte Muskeln zu dehnen, Luft auszuatmen, die man angehalten hatte. Aber alles, worauf ich mich konzentrieren konnte, waren die Anflüge von Panik in meiner Brust und das leise Zischen ringsum, als die anderen Schüler:innen ihre Zähne ausfuhren.

Ich schaffte es nicht.

Ein Chor von Stimmen begann, den Harcote-Eid zu rezitieren. Ich hatte mir die Worte besonders gut eingeprägt, aber ich hielt meine Lippen geschlossen. Ich durfte nicht riskieren, dass jemand dies als einen Fehltritt ansah, als Beweis dafür, dass ich nur eine Heuchlerin war und niemals dazugehören würde.

Mit einem Mal fühlte ich mich wieder wie in Virginia – an diesem letzten Tag bei den Sangers. Über die ganzen vier Jahre, in denen wir bei ihnen gewohnt hatten, hatten sie meiner alleinstehenden Mutter und ihrer Tochter gerne geholfen, wieder auf die Beine zu kommen. Meine Mutter war nach dem Tod meines Vaters psychisch nicht gerade stabil gewesen, und wir waren oft umgezogen. Das Gästehaus der Sangers war für mich das, was einem *Zuhause* am nächsten kam. Auch wenn dort längst nicht alles perfekt war. Ich wusste zum Beispiel, dass ich mich vom Haupthaus fernhalten musste, wenn sie Gäste hatten, um allen die Unannehmlichkeiten zu ersparen, zu erklären, was wir dort taten. Aber es war gut, und es war sicher. An einem grauen Dezembermorgen änderte sich alles. Sobald meine Mutter von der Arbeit nach Hause zurückkehrte, kam Ms Sanger herüber, um mit ihr zu reden. Der Gesichtsausdruck meiner Mutter ließ mir die Nackenhaare zu Berge stehen. Wir mussten verschwinden, sofort.

Ich wollte es nicht glauben. Ich bettelte um eine Erklärung. *Was hat sich geändert? Was haben wir getan?* Als meine Mutter unsere Sachen in die Koffer packte, folgte ich ihr und warf alles wieder heraus, was sie hineingelegt hatte.

Schließlich sah sie mir in die Augen. »Ich weiß nicht, wie, aber sie haben von meiner Verwandlung erfahren. Sie machen sich Sorgen um ihren Ruf, besonders bei den Kindern. Sie haben uns gebeten, zu gehen, und das werden wir auch tun.«

Mein Gejammer verstummte schlagartig. Denn ich *wusste*, wie die Sangers unser Geheimnis herausgefunden hatten. Ich hatte es einer von ihnen selbst erzählt.

Mir stieg ein bitterer Geschmack die Kehle hoch. Das Schuldgefühl, der Verlust, der *Verrat* – nichts davon war je ganz vergessen.

Ich durfte nicht zulassen, dass hier das Gleiche passierte.

»Ganz gleich, ob dieses Jahr in Harcote Ihr erstes oder Ihr fünfundzwanzigstes ist: Unzählige Jahre sollen Ihnen beschieden sein, aber behandeln Sie jedes einzelne, als wäre es Ihr letztes!«, rief Direktor Atherton. Die Sonne schien durch die Glasfenster hinter ihm und erfüllte die Halle mit einem karmesinroten Licht. »Das Schuljahr möge beginnen!«

Ich folgte den Mädchen, die aus der Großen Halle in Richtung der Mädchenquartiere eilten. Es handelte sich um eine Reihe vierstöckiger Backsteingebäude mit weißen Fensterrahmen, tannengrünen Fensterläden und Fenstergauben, die aus dem grauen Schieferdach herausragten. Das Hunter House lag an der Nordseite. In dem kleinen Garten in der Mitte verabschiedeten sich ein paar Eltern und Schöpfer von ihren Kindern. Es sah aus, als wären die Familien *sämtlicher Schüler:innen* zum Semesterauftakt gekommen.

Ich ignorierte sie und machte mich auf den Weg zum Hunter House, meinem neuen Zuhause. Überall war dunkles Holz, Vertäfelungen und Stuck an den Wänden, der Boden war abgenutzt. Als ich die Treppe in den zweiten Stock hinaufstieg, hörte ich das Türenschlagen, das Lachen meiner neuen Mitbewohner und das Poltern, mit denen Taschen und Koffer auf dem Boden landeten. Ich checkte gerade meine Zimmernummer, als die Tür aufging. Zwei Mädchen standen im Rahmen.

»Bist du Katherine?«, fragte die eine von ihnen. Sie war Asiatin, hatte große, runde Augen und ein herzförmiges Gesicht, das mir irgendwie bekannt vorkam. »Ich bin Lucy, und das da« – sie deutete mit dem Kopf zum anderen Mädchen, das europäischstämmig aussah – »ist Evangeline.«

Lucy und Evangeline strahlten mich mit dem gleichen Lächeln an, und auf einmal hatte mein Gehirn einen Kurzschluss.

Sie waren schlicht und einfach *umwerfend*.

Beide waren auf eine Weise hübsch, die ins Fernsehen oder in eine Zeitschrift gehörte, aber nicht ins wirkliche Leben, wo man sie anfassen konnte. Lucys Augen waren wie warmes Mahagoni, perfekt ergänzt durch ihre dichten Wimpern, so wie der tiefe Amorbogen ihrer Lippen durch einen perfekt platzierten Schönheitsfleck ergänzt wurde. Glänzende, dunkle Haarsträhnen umrahmten ihr Gesicht. Evangeline neben ihr hatte eine Mähne dichter, schwarzer Wellen, leuchtend blaue Augen, die sich von ihrer blassen Haut abhoben, und runde Wangen. Das mussten die hübschesten Mädchen der Schule sein, vielleicht sogar die hübschesten Mädchen im ganzen Staat

New York, und sie standen einfach nur da und *starrten* mich an. In Lucys Augen glitzerte der Schalk, und Evangeline presste den Rand ihres Daumennagels gegen ihre weichen, vollen Lippen, als würden sie sich beide Mühe geben, nicht über mich zu lachen.

Ich hätte mir fast gewünscht, dass sie es taten.

Nach einem peinlichen Schweigen, das zehntausend Jahre dauerte, brachte ich schließlich heraus: »Einfach nur Kat. Mein Name, meine ich.«

Evangeline lächelte, als wäre ich ein Baby, das gerade seine ersten Wörter gesprochen hatte. Es war schwer, ihr nicht auf den Mund zu schauen. »Okay, *Kat*, die Sache ist die: Du bist eigentlich mit Lucy auf einem Zimmer, aber Lucy und ich sind beste Freundinnen. Wir hatten wirklich sehr gehofft, dieses Jahr zusammenwohnen zu können.«

Lucy legte ihren Arm um Evangelines Schultern und zog sie an sich. »Wir waren total fertig, als Evangeline ein Zimmer im obersten Stockwerk zugewiesen bekam. Es wäre so cool, wenn du mit ihr tauschen würdest.«

»Ich wäre ohnehin die ganze Zeit hier unten, und das wäre bestimmt sehr lästig für dich.« Evangelines Gesicht verzog sich zu einem Ausdruck, der irgendwo zwischen mitfühlend und genervt lag. »Wir würden die ganze Nacht aufbleiben und reden, wenn du lernst oder so, und wenn wir dann lernen, müsstest du still sein. So wäre es viel einfacher.«

»Ich habe gehört, dass sie keinen Zimmertausch machen.«

»Oh, das ist denen im Grunde egal«, sagte Lucy, »solange du es selbst arrangierst und alle einverstanden sind. Wir haben die Adjutanten schon gebeten, deine Sachen nach oben zu bringen und Evangelines Sachen hierher zu stellen. Alles klar?«

Die Mädchen hielten inne. Evangelines Lippen hatten sich

zu einem halben Lächeln verzogen, während Lucy mit den Fingern gegen die Tür trommelte, und keine von ihnen konnte die hämische Freude ganz verbergen, die unter der Oberfläche lauerte. Irgendwas entging mir hier, ich hatte nur keine Ahnung, was. Vielleicht war es auch nicht so wichtig.

»Das ist völlig in Ordnung. Mir gefällt die oberste Etage sowieso besser. Keine Nachbarn im Stockwerk über einem, stimmt's?«

Ich erntete zwei ausdruckslose Blicke – und hatte genug Zeit, mir gedanklich selbst in den Hintern zu treten. Diese Mädchen hatten noch nie in einem Mehrfamilienhaus gelebt: Sie waren wahrscheinlich in Villen aufgewachsen. Oder auf Anwesen wie denen der Sangers. Oder auf Privatinseln.

»Du bist die Beste«, verkündete Evangeline.

Die Tür schloss sich. Dahinter brach endlich das Gelächter los, auf das ich die ganze Zeit gewartet hatte.

Im vierten Stock gab es nur ein einziges Zimmer. Wie ich erwartet hatte, war es kleiner als das, das mir unten zugewiesen worden war. Da es im Dachgeschoss lag, hatte es auf zwei Seiten schräge Wände, die die beiden Einzelbetten ein wenig enger aneinanderdrängten. Es gab zwei Schreibtische, zwei Schränke und eine Tür, die zum Badezimmer führte. Die Sonne, die durch die große Dachgaube fiel, durchflutete den Raum, und das Fenster gewährte einen schönen Blick auf die Bäume hinter dem Gebäude, und wenn man sich in die Ecke stellte, auf den Weg hinauf zum Campus.

Meine Tasche stand auf der rechten Seite des Zimmers. Nur daran war für mich ersichtlich, dass dies meine Seite war, denn das andere Zeug dort hatte ich noch nie gesehen: Frische

Laken, Kissen und eine granatrote Harcote-Bettdecke auf dem Bett, Hefte und Stifte auf dem Schreibtisch, Bücher, die ich für meine Kurse brauchen würde, alles von den Mitarbeitern meines Wohltäters arrangiert.

Und erst in meinem Kleiderschrank …

Die Regalbretter bogen sich unter allen erdenklichen Kleidungsstücken der Harcote-Schuluniform: graue und dunkelrote Faltenröcke, Blusen mit Kragen in Weiß, Schwarz und Grau, drei Blazer mit Paspeln in verschiedenen Variationen der Harcote-Farben und dem auf die Brusttasche gestickten Fledermaus- und Schlosswappen, Schals, Mützen und ein anthrazitfarbener Caban für den Winter. Auf dem Boden standen ein Paar weiße Tennisschuhe, flache Ballettschuhe, Oxfords und Slipper. Ich öffnete die Schubladen meiner Kommode: Poloshirts von Harcote, T-Shirts und Shorts für den Sportunterricht, Pullover, deren einziger Zweck darin bestand, zu signalisieren, dass man dazugehörte, und ein Sweatshirt, das verkündete: *Meine Eltern haben sich in der Ivy League kennengelernt.* In der obersten Schublade befanden sich zwei Stirnbänder (ich hatte noch nie in meinem Leben ein Stirnband getragen) und eine Sammlung vorschriftsmäßiger Socken und Strumpfhosen. Es war, als würde ich in den Kleiderschrank eines anderen Menschen schauen: das perfekte Harcote-Mädchen.

Es war schwer, sich nicht daran zu erinnern, was Shelby gesagt hatte, bevor ich abreiste.

Als ich meinen Freunden erzählte, dass ich nach Harcote gehen würde, jammerte Guzman ausgiebig, dass er zutiefst verletzt sei, weil ich ihm nicht gesagt hatte, dass ich mich an einer anderen Schule beworben hatte, und dass er ohne mich zweifellos sterben würde. Er übertrieb gern, aber dieses Mal verbarg sich dahinter echter Schmerz.

Shelby täuschte nie etwas vor, wenn es sich vermeiden ließ, und hatte gesagt: »Im Ernst jetzt? Auf solchen Internaten wimmelt es von reichen Arschlöchern.«

»Wenn ich mich in ein Arschloch verwandle, wirst du es mir bestimmt als Allererstes unter die Nase reiben, Shelbs.«

Um die Stimmung aufzulockern, rief Guzman auf seinem Handy die Website der Schule auf. »Verdammt, sind denn da nur *Models*?«

Er zoomte auf einen Kerl in einem schiefer- und granatfarbenen Harcote-Trikot, der lässig einen Lacrosse-Schläger über die Schultern gelegt hatte. »Wenn dieser Junge echt ist, *versprich mir*, dass du ihn findest und mit ihm ausgehst!«

Ich verdrehte die Augen. »Du sabberst bei allem, was Muskeln hat.«

Shelby schnappte sich das Handy und scrollte weiter. Auf der Website von Harcote wurde die Schule als typisches Internat konservativer, altmodischer Prägung dargestellt, was darüber hinwegtäuschte, dass sie erst fünfundzwanzig Jahre alt war. Das Styling könnte 1950 genauso ausgesehen haben wie 2022 – was zweifellos der Grund dafür war, dass Vampire es mochten. Die Kragenspitzen ragten über den Ausschnitt eines jeden Pullovers heraus. Es gab Stirnbänder und Faltenröcke, Cabans und Perlenohrstecker – genau die Dinge, die ich gerade in meinem Kleiderschrank gefunden hatte.

»Dieser Ort hat eine extreme Cis-Heten-Energie«, stellte Shelby fest.

»Du nennst mich doch immer deine Lieblings-Cis-Heten-Verbündete, oder?« Es war ein Running Gag zwischen Shelby und Guzman, dass ich ihre Heteroquoten-Freundin war. Normalerweise war es lustig – oder lustig genug –, aber Shelby lächelte diesmal nicht.

»Das bist nicht *du.*«

»Ich *werde* es sein, wenn ich dort bin.«

»Ich meine: Warum sollte man irgendwo hingehen, wo es einem so schwerfallen wird, sich anzupassen?«

Genau das war doch der Sinn einer Uniform, oder nicht? Dann musste man nicht jeden Tag seines Lebens eine Aussage über sein Charisma, seine Einzigartigkeit, seine Courage und sein Talent machen. Und außerdem brauchte ich mich vor Shelby auch nicht zu rechtfertigen.

Ich ging in die Knie und kramte in meiner Tasche. Ich hatte kaum Kleidung von zu Hause mitgebracht, aber jetzt wünschte ich, ich hätte gar nichts mitgenommen. Nichts davon würde hier funktionieren, so viel war klar, und ich wollte es auch nicht. Auf Erinnerungen an zu Hause konnte ich verzichten.

Ich packte ein Sweatshirt mit ausgefransten Bündchen und Basketballshorts von meiner alten Schule aus, ein paar Fundstücke aus dem Secondhandladen, die ich zusammen mit Shelby aufgestöbert hatte, ein paar T-Shirts und Jeans, die gerade noch cool genug für Sacramento gewesen waren, und stopfte alles in die Ecke meines Schranks. Ich schloss die Tür und lehnte mich mit dem Rücken dagegen.

Dann betrachtete ich die Zimmerseite meiner Mitbewohnerin. Evangeline hatte mir nicht einmal ihren Namen gesagt. Die Tür ihres Kleiderschranks stand offen und gab den Blick frei auf eine wahrhaft beeindruckende Anzahl von Turnschuhen und eine Kollektion von Blusen. Auf dem Schreibtisch stand ein guter, mit Stickern beklebter Laptop. Daneben lag ein abgenutztes Exemplar von *1000 Filme, die man gesehen haben muss, bevor man stirbt*, mit Eselsohren und Post-its darin. Ich schlug es auf und erwischte eine Seite über einen Hitchcock-Film, den ich noch nicht kannte. Die Ränder waren mit

Notizen in einer winzigen Schrift vollgekritzelt. Ich sah mir die Handschrift genauer an – irgendwie kam sie mir bekannt vor.

»Was machst du da mit meinem Zeug? Ich schwöre dir, Evangeline, wenn du …«

»Tut mir leid, ich wollte nicht …« Ich fuhr herum und sah meine neue Mitbewohnerin an.

Meine Eingeweide machten einen Satz zu meiner Kehle, dann runter bis zu meinen Zehen und wieder zurück. Das Mädchen, das vor mir stand, war groß und schlank und trug Jeans und ein weißes T-Shirt. Lockiges Haar fiel ihr über die Schultern, und die dunkle Sonnenbrille, die sie trug, konnte nicht darüber hinwegtäuschen, dass sie das zarte, jungenhafte Gesicht eines Models hatte – und dass ich sie abgrundtief hasste.

»*Taylor?* Was machst du denn hier?«

Taylor stand der Mund offen. Die Sonnenbrille verdeckte ihre Augen, aber ihre Augenbrauen waren in die Höhe geschossen. »Was ich hier mache?«, brachte sie schließlich heraus und gestikulierte, als gehörte ihr das Zimmer. Was es natürlich auch tat. »Das hier ist mein Zimmer. Was tust *du* hier? *Du bist doch gar nicht auf Harcote.*«

Ich verschränkte die Arme. Die schreckliche Wucht dieses Zufalls hatte mich voll in den Magen getroffen, und ich wollte mich jetzt wirklich nicht übergeben. Von allen Vampiren in Harcote war ich ausgerechnet mit *Taylor Sanger* zusammengesteckt worden. Taylor, deren Eltern uns auf die Straße gesetzt hatten, um den Ruf ihrer Familie zu schützen. Taylor, die ihnen von der Verwandlung meiner Mutter erzählt hatte. Wir waren einmal beste Freundinnen gewesen, aber nach diesem schrecklichen Morgen hatte ich nie wieder etwas von ihr gehört, und genau so wollte ich es auch haben. »Ist schon schräg, dass sie jemanden, der nicht einmal auf die Schule geht, ins Wohnheim einziehen lassen, hm?«

Ich zog mich in mein Revier auf der anderen Seite des Zimmers zurück, während Taylor zu ihrem Bett schlenderte und sich darauf fallen ließ. Sie war gertenschlank, wie sie es schon immer gewesen war, aber jetzt war sie größer, und als sie auf dem niedrigen Bett saß und das Gesicht in die Hände stützte, schien sie ihre langen Glieder zusammenzufalten. »Kaum zu fassen, dass ich das jetzt frage, aber was ist mit Evangeline?«

»Ich hatte ein Zimmer mit Lucy zugewiesen bekommen, und die beiden baten mich, das Zimmer zu tauschen. Natürlich wusste ich nicht, in wessen Zimmer ich dann kommen würde.« Ich schüttelte den Kopf. »Wieso habe ich nicht daran gedacht, dass ich dich hier treffen könnte?«

»Wo sollte ich sonst sein?« Taylor nahm ihre Sonnenbrille ab, und ich sah zum ersten Mal, seit wir dreizehn gewesen waren, ihr Gesicht. Sie hatte jetzt prominentere Wangenknochen, dichtere Augenbrauen, die immer noch fast gerade über ihre Stirn verliefen. Und obwohl sie mich nicht direkt ansah, wusste ich, dass ihre Augen unter dem Wimpernkranz das altbekannte, goldene Braun hatten. »Harcote ist die einzige Vampir-Highschool im ganzen Land.«

»Einige von uns gehen tatsächlich mit Menschen zur Schule.«

Das brachte Taylor für eine Minute zum Schweigen. Sie ließ sich auf ihr Bett zurückfallen, legte einen Arm über den Kopf und starrte auf die schräge Decke über ihr. Daran hatte sie eine Regenbogenfahne befestigt, wie ich jetzt sah.

»Bist du …« Ich unterbrach mich. Richtig überrascht war ich nicht – niemanden, der sie kannte, hätte überrascht, dass Taylor nicht heterosexuell war, besonders jetzt nicht. Aber ich empfand einen gewissen Stich, dass sie es mir nicht gesagt hatte. Wie oft hatten wir uns versprochen, *keine Geheimnisse* voreinander zu haben?

Andererseits – man sah ja, was mir dieses Versprechen eingebracht hatte.

Taylor bemerkte meinen Blick. »Falls das ein Problem sein sollte, kannst du dich gleich verpissen.«

»Ich würde mich liebend gern sofort verpissen, aber das hat damit nichts zu tun.« Ich starrte sie an. Und weil ich gut erzogen war, fragte ich dann: »Was sind deine Pronomen?«

Sie kniff das Auge zusammen, mit dem sie mich unter ihrem Ellbogen fixierte, als wollte ich ihr eine Falle stellen. Mit jeder Sekunde, in der Taylor nicht antwortete, wurde mein Mund trockener und meine Handflächen schwitziger. Zu Hause erwähnten die Leute ständig ihre Pronomen. Wenn Taylor sich durch die Frage beleidigt fühlte, dann sollte sie sich doch verpissen. Ich drehte mich wieder zu meiner fast leeren Tasche um. »Meine sind sie/ihr. Falls du dich das fragst.«

»Meine auch«, antwortete Taylor. »Sie/ihr.«

Ich konzentrierte mich mühsam darauf, meine Duschablage zu organisieren.

Ich wusste nicht, was Evangeline gegen Taylor hatte, aber eins stand fest: Ich würde mir von Taylor keine einzige Sekunde meiner Zeit in Harcote verderben lassen – nicht, nachdem sie schon so viel in meinem Leben vermiest hatte. »Ich bin über diese Situation genauso unglücklich wie du. Wir werden wohl kaum wieder Freunde werden. Ich bitte dich nur, dass du mir das hier nicht kaputt machst.« Ich warf ihr einen Blick über die Schulter zu. »Versprich mir, dass du ihnen nichts von mir erzählst.«

»*Kath-er-ine Finn.*« Taylor sprach meinen Namen so aus,

wie sie es immer getan hatte, als wir noch Kinder waren, und verweilte auf der mittleren Silbe, die die meisten Leute ganz verschluckten.

»Nenn mich nicht so«, sagte ich. »Du weißt, dass ich Kat heiße.«

»Keine Sorge.« Taylor rollte sich von ihrem Bett, schnappte sich ihre Sonnenbrille und ging zur Tür. »Ich werde dich in Ruhe lassen.«

5

Taylor

Ich rannte – zwei Stufen auf einmal nehmend – die Treppe im Hunter House hinunter zum Schulhof und lief in Richtung der Sportplätze. Ich hatte nur den brennenden Wunsch, woanders zu sein. Bald sollte die Hausversammlung beginnen und Radtke würde sauer sein, wenn ich zu spät kam, aber Radtke konnte mich sowieso nicht leiden.

Jetzt musste ich mich erst einmal von dem Schlag erholen, den das Schicksal mir gerade versetzt hatte.

Die *verdammte* Katherine Finn.

Auf meiner Schule.

In meinem Haus.

In meinem Zimmer!

Die Aussicht, mit Evangeline zusammenzuleben, war ungefähr so verlockend wie das Zusammenleben mit einem Skorpion, der in einen Anzug aus Menschenhaut geschlüpft ist, aber das hier war – auch wenn man es kaum für möglich halten konnte – *noch viel schlimmer.*

Ich fand mich auf dem leeren Lacrosse-Feld wieder, dessen grünes Gras im Gegensatz zu meiner Situation geradezu provozierend fröhlich wirkte. Ich marschierte bis zur obersten Reihe der Metalltribüne und ließ mich geräuschvoll auf den Rücken fallen. Das Metall brannte heiß auf meiner Haut.

Dagegen musste es doch ein Gesetz geben, eine Art Verjährungsfrist. Wenn es drei Jahre her war, dass deine beste Freundin ohne Abschied verschwand, durfte man nicht mehr dazu gezwungen werden, mit ihr das Zimmer zu teilen. Falls die letzte Kommunikation mit dieser Person aus der Textnachricht bestand, *dass sie nie wieder mit dir sprechen wolle*, konnte man doch nicht von dir erwarten, neun Monate lang in einem Bett zu schlafen, das nur einen Meter von ihrem entfernt stand. Wenn du zwar keine Ahnung hättest, was schiefgelaufen war, aber bereit wärst, zu akzeptieren, dass es wahrscheinlich sowieso deine Schuld war, bräuchtest du eine der beschissensten Zeiten deines Lebens nicht noch einmal zu durchleben.

Offensichtlich lebten wir in einer Welt ohne Gerechtigkeit, denn solche Gesetze gab es nicht.

Mir war der Gedanke keineswegs neu, dass Kat in Harcote auftauchen könnte. Ich hatte mir genau dieses Szenario ungefähr eine Zillion Mal vorgestellt, und ich gebe zu, dass ich mehr als einmal – ja, ziemlich oft sogar – zu schwach gewesen war, um der Versuchung zu widerstehen, in ihren Social-Media-Profilen herumzuscrollen. Mir war durchaus nicht entgangen, dass sie ihr seidiges, kastanienbraunes Haar immer noch lang trug und dass es in der richtigen Beleuchtung rot schimmerte oder dass sie dieselben runden Wangen hatte, die ihre Augenwinkel in Falten legten, wenn sie lächelte. Aber das alles hatte mich nicht darauf vorbereitet, Kat *tatsächlich* wiederzusehen, darauf, wie es sich anfühlte, wenn ihre haselnussbraunen Augen, deren Iris mit grünen Fäden durchzogen war, wütend aufflammten, als sie mich erkannte.

Als ich sie dort stehen sah, spürte ich plötzlich die Konturen meines Herzens. Es bebte in meiner Brust wie ein verängstigtes Kaninchen, das darauf wartete, geschlachtet zu werden. *So müs-*

sen sich Menschen fühlen, kurz bevor sie verhext werden, dachte ich.

Ich trat mit dem Fuß gegen die Tribüne und ließ sie so scheppern, dass es in meinem Schädel widerhallte.

Wir lernten uns kennen, als sie neun und ich gerade zehn geworden war. Von Anfang an waren wir unzertrennlich. Sie war die einzige Person, mit der ich Zeit verbringen wollte, und ich weiß, dass sie für mich genau dasselbe empfand. Nun ja, ab einem gewissen Punkt vielleicht nicht mehr *genau* dasselbe, aber ich hatte selbst nicht verstanden, was meine Gefühle für sie wirklich bedeuteten. Dann, eines Tages, waren sie und ihre Mutter einfach verschwunden, auf und davon mit all ihren Sachen. Ohne Erklärung und ohne Abschied.

Ich hatte mich noch nie so elend gefühlt. Als wäre meine Brusthöhle aufgesprengt worden und die Wunde wollte sich nicht schließen. Als meine Mutter mir erzählte, dass die Finns die Stadt verlassen hatten, vergrub ich mein Gesicht in meinem Kissen und weinte. Ich blieb liegen, auch lange nachdem die Tränen versiegt waren. Meine Trübsalblaserei muss wohl besonders heftig gewesen sein, denn meine Mutter – eine Frau mit der emotionalen Kapazität einer dreihundertjährigen Schildkröte – versuchte tatsächlich, mich zu trösten. Ich hatte mich ihr gegenüber noch nicht geoutet, aber ich hätte schwören können, dass sie wusste, was wirklich mit mir los war.

Mein Herz war gebrochen.

Ungefähr dreiunddreißig Monate völliger Funkstille hatten nichts daran geändert, dass Kat die zweifelhafte Ehre hatte, Taylor Sangers erster Schwarm zu sein. Sie wiederzusehen – *mitten in dem Zimmer, das wir uns monatelang teilen würden* – führte mir das mit der Sensibilität eines Vorschlaghammers vor Augen.

Ich stützte mich auf die Ellbogen und schaute zurück zum Hof der Mädchen. Die Hausversammlungen hatten vielleicht schon begonnen. Ich setzte wieder die Sonnenbrille auf und legte mich hin.

Es war ja nicht gerade so, dass es in Harcote viele Möglichkeiten gab, den ersten Schwarm durch die erste Freundin zu ersetzen. Das einzige andere queere Mädchen an der Schule, von dem ich wusste, war bereits in der vierten Stufe, als ich noch neu war, und viel zu cool, um meine Existenz auch nur wahrzunehmen; seit ihrem Abschluss war ich die Alibi-Lesbe des Campus.

Ehrlich gesagt brachte diese Position gewisse Vorteile mit sich, und zwar in Form von Mädchen, die mich heimlich fragten, ob ich sie mal küssen wollte. Eigentlich interessierten sie sich gar nicht dafür, ob ich das wollte, sondern setzten einfach voraus, dass ich es tun würde, weil Lesben ihrer Meinung nach so waren. Aber es war ihre Art, mir mitzuteilen, dass sie mich gern mal küssen wollten, einfach probehalber. Als ob sie mir damit einen Gefallen täten. Einige von ihnen fügten noch hinzu, dass sie neugierig seien, ob es mit einem Mädchen anders sei. Aber was sie bezweckten, kümmerte mich nicht – ich war weder ihre Therapeutin noch ihre Freundin.

Ich habe sie natürlich trotzdem immer geküsst.

Warum sollte ich nicht auch ein bisschen Spaß haben? Klar, sie benutzten mich, aber es fühlte sich gut an, mitzukriegen, wenn sie schnallten, dass ich etwas hatte, was sie wollten. Außerdem fand ich es heiß, wie die perfekten kleinen Harcoties Schiss hatten, etwas Verbotenes zu tun – auch wenn es mich nervte, dass sie glaubten, das Küssen von Mädchen fiele in diese Kategorie.

Der eindeutige Nachteil war, dass keines dieser Mädchen

Stammkundin von Taylors Kussecke werden wollte. Das machten sie mir meistens unmissverständlich klar, sobald die Knutscherei zu Ende war. Was den Moment danach ziemlich trübte. Diese kleinen Erinnerungen besaßen eine böse Alchemie. Sie verwandelten eine amüsante Eroberung in eine Zurückweisung von jemandem, den ich gar nicht gewollt hatte. Die meisten Mädchen hielten sich an das, was sie gesagt hatten: Ein Kuss, und damit war die Sache erledigt.

Mit einer Ausnahme. Ich konnte mir nicht vorstellen, wie man jemanden anbettelte, den BH auszuziehen, und anschließend so tun konnte, als wäre man der Fluch ihrer Existenz, aber andererseits tat Evangeline vieles, was mir unbegreiflich war.

Und wenn Kat das nun alles ändern könnte?

Reiß dich zusammen!, befahl ich mir, als ich mich so schnell wieder aufrichtete, dass mir schwindelig wurde. Kat war nicht aus meinem Tagtraum herausspaziert, um meine *Freundin* zu werden. Schon der *Gedanke* an das Wort *Freundin* kam mir idiotisch vor. Im wirklichen Leben wollte Kat mich nicht einmal *kennen*, geschweige denn mit mir befreundet sein. Außerdem – und daran konnte ich mich lebhaft erinnern – war sie hetero. Mein lesbischer sechster Sinn hätte angeschlagen, wenn sie es nicht wäre.

Ich musste ein wenig lächeln, als ich mich daran erinnerte, wie sie mich nach meinen Pronomen fragte. Ich hatte noch nie gehört, dass Vampire so etwas fragten, obwohl ich wusste, dass Menschen es manchmal taten. Das bedeutete jedoch nur, dass Kat viel Zeit unter Menschen verbracht hatte. Im Moment mochte sie noch anders als die anderen Harcote-Mädchen sein, aber das würde nicht lange anhalten. Es wäre dumm von mir, etwas anderes anzunehmen.

Und ich war nicht dumm.

Zumindest versuchte ich, es nicht mehr zu sein, und zwar ab sofort.

Ich ließ die Fingergelenke knacken und trampelte dann mit aller Kraft die Tribüne hinunter, sodass jeder Schritt über das Spielfeld schepperte.

Ich hatte nicht vor, mir noch mal das Herz brechen zu lassen, nicht in Harcote und schon gar nicht von Katherine Finn.

6

Kat

In meinem vorübergehend Taylor-freien Zimmer marschierte ich auf und ab. Ich konnte mich nicht an den Gedanken gewöhnen, dass ich dieses Zimmer ein Jahr lang mit Taylor teilen würde. Wenn ich mir die Zähne putzte: Taylor. Wenn ich in mein Tagebuch schrieb: Taylor. Wenn ich für Mathe lernte: wieder Taylor. Als würde ich von einem Geist heimgesucht, der eigens dafür geschaffen wurde, mich nicht vergessen zu lassen, was ich in Harcote zurücklassen wollte. Ich konnte nur hoffen, dass sie bezüglich meiner Familie ihre Klappe hielt und mich mein Leben leben ließ.

Jetzt hatte ich keine Zeit mehr, auszuflippen. Die Hausversammlung begann in ein paar Minuten, und gleich danach würden wir zum ersten gemeinsamen Essen des Jahres gehen. Der Dresscode dafür lautete: »semiformell«. Ich wusste nicht, was das genau bedeutete, aber das war auch egal. Ich durchstöberte meinen Kleiderschrank nach den Sachen, die mir mein Gönner zur Verfügung gestellt hatte. Was ich fand, war schwarz.

Jede Menge Schwarz.

Ich nahm die Kleider aus dem Schrank und warf sie auf mein Bett. Grundsätzlich war an ihnen nichts auszusetzen. Ein paar waren wunderbar passend, falls man eine depressive

Bibliothekarin oder wirklich besessen von Tarotkarten war. Ich hielt ein Bündel schwarzer Spitze hoch und verbrachte zwei Minuten damit, herauszufinden, wo die Ärmel waren, bevor ich es weglegte. Andere Kleidungsstücke stammten anscheinend aus einer ganz anderen Epoche. Eines mit einem echten Korsett schrie förmlich: *Ich helfe gern als professionelle Trauerbegleiterin!* Ein anderes sah aus, als könnte ich es zu einem Vorsprechen als Stunt-Double für die Serie *Elvira – Herrscherin der Dunkelheit* tragen.

Ich runzelte die Stirn angesichts dieses Stapels dunkler Stoffe. Zu Hause hatte ich fast nie Schwarz getragen. Wie sollte ich mich entscheiden, wenn sich keines von ihnen nach *mir* anfühlte?

Ich schnappte mir eines der am wenigsten bizarren Kleider, zog es an und stellte mich vor den Spiegel. Ich sah aus wie eine düstere Brautjungfer auf der Hochzeit des Satans. Dann fletschte ich die Zähne und versuchte, meine Reißzähne nach unten zu bewegen. Die Eckzähne verlängerten sich fast unmerklich, als die Treppe knarrte und ich den Mund hastig zuklappte. Ich wollte nicht, dass Taylor mich so unsicher und verletzlich erlebte. Ich wartete darauf, dass sie wie ein Wirbelwind in den Raum stürmte, wie sie es vorhin getan hatte.

Aber es kam niemand die Treppe hoch.

Plötzlich vermisste ich meine Mutter so sehr, dass ich es fast nicht mehr aushalten konnte. Ich wollte ihr von Taylor erzählen, davon, wie verängstigt und deplatziert ich mich hier fühlte, um von ihr beruhigt zu werden, dass ich es schaffen konnte.

Aber ich vertraute nicht mehr darauf, dass sie das tun würde.

Seit der Nacht, in der ich von Donovan zurückkam und ihr offenbarte, was ich getan hatte, war unser Verhältnis schrecklich gewesen. Ich hatte damit gerechnet, dass sie meine Entscheidung irgendwann akzeptieren würde, aber das tat sie nicht. Wir sprachen kaum darüber, dass ich gehen wollte. Wir sprachen fast gar nicht mehr miteinander. Sie war noch nie so kalt zu mir gewesen. Dabei waren wir beide alles, was wir hatten.

Als wir uns heute Morgen an der Sicherheitskontrolle des Flughafens verabschiedeten, war ich fast erleichtert. Als sie mich ein letztes Mal umarmte, hätte ich sie am liebsten nicht gehen lassen. Aber der Groll blieb, wie ein Juckreiz, den man nicht wegkratzen konnte. Sie war der Grund, warum ich das hier allein durchziehen musste. Als ich mich aus der Umarmung löste, versuchte sie, eine lose Haarsträhne hinter mein Ohr zu streichen, aber ich schob ihre Hand weg.

»Versprich mir, dass du nicht vergisst, wer du bist«, sagte sie.

»Die Leute ändern sich, Mom«, hatte ich erwidert. Dann hatte ich mich umgedreht und war weggegangen.

Was spielte es überhaupt für eine Rolle, ob meine Mutter dachte, ich könnte es schaffen?

Ich würde es auf jeden Fall machen.

Ich holte tief Luft und drückte die Schultern durch, um das Kleid zu richten.

Harcote war meine Chance. Ich hatte alles auf eine Karte gesetzt. Ich hatte meine Freunde abserviert und eine Handgranate auf die Beziehung zu meiner Mutter geworfen. Ich musste das hier hinbekommen.

Ich starrte mich im Spiegel an und konzentrierte mich auf meine Reißzähne. Durch das Zucken eines Muskels, den ich schon lange nicht mehr benutzt hatte, glitten sie heraus: kaum lang genug, um meinen unteren Zahnfleischrand zu erreichen, fast durchscheinend blass und verdammt scharf. Ich konnte nicht sagen, ob es sich unnatürlich oder einfach nur ungewohnt anfühlte. Aber dass ich meine Vampirnatur zu lange verborgen hatte, bewies, dass ich tatsächlich nach Harcote gehörte.

Ich übte immer wieder vor dem Spiegel, bis mir das Unbehagen nicht mehr ins Gesicht geschrieben stand.

Der Gemeinschaftsbereich im ersten Stock vom Hunter House bestand aus einer Reihe gemütlicher, salonartiger Räume. Das Arbeitszimmer war mit Bücherregalen und einem langen Holztisch mit grün beschirmten Lampen ausgestattet. Im hinteren Teil des Hauses befand sich ein gemütlicherer Raum mit Sofas und einem Filmprojektor. Der Hauptraum verfügte über einen von einem riesigen Kaminsims eingerahmten Kamin, der zugemauert war – Vampire sind leicht entflammbar –, und war mit gemütlichen Sofas und Sesseln vollgestellt. Es war schön. Wirklich schön. Ich konnte mir vorstellen, mich in einem der Sessel zusammenzurollen und zu lesen oder bis spät in die Nacht aufzubleiben, um mit meinen noch nicht identifizierten neuen Freundinnen einen Film anzusehen. Vielleicht konnte ich es ja sogar vermeiden, allzu viel Zeit in meinem Zimmer zu verbringen.

Am Fuß der Treppe blieb ich stehen und taxierte die Mädchen, die sich vor mir im Hauptraum versammelt hatten. Die Häuser mischten Mädchen aus allen vier Jahrgängen. Die aus dem vierten Jahrgang stapelten sich förmlich übereinander bei dem Versuch, gemeinsam ein Ledersofa mit verschnörkelten Armlehnen zu besetzen, das eindeutig Territorium der Oberstufe war. Die Neuen sprachen mit niemandem und trugen Outfits, die ihre Eltern ausgesucht hatten. Die aus dem zweiten und dritten Jahrgang mischten sich darunter.

Und jede von ihnen – *jede Einzelne* – war absolut wunderschön.

Mein Mund wurde trocken.

Als ich Evangeline und Lucy kennenlernte, hatte ich angenommen, sie seien die hübschesten Mädchen der Schule. So viel Schönheit musste einfach Seltenheitswert haben. Aber als ich mich jetzt in diesem Raum voller Mädchen umsah, schien es, als wären Evangeline und Lucy völlig *durchschnittlich*.

Erwachsene Vampire waren auf eine besondere Art und Weise attraktiv, aber für gewöhnlich war es eher ihre Ausstrahlung als etwas Körperliches. Fast alle waren als Menschen geboren worden: Eine Verwandlung konnte nur das vorhandene Material verbessern. Die Schüler:innen in Harcote jedoch waren anders: Youngblood-Vampire, die schon so geboren worden waren, und das merkte man.

Diese Mädchen waren auf eine erdrückende, schmerzhafte Art und Weise schön, die es schwer machte, einen klaren Gedanken zu fassen. Jede von ihnen schien ihre eigene Form von Perfektion zu besitzen. Üppiges Haar, dichte Wimpern, geschwungene Lippen. Ich versuchte wirklich, nicht unhöflich zu glotzen, aber sogar ihre Körper waren erstaunlich. Will sagen: *heiß*. Und sie sahen keineswegs alle gleich aus – einige Mädchen waren dünner oder dicker, muskulös oder kurvig, genau wie die Mädchen an meiner alten Schule. Aber jede hatte etwas Anmutiges, Besonderes und Auffälliges an sich, als wäre jedes Mädchen die vollkommene Version ihrer selbst. Es kam mir vor, als wäre ich in ein Treffen von Junior-Level-Göttinnen oder unentdeckten Prinzessinnen gestolpert, die von ihren paradiesischen Privatinseln direkt nach Harcote gekommen waren und nicht – wie ich – vom Sacramento International Airport.

Aber ich war hier, ich war eine von ihnen. Ich fuhr mit den Fingern vorsichtig an meiner Kinnlinie entlang. Hatte ich selbst auch eine solche Wirkung auf Menschen?

Man hatte mir immer gesagt, ich sei hübsch. Und ehrlich gesagt brauchte ich diese Komplimente nicht. Ich hatte es immer gewusst, so wie ich wusste, dass ich vier Gliedmaßen und Reißzähne besaß, und schließlich hatte ich nichts Besonderes getan, um sie zu bekommen. Das hielt jedoch auch völlig fremde Personen nicht davon ab, sich zu jedem Teil meines Körpers zu äußern, als hielten sie es für ihr Recht, mich darauf aufmerksam zu machen. Sogar meine Freunde zogen mich damit auf, dass ich nie eine peinliche Entwicklungsphase hatte. Hübsch zu sein – und noch dazu ein hübsches weißes Mädchen – brachte Privilegien mit sich. Trotzdem hatte ich das Gefühl, dass jeder Tag in meinem Leben eine peinliche Phase war, und mein Aussehen machte es nur noch schwerer, das zu verbergen.

In Harcote dagegen fiel ich überhaupt nicht auf.

Eine Wand aus ausgewaschenem Schwarz, die nach Mottenkugeln stank, stellte sich mir in den Weg.

»Sie sind Ms Katherine Finn?«, fragte die Frau.

»Ich bevorzuge Kat«, gab ich zurück.

»Ich bin Ms Radtke, die Verwalterin von Hunter House. Es ist mir ein Vergnügen, Sie kennenzulernen.«

Ms Radtke sah aus, als wäre sie direkt aus »Große Erwartungen« hierher teleportiert worden. Sie trug ihr Haar in einem großen Dutt, den sie mit Knochenkämmen festgesteckt hatte, und ein bodenlanges Kleid mit echter Tournüre und hochgeschlossenem Spitzenkragen. Das Mieder war mit Perlen in der Form menschlicher Schädel bestickt. Alles andere an ihr, vom Stoff ihres Kleides über ihr Haar bis hin zu ihrer Haut, hatte die stumpfe, graue Farbe von Staub. Es war unmöglich, ihr Alter zu erraten: Sie hatte die Ausstrahlung einer Gruftwächterin, aber ihre Augen zeigten nur winzige Anzeichen von Krähenfüßen.

Kurz gesagt, sie war die gruftigste Bitch, die ich je gesehen hatte.

»Willkommen in Harcote«, fuhr Ms Radtke zügig fort. »Evangeline hat eine Änderung Ihrer Zimmerbelegung gemeldet. Sie wohnen jetzt in 401 mit … Taylor Sanger zusammen. Ist das korrekt?«

Ms Radtkes Stimme schien bei Taylors Namen zu gerinnen. Evangeline und Lucy waren wohl nicht die Einzigen, mit denen sie nicht zurechtkam. Ich nickte, und sie hakte etwas in ihrer ledergebundenen Mappe ab. »Ich habe Lucy gebeten, Ihnen bei der Orientierung zu helfen.« Ms Radtke winkte sie zu sich.

Lucy trug ein babyblaues Neckholder-Top und einen dazu passenden hüfthohen Rock und hatte ihr glattes Haar zu einem hohen Pferdeschwanz gebunden. Es war auch so definitiv etwas Besonderes, aber sie brachte es noch mehr zur Geltung. Ich fummelte an den Spitzenärmeln meines Kleides herum. Im Vergleich zu Lucy sah ich aus wie eine Leichenbestatterin in der Mittagspause.

Auf Ms Radtke hatte Lucys Outfit allerdings eine ganz andere Wirkung. »Ms Kang, müssen Sie unbedingt beim ersten formellen Dinner des Jahres so liederliche Kleidung tragen?«

»Aber Ms R, das würde ich doch nie tun! Ich ziehe das über, bevor wir gehen.« Lucy hielt ein Knäuel aus flauschigem, babyblauem Fell hoch, dann packte sie meinen Arm und zog mich weg. Das süße Lächeln auf ihrem Gesicht erlosch. »Diese verdammte Radtke macht mich noch wahnsinnig! Sie ist ja so eine Trav.«

»Was ist eine Trav?«

Lucy warf mir einen Seitenblick zu. »Ein traditionalistischer Vampir? Du weißt schon – altmodische Spukhaus-Spinner. Sie tun so, als wäre Nosferatu ein Lifestyle-Guru gewesen, keine erfundene Romanfigur.«

Offensichtlich wusste das jeder außer mir. »Wo ich herkomme, nennen wir sie, äh, anders. Hör mal, das klingt vielleicht komisch, aber du kommst mir so bekannt vor. Haben wir uns schon mal getroffen?«

»Das höre ich oft.« Lucy ließ das Ende ihres glatten Pferdeschwanzes durch die Finger gleiten und kniff ein Auge zu.

Ich erstarrte. »O mein Gott! Das ist so peinlich – du bist LucyK, nicht wahr?« An meiner alten Schule waren alle von LucyK besessen, ganz besonders Guzman. Ihre Videos waren eigentlich nichts Besonderes, aber die Leute *liebten* sie. Ich hatte Freunde, die den Lipgloss trugen, den LucyK benutzte, die die Sweatshirts kauften, die LucyK in ihren Clips trug, die die Art und Weise kopierten, wie LucyK auf ihren Fotos posierte. Guzman sagte mir einmal, er habe das Gefühl, sie sei eine seiner Freundinnen. Mir war nie in den Sinn gekommen, dass sie eine Vampirin sein könnte. »Ich folge dir echt *überall.*«

»Das ist ja so süß!« Lucy verzog ihre Lippen zu einem Schmollmund. »Meine vampirischen Anhänger sind wirklich etwas Besonderes für mich. Bei Menschen kann ich nie sagen, ob der Support echt ist, aber bei Vampiren weiß man, dass er von Herzen kommt.«

»Was meinst du mit: ob der Support echt ist?«

»Vampircharisma ist ein wahnsinnig gutes Marketinginstrument.« Lucy warf ihren Pferdeschwanz über die Schulter zurück. »Ich war die Erste, die es fürs Influencing eingesetzt hat. Und ich habe es zu einer Kunstform gemacht. Alle meine Anhänger fühlen eine echte *Verbindung* zu mir.« Lucy lachte. »Manchmal denke ich an die Macht, die ich über sie habe. Es ist einfach so … aaah, so intensiv, oder?«

Lucy machte keinen Hehl daraus, wie sehr sie diese Vorstellung begeisterte. Ich legte mir gerade eine Antwort zurecht, als Ms Radtke unsere Aufmerksamkeit einforderte.

»Willkommen im Hunter House und willkommen in Harcote, falls Sie neu dazugekommen sind.« Die Eingangstür schlug zu, als Taylor hereinschlüpfte. »Die Mädchen um Sie herum werden für das nächste Jahr Ihre Familie sein. Sie werden zusammen lernen, zusammen wohnen und zusammen essen. Wir hoffen, dass sich diese Hausfreundschaften so stark entwickeln, dass sie ein ganzes unsterbliches Leben lang halten.

Wir erwarten in Harcote sehr viel von Ihnen. Sie sind die Besten der Besten, und unsere Standards sind hoch, was Ihr persönliches Verhalten und Ihre akademischen Leistungen angeht. Von Ihnen wird erwartet, dass Sie sich jederzeit an alle Regeln und Vorschriften des Ehrenkodex halten. Wir respektieren die Ausgangssperre von zehn Uhr abends bis sechs Uhr morgens, ausgenommen sind Wochenenden, wenn ich es persönlich genehmige. Und für alle gilt ohne Ausnahme: *keine Jungs.*«

Ein wehklagendes Stöhnen erfüllte den Raum. Ich warf einen Blick auf Taylor, die ihre langen Gliedmaßen so verrenkt hatte, dass sie auf einer schmalen Fensterbank sitzen konnte, die nicht zum Sitzen gedacht war. Sie grinste. Klar, in ein Haus voller Mädchen eingesperrt zu sein, war nicht für jede gleichermaßen qualvoll.

Ms Radtke klatschte, und es kehrte wieder Ruhe ein. »Ich erwarte von Ihnen allen, dass Sie sich jederzeit wie junge Ladys verhalten. Falls Sie persönlich kein Problem damit haben, sich zu blamieren, vergessen Sie nicht, dass ungehöriges Benehmen ein schlechtes Licht auf die anderen Bewohnerinnen des Hauses, auf mich und Harcote und letzten Endes auf die ganze

Vampirgemeinde wirft.« Ms Radtke mühte sich, ein Lächeln zustande zu bringen. »Also: Wir begrüßen neue Schülerinnen in der Harcote-Familie, darunter auch einen Neuzugang in unserer dritten Jahrgangsstufe.«

O nein, nein, nein, nein.

»Bitte stellen Sie sich vor, Kat Finn.«

Dreiundzwanzig Augenpaare in perfekt symmetrischen Gesichtern richteten sich auf mich.

Mein Mund wurde trocken. Hätte man mich nicht vorwarnen müssen?

»Hi, ich bin Kat. Ich komme aus Sacramento. Ich bin einfach nur begeistert, hier zu sein.« Mein Gehirn trennte sich sanft, aber bestimmt von meinem Mund. »Das ist eine großartige Gelegenheit, und ich kann es kaum erwarten, alle kennenzulernen. Also, auf geht's, Harcote!«

Die Stille, die meinen Worten folgte, war absolut und zutiefst ätzend. Und ließ mir reichlich Gelegenheit, mich zu fragen, ob man so stark erröten konnte, dass es zu einer Ohnmacht reichte. Obwohl ich mit dem Rücken zum Fenster stand, wo sie saß, war ich mir sicher, dass Taylor Mühe hatte, ihr Lachen zu unterdrücken.

Ms Radtke erlöste mich aus meinem Elend. »Entzückend! Und jetzt die erste Stufe. Denkt daran, dass das Dinner gleich beginnt, also glauben Sie bitte nicht, dass jede von Ihnen so eine geistreiche Rede halten muss.«

Nachdem die Hausversammlung beendet war, schlossen Lucy und ich uns Evangeline an, um zum Speisesaal zu gehen. Sie hielten sich von den beiden anderen Neuzugängen im Hunter House fern, die der dritten Jahrgangsstufe angehörten – genau so, wie sie es auch bei Taylor taten. Anna Rose Dent und Jane Marie Dent waren eineiige Zwillinge, die wie Mitglieder einer Südstaaten-Studentenverbindung aussahen.

»Das sind total schräge Typen«, murmelte Evangeline. »Du weißt schon, wenn Zwillinge sich *zu* sehr zusammenschließen.«

Ich wusste nicht, was sie meinte, aber ich war froh, dass ich nicht mit den Dent-Mädchen sprechen musste. Sie erinnerten mich an Mädchen in meiner alten Schule, die in jedes Gespräch über Polizeigewalt den Spruch *Jedes Leben zählt* einflochten.

»Nicht, dass du wegen Radtke und den Dents einen falschen Eindruck bekommst«, fuhr Evangeline fort, während wir den gepflegten Backsteinwegen folgten, die den Campus durchzogen. »Die meisten von uns sind keine Travs, ganz und gar nicht. Vielleicht träumen die Dent-Mädchen ja davon, Menschen zu jagen …«

»Das ist *schrecklich* und so krass«, setzte Lucy hinzu, als wir uns in die Schlange der Schüler:innen auf den Stufen des Speisesaals einreihten, die darauf warteten, ihre Tische zugewiesen zu bekommen.

»… aber ich träume davon, nach Yale zu gehen, weißt du? Dort wären die meisten Kommilitonen Menschen.«

Es erleichterte mich, das zu hören. »Bevor ich hierherkam, war ich auf einer … man könnte es wohl Menschenschule nennen«, gab ich zurück.

»Ernsthaft?«, fragte Lucy. »So eine ganz normale Highschool?«

»Eine normale, staatliche Highschool.« Ich lächelte und freute mich, dass ich etwas gesagt hatte, das sie beeindruckte.

Evangelines aquamarinblaue Augen funkelten. »Aber sind diese Schulen nicht irgendwie mies?«

»Ich meine … okay, meine alte Schule war nicht so gut wie diese hier.«

Als Evangeline sich umdrehte und mit den Mädchen vor uns sprach, setzte Lucy ein Lächeln auf, das mir ein warmes Gefühl in der Brust vermittelte. »Ich bin wirklich schlecht darin, dich einzuweisen! Das gemeinsame formelle Abendessen findet zweimal in der Woche statt, und man sitzt das ganze Jahr über am selben Tisch. Sie mischen Jungs und Mädchen aller Jahrgangsstufen. Das ist absolut langweilig. An den anderen Abenden kann man essen, wann man will. Normalerweise gehen wir gegen sieben, wenn du mitkommen willst.«

»Danke, das wäre wirklich toll«, sagte ich. »Ich weiß wirklich zu schätzen, was du alles für mich tust.«

Lucy beugte sich dicht zu mir vor, und ihre Augen verengten sich. »Ein Tipp vom Profi, Kitty Kat: Versuch diesen ganzen ›*Ich danke euch sehr*‹- und ›*Ich bin so froh, dass ich hier bin*‹-Scheiß zu lassen. Es soll dich doch niemand für einen Sozialfall halten, verstehst du, was ich meine? Also entspann dich einfach.«

Ich wusste, dass ich zutiefst beschämt aussah. Ich spürte, wie mein Gesicht schlaff wurde, meine Augen sich weiteten, und es fühlte sich schrecklich an – als wäre ich vom Sprungbrett gesprungen und mein Oberteil hätte sich gelöst.

»Ja, klar«, stammelte ich. »Danke, dass du es mir gesagt hast. Das ist nur die Nervosität am ersten Tag.«

»Dafür sind Freunde ja da.« Lucy drehte sich um, um die Mädchen zu umarmen, mit denen Evangeline sprach.

Ein Sozialfall.

Schon nach fünf Minuten wussten sie, dass ich nicht wie sie war. Ich musste es besser machen. Besser sein.

Wir hatten den Anfang der Schlange erreicht. Evangeline blätterte in der Liste mit den Sitzplatzzuweisungen und rammte plötzlich einen spitzen, roten Fingernagel aufs Papier. »Schau mal, wer am Tisch von unserer Neuen sitzt.«

Lucy warf einen Blick über ihre Schulter. »*Nein!*«, keuchte sie.

»Wer denn?« Es musste Taylor sein, wieder Taylor, immer wieder *Taylor*. Die Vorstellung, ihr zweimal in der Woche beim Dinner gegenüberzusitzen, obwohl ich schon das Zimmer mit ihr teilen musste, weckte in mir den Wunsch, nie wieder zu essen.

Lucy schaute mich an und sagte feierlich: »Galen Black.«

Mein Blick flog zu dem Metallschild, das am Nachbargebäude angebracht war: SIMON AND MEERA BLACK DINING HALL. »Galen Black wie … wie die Black-Stiftung?«

Ohne zu antworten, ließ Evangeline die Liste auf den Tisch fallen. Die beiden nahmen eine gerade Körperhaltung ein, schleuderten ihre Haare herum und zupften ihre Kleider zurecht. Ich suchte nach dem Grund ihrer Verwandlung.

Der war nicht schwer zu entdecken: Jungs.

Kleine Gruppen von ihnen kamen den Weg vom Jungsquartier »Quad« herauf. Die Erstklässler legten meist noch die gleiche übergroße Unbekümmertheit menschlicher Vierzehnjähriger an den Tag, aber das hielt hier offensichtlich nicht lange vor. Die Youngblood-Jungs, die den Weg entlangschritten, sahen eher wie jene Männer aus, die als Teenagerdarsteller für Fernsehserien gecastet wurden, aber nicht wie die Kinder, mit denen ich zur Schule gegangen war. Ihr Anblick ließ mich unwillkürlich an ein Wort wie *schreiten* denken. Keiner von ihnen wirkte schlaksig oder unbeholfen. Ohne Spuren von Akne oder ein paar mickrige Barthaare war ihre Haut makellos. Ein paar von ihnen gaben damit an, dass sie sich bereits rasieren mussten, indem sie es nicht regelmäßig taten. Es waren viele Haarpflegeprodukte im Spiel, die teilweise Frisuren zusammenhielten, die bei einem Normalsterblichen lächerlich ausgesehen hätten. Wie zu erwarten trugen einige von ihnen grauenvolle, angesagte Krawatten oder versuchten sich an einem schrillen Mustermix, aber ihre Kleidung saß perfekt und betonte ihre breiten Schultern und ihre Oberarmmuskeln, die ihre Jackenärmel spannten. Als sie näher kamen, hüllte uns allmählich eine Wolke von extrastarkem Deo ein.

»Galen hat sich seit dem letzten Jahr überhaupt nicht verändert«, stellte Evangeline fest.

Ich hatte keine Ahnung, wer von ihnen Galen war – vielleicht der Lacrosse-Spieler, dem Guzman nachgegeiert hatte? So gut sie auch aussahen, waren die Jungs ehrlich gesagt nur schwer voneinander zu unterscheiden.

»Das ist auch besser so.« Lucy rückte den blauen Flaum um ihre Schultern zurecht. Es war eine Art Achselzucken. »Wenn der Junge noch heißer wird, würde er in Flammen aufgehen – oh, er sieht zu uns rüber.«

Ein dunkelhaariger Junge, etwas größer als die anderen und schwarz gekleidet, hatte seinen Kopf in unsere Richtung gedreht. Evangeline starrte ihn mit zusammengepressten Lippen an. »Ich gehe rein!« Evangeline stieß die Tür auf, und ihre Absätze klackten auf dem polierten Marmorboden.

Lucy packte meine Hand und zog mich hinter sich her. »Verguck dich erst gar nicht in Galen, Kitty Kat. Er landet ohnehin bei Evangeline.«

Mr Kontos, der Chemielehrer, bebrillt und mit einem dichten Schnauzbart, präsidierte am Kopf unserer Tafel. Er strahlte die unantastbare Aura eines gutmütigen Deppen aus, als er mich fragte, wie ich mich eingelebt hätte. Ich mochte ihn sofort.

Der Speisesaal war kein weiteres altes Schulgebäude wie die Große Halle, sondern ein moderner Bau mit vielen Fenstern und Winkeln, weißer Farbe und hellem Holz. Mein Blick blieb an Taylors Lockenkopf am anderen Ende des Raumes hängen. Sie saß zusammengesunken auf ihrem Stuhl und spielte mit einem Löffel herum, als wäre ihr alles egal – das Essen, die anderen Schüler:innen, das Leben selbst. Sie kaute auf ihrer Unterlippe, und mir fiel auf einmal ein, dass sie das immer tat, wenn sie zu viel nachdachte oder nervös war. Plötzlich sah sie auf, und ihr Blick traf meinen, als hätte sie genau gewusst, wo ich war und dass ich sie beobachtete. Ich schaute weg, so schnell ich konnte.

»Wer bist du?« Der Platz mir gegenüber war gerade von einem 1,80 m großen, dunkelhaarigen Vampirjungen mit Beschlag belegt worden.

Mr Kontos schnalzte mit der Zunge. »Galen, würde es Sie umbringen, höflich zu sein?«

»Es würde mich nicht umbringen, Mr Kontos. Ich gehöre zu den Ewig-Lebenden, Niemals-Sterbenden.« Galen fixierte mich mit seinem Blick. Seine Wimpern waren dicht und dunkel, und seine Augen hatten einen ungewöhnlichen rauchgrauen Farbton – sie waren auf eine auffällige Weise schön. Er hob leicht seine Mundwinkel, aber irgendwie schien er mich nicht anzulächeln. Es war eher so, als lächelte er vor sich hin. »Ich bin Galen Black.«

»Ich bin Kat. Ich bin neu, im dritten Jahrgang.«

Galen hob eine dunkle Augenbraue. Es war das platonsche Ideal einer geschwungenen Augenbraue. Galen hatte das klassische Vampirgesicht: volles schwarzes Haar, leicht gelockt und so lang, dass es ständig charmant drohte, ihm ins Gesicht zu fallen. Seine Haut war hellbraun, aber unter den Augen leicht verdunkelt, fast wie ein blauer Fleck. Das hätte ihm einen kränklichen Anstrich geben können, stattdessen unterstrich es nur seine herablassende Aura, als wäre er gerade aus einem Nickerchen erwacht und würde sich lieber gleich wieder hinlegen. Sein Gesicht war perfekt symmetrisch, bis hin zu seinem kantigen Kinn. Wie ich trug er Schwarz; wir beide sahen aus, als hätten wir uns für dieselbe Beerdigung angekleidet.

»Ich mag neue Dinge«, sagte er gedehnt. Seine Stimme sollte wahrscheinlich sexy klingen, doch tatsächlich war sie zutiefst abstoßend. Das war der Typ, auf den alle scharf waren?

In diesem Moment kam ein menschlicher Adjutant mit einer silbernen Terrine an den Tisch. Ich erstarrte. Bis heute hatte ich noch nie mit verhexten Menschen zu tun gehabt. Wie sollte man sich in ihrer Gegenwart verhalten? Als Mr Kontos sich bei dem Helfer bedankte, der unser Hema serviert hatte, sagten mir die Mienen meiner Tischnachbarn, dass nicht einmal einfache Höflichkeit erwartet wurde.

Aber ich vergaß das alles sofort, denn Mr Kontos hatte den Deckel von der Terrine abgenommen, und ich dachte an gar nichts mehr. Die Luft füllte sich mit dem unverwechselbaren Geruch von heißem Hema: metallisch, ein wenig süß, ein wenig salzig, mit einem Unterton von etwas Chemischem, der es von echtem Blut unterschied.

Er tauchte eine Kelle in die dicke, köstliche Flüssigkeit, und eine Dampfwolke stieg auf. Das vertraute Schwindelgefühl schwirrte durch meinen Kopf, und mein Magen krampfte sich zusammen. Ich hatte seit jenem Morgen nichts mehr gegessen. Das war vor einer Ewigkeit und mehreren Zeitzonen. Mr Kontos füllte die Schüsseln, und Galen und ich reichten sie über den Tisch weiter. Mit jeder Schüssel grub der Hunger seine Krallen tiefer in meine Rippen. Die Portionen waren so großzügig bemessen – würde es für uns alle reichen?

Als der Student zu meiner Rechten seine Schale in Empfang genommen hatte, warf ich ängstlich einen Blick in die Terrine. Sicherlich befand sich nur noch der letzte geronnene Bodensatz darin. Mir klappte fast die Kinnlade herunter: Die Terrine war noch halb voll. Das war doch unmöglich! Hema im Wert von Zehntausenden von Dollar musste in diesen Servierschüsseln dampfen. Unser leerer Kühlschrank, die Fahrten zu Donovan's, der Gestank von fast vergammeltem Hema gingen mir durch den Kopf. Und dann war da noch die Angst, zu verhungern und was man tun würde, wenn man nur lange genug hungerte. Wie viele dieser Youngblood-Vampire hatten jemals darüber nachgedacht?

»Alles in Ordnung, Kat?«, erkundigte sich Mr Kontos.

»Es ist einfach so viel Hema.« Kaum hatte ich es gesagt, bereute ich es. Wovor hatte Lucy mich gerade gewarnt? »Ich meine, hoffentlich werden die Reste nicht weggeworfen, bei den wahnsinnig hohen Preisen, die CasTech verlangt.«

»Victor Castel spendet der Schule das Hema«, sagte Galen zu mir, als ob das irgendeinen Bezug zu dem hätte, was ich gesagt hatte.

Meine Augenbrauen zogen sich zusammen. Mit dem Schulgeld von Harcote konnte sich die Schule sicher leisten, ihre Schüler:innen ohne Almosen zu ernähren. Galens Eltern waren die größten Philanthropen in der ganzen Vampirgemeinde. Ich hatte erwartet, dass er das verstehen würde. »Es wäre schön, wenn er dafür sorgen würde, dass alle Vampire denselben Zugang hätten.«

»Das tut er ja auch«, erwiderte Galen ohne Umschweife.

»Vampire haben überhaupt nur Zugang zu Hema, weil Victor Castel es erfunden hat. Ohne ihn wäre unsere Art durch diese Seuche längst ausgerottet worden.«

Ich hob den Löffel an die Lippen (nachdem ich zuerst die anderen beobachtet hatte – zu Hause tranken wir Hema einfach aus Bechern). Dann spürte ich, wie der erste Schluck der warmen Flüssigkeit sich in meinem Magen ausbreitete. Ich durfte mich von Galen nicht durcheinanderbringen lassen, auch wenn er wie mit einem Kleinkind mit mir sprach. »Jeder noch lebende Vampir weiß, was Victor Castel getan hat. Ich bin sehr dankbar für Hema. Aber eine so wichtige Sache wie Blutersatz sollte nicht so teuer sein. Er könnte es bezahlbarer machen.«

»Hat das was mit dieser neuen Reunionisten-Sache zu tun?«

Ich hatte keine Ahnung, was Reunionisten waren, aber dem verächtlichen Ton in Galens Stimme nach zu urteilen, wollte ich nicht dazugehören. »Das ist nur meine Meinung.«

»Der Preis von Hema ist absolut fair.« Ich bezweifelte, dass Galen überhaupt wusste, was Hema kostete. Er sah nicht aus wie jemand, der in einer nach Pisse riechenden Gasse um eine Flasche Blutersatz feilschen musste. »Victor Castel ist großzügig, aber er betreibt keine Wohltätigkeit.«

»Du sagtest gerade, er spendet dieses Hema an Harcote. Ist das nicht Wohltätigkeit? Klingt ziemlich heuchlerisch.«

Galen verfinsterte sich. »Ich lasse nicht zu, dass man schlecht über meinen Schöpfer redet.«

Ich verschluckte mich fast an meinem Blutersatz.

Victor Castel war Galens *Zahngeber*? Ich, ein absoluter Niemand, stritt mich mit jemandem, dessen vampirischer Stammbaum direkt auf den bedeutendsten Vampir aller Zeiten zurückging. Victor Castel hatte nicht nur den Blutersatz erfunden, der als Hema verkauft wurde, er war deswegen auch ein Held. Die

Vampire hatten die Verseuchung nur überlebt, weil er und seine Firma CasTech es im letzten Moment geschafft hatten, Hema zu verteilen.

Eine Schülerin vom vierten Jahrgang neben ihm warf einen Blick auf ihr Handy. »Neun Minuten und vierunddreißig Sekunden. Geil, Galen. Du hast mir gerade hundert Dollar eingebracht.«

Ich tupfte mir kurz die Lippen mit der Serviette ab, um mich zu beruhigen. Ich war nicht nach Harcote gekommen, um für niedrigere Hema-Preise zu kämpfen. Ich war nach Harcote gekommen, damit ich eines Tages überhaupt nicht mehr über den Preis von Hema nachdenken musste. Der erste Schritt, um das zu erreichen, war, mich anzupassen, und das bedeutete ganz sicher, mit Galen auszukommen.

»Er ist wirklich dein Schöpfer?« Ich versuchte, beeindruckt zu klingen. »Wie ist er denn so?«

Bevor Galen antworten konnte, erhob sich Schulleiter Atherton von seinem Tisch im vorderen Teil der Halle und bat um Aufmerksamkeit. Seine Wangen waren gerötet. Ich fragte mich, ob er irgendwann auch einmal nicht aufgeregt war.

»Ich habe eine ganz besondere Ankündigung, Jungs und Mädels.« Ich kniff die Augen zusammen. An meiner alten Schule sagte man nie Junge oder Mädchen, weil das so viele Leute ausschloss. »Wie Sie wissen, genießt die Harcote School die Ehre, von Mr Victor Castel unterstützt zu werden. Sie kennen ihn als Präsidenten von CasTech, als den Mann, der für das Überleben unserer Art verantwortlich ist, als den Erfinder des Blutersatzes, an dem wir uns derzeit laben, und als den Vorsitzenden unseres Kuratoriums. Aber in diesem Semester, zur Feier unseres fünfundzwanzigjährigen Bestehens, wird ein sehr glücklicher Student ihn auf eine andere Weise kennenlernen: als *Mentor.*«

Eine Welle aufgeregten Gemurmels lief durch den Saal.

»Ja, Sie haben richtig gehört! Der einzigartige Victor Castel ist dieses Jahr Mentor eines Harcote-Schülers! Er möchte unserer Gemeinschaft etwas zurückgeben. Sein Schützling wird die Möglichkeit haben, sich im Laufe des Jahres mit Mr Castel zu treffen, einen Blick in sein Leben als Anführer der Vampirgemeinde zu werfen und einen kleinen Einblick in die Unsterblichkeit erhalten. Ich finde, das klingt richtig klasse! Sie müssen dafür nur einen Aufsatz einreichen, in dem Sie erläutern, was Harcote für Sie bedeutet.« Er grinste. »Ich bin sicher, dass unsere Auswahlkommission eine höllische Arbeit mit der Kür des Kandidaten haben wird.«

Als ich mich wieder dem Tisch zuwandte, hoffte Galen wohl, dass das Grinsen auf seinen fein geschwungenen Lippen als Aufregung durchgehen würde. Aber ich war nicht überzeugt. Sein Kiefer war so fest zusammengebissen, dass jeder Muskel in seinem Gesicht angespannt wirkte. Der Blick seiner rauchgrauen Augen glitt zu mir hinüber. Dann hob er wieder diese provozierende Braue.

»Vielleicht kannst du dir ja bald selbst ein Bild von ihm machen.«

7

Kat

Ich habe den ersten Schultag immer geliebt: die frischen Hefte, ein unbeschriebener Planer, das ganze Jahr lag vor einem. Von all den Sorgen, die ich mir gemacht hatte, als ich nach Harcote kam, gehörten die Kursarbeiten nicht dazu. Ich war immer eine gute Schülerin gewesen, und meine Lehrer liebten mich. Ich hatte erwartet, dass der Unterricht mich fordern würde, klar, aber nicht mehr, als ich bewältigen konnte.

Am Ende der dritten Stunde des ersten Unterrichtstags stellte ich fest, dass ich mich wohl erheblich überschätzt hatte.

Ich hatte für einen Abend bereits mehr Hausaufgaben zu erledigen als in einer Woche an meiner alten Schule. Jeden Freitag ein Französischtest, jeden Abend eine Mathematikaufgabe, drei Tage Zeit, um die gesamte Odyssee von Homer zu lesen, und obendrein die Bewerbung für das Mentorat bei Victor Castel.

Am Ende des Unterrichts war mein neuer Planer bereits voll mit Terminen. Ich suchte gerade die Bibliothek, als ich Evangeline begegnete. Sie trug eine weiche braune Jodhpur-Reithose, die sich wie eine Leggings anschmiegte, dazu hochglanzpolierte Lederreitstiefel. Ein englischer Sattel saß auf ihrer Hüfte, und in einer Hand hielt sie eine Reitgerte. Ich konnte kaum glauben, dass es im wirklichen Leben Menschen

gab, die sich so kleideten, aber ein anderer, hartnäckiger Teil in mir fragte sich, ob ich mich nicht auch so kleiden sollte. Denn eigentlich sah das ziemlich heiß aus.

»Du gehst reiten?« Ich war wirklich ein brillanter Gesprächspartner.

Evangeline setzte den Sattel auf die andere Hüfte und schüttelte ihre dichten schwarzen Haare zurück. »Die Stallungen liegen außerhalb des Campus. Ich bin der Kapitän des Reitteams. Das ist für unseren Tisch.«

»Euren Tisch?«

»Für die AG-Messe.«

Ich hakte meinen Daumen in den Riemen meines Rucksacks. »Das ist heute? Ich habe jetzt schon einen Berg an Hausaufgaben, und ich habe noch nicht einmal mit dem Aufsatz für das Mentorat angefangen.«

Evangeline tat diesen Gedanken mit einem Schwung ihrer Reitgerte ab. »Darauf würde ich nicht allzu viel Zeit verschwenden.«

»Ich dachte, es wäre eine große Sache«, sagte ich unbehaglich.

Sie zog eine Augenbraue hoch. »Ja, für einen von uns. Galen ist Victor Castels Zahnnehmer. Das wusstest du doch, oder?«

Ich verdrehte die Augen. »Ich habe ihm gegenübergesessen.«

»Nun, Castel hat keine eigenen Youngbloods – es heißt sogar, dass er keine Kinder bekommen *kann*. Damit ist Galen sozusagen sein einziger Nachkomme. Das Mentorat ist also ganz offensichtlich für ihn.«

Ich schüttelte den Kopf. »Das ist lächerlich. Victor Castel hat es doch nicht nötig, einen Wettbewerb zu veranstalten, um seinen einzigen Nachkommen zu betreuen.«

»Sei nicht dumm. Galen ist der Auserwählte. Er wird eines Tages die Black-Stiftung leiten, und ich persönlich glaube, Castel will auch, dass er CasTech übernimmt. Aber er kann nicht einfach verkünden, dass er Galen eine Sonderbehandlung angedeihen lässt. Man ist nicht der Beste der Besten, weil jemand vor hundert Jahren seine Zähne in Daddys Hals gebohrt hat. Du bist der Beste der Besten, weil du es dir erarbeitet hast.«

»Es wird also ein Wettbewerb veranstaltet, damit es so aussieht, als hätte Galen alle anderen aus dem Feld geschlagen«, antwortete ich langsam.

»Genau.«

Das würde nur Sinn ergeben, wenn das Motto der Schule nicht nur eine inspirierende Metapher war, sondern die Youngbloods in Harcote wirklich die Besten der Besten waren. Bei dem hohen Schulgeld musste es Dutzende von Youngbloods wie mich geben, die mehr oder weniger ein Wunder brauchten, um sich überhaupt auf das Mentorat zu bewerben. Irgendetwas sagte mir, dass Evangeline das nicht genauer thematisieren würde, also fragte ich stattdessen: »Wenn Galen dieses Mentorat ohnehin bekommt, warum macht sich dann *überhaupt jemand* die Mühe, sich zu bewerben?«

Sie lächelte mich nachsichtig an. »Wir sind alle dafür verantwortlich, die Fassade aufrechtzuerhalten, nicht wahr?«

Das war logisch. Ich hatte dieses Jahr schon unglaubliches Glück mit meinem Wohltäter gehabt – es war überflüssig, es zu übertreiben und meine Zeit mit der Bewerbung um ein Mentorat zu verschwenden, das ich nie erringen würde. Aber es war schwer, nicht enttäuscht zu sein.

Wir stellten den Sattel ab, dann führte mich Evangeline durch die Tische, die im Speisesaal aufgestellt waren: Latein-

und Mandarin-AGs, Literaturzeitschriften, ein philosophischer Debattierclub und Gruppen für Schüler:innen, die sich für Vampirgeschichte oder Schach interessieren. An meiner alten Schule hatte kaum jemand die Möglichkeit, Squashspieler:in auf nationaler Ebene zu werden, im Astronomieclub einen neuen Planeten zu entdecken oder mit der Gastronomischen Gesellschaft nach Frankreich zu reisen. Zwischen meinem Job und der Schule hatte ich kaum Zeit für außerschulische Aktivitäten, aber das war bei fast allen meinen Freunden der Fall.

In Harcote war es anders. Evangeline war nicht nur Reiterin, sondern auch in der Theater-AG. Sie plante einen Einakter über Jeanne d'Arc, in dem sie selbst die Hauptrolle spielen wollte; sie hatte den ganzen Sommer über daran gearbeitet. Lucy war Präsidentin des Meeresbiologieclubs und Kapitänin des Tennisteams, Carolina Riser war angeblich gut genug, um Konzertgeigerin zu werden, und sogar die Dent-Zwillinge waren an einer Art Gründerzentrum beteiligt. Aber während Evangeline erzählte, ging mir das Mentorat nicht aus dem Kopf.

Sie hatte keine Probleme damit, zuzugeben, dass alle etwas für Galen taten, damit die Vampirgemeinde selbst so tun konnte, als hätte er für etwas gearbeitet, in das er hineingeboren worden war. Aber je länger ich darüber nachdachte, desto mehr erschien es mir, dass fast jeder in Harcote von der gleichen Sache profitierte. Harcote war eine *akademische* Eliteschule, aber das war offensichtlich nicht die einzige Art von Status, die die Schule wertschätzte. Wollte man die Chance haben, sich als einer der Besten der Besten zu beweisen, musste man mit einem fancy vampirischen Stammbaum, gesellschaftlichem Ansehen und vor allem reich geboren sein. Wenn man all das hatte, warum sollte man dann nicht erfolgreich sein?

»Gibt es irgendwelche AGs für soziale Gerechtigkeit?«, fragte ich Evangeline.

»Du meinst, so eine Art Menschenrechtsverein?« Sie sah hübsch aus, wenn sie die Nase rümpfte. »Letztes Jahr hat ein Oberstufenschüler versucht, eine Menschenrechts-AG zu gründen. Ich weiß nicht mehr, warum es nicht geklappt hat – ich glaube, Atherton hat sein Veto eingelegt. Aber mal ehrlich, was gibt es da zu diskutieren? Angesichts von CFaD und Hema ist es ja nicht mehr so, als würden wir noch Menschen jagen. Menschenpolitik, soziale Gerechtigkeit, was auch immer, ist hier nicht wirklich ein Problem.«

Ich starrte sie an. Harcote mochte eine isolierte Blase sein, aber soziale Gerechtigkeit war überall ein Problem, wo es eine *Gesellschaft* gab. »Ich meinte so etwas wie Black Lives Matter? An meiner alten Schule war ich bei Students for Racial Justice.«

»Oh!« Evangeline sah sich im Raum um, ein wenig unruhig. »Es gibt das BIPoC-Studenten-Gremium, aber das ist nicht wirklich etwas für *uns*.«

Ich folgte ihrem Blick zu einem unauffällig wirkenden Tisch. Ein Schwarzer Student aus der vierten Jahrgangsstufe saß daran. Ich wusste, dass er Georges hieß, wie George, aber mit einem zusätzlichen stummen »s«. Neben ihm saß ein Mädchen, das ich nicht kannte und das wie eine Latina aussah. Ich schaute mich an den anderen Tischen um.

»Georges ist doch nicht der einzige Schwarze Schüler hier, oder?«, fragte ich.

»Natürlich nicht!« Evangeline zählte aus jedem Jahrgang ein paar Namen auf. Es waren insgesamt bestimmt nicht mehr als sieben.

»Es ist ein wenig sonderbar, dass man sie so einfach aufzählen kann. Die Vampirgemeinde muss doch diverser sein als das.«

»Okay, kleine Miss Political Correctness, es ist ein kleines Internat. Ich könnte wahrscheinlich sogar *alle* Schüler aufzählen, Punkt. Und Harcote ist sehr vielfältig. Lucy ist Chinesin, und Galen ist Inder.«

»Er ist Inder?«

»Nun, jedenfalls zur Hälfte, mütterlicherseits. Sein Vater ist Brite«, sagte sie. »Oh, ich habe Climate Action Now vergessen! Da ist jeder Mitglied.«

Das war besser als nichts.

An diesem Abend ging ich mit Evangeline und Lucy und ein paar Mädchen aus verschiedenen Häusern zum Abendessen. Wir blieben noch lange, nachdem wir unser Hema verzehrt hatten, damit sie den wichtigsten Klatsch und Tratsch vom letzten Jahr durchgehen konnten. Aber jetzt, als die Uhr bereits elf Uhr abends schlug und ich noch ungefähr dreißig Millionen Seiten der Odyssee zu bewältigen hatte, war das Knacken meines Halses das Einzige, was mich wachhielt, wenn ich einzuschlafen drohte.

»Ist die Operation Einschleimen so anstrengend?« Taylor lag auf ihrem Bett und sah sich etwas auf ihrem Computer an. Das schien ihre Hauptbeschäftigung zu sein.

»Ziehst du mich ernsthaft auf, weil ich versuche, Freunde zu finden?«

»Ich ziehe dich auf, weil du versuchst, dich mit Verlierern anzufreunden, obwohl wir beide wissen, dass du lieber lernen würdest, weil du eine geborene Streberin bist.«

»Du ziehst mich also auf, weil ich versuche, Freunde zu finden und meine Hausaufgaben zu machen?«

»Ja, das trifft es in etwa«, erwiderte Taylor.

»Was kann es schon schaden, wenn ich mich ein bisschen bei ihnen einschleime? Ich will nicht die nächsten zwei Jahre ohne Freunde verbringen.« Ich hätte das nie zu jemand anderem gesagt, aber wenn Taylor mein Leben zerstören wollte – zum zweiten Mal –, hatte sie ohnehin mehr als genug Munition. Und außerdem hatte ich noch nie gut Dinge vor ihr verbergen können.

»Pass nur auf, dass sie dich nicht hören, wenn du so redest. Sie hassen Versager. Wir sind Vampire – wir müssen dieses eiskalte Äußere bewahren.«

»Darf ich dich was fragen?«

»Sicher.« Sie drückte auf »Pause« und stützte sich auf die Ellbogen.

»Ich war heute auf der AG-Messe, und die Schule ist einfach … wirklich weiß. Die Vampirgemeinde muss doch diverser sein, als sieben Schwarze Schüler:innen von ungefähr dreihundertfünfzig aufzuweisen.«

»Das Problem liegt in deinen Erwartungen«, schnaubte Taylor herablassend. »Wie kommst du darauf, dass Harcote die gesamte Vampirgemeinde repräsentiert?«

»So stellt Schulleiter Atherton es jedenfalls dar. Und … ich weiß nicht. Ich hätte nur nicht gedacht, dass es hier so weiß sein würde.«

»Ich bezweifle ernsthaft, dass Atherton sich um Diversitätspunkte Gedanken macht. Wen würde das schon beeindrucken?«

»Es geht nicht darum, jemanden zu beeindrucken, sondern darum, das Richtige zu tun.«

Taylor grinste mich an, als hätte ich etwas wirklich Amüsantes gesagt. »Hör zu, die Vampire hinter Harcote – und die Eltern und Schöpfer unserer lieben Klassenkamerad:innen –

machen nicht gerade bei jeder Bürgerrechtsdemonstration mit, klar? Atherton ist vierhundert-und-noch-was Jahre alt. Und haben unsere Südstaatenschönheiten – Anna Rose und Jane Marie Dent – dir noch nicht erzählt, dass ihre Familie im Bürgerkrieg *wirklich alles verloren* hat? Warum sollten Schwarze Vampire überhaupt hierherkommen *wollen*?« Plötzlich lachte sie. »Du machst wieder dieses Gesicht.«

»Welches Gesicht?«

»Dein *Ach Scheiße*-Gesicht. Deine Augen werden dann immer ganz groß und treten heraus wie bei einem Käfer. Du bist dieser Sache einfach nicht gewachsen, *Kath-er-ine.*«

Jeder Muskel in meinem Körper verkrampfte sich vor Frustration. »Ich bin nicht überfordert, und ich habe auch keine *Käferaugen*! Und hör auf, mich immer so zu nennen!«

»Oder ich nenne dich weiter Kath-er-ine, dann kannst du dich bei Evangeline ausheulen und ihr beide stellt fest, *wie sehr* ihr mich *wirklich* hasst.«

Taylor steckte ihre Ohrstöpsel ein und drehte sich mit dem Gesicht zur Wand, während ich nach einer schlagfertigen Antwort suchte, was mich sehr ärgerte. »Tolle Idee, danke!«, sagte ich schließlich, als sie mich sowieso nicht mehr hören konnte. Wenigstens hatte ich jetzt das Gefühl, dass ich die ganze Nacht lesen könnte, wenn ich müsste. Aber als ich zu meinem Buch zurückkehrte, wusste ich überhaupt nicht mehr, wo ich gewesen war.

8

Taylor

Vampirische Moral

Radtke kratzte diese Worte mit Kreide an die Tafel und unterstrich sie doppelt, falls jemand den Sinn nicht verstanden hatte. Bei dem Geräusch des Kreidestaubs zwischen ihren Fingern richteten sich die feinen Härchen in meinem Nacken auf. »Was ist die grundlegende Frage der vampirischen Moral?«, fragte sie.

Die Hände der Nerds und Schleimer schossen in die Luft. Ich lehnte mich noch weiter auf meinem Stuhl zurück. Es war so ungerecht, dass die Klassenzimmer in Harcote im »Seminarstil« mit in U-Form aufgebauten Tischen eingerichtet waren. Keine hintere Reihe bedeutete, dass man nirgendwo in Ruhe ein Nickerchen machen konnte.

Natürlich zeigte Radtke auf Dorian, einen übereifrigen Möchtegern-Graf Schocula, der stets unmöglich langweilige Klamotten trug. Heute sah er aus, als hätte man den Bezug eines unschuldigen Schemels geplündert und daraus seine graugranatrote Weste zusammengeflickt. Dorian prahlte gern damit, dass er nach *dem* Dorian, Dorian Gray, benannt wurde, weil sein Vater »ein guter Freund« von Oscar Wilde gewesen war.

Das klang ziemlich schwul, wenn man mich fragte, aber niemand kam auf die Idee, das zu tun.

»Können unsterbliche Wesen moralisch handeln?«, sagte Dorian.

Radtke nickte. »Die menschlichen Moralvorstellungen beruhen traditionell auf der Annahme, dass alle Lebewesen sterben. Fällt jemandem ein Beispiel ein?« Radtke deutete auf Evangeline.

»Die christliche Religion«, antwortete sie. »Sie basiert auf der Idee, dass man, wenn man zu Lebzeiten eine Reihe von moralischen Gesetzen befolgt, nach dem Tod belohnt wird oder bestraft, wenn nicht. Das System funktioniert bei Vampiren nicht, weil wir nicht sterben.«

»Gut gesagt, Ms Lazareanu. Die menschliche Moral beruht auf einem System von Regeln, zu deren Einhaltung sie erzogen werden müssen.«

»Wie bei der Dressur eines Hundes!«, merkte Dorian an. Das brachte ihm ein paar Lacher ein und ein Augenzucken von Radtke. Sie hasste es, wenn jemand Einwürfe machte.

Auf der anderen Seite des Raumes hatte Kat ihre übliche hektische Notizenkritzelei unterbrochen und rührte sich nicht. Die meisten Youngbloods verbrachten nicht viel Zeit in der Nähe von Menschen. Es war, als hätten unsere Eltern Angst, dass wir bei zu viel Kontakt mit ihnen vergaßen, dass wir eigentlich untote Monster waren. Aber Kats Mutter hatte sie immer auf öffentliche Schulen geschickt, obwohl meine Mutter – *so überaus großzügig,* wie sie sagte – angeboten hatte, Kat bei demselben Lehrer lernen zu lassen, der auch mich und meinen kleinen Bruder zu Hause unterrichtete. Das hier musste Kats erste Kostprobe vampirischer Philosophie sein. Da konnte sie sich auf etwas gefasst machen.

Radtke fuhr fort: »Was bedeutet das für die *vampirische* Moral?«

Galen gab zu verstehen, dass er zu sprechen wünschte. Der Prinz von »Good-Hair-Day« hob nicht wie alle anderen die Hand. Stattdessen stützte er sich mit dem Ellbogen auf den Tisch und hielt zwei Finger hoch, als wäre Radtke eine Kellnerin und er würde um die Rechnung bitten. »Die vampirische Moral existiert auf einer höheren Ebene, weil sie nicht auf der Bedrohung durch den Tod basiert. Wir wissen, dass es kein Leben nach dem Tod gibt, weil es keinen Tod gibt. Wir haben keine Angst vor einer zukünftigen Bestrafung. Wir treffen Entscheidungen nach einer höheren Logik.«

Und hier fand ich meinen Einstieg in die Diskussion. »Wenn das wahr ist, was ist dann die höhere Logik?«

Radtke unterbrach mich. In ihrem Augenwinkel zuckte ein Muskel. »In diesem Klassenzimmer heben wir die Hand, Taylor.«

Ich streckte meine Hand in die Luft, um Radtke das Vergnügen zu geben, auf mich zu zeigen. »Du tust so, als müssten wir Vampire überhaupt nicht über die Konsequenzen unseres Handelns nachdenken, nur weil wir nicht sterben können. Aber das ist keine höhere Moral – das ist überhaupt keine Moral.« Dieser besondere Reißverschluss, mit dem man ein gutes Argument in Gang bringt, zischte durch mich hindurch. Ich lehnte mich über den Tisch zu Galen hinüber. »Wenn wir Vampire nicht moralisch handeln können, weil wir unsterblich sind, dann wären wir den Menschen *unterlegen*. Denn Menschen sind zur Moral fähig und wir nicht.«

Das aufgeregte Geplapper, das mein Beitrag auslöste, war unglaublich befriedigend.

»Das ist das Dümmste, was ich je gehört habe«, sagte Galen. »Du kannst doch nicht glauben, dass die Menschen besser sind als wir. *Wir wurden geboren, um ihr Blut zu saugen*.«

»Das sind Blutegel auch«, sagte ich grinsend. »Und Moskitos. Vampire sind Parasiten, und seit der Verseuchung kriegen wir *selbst das* nicht mehr so richtig hin.«

»Wir sind *unsterbliche Geschöpfe.*« Galen schlug mit der Faust auf den Tisch. »Die Ewig-Lebenden, Niemals-Sterbenden!«

»Das ist doch absurd«, sprang Evangeline ihm zu Hilfe. Radtkes Augenwinkel zuckte wieder, aber natürlich rief sie sie nicht zur Ordnung, wie sie es bei mir getan hatte. »Tausende von Menschen arbeiten für meine Eltern, und wir subventionieren die Krankenversicherung für die meisten von ihnen. Also wer ist hier der Parasit?«

»Das ist Kapitalismus, nicht Moral, E. Außerdem stimmt es nicht, dass Vampire nicht sterben können. Als da wären Feuer, Pfähle, CFaD.« Kaum hatte ich das gesagt, erstarrte ich, und mein Blick glitt zu Kat. Sie hielt ihren Stift so fest umklammert, dass sie ihn gleich zerbrechen würde. Mir fiel das nur auf, weil ich ihr absichtlich nicht in die Augen sah. Das fühlte sich gleichzeitig sinnlos und absolut notwendig an. Ich hatte sie schon einmal daran erinnert, wie ihr Vater gestorben war.

Dann schockierte Radtke uns alle. »Taylor bringt einen interessanten Punkt vor«, sagte sie. »Irgendwelche Ideen?«

Evangeline streckte eine Hand in die Luft. »Weißt du, was ich für unmoralisch halte? Vampire, die keine Vorkehrungen gegen CFaD treffen und das Geschenk ihrer Unsterblichkeit verschwenden. Aber wenn Vampire unmoralisch handeln können, ist es nur logisch, dass sie auch moralisch handeln können, ergo liegst du falsch, Taylor, und die vampirische Moral existiert.« Sie krönte dies mit einem selbstzufriedenen Grinsen, wofür ich sie am liebsten in eine Ecke gedrängt und geküsst hätte.

»Sich von Menschen zu ernähren ist also in Ordnung, solange man *Vorsichtsmaßnahmen* ergreift?«, entgegnete ich. Evangeline starrte mich an. Ich wusste, dass sie diesen Punkt nicht widerlegen wollte; jeder hatte die Gerüchte gehört. Glücklicherweise wurde sie von Galens Bedürfnis gerettet, ein Black-Stiftung-Zitat abzusondern.

»Bald werden die Vampire vor CFaD geschützt sein. Unsere Wissenschaftler arbeiten rund um die Uhr daran, das möglich zu machen. Ein Impfstoff oder ein Heilmittel wird kommen, das verspreche ich euch.«

»Mir stockt der Atem«, murmelte ich. »Gut, dass ich nicht ersticken kann.«

Radtke legte die Stirn in Falten – die Reife-Damen-Version eines Augenrollens. »Das stellt uns vor ein interessantes Dilemma«, sagte sie. »CFaD hat es unglaublich riskant gemacht, sich von Menschen zu ernähren, aber es hat auch Verluste von Menschenleben durch Vampire stark reduziert. Was wäre, wenn CFaD geheilt würde und Vampire sich gefahrlos von Menschen ernähren könnten?«

Dorian war davon so begeistert, dass er fast sabberte. »Dann wäre die natürliche Ordnung wiederhergestellt. Wir könnten so leben, wie Vampire es seit Urzeiten tun!« Sämtliche Augen in der Klasse wurden verdreht. Vampire hatten seit jeher auf alle möglichen Arten gelebt, und viele davon waren ziemlich beschissen. Natürlich hinderte die reale Geschichte die Travs nicht daran, eine Vergangenheit zu idealisieren, die es nur in *Castlevania* gab.

»Ihr kennt doch alle die Reunionisten, oder? Vampire, die glauben, dass mit einem Heilmittel gegen CFaD und freiem Zugang zu Hema die Vampire in Harmonie mit den Menschen leben können. Irgendwelche Gedanken dazu?«

»Wäre Hema frei zugänglich, würde Galens Vater pleitegehen«, sagte ich.

»Pass auf, was du sagst.« Galens Stimme klang so hart, dass es hätte einschüchternd sein können – falls man zu der Sorte gehörte, die sich von lebenslangen Rauchern einschüchtern lässt.

»Warum sollte ich?«

»Bleiben Sie respektvoll«, mahnte Radtke.

»Reunionismus ist ein Hirngespinst«, sagte Evangeline. »Bei allem Respekt für die Black-Stiftung, CFaD sorgt für die Sicherheit der Menschen und Hema für die Sicherheit der Vampire.«

»Du glaubst also nicht, dass du auch weiterhin Hema trinken würdest, wenn du nicht mehr Gefahr liefst, dich in schwarzen Glibber zu verwandeln?«, fragte ich. »Nur weil wir uns von Menschen ernähren können, heißt das nicht, dass wir das auch tun sollten. Würde CFaD geheilt, würde ich auf jeden Fall weiter Hema trinken. Ich weiß, dass *ich* lieber kein Mörder sein möchte.«

»Na, wer ist denn da reif für die Heiligsprechung?«, warf Galen ein.

Ich konnte einfach nicht anders. Alle an dieser Schule waren so besessen von Galen mit seinen schönen Haaren und seiner wohlhabenden Herkunft, dass sie nicht sahen, dass er eigentlich nur ein Trottel war. »Spiel hier bloß nicht die Arschgeige.«

»*Taylor!*«, sagte Evangeline.

Ich verschränkte die Arme. »Nur zu, verteidige ihn. Ich kann es kaum erwarten.«

Ihre Lippen verzogen sich zu einem verächtlichen Grinsen, und ihre Augen blitzten. »Du bist so eine verdammte Lesbe!«, stieß Evangeline leise hervor.

Aber laut genug, dass jeder im Raum es hören konnte.

Für einen scharfen, klaren Moment schien alles in mir zu erstarren: Herz und Lunge, mein Blut, jeder Muskel war verkrampft und angespannt, wie in einem dieser Träume, in denen man zu rennen versucht, aber einfach nicht von der Stelle kommt. Es war nicht einmal eine richtige Beleidigung – es war eine in der Sache zutreffende Feststellung. Sie besaß nicht die Macht, mich zu verletzen, also war ich auch nicht verletzt, schon gar nicht vor all diesen Idioten. Aber ich konnte nicht zulassen, dass Evangeline das letzte Wort behielt. Nur fiel mir einfach nichts ein, was ich hätte sagen können …

»*Verfickt noch mal*, Evangeline, was soll das?«

Mein Blick zuckte zu Kat hinüber. Ihre Wangen waren gerötet, und sie hatte die Augen zusammengekniffen.

Die Leute schnappten nach Luft, und zwar buchstäblich. Im selben Moment peitschte ein Knall durch das Klassenzimmer. Radtke hatte mit einem Lineal auf das Pult geschlagen. Eine Haarsträhne hatte sich aus ihrem staubgrauen Dutt gelöst. »Schluss jetzt!«

Ich starrte Kat an und wartete darauf, dass sie mich ansah, aber ihre Augen waren auf ihre Notizen fixiert. Sie hatte die Zähne auf die Lippen gepresst und atmete kurz und schnell.

»Kat, Taylor, wir sehen uns nach dem Unterricht in meinem Büro«, verkündete Radtke. »Evangeline, wir sprechen uns später.«

Kat

In Ms Radtkes Büro zu warten war, wie das Fegefeuer in einem Antiquitätenladen abzusitzen. Die Beleuchtung bestand aus schummrigen, altmodischen Glühbirnen, und die Möbel waren alle mit Brokat und Fransen zugehängt. Kreidestaub und *Staub*staub bedeckten jede Oberfläche. Auf dem Schreibtisch stand nicht einmal ein Computer, sondern es lagen nur ein dickes Buch und ein echter Füllfederhalter darauf.

Ich setzte mich auf meine Hände, um sie ruhig zu halten. Ich war noch nie in der Schule in Schwierigkeiten geraten. Jetzt war ich nicht einmal zwei Wochen in Harcote und hatte mitten im Unterricht eine andere Schülerin beschimpft. Ich fragte mich, welche archaischen Vorstellungen von Bestrafung Ms Radtke wohl pflegte. Hoffentlich gefährdete das nicht meine finanzielle Unterstützung.

»Was wir getan haben, war doch nicht so schlimm, oder?«, fragte ich Taylor besorgt. »Alle kommen ständig wegen schlimmerer Dinge in Schwierigkeiten. Letztes Jahr wurde in meiner Schule jemand erstochen. Verglichen damit ist das hier gar nichts.«

Taylor saß mit weit gespreizten Beinen auf dem antiken Stuhl neben meinem, als hätte sie nur in Radtkes Büro vorbeigeschaut, um ein paar Videospiele zu spielen.

»Ich hatte schon oft Ärger mit Radtke. Das ist keine große Sache. Kannst du bitte aufhören, herumzuzappeln? Du machst mich wahnsinnig.«

»Mich macht wahnsinnig, dass du *nicht* ausflippst!«

Sie sank tiefer auf dem Stuhl zusammen.

Ich wippte noch aggressiver mit meinem Knie.

»Weißt du, was Evangeline gesagt hat, war furchtbar und total homophob.«

Ihr Blick glitt zu mir, dann sah sie hastig weg. »Ich weiß.«

Am liebsten hätte ich mich selbst getreten. Natürlich wusste sie das! »Ich meine, diese ganze Unterhaltung war so dumm.

Menschen muss wie Hunden beigebracht werden, wie sie sich zu benehmen haben? Wir sind nicht mehr im Mittelalter. Sie sind nicht mehr alle Christen, und …«

»Überzeugende Argumente«, sagte eine Stimme hinter mir. Mein Rücken wurde kerzengerade. »Ich wünschte, Sie hätten sie im Unterricht vorgebracht.«

»Tut mir leid, Ms Radtke, ich wusste nicht, dass Sie da sind.«

Sie setzte sich an ihren Schreibtisch, rückte ihren Rock zurecht, damit sie auf den Stuhl passte, und warf uns beiden einen strengen Blick zu.

»Harcote-Schülerinnen halten sich an unseren Ehrenkodex«, begann Ms Radtke. »Ms Finn, Sie haben den Ehrenkodex unterschrieben, als Sie sich eingeschrieben haben. Ms Sanger, würden Sie uns die Grundsätze vom Ehrenkodex der Harcote School ins Gedächtnis rufen?«

Taylor räusperte sich. »Der Ehrenkodex verlangt von uns, dass wir uns bei allem, was wir tun, respektvoll gegenüber der Vampirgemeinde verhalten: Respekt gegenüber uns selbst, gegenüber den anderen Vampiren in unserer Gemeinschaft, gegenüber Harcote.« Sie legte den Kopf schief und warf mir einen frechen Seitenblick zu. »Anstatt uns einfach zu sagen, dass wir bei Tests nicht schummeln sollen oder nicht stehlen oder was auch immer, sollen wir bitte schön erraten, was wir nicht tun sollen. Und wenn wir dann falschliegen, bekommen wir Ärger.«

Ms Radtke schürzte die Lippen. »Keine Kommentare, bitte. Zum Beispiel ist Taylors Körperhaltung in diesem Moment, trotz der Ernsthaftigkeit der Situation, höchst respektlos und ein möglicher Verstoß gegen den Ehrenkodex. Taylor, setzen Sie sich bitte richtig hin.« Taylor richtete sich widerwillig auf dem Stuhl auf. »Dankeschön. Also: Haben Sie heute im Unterricht gegen den Ehrenkodex verstoßen?«

»Das wollte ich nicht«, antwortete ich schnell. »Ich habe nur Evangeline geantwortet …«

»Ich auch!«, warf Taylor ein. »Ich habe nur Galen geantwortet.«

»Ihre Antworten waren respektlos«, antwortete Radtke. »Kat, ich kenne Ihre frühere Bildungseinrichtung nicht, aber in Harcote benutzen wir keine Obszönitäten, und wir richten sie schon gar nicht gegen andere Schülerinnen. Wir schätzen den Geist der Debatte. Manchmal fordern uns diese Debatten heraus, aber Unbehagen hilft uns, zu wachsen.«

Ich brannte darauf, ihr zu sagen, dass Evangelines Worte nicht im Entferntesten Teil der Debatte gewesen waren, aber ich hielt mich zurück. Verstieß es nicht gegen den Ehrenkodex, zu widersprechen? »Ich hätte meine Worte sorgfältiger wählen sollen, und es tut mir leid. Ich werde mich bessern.«

»Bitte tun Sie das.« Radtke starrte jetzt Taylor an. »Tun wir doch nicht so, als wären Sie zum ersten Mal in dieser Lage, Ms Sanger. Was haben Sie zu Ihrer Verteidigung zu sagen?«

»Ehrlich gesagt, wenn man bedenkt, was wir hätten sagen können, denke ich, dass wir Galen und Evangeline gegenüber wirklich respektvoll waren.«

Mein Magen kribbelte. »Warum sagst du *wir*? Es gibt kein *wir*.«

Taylor redete einfach weiter. »Wir hätten sie abstechen können. So haben sie die Sache an Kats alter Schule geregelt, aber wir haben uns gesagt: *Nein, komm, benutzen wir die Sprache.* Eigentlich sollten wir einen Preis für unsere herausragenden Leistungen auf dem Gebiet des Respekts bekommen.«

»Wir hatten keineswegs vor, sie zu erstechen!«, warf ich rasch ein. »Wir hatten keinen Plan!«

Taylor warf mir einen schmollenden Blick zu. Sie hatte es geschafft, wieder in dieselbe lümmelhafte Haltung zu versinken, die Ms Radtke gerade respektlos genannt hatte. »Ach, Kath-er-ine, ich dachte, wir wären Komplizinnen.«

»Kannst du denn eigentlich gar nichts ernst nehmen?«, platzte ich heraus. »Und ich heiße *Kat.*«

»Ms Finn, es gibt keinen Grund, Ihre Stimme zu erheben, auch wenn ich zustimme, dass Ms Sanger es versteht, die Geduld von jedem zu strapazieren.« Ms Radtke schüttelte den Kopf und notierte dann rasch etwas in ihrem dicken Buch. »Ich werde nicht zulassen, dass die jungen Ladys von Hunter House über die Stränge schlagen. Sie werden sich morgen nach dem Unterricht hier in meinem Büro treffen, um Entschuldigungsbriefe an Galen und Evangeline zu schreiben. Sie können gehen.«

Wir standen auf und schnappten uns unsere Taschen. Taylor sah zu Ms Radtke. »Was passiert mit Evangeline?«

Das Gesicht von Ms Radtke war angespannt. »Das geht Sie nichts an«, sagte sie. »Und jetzt verlassen Sie bitte mein Büro.«

Die Tür zu Radtkes Büro hatte sich kaum geschlossen, als ich mich auch schon auf Taylor stürzte. »Was zum Teufel ist dein Problem?«

Taylor zuckte mit den Schultern, während sie etwas in ihr Handy tippte. »Als ich das letzte Mal getestet wurde, war ich problem-negativ. *Du* dagegen scheinst ein wenig aufgebracht zu sein.« Sie machte sich auf den Weg zum Flur und zwang mich, ihr ins Treppenhaus zu folgen.

»Natürlich bin ich aufgebracht. Das ist die angemessene Reaktion in meiner Position!« Ich dachte an den Druck, der sich in mir aufgebaut hatte, als ich versuchte, so zu tun, als wäre mir diese schreckliche Diskussion egal, und an das scharfe Knistern der Wut, als diese Fassade zerbrochen war. »Wenn du sie nicht so aufgestachelt hättest, hätte ich nie gegen den Ehrenkodex verstoßen!«

»Ich werde von nun an bei jeder Bemerkung, die ich im Unterricht mache, vorher bedenken, wie du reagieren könntest«, versprach Taylor. »Der Ehrenkodex ist sowieso ein Schwindel. Sie wollen uns nur beibringen, so zu denken wie sie. Du sollst so tun, als gäbe es einen winzigen Atherton oder eine winzige Radtke in deinem Kopf, die dich die ganze Zeit beobachten und dein Verhalten beurteilen. Das ist Blödsinn.«

»Na und? Das sind die Regeln, was bedeutet, dass wir sie befolgen müssen. Ist es wirklich so schrecklich, zu denken wie sie, wenn es bedeutet, keinen Ärger zu bekommen?«

Taylor blieb in der Mitte der Treppe stehen und drehte sich zu mir um. Die Verachtung in ihrem Blick war so unverhüllt, dass ich unwillkürlich zurückschreckte. »Ja, es ist wirklich so schrecklich! Denn zu denken wie sie, würde mich umbringen. Du denkst, es ist meine Schuld, dass ich nicht hier hineinpasse. Aber diese Schule – diese ganze verdammte *Vampirgemeinde* – hat nur Platz für einen bestimmten Typ von Person. Und wenn du nicht schon so geboren wurdest, solltest du dich besser zwingen, dich schleunigst zu ändern. Vielleicht tust du das ja liebend gern, aber ich werde es nicht tun. Ich kann es nicht. Jemand wie Radtke wird mich nie verstehen. Sie ist ungefähr zweihundert Jahre alt und macht mir ständig Vorwürfe, weil ich mich wie ein Junge anziehe. Und du willst, dass ich sie in meinem Kopf wohnen lasse? Ihr noch mehr Autorität über mich gebe, als sie eh schon hat? Nein danke, verdammt.«

Ich stand eine Treppenstufe über ihr, was uns mit unserem Größenunterschied auf eine Höhe brachte. Ich öffnete den Mund, um ihr zu sagen, dass ich mir diesen Luxus nicht leisten konnte, dass ich nur aufgrund der Großzügigkeit eines Fremden hier war und dass ich mich dessen würdig erweisen musste. Aber dann sah ich, wie die goldenen Flecken in ihrer Iris zu glühen schienen. Ihr Puls flackerte schnell, ich sah es an ihrem Hals, und ihr Kinn zitterte, wenn auch nur ein wenig. Das war das erste Mal, seit Taylor am Umzugstag unser Zimmer betreten hatte, dass ich keinen Hauch von Sarkasmus in ihrer Stimme vernahm.

»Okay«, sagte ich.

Ein seltsamer, weicher Ausdruck flog über Taylors Gesicht, aber bevor ich ihn deuten konnte, sprang sie den Rest der Treppe hinunter. Auf dem Treppenabsatz hielt sie inne und drehte sich wieder zu mir um.

»Danke für das, was du zu Evangeline gesagt hast. Aber nur damit das klar ist: Ich brauche dich nicht, um mich zu verteidigen, schon gar nicht vor ihr.«

Ich verschränkte meine Arme. »Gern geschehen. Und damit wir uns richtig verstehen, ich habe dich nicht verteidigt. Evangeline war wirklich eine … Arschgeige.«

Taylor trat mit der Schuhspitze gegen die unterste Stufe. »Ja, in Ordnung. Bis später, Kath-er-ine.«

Taylor bog die nächste Treppe hinunter und war weg, bevor ich sie korrigieren konnte.

Taylor

Ich nahm zwei Stufen auf einmal, als ich die Old-Hill-Treppe hinunterstürmte.

Diese verdammte Katherine Finn.

Mir wurde fast schwindelig, als ich mich an die heftigen Worte erinnerte, die Kat Evangeline an den Kopf geworfen hatte, wie sie den Raum elektrisiert hatten. Niemand hatte sich jemals so für mich eingesetzt, außer mir selbst.

Nein – ich interpretierte da zu viel hinein. Kat war eine Verbündete der queeren Gemeinschaft im Allgemeinen. Das bedeutete nicht, dass sie sich mit mir persönlich verbündet hatte. Sie hätte jeden verteidigt – so war sie nun mal. Sie hatte mir unmissverständlich gesagt, dass wir keine Freunde werden würden, und ich musste sie beim Wort nehmen. Jedenfalls hatte mir die Hitze ihres vorwurfsvollen Blicks in Radtkes Büro fast einen Sonnenbrand beschert.

Es war das Beste so. Kat und ich hatten zwar eine gemeinsame Vergangenheit, aber das bedeutete nicht, dass ich ihr trauen konnte. Die Wahrheit war, man konnte niemandem einfach trauen, einen zu lieben oder auch nur zu mögen. Und schon gar nicht, einen zu verstehen, und nur in wenigen Fällen, einen zu respektieren. Wenn ich das vergaß und mich verletzen ließ, wäre das meine eigene Schuld.

Die Wahrheit war kalt und klar und beständig, und ich klammerte mich an sie wie an eine Rettungsinsel, selbst als ich eine Antwort auf die Nachricht tippte, die ich gerade erhalten hatte.

Bin in fünf Minuten da.

Außerhalb von Old Hill zerrte ich meine Sonnenbrille aus der Tasche und setzte sie auf. Statt in die Bibliothek zu gehen oder zurück auf den Campus ins Hunter House, bog ich rechts ab und ging zum Theatergebäude.

Der beste Schutz vor dem Urteil anderer Menschen war, immer und mit 150 % du selbst zu sein. Wenn du sie ständig provoziertest, dich abzulehnen, konnte dir ihre Ablehnung eindeutig auch nichts bedeuten. So gewann man die Oberhand zurück. Sicher, das hatte fast jeden in Harcote von mir weggestoßen, aber ich besaß eine Freiheit, die sie nicht hatten.

Mit Kat verhielt es sich anders.

Erstens konnte ich Kat nicht zurückstoßen, denn was auch passierte, sie konnte nie weiter als bis zur gegenüberliegenden Seite dieses blöden kleinen Zimmers zurückweichen.

Zweitens war Kat mir unter die Haut gegangen, lange bevor ich diese Verteidigungsmaßnahmen ergriffen hatte. Genau genommen war sie sogar mitverantwortlich dafür. Und sie war wie ein Spion, der hinter den feindlichen Linien auf der Lauer lag, um mich wieder zu verletzen.

Drittens, und das ist das Schlimmste, wollte ich Kat gar nicht vergraulen.

Ganz und gar nicht.

Sogar ganz im Gegenteil.

Und das war so dumm und hoffnungslos, dass ich mich am liebsten selbst lobotomiert hätte, wenn ich nur daran dachte.

Da ich in diesem Moment nicht das passende Werkzeug für eine Lobotomie bei mir hatte, ging ich um den Vordereingang des Theaters herum zu einer Seitentür, die in den Backstage-Bereich führte. Nur die Schüler:innen der Theater-AG für Fortgeschrittene hatten den Schlüssel für diese Tür, und ich würde mich niemals in der Theater-AG für Fortgeschrittene blicken lassen. Praktischerweise steckte ein Stück Papier im Schloss, sodass ich es leicht aufschieben konnte. Am Ende des dunklen Flurs schimmerte Licht unter der Tür zur Kostümkammer.

Ein vertrautes Gefühl zog sich in meinem Magen zusammen – eine köstliche Art des Bangens. Zu wollen, was man nicht wollen sollte. Zu tun, was man nicht tun sollte.

Ich steckte meine Sonnenbrille wieder ein, fuhr mir mit der Hand durchs Haar und öffnete die Tür. Den Raum als Kammer zu bezeichnen, war ein wenig irreführend. Er war größer als mein Zimmer im Hunter House und mit Regalen voller Kostüme aus vergangenen Produktionen gefüllt. Einige Teile waren schrecklich langweilig, andere schillerten geradezu. An einer Wand befand sich ein Tresen unter einem mit Glühbirnen bestückten Spiegel, die den Raum mit goldenem Licht ausleuchteten. Ich schloss die Tür hinter mir ab.

»Das waren *mehr* als fünf Minuten.«

Evangeline saß auf dem Tresen und ließ die Füße baumeln. Ihr Haar fiel ihr in einer üppigen, nachtschwarzen Welle über die Schultern, ihre Lippen waren schmollend verzogen, und sie hatte diesen schrecklichen Blick in ihren eisigen Augen, diesen gelangweilten Hunger, als wollte sie alles vernichten, was ihr über den Weg lief.

Sie war wie immer atemberaubend.

Ich zögerte. Ich wollte mich nicht dafür entschuldigen, dass ich nicht schneller erschienen war, da ich mich doch schon hatte hierherzitieren lassen. »Tut mir leid«, hörte ich mich sagen. »Ich wurde aufgehalten. Was willst du, E?«

Evangeline hüpfte von der Theke. Ihr Faltenrock glitt zischend über das Linoleum. Diesem Geräusch hätte ich den ganzen Tag lauschen können. Als sie den Abstand zwischen uns verringerte, konnte ich nur mit Mühe verhindern, mir auf die Lippen zu beißen. Evangeline bemerkte es. Sie grinste mich an. »Komm schon, Taylor. Was glaubst du denn, was ich will?«

»Du hast es satt, mich in der Öffentlichkeit zu demütigen, und jetzt willst du es auch noch privat tun?«

Sie neigte ihren Kopf. Ich durfte ihren wunderschönen Nacken bewundern, ihn aber nicht berühren. »Bist du mir böse?«

Ja, war ich, aber ich hielt den Mund.

Sie leckte sich die Lippen. *Oh, fuck!* »Es hat mir gefallen, wie du dich im Unterricht so aufgeregt hast.«

»Es ist mir egal, was dir gefällt.«

Ich sagte das Richtige. Und es stimmte auch – zumindest hatte es früher einmal gestimmt, vielleicht sogar vor gerade fünf Minuten noch. Ich war mir nur nicht sicher, ob es auch jetzt die Wahrheit war. Am Ende des letzten Schuljahrs hatte ich mir geschworen, dass ich im Herbst nichts mehr mit Evangeline zu schaffen haben wollte. Diese Entscheidung hatte ich aus guten Gründen getroffen, aber jetzt fühlten sie sich sehr weit weg an. Evangeline hingegen war genau hier, die lebende Verkörperung eines Arguments, das jedes Gegenargument aufwiegt.

Kontra: Das würde nirgendwohin führen. Pro: Alles andere führte auch nirgendwohin.

Kontra: Sich mit gemeinen Mädchen einzulassen, nur weil sie es von dir verlangen, stand nicht gerade weit oben auf der Liste von Möglichkeiten, sich selbst zu respektieren. Pro: Evangelines Lippen.

Kontra: Ich würde mich hinterher schrecklich fühlen. Pro: »Hinterher« war ein Problem für später. In diesem Augenblick konnte ich mich großartig fühlen.

Evangeline stand ganz nahe bei mir und machte wieder diese unwiderstehliche Sache – sie schob dann immer einen ihrer Reißzähne sanft über ihre schöne Lippe und starrte auf meinen Mund, dann auf meine Augen und dann wieder auf meinen Mund –, als stellte sie sich vor, wie wir uns küssen. »Es war ein so langer Sommer«, seufzte sie.

Das war eine unbestreitbare Tatsache, deren sich mein Körper in diesem Moment intensiv und eindringlich bewusst war.

»Bitte?«, flüsterte sie.

Ich atmete stoßweise. Evangeline *flirtete* mit mir. Evangeline wollte mich so sehr, dass sie es tatsächlich *versuchte*, mich so anschmachtete, wie sie immer diese idiotischen Jungs ansah.

Meine Lippen waren so plötzlich auf ihren, dass sie erschreckt keuchte. Dann küssten wir uns, leidenschaftlich und elektrisierend, pressten unsere Körper aneinander, Evangelines Rücken war gegen den Spiegel gedrückt und wurde von den Lichtern in eine goldene Aura gehüllt. Ich küsste das blasse Dreieck ihres Halses, ihr Atem strich über mein Ohr, und es fühlte sich so entsetzlich, dumm und gut an, dass es fast grausam war. Ich wollte für immer in diesem schrecklichen Gefühl verschwinden.

Danach drückte ich mich unbeholfen in der Nähe der Tür herum und tat, als würde ich Evangeline nicht dabei beobachten, wie sie ihr Polohemd wieder in ihren Rock steckte. Jetzt, da wir fertig waren, setzte schnell wieder das schlechte Gewissen ein. Ich fragte mich, warum ich ihr so viel Macht über mich gab und warum ich mich von ihr überzeugen ließ, dass ich es war, die Macht über sie hatte, wenn wir allein waren. Ich wünschte mir nichts sehnlicher, als ihren Duft von meinen Händen abzuwaschen, aber aus irgendeinem Grund ging ich immer erst, wenn Evangeline mich wegschickte.

»Wirst du Kat die Hölle heiß machen wegen dem, was sie heute gesagt hat?«, erkundigte ich mich, um das Schweigen zu brechen.

»Ich habe mich noch nicht entschieden.« Evangeline sah mich im Spiegel an. »Warum?«

»Einfach so.«

Sie drehte sich um, die Arme in die Hüften gestemmt, und ihre Augen funkelten fürchterlich. Eine Göttin des Chaos. »Taylor …«

»Was?« Zu meinem völligen Entsetzen konnte ich es fühlen – und sogar sehen, im Spiegel auf der anderen Seite des Raumes: Ich war rot geworden.

»Du bist doch nicht etwa in deine Mitbewohnerin verknallt!«

»Nein, ich … das habe ich nicht gesagt. Ich habe nur … weil ich sie von früher kenne. Und du bist so eine Bitch! Ich weiß, wie du mit Menschen umgehst!«

Aber es war zu spät. Evangeline sah mich an, als wäre ich ein verletztes Hündchen: ein perfektes Opfer für die Folter. »Oh, Taylor! Das ist ja wirklich so was von erbärmlich!«

Die Worte trafen mich mitten in die Brust, in der Nähe meines Herzens. Ich versuchte, eine lässige Miene aufzusetzen, während ich mir meinen Rucksack schnappte. Ich wollte auf keinen Fall, dass Evangeline sah, dass ich verletzt war. Denn das war ich nicht. Ich war wütend – allerdings nicht auf Evangeline. Es lag in ihrer Natur, ihre Reißzähne in jede weiche Stelle zu versenken, die man ungeschützt ließ. Nein, ich war wütend auf mein eigenes idiotisches Ich, weil ich Kat überhaupt erwähnt hatte, weil ich mich überhaupt mit ihr getroffen hatte, weil ich mich selbst jetzt – genau in dieser Sekunde – nach einem winzigen Funken Freundlichkeit von Evangeline *sehnte*

sehnte sehnte. Ein kleines Zeichen, dass ich ihr etwas bedeutete, über eine schnelle Nummer hinaus. Dass es ihr vielleicht leidtat, dass sie die Wahrheit über mich so leicht herausgefunden hatte.

Ich war wirklich die erbärmlichste Bitch aller Zeiten.

»Ich verschwinde, wenn das in Ordnung ist«, brachte ich heraus.

Evangeline hatte sich wieder dem Spiegel zugewandt, um Gloss auf die von meinen Küssen geschwollenen Lippen aufzutragen. »Lass dich dabei nicht erwischen.«

Kat

Als ich in dieser Nacht in dem dunklen Zimmer an die schräge Decke starrte, wollte mein Verstand einfach nicht zur Ruhe kommen. Und ich konnte mich durch nichts davon ablenken, die Highlights des Tages wieder und wieder abzuspielen. Ich hätte alles dafür gegeben, dass das Geräusch einer Autoalarmanlage die Stille durchbrach. Stattdessen hörte ich nur das leise Knarren des alten Hauses und das gelegentliche Rascheln von Taylors Bettlaken.

Ich rollte mich auf die kühlere Seite des Kissens. Ein paar Meter entfernt lag Taylor auf dem Rücken, ihr Brustkorb hob und senkte sich langsam, und ihr Mund war ein wenig schlaff. Wenn ich sie so entspannt sah, wurde mir klar, wie angespannt sie tagsüber sein musste.

Je mehr ich mich bemühte, mich anzupassen, desto deutlicher wurde, wie wenig Taylor das tat. Sie hatte keine engen Freunde, und sie verschwendete keinerlei Mühe darauf, das zu ändern. Ich sah sie nur selten in der Bibliothek, im Speisesaal oder in den Gemeinschaftsräumen von Hunter House. Im

Zimmer lenkte sie mich schon ab, wenn sie einfach nur dort saß. Sie brauchte kaum etwas zu sagen, um zu zeigen, dass sie mich verurteilte, wie zum Beispiel die Art und Weise, wie sie *»A cappella?«* sagte, als sie den Flyer für das Probesingen auf meinem Schreibtisch sah, oder wie sie mich »Kath-er-ine« nannte, obwohl sie genau wusste, wie ich das hasste.

Das war nicht die Taylor, an die ich mich erinnerte.

Weil sie in ihren Turnschuhen und mit ihrer Sonnenbrille über den Campus stolzierte, allen ihre Meinung sagte und ganz allgemein so tat, als hätte niemand auf der Welt die Macht, ihr zu sagen, was sie zu tun und zu lassen habe, dachten die Leute, dass sie sich um nichts scherte.

Aber das stimmte nicht.

Taylor hatte mir das an diesem Nachmittag verraten. Sie hielt sich nicht an den Ehrenkodex, weil sie sich nicht von Harcote und der Vampirgemeinde beherrschen lassen wollte. Ich hatte Regeln noch nie so betrachtet, dass man die Wahl hatte, sich daran zu halten oder nicht. Taylor wusste sogar, dass sie dafür bestraft werden würde – von Ms Radtke, von Leuten wie Evangeline und Lucy –, aber sie machte es trotzdem. Ich musste sie nicht mögen, um zuzugeben, dass das mutig war.

Ich drehte mich auf den Rücken und beobachtete, wie sich die mondbeschienenen Schatten der nahen Bäume über die Decke schoben.

Vielleicht wollte ich mich ja auch nicht an die Regeln halten. Ich mochte die Vorstellung nicht, lernen zu müssen, wie Ms Radtke zu denken – *sie in meinen Kopf zu lassen.* Aber ich war nicht wie Taylor. Sie konnte tausendmal in Schwierigkeiten geraten, ohne die Konsequenzen tragen zu müssen, so wie ich. Ihre Eltern würden einen Weg finden, die Schule davon abzuhalten, sie von der Schule zu verweisen. Und selbst wenn Taylor von der Schule flog, hatte sie ein Zuhause, in das sie zurückkehren könnte.

Das hatte ich nicht. Nicht mehr. Ich musste mich selbst um meine finanzielle Unterstützung kümmern.

Eine ewig lange Zukunft hing davon ab, was ich jetzt tat und wie hart ich jetzt arbeitete, hier, an diesem Ort, mit diesen Menschen. Ich trat die Decke herunter, zog sie dann wieder hoch, aber ich fand einfach keine bequeme Position.

Harcote und die Vampirgemeinde waren ein und dasselbe. Wenn ich in beiden aufsteigen wollte, musste ich die Regeln befolgen. Taylor machte alles komplizierter, als es war.

Schließlich drehte ich mich wieder um und starrte die Wand an.

»Mein Gott, Kat«, stöhnte Taylor. »Wenn du masturbieren willst, warte wenigstens, bis ich eingeschlafen bin.«

Ich erstarrte. »Ich dachte, du schläfst schon. Ich meine – ich wollte nicht –, ich mache das gar nicht. Ich versuche nur, eine bequeme Lage zu finden.«

»So nennst du das?« Taylors Matratze quietschte, als sie ihr Gewicht verlagerte.

Ich konnte mir ein Grinsen nicht verkneifen, und plötzlich fühlte es sich an, als hätte ich einen Atemzug losgelassen, den ich den ganzen Tag angehalten hatte. Ich hörte, wie Taylors Atem langsamer wurde und in den Schlafrhythmus überging, und schon bald schlief auch ich ein.

9

Kat

Climate Activism Now! hielt am Freitag seine erste Sitzung während der AG-Zeiten ab. Evangeline hatte nicht übertrieben – bestimmt die Hälfte der Schülerschaft drängte sich in der Aula. Das war auch naheliegend. Da wir unsterbliche Wesen waren, die heiße Temperaturen nicht gut vertrugen, hatten Vampire angesichts der globalen Erwärmung viel zu verlieren. Trotzdem wusste ich, neben wen ich mich setzen musste.

Nicht, dass ich bedauerte, was ich zu Evangeline gesagt hatte. Sie konnte nicht herumlaufen und einfach jemanden als *Lesbe* bezeichnen, als wäre das eine Beleidigung und nicht etwas, das man feiern sollte. Taylor behauptete zwar, es würde ihr nichts ausmachen, aber wenn jemand *versuchte*, einen zu demütigen, war das kaum weniger demütigend, als wenn es der Person tatsächlich gelang. Wären die Youngbloods in Harcote so gewesen wie meine Freunde in Sacramento, wäre Evangeline längst gebrandmarkt und ausgestoßen worden. Aber wenn hier jemand für Vorkommnisse in Ms Radtkes Unterricht Konsequenzen zu tragen hatte, dann offenbar nicht Evangeline. Es war klar, dass sie in Harcote und in der Vampirgemeinde noch sehr lange Zeit eine bedeutende Rolle spielen würde. Und solange das so war, war es auch wichtig, dass sie mich mochte.

Und das verlangte eine echte Entschuldigung, nicht nur einen Brief von Ms Radtke.

Evangeline und Lucy scrollten gerade durch ihre Handys, als ich auf sie zukam. Bevor sie mich aufhalten konnten, setzte ich mich hin und preschte voran.

»Evangeline, es tut mir leid, was ich da während der Stunde gesagt habe. Es kam völlig falsch rüber, und ich hoffe, du bist nicht beleidigt.«

Evangelines eiskalte Augen musterten mich über den Rand ihres Smartphones hinweg. Ich hatte das gleiche Gefühl wie an dem Tag, an dem ich sie kennenlernte, als überlegte sie, mich zu zerquetschen, sich dann aber dafür entschloss, dass es mehr Spaß machte, zuerst mit mir zu spielen. Sie lächelte plötzlich und legte ihr Handy weg. »Ach, das? Kein Problem. Schon vergessen.«

»Ernsthaft?«, sagte ich.

»Es war eigentlich eher amüsant«, behauptete sie.

Ich konnte nicht sagen, ob sie log.

Die Sitzung begann, und Evangeline und Lucy beschäftigten sich weiter mit ihren Handys. Eigentlich sah es so aus, als arbeitete fast jeder in der Aula an seinen Hausaufgaben, chattete oder machte sogar Selfies. Ich wollte gerade fragen, ob die Gruppe an den Fridays-for-Future-Tagen demonstrierte, aber bevor ich dazu kam, fingen die drei Gruppenleiter an, darüber zu streiten, inwieweit Vampire für den anthropogenen Klimawandel verantwortlich wären. Denn eigentlich seien die Menschen daran schuld – schließlich hieß es nicht *»vampirogener* Klimawandel«.

Evangeline beugte sich zu mir und stützte das Kinn auf die Fingerknöchel. »Mit dem Zimmertausch ist doch alles gut gelaufen, oder? Ist alles in Ordnung mit Taylor und dir?«

»Absolut!«, stieß ich hervor. Ich wollte nicht wissen, ob sie mich eigentlich nur fragte, ob ich ausflippte, weil meine Mitbewohnerin lesbisch war. »Ich kannte Taylor schon. Wir waren als Kinder befreundet.«

»So ein Zufall.« Evangeline schien fasziniert. »Wart ihr eng befreundet?«

Es war eine einfache Frage, aber sie schmerzte in meiner Brust. Vor langer Zeit hatte ich die Erinnerungen an meine Freundschaft mit Taylor so tief wie möglich begraben. Ich wollte vergessen, wie sehr sie mich verletzt und was sie getan hatte – ich hatte sie ganz und gar vergessen wollen. Aber sie wiederzusehen, war, als hätte ich eine Zeitkapsel geöffnet. Ich hatte gar nichts vergessen: wie oft uns der Bauch vor Lachen wehtat; ihr Talent, sich in Schwierigkeiten zu bringen; wie ein einziger Blick zwischen uns wie eine ganze Sprache war; das Gefühl, das sich in meiner Brust ausbreitete, als wir einander versprachen, *keine Geheimnisse* voreinander zu haben.

Ich zuckte mit den Schultern. »Ich hatte sie schon ewig nicht mehr gesehen.«

»Wie lange?«

Zwei Jahre, neun Monate. »Ich bin mir nicht sicher. Ein paar Jahre? Was ist eigentlich ihr Problem?«

Evangeline lehnte sich in ihrem Stuhl zurück. Ihr Lächeln erinnerte mich an ein Reptil. Sie stieß Lucy mit dem Ellbogen an. »Luce, Kat will wissen, was Taylor für ein Problem hat.«

Lucy blinzelte, als sich ihre Augen darauf einstellten, etwas wahrzunehmen, das weiter als zehn Zentimeter von ihrem Gesicht entfernt war. »Taylor hat einfach eine schlechte Energie. Letztes Jahr hat sie tatsächlich bei Climate Activism Now! aufgehört, weil sie dachte, wir würden nichts erreichen. Wie jetzt, ohne Scheiß? Wir lösen das Problem des Klimawandels nicht, wir sind auf der Highschool! Aber sie machte eine große Sache daraus. Dann fühlten sich alle anderen schlecht, weil sie nicht aufhörten, *und dann* haben ein paar Leute wirklich aufgehört, weil sie das Drama hassten. Das ist typisch Taylor.«

»Kein Spaß«, erklärte Evangeline. »Das totale Gegenteil von Spaß.«

Lucy blickte wieder auf ihr Handy. »Sich für etwas Besseres zu halten als alle anderen, ist kein Ersatz für Persönlichkeit.« Die beiden lachten.

Es war vielleicht feige, aber ich lachte mit.

An diesem Abend, als ich Hunter House für das formelle Dinner verließ – in einem Kleid, das einer Schauspielerin in einem Spukhaus an der Strandpromenade angemessen war –, hielt mich Ms Radtke an der Tür auf. »Kat, ich habe Ihre Bewerbung für das Mentorat bei Mr Castel noch nicht erhalten. Vergessen Sie nicht, sie ist heute Abend fällig.«

»Ach, genau, das. Ich hatte eigentlich nicht vor, mich zu bewerben.«

»Und warum nicht, wenn ich fragen darf?«

»Ich dachte …« Ich verknotete die Finger. Ms Radtke musste doch wissen, dass die Bewerbung Zeitverschwendung war, dass die ganze Sache nur als Kulisse für Galen diente. Ich hatte schon mehr Hausaufgaben auf, als ich bewältigen konnte, dann noch all diese AGs und Clubs und das, was Taylor »Operation Einschleimen« genannt hatte. Es war sinnlos, auch noch einen Bewerbungsaufsatz für ein Mentorat zu schreiben, das ich nie würde erringen können.

»Ich kann die Spannung kaum noch ertragen«, spottete Radtke. »Was dachten Sie?«

»Ein anderer Schüler ist dafür besser geeignet.«

Ms Radtkes granitharter Blick richtete sich auf eine einzigartige und völlig unangenehme Weise auf mich. »Mir war gar nicht klar, dass Sie mit mir in der Auswahlkommission sitzen.«

»Ich … das tue ich auch nicht.«

»Dennoch maßen Sie sich an, mir zu sagen, dass Sie keine qualifizierte Kandidatin wären. Dass ein anderer … *Schüler …*« – aus dem Mund von Ms Radtke schien das Wort eher auf ein Ziegenbaby als auf einen Teenager zu passen – »… die bessere Wahl wäre. Dann lassen Sie mich doch bitte wissen, wen wir auswählen sollen, damit würden Sie uns viel Zeit ersparen.«

»So habe ich das nicht gemeint. Sie können natürlich auswählen, wen Sie wollen.«

»Ganz genau. Außerordentlich großzügig von Ihnen. Dies ist eine ausgezeichnete Chance, und Sie sind eine hervorragende Kandidatin. Denn Sie verfügen über eine einzigartige Perspektive, die die anderen Schüler hier nicht haben.« Ms Radtke richtete sich auf, ihre langen Ketten klapperten gegeneinander. »Denken Sie daran, Kat, ein geschlossener Mund wird nicht gefüttert.«

Auf dem Weg zum Speisesaal schloss ich zu den Mädchen auf. Sie sprachen über einen Filmabend, den sie für später im Gemeinschaftsraum geplant hatten, aber ich schenkte ihnen kaum Beachtung. Beim Abendessen ignorierte ich Galen, der wieder ganz in Schwarz gekleidet war und grüblerisch in meine Richtung blickte, als wäre er gerade aus einem windgepeitschten Moor hereingewandert. Ich hatte heute Abend keine Zeit für privilegiertes Finster-drein-Blicken. Ich musste nachdenken.

Ms Radtke hatte recht: Das Gefühl, nicht gut genug zu sein, um das Mentorat zu gewinnen, war kein Grund, sich nicht zu bewerben. Es war zwar ein aussichtsloses Unterfangen, aber davon hatte ich mich in der Vergangenheit ja auch nicht abhalten lassen. Schließlich hatte ich es trotz aller Widrigkeiten geschafft, in Harcote aufgenommen zu werden, mit voller Finanzierung.

Und ich *wollte* es! Ich wollte, dass mein Name aufgerufen wurde. Ich wollte die Hand von *Victor Castel* schütteln. Würde ich für das Mentorat ausgewählt, konnte ich beweisen, dass ich wirklich dazugehörte, nicht als Sozialfall, sondern weil ich wie sie zu den Besten der Besten gehörte.

Ich kippte meine Schüssel und sah zu, wie die letzte Perle von Hema eine purpurne Linie auf dem Porzellan zog.

Das würde ich auch meiner Mutter beweisen.

Ich sah mich um. An jedem Tisch saßen Schüler:innen auf ihren Stühlen, gestresst oder gelangweilt, oder sie ließen sich zu einem unangenehmen Gespräch mit ihrem Dozenten verleiten. Ein Außenstehender konnte nicht erkennen, dass ich anders war, dass einige ihrer Familiennamen weltweit bekannt waren, während meiner nichts bedeutete, dass ihre Schöpfer gefeiert wurden, während meiner ein Geheimnis war. Ich hatte vielleicht nicht das, was sie hatten, und vielleicht würde ich es auch nie bekommen, aber ich war hier. Unter den Besten der Besten. Und ich brauchte keine Billigung von anderen, um mich auch so zu verhalten.

Die Idee löste ein Kribbeln in meiner Brust aus. *Das* war es, was Harcote für mich bedeutete: Dieser Ort konnte uns zu Gleichen unter Gleichen machen, wenn ich es nur zuließ.

Ich sah auf die Uhr. Ich könnte den Mädchen eine Ausrede erzählen und mich gleich nach dem Abendessen in einen der Studienräume von Old Hill schleichen. Wenn ich mich beeilte, konnte ich die Frist noch einhalten.

Taylor

Es war Freitagabend, und ich saß mit meinem Chemielehrer in einem dunklen Klassenzimmer in Old Hill. Kontos war viel cooler als alle anderen Dozenten auf dem Campus, und außerdem war es nicht meine Schuld, dass niemand der Französische-Filme-AG beitreten mochte. Genau genommen waren es nur so wenige, dass es gar keine richtige AG war, sondern nur aus Kontos und mir bestand. Der Vorteil war: Als ich das Interesse an französischen Filmen verlor und wir stattdessen anfingen, *Killing Eve* zu schauen, erhob niemand Einspruch dagegen. Außerdem spielte die Serie teilweise in Frankreich, also zählte sie technisch gesehen dazu.

Auch wenn es ein wenig seltsam war, den Freitagabend mit meinem Chemielehrer zu verbringen, aber was hätte ich sonst tun sollen? Bei Evangelines und Lucys Hunter-House-Filmabend auftauchen? Nein danke. Allein der Gedanke, mit Kat im selben Raum zu sein, unter Evangelines Augen, jagte mir regelrecht Angst ein. Seit gestern hatte ich mich zehntausendmal verflucht, weil ich Kat überhaupt erwähnt hatte, und dann noch zehntausendmal obendrauf, weil ich Evangeline einen Einblick in meine wahren Gefühle gegeben hatte. Ich hatte keine Angst, dass Evangeline Kat davon erzählen würde – obwohl das total ätzend wäre, und ich wollte auf keinen Fall, dass das passierte. Es ging darum, dass Evangeline eigentlich niemandem etwas sagen musste, damit ich mich schlecht fühlte. Sie brauchte mir nur einen dieser Blicke zuzuwerfen, wenn Kat in der Nähe war, dann wäre die Botschaft klar: *Ich kenne dein Geheimnis.*

Es war unglaublich unfair und die reinste Folter, von Mädchen umgeben zu sein, wenn man auf Mädchen stand.

Ich lockerte knackend meinen Hals. Auf dem Bildschirm ermordete Villanelle gerade irgendjemanden exquisit stilvoll, aber irgendwie hatte ich gar nicht richtig mitbekommen, um wen es sich handelte. Die blöde Evangeline, die blöde Kat! Sie lenkten mich von einer meiner Lieblingsserien ab, obwohl sie nicht einmal im Raum waren.

Ich hatte Kat wegen der »Operation Einschleimen« gehänselt, aber in Wirklichkeit hasste ich es, dass sie mit Evangeline abhing – aber nicht, weil ich eifersüchtig war. Kat wusste nicht, wie sie mit Evangelines perversem Verstand umgehen sollte. Evangeline war die Art Person, die einen um den Verstand brachte, bevor man überhaupt merkte, dass man durchdrehte. Kat versuchte schon jetzt, jede Minute des Tages ihr Bestes zu geben. Das konnte sie vielleicht vor allen anderen gut verbergen, aber nicht vor mir. Ich kannte den Druck, den man verspürt, wenn man versucht, jemand anders zu sein, als man ist. Er konnte einen zerreißen, und genau das würde Evangeline versuchen auszunutzen.

Und ich wollte nicht, dass jemand Kat wehtat.

»Wie fanden Sie es?«

Ich wurde aus meiner Träumerei gerissen. Kontos schaltete das Licht wieder ein.

»Oh, ja – toll! Tolle Folge.« Ich rieb mir die Augen.

»Tolle Folge?«, fragte Kontos. »Das ist alles, was Ihnen dazu einfällt? Normalerweise nehmen Sie die Episoden doch auseinander.«

Ich kratzte mich an einer Braue. »Fanden Sie sie denn nicht toll?«

»Doch, klar. Es war eine tolle Folge.« Kontos trommelte mit den Fingern auf dem Schreibtisch. »Wollen Sie über die Folge reden, oder wollen Sie mir sagen, was Sie bedrückt?«

»Kommt drauf an.« Ich kippte meinen Stuhl auf zwei Beine zurück. Kontos und ich standen uns nahe, und er war mein einziger schwuler Freund, aber er war immer noch mein Chemielehrer, dazu ein Kerl und gut fünfundsiebzig Jahre älter als ich. Er kannte meine Situation mit Evangeline nur oberflächlich, und ich hatte absolut nicht vor, über meine Gefühle für Kat zu reden. »Wollen Sie sich vielleicht rittlings auf einen Stuhl setzen, damit ich sehe, dass Sie ein cooler Lehrer sind?«

»Ich bin ein cooler Lehrer, unabhängig von meiner Sitzhaltung!«, protestierte Kontos. »Ich habe gehört, was diese Woche in der Klasse von Ms Radtke passiert ist.«

Ich verdrehte die Augen. »Ich weiß – das mit der Arschgeige war nicht gerade meine kreativste Arbeit. Ich wollte einfach nur eine neue Beleidigung ausprobieren.« Kontos wirkte nicht amüsiert. »Radtke hat mir schon die Respektrede gehalten, also wenn das hier auf so was hinausläuft, werde ich besser …«

Kontos streckte eine Hand aus. »Tun Sie das nicht.«

Ich lehnte mich auf meinem Stuhl zurück und schüttelte den Kopf. »Ich hätte wissen müssen, dass mich Radtke bei Ihnen verpfeift.«

Kontos schnalzte missbilligend. »Sie hat es nur erwähnt, weil sie weiß, dass wir uns nahestehen. Sie ist wirklich nicht so schlimm.«

»Das bedeutet aus Ihrem Mund gar nichts. Sie mögen ja jede und jeden.«

Er presste eine Hand auf seine Brust. »Rammen Sie mir einen Pfahl ins Herz, Taylor! Sie lassen wirklich nach, wenn Sie glauben, das sei eine Beleidigung. Das Gleiche könnte ich über Sie sagen.«

»Dass es nichts bedeutet, wenn ich alle ohne Ausnahme

hasse? Da irren Sie sich. Es gibt Leute, die ich nicht mag, Leute, die ich hasse, und Leute, die ich *verabscheue*. Und Radtke *verabscheue* ich. Wahrscheinlich ist sie der Meinung, dass Frauen weder Fahrrad fahren noch Hosen tragen dürften.« Die Wut kochte jetzt in mir hoch. Es ist besser, wütend zu sein, als etwas anderes zu fühlen. »Sie hat Kat bestraft, weil sie Evangeline widersprochen hat, weil die *Damen von Hunter House nicht einfach über die Stränge schlagen dürfen*. Und was ist mit Evangeline passiert? Gar nichts, verdammt!«

»Evangeline war auch Ihnen gegenüber respektlos.«

Herauszufinden, warum ich nicht halb so wütend auf Evangeline war, wie ich es hätte sein müssen, war mehr, als mein Gehirn verarbeiten konnte. Und es war definitiv mehr, als ich Kontos erklären wollte. Ich zuckte mit den Schultern. »Sie hat mich eine Lesbe genannt, na und? Wie will sie das steigern? Mich als untoten Blutsauger beschimpfen?«

Auch das fand Kontos nicht lustig. »Sie sollten keine Witze darüber machen.«

»Sagen Sie mir nicht, was ich tun soll!«, fuhr ich ihn unvermittelt heftig an. Mir stockte der Atem in der Brust, mein Herz raste. Das hatte ich nicht sagen wollen, ganz und gar nicht. Eigentlich hatte ich einen weiteren Scherz machen und beweisen wollen, dass Evangeline mir nicht wehtun konnte. Niemand konnte das. »Sagen Sie mir nicht, was ich fühlen soll. Wenn ich sage, es ist keine große Sache, dann ist es auch keine große Sache.«

»Es tut mir leid, Taylor.« Er sagte es sanft, als wäre ich ein zerbrechliches Geschöpf, und ich wäre am liebsten gestorben. »Ich möchte, dass Sie wissen, dass es falsch von ihr war, so mit Ihnen zu sprechen, und dass man mit ihr geredet hat. Sie wird sich schriftlich bei Ihnen entschuldigen.«

Ich konnte es kaum erwarten, den Zettel direkt in den Papierkorb zu befördern. Ich stand auf. »Und Sie sind hier, um mit mir zu reden, falls ich es nötig habe. Also, ist das alles? Es ist gleich Sperrstunde.«

»Nein, darum geht es nicht, nein. Setzen Sie sich.« Er deutete auf meinen leeren Stuhl.

Ich mochte seinen Ton nicht, aber ich setzte mich.

»Ich habe gehört, dass Sie in Ms Radtkes Unterricht gesagt haben, wenn es ein Heilmittel gegen CFaD gäbe, würden Sie weiterhin Hema trinken und sich nicht von Menschen ernähren.«

»So etwas in der Art. Sie wollte eine Diskussion darüber führen, ob Vampire mit Menschen zusammenleben können.«

»Die lautesten Stimmen in der Vampirgemeinde wollen, dass wir uns anders als die Menschen fühlen, aber wir sind in so vielen Dingen gleich. Ich persönlich wünschte, wir würden auf mehr Offenheit hinarbeiten, auf eine echte Gemeinschaft.«

»Radtke würde Sie wahrscheinlich feuern lassen, wenn sie Sie so reden hörte. Das ist doch Vampirgemeinde für Anfänger: Es ist egal, was du isst, wichtig ist, dass wir besser sind als die Menschen. Die Besten der Besten, richtig?«

»Vergessen Sie Ms Radtke mal einen Moment. Was glauben Sie denn selbst?«

Ich verfolgte die Politik der Vampirgemeinde nicht sonderlich interessiert – die Heuchelei in Harcote genügte mir völlig –, aber ich hatte definitiv über die Idee der Integration mit den Menschen nachgedacht. Ich erinnerte mich, wie Kat mich nach meinen Pronomen gefragt hatte und ich kaum in der Lage gewesen war, zu antworten. In dem Moment war es aufregend und überraschend gewesen, aber je mehr ich darüber nachdachte, desto trauriger machte es mich. Verdammt, es gab nicht wenige Vampire, die immer noch das Wort *gay* benutzten, um einen angenehmen Nachmittag im Park zu beschreiben. Wenn Vampire Fortschritt wollten – und ich wollte das auf jeden Fall –, waren die Menschen unsere größte Hoffnung.

»Ich denke, es wäre gut, wenn Vampire und Menschen näher zusammenrücken könnten. Aber ich weiß nicht, wie das gehen soll.«

»Warum nicht?« Kontos beugte sich vor und stützte die Ellbogen auf die Knie. »Wenn Sie genauer darüber nachdenken – jetzt, da wir Blutersatz haben und nicht mehr jagen müssen, was hält uns da wirklich auf?«

»Sie klingen wie ein Reunionist.«

Kontos breitete seine Hände aus und grinste. »Na, wem der Schuh passt!«

Mir blieb der Mund offen stehen. »Wem passt welcher Schuh?«

»Ich bin Reunionist«, sagte er. Ich hatte noch nie jemanden gehört, der sich als Reunionist bezeichnete. In Harcote, zu Hause, in der Vampirgesellschaft wurde über Reunionismus so geredet, wie man über den sprichwörtlichen Tritt in Hundescheiße spricht. Das Thema wurde von allen gehasst, war irgendwie eklig, fast peinlich. »Ich glaube, dass Vampire in Harmonie mit den Menschen leben können, mit einem Heilmittel für CFaD und freiem Zugang zu Hema. Und mir scheint, als glaubten Sie auch an einige dieser Dinge.«

Ich wusste nicht, was ich antworten sollte. Ich *glaubte* an diese Dinge, aber wenn er sie so aneinanderreihte, führte das zu einer Schlussfolgerung – Reunion, Zusammenschluss –, die so gar nicht nach mir klang. Zumindest hatte ich das nie in Betracht gezogen. Plötzlich hatte ich einen Herzschlag zu lange gezögert, und Kontos schaute auf seine Uhr. Und schon fühlte sich alles wieder normal an. »Verdammt, es ist schon fast Sperrstunde«, sagte er.

Ich stand auf und rückte den Kragen meiner Jeansjacke zurecht. »Super. Ich will nicht, dass mir Radtke schon wieder auf die Eier geht.«

Kontos verzog das Gesicht. »Könnten Sie mir zuliebe versuchen, auf Ihre Sprache zu achten?«

Ich warf einen Blick in den dunklen Flur. »Tut mir leid, mein Freund, aber das glaube ich verflucht noch mal eher nicht.«

Die Flure von Old Hill waren dunkel. Ich sah auf mein Handy und fluchte leise vor mich hin. Kontos' Uhr musste nachgegangen sein. Es war bereits fünf Minuten nach der Sperrstunde, und das Gebäude war offiziell geschlossen. Ich überlegte, ob ich ihn bitten sollte, mich zurück zu Hunter zu begleiten, als Ausrede dafür, dass ich zu spät gekommen war, aber ich konnte nicht zulassen, dass das ganze Internat sah, wie mich unser Chemielehrer am Freitagabend nach Hause begleitete.

Ich nahm die Osttreppe nach unten und ging dann zum Büro des Schulleiters. Wer auch immer Old Hill entworfen hatte, lange bevor Atherton die Schule kaufte, hatte sicherstellen wollen, dass sich niemand auf dem Weg zum Büro des Schulleiters verirren würde. Die Ost- und die Westtreppe liefen im ersten Stock zu einer einzigen breiten Treppe zusammen, die das Büro des Schulleiters mit dem Eingang des Gebäudes verband. Im Grunde musste jeder, der hinein- oder herausging, an Athertons Büro vorbei. Manchmal stand er morgens dort, flankiert von menschlichen Helfern, damit er über unsere von Schlafmangel gezeichneten Gesichter lächeln konnte. Außerdem hatte er den für die Innenarchitektur in Harcote Verantwortlichen freie Hand gelassen, sich mit vampirischer Symbolik auszutoben. Die unteren Stockwerke von Old Hill waren voller dunkler Holzschnitzereien, die das Fledermaus- und Schlossthema aufgriffen, voller Säulen und Geländer mit gruseligen kleinen Wasserspeiern und Nischen, in denen Erinnerungsstücke an die Schule und Antiquitäten aus der Zeit vor der Verseuchung ausgestellt waren. Wie zum Beispiel die schicken Kelche, die im Grunde genommen riesige Trinkbecher für den blutigen Lebenssaft waren, der uns ernährte.

Ich wollte gerade die letzte Treppe hinuntersteigen, als ich einen gelben Lichtstreifen auf dem Parkett vor dem Büro des Schulleiters entdeckte. Er wurde größer, als die Tür geöffnet wurde. Ich wartete nicht erst, bis ich Stimmen hörte, sondern verschwand rasch in einer schattigen Nische. Das war gut so, denn als ich lauschte, erkannte ich die Stimme. Sie gehörte Radtke.

10

Kat

Als ich meinen Aufsatz beendet hatte, starrte ich eine Weile auf die E-Mail. Galen war vielleicht der designierte Gewinner, aber der Aufsatz, den ich geschrieben hatte, war wirklich gut. Jeder in Harcote behauptete, wir seien aufgrund unserer Verdienste hier, weil wir die Besten der Besten seien. Ich wollte ihnen eine Chance geben, das zu beweisen. Ich drückte auf »Senden«.

Dann schaute ich auf mein Telefon, und mein Herz schlug mir bis zum Hals. Die Sperrstunde war mir völlig entfallen. Ich musste schnell zurück ins Hunter House. Ich konnte nicht zweimal in einer Woche in Schwierigkeiten geraten, und das gleich in meinem ersten Monat an der Schule. Ein zweites Mal würde Radtke sicher nicht so nachsichtig sein. Ich stopfte meine Sachen in meinen Rucksack und eilte aus dem Studienraum.

Ich spähte in die unbekannten, dunklen Gänge – und fuhr fast aus der Haut, als ein menschlicher Helfer mit einem Putzwagen auftauchte. Ich wusste nicht, ob die Helfer Dinge wie Schüler:innen, die die Sperrstunde überschritten hatten, meldeten, aber selbst wenn nicht, bereiteten mir ihre verhexten, leeren Blicke Unbehagen. Ich wollte nicht von einem von ihnen in der Nacht erwischt werden. Ich stürmte, zwei Stufen auf einmal nehmend, die Osttreppe hoch und stieß die Tür zum ersten Stock auf.

Das Licht, das aus dem Büro des Schulleiters kam, war unübersehbar. Die Tür stand offen, und die Schatten von zwei Körpern fielen in den Flur. Ich war völlig am Arsch.

Ich musste mich verstecken oder fliehen oder meinem Selbsterhaltungstrieb anders nachgehen, aber wie? Meine Beine fühlten sich an wie aus Gelee.

Die Tür zur Osttreppe quietschte leise, als sie sich hinter mir schloss. Der Tonfall der Stimmen änderte sich – *Was war das denn?* –, die Schatten bewegten sich, und alles, woran ich denken konnte, war, dass Harcote nett gewesen war, solange ich hatte hier sein dürfen.

Jemand oder etwas packte mich von hinten. Meine Augen weiteten sich, und ich hätte beinahe geschrien, aber eine Hand presste sich fest auf meine Lippen. Instinktiv fuhren meine Reißzähne heraus und bohrten sich in die Haut der Hand, die meinen Mund umklammerte. Ich bekam eine Panikattacke: Hatte ich gerade einen menschlichen Helfer gebissen – möglicherweise einen CFaD-Infizierten? Ich stemmte mich gegen die Person, die mich festhielt, aber mit eisernem Griff zog sie mich in den Schatten zwischen der Wand und einer Vitrine mit Harcote-Erinnerungsstücken. Mein Rücken war an sie gepresst, aber ich hätte schwören können, dass die Person seltsam vertraut roch, dass ich ihren Duft beinahe zuordnen konnte.

Sie roch nach neuen Turnschuhen.

»Hör auf zu zappeln und sei endlich still!«, zischte Taylor mir ins Ohr.

Ich rührte mich nicht. Taylor ließ ihre Hand von meinem Mund sinken, und ich drehte mich zu ihr um, bereit, zu fragen, was zum Teufel sie sich dabei dachte, als das Klackern von Absätzen auf dem Hartholzboden mir einen weiteren Angstschock versetzte und ich mich stattdessen noch enger an sie drückte. Mein Arm stützte sich an der Wand ab, und Taylors Arme umschlossen mich: Wir beide versteckten uns in einem Schatten, der nur für eine Person Platz bot.

Es war ewig her, dass ich sie berührt hatte.

Im Büro von Schulleiter Atherton sagte jemand: »Das geht zu weit. Die Vampirgemeinde ist besser als das.«

»Ms Radtke?«, flüsterte ich. Meine Wimpern berührten Taylors Kiefer, so nah waren wir uns. Ich spürte Taylors Nicken mehr, als dass ich es sah. Ihr Gesicht war angespannt, als sie angestrengt lauschte.

»... ich werde das nicht länger hinnehmen, und ich bin nicht allein ...« Radtkes Stimme verklang.

»Sie können nicht einfach solche Forderungen stellen, Miriam!« Direktor Athertons Stimme bebte wie die eines schmollenden Kindes kurz vor einem Wutanfall. Mir schoss unwillkürlich erneut die Frage durch den Kopf, wie alt er gewesen war, als er verwandelt wurde.

»Was er tut, bedroht uns alle ...«

Plötzlich hatte ich Angst – eine viel größere als die Angst, die Sperrstunde zu übertreten. Wir belauschten ein Gespräch, das wir definitiv nicht hören sollten. Meine Atmung war so flach, dass sich meine Brust kaum noch bewegte. Ich drängte mich näher an Taylor heran. Auch sie atmete kaum noch.

Eine kurze Pause, dann stieß Atherton ein ungläubiges Lachen aus. »Leo Kontos ist keine Bedrohung.«

Bei seinem Namen versteifte sich Taylors Körper fühlbar.

Wieder das Geräusch von Absätzen auf Hartholz, und jetzt war Radtkes Stimme deutlicher zu hören. »Wenn er sich weigert, werden wir drastische Maßnahmen ergreifen. Das ist mein letztes Wort.«

Die Tür zu Athertons Büro knallte zu. Radtkes Schuhe polterten über die Stufen, die Eingangstür des Old Hill öffnete sich zischend und schloss sich wieder.

Wir atmeten beide aus. Ich ließ mich an Taylors Schulter sinken, als das Adrenalin nachließ. Sie legte ihre Wange an meine Stirn, ihre Arme immer noch auf meinem Rücken.

Plötzlich erhitzte sich mein Körper. *Was machte ich da?*

Taylor hatte wohl denselben Gedanken gehabt, denn unvermittelt schob sie mich von sich, und wir drängten uns aus der Nische, um Abstand zwischen uns zu schaffen. Taylor winkte mir, ihr zu folgen, und führte uns aus Old Hill hinaus in die Dunkelheit und seitlich um das Gebäude herum.

»Du hast mich verflucht noch mal gebissen?« Taylors Stimme war ein raues Flüstern. Sie hielt ihre Handfläche in das schwache Licht. Auf der Haut zwischen ihrem Daumen und ihrem Zeigefinger fanden sich zwei rot verschmierte Bissmale.

»Das ist alles, was du zu sagen hast?« Ich wischte mir den Mund ab. Taylors Blut klebte an meinen Lippen. »Was wolltest du überhaupt hier?«

»Zum Beispiel deinen Arsch retten. Was wolltest *du* überhaupt hier? Ich dachte, du wärst beim Filmabend.«

»Ich habe in einem der Studienräume meinen Aufsatz für die Bewerbung als Mentee verfasst.«

»Du bist vermutlich die erste Harcote-Schülerin der Geschichte, die die Sperrstunde überschreitet, um Hausaufgaben zu machen.«

»Hätte ich ihn im Zimmer geschrieben, hättest du mich die ganze Zeit genervt!«

»Du hättest mich bitten können, dich in Ruhe zu lassen. Das hast du ja schließlich schon mal gemacht.«

Ich zuckte zusammen. Natürlich wusste ich, wovon sie sprach: die letzte Nachricht, die ich ihr geschickt hatte, nachdem sie mein Leben in die Luft gejagt hatte. Zwei Wochen wohnten wir jetzt zusammen, und das war das erste Mal, dass sie erwähnte, was passiert war. Ich erwartete keine Entschuldigung, aber ich hatte auch nicht erwartet, dass sie mir ein *schlechtes Gewissen* machen würde.

»Wir müssen in unserem Zimmer sein, bevor Radtke ihren Kontrollgang macht«, sagte ich. »Also los!«

Wir hasteten über den Campus. Vor uns auf dem gepflasterten Weg raschelten die Röcke von Ms Radtke, sodass es leicht war, sie im Auge zu behalten. Einmal stolperte ich in der Dunkelheit, und Radtkes Kopf fuhr herum. Sie sah direkt in unsere Richtung, aber wir konnten uns gerade noch rechtzeitig hinter einem Baum verstecken.

Schließlich folgte ich Taylor zur Rückseite von Hunter House. Unser Zimmer im vierten Stock schien unendlich weit weg zu sein.

»Das Fenster ist nicht verschlossen«, flüsterte Taylor.

»Und wie genau, glaubst du, kommen wir da hoch?« Das kam schärfer rüber als beabsichtigt. Auch wenn ich Taylor im Allgemeinen nicht ausstehen konnte, war diese Situation nicht ihre Schuld. Eigentlich war ich mehr als nur ein bisschen froh, dass sie da war. Ich schluckte schwer, als ich mich daran erinnerte, wie sie mich in den Schatten gezogen hatte, um mich zu retten, und jetzt machte ich ihr ein schlechtes Gewissen deswegen. »Es tut mir leid, ich darf nur nicht noch einmal in Schwierigkeiten geraten.«

»Geht mir genauso. Ich hasse Ärger«, sagte Taylor, und ich konnte nicht anders – ich lächelte. Taylor zeigte auf das Rohr einer Dachrinne, das vom Dachfirst abwärts verlief und mit Halterungen an der Ziegelwand befestigt war. »Da klettern wir rauf.«

»Wir sind Vampire, keine Spider-Women.«

»Hast du vielleicht eine bessere Idee?«

Ich betrachtete das Rohr stirnrunzelnd. Es sah nicht so aus, als würde es auch nur das Gewicht eines Eichhörnchens tragen können.

»Komm schon, *Kath-er-ine.*« Taylor sprach meinen Namen gedehnt aus. »Oder traust du dich nicht?«

Wenn Taylor lächelte, wirkte ihr Mund immer irgendwie schief, ein Mundwinkel war höher als der andere. Das kühle, bläuliche Licht des Mondes schien an dem Weiß ihrer Zähne zu zerren. Ihr Blick traf meinen, und ihre Augen leuchteten unter dem dunklen Fächer ihrer Wimpern – irgendwie wirkte sie viel zu lebendig für die Nacht. Sie sah mit einem Mal aus wie das Mädchen, das ich einmal gekannt und bei dem ich das Gefühl gehabt hatte, ein fehlendes Stück von mir selbst gefunden zu haben.

Mein Herz schlug schneller.

Ich packte das Rohr und begann zu klettern.

11

Taylor

Als ich am Samstag aufwachte und Kat nach der Dusche ihr Haar bürstete, kamen mir Gedanken an die letzte Nacht in den Sinn – wie sie sich an mich gedrückt hatte, meine Wange an ihrem Haar. Vor allem aber die Art, wie sie mich ansah, als ich sie herausforderte, das Abflussrohr hochzuklettern. Ich hatte es in diesem Moment körperlich fühlen können, die Verbindung, die wir hatten.

Gehabt hatten.

Ich kam kaum dazu, die Beine aus dem Bett zu schwingen. »Hast du dich schon entschieden, was du tun wirst?«, fragte sie. »Ich weiß nämlich, dass du etwas wegen der Sache mit Mr Kontos unternehmen wirst, und ich hoffe nur, dass es nichts Dummes ist.«

»Wow, ich komme mir gerade vor, als würde ich vor Gericht stehen.«

Kat hielt mit dem Bürsten inne und warf mir einen Blick über die Schulter zu, der unter keinen Umständen Herzklopfen bei mir auslöste. »Du willst also nichts tun?«

»Mein Gott, für wen hältst du mich? Wir können doch Radtke nicht auf Kontos loslassen!«

Sie blickte wieder in den Spiegel. »Ich bin nicht einmal überzeugt, dass es wirklich darum geht. Ms Radtke hat von jemandem gesprochen, der eine große Bedrohung darstellt, und Mr Kontos ist – er ist einfach so *nett.*«

Ich kaute auf meiner Unterlippe. Gestern hätte ich Kat noch zugestimmt, aber das war, bevor Kontos mir anvertraut hatte, dass er Reunionist war. Ich hatte nicht vor, Kat davon zu erzählen, aber wenn Radtke es wusste, würde das eine Menge erklären. »Radtke ist ein Trav. Die fühlen sich sogar immer noch von der Erfindung des elektrischen Lichts bedroht. Kontos … ist kein Trav«, erwiderte ich. »Vielleicht liegt es daran.«

»Was wollen die Travs überhaupt? Ich dachte, sie hätten nur einen schrecklichen Modegeschmack.«

»Sie sind Verfechter der Überlegenheit der Vampirrasse«, sagte ich ihr. »Nicht, dass das innerhalb der Vampirgemeinde ungewöhnlich wäre, aber die Travs sind besonders fanatisch. Sie glauben, dass die Vampirkultur verloren geht, seit CFaD es unmöglich gemacht hat, sich von Menschen zu ernähren. Die Youngbloods sollten ihrer Meinung nach wissen, dass es eine Zeit *davor* gab, in der Fledermaus-Rollenspiele kein Problem darstellten und Vampire einfach nur Kreaturen der Nacht waren, die in schimmeligen Särgen schliefen.« Da Kat noch nicht in den Genuss der zweijährigen Vampirausbildung gekommen war, fügte ich hinzu: »Und das Dümmste daran ist, dass es im Grunde eine Fantasie ist, die aus Bela-Lugosi-Filmen und Anne-Rice-Romanen zusammengestückelt wurde. Soviel ich weiß, gab es vor der Verseuchung keine Vampirkultur. Es existierte nicht einmal so etwas wie die Vampirgemeinde. Ein einzelner Vampir konnte jahrzehntelang leben, ohne einem anderen Blutsauger zu begegnen, sodass es buchstäblich unmöglich war, blödsinnige ästhetische Trends zu entwickeln.«

Kat runzelte die Stirn. »Das habe ich noch nie gehört – die Verseuchung hat also die Vampire geeint?«

»Jedenfalls die Vampire, die das Virus nicht umgebracht hat, ja. Es überlebten nur die, die regelmäßig Zugang zu Hema hatten. Das bedeutete, dass Vampire zum ersten Mal anfingen, sich zusammenzuschließen und miteinander zu reden. Das ist das Rezept der Vampirgemeinde. Die Travs waren eher eine Art nostalgische Marotte.«

»Deshalb unterrichtet Ms Radtke Vampir-Ethik, um sicherzustellen, dass die Youngbloods dem Vampirismus verhaftet bleiben«, stellte Kat fest. »Nicht, dass das irgendetwas mit Mr Kontos zu tun hätte. Er ist nur Chemielehrer. Es kann ja wohl keiner behaupten, er würde die Jugend korrumpieren.«

»Stimmt.« Natürlich hatte das Gespräch mit ihm gestern Abend ein wenig geklungen, als wollte er mich für eine Sekte rekrutieren. Aber wir waren schon fast zwei Jahre befreundet gewesen, bevor er es überhaupt erwähnte. Er war wirklich meilenweit davon entfernt, eine Rebellion auf dem Campus anzuzetteln.

»Was auch immer hier vor sich geht, es geht uns definitiv nichts an«, meinte Kat. »Falls du dich also da reinhängst, lass bitte meinen Namen aus dem Spiel, okay?«

»Schon klar. Die meiste Zeit denke ich ohnehin kaum an dich.«

Es war Dienstagnachmittag, als es mir endlich gelang, Kontos in seinem Büro neben dem Chemielabor zu erwischen. Es war wahrscheinlich das ungemütlichste Büro, das Harcote zu bieten hatte. Auf dem Schreibtisch stapelten sich himmelhoch Papiere und Becher mit den von ihm geliebten Kugelschreibern. Ein überdimensionales Bücherregal ragte förmlich aus der Wand heraus und machte den Raum noch beengter. Auf der Fensterbank fristete eine Familie Kakteen in ihren Töpfen ein kümmerliches Dasein.

Er grinste mich unter seinem buschigen Schnauzbart an. »Taylor, ich grüße Sie!«

Setzen konnte ich mich nicht. Denn auf dem einzigen Stuhl saß bereits ein Stapel Bücher. »Ich muss mit Ihnen reden. Sie haben ein Problem.«

Ich erzählte ihm alles, ohne Kat zu erwähnen: dass ich mitbekommen hatte, wie Radtke versuchte, Atherton zu überzeugen, dass Kontos eine Bedrohung darstellte. Während ich sprach, tippte sich Kontos mit dem Daumen gegen das Kinn, als ob es ihn *amüsierte*, dass einer seiner Kollegen versuchte, sein Leben zu zerstören. »Atherton war sehr wütend auf sie, aber es klang nicht so, als würde sie ein Nein als Antwort akzeptieren«, beendete ich meinen Bericht.

Er seufzte. »Danke, dass Sie mir das mitteilen, Taylor, aber es gibt keinen Grund zur Sorge. Miriam Radtke und ich verstehen uns sehr gut. Wenn sie etwas mit mir zu besprechen hat, wird sie damit bestimmt direkt zu mir kommen.«

»*Drastische Maßnahmen*, Kontos! Das waren genau ihre Worte.«

»Dann werde ich wohl besser ein Auge auf alles Drastische haben. Im Ernst, Sie brauchen sich keine Sorgen zu machen.«

Ich warf ihm einen finsteren Blick zu und machte mich auf den Weg zu meiner nächsten Stunde. Ich fühlte mich null Prozent besser in dieser Situation. Kontos war sich vielleicht sicher, dass es sich um ein harmloses Missverständnis handelte, aber er war zu vertrauensvoll, zu *gutmütig*, um das Gegenteil zu glauben. Ich hatte nicht vor, ihn einfach untergehen zu lassen, schon gar nicht durch Radtkes Hände.

Irgendetwas war da im Gange, und ich würde herausfinden, was es war.

Kat

Das metallische, süßliche Aroma von Hema erfüllte den Raum beim formellen Dinner am Dienstag. Es löste immer noch ein besonderes, irres Gefühl in mir aus, aber der Anflug von Verzweiflung war verschwunden. Langsam gewöhnte ich mich an die Tatsache, dass es immer genug Hema geben würde – so viel ich wollte, wann immer ich wollte.

Der Schüler aus dem ersten Jahr, der neben mir saß, stieß mit seinem Reißzahn gegen den Löffel und verteilte eine rote Spur über seinem Hemd. Ich lächelte ihm beruhigend zu. »Ich habe auch eine Weile gebraucht, um mich an Hema zu gewöhnen, aber irgendwann vermisst man menschliches Essen nicht mehr.«

Er warf mir einen säuerlichen Blick zu. »Ich trinke Hema, seit ich ein *Baby* bin. Menschliches Essen ist ekelhaft.«

Galen beobachtete diese Szene von der anderen Seite des Tisches aus. Er trug wieder Schwarz, was ihn wie einen Kellner hätte aussehen lassen sollen. Aber stattdessen sah er aus, als hätte er den Nachmittag bei Espresso und der Lektüre von Gedichten in einem Pariser Café verbracht.

»Es ist nicht meine Schuld, dass niemand dem Kleinen jemals einen *Cool Ranch Dorito* gegeben hat«, sagte ich.

Zwischen Galens Augenbrauen bildete sich eine elegante Mulde. »Einen Cool Ranch was?«

Schulleiter Atherton erhob sich und bat um Ruhe. Wie jedes Mal schien ihn die schiere emotionale Wucht eines Saals voller Youngbloods förmlich zu überwältigen, aber heute waren seine Wangen noch geröteter als sonst. »Ich habe euch heute Abend einige sehr aufregende Neuigkeiten mitzuteilen, Jungs und Mädchen«, sagte er. »Ich weiß, dass ihr alle sehr gespannt darauf seid, zu erfahren, wer für das Mentorat bei Mr Victor Castel ausgewählt wurde. Es sagt wirklich etwas über diese Schule aus, dass sich so viele von euch beworben haben – euer Durchhaltevermögen ist eine der vampirischen Tugenden, die Harcote-Schüler auszeichnen!«

Während Schulleiter Atherton weitersprach, drehte sich Galen auf seinem Stuhl elegant zu ihm herum, den Arm über die Stuhllehne gelegt. Seine Miene blieb höflich ausdruckslos, fast gelangweilt. Ich fragte mich, ob er jemals in seinem Leben etwas gewollt hatte, von dem er nicht sicher war, dass er es auch bekommen würde. War ihm überhaupt bewusst, dass alle Schüler:innen und Lehrer:innen im Speisesaal taten, als würde er diese Farce für bare Münze nehmen, und das nur für ihn?

»Ich freue mich, Ihnen mitteilen zu können, dass der Empfänger der Patenschaft …«

Schulleiter Atherton machte eine effektvoll dramatische Pause, die absolut niemand zu schätzen wusste.

In diesem kurzen Moment hob Galen den Fingerknöchel an seine Lippen und presste seine Zähne dagegen. Es war eine subtile Geste, die beiläufig hätte wirken können, wenn ich nicht die Anspannung in seinen Händen oder den kleinen Muskel in seinem Kiefer hätte zucken sehen.

Es war ihm *nicht* gleichgültig, auch wenn es eine abgekartete Sache war, dass er das Mentorat bekommen würde.

»… Galen Black ist!«, trompetete Direktor Atherton.

Galen ließ die Hand sofort fallen, ein selbstbewusstes Lächeln breitete sich auf seinem Gesicht aus, die verdammte Augenbraue bildete wieder diesen eleganten Bogen. Höflicher Beifall brandete durch den Raum, wenn auch nicht laut genug, um enttäuschtes Stöhnen zu übertönen. Galen erhob sich halb von seinem Stuhl und verbeugte sich leicht – als hätte er sich in seinem Leben schon so oft verbeugt, dass er es genau dosieren konnte und jeden wissen ließ, dass er ihre Unterstützung schätzte, ohne eine allzu große Sache daraus zu machen.

Ich klatschte mit und ließ mir die Enttäuschung nicht anmerken, die sich in meiner Brust breitmachte. *Ein geschlossener Mund wird nicht gefüttert*, hatte Ms Radtke gesagt. Aber man kann den Mund aufmachen und trotzdem hungern. Leute wie ich sollten froh sein, dass sie überhaupt die Chance bekamen, berücksichtigt zu werden. Aber wirklich zu gewinnen, war den Galens dieser Welt vorbehalten.

»Das ist noch nicht alles!«, fuhr Atherton fort. »Die Bewerbungen waren so *ausgezeichnet*, so außerordentlich, dass Mr Castel sich bereit erklärt hat, *zwei Schüler* zu betreuen. Ich habe also noch einen zweiten Namen zu verkünden!«

Mit einem Schlag verpuffte meine Enttäuschung und Schmetterlinge wimmelten in meinem Magen – aber nein, Schmetterlinge bedeuteten etwas Gutes, und das hier würde eine schlechte Sache werden. Von wegen Schmetterlinge! Die Angst malträtierte meinen Magen wie wild gewordene Kraken.

»Und die zweite Schülerin ist …«

Die Kraken schlugen wie wild um sich.

»Oh, was für eine schöne Überraschung! Unsere frischgebackene Schülerin der dritten Jahrgangsstufe, Katherine Finn!«

Die Kraken verschwanden. Es herrschte eine gefühlte Ewigkeit lang Stille. Ich saß wie erstarrt auf meinem Stuhl, mit weit geöffnetem Mund.

Dann drückte mir Mr Kontos die Schulter, und die anderen am Tisch forderten mich auf, mich zu erheben. Als ich aufstand, rammte ich meinen Stuhl gegen den Tisch hinter mir.

Das erste Gesicht, auf das mein Blick fiel, war das von Taylor. Sie starrte mich direkt an, während der Rest des Speisesaals sich noch fragte, wo diese neue Schülerin wohl saß. Taylor lächelte nicht. Stattdessen lag ein seltsamer, verbitterter Ausdruck auf ihrem Gesicht, fast so etwas wie Enttäuschung. Ich wusste, dass Taylor eine der wenigen Schüler:innen war, die sich nicht für das Mentorat beworben hatte – sie hatte es abfällig »Gruppenwichsen« genannt und behauptet, sie verbrächte ihre Zeit lieber mit einem Nickerchen, als mit einem fünfhundert Jahre alten Widerling im Anzug herumzuhängen. Vielleicht wollte Taylor ja beweisen, dass sie besser war als alle anderen, aber ich war hier, um etwas anderes zu beweisen: dass ich genauso gut war wie der Rest von ihnen, nicht besser und nicht schlechter. Ich war eine von ihnen. Auf Augenhöhe.

Ein geschlossener Mund wird nicht gefüttert.

Ich hob trotzig mein Kinn, während ich ihren Blick erwiderte.

»Ist das zu glauben?«, meinte Kontos, als ich mich wieder auf meinen Platz setzte. »Als sie von den Besten der Besten sprachen, meinten sie wohl Tisch zwölf des formellen Dinners! Ich trinke auf Galen und Kat!«

12

Kat

Ich war vollkommen aufgedreht, als das Dinner endlich vorbei war. Galen und ich wurden von Direktor Atherton persönlich beglückwünscht, und er teilte uns mit, dass unser erstes Treffen mit Mr Castel am nächsten Tag stattfinden würde. Es hatte mir nicht einmal etwas ausgemacht, in Begleitung von Galen über den Campus zurückzugehen. Er hatte fast den ganzen Weg geschwiegen, während ich unaufhörlich über das Mentorat plapperte. Obwohl Galen Victor Castel völlig unnötig und auch etwas anmaßend verteidigt hatte, schien er sich kein bisschen gefreut zu haben, jedenfalls nicht, nachdem Atherton seinen Namen genannt hatte. Andererseits war das alles für ihn vorhersehbar gewesen. Für mich war es ein Traum, der wahr geworden war.

Im Hunter House lümmelten die Mädchen auf den im Erdgeschoss verteilten Sofas herum.

Lucy hob den Blick von ihrem Handy. »Wie fühlt es sich an, die Auserwählte zu sein, Kitty Kat?«

»Tut mir leid, dass ihr nicht auserwählt wurdet.« Das stimmte nicht wirklich, aber das zu sagen, fühlte sich irgendwie richtig an. »Ich weiß, dass alle es wollten.«

Evangeline schnaubte. »Als ob ich Hilfe von Victor Castel bräuchte! Aber alle zerreißen sich das Maul darüber, und wir glauben zu wissen, warum sie dich ausgewählt haben.«

»Es war ein Wettbewerb«, sagte ich misstrauisch. »Und ich habe einfach einen guten Aufsatz geschrieben.«

Lucy tippte etwas in ihr Telefon. »Wir wollen dir nur mitteilen, was die Leute so reden.«

»Klar … das weiß ich zu schätzen«, erwiderte ich. »Also, warum habe ich gewonnen?«

Evangeline fixierte mich mit ihren klaren blauen Augen. Ihre Miene war völlig ausdruckslos. »Weil du ein Niemand bist. Wir haben das ganze Namensverzeichnis durchforstet … keiner hat je von deiner Mutter gehört. Und dein Vater ist nicht einmal *aufgeführt*.«

»Meine Eltern sind nicht mehr zusammen.« Das war genau genommen die Wahrheit, nur war es nicht sehr präzise. Aber ich musste Evangeline und Lucy die Geschichte über den Tod meines Vaters nicht auf die Nase binden. »Ich wüsste nicht, warum das wichtig sein sollte.«

»Das ist wichtig, denn deine Eltern haben keinerlei Beziehungen. Vielleicht haben deine Schöpfer ein paar Fäden gezogen, aber wir wissen nicht einmal, wer sie sind«, erwiderte Evangeline.

»Das ist tatsächlich ein bisschen seltsam«, setzte Lucy hinzu.

Ich wurde plötzlich ganz ruhig.

Lucy hob die Brauen. »Jetzt kommt der Teil, in dem du uns verrätst, wer deine Schöpfer waren, Kitty Kat.«

Sie hatte recht. Ich hatte mich lange genug vor ihnen versteckt, und sie würden nicht aufhören, sich zu fragen, bis sie es wussten. Wenn ich es ihnen offen sagte – und damit meinte ich, dass ich geradewegs *lügen* würde –, könnte ich wenigstens in einem geringen Maß steuern, was sie hinter meinem Rücken tuschelten.

»Leider haben beide die Verseuchung nicht überlebt. Sie

starben, bevor ich geboren wurde. Aber ihr habt wohl recht – es waren keine superwichtigen Personen. Ich meine, meine Schöpfer waren weder die Gemahlin eines chinesischen Kaisers noch ein Berater von Vlad, dem Pfähler oder so etwas, so wie eure. Sie waren eher ein Niemand, so wie ich.«

»Wow, das ist ja noch besser, als wir dachten«, antwortete Evangeline und verzog die Lippen. »Bei dir riecht wirklich alles nach Chancengleichheit.«

Meine Wangen brannten. Evangeline hatte natürlich recht. Die Optik war perfekt: der Goldjunge und das Mädchen von nebenan. Galen würde ja so was von strahlen, wenn er neben mir stand.

»Es gibt eben keine echte Gleichheit, richtig?«, sagte ich.

»Das ist ja so wahr.« Evangeline lächelte mitfühlend.

Ich schrie sie nicht an, und ich heulte auch nicht. Ich ballte die Faust, um den Sturm meiner Gefühle zu beherrschen, und hielt sie fest geschlossen, als ich den Gemeinschaftsraum verließ. Ich wollte ihnen nicht die Genugtuung geben, mich die Treppe hinaufstürmen zu sehen. Aber dazu musste ich den Atem anhalten, bis ich die Tür zu meinem Zimmer hinter mir geschlossen und daran herunter auf den Boden gerutscht war.

Heiße Tränen der Frustration liefen mir über die Wangen. Es hätte nicht so wehtun sollen, wie es tatsächlich schmerzte. Schließlich hatte ich mir nie die Illusion gemacht, dass Lucy und Evangeline *nett* wären. Ich hatte einfach nur meine Rolle hier so gut wie möglich gespielt. Ich hatte mir eingeredet, das könnte zumindest manchmal ausreichen, damit die Mädchen vergaßen, dass ich nicht aus der gleichen Welt stammte wie sie. Aber in dem Moment, in dem ich etwas erreichte, was sie alle gewollt hatten, verschwendeten sie keine Zeit damit, mich daran zu erinnern, wo mein Platz war.

Noch schlimmer war, dass sie mich an der Stelle getroffen hatten, an der es am meisten wehtat: an meinem vampirischen Stammbaum, den ich eben nicht hatte, an meinem persönlichen Hintergrund, den ich nicht kannte. Dass der Zahngeber meiner Mutter keine gute Kreatur gewesen war – er hatte sie dem Tod überlassen wollen, sie aber stattdessen versehentlich verwandelt –, hielt mich nicht davon ab, mich zu fragen, wer er wohl wirklich war. Wenn er nun tatsächlich auf dem Niveau der Schöpfer der anderen Harcoties war? Wie würde sich mein Leben verändern, wenn er geblieben und meiner Mutter und mir ein echter Schöpfer gewesen wäre? Seltsam war, dass ich mir nichts über die Schöpferin meines Vaters ausdenken musste, da ich *wusste*, wer sie gewesen war. Das machte es mir leichter, zu akzeptieren, dass sie nicht mehr existierte. Aber wenn ich an den Schöpfer meiner Mutter dachte, fühlte es sich wie ein halb fertiger Satz an. Ein Teil dessen, was mich als Person – als Vampir – ausmachte, fehlte.

Darüber hinaus musste ich auch noch das wenige, was ich über ihn wusste, geheim halten. Die Vampirtradition legte – erst recht seit der Verseuchung – großen Wert darauf, den Stammbaum zu kennen. Dein Schöpfer war die Person, die dich durch dein Leben als frischgebackener Vampir führte, die dir beibrachte, wie man jagt oder wie man damit fertigwird, sein menschliches Leben hinter sich zu lassen. Natürlich musste man Vampire seit der Verseuchung und der Youngblood-Generation diese Dinge nicht mehr lehren, aber das spielte keine Rolle. Es war eine Tradition, und dass sie irrelevant war, hatte nur dazu geführt, dass sich einige Vampire noch fester an sie klammerten.

Vampire wie die Sangers.

Taylor und ich hatten uns versprochen, keine Geheimnisse

voreinander zu haben. Es hätte ein einfaches Versprechen an eine Zehnjährige sein sollen, aber vom ersten Moment an, als wir unsere kleinen Finger zum Pinkie-Schwur aneinanderlegten und unsere Daumen küssten, wusste ich, dass ich es nicht würde halten können. Ich hatte meiner Mutter ein anderes, viel schwerwiegenderes Versprechen gegeben: dass ich niemals die Wahrheit über ihren Schöpfer erzählen würde. Es ginge niemanden etwas an, sagte sie, und deshalb sei es eine Notlüge.

Aber je älter ich wurde, desto mehr fühlte es sich wie schlichte Unehrlichkeit an. Meine Mutter hatte sich eine ganze Geschichte über ihren Schöpfer ausgedacht, aber jedes Mal, wenn ich sie wiederholte, log ich auch, was *mich selbst* anging. Ich hatte aufgehört zu zählen, wie oft ich diese Lügen gegenüber Taylor wiederholt hatte.

Ich erzählte Taylor die Wahrheit zu der Zeit, als sie sich an der Harcote bewarb – in dem Winter, als wir beide dreizehn Jahre alt waren. Wir waren in ihrem Zimmer, vorgeblich, um Hausaufgaben zu machen, aber eigentlich redeten wir nur. Ich erinnere mich, dass wir auf ihrem Bett lagen, sie hatte ihren Kopf auf meinen Bauch gelegt, und wir hatten über etwas gelacht, an das ich mich jetzt nicht mehr erinnern konnte. Sie drehte sich auf die Seite und sah mich an.

»Ich kann nicht glauben, dass ich ohne dich auf diese blöde Schule gehen muss.«

»Ich auch nicht.« Ich wickelte eine ihrer Locken um meinen Finger. »Aber ich werde hier sein, wenn du in den Ferien nach Hause kommst.«

Sie grinste mich ein wenig schief an. »Vielleicht werde ich die Bewerbung sabotieren. Du weißt doch, dass ich einen Aufsatz über eine wichtige Lektion schreiben muss, die ich von einem meiner Schöpfer erhalten habe. Vielleicht sage ich ihnen einfach, dass ich keine bekommen habe.«

Meine Hand verharrte in ihrem Haar.

Sie setzte sich auf. Sie wusste, dass etwas nicht stimmte. »Keine Geheimnisse«, flüsterte sie.

Trotzdem war es nicht so, dass ich ihr die Wahrheit hätte sagen müssen. Ich wollte es! Ich war ihr so nah. Ich wusste ganz genau, dass ich ihr vertrauen konnte. Ich wollte meiner besten Freundin anvertrauen, dass ich nicht wirklich wusste, wer ich war.

Ich habe seitdem versucht, mir diesen Fehler zu verzeihen.

Taylor habe ich niemals verziehen. Sie hatte keine Sekunde gezögert, es sofort ihren Eltern zu verraten. Und die verschwendeten keine Zeit, uns aus ihrem Leben zu stoßen.

Plötzlich vermisste ich meine Mutter so sehr, dass ich kaum atmen konnte. Unser Leben in Sacramento gab mir zwar manchmal das Gefühl, gefangen zu sein, aber es ergab dennoch auf eine Weise Sinn, wie es in Harcote und bei diesen Vampiren hier nie Sinn ergeben würde. Seit ich in Harcote angekommen war, hatte ich ihr nur ein Minimum an SMS geschrieben, als Lebenszeichen sozusagen.

Ich hatte mein Handy bereits in der Hand. Ich könnte sie anrufen und ihr die guten Neuigkeiten über das Mentorat mitteilen. Sie würde sich doch bestimmt freuen?

Und wenn nicht?

Ich presste meine Armbeuge auf mein Gesicht und kniff meine Augen fest zu, um die Tränen zu unterdrücken. Ich wollte wirklich nicht weinen. Ich wollte nach unten gehen und mir von meinen neuen Freundinnen beteuern lassen, dass ich es verdient hatte, dass ich neben Galen Black stehen durfte und mich nicht wie ein dummes Baby fühlen musste. In diesem

Moment hasste ich meine Mutter, denn ich hätte mir das alles schönreden können, wenn sie es nur über sich gebracht hätte, stolz auf mich zu sein.

Natürlich stapfte genau in diesem Moment Taylor die Treppe herauf. Ich konnte nicht zulassen, dass sie mich am Rande eines Nervenzusammenbruchs vorfand. Ich sprang auf und tat, als würde ich an meinem Schreibtisch arbeiten, bevor sie die Tür aufstieß.

Aus irgendeinem schrecklichen Grund *sang* sie. *»Sie ist die Schönheit, sie ist die Kraft, sie ist das jugendliche Antlitz der Vampirgemeinde.«*

Ich sah sie nicht an. »Kannst du bitte darauf verzichten, ausgerechnet jetzt ein Arschloch zu sein?« Meine Stimme war belegt, aber wenigstens bebte sie nicht.

»So eine kultivierte Siegerin.« Sie streifte den Blazer ab, den sie während des Dinners getragen hatte. »Ich dachte, du würdest dich freuen.«

»Ich bin …«, meine Stimme brach.

Scheiße!

Ich schlug die Hände vors Gesicht, und die Tränen sammelten sich in den Falten meiner Handflächen.

»Oh, nein … he, was ist denn los?« Taylors Stimme klang beruhigend. Sie legte die Hand auf meine Schulter und drückte sie tröstend, was mich nur noch mehr zum Weinen brachte. Wieso musste ausgerechnet Taylor Sanger mich jetzt trösten? Ich konnte ihr unmöglich sagen, was los war – aber wenn sie schon so tat, als würde sie sich sorgen, dann könnte ich auch einfach Gebrauch davon machen. Denn ich brauchte jemanden, der sich um mich kümmerte. »Waren die Mädchen gemein zu dir? Sie sind schrecklich, wenn sie eifersüchtig sind. Das bedeutet eigentlich, dass sie dich mögen.«

Ich hielt mir immer noch die Hände vor das Gesicht – irgendwie war es mir wichtig, dass sie mich nicht weinen sah. Aber ich drehte mich zu ihr um, sie umschloss mich leicht mit den Armen und strich mit ihren Daumen in beruhigenden, kreisenden Bewegungen über meine Schultern. »Alles hier ist so …«, begann ich, aber mehr brachte ich nicht heraus, weil die Tränen wieder flossen. Ich schniefte heftig, um zu verhindern, dass mir ein Strom von Rotz über das Gesicht lief.

»Ich weiß«, sagte sie leise. »Manchmal ist es echt beschissen hier, nicht wahr?«

Ich holte tief Luft. »Ja, ist es.«

Sanft zog Taylor meine Hände von meinem Gesicht. Ich ließ sie gewähren. Sie schaute mich an, die Brauen zusammengezogen und mit einem kleinen Schmollmund.

»He«, sagte sie.

»He«, antwortete ich, flüsternd.

»Darf ich dich umarmen?«

Ich schniefte und nickte, und dann umschlangen mich Taylors Arme, stark und sicher, und meine glitten einfach um ihre Mitte herum. Obwohl ich immer noch weinte und obwohl ich Taylor noch nicht einmal gesagt hatte, was los war, fühlte ich mich irgendwie geerdeter, mehr wie ich selbst.

Als Taylor sich zurückzog, bedauerte ich fast, dass sie es tat. Aber ich wich auch zurück. »Danke. Es tut mir leid, ich wollte nur …«

»Entschuldigst du dich ernsthaft dafür, dass du weinst?« Einfach so verpuffte alle Sanftheit. Taylor war bereits auf der anderen Seite des Zimmers und stellte die Turnschuhe, die sie trug, an den dafür vorgesehenen Platz im Kleiderschrank. Das war der einzige Teil auf ihrer Seite des Zimmers, den sie einigermaßen in Ordnung hielt. »Was kommt als Nächstes? Dass du bedauerst, dass deine Reißzähne zu spitz sind?«

»Sie sind zu spitz. Mit den Dingern könnte ich jemanden umbringen.«

Taylor lachte, aber es hatte etwas Nervöses an sich. Im Zimmer herrschte eine sonderbare Atmosphäre, wie von einer mühsam gebändigten Energie.

»Von wem ist die Nachricht?« Taylor nickte zu meinem Bett.

Auf meinem Kopfkissen lag ein cremefarbener Umschlag. Ich hatte ihn gar nicht bemerkt. Mein Name stand auf der Vorderseite. Ich riss ihn auf.

Liebe Kat – ich hatte eigentlich nicht vor, mich direkt an Sie zu wenden, aber ich freue mich, dass Sie sich bereits in den ersten Wochen in Harcote ausgezeichnet haben. Meine Investition in Sie war also kein Fehler. Herzlichen Glückwunsch zum Gewinn des Mentorats bei Mr Victor Castel. Nutzen Sie diese Gelegenheit, um sich selbst weiterzuentwickeln.

Der Brief war weder unterschrieben, noch hatte er einen Briefkopf, aber ich wusste sofort, von wem er stammte: vom Wohltäter. Er musste von meiner erfolgreichen Bewerbung gewusst haben, noch bevor sie bekannt gegeben wurde. Natürlich wusste er es – er war offensichtlich eine Art Freund der Schule, vielleicht sogar ein Freund von Direktor Atherton. Meine Mutter mochte vielleicht nicht verstehen, was ich hier tat, aber wenigstens mein Wohltäter verstand es.

»Von wem ist die Nachricht?«, wiederholte Taylor die Frage.

Ich schob den Zettel in meine Schreibtischschublade. Diese Lektion hatte ich auf die harte Tour gelernt: Taylor erfuhr besser nichts von Dingen, die sie nichts angingen.

»Ein Glückwunsch von der Vergabejury.« Ich wechselte das Thema. »Bist du mit dem Lernen für den Mathekurs fertig?«

Taylor ließ sich auf ihr Bett sinken. »Ich werde einfach ein bisschen improvisieren. Ich bin echt mies in Mathe.«

»Als Frau darf man nicht sagen, dass man schlecht in Mathe ist. Es ist sogar illegal, weil es verinnerlichter Sexismus ist. Bist du verinnerlicht sexistisch?«

»Nein … jedenfalls hoffe ich das nicht«, gab Taylor zurück.

Ich kramte in meinem Rucksack. Nicht, dass ich ihr für die Umarmung etwas schuldig war, ich wollte mich einfach nur mit etwas Nützlichem revanchieren. »Und du bist ganz sicher nicht schlecht in Mathe, denn ich sehe dich nie gestresst oder beim Lernen, und trotzdem bist du noch nirgendwo durchgefallen. Daraus kann ich nur folgern, dass du ein Genie mit einer schrecklichen Einstellung bist.«

Taylor kratzte sich am Ohr. »Ich dachte, alle lieben meine Einstellung?«

Ich hielt ihr ein Notizbuch hin. »Sieh dir meine Arbeitshilfen an, und dann gehen wir alles durch, was du nicht verstehst. Okay?«

Taylor nahm das Buch. »Okay.«

Taylor

Was hätte ich denn machen sollen – einfach dastehen und zusehen, wie sie weint?

13

Kat

Am nächsten Tag stand nach Unterrichtsschluss ein Hubschrauber auf dem Lacrosse-Feld.

Ein richtiger *Helikopter*.

Und er wartete auf mich. Das heißt, auf mich und Galen. Der Pilot schnallte uns an, reichte uns Kopfhörer, und dann ging es hoch und immer höher. Meine Nase klebte förmlich am Fenster. Während die Gebäude und Bäume des Campus unter uns immer kleiner wurden, blickten die anderen Schüler:innen hinauf zu dem Lärm. Ihre Haare flatterten im Abwind der Rotoren, und ihre Blicke folgten uns, als wir aufstiegen.

»Kannst du das glauben?«, sagte ich zu Galen. Durch das Headset klang ich ein wenig atemlos. Er sah mich an, gelassen wie immer. Hatte sich Galen *jemals* über etwas aufgeregt? »Natürlich kannst du das. Du fliegst wahrscheinlich andauernd in Hubschraubern herum.«

»Ja, man könnte sagen, ich wurde schon einmal vorgeladen.« Er sah wieder aus dem Fenster. Ich wusste nicht, was das heißen sollte – wir waren nicht *vorgeladen* worden, sondern Victor Castel wollte sich mit uns treffen –, aber Galen ging nicht näher darauf ein. Bald landeten wir auf einem Anwesen, der Wind des Hubschraubers presste das Gras des breiten grünen Rasens flach und wirbelte die Büsche in der Nähe durcheinander.

Eine Art Vampir-Butler führte uns an einem Tennisplatz, einem Heckenlabyrinth und einem riesigen Pool vorbei, der von einem kunstvollen Springbrunnen gespeist wurde. Das Haus dahinter war so riesig, dass die Bezeichnung »Haus« ihm nicht gerecht wurde. Wir durchquerten einen marmorgefliesten Flur nach dem anderen. Ich wusste nicht mehr, wie weit wir gegangen waren und wie viele Räume wir durchschritten hatten, als wir mit einem Aufzug in den ersten Stock fuhren – welches Haus hat schon einen *Aufzug*? – und in eine Bibliothek geführt wurden. Galen war verschlossener denn je und setzte sich nicht, also tat ich es auch nicht.

Die Bücherregale reichten bis zur Decke. Die Bücher darin sahen wirklich uralt aus. An einer Wand hing ein Gemälde, das in ein Lehrbuch für Kunstgeschichte zu gehören schien. Ich sah es mir genauer an – vielleicht *war* es ja bereits in einem Kunstgeschichtsbuch abgebildet.

Es war eine Sache, zu wissen, dass ich arm war und die anderen Schüler:innen in Harcote reich. Das zeigte sich bei allem, was sie taten, nicht nur daran, dass die Poststelle immer von Dingen überquoll, die sie online bestellt hatten, oder dass sie ein Handy sofort ersetzten, wenn das Bildschirmglas zerbrach. Es war dieses Selbstvertrauen, das sie für selbstverständlich hielten, eine Gewissheit, mit der sie geboren wurden und über die sie nie nachdenken mussten. Ich hatte geglaubt, zu wissen, woher sie kamen, weil ich so viele Jahre bei den Sangers gelebt hatte, aber neben dem Reichtum von Victor Castel wirkte der Wohlstand der Sangers bescheiden. Dass Galen bei diesem Anblick ungerührt blieb, das alles offenbar für *normal* hielt, machte mir klar, dass es eine ganze Welt des Reichtums gab, von der ich nichts wusste. Und aus irgendeinem Grund fühlte sich das wie ein weiterer Test an, den ich nicht bestanden hatte.

Dann öffnete sich eine Tür und Victor Castel trat ein.

Auf den ersten Blick war er nicht sonderlich bemerkenswert: ein älterer Mann mit tiefliegenden Augen in einem Pullover mit Rollkragen. Jemand, den ich auch an der Imbissbude bedient haben könnte. Gleichzeitig jedoch füllte die Energie, die er ausstrahlte, die Bibliothek bis zum Bersten. Es war die geschmeidige, kraftvolle Energie von teuren Anzügen, von Reisen mit dem Hubschrauber, um dem dichten Verkehr auszuweichen, und von der Autorität, Dinge zu sagen wie: *»Man wird sich darum kümmern«*, und der Tatsache, dass es auch stimmte. Es war eine Energie, die die Probleme meines Lebens abtrennen konnte, wie ein scharfes Messer Fett vom Fleisch schneidet.

Er schritt direkt auf mich zu, lächelte und entblößte lange, gefurchte Reißzähne. »Sie müssen Kat Finn sein«, sagte er, während er mir die Hand reichte. »Was für ein Vergnügen, Sie kennenzulernen.«

Als ich nach seiner Hand griff, erinnerte ich mich daran, was Lucy mir gesagt hatte. Ich durfte ihn nicht merken lassen, wie aufgeregt ich war oder dass mein Puls so raste, dass ich praktisch zitterte. Ich ließ meine Reißzähne so sanft wie möglich herausgleiten und öffnete meine Lippen so weit, dass er sie sehen konnte. »Danke, Mr Castel. Es ist eine Ehre für mich, hier zu sein.«

Er nahm meine Hand. Dabei musterte er mich sehr aufmerksam, als ob er mich nach irgendetwas absuchen würde – nach irgendeinem Makel, da war ich mir sicher, der beweisen würde, dass ich nicht hierhergehörte, oder der bei einem Vergleich mit Galen den Ausschlag geben würde. Ich straffte meine Schultern unter seinem Blick. Schließlich ließ er meine Hand los. »Bitte, nennen Sie mich Victor«, sagte er und deutete auf ein Ledersofa mit runder Lehne. »Setzen Sie sich.«

Das taten wir. Victor selbst setzte sich in einen Sessel uns gegenüber und musterte uns mit verschränkten Fingern. Er hatte Galens Anwesenheit noch nicht einmal zur Kenntnis genommen.

»Ich gratuliere, dass Sie für dieses Mentorat auserwählt wurden. Sie hatten hochkarätige Konkurrenz, deshalb ist das eine große Leistung. Galen und ich kennen uns gut, deshalb möchte ich Sie, Kat, bitten, mir Ihre Geschichte zu erzählen.«

Meine Brauen schossen in die Höhe. »Meine Geschichte?« Ich wollte ihm nichts erzählen, was ihm nicht gefallen oder noch unterstreichen würde, wie wenig ich in ein solches Haus mit ihm und Galen gehörte. »Ich bin sicher, dass sie für jemanden wie Sie nicht sonderlich interessant ist.«

Victor beugte sich vor und konzentrierte sich auf mich. »Sagen Sie so etwas nie über sich, Kat. Ich bin hier. Ich höre zu.«

»Richtig. Es tut mir leid.« Ich schluckte schwer und begann. Ich skizzierte mein Leben, wie wir oft umgezogen waren, bis wir uns für ein paar Jahre in Virginia niederließen und dann nach Sacramento zogen. Es überraschte mich, dass Victor meinen Ausführungen wirklich interessiert zuzuhören schien. Seine Augen blieben die ganze Zeit auf mich gerichtet, und er stellte Fragen über die Arbeit meiner Mutter in der CFaD-Klinik, wie es war, mit Menschen zur Schule zu gehen und ohne andere Vampire aufzuwachsen. Ich merkte plötzlich, dass ich ihm gern antwortete. Noch nie hatte mir ein Erwachsener so konzentriert zugehört.

»Was ist mit Ihrem Vater?«, fragte er schließlich.

»Er ist gestorben, als ich noch klein war.« Ich spürte, wie sich Galen neben mir anspannte. Ich warf ihm einen, wie ich hoffte, vernichtenden Blick zu. Er sollte wissen, dass ich das nur zu Victor sagte. Galen war nur zufällig dabei und durfte es mithören. »Es war CFaD.«

Victor schüttelte den Kopf. »Es ist eine Schande, dass einige Vampire weiterhin unnötige Risiken eingehen, wenn Hema als Alternative so leicht verfügbar ist.«

»Es war kein unnötiges Risiko!«, protestierte ich. Ich hatte plötzlich einen bitteren Geschmack auf der Zunge. »Als ich geboren wurde« – ich konnte nicht glauben, dass ich das vor Victor Castel und vor Galen Black sagen würde –, »konnten sich meine Eltern Hema nicht sehr oft leisten. Mein Vater hat sich nicht zum Spaß an Menschen genährt. Er war kurz vor dem Verhungern.«

Galen starrte mich jetzt unverwandt mit leicht geöffnetem Mund an. Victor warf ihm einen scharfen Blick zu, und ich registrierte, wie Galen sich straffte.

Ich wollte noch mehr sagen, nach dem Preis von Hema fragen, aber Victor kam mir zuvor. »Sicherlich hätten Ihre Schöpfer Ihnen zu Hilfe kommen können.«

Ich holte tief Luft und starrte auf die Falten meines Rocks. Hoffentlich wechselte er aus Höflichkeit das Thema, wenn ich nur aufgewühlt genug wirkte. »Sie starben früh an der Verseuchung«, flüsterte ich.

Victor griff nach meiner Hand und drückte sie. »Es ist nicht richtig, dass Sie ohne Ihren Vater und Ihre Schöpfer aufgewachsen sind. Was für eine Tragödie, dass Sie beide verloren haben, die von Mutter und Vater.«

Ich sah zu ihm auf. Er hatte diesen betroffenen Gesichtsausdruck des Mitleids, den alle aufsetzten, wenn sie vom Schicksal meines Vaters und – falls sie Vampire waren – von dem meiner Zahngeber hörten. Das hatte immer meinen Trotz geweckt, aber aus irgendeinem Grund empfand ich jetzt plötzlich eine tiefe Traurigkeit – dass mein Vater gestorben war, dass ich keine Schöpfer hatte, dass es Menschen gab, die für mich hätten da sein sollen, es aber nicht waren. Das war nicht *richtig*, und nicht nur, weil ich dadurch in Harcote hervorstach. Diese Empfindung überkam mich selten, aber ich vermisste einen Teil von mir selbst.

»Es tut mir so leid, Kat«, sagte Victor. »Und ich bin sehr froh, dass Sie hier sind. Ich möchte, dass Sie wissen, dass ich da bin, um Ihnen zu helfen, wo immer ich kann.«

Selbst nachdem er sich in seinem Sessel zurückgelehnt hatte, spürte ich noch die Wärme seiner Berührung auf meiner Hand. *Victor Castel*, der mächtigste Vampir der Welt, hatte mich beruhigt und versprochen, mir zu helfen, wo immer er konnte. Wenn nun dieses Mentorat etwas von dem wiedergutmachen könnte, was ich verloren hatte? Allein der Gedanke schnürte mir so sehr den Hals zu, dass ich nicht sicher war, ob ich sprechen konnte. Zum Glück lenkte Victor das Gespräch wieder auf das Mentorat.

»Ich will offen reden. Ich bin eigentlich nicht auf der Suche nach einem Schüler als Mentee. Ich suche einen Juniorpartner. Jemanden, der die Youngblood-Generation repräsentiert.«
Mein Mut sank. Es war doch genau so, wie es Evangeline gesagt hatte: Die ganze Sache war ein abgekartetes Spiel und sollte letztlich nur Galen zum Vampirkönig krönen. Galen wirkte noch gelassener als sonst. Er hielt den Rücken ganz gerade, und seine Hände ruhten locker auf der Armlehne des Sofas. Ich fragte mich, ob er diese Situation vorhergesehen hatte.

Victor sprach weiter: »In der Geschichte der Vampire hat es so etwas wie die Youngblood-Generation noch nie gegeben: ein ganzer Geburtsjahrgang von jungen Vampiren, die keine

Erfahrung mit der Menschheit haben und denen das Trauma der Verwandlung erspart blieb. Die Youngbloods fangen gerade erst an, ihre volle Leistungskraft zu entwickeln, und schon jetzt sind ein Drittel der Vampire in diesem Land Youngbloods. Die Vampirgemeinde tritt in eine neue Ära ein. Es ist an der Zeit, dass die Youngbloods ihren Platz an der Tafel einnehmen.«

»Ein Platz an welcher Tafel?«, fragte ich, weil ich eine Idiotin war.

Victor richtete seinen Blick auf Galen. »Was denkst du, was ich damit meine, Galen?«

Galen schien zusammenzuschrumpfen, nur ein wenig – als wäre die Fassade des Selbstbewusstseins, die er immer zur Schau trug, unter Victors Beurteilung dünner als sonst.

»Die Vampirgemeinde ist etwas Lebendiges«, begann Galen. Er hörte sich an, als würde er aus dem Gedächtnis die Worte von jemand anderem rezitieren – vielleicht die von Victor. »Es ist eine Gemeinschaft von Vampiren, die wächst und sich verändert und gedeiht oder aber zerbricht. Ihr Wohlergehen wird von den Entscheidungen ihrer Anführer bestimmt. Victor meint, es wäre an der Zeit, dass wir ebenfalls Vertreter unter diese Anführer entsenden.«

Ich war noch nie auch nur auf die Idee gekommen, dass es in der Vampirgemeinde Anführer geben könnte. »Das hört sich an, als würdest du von einer Art Vampirregierung sprechen. Sollte es dann nicht eine Wahl geben, damit jeder ein Mitspracherecht hat?«

Victor lächelte mich auf eine Weise an, die nur ganz schwach herablassend wirkte. »Sie haben einen sehr lebhaften Geist und eine einzigartige Perspektive, Kat. Deshalb habe ich Sie für dieses Mentorat ausgewählt. Ich sehe mich selbst in Ihnen. Aber Sie können nicht erwarten, dass man um Sie herum so denkt wie Sie. Was ich in Hunderten von Jahren meines Lebens auf dieser Erde gelernt habe, ist, dass die Leute Anführer brauchen. Nur sind sie glücklicher, wenn sie von dieser Führung nichts merken.«

»Und dieser Anführer sollten Sie sein?« Die Worte sprudelten aus meinem Mund, bevor ich mich zurückhalten konnte.

»*Sie* könnten dieser Anführer sein.«

Ich biss mir auf die Innenseite der Wange. Das konnte ich niemals sein. Das wusste ich genau, aber mein Puls beschleunigte sich trotzdem. Ich konnte es nicht verhindern: Ich wollte, dass Victor das Potenzial dazu in mir sah. Und die Art und Weise, wie er seine Aufmerksamkeit auf mich richtete, mit den kleinen Falten in seinen zusammengekniffenen Augenwinkeln und mit der geneigten Stirn, ließ mich spüren, dass er vielleicht genau das tat.

»Denken Sie an Ihre Unsterblichkeit, stellen Sie sich vor, wie lange Sie leben werden. Versuchen Sie, das zu verstehen, und zwar ganz genau. Welche Welt würden Sie erschaffen, wenn Sie die Macht zur Schöpfung hätten?«

Ein geschlossener Mund wird nicht gefüttert.

»Ich gebe Ihnen eine Aufgabe für unser nächstes Treffen. Ich möchte, dass Sie herausfinden, woher die nächste große Bedrohung für die Vampirgemeinde kommen wird, und dass Sie eine Präsentation für mich vorbereiten.«

Eine Bedrohung für die Vampirgemeinde! Hatte ich nicht genau das in jener Nacht mit Taylor gehört? Als Radtke sagte, Mr Kontos' Handeln sei eine Bedrohung für uns alle? Ich hatte nie ernsthaft darüber nachgedacht, dass die Vampirgemeinde als Gebilde, als lebendes Ding, wie Galen es genannt hatte, von etwas bedroht werden könnte. »Und du, Galen, ich dulde nicht, dass du nachlässt. Ich erwarte das Beste von dir. Ich möchte deinen Eltern nicht sagen müssen, dass du mich enttäuscht hast.«

»Keine Sorge, Sir«, sagte Galen. »Ich werde Sie nicht enttäuschen.«

»Ich auch nicht, Sir … Victor«, pflichtete ich ihm bei. »Ich werde Sie niemals enttäuschen. Vielen Dank für diese Gelegenheit.«

Die Wärme seiner Aufmerksamkeit richtete sich wieder auf mich. »Danken Sie mir nicht, Kat. Sie haben es sich verdient.«

In dieser Sekunde wusste ich, dass ich alles tun würde, um zu beweisen, dass er recht hatte.

Galen verbrachte den Helikopterflug zurück zur Schule in vornehmem Schmollen. Ich musste mich sehr anstrengen, meine eigene Begeisterung davon nicht dämpfen zu lassen. Als wir vom Lacrosse-Feld zu den Unterkünften gingen, brach er endlich das Schweigen.

»Du solltest aufpassen, was du in seiner Gegenwart sagst«, meinte er zögernd. »Als du ihn fragtest, ob er der Anführer sein wollte, meine ich. Victor mag so etwas nicht.«

Ich runzelte die Stirn. Ich brauchte Galens Rat so sehr, wie ich ihm vertraute – nämlich gar nicht. »Er hat uns gesagt, dass er an der Perspektive der Youngblood-Generation interessiert ist. Das heißt, er will wissen, was wir denken.«

Ein kalter Wind wehte den Hügel hinunter und wirbelte die Blätter um uns herum auf.

»Er kontrolliert gern, was ihm gehört«, erwiderte Galen. »Sei einfach vorsichtig, Kat.«

14

Taylor

Kat sprudelte geradezu über nach ihrem Treffen mit *dem* Victor Castel. Ein Hubschrauber, das riesige Haus, die besondere Zeit allein mit dem besonderen Galen. Ich wartete die ganze Zeit darauf, dass sie zu der Stelle kam, an der sie erkannte, dass Castel verdammt ekelhaft war.

Ich hatte ihn einmal getroffen. Er war aus irgendeinem Grund gekommen, um meine Eltern zu besuchen. Ich erinnere mich, dass es derselbe Winter war, in dem Kat und ihre Mutter verschwunden waren. Denn in den drei Minuten, in denen ich mit ihm allein im Wohnzimmer war, hatte er mich gefragt, ob ich mich auch für Harcote beworben hätte, und mir gesagt, er sei stolz auf mich – als ob ihn das etwas anginge. Er hatte mich gemustert, als würde er mich einschätzen, als gehörte ich zur geschätzten Youngblood-Generation. Manchmal weiß man einfach, wenn jemand nicht echt ist, und das Gefühl in meiner Magengrube sagte mir, dass Victor Castel nicht echt war.

Ich stand am Fenster, während Kat ihre Uniform ablegte und einen Harcote-Pullover anzog. Ich wusste, dass sie einen Harcote-Pullover nehmen würde, denn Kat trug nie ihre Kleidung von zu Hause.

Aus dem Fenster erblickte ich eine düstere Gestalt in einem

verschlissenen Kriolinenkleid, die den Weg zum Campus hochkam.

»He, Radtke ist im Anmarsch.«

»Und?«, fragte Kat. »Ausgangssperre ist erst in zwei Stunden.«

»*Und* sie geht nie so spät auf den Campus.« Nach dem Gespräch mit Kontos hatte ich eine kurze Bestandsaufnahme meines Wissens über Radtke angefertigt: Sie schikanierte mich gerne, hatte kein Problem damit, auf dem blöden Ehrenkodex herumzureiten, wann immer ihr danach war, und ihr Lieblingsparfüm waren Mottenkugeln.

Im Internet war so gut wie nichts über sie zu finden. Ich konnte nur ein einziges Social-Media-Profil von ihr finden, das sie angelegt hatte, um einer Gruppe für Angehörige von Menschen beitreten zu können, die an CFaD gestorben waren, aber sie hatte nie etwas gepostet. Um ehrlich zu sein: Ich hatte keine Ahnung, was ich davon halten sollte. Ich hatte sogar fünfundzwanzig Jahrbücher von Harcote durchgeblättert und herausgefunden, dass sie hier war, seit Atherton das Jungeninternat übernommen, die alten Schüler rausgeschmissen und es in eine gemütliche Brutstätte für Youngbloods verwandelt hatte. Die ganze Zeit über hatte sie im Hunter-House-Anbau gelebt. Ich hatte sicherstellen müssen, dass ich in die Harcote-Geschichtsabteilung der Bibliothek rein- und auch wieder rauskam, bevor mich jemand dabei erwischte, lame zu sein – mein erster Testlauf als heimlicher Spion.

Ich brauchte mehr Material.

Also blieb mir nichts anderes übrig, als ihr zu folgen und zu hoffen, dass sie etwas tun würde, was verfänglich war.

Normalerweise ging sie nach dem Abendessen spazieren, also hatte ich gewartet, bis sie das Hunter House verließ – sie musste denselben Eingang nehmen wie die Schüler:innen –, und folgte ihr dann über den Campus. Bis jetzt war das totale Zeitverschwendung gewesen: Sie ging wirklich nur spazieren, so wie man es 1850 zur Erbauung tat. Aber so spät war sie noch nie ausgegangen. Ich schob meine Füße in die Turnschuhe und schnappte mir meine Jacke.

»Was hast du vor?«, wollte Kat wissen.

»Na, was wohl? Ich folge ihr natürlich.«

»Das ist nicht dein Ernst!«

Ich griff nach meinen Schlüsseln. »Kommst du mit, oder was?«

Sie blickte mich an. »Na klar doch.«

Radtke hatte einen kleinen Vorsprung, sodass wir uns beeilen mussten, um aufzuholen, aber ein Vorteil von Turnschuhen, den Radtke noch nicht herausgefunden hatte, war, dass sie nicht bei jedem Schritt klapperten. Sie drehte sich kein einziges Mal um.

Ich steckte die Hände in die Jackentaschen. Es war ein kühler Abend. Gänsehaut bekam ich trotzdem, denn es war sofort zu erkennen, dass Radtke von ihrer üblichen Route abwich und in Richtung der oberen Universitätsgebäude ging.

»Sie will nach Old Hill?«, flüsterte Kat. »Vielleicht will sie noch einmal mit Atherton sprechen.«

Aber am oberen Ende der Treppe zum Campus ging sie – klack-klack – am Pfad zum Old Hill vorbei und auf das Naturwissenschaftsgebäude zu.

Das Naturwissenschaftsgebäude – eigentlich das Victor-Castel-Gebäude-für-Naturwissenschaften – war erst zehn Jahre alt und ein Ärgernis für alle Architekten. Sein Entwurf sollte ein Molekül darstellen, was bedeutete, dass der Grundriss keinen Sinn ergab und die Klassenräume achteckig waren. In der Sekunde, in der Radtke die ebenfalls achteckige Tür aufstieß, wusste ich, wohin sie wollte. Das Klassenzimmer von Kontos lag im ersten Stock.

Wir schlichen ihr durch den Flur nach, was schwieriger war, als ich erwartet hatte: Es gab nicht viele Verstecke für zwei Personen in einem Flur, und selbst Turnschuhe quietschten auf dem Linoleumboden, den die Handlanger gebohnert hatten. Kat und ich drückten uns an die Wand und achteten diesmal darauf, uns ja nicht zu berühren, während Radtke sich Kontos' Klassenzimmer näherte. Sie prüfte nicht einmal, ob die Tür abgeschlossen war, bevor sie einen Schlüssel aus ihrer Tasche fischte. Der Türknauf drehte sich leicht in ihrer Hand, und schon war sie drinnen und schloss die Tür hinter sich ab.

»Das Licht ist aus«, sagte ich. Kontos war wahrscheinlich schon wieder in seinem eigenen Anbau im Trakt der Jungs und tat etwas Kontos-artiges, wie zum Beispiel auf eBay alte Plissee-Khakis zu ersteigern oder über die grundlegende Güte der Menschen auf der Welt nachzudenken. Er hatte keine Ahnung, dass Radtke in sein Büro eingebrochen war – und *einen Schlüssel gestohlen hatte.*

Wir schlichen zur Tür hinüber. Kat versuchte vorsichtig, den Türknauf zu öffnen. Verschlossen.

»Willst du ihr etwa da rein folgen?«, zischte ich. Ich war irgendwie beeindruckt, dass sie etwas so Riskantes vorhatte.

»Wie sollen wir sonst rauskriegen, was sie da macht?«

Ich zeigte auf die Decke. Über der Tür befand sich ein Fenster, durch das Licht aus dem Klassenzimmer in den Flur fiel. »Besser als nichts.«

Ich sah einen Stuhl, schleppte ihn herüber und stieg darauf.

Das war perfekt. Wir mussten nur rechtzeitig verschwinden, bevor Radtke ihr Unwesen zu Ende getrieben hatte. Ich wollte gerade meine Hände auf das Glas legen, als der Stuhl wackelte, Kat sich neben mir aufrichtete und ihre Füße rechts und links von meinen auf den Sitz pflanzte. Mein Mund war wie ausgedörrt, als ich ihr einen »*Was machst du da?*«-Blick zuwarf. Sie stieß mit ihrem Ellbogen gegen meinen Arm.

»Ich will auch etwas sehen«, hauchte sie.

Also spähten wir beide in das Klassenzimmer. Radtke war außer Sichtweite in Kontos' kleinem Büro hinter dem Klassenraum. Die Tür war einen Spalt geöffnet, sodass wir das weiße Licht sahen, das einen Teil des Raumes beleuchtete. Ich kannte den Grundriss von Kontos' Büro, und die Schatten, die das Licht warf, wirkten irgendwie völlig falsch.

Plötzlich vibrierte mein Telefon. Das Geräusch war für mein Empfinden viel zu laut. Ich verlor fast das Gleichgewicht, als ich es aus der Tasche riss.

Lucy ist bis zur Sperrstunde weg, komm in mein Zimmer!

Verdammte Evangeline! Ich drückte das Handy an meine Brust und hoffte, dass Kat die Nachricht nicht gesehen hatte.

»Kannst du dein Smartphone nicht auf stumm stellen?«

»Es *steht* auf stumm.«

»Wenn ich die Vibration höre, ist es nicht stumm.«

Ich zappelte auf dem Stuhl herum, damit Kat nicht sah, wie ich zurückschrieb. *Ist gerade schlecht.*

Ich kaute auf meiner Lippe, fügte hinzu: *Vielleicht später*, und drückte mein Gesicht wieder an das Glas. Die Schatten im Raum waren unheimlich, aber keiner von ihnen bewegte sich. Vielleicht war Radtke da drin und rührte sich nicht?

Dann berührte plötzlich etwas mein Bein – *jemand hatte mein Bein gepackt*. Eine Hand schloss sich fest um meine rechte Wade. Mein Herz schlug mir so heftig bis in den Hals, dass ich das Gefühl hatte, es würde mir gleich die Schädeldecke wegpusten. Ich blickte nach unten.

Ein Handlanger starrte mich an. Die Augen der menschlichen Helfer blickten immer irgendwie teilnahmslos, aber die Miene dieses Kerls war noch ausdrucksloser als sonst – so als wäre zwar Licht im Oberstübchen an, aber jemand anderes wäre im Haus.

Kat schrie und sprang ungeschickt vom Stuhl, aber ich war in seinem Griff gefangen, seine Finger gruben sich fest in meinen Wadenmuskel.

Ich konnte mir nicht erlauben, zu schreien – das würde Radtkes Aufmerksamkeit erregen. Aber vielleicht war das gar nicht so schlecht? Das leere Gesicht des Menschen war schrecklich gruselig, als wäre er eine Art Roboter. Atherton kontrollierte seine Assistenten alle, aber war dieser vielleicht irgendwie … besessen?

»Dieses Gebäude ist nach siebzehn Uhr für Schüler geschlossen«, leierte er.

Scheiß auf den hinterhältigen Spionagescheiß! Ich warf mich rückwärts vom Stuhl, landete auf dem Boden gegenüber von dem Mann und zerquetschte dabei fast Kat. Der Helfer fiel nach vorne, musste mein Bein loslassen und knallte mit dem Stuhl gegen die Tür des Klassenzimmers. Wir rappelten uns auf und flüchteten wie höllische Fledermäuse durch den Flur zum Ausgang.

Wir rannten, bis wir wieder auf dem unteren Campus waren.

»Was zum Teufel war das?«, keuchte Kat. »Warum hat dieser Helfer …«

»Ich weiß es nicht! Angeblich können sie uns doch gar nicht berühren.«

»Direktor Atherton kontrolliert sie, richtig? Setzt er sie etwa zur *Überwachung* ein?«

Dieser Gedanke war mir noch nie in den Sinn gekommen. In Wahrheit nahm ich die menschlichen Helfer die meiste Zeit kaum wahr. Was in vielerlei Hinsicht ziemlich dumm war, wenn ich darüber nachdachte. »Ich hoffe, nicht.«

Zurück in unserem Zimmer saßen wir an unseren Schreibtischen und bildeten ein peinliches Diorama von lässig lernenden Harcote-Schülerinnen, bis Radtke an unsere Tür klopfte, um zu überprüfen, ob wir die Sperrstunde einhielten.

Ich saß regungslos vor meinem Mathebuch, als Kat die Tür öffnete. »Wir machen nur Hausaufgaben, Ms Radtke«, sagte Kat hölzern.

»Und vergesst euren Schönheitsschlaf nicht, Mädchen«, erwiderte Ms Radtke.

Kat

Später in der Woche schwänzte ich die AG-Stunde und traf mich mit Galen und Direktor Atherton in der Bibliothek. Ich hatte mir schon seit Tagen Sorgen gemacht, dass Atherton etwas über die Vorfälle im Naturwissenschaftsgebäude sagen würde, aber er war wie immer rotbackig, trug ein grasverschmiertes Rugby-Shirt und Fußballshorts. Nach unserem Treffen wollte er zu einem Ultimate-Frisbee-Spiel gehen.

Es war mir immer ein wenig unangenehm, dass Atherton kaum älter als ein Highschool-Schüler wirkte. Er war groß, aber irgendwie dürr, als wäre er nicht ganz ausgewachsen. Sein

Gesicht war von Aknenarben gezeichnet, die einfach nicht verblassen wollten. Es sah nicht so aus, als würde ihm schon ein Bart wachsen, aber die Art und Weise, wie sich seine Lippen auffallend rosa von seiner pergamentblassen Haut abhoben, ließ mich wünschen, er hätte einen. Meine Gedanken überschlugen sich, als ich mir vorstellte, dass es sich um denselben Atherton handelte, der auf dem Höhepunkt der Verseuchung Harcote gegründet und ein paar Hundert Jahre zuvor noch Menschenblut getrunken hatte. Er war so mächtig, dass er jeden einzelnen menschlichen Helfer kontrollieren konnte, selbst als er durch den Ruheraum der Bibliothek hüpfte und, ohne die Stimme zu dämpfen, über das nächste Spiel des Ultimate-Teams dozierte. Er dirigierte uns in eine selten aufgesuchte Ecke, zu einer Tür, die mit einem Kartenlesegerät gesichert war. Auf einem Schild daneben stand: »ROGER ATHERTON – ERWEITERTE SAMMLUNGEN«.

Atherton befeuchtete seine Lippen wie eine eifrige kleine Echse mit der Zunge. »Die Bibliothek von Harcote, zu der ihr bisher Zugang hattet, also das, was ihr da hinter euch seht, ist nur unsere Lehrsammlung. Es gibt hier noch so viel mehr!« Er zog seinen Ausweis durch den Scanner. »Willkommen in den erweiterten Sammlungen.«

Als er die Tür öffnete, strömte kalte Luft aus dem dunklen Raum. Galen hob leicht die Brauen, gerade so viel, um zu signalisieren, dass auch er keine Ahnung hatte, was hier vor sich ging. Dann folgten wir beide Direktor Atherton in die Dunkelheit.

Auf der anderen Seite traten wir auf einen metallenen Laufsteg zu einer Treppe, die vier Stockwerke hinunterführte – ich blickte hinab. Obwohl wir die Bibliothek vom Parterre aus betreten hatten, befanden wir uns nun fast an der Decke eines Raumes, der unterhalb der Bibliothek lag. Er war fast unbeleuchtet, abgesehen vom Rampenlicht an den Stufen, das unsere Schritte beleuchtete. In der Mitte dieser schwarzen Höhle befand sich ein riesiger Glaskubus. Vier Etagen mit Archivmaterial, eingeschlossen in Glas, versanken unter uns im Boden und wurden von gelegentlichen Ausgangsschildern in einem unheimlichen Rot erleuchtet. Es fühlte sich fast an, als wären wir in eine Art buchbetriebenen Atomreaktor hineingelassen worden.

Wir überquerten den Laufsteg, der zur obersten Ebene des Glaskubus führte. Atherton blieb vor einer zweiten Tür stehen. »Als führende Institution der Vampirgemeinde im Land beherbergt Harcote das umfangreichste Archiv für Vampirologie in ganz Nordamerika. Es umfasst uralte Überlieferungen« – er machte Gänsefüßchen in der Luft – »bis hin zu medizinischen Forschungen aus diesem Jahr. Was sagt der Ehrenkodex, wie wir uns hier verhalten sollen?«

»Respektvoll«, sagte Galen automatisch.

Atherton schlug mit der Faust in die Luft. »Genau das! Mit allem Respekt, und das zu jeder Zeit. Kein Gegenstand aus dieser Sammlung verlässt diesen Flügel: Sie führen Ihre Forschungen innerhalb des Silos durch.«

»Des Silos?«, fragte ich.

Als er eine weitere Tür aufzog, hörte man das schwache Saugen einer geöffneten luftdichten Versiegelung, und ich spürte einen Luftzug. Er ließ uns ein und verschloss die Tür hinter uns wieder.

Über dem Kopf flammten von Bewegungsmeldern gesteuerte Lampen auf. Es herrschte eine so tiefe Stille, dass meine Handflächen zu schwitzen begannen.

»Willkommen im Silo«, verkündete der Direktor. »Diese

Türen müssen geschlossen bleiben. Hier herrscht eine niedrigere Sauerstoffkonzentration in der Luft, die den Verfall der Sammlung abschwächt. Im Allgemeinen dulden wir hier keine menschlichen Helfer, es sei denn, es handelt sich um einen Notfall.«

»Weil sie ersticken würden?«, fragte ich.

»Jedes menschliche Leben geht irgendwann zu Ende, Kat.« Er machte auf dem Absatz kehrt.

Wir folgten ihm eine Treppe hinunter und durch ein paar dunkle Gänge mit Regalen, über denen Neonröhren blinkten. Die Vorstellung, dass wir uns in einem Glaskasten befanden, der in einem noch größeren Betonkasten steckte, der immer tiefer in den Untergrund hinabführte, ließ sich nur schwer verdrängen. Galen fuhr sich mit den Fingern etwas häufiger als sonst durch die Haare, aber wenn er sich unwohl fühlte, war das an seinem Gesicht nicht abzulesen. Es zeigte so gut wie nie Emotionen.

»Ich habe auf Wunsch von Mr Castel dafür gesorgt, dass Sie mit Ihren Ausweisen hier Zutritt haben. Das gesamte Archiv steht Ihnen zur Verfügung, aber dieser Bereich könnte von besonderem Interesse sein – die CasTech-Sammlung.« Er blieb stehen und deutete auf eine Reihe von Regalen und Aktenschränken. »Hier finden Sie jedes Buch und jeden Artikel, der jemals von einem Menschen oder einem Vampir über Victor Castel persönlich geschrieben wurde – Biografien, Zeitschriftenessays und so weiter –, sowie Studien über CasTech aus geschäftlicher Sicht, die Entdeckung von Hema und die Geschichte seiner Herstellung, einschließlich der Dokumente aus der Produktion während der Verseuchung.«

»Was für enorme Ressourcen«, sagte Galen respektvoll.

»Großartig, ja!« Atherton wippte zufrieden auf den Zehenspitzen. »Geschichte ist unsere Verbindung zur Vergangenheit. Vampire als ewige Wesen sind die lebende Verkörperung dieser Verbindung. Sie werden sich hier genauso zu Hause fühlen wie ich.«

Damit drehte sich der Direktor um und verließ uns. Das Quietschen seiner Turnschuhe verklang auf dem staubfreien Boden, bis wir allein in der Stille waren.

Galen hatte die Arme verschränkt, und seine schwarzen Locken fielen ihm verwegen in die Stirn. Selbst in diesem grellen Neonlicht sah er aus, als wäre er direkt dem Gemälde eines Renaissance-Meisters entsprungen. Ich wusste, dass wir während des Mentorats viel Zeit miteinander verbringen würden. Ich hatte nur nicht erwartet, dass dies in einem fensterlosen, feuerfesten Bunker für Bücher stattfinden würde.

»Die lebende Verkörperung der Vergangenheit«, brummte Galen, als er die Regale betrachtete. »Wenn ich die lebende Verkörperung von irgendetwas bin, dann ist es definitiv nicht das hier.«

»Wir befinden uns in einem Archiv, das deinem Schöpfer gewidmet ist. All dies ist buchstäblich Teil deiner Vergangenheit.«

Galen rieb sich den Nasenrücken, als wäre ihm das sehr unangenehm. »Mein Schöpfer ist nicht das Interessanteste an mir.«

»Deshalb bemühst du dich auch so sehr, ihn nie zu erwähnen.«

»Die Leute erwarten es einfach. Sie sehen mich an und denken an Victor Castel. Es ist ganz egal, was ich mache.«

»Das muss wirklich ein riesiges Problem sein«, gab ich zurück, »vor allem, wenn man bedenkt, wie du in seiner Gegenwart versteinerst.«

Galen versuchte sich an einer spöttischen Grimasse, aber sie gelang ihm nicht ganz. Der Blick seiner grauen Augen verriet Unbehagen. »Warum sagst du das?«

Ich zuckte mit den Schultern. Es war ein gutes Gefühl, ihn zu überrumpeln – immerhin hatte er es nicht einmal geleugnet.

Galen fuhr sich durchs Haar. »Es ist kompliziert. Victor erwartet viel von den Menschen, in die er investiert hat. Wenn du wüsstest, wie das war …« Er unterbrach sich, und seine Miene wurde wieder ausdruckslos. »Es ist jedenfalls eine Ehre, seine Aufmerksamkeit zu genießen.«

»Das ist es tatsächlich. Diese Chance hier bedeutet wirklich viel für mich.« Meine Brust schnürte sich zusammen bei dem Versuch, die Wärme zu konservieren, die ich gespürt hatte, als Victors Blick auf mir ruhte. »Ich habe nicht jeden Tag die Gelegenheit, mit jemandem wie Victor Castel zusammen zu sein. Meine Schöpfer sind Geschichte. Ich möchte wissen, wie es ist, so lange zu leben wie er, oder wie er es geschafft hat, Hema zu entwickeln, als das Überleben aller Vampire auf dem Spiel stand.«

»So war es gar nicht«, erwiderte Galen. »Er hatte Hema bereits entwickelt. Zehn Jahre vor der Verseuchung.«

Das regte mich so sehr auf, dass ich fast geheult hätte. »Siehst du?« Ich konnte vor lauter Aufregung nicht weitersprechen. Siehst du, ich weiß nichts über unsere Geschichte. Siehst du, du hast bereits alles, was ich will.

Galen seufzte und schulterte seine Tasche. »Ich weiß, dass Victor uns mit diesem Wettbewerb gegeneinander ausspielen will, aber wenn wir schon aneinandergefesselt sind, sollten wir wenigstens das Beste daraus machen. Ich bin nicht dein Feind, Kat.«

»Du willst mit mir zusammenarbeiten?«

»Ich dachte eher an eine Freundschaft.« Er lächelte. Die Rundung seiner Lippen sah noch perfekter aus, wenn er nicht die Stirn runzelte. Ich mochte Galen nicht, aber dieses Lächeln machte es mir leichter, zu verstehen, warum alle anderen ihn mochten.

Ich schluckte und hoffte, dass ich das nicht bereuen würde. »Es wäre schön, wenn wir Freunde wären.«

Wenn man als einzige Lebewesen in einem riesigen, sauerstoffarmen Sarkophag voller Bücher ist, kommt man sich schnell näher.

Da wir die Bücher nicht aus dem Silo herausnehmen konnten und es uns beiden zu unheimlich war, allein dorthin zu gehen, verbrachten Galen und ich allmählich viel Zeit zusammen in der *Grube der Verzweiflung der erweiterten Sammlungen*. Wir wussten nicht, wann Victor von uns verlangen würde, ihm über die von uns identifizierte Bedrohung für die Vampirgemeinde zu berichten, also wollten wir so gut wie möglich vorbereitet sein. Bis jetzt hatten wir nur eine Menge Hintergrundrecherche betrieben. Galen hatte sich durch Berichte aus erster Hand aus der Anfangszeit der Verseuchung in den 1970er-Jahren gearbeitet. Ich hatte mit der Geschichte von CasTech begonnen und damit, wie Victor Hema entwickelt hatte. Galen hatte recht gehabt: Victor hatte fast zwei Jahrzehnte zuvor mit der Arbeit an Hema begonnen. Diese Aufgabenteilung war ein wenig kalkuliert: Wenn ich schon keine Hoffnung hegen konnte, tatsächlich zu gewinnen, wollte ich wenigstens versuchen, Victor mit Schmeicheleien zu beeindrucken.

Galen las Geschichten über die Verseuchung ebenso ungern wie ich Bücher, die vom Vorsitzenden der Victor-Castel-Lob-

»Los!«

»Ausfall des Hema-Verteilungsnetzes«, sagte er. »Ein Unfall oder eine Katastrophe könnte es unmöglich machen, Hema zu den Verteilern zu bringen. Dann würden die Vampire entweder verhungern oder sich von menschlichem Blut ernähren müssen.«

»Der Hema-Nachschub könnte sich auch mit CFaD infizieren. Das wäre doch möglich, oder?«

Galen sah ein wenig beunruhigt aus. »CFaD könnte mutieren, dann könnten sich Vampire genauso leicht anstecken wie Menschen.«

»Ein Asteroid könnte die Erde treffen und uns alle töten.« Ich überflog meine Liste, aber keine der Katastrophen kam mir irgendwie so richtig schlüssig vor. »Es gibt eine Million Szenarien, die Vampire ausrotten könnten. Aber er will etwas über eine Bedrohung für die *Vampirgemeinde* wissen, nicht für Vampire. Für ihn ist das ein Unterschied, oder?«

Galen nickte. »Die Vampirgemeinde ist die ganze Gemeinschaft. Sie ist größer als die einzelnen Vampire.«

»Was ist mit der Fassade?«, schlug ich vor. »Wenn die Fassade fällt und die Menschen von uns erfahren, könnte es eine Integration geben … Aber das würde nicht das Ende der Vampirgemeinde bedeuten. Wir wären immer noch eine Gemeinschaft von Vampiren – nur eine andere Art von Gemeinschaft.«

»Victor würde das nicht so sehen. Er mag Menschen nicht besonders, und er hasst Reunionisten.«

Ich klopfte mit meinem Stift auf mein Notizbuch. »Vielleicht sind die Reunionisten die größte Bedrohung. Sie wollen doch buchstäblich eine Welt ohne Vampirgemeinde, richtig?«

»Das stimmt, aber sie sind weit davon entfernt, es verwirklichen zu können. Zumindest sagen das meine Eltern.«

hudelei-Gesellschaft hätten geschrieben sein können, aber er wirkte ein wenig entspannter, wenn wir allein im Silo waren. Und wenn er sich entspannte, stellte ich zu meiner Überraschung fest, dass er gar nicht so ein Arschloch war: Seine Schultern waren locker, er fuhr sich nicht alle dreißig Sekunden mit der Hand durch die Locken, und seine Augenbrauen blieben größtenteils da, wo sie hingehörten – dicht über den Augen.

»Was glaubst du, was Victor von einem Anführer der Youngbloods erwartet?«, fragte ich.

Okay, jetzt zogen sich Galens dunkle Augenbrauen nachdenklich zusammen. »Ich war mir nie ganz sicher. Er sagte, er sucht jemanden, der sie führt, ohne dass sie diese Führung bemerken.«

»Dann hätte er Lucy oder Evangeline auserwählen sollen. Lucy hat buchstäblich Tausende von Followern. Ich weiß wirklich nicht, warum er mich ausgewählt hat.«

Ich hatte für eine Sekunde vergessen, dass ich schon wusste, warum er mich ausgewählt hatte; die Mädchen hatten es mir ja gesagt. Galen und ich hatten nie auch nur erwähnt, dass dieses ganze Mentorat nur eingerichtet worden war, damit Galen offiziell in die Rolle des Kronprinzen der Vampirgemeinde aufsteigen konnte. Ich war nur Dekoration. Irgendwie war es mir wichtig, dass wir das nie erwähnten. Als könnte es Galens Gefühle verletzen, wenn ich die Mühe erwähnte, die andere auf sich genommen hatten, damit er sich so frei in der Welt bewegen konnte. Und als wäre alles umsonst gewesen, wenn Galens Gefühle verletzt wurden.

Ich wechselte das Thema. »Bedrohungen für die Vampirgemeinde«, sagte ich. Wir führten beide eine Liste. »Bereit?«

»Bereit.«

»Ich dachte eher an eine Freundschaft.« Er lächelte. Die Rundung seiner Lippen sah noch perfekter aus, wenn er nicht die Stirn runzelte. Ich mochte Galen nicht, aber dieses Lächeln machte es mir leichter, zu verstehen, warum alle anderen ihn mochten.

Ich schluckte und hoffte, dass ich das nicht bereuen würde. »Es wäre schön, wenn wir Freunde wären.«

Wenn man als einzige Lebewesen in einem riesigen, sauerstoffarmen Sarkophag voller Bücher ist, kommt man sich schnell näher.

Da wir die Bücher nicht aus dem Silo herausnehmen konnten und es uns beiden zu unheimlich war, allein dorthin zu gehen, verbrachten Galen und ich allmählich viel Zeit zusammen in der *Grube der Verzweiflung der erweiterten Sammlungen*. Wir wussten nicht, wann Victor von uns verlangen würde, ihm über die von uns identifizierte Bedrohung für die Vampirgemeinde zu berichten, also wollten wir so gut wie möglich vorbereitet sein. Bis jetzt hatten wir nur eine Menge Hintergrundrecherche betrieben. Galen hatte sich durch Berichte aus erster Hand aus der Anfangszeit der Verseuchung in den 1970er-Jahren gearbeitet. Ich hatte mit der Geschichte von CasTech begonnen und damit, wie Victor Hema entwickelt hatte. Galen hatte recht gehabt: Victor hatte fast zwei Jahrzehnte zuvor mit der Arbeit an Hema begonnen. Diese Aufgabenteilung war ein wenig kalkuliert: Wenn ich schon keine Hoffnung hegen konnte, tatsächlich zu gewinnen, wollte ich wenigstens versuchen, Victor mit Schmeicheleien zu beeindrucken.

Galen las Geschichten über die Verseuchung ebenso ungern wie ich Bücher, die vom Vorsitzenden der Victor-Castel-Lob-

Galen versuchte sich an einer spöttischen Grimasse, aber sie gelang ihm nicht ganz. Der Blick seiner grauen Augen verriet Unbehagen. »Warum sagst du das?«

Ich zuckte mit den Schultern. Es war ein gutes Gefühl, ihn zu überrumpeln – immerhin hatte er es nicht einmal geleugnet.

Galen fuhr sich durchs Haar. »Es ist kompliziert. Victor erwartet viel von den Menschen, in die er investiert hat. Wenn du wüsstest, wie das war …« Er unterbrach sich, und seine Miene wurde wieder ausdruckslos. »Es ist jedenfalls eine Ehre, seine Aufmerksamkeit zu genießen.«

»Das ist es tatsächlich. Diese Chance hier bedeutet wirklich viel für mich.« Meine Brust schnürte sich zusammen bei dem Versuch, die Wärme zu konservieren, die ich gespürt hatte, als Victors Blick auf mir ruhte. »Ich habe nicht jeden Tag die Gelegenheit, mit jemandem wie Victor Castel zusammen zu sein. Meine Schöpfer sind Geschichte. Ich möchte wissen, wie es ist, so lange zu leben wie er, oder wie er es geschafft hat, Hema zu entwickeln, als das Überleben aller Vampire auf dem Spiel stand.«

»So war es gar nicht«, erwiderte Galen. »Er hatte Hema bereits entwickelt. Zehn Jahre vor der Verseuchung.«

Das regte mich so sehr auf, dass ich fast geheult hätte. »Siehst du?« Ich konnte vor lauter Aufregung nicht weitersprechen. Siehst du, ich weiß nichts über unsere Geschichte. Siehst du, du hast bereits alles, was ich will.

Galen seufzte und schulterte seine Tasche. »Ich weiß, dass Victor uns mit diesem Wettbewerb gegeneinander ausspielen will, aber wenn wir schon aneinandergefesselt sind, sollten wir wenigstens das Beste daraus machen. Ich bin nicht dein Feind, Kat.«

»Du willst mit mir zusammenarbeiten?«

Galens Eltern, die die CFaD-Stiftung leiteten.

Mein Stift fiel klappernd auf den Tisch. »Das Heilmittel! Wenn CFaD geheilt würde, könnten sich Vampire wieder von Menschen ernähren. Sie bräuchten kein Hema mehr, also müssten sie auch nicht in der Nähe von Händlern leben. Und Victor würde …«

»Mein Schöpfer würde pleitegehen?« Irgendwie gelang es ihm, Taylors Worte ohne Feindseligkeit zu wiederholen.

»Darüber hast du schon nachgedacht.«

Er lächelte charmant-ironisch. »Ob ich schon darüber nachgedacht habe, wie es für mich wäre, in einer Welt zu leben, in der ich nicht völlig von Victor Castel abhängig wäre? Die ganze Zeit.« Plötzlich senkte er den Blick, als hätte er gerade gemerkt, dass er keinen Witz machte oder zumindest keinen, den jemand anderes verstehen konnte. »Victor ist sehr an der Entwicklung eines Heilmittels interessiert, weißt du? Er ist der größte Spender der Stiftung und Vorstandsvorsitzender. Meine Eltern halten ihn monatlich über unsere Fortschritte auf dem Laufenden. Wir arbeiten alle auf dasselbe Ziel hin – auf eine Welt, in der Vampire vor CFaD sicher sind.«

»Und Menschen auch, richtig?«

»Natürlich auch die Menschen«, sagte er ernsthaft. »Wir sind die Guten, Kat.«

»Ich weiß«, beruhigte ich ihn. In diesem Moment wurde es wieder unangenehm, als ob ein Schalter umgelegt worden war. Er spürte es auch, denn er checkte sein Handy – obwohl es hier keinen Empfang gab.

Ich zog den nächsten Gegenstand aus dem Stapel der Materialien, die ich durchgearbeitet hatte. Heute waren es Dokumente aus den frühen Tagen von CasTech, als Hema noch in der Entwicklung war. Wir wussten beide, dass eines der Probleme, auf die Victor schon früh gestoßen war – noch vor dem ersten toten Vampir durch CFaD –, darin bestand, die Vampire darüber zu informieren, dass es Hema als Alternative zur Ernährung von Menschenblut gab. In den späten 50er-Jahren, als er es entdeckte, sammelten sich Vampire nicht gerade in Facebook-Gruppen. Ich dachte, die Untersuchung dieser frühen Probleme könnte aufschlussreich oder zumindest beeindruckend für Victor sein. Doch bis jetzt war die Lektüre einfach nur langweilig.

Ich blätterte in einem Zeitschriftenartikel aus dem Jahr 1957, in dem Victors Forschung an einem potenziellen Blutersatz für Menschen beschrieben wurde. Dies war eine der früheren Marketinginitiativen von CasTech gewesen. CasTech hatte nie wirklich versucht, einen Blutersatz zu entwickeln, der auf Menschen übertragen werden konnte – das war komplizierter als das, wovon sich Vampire ernähren mussten –, aber sie hatten auf diese Weise für das Unternehmen geworben, um die Vampire auf Hema aufmerksam zu machen. Die Hoffnung war, dass die Vampire zu ihnen kommen würden. Soweit ich verstand, war das jedoch nicht passiert.

Ich blätterte die Seite um und sah eine Reihe von Farbfotos aus dem Labor. Da war Victor, der eine schwarz gerahmte Brille trug, die er nicht brauchte, und ein Fläschchen mit Hema ins Licht hielt. Dann gab es ein Foto mit der Überschrift »Das Forschungsteam von Castel Technologies«. Auf dem Foto standen acht Personen in Laborkitteln um einen Labortisch, mit Victor in der Mitte.

Galen griff über den Tisch und tippte auf die Seite. »Das da ist mein Vater, der Mann links neben Victor.« Simon Black war weiß, groß und breitschultrig, das sah man trotz des kastenförmigen Laborkittels, und hatte kantige Gesichtszüge. Die von Galen waren wie ein weicheres Echo davon. Dann deutete Galen auf eine kleine Frau mit honigbrauner Haut, schwarzem Haar und auffallend blassen Augen. »Und das ist meine Mutter.«

Ich starrte auf das Foto von Meera Black. »Du hast ihre Augen.«

»Ihre Augen und ihre Haare«, sagte er. »Ansonsten sagen alle, ich sehe aus wie mein Vater.«

»Sie ist Inderin, richtig?«

Er nickte. »Mein Vater hatte damals mit der British East India Company zu tun. Dadurch haben sie sich kennengelernt.«

»Du meinst die British East India Company, die Indien kolonisiert hat?«

Er zuckte zusammen. »Ich weiß, es war eine schreckliche Zeit. Meine Mutter redet nicht viel darüber. Sie stammt aus einer wohlhabenden Kaufmannsfamilie in Gujarat, und er hat ihr jahrelang den Hof gemacht, bis sie schließlich eingewilligt hat.« Er runzelte angespannt die Stirn. »Das ist alles schon lange her.«

»*So* lange ist das noch nicht her – ich dachte, die Briten hätten Indien erst zu der Zeit verlassen, als dieses Bild aufgenommen wurde.«

»Das war zehn Jahre vorher, 1948. Ich meinte, dass er sie schon lange vorher verwandelt hatte.« Er sah zu mir auf. »Niemand hier fragt mich jemals nach diesen Dingen. Wegen meines Vaters und wegen Victor – obwohl wir nicht blutsverwandt sind – betrachtet mich jeder als Weißen.«

Hatte ich das nicht auch getan? Galen schien alle möglichen Privilegien auf seiner Seite zu haben, aber ich hatte völlig außer Acht gelassen, dass auch er sich in Harcote vielleicht fehl am Platz fühlen könnte.

»Das klingt wirklich hart«, sagte ich. »Bist du im BIPoC-Studenten-Gremium?«

»Du meinst das Ding von Georges? Das ist eher nichts für mich.«

»Wieso nicht?«

»Ich will einfach nicht meine ganze AG-Zeit damit verbringen, darüber zu palavern, dass ich ein Schwarzer Vampir bin. Und außerdem trifft sich genau zu der Zeit der Schachclub. Ich hoffe, dass ich nächstes Jahr Präsident werde.« Er zog die Zeitschrift wieder zu sich heran. Erneut runzelte er die Stirn, als er das Foto studierte. »Oh, das ist interessant! Meredith Ayres ist auch auf diesem Foto.«

»Wer?«

Er drehte die Zeitschrift zu mir zurück und zeigte auf die einzige andere Frau, die auf der anderen Seite der Gruppe von Galens Mutter stand. Plötzlich rauschte mir das Blut in den Ohren, und ich hörte meinen Herzschlag.

»Meredith Ayres. Sie ist so etwas wie eine Legende – zumindest meiner Meinung nach. Sie war Teil des Gründungsteams, ganz am Anfang, und hat einige der entscheidenden Entdeckungen gemacht, auf denen Hema basiert.«

Ich schluckte schwer. »Hat sie?«

»Victor hätte es gern allein geschafft, aber sie war unverzichtbar. Dann verschwand sie, bevor Hema erfolgreich wurde. Victor war offensichtlich sehr verärgert, denn sie wurde letztlich aus allen Unterlagen gelöscht und es wurde definitiv nie wieder über sie gesprochen.«

»Was ist mit ihr passiert?«

Er zuckte mit den Schultern. »Sie ist wahrscheinlich an der Verseuchung gestorben.«

»Schade.« Ich musste mich zwingen, das zu sagen. Ich

klappte die Zeitschrift zu, klemmte aber den Finger an die Stelle der Seite mit dem Foto. »Ich lege sie wieder ins Regal zurück.«

Ein dumpfes Summen erfüllte meinen Kopf, als ich durch den Silo ging. Ich umklammerte die Zeitschrift so fest, dass die Seiten selbst in der Schutzhülle unter meinem Griff zerknitterten.

Weit weg von Galen öffnete ich sie wieder. Ich starrte auf das Gesicht der Frau, von der Galen gesagt hatte, sie heiße Meredith Ayres. Ich zog meinen Pullover aus und wickelte ihn um die Zeitschrift. Dann ging ich zurück zu unserem Schreibtisch und verstaute sie unbemerkt in meinem Rucksack.

Bei all unseren Nachforschungen war ich noch nie auf diesen Namen gestoßen, aber das Gesicht kannte ich gut.

Von dem Foto blickte mir meine Mutter entgegen.

15

Kat

Auf dem ganzen Weg zurück zum Campus fühlte es sich an, als wöge die Zeitschrift in meinem Rucksack hundert Pfund. Ich hatte sie spontan mitgenommen, und jetzt musste ich sie verstecken, bevor mich Direktor Atherton bei einem Diebstahl aus dem Spezialarchiv erwischte. Aber Evangeline und Lucy saßen unten auf einer Couch und machten Hausaufgaben.

»He, hübsches Ding!«, rief Evangeline. »Komm und sag Hallo.«

Evangeline packte meine Hand und zerrte mich neben sich auf die Couch. Dort war eigentlich kein Platz mehr für mich, also zog sie mich fest an ihren Körper. Mein Rucksack mit der Zeitschrift darin rutschte auf den Boden. Sie rückte ein wenig zur Seite, um Platz zu schaffen, aber wir waren immer noch eng aneinandergepresst und mein Gesicht nur Zentimeter von ihren großen blauen Augen und vollen Lippen entfernt. Ich hatte das starke Gefühl, dass ich besser etwas auf Abstand gehen sollte. Normalerweise wurde ich mit meinen Freunden nicht so *körperlich*. Aber Lucy und Evangeline schlangen immer ihre Arme umeinander oder drückten sich, wenn sie sich zum Nachmittagsunterricht trennen mussten.

»Du und Galen kommen sich also näher«, stellte sie fest.

Innerlich schaltete ich auf Alarmstufe Rot. Meine neue

Freundschaft mit Galen war ein wichtiges Statussymbol, aber ich musste vorsichtig sein. Die Mädchen hatten vielleicht so getan, als interessierten sie sich nicht für das Mentorat, aber sie konnten nicht so tun, als wären sie nicht scharf auf Galen. Er war das Einzige außerhalb des Lehrplans, das sie alle gemeinsam hatten. Lucy war zwar inzwischen mit einem von Galens engsten Freunden zusammen, mit Carsten, dem Lacrosse-Spieler, den Guzman angehimmelt hatte, aber selbst sie konnte nicht gänzlich aufhören, von Galen zu reden.

Und darüber hinaus hatte Evangeline einen besonderen Anspruch auf ihn, den jeder anerkannte. Jedes Mädchen, das wegen Galen seufzend schmachtete, setzte rasch hinzu: *Aber Galen und Evangeline werden am Ende zusammenkommen.* Ich wusste, dass sie als Erstsemester ein paar Wochen lang zusammen ausgegangen waren, aber das genügte wohl kaum, um sie als Liebespaar zu definieren.

»Wir verbringen sehr viel Zeit miteinander. Das ist wohl irgendwie unvermeidlich«, erwiderte ich.

»Stehst du auf ihn?« Ein gequältes Lächeln umspielte Evangelines Lippen.

»Ich meine, er ist wirklich wahnsinnig heiß«, wich ich aus.

»O ja, ich weiß«, stimmte Lucy zu. »Er ist so geheimnisvoll, so als würde er lieber gepfählt werden, als sich anmerken zu lassen, dass er emotional wird.«

»Manchmal sehe ich ihn im Unterricht an und vergesse völlig, was ich gerade gemacht habe«, setzte Evangeline hinzu.

»Stellt euch vor, wie ich mich fühle, wenn ich die ganze Zeit allein mit ihm in der Bibliothek hocke«, sagte ich. Die Mädchen stöhnten mitfühlend auf.

Auf der anderen Seite des Raumes wurde ein Lehrbuch zugeknallt. Ich drehte mich um. Taylor trommelte mit den Fingern auf ihr Mathebuch. Ich hatte sie nicht bemerkt, und plötzlich war es mir peinlich, dass sie mitbekommen hatte, was ich über Galen gesagt hatte. »Könnt ihr nicht leiser sein? Einige von uns versuchen tatsächlich zu lernen.«

»Dafür ist die Bibliothek da!«, entgegnete Lucy.

Taylor schnappte sich ihre Sachen und stampfte die Treppe hinauf. Ich wollte ihr folgen, aber Evangeline fuhr mit ihren Fingern durch mein Haar.

»Ich weiß wirklich nicht, was mit diesem Mädchen los ist«, erklärte Lucy, als ob Taylor eine unheilbare Krankheit hätte. »Wie auch immer, der Gründerball steht vor der Tür. Meinst du, Galen wird dich fragen?«

Die Mädchen hatten fast seit dem Einzugstag nur über den Gründerball gesprochen. Es klang wie Homecoming und Abschlussball in einem und fand in der Halloween-Nacht statt. Allerdings, so hatte Taylor mir erklärt, gab es keine Kostüme. Der Tanz war eine »High-Dress«-Veranstaltung: formelle Kleidung, aber bitte als Vampir.

»So sieht Galen mich wirklich nicht«, gab ich rasch zurück. »Wenn er jemanden mitnehmen will, dann bestimmt Evangeline.«

Evangeline schenkte mir ein kleines, selbstgefälliges Lächeln, mit dem sie mir dafür dankte, dass ich akzeptierte, dass sie den heißesten Jungen der Schule verdiente, und mit dem sie gleichzeitig deutlich machte, dass meine Akzeptanz irrelevant war, da sie in dem Wissen geboren worden war, dass nur sie ihn verdiente. Mit einem Schulterzucken konnte sie jeden daran erinnern, dass sie irgendwann bekommen würde, was sie wollte, und diese Warteperiode, in der er sie eventuell nicht zum Ball ausführen würde, war bloß eine kleine Unannehmlichkeit.

»Aber das ist nur eine Vermutung«, fügte ich deshalb hinzu.

»Ich möchte nicht, dass du einen falschen Eindruck bekommst. Er hat nicht von dir gesprochen. Nicht ein einziges Mal.«

Evangelines Gesichtsausdruck wurde spröde. *Gut so.* Lucys Augen hingegen funkelten in teuflischer Bosheit.

»Kitty Kat, du kommst doch auch am Samstag, oder?«, sagte Lucy. »Ich veranstalte eine Party bei mir in der Stadt. Wir bleiben über Nacht. Ich habe es bereits mit Radtke geklärt, du brauchst dich nur auf die Liste setzen zu lassen.« Lucy neigte ihren Kopf in Richtung Treppe. »Es sind nur ein paar enge Freunde da, also verbreite es nicht überall.«

Als ob Lucy sich Sorgen machen müsste, dass ich Taylor zu ihrer Party nach New York City schleppte! Es wäre wahrscheinlich einfacher, sie direkt in die Hölle zu entführen.

»Ich bin dabei«, sagte ich.

Erst am Freitagnachmittag bekam ich ein paar Momente allein im Zimmer. Taylor war gezwungen, wegen eines Cross-Country-Treffens eine Pause vom Filme-streamen-im-Bett einzulegen, und ich konnte mir die Zeitschrift noch einmal ansehen. Ich zog sie aus dem Versteck hinter meinem Bett hervor – ein blödes Versteck. Wenn Taylor oder eine der Helfer, die unser Zimmer putzten, sie fanden, würde das total verdächtig aussehen. Und es war verdächtig. Die Zeitschrift dampfte *verdächtig* aus wie verschüttetes Benzin Aerosole. Mir wurde schon schwindelig, wenn ich sie nur ansah.

Ich schlug sie auf und betrachtete das Bild. Es bestand kein Zweifel, dass die Frau auf dem Foto meine Mutter war. Sie war seit der Aufnahme buchstäblich keinen Tag gealtert, obwohl sie ihr Haar heute anders trug und, wie einige andere auf dem Bild, auch so tat, als bräuchte sie eine Brille.

Meredith Ayres.

Was hatte meine Mutter bei CasTech gemacht?

Galen hatte gesagt, dass sie zu den Gründungsmitarbeitern gehörte, dass sie entscheidende Entdeckungen gemacht hatte und dann spurlos verschwunden war. Das konnte ich überhaupt nicht mit meinem Wissen über das Leben meiner Mutter in Einklang bringen – oder mit dem, was ich zu wissen glaubte. Sie hatte immer gesagt, dass sie allein hatte zurechtkommen müssen – eine Vampirin, die nicht einmal einen Schöpfer hatte, bis sie meinen Vater traf. Ein paar Jahre später bekamen sie mich, und dann war er gestorben. Für Victor Castel zu arbeiten entsprach aber nicht gerade meiner Vorstellung davon, allein zurechtzukommen.

Vielleicht hatte sie noch nicht lange bei CasTech gearbeitet, oder sie hatte sich wirklich mit Victor zerstritten, wie Galen vermutet hatte. Aber selbst wenn ich mir das so zurechtlegte, erklärte das noch nicht, warum sie mich angelogen hatte.

Sie hatte mich mein ganzes Leben lang darüber belogen, wer sie war.

Plötzlich wurde mir klar, dass ich nicht einmal wusste, wie ich wirklich hieß, und der Raum schien auf einmal zu schwanken. Wenn ich in Wirklichkeit gar nicht Kat Finn war, sondern Kat Ayres?

Ich klappte die Zeitschrift zu und schlug mit der Hand so fest auf den Schreibtisch, dass der Schmerz meinen ganzen Arm hinaufstieg. Ich schob die Zeitschrift wieder in ihr Versteck hinter das Bett, ohne mich darum zu kümmern, ob die Seiten zerknitterten. Meine Mutter war eine Lügnerin und eine Heuchlerin. Sie hatte immer gepredigt, es ginge uns besser, wenn wir uns von der Vampirgemeinde fernhielten. Und das, obwohl sie selbst früher mittendrin gewesen war und mit

Victor Castel und Simon und Meera Black zusammengearbeitet hatte. Sie hatte mir Schuldgefühle eingeredet, weil ich nach Harcote gehen wollte, obwohl wir es uns nicht leisten konnten, und selbst einen Job aufgegeben, der uns die finanzielle Sicherheit hätte geben können, die ich mir immer gewünscht hatte. Sie gab mir das Gefühl, ein Stück Dreck zu sein, weil ich mich hinter ihrem Rücken beworben hatte, dabei hatte sie selbst mich *mein ganzes Leben* lang hintergangen. Sie hatte mein Vertrauen auf mehr Arten missbraucht, als ich aufzählen konnte.

Nach Harcote zu kommen war die beste Entscheidung, die ich je getroffen hatte. Wäre ich jetzt zu Hause, müsste ich ihr gegenübersitzen, während wir unser Hema tranken, und so tun, als wäre ich nicht wütend auf sie oder hätte den Streit meines Lebens vor mir. Aber in Harcote konnte ich mit meinen reichen und glamourösen neuen Freunden auf eine Party in New York City gehen und vergessen, dass meine Verräterin von Mutter überhaupt existierte.

Lucys Wohnung in New York City lag in einem Viertel namens SoHo. Evangeline nahm mich mit in die Stadt. Die Fahrt dauerte zwei Stunden, aber ihr SUV war irrsinnig bequem und wir hörten auf der ganzen Fahrt Musik und sangen mit. Es war so unterhaltsam, dass meine Mutter mir nur in den Sinn kam, als ich merkte, wie *wenig* ich an sie dachte.

Selbst wenn ich die Wohnung nicht von ihren Social-Media-Posts gekannt hätte, wäre Lucys Wohnung der coolste Ort gewesen, an dem ich je gewesen war. Der Hauptraum war riesig, offen und hatte sieben Meter hohe Decken und einen glänzenden Betonboden. Die Möblierung sah teuer aus: flauschige Schaffellteppiche, zwei mächtige Sofas, ein langer

Couchtisch aus Glas und in einer Ecke eine echte Palme. An der Wand hing eine riesige Leuchtreklame, die den Raum mit schmollenden roten Lippen und langen weißen Reißzähnen beleuchtete.

Lucy führte uns zum Umziehen ins Schlafzimmer. Ich war nervös. Das war Taylors Schuld: An der Art, wie sie mich die ganze Zeit mürrisch angestarrt hatte, während ich mich fertig machte – als wäre es das Schlimmste auf der Welt, mit meinen Freunden Spaß zu haben. Jedenfalls machte mich das nervös. »Triff kluge Entscheidungen, Kath-er-ine«, sagte sie. Als ob sie etwas von klugen Entscheidungen verstehen würde!

Und zu allem Überfluss hatte ich keine Kleidung mitgebracht, die es wert gewesen wäre, mit einem großen Influencer in Harcote zu feiern. Mein Wohltäter hatte mich damit auch nicht ausgestattet. Wenn ich mich schick machen wollte, blieb mir nur das Kleid vom formellen Dinner. Evangeline beobachtete, wie ich mich in das kleinste schwarze Kleid zwängte, das ich hatte. »Das kommt gar nicht infrage.«

»Ich muss aber. Ich habe wohl das falsche Kleid aus dem Schrank gegriffen«, log ich.

Evangeline kramte in ihrer Tasche – sie hatte Dutzende Kleider mitgebracht. Sie warf mir ein grünes Stoffknäuel zu. Es war asymmetrisch mit nur einem Schulterträger und einem Ausschnitt an der Seite, und es zeigte viel mehr Haut, als ich es gewohnt war. Ich erschrak ein wenig, als ich in den Spiegel sah: das enge Kleid, mein offenes Haar, das auf dem Grün noch roter wirkte als sonst, der dunkle Lippenstift, von dem Evangeline mir versichert hatte, dass er *zum Sterben schön* aussähe.

Ich biss mir auf die Lippen. Da war wieder diese vertraute Angst, dass ich beurteilt würde und versagen könnte. Ich zog das Kleid über meine Hüften hinunter. »Es sieht doch okay aus, oder?«

»Du siehst verdammt heiß aus.« Sie ließ ihren Blick über meinen Körper gleiten, und ihre Augen funkelten wild, was mir brennende Röte in die Wangen trieb. »Wir sind Youngblood-Vampire, Kat. Du hast noch keinen einzigen Tag in deinem Leben einfach nur okay ausgesehen.« Sie strich mit der Hand über meine nackte Schulter und schmiegte ihr Kinn daran, sodass unsere Gesichter im Spiegel nebeneinanderlagen. »Ich wette, Galen wird es lieben.«

Ein Teil von mir wollte sich von ihr zurückziehen. Aber ein anderer Teil von mir, der Teil, dem ich heute Abend zuhören wollte, mochte die Art, wie wir beide im Spiegel aussahen. Und außerdem hatte sie mich in die Enge getrieben: Ich konnte nirgendwohin.

»Die Jungs haben gerade geklingelt!«, verkündete Lucy. »Ihr Schlampen kommt besser sofort da raus.«

16

Taylor

Die Samstagabende machten sich auf eine immer wiederkehrende Art bemerkbar, die wirklich nervte: Sie waren eine regelmäßige Erinnerung daran, dass ich keine Pläne oder Freunde hatte, dabei hätte ich beides haben sollen. Stattdessen hatte ich Kontos. Diese Woche tat Kontos mir den Gefallen, die Französische-Filme-AG an einem Samstag zu veranstalten, um unser letztes, abgesagtes Treffen wiedergutzumachen. Tatsächlich war Kontos in letzter Zeit ziemlich schwer zu fassen gewesen. Ich war nicht mal dazu gekommen, ihm zu sagen, dass Kat und ich gesehen hatten, wie Radtke in sein Büro eingebrochen war.

Ich wartete kaum, bis die Tür zu dem Klassenzimmer in Old Hill, das wir für den Filmabend reserviert hatten, ins Schloss fiel, bevor ich damit herausplatzte. Wenigstens nahm Kontos es dieses Mal nicht einfach auf die leichte Schulter. Allerdings ging er vor allem mit mir ins Gericht.

»Sie dürfen so etwas nicht machen, Taylor. Sie werden sich in Schwierigkeiten bringen, und dann kann ich Sie nicht beschützen.«

»Ich bin nicht diejenige, die beschützt werden muss. Außerdem hat uns einer der Handlanger überrascht – aber es ist nichts passiert.«

Kontos' Augen weiteten sich. »Ein Adjutant hat gesehen, wie Sie Miriam in mein Büro gefolgt sind?«

»Genau genommen hat mich eine menschliche Hilfskraft gesehen, wie ich durchs Fenster in Ihr Klassenzimmer gespäht habe. Radtke war zu der Zeit in Ihrem Büro. Ich hatte erwartet, deswegen Ärger mit Atherton zu bekommen, aber es ist nie etwas passiert. Aber wenn ich Ärger bekommen *hätte*, wäre es das wert gewesen, weil …«, *weil Sie mir wichtig sind*, hatte ich sagen wollen, aber ich bekam die Worte einfach nicht heraus. »Weil ich daraus eine tolle Geschichte machen würde. Internatsscherze und dergleichen.«

Kontos wischte sich mit der Hand über das Gesicht und strich sich den Schnurrbart glatt. Er sah müde aus.

»Verraten Sie mir doch einfach, was los ist«, sagte ich. »Warum ist Radtke so aufgebracht? Ist es nur, weil sie eine Trav ist und Sie ein Reunionist?«

»Ich werde Sie etwas fragen, und ich möchte, dass Sie mir ehrlich antworten. Kriegen Sie das hin?«

Er sah so ernst aus, dass es mich innerlich kribbelte. Es kostete mich all meine Willenskraft, keinen Witz zu reißen. »Ich werde es versuchen.«

»Haben Sie jemals in Betracht gezogen, dass Miriam recht haben könnte – dass ich wirklich etwas Gefährliches tue?«

Das brachte mich etwas aus der Fassung. »Nein. Wieso auch? Radtke ist total nervig, und Sie sind … eben *Sie*.«

»Nun, sie hat nicht unrecht«, antwortete er leise. »Ich gehöre in Wahrheit zu einem Reunionisten-Netzwerk. Wir arbeiten für den Wandel. Für eine Welt, in der Vampire und Menschen nicht so scharf voneinander getrennt sind, in der wir zusammenleben können, verbunden durch unsere gemeinsame Menschlichkeit.«

Ich starrte ihn an. »Sie reden davon, die Tarnung aufzugeben?«, fragte ich. »Dass sich überall Vampire outen und sich den Menschen zuwenden?«

»Nicht im Moment, natürlich nicht, aber wir wollen die Möglichkeit schaffen, dass wir dieses Gespräch irgendwann in der Zukunft führen können.«

»Wie viele Lichtjahre in der Zukunft? Vampire und Menschen waren schon *immer* voneinander getrennt.«

»So etwas würde ein Trav auch sagen«, gab Kontos zurück und traf mich mit dieser beiläufigen Bemerkung bis ins Mark. »Als Unsterblicher lernt man, dass vieles von dem, was man einst für ewig hielt, in Wirklichkeit vorübergehend ist. Ich habe die meiste Zeit meines Lebens unter Menschen gelebt. Nicht nur, um mich zu ernähren, sondern als Teil einer Gemeinschaft. Freunde, Liebhaber, ein normaler Job. Es ist möglich.«

»Und dann haben Sie das alles hinter sich gelassen, um in einem Wohnheim voller heranwachsender Youngbloods zu leben?«

»Die Verseuchung hat alles verändert. Einige von uns – Vampire, die den Menschen gegenüber mitfühlender eingestellt waren, hauptsächlich jüngere wie ich – erkannten, dass Hema und CFaD eigentlich eine unglaubliche Chance boten: Eine echte Integration war plötzlich möglich. Hema hob die Notwendigkeit auf, sich von Menschen ernähren zu müssen, und CFaD bot diesen dabei eine zusätzliche Sicherheit. Aber in den ersten Tagen der Vampirgemeinde setzte sich diese Idee leider nicht durch. CFaD machte vielen Vampiren Angst vor Menschen, und es waren bereits so viele gestorben, dass es eine reale Gefahr gab, auszusterben. Niemand hat gerne Angst. Einer anderen Gruppierungen gelang es, diese Angst für die Idee der Vorherrschaft der Vampire über die Menschen zu nutzen. Die

Idee gab es schon lange, aber nach der Verseuchung hat sie sich erst richtig durchgesetzt, und dann kamen die Youngbloods.

Vor der Verseuchung waren Vampirschwangerschaften außerordentlich selten. Sie wissen sicher, dass solche Schwangerschaften sehr schwierig verlaufen und oft scheitern. Ehrlich gesagt, die meisten von uns waren der Meinung, dass sie die Mühe nicht wert sind, wenn man genauso gut jeden verwandeln kann, den man will, und ihn als sein Schöpfer für immer brandmarken kann. Aber durch die Verseuchung wurden diese Verwandlungen schließlich unmöglich, Schätzungen zufolge gab es in Nordamerika irgendwann weniger als zweitausend von uns. ›Natürlich geborene‹ Vampire waren die einzige Hoffnung für unser Überleben. Es kursierte die Idee, dass die neue Generation den verwandelten Vampiren überlegen sein würde. Denn wenn Vampire den Menschen schon von Natur aus überlegen waren, müsste ein Vampir ohne jede Spur von Menschlichkeit der Beste von allen sein. Die Youngbloods mussten also geschützt und isoliert werden.«

»Sie klingen wie Atherton: *Ich glaube, dass die Kinder unsere Zukunft sind*«, erwiderte ich.

»Ganz genau. Und wir wollen herausfinden, ob wir diese Zukunft ändern können.«

»Nichts für ungut, aber das scheint verdammt schwierig zu sein.«

»Schwierig, aber nicht unmöglich.« Kontos beugte sich auf seinem Stuhl vor, die Ellbogen auf die Knie gestützt. »Die Reunionisten-Bewegung braucht drei Dinge. Erstens: freien, allgemeinen Zugang zu Hema oder einem anderen menschlichen Blutersatz. Zweitens: ein Heilmittel gegen CFaD …«

»Entschuldigung, ein … was? Sie haben CFaD gerade einen Sicherheitsgarant für die Menschen genannt. Wäre die Krankheit geheilt, würde nichts mehr die Vampire davon abhalten, sie auszusaugen.«

»Haben Sie eine Vorstellung, welchen Tribut CFaD von der *menschlichen* Gemeinschaft gefordert hat? Wir müssen uns von dieser Krankheit befreien, das liegt in unserem gemeinsamen Interesse. Vampire konnten sich schon immer in Selbstkontrolle üben. Womit ich zu Punkt drei komme: Wir müssen die Youngblood-Generation auf unsere Seite holen.«

Mir schwindelte. Was Kontos sagte, klang immer fantastischer, und ich hatte gerade das Ende der Fahnenstange erreicht. Ich dachte an die Party bei Lucy an ebendiesem Abend und an die Gerüchte darüber, was dort so vor sich ging. Würde Kontos all das überhaupt in Erwägung ziehen, wenn er diese Gerüchte kennen würde? »Die Hälfte von ihnen kann es kaum erwarten, Menschen abzuschlachten. Glauben Sie, Sie könnten sie von einer neuen Weltordnung der Vampire überzeugen?«

»Sie haben doch selbst gesagt, dass die Kinder die Zukunft sind.« Die Tatsache, dass er meinetwegen einen Witz riss, obwohl es ihm eigentlich so ernst war, machte mich schrecklich verlegen. »Die Youngbloods haben eine besondere Rolle in der Vampirgemeinde, und sie sind in der Überzahl – sie machen bereits ein Drittel unserer Population aus. Wenn sie uns auf dem Weg zum Fortschritt anführen, werden andere folgen. Andere, die vielleicht zu ängstlich sind, es allein zu wagen.«

Ich verschränkte die Arme. »Kontos, das ist der mieseste Plan, den ich je gehört habe.«

»Fällt Ihnen etwas Besseres ein?«

»Das hier ist Ihr Ding!«

»Aber es könnte auch *Ihr* Ding werden, Taylor. Deshalb erzähle ich Ihnen das. Ich habe gehofft, Sie wären vielleicht daran interessiert, sich uns anzuschließen.«

Er hob eine Hand, bevor ich antworten konnte.

»Sie sehen die Dinge anders, Taylor. Viele Youngbloods sind noch nicht wachgerüttelt. Aber Sie schon. Wenn es eine bessere Welt geben kann, müssen wir diejenigen sein, die sie verwirklichen. Ich werde meine Unsterblichkeit nicht damit verbringen, geduldig auf ein Wunder zu warten. Und ich glaube, Sie wollen das auch nicht. Und ich … ich hoffe, Sie verstehen das nicht falsch, aber es ist auch mal in Ordnung, sich um etwas oder jemanden zu sorgen.«

Seine Worte fühlten sich an wie eine Hand, die in kaltes Wasser eintauchte und nach mir griff, um mich wieder an die Oberfläche zu ziehen. Es war teuflisch unangenehm. Mir war klar, was er mir anbot: die Chance, Teil von etwas Größerem zu sein als den belanglosen Dramen von Harcote. Er sah etwas in mir – etwas, von dem ich dachte, dass ich es allein in mir trug, etwas, das mich zuvor noch nie als gut oder besonders oder würdig ausgezeichnet hatte, etwas, das niemand sonst in mir sah. Diese Wut, diese Negativität, diese Einsamkeit. Ich war nicht nur eine ausgestoßene, blutsaugende, lesbische Spinnerin – oder vielleicht war ich genau das, und genau das machte mich, wie er mir jetzt sagte, würdig für diese Sache.

Was aber nicht bedeutete, dass ich es auch war.

Denn ich war auf gar keinen Fall die geeignetste Person, um ihm zu helfen. Ich war nicht einmal die beste Person, um mit ihm ein unverbindliches Gespräch darüber zu führen. Sagte ich Ja, würde ich ihn am Ende nur enttäuschen. Ich war mir nicht sicher, ob ich das verkraften konnte.

Ich sah ihn an und hob sarkastisch eine Braue. »Ich hätte vielleicht Lust, Ihrem Geheimbund beizutreten. Wie pervers sind die Initiationsriten? Irgendwelchen Ritualen, bei denen man nackt sein muss, kann ich nur schwer widerstehen.«

Kaum hatte ich das gesagt, bereute ich es. Ich hatte den Moment versaut, wie immer. Mit einem Wimpernschlag war die Distanz zwischen uns wieder da, und ich hockte wieder allein auf meiner Insel. Kontos rieb sich die Hände und glättete die Falten seiner langweiligen Khakihose. »Denken Sie einfach in Ruhe darüber nach, okay?«

»Das mache ich.« Ich stand auf, um zu gehen. Es fühlte sich richtig an, auch wenn wir keinen Film gesehen hatten. »Im Ernst. Ich bin manchmal vielleicht ein Arschloch, aber Sie können mir vertrauen.«

Er zwang sich zu einem Lächeln. »Ich weiß.«

17

Kat

Die Musik wummerte, und der ganze Raum glühte im roten Schein der Leuchtreklame. Die Party war nicht groß, eine Mischung aus Studenten des dritten und vierten Jahrgangs, die tanzten, Selfies machten und rauchten. Ich saß auf der Armlehne des Sofas und unterhielt mich mit Carsten, Lucys Freund. Er trank Starkbier aus einer Literflasche. Die Jungs waren zusammen aufgetaucht, und Carsten schwärmte davon, dass Starkbier so cool sei, cooler als Champagner. Mir kam es eher vor, als wäre es besser, gar nichts zu trinken als das an Tankstellen erhältliche Starkbier. Aber genau wusste ich das nicht, da ich, anders als Carsten, die Champagne in Frankreich nicht besucht hatte, genau wie die meisten Leute, die Starkbier tranken.

Er nahm einen Schluck und hielt mir die lauwarme Flasche hin. »Willst du?«

»Nein, ich hatte schon etwas von dem Everclear, den Lucy herumreicht.« Der Alkohol machte mich leicht und etwas schummrig im Kopf, und ich fühlte mich locker und beschwingt – ein ungewohntes Gefühl. Vampire konnten keine Nahrung zu sich nehmen, aber Alkohol war keine richtige Nahrung. Es handelte sich um Moleküle, die das Blut zum Gehirn transportierten, und unser Blut war durchaus in der Lage, das zu tun. Je reiner der Alkohol war, je weniger er Nahrung glich, desto besser für Vampire. Deshalb trank ich Everclear, obwohl das Zeug von meinen Lippen bis in den Magen brannte. Die Jungs würden morgen echte Magenprobleme haben, aber ich schätzte, wenn man richtig feierte, lohnte es sich.

Zu Hause hatte ich selten getrunken. Ich hatte immer Angst, meine Selbstkontrolle zu verlieren. Zuzugeben, dass ich ein Vampir war, oder meine Reißzähne zu zeigen, das hätte mein Leben ruinieren können. Und jemanden tatsächlich zu *beißen* hätte Konsequenzen gehabt, an die ich gar nicht erst denken wollte. Jedenfalls hatte ich mit meinen Kursen und der Arbeit nicht viel Zeit zum Feiern, und Guzman und Shelby gefiel es, dass ich mich immer bereit erklärte, zu fahren.

Aber hier und jetzt spielte das alles keine Rolle mehr. Ich musste vor den anderen Harcoties nicht verbergen, dass ich ein Vampir war, auch wenn ich noch Geheimnisse zu hüten hatte. Aber Alkohol machte auf der Party alles einfacher. Er löste den Knoten der Anspannung in meiner Brust. Gleich nach dem ersten Schluck Everclear stellte ich mich für ein Selfie mit Lucy in Pose, und auf dem Bild sah ich das Mädchen, als das Evangeline mich sehen wollte: heiß, selbstbewusst und scheiß auf alles. Ich postete das Foto mit der Bildunterschrift: »Fühlte mich süß, might delete later… jk@lucyk.«

Ich schielte auf die Likes, während Carsten darüber redete, dass er den Beginn der Skisaison kaum erwarten konnte. Guzman hatte bereits kommentiert: *»Willst du mich verarschen???«*

»Carsten, willst du Kat um den Verstand quatschen?«

Galen stand über mir. Seine Wangen waren leicht gerötet, die dunklen Haare fielen ihm ins Gesicht, und er trug einen Flanellanzug, in dem er aussah wie der Bösewicht in einem Film aus den Neunzigern. Ich lächelte und hievte mich von der Couch hoch – und schwankte nur ein kleines bisschen. Der Alkohol schwappte in meinem Kopf herum.

»Du siehst gut aus«, sagte er.

Ich zog eine Schulter hoch und klimperte mit den Wimpern. »Danke. Du auch.«

Er grinste schief, und seine grauen Augen leuchteten. »So also ist die betrunkene Kat? Du flirtest.«

»Ich flirte nicht mit dir, Galen.« Ich lachte. »*Du* flirtest mit *mir.*«

Er beugte sich dichter zur mir … aber vielleicht war ich es auch, die gegen ihn taumelte. »Ach, wirklich?«

»Aber es wird nicht funktionieren. Denn ich halte dich immer noch für ein Arschloch.«

Sein Lächeln erlosch. »Oh. Na gut. Also wird das wohl nichts mit einem Flirt, schätze ich.«

Mist! »So habe ich das nicht gemeint.«

»Das sollte ein Kompliment sein?« Er fuhr sich mit der Hand durch die Haare. Seine schwarzen Locken fielen wieder perfekt an ihren Platz. »Trink lieber nicht zu viel.«

Ich drängte mich durch die Tanzenden Richtung Küche. Ich hatte das ungute Gefühl, etwas Schreckliches getan zu haben, aber das hatte ich nicht – oder doch? Es war nur ein Scherz gewesen, und Galen hatte ihn nicht verstanden. Und vielleicht war es auch kein übermäßig lustiger Scherz, aber was interessierte es Galen überhaupt, was ich von ihm dachte?

Ich griff nach der Flasche Everclear und trank einen Schluck.

Lucy stürmte in die Küche und nahm mir die Flasche aus der Hand. »Trink dich nicht daran satt, Kitty Kat, sondern lass noch etwas Platz übrig.« Sie zwinkerte mir zu.

»Nenn mich nicht immer so. Du bist ja schlimmer als Taylor.« Ich folgte ihr ins Wohnzimmer. »Und Platz lassen für was?«

Lucy drehte die Musik leiser. »Okay, Jungs und Mädels, wir wissen alle, warum wir hier sind!«, verkündete Lucy. Jemand heulte wie ein Wolf. Ich trat nervös von einem Fuß auf den anderen und hatte keine Ahnung, wovon sie sprach. »Lassen wir sie rein!«

Auf dem Flur waren Schritte zu hören, und dann betraten vier Personen den Raum.

Menschen.

Sie waren mit einem starken Bann verhext. Ihr leeres Lächeln und der benommene, unfokussierte Blick waren schlimmer als der Ausdruck, den die Gesichter der Adjutanten in Harcote normalerweise zeigten. Weder zappelten sie, noch sahen sie nervös aus. Sie hatten offensichtlich keine Ahnung, in was sie da gerade hineingestolpert waren.

»Hier sind die glücklichen Gewinner der Chance, mit LucyK zu feiern!« In meinem Magen machte sich ein schreckliches, mulmiges Gefühl breit. Lucy veranstaltete oft Wettbewerbe, bei denen ihre Follower ein Wochenende mit ihr verbringen durften. Anhänger, die sie zugegebenermaßen mit ihrem vampirischen Charisma manipuliert hatte.

»Jungs, das sind Kayla und Vanessa.« Lucy wies auf die beiden menschlichen Frauen neben ihr. Sie waren nicht viel älter als wir, im College-Alter oder kurz danach. Kayla war weiß und hatte strohblondes Haar. Vanessa hatte hellbraune Haut und braune Locken und trug ein Sweatshirt von der NYU. »Und für meine Mädchen: Eric und Clark.« Lucy musterte sie genüsslich mit ihren Blicken. Eric war Schwarz, hatte kurze Haare und einen muskulösen Körperbau, Clark hatte einen olivfarbenen Teint und war an den Unterarmen tätowiert.

»Sie wurden alle heute Nachmittag auf CFaD getestet und

sind absolut negativ.« Lucy klatschte in die Hände und kippte die Schultern ab – eine niedliche Pose, die sie in ihren Videos immer wieder einnahm. »Ihr kennt die Regeln. Wir wollen sie weder verwandeln noch umbringen. Macht eine Pause, wenn sie ohnmächtig werden. Und wer Blut auf meiner Couch verkleckert, den werde ich pfählen. Viel Spaß!«

Die Jungs pfiffen und johlten und stürzten sich, ohne zu zögern, auf die menschlichen Frauen, aber auch die Mädchen hatten einen schrecklichen, gierigen Ausdruck in den Augen, ihre Blicke waren wie Laserstrahlen auf die beiden Jungs gerichtet. Sie folgten dem Beispiel der männlichen Vampire und zogen die Jungs zu den Sofas.

Der Alkoholnebel, die Unmöglichkeit dieser Situation und die Abscheu, die sich in meinem Magen breitmachte, schienen mein Gehirn zu lähmen. *Das kann doch nicht wahr sein!,* sagte ich mir immer wieder, noch als ich sah, wie Carsten Vanessa auf den Platz auf der Couch drückte, wo er gerade noch mit mir gesprochen hatte, und seine Zähne in ihr Handgelenk schlug. Ihr Blut quoll heraus – Harcote granatrot – und klebte an seinen Lippen. Ein boshaftes Vergnügen zeichnete sich auf seinem Gesicht ab. Auf der anderen Seite des Raumes setzte sich eine Studentin aus dem vierten Jahrgang praktisch rittlings auf Clark, um an seinen Hals zu gelangen. Neben ihr presste Evangeline ihre Lippen auf sein Handgelenk. Blut tropfte aus ihrem Mundwinkel, aber sie bemerkte es nicht: Evangelines dunkler Blick war auf das ältere Mädchen gerichtet, das die scharfen Spitzen seiner Reißzähne auf den Pulspunkt in seinem Nacken senkte. Zwei, drei Vampire bohrten gleichzeitig ihre Reißzähne in jeden Menschen. Niemand hatte die Musik wieder hochgedreht, und die ganze Wohnung war erfüllt von wilden, saugenden Geräuschen.

Neben mir machte Lucy mit einem zufriedenen Grinsen im Gesicht Fotos.

»Geh ran!«, forderte Lucy mich auf. »Wann hast du das letzte Mal *richtiges* Blut getrunken?«

»Wir dürfen das nicht zulassen!«, platzte ich heraus. »Lucy, wir müssen das aufhalten.«

»Keine Angst, Kitty Kat.« Lucy streichelte meine Wange. Ihre Handfläche fühlte sich warm und klebrig an auf meiner Haut. »Sie sind clean. Sonst wäre schon längst jemand gestorben.«

»Das meinte ich nicht.« Mir schwirrte der Kopf. Ich wusste nicht, wie ich es richtig erklären sollte. »Das sind *Menschen*. Du kannst dich doch nicht einfach von ihnen … ernähren.«

Lucys Gesicht wurde hart, ihr Blick durchdringend. »Ich weiß, dass es Menschen sind. Das ist ja der verdammte Punkt. Sie sind Menschen, wir sind Vampire, wir ernähren uns von ihnen. Wir werden sie nicht töten. Es ist ganz *harmlos*.«

»Aber …«

»Ich habe jetzt so was von null Bock auf dieses Gelaber«, unterbrach mich Lucy. »Du bist echt ein beschissener Gast.«

Sie schob sich an mir vorbei, erwischte mich dabei an der Schulter, und kurz drehte sich der Raum. Ich stemmte mich gegen den Tresen, als er sich wieder aufrichtete. Sie würden die Menschen nicht töten, aber das machte es nicht auch nur annähernd okay.

Am anderen Ende des Raumes hob Carsten seinen Kopf von Vanessas Handgelenk. Er streckte die Zunge raus und leckte einen Tropfen ihres Blutes von seiner Unterlippe. Ihr Kopf lag in den Sofakissen, ihr Gesicht war aschfahl, ihr Körper schlaff. Carsten sah es auch – ich beobachtete ihn –, aber in seinen

Augen lag ein wahnsinniger Ausdruck, und er keuchte vor Vergnügen. Anstatt aufzuhören, schob er ihren Kopf zur Seite und beugte sich zu ihrem Nacken herunter.

»Halt!«, schrie ich, als ich zu ihm stürmte.

»O Scheiße, die Neue steht auf Frauenblut?«, stieß einer der Jungs hervor.

Carsten hörte mich nicht. Sein Kopf war über Vanessas Hals gebeugt. Ich packte ihn an der Schulter, an seiner muskulösen, trainierten Schulter, und riss ihn zurück, so fest ich konnte.

Ich hatte nicht damit gerechnet, dass er so leicht von Vanessa ablassen würde, oder vielleicht besaß ich auch mehr Kraft, als ich erwartet hatte. Aber als Carsten gegen mich prallte, verlor ich den Halt. Wir flogen beide nach hinten und landeten geradewegs auf dem gläsernen Couchtisch, der in eine Million Scherben zerbarst. Mein Kopf knallte auf den Betonboden, und für eine Sekunde wurde alles dunkel.

Für mehr als eine Sekunde.

Eines der Mädchen kreischte. Vielleicht waren es auch ein paar mehr. Mein Kopf schien unter Wasser zu sein – es war schwer zu sagen.

Carsten lag mit seinem ganzen Gewicht auf mir, drückte mich nieder wie ein Sargdeckel, und dann war der Druck weg, und er stand über mir, verfluchte mich, während ich mich mühsam aufsetzte. Seine Lippen waren rot gerändert von den geronnenen Resten von Vanessas Blut.

Ich richtete mich auf und sah sie an. Sie lag zusammengesunken auf der Couch. Die Wunde an ihrem Handgelenk blutete direkt auf die Polsterung. Aber trotzdem war sie nicht in Sicherheit – keiner der Menschen war hier in Sicherheit. Ich musste sie von hier wegschaffen.

Ich kroch auf sie zu. Etwas knirschte unter meinen Kniescheiben, aber ich ignorierte es. Ich versuchte, mich an der Armlehne der Couch hochzuziehen.

»Brutal!«, schrie jemand. »Da steckt irgendwie Glas in ihrem Kopf!«

»Was zum Teufel ist mit dir los, Kat?!«, kreischte Lucy. »Du blutest mir meine ganze verdammte Wohnung voll!«

Ich blickte auf den Boden unter mir. Er war mit Glassplittern bedeckt, und wo ich eben noch gekniet hatte, waren große blutige Flecken. Aber das erklärte nicht die runden Blutflecken, die sich immer noch um mich herum auf dem Boden bildeten. Ich fuhr mir mit der Hand durch die Haare. Es war nass, wo es nicht nass hätte sein dürfen. Meine Fingerspitzen fanden etwas Zackiges und Hartes. Ich zog es heraus. Ein heißes Rinnsal rann meine Kopfhaut hinunter, meinen Nacken, meine Schultern.

Ich ließ die blutige Glasscherbe auf den Boden fallen, während sich der Raum zu drehen begann.

Dann drehte sich mir wirklich der Magen um.

Im Badezimmer zupfte ich das Glas aus meinen Knien, meinem Rücken und meiner Kopfhaut. Jedes Bruchstück fiel mit einem Klirren in den Mülleimer. Dann stieg ich in die Dusche und stellte mich unter das Wasser, bis es klar wurde. Danach blieb mir nichts anderes übrig, als das zerrissene, blutverschmierte Kleid von Evangeline wieder anzuziehen. Keiner dachte daran, mir meine Sachen zu bringen.

Ich saß auf der Toilette und ließ den Kopf in die Hände sinken.

Die Schnitte würden heilen. Schon jetzt brauchten sie nicht mehr verbunden zu werden, obwohl sie immer noch brannten und Blut heraussickerte. Die schrecklichen Kopfschmerzen, die ich vom Aufprall auf dem Boden hatte, würden bald verschwinden. Aber dieses eklige, kneifende Gefühl in den Eingeweiden ging nicht weg.

Sie tranken Blut von Menschen, nur ein paar Meter von mir entfernt, und ich konnte sie nicht daran hindern. In meinem Kopf überschlugen sich die Gedanken an meine Freunde zu Hause, an die vier Menschen da draußen, die keine Ahnung hatten, was mit ihnen geschah, an meinen Vater, der sich von Menschen hatte ernähren müssen, um der Qual des Verhungerns zu entgehen. Diese Harcoties hatten sich noch nie über eine solche Entscheidung den Kopf zerbrechen müssen. Für sie war, menschliches Blut zu trinken, ein Partyspiel, ein Luxus, den sie sich mit ihrem Geld leisten konnten, ohne sich um die Folgen zu kümmern.

Ich war nach Harcote gekommen, weil ich andere Youngbloods wie mich suchte. Aber sie waren ganz und gar nicht wie ich, und ich wollte nicht wie sie sein, nicht mehr.

Es klopfte an der Badezimmertür.

»Kat?«

Ich öffnete die Tür einen Spalt. Galen stand da, sein Gesicht wirkte eingefallen. In einer Hand hielt er meine Tasche. »Bist du okay?«

Ich antwortete nicht – ich konnte es nicht.

»Ich weiß, dass du wahrscheinlich zurück auf die Party willst, aber Lucy hat mich gebeten, dich zur Schule zu fahren.«

»Bist du nüchtern?«

»Ich trinke nicht«, sagte er knapp.

»Dann bring mich bitte hier weg.«

Galen raste wie ein Henker zurück zur Schule. Wir sprachen kaum miteinander, bis Galen mit seinem BMW auf den Parkplatz einbog und der schnurrende Motor verstummte.

»Danke«, brachte ich schließlich heraus. »Schade, dass du jetzt die Party verpasst.«

»Ich wollte ohnehin nicht bleiben.« Er fummelte an seinen Schlüsseln herum und sah mich nicht an. »Warum hast du das gemacht?«

»Das fragst du noch? Du weißt doch, dass mein Vater an CFaD gestorben ist. Und das war nicht bei einem lustigen Partyspiel, sondern weil er fast *verhungert* ist.«

»Lucy ist immer sehr vorsichtig, wenn es um CFaD geht.«

»Weil sie es sich leisten kann!« Ich schrie fast. »Weil sie dieses Risiko aus reinem Vergnügen eingeht. Für manch andere von uns geht es dabei aber noch um Leben und Tod.«

»Das verstehe ich.« Ich konnte seinen Worten nicht entnehmen, ob er es tatsächlich verstand. »Falls es dich tröstet, sie saugen sie nie ganz aus. Dafür sorgt Lucy schon.«

»Na und?«

»Dann ist es doch harmlos, oder?« Es war das gleiche Wort, das Lucy benutzt hatte. Aber er klang nicht so überzeugt. »Sie werden sich an nichts erinnern, als hätten sie nur einen schlimmen Kater von der Party bei LucyK. Und sie bezahlt sie immer gut.«

Ich weiß nicht, was mein Gesichtsausdruck zeigte – Empörung, Abscheu oder Wut darüber, dass ich nicht geahnt hatte, dass sich die Besten der Besten natürlich immer noch von Menschen ernähren, aber Galen zuckte jedenfalls zusammen. »Was ist daran harmlos? Man hat sie verhext, damit sie mit allem einverstanden sind, und morgen wachen sie auf, ohne auch nur zu ahnen, dass ein Haufen reicher Arschlöcher über sie hergefallen ist und ihnen das Blut aus den Adern gesaugt hat. Wenn du glaubst, dass ein paar Dollar das in irgendeiner Weise auch nur annähernd wettmachen, dann ist das so was von beschissen.«

»Du hast es wirklich noch nie gemacht?«, erkundigte sich Galen.

»*Nein!* Ich kann nicht fassen, dass ich dir das noch erklären muss, aber die Menschen, die Lucy auf ihre Party gelockt hat, sind Menschen wie wir. Sie haben Namen, ein Leben, Dinge, die ihnen wichtig sind, und Menschen, die sie lieben. Sie sind kein bisschen schlechter als wir. Sie sind gleichwertig. Wie würdest du dich fühlen, wenn dich jemand hereinlegt, damit er einen Teil deines Körpers verzehren kann?«

Galen blieb stumm. Es war höchste Zeit für mich, aus seinem Auto zu steigen. Wahrscheinlich hatte ich ihn schon hoffnungslos beleidigt. Ich konnte mir bildhaft ausmalen, wie er zu seinen Freunden ging und sich darüber ausließ, dass er das verrückte neue Mädchen nach Hause gefahren hatte. Aber eins musste ich noch wissen. Ich sah ihn scharf an. Seine glatte Haut schimmerte im Licht blassblau.

»Hast du es schon getan?«, fragte ich.

Galens Adamsapfel hüpfte auf und ab. Er starrte auf seine Autoschlüssel und drückte mit der Daumenkuppe auf die scharfe Kante. »Nicht heute Abend«, erwiderte er ausweichend.

Die Wut flammte noch heißer in meiner Brust auf. Ich hätte ihm für seine Ehrlichkeit danken sollen oder dafür, dass er wenigstens so tat, als verstünde er meinen Standpunkt, oder dafür, dass er mich nicht einfach auslachte. Aber ich konnte mich nicht dazu durchringen, ihn dafür zu feiern, dass er für ein paar Stunden ein anständiger Mensch gewesen war. Was zählte das, wenn er Dinge getan hatte, die er niemals wiedergutmachen konnte und die er wahrscheinlich nicht einmal bereute? Vielleicht hatte ich heute Abend einfach nur die Nerven verloren, bevor Galen an der Reihe war, die Menschen auszusaugen.

Er redete immer noch. »… ehrlich zu sein, es hat mir nie gefallen. Was ich meine, ist, dass es falsch ist. Sich von Menschen zu ernähren, ist falsch. Ich fand es echt cool, wie du dich gegen sie gewehrt hast.«

Ich schüttelte ungläubig den Kopf. »Galen, du verfügst über mehr Macht als alle anderen in dieser Wohnung zusammen. Wenn du tatsächlich so empfunden hast, warum, verflucht, *hast du mir dann nicht geholfen*?«

Er sah betroffen aus, seine hübschen Lippen waren geschürzt, seine hübschen Augen weit aufgerissen. Es war das erste Mal, dass ich einen Hauch von Hässlichkeit an ihm wahrnahm.

Ich stieg aus dem Auto und schlug die Tür hinter mir zu.

Taylor

Das Licht flammte auf. Ich zog mir die Decke über den Kopf. Kat versuchte nicht einmal, leise zu sein.

»Was ist denn mit der Party bei Lucy?« Ich stöhnte und kniff die Augen zusammen.

»Planänderung.« Dieser raue Ton in ihrer Stimme – irgendetwas stimmte nicht. Ich zog die Decke herunter, um sie anzusehen, und einen Augenblick später saß ich kerzengerade im Bett.

»Was ist passiert?«

»Das ist nur Blut. Mir geht es gut«, sagte sie, ohne mich anzuschauen. Sie öffnete den Reißverschluss ihres Kleides –

was davon übrig war –, und ich vergaß, dass ich wegschauen sollte. Sogar ihr BH und ihre Unterwäsche waren rot gefärbt, und ihr langes Haar war nass und gekräuselt und klebte in Strähnen auf ihrem Rücken. Kat nahm das Kleid vom Boden und warf es in den Mülleimer.

»Wessen Blut?«

»Meins. Das meiste jedenfalls.«

Sie riss ihre Unterwäscheschublade auf, und ich schaute weg, während sie sich umzog. Als ich mich wieder umdrehte, stand sie an ihrem Bett, krümmte die Finger und starrte dumpf durch den Raum, als wüsste sie nicht, was sie jetzt tun sollte. Ihre Füße waren nackt, und sie schien zu frieren.

»Bist du … okay?«, fragte ich schließlich zögernd.

Sie sah mich an. In ihren Augen lag ein Feuer, das mich auf mein Bett zurückweichen ließ.

»Du wusstest es, stimmt's?«

»Ich war noch nie auf einer ihrer Partys. Aber es kursieren Gerüchte.«

Bis zu diesem Moment hatte ich nicht gewusst, ob sie wahr waren. Ich dachte an Kontos' Plan, die Youngbloods davon zu überzeugen, mit den Menschen zusammenzuleben wäre eine Möglichkeit. Als ob das ginge, wenn wir zum Vergnügen von ihnen tranken!

»Warum hast du mir das nicht gesagt?«

»Mir war nicht klar, dass ich das musste. Sie sind deine Freunde. Soweit ich weiß, hast du dich doch darauf gefreut …«

»Du dachtest, ich würde … ich …« Ihre Miene zeigte einen furchtbaren Ausdruck von düsterem, unverhülltem Entsetzen, als hätte sie den Boden unter den Füßen verloren. Eine Sekunde konnte ich nur daran denken, zu ihr zu gehen und dass es sie beruhigen könnte, wenn ich sie in den Arm nahm.

Dann ballte sie die Fäuste, ihre Augen glühten. Sie brauchte nicht getröstet zu werden.

»Wie abgefuckt ist dieser Ort hier?«, schrie sie. »Gibt es da noch andere Albträume, von denen du mir erzählen möchtest?«

»Ich habe keine Ahnung. Ich gehe einfach nur hier zur Schule.«

Sie verdrehte die Augen. »Genau wie der Rest von uns, richtig?«

»Was soll das denn jetzt heißen? Ich bin nicht wie deine blöden Freunde.«

Sie warf mir einen finsteren Blick zu. »Sie sind nicht mehr meine Freunde. Ich bin durchgedreht, als sie anfingen, von den Menschen zu trinken. Ich habe versucht, sie aufzuhalten und … sagen wir einfach, ich erwarte keine weiteren Einladungen.«

Ein Funke sprühte in meinem Bauch. »Du hast versucht, sie aufzuhalten?«

»Ich konnte ja wohl nicht einfach rumstehen und nichts tun, oder? Ich bin nicht Galen.«

»Was ist mit Galen?«

»Er hat eine Art Geständnis abgelegt, nachdem er mich hierher zurückgebracht hat. Anscheinend findet er zwar auch, dass es falsch ist, sich von Menschen zu ernähren, aber es ist ihm nie in den Sinn gekommen, zu versuchen, es zu verhindern. Ich kann nicht glauben, dass das in dieser Situation sogar fast ehrenhaft ist und nicht total abgefuckt.«

»*Galen* hält das für falsch?« Mir war klar, dass ich niemals von einem Menschen trinken würde. Aber das galt nur für mich. Ich hatte nie viel Hoffnung gehegt, dass andere Vampire das Gleiche tun würden. Aber wenn jemand wie Kat und jemand wie Galen auch so dachte … dann waren Kontos' Ideen vielleicht gar nicht so abwegig.

Kat ließ sich auf die Bettkante fallen und den Kopf in die Hände sinken. Sie sah klein, verängstigt und allein aus. »Was soll ich nur machen?«

Es toste durch mein Gehirn wie eine Flut, pulsierend, presste förmlich gegen meine Schädeldecke: *Geh zu ihr, geh zu ihr, geh schon zu ihr! Leg deine Arme um sie, leg ihren Kopf auf deine Schulter.* Die Stimme in meinem Kopf war so laut, dass ich mich fragte, ob sie sie hören konnte.

»Zerbrich dir morgen darüber den Kopf!« Ich musste mich zwingen, das zu sagen. »Kann ich jetzt wieder schlafen gehen, *Kath-er-ine*?«

Sie sah mich durch ihre Finger hindurch an, ihre Lippen in einer wunderschönen, finsteren Grimasse verzogen, die nicht gerade dazu beitrug, das Pochen in meinem Gehirn abzuschwächen. »Warum sagst du das so?«

»Was sage ich wie?«

»*Kath-er-ine*. In drei Silben. Alle anderen nennen mich Kathrin, mit zwei Silben, das weißt du.«

»Ich dachte, alle anderen nennen dich Kat. Mit einer Silbe.«

»Ja, das stimmt.« Kat seufzte, als sie das Licht löschte.

18

Taylor

Als Kat am nächsten Morgen spät aufwachte, saß ich bereits seit einer Stunde mit dem Stift in der Hand an meinem Schreibtisch. Ich war nicht der Typ, der Tagebuch führt, deshalb fühlte es sich ungewöhnlich, ja fast ein bisschen aufregend an, Notizbuchseiten vollzukritzeln.

Ich zeigte auf den Becher auf ihrem Nachttisch. »Ich habe dir Hema besorgt.«

Sie rieb sich die Augen. »Danke. Ich werde wahrscheinlich nie wieder einen Fuß in den Speisesaal setzen können.«

Ich kaute auf dem Ende meines Stifts herum.

Was Kontos mir erzählt hatte, schwirrte schon den ganzen Morgen in meinem Kopf herum. Gestern Abend hatte ich an ihm gezweifelt. Ich hatte an mir selbst gezweifelt. Ich hatte nicht gewusst, was ich wollte oder woran ich glaubte, aber ich hatte mir nicht vorstellen können, Teil dessen sein zu können, was er da vorschlug.

Dann war Kat nach Hause gekommen und hatte wie eine Zombieprinzessin ausgesehen. Sie hatte mit eigenen Augen gesehen, wie ihre Freunde menschliches Blut direkt aus der saftigen Quelle saugten, und sie hatte keine Sekunde gezögert. Sie hatte nicht herumgestanden und sich gefragt, woran sie glaubte oder ob sie bereit war, sich dafür einzusetzen. Sie hatte gehandelt.

Dafür liebte ich sie.

Kontos war ein Risiko eingegangen, als er mir seinen Glauben daran mitteilte, dass ich für etwas stehen könnte. Ich wusste genau, hätte er dasselbe bei Kat gemacht, hätte sie sofort zugesagt. Auch wenn sie sich nicht würdig fühlte oder nicht genau verstand, wie sie helfen sollte. Ich hatte schon viele Dinge getan, die ich bereute, aber dieses Angebot auszulassen, würde nicht dazugehören.

Es gab da jedoch einen Knackpunkt: Meine neue Aufgabe würde darin bestehen, die Youngbloods zum Reunionismus zu bekehren. Ich wusste nicht, ob das möglich war. Kat war nur eine Person. Alle anderen Vampire auf Lucys Party hatten sich über sie lustig gemacht.

»Glaubst du, die Youngbloods sind ein hoffnungsloser Fall?«, fragte ich Kat.

»Wie meinst du das?«

»Erinnerst du dich an die Debatte in Radtkes Unterricht, an dem Tag, als Evangeline mich eine …«

»Ich erinnere mich.«

»… Lesbe nannte? Wir haben darüber gesprochen, was passieren würde, wenn CFaD geheilt würde. Was glaubst du, was sie tun würden, wenn das einträte?«

Sie seufzte erschöpft. »Wahrscheinlich noch viel Schlimmeres als das, was sie jetzt schon tun. Ich gebe zu, dass du recht hattest. Sie nennen sich die Besten der Besten, aber sie sind eigentlich biestige Bestien.«

»Aber vielleicht könnten sie sich weiterentwickeln? Ihre Meinung ändern?«

»Seit wann liegt dir etwas daran, die Meinung von jemandem zu ändern?« Sie ließ sich zurück in die Kissen fallen und zog die Decke wieder über ihren Kopf.

Man sollte meinen, der Beweis, dass meinesgleichen die Lebenssäfte aus menschlichen Adern saugte, hätte mich davon überzeugt, dass Kontos' Mission vollkommen aussichtslos war. Die Youngbloods taten genau das, was sie, wie wir hofften, niemals tun würden. Aber die Bestätigung, dass es sich nicht nur um ein Gerücht handelte, hatte mich irgendwie elektrisiert. Wenigstens wussten wir jetzt, womit wir es zu tun hatten. Und die Sache war zu wichtig, um es nicht wenigstens zu versuchen.

Ich riss die Seite aus meinem Notizbuch, warf sie in den Papierkorb und begann einen zweiten Entwurf.

Kat erfüllte ihre eigene Prophezeiung, nie wieder einen Fuß in den Speisesaal zu setzen – auch wenn das im Grunde genommen bedeutete, dem Feind das Feld zu überlassen. Beim Abendessen war ich also immer noch für die Lieferung von Hema zuständig.

Für mich war das völlig okay. Es war zwar nicht so, dass ich mich freute, Kat traurig zu sehen, aber den ganzen Tag waren wir nur zu zweit gewesen. Um sie aufzumuntern, zwang ich sie, *Twilight* zu sehen, einen Film, der so heterosexuell war, dass selbst die Lesben-Ikone Kristen Stewart als streng heterosexuell rüberkam. Und Kat konnte über die glitzernde Haut der Vampire und ihr seltsames Faible für Hochgeschwindigkeits-Baseball lachen. Sie lächeln zu sehen war für mich wie eine Droge, fast noch stärker als der Rausch, neben ihr auf meinem Bett zu sitzen, unsere Schultern aneinanderzupressen, unsere Knie aneinanderzudrücken und den Jasminduft ihres Shampoos in meiner Nase zu riechen.

Es hatte sich angefühlt wie früher – wie es vielleicht von nun an wieder sein würde: Kat und ich gegen den Rest der

Welt. Die anderen Mädchen machten sich über die Freaks im obersten Stockwerk von Hunter House lustig, aber wir kümmerten uns nicht darum, weil wir Freaks zusammenhalten mussten. Solange wir uns hatten, war es scheißegal, was die anderen sagten.

Aber jetzt war ich nicht in der Sicherheit unseres Zimmers. Ich befand mich im Speisesaal, in einer sowohl persönlichen als auch offiziellen Angelegenheit. Ich nahm zwei Becher Hema zum Mitnehmen und sah mich dann im Raum um. Mir wurde flau im Magen. Evangeline, Lucy und Galen saßen an einem Tisch, der mit leeren, rot umrandeten Schüsseln übersät war. Evangeline sah mich direkt an, dann auf die Becher, und ein psychopathisch selbstgefälliger Blick machte sich auf ihrem Gesicht breit.

Ich flehte, dass sie es nicht tat. »Ist das für Kat?«, rief Evangeline natürlich trotzdem. »Wie geht es ihrem Kopf?«

Alle drehten sich um, um Evangelines hinreißenden Schmollmund zu sehen – ein Gesicht, das ausdrückte: *Ich kümmere mich wirklich!*, und gleichzeitig: *Ich bin eine dieser serienmordenden Krankenschwestern*.

Wäre Kat ein Mensch gewesen, wäre Evangelines Kommentar voll zickig und passiv-aggressiv gewesen. Aber Kat war ein Vampir, eine Kreatur, deren Verletzungen – sogar Gehirnerschütterungen – auf wundersame Weise schnell heilten. Evangeline erinnerte nicht nur alle daran, was auf der Party passiert war: Sie wollte auch andeuten, dass Kat nicht ganz so war wie wir. Evangeline kannte die Wahrheit über Kats Zahngeber mütterlicherseits nicht, aber wenn Kat sie so reden hörte, würde sie vielleicht noch einmal durchdrehen.

Leider konnte ich ihr wegen der Anwesenheit der Lehrer im Speisesaal ihr nicht empfehlen, sich zu verpissen, und wegen der beiden Becher Hema in meinen Händen konnte ich ihr diese Botschaft auch nicht mit einer Geste vermitteln. »Kat geht dich nichts an«, erwiderte ich.

Ich bedauerte es sofort. Dieser Ausdruck teuflischen Vergnügens, das Zucken einer Braue, das leichte Kräuseln einer Lippe, das über Evangelines Gesicht huschte, war nur für mich bestimmt. Ich wusste, was es bedeutete: dass ich *wirklich* die erbärmlichste Bitch aller Zeiten war.

Das mochte sein, aber wenigstens war Kat jetzt auf meiner Seite.

Ich hatte keine Zeit, noch mehr von Evangelines Gesichtsmuskelspiel zu entschlüsseln, denn in diesem Moment betrat Max Krovchuk den Speisesaal. Er hatte sich einen Bleistift hinters Ohr geklemmt. Max trug seinen Ausweis als Herausgeber der *HarNotes* immer mit sich herum.

Ich joggte zu ihm, als er sich gerade Hema holte.

»He, Max, genau dich habe ich gesucht!«

Er schnitt eine Grimasse. »Das hört sich aber gar nicht gut an, Taylor.«

»Hör mich erst mal an! Ich hab da etwas sehr Interessantes für die *HarNotes.*«

»Schreib mir einen Pitch, und ich bringe es bei der nächsten Redaktionssitzung zur Sprache.«

Ich verdrehte die Augen. Max tat, als wäre die Redaktion der Harcote-Zeitung kaum weniger renommierter als die der *New York Times.*

»Glaub mir, du willst es in der morgigen Ausgabe bringen.«

»Morgen? Wir gehen in zwei Stunden in Druck.«

»Ich verspreche dir, du wirst es haben wollen. Hast du schon gehört, worüber heute alle reden?« Max verengte gierig seine braunen Augen. Er war genauso ein Klatschmaul wie der Rest von uns, er musste nur den Anschein aufrechterhalten, als tratschte er aus beruflichen Gründen. »Ich hätte einen Kommentar dazu.«

»Wenn ich einwillige, Taylor, hast du genau eine Stunde Zeit, mir den Artikel zu liefern.«

»Er ist so gut wie fertig! Aber da ist noch was. Es muss anonym sein.«

»Du weißt, dass ich das nicht machen kann. Der Ehrenkodex.«

Der Ehrenkodex verbot in der Tat die Veröffentlichung anonymer Arbeiten, jedenfalls konnte man das so interpretieren, weil er keine klaren Vorschriften enthielt. Aber sich hinter Anonymität zu verstecken war laut Atherton respektlos und öffnete die Tür für Mobbing. Ich vermute, Atherton redete sich wirklich ein, dass diese Tür derzeit fest verschlossen wäre.

»Setz einfach deinen Namen drauf. Du liebst doch Kontroversen«, schlug Max vor.

»Das kann ich nicht. Ich habe das nicht geschrieben. Ich helfe nur einem Freund – einem Freund, der etwas zu sagen hat, sich aber nicht sicher fühlt.« Bei dem Wort *»sicher«* verengten sich Max' Augen noch mehr. »Komm schon, was ist mit echtem Journalismus? Der Schutz von Quellen! Die Stimme des Volkes! Das Erzählen von Geschichten, die erzählt werden müssen!«

»Okay, hör auf mit den Phrasen.«

»Alle werden darüber reden«, sagte ich. »Wäre es nicht schön, mal etwas zu veröffentlichen, das den Leuten wichtig ist?«

»Gut. Bring mir innerhalb der nächsten Stunde den Artikel.«

»Kein Problem.«

Zurück im Zimmer schickte ich den Kommentar an Max und sah dann Kat fragend an. »Bereit für *Bis(s) zur Mittagsstunde*?«

Kat

Es war unbeschreiblich brutal, von mir zu erwarten, am Montag aus meinem Bett zu kriechen, mein Zimmer zu verlassen und tatsächlich zum Unterricht zu gehen. Trotz des Desasters am Freitagabend war der Rest des Wochenendes sogar noch ganz schön verlaufen. Taylor hatte mich zu einem Serienmarathon der Twilight-Filme überredet, was mit einem anderen Vampir zusammen viel mehr Spaß machte. Aber nicht nur das hatte mir ein besseres Gefühl gegeben. Als wir uns zusammen auf ihrem Bett zusammengerollt hatten, Witze rissen und jedes Mal stöhnten, wenn Kristen Stewart einen dieser Jungs küsste, fühlte es sich so an, wie es früher einmal zwischen uns gewesen war.

Bevor sie mein Vertrauen missbraucht hatte.

Taylor meinte, ich würde mich selbst bemitleiden, und sie hatte nicht ganz unrecht. Es fiel mir allerdings schwer, genau auszudrücken, *weswegen* ich mich bemitleidete. Ich bedauerte nicht, dass ich versucht hatte, diese Menschen zu schützen; ich wünschte nur, ich hätte es besser gemacht.

Aber wenn ich es nicht bereute, wie sollte ich dann darüber jammern, dass ich meine Freundschaften ruiniert hatte – zu genau diesen Leuten, die von Menschen Blut getrunken hatten? Ich hatte mich vor den coolsten Kids der Schule total zum Idioten gemacht, mich mit meinem eigenen Blut besudelt und mir Glassplitter in die Haut gerammt. So, wie mich das Tuscheln und offene Bemerkungen auf dem Campus verfolgten, vermutete ich, dass das noch bis lange nach dem Abschluss Thema sein würde.

Immerhin war die erste Stunde gut gelaufen. Ich hatte mit dem Klingeln den Chemiesaal betreten, damit ich vor dem Unterricht kein Geschwätz über mich ergehen lassen musste.

Als ich zur zweiten Stunde in Radtkes Klassenzimmer kam, wurde es schlagartig still im Raum. Das war ein sicheres Zeichen dafür, dass sie gerade über mich getratscht hatten. Ich konnte praktisch an ihren Mienen sehen, was sie auf der Zunge hatten: *Habt ihr schon gehört, was Kat getan hat?*

Exemplare von *HarNotes* lagen überall verstreut herum, eines vor fast allen Schüler:innen, als würden sie gerade über den Zeitplan für den Descendants Day sprechen. Das war das Wochenende, an dem Eltern und Schöpfer den Campus besuchen durften. Er war gerade bekannt gegeben worden.

Der einzige freie Platz war mein üblicher, neben Evangeline. Angesichts der mörderischen Blicke, die sie mir zuwarf, schien sie sich dieser Tatsache sehr wohl bewusst zu sein. Panik durchzuckte mich.

Taylor saß wie üblich in der Ecke am Fenster, kippelte mit ihrem Stuhl nach hinten und stützte sich mit ihren makellos weißen Turnschuhen auf der Schreibtischkante ab. Ich schaute ihr in die Augen. Ich musste ziemlich erschrocken wirken, denn als sie mich sah, knallte ihr Stuhl auf den Boden. Sie hakte ihren Fuß um das Bein eines freien Stuhls in der Ecke und zog ihn an den Seminartisch.

»Danke«, murmelte ich, als ich auf den Sitz rutschte.

Sie schob mir ein *HarNotes* zu. »Hast du das schon gelesen?«

»Ich hatte heute Morgen echt Wichtigeres im Kopf.«

Sie tippte nachdrücklich auf die Zeitung. »Der Leitartikel auf der Rückseite.«

Die Schlagzeile lautete: VAMPIRE UND MENSCHEN HABEN EINE GEMEINSAME ZUKUNFT.

Ich dachte immer, dass ich noch nie einen Menschen getötet habe – und es auch nie tun würde –, bedeutete, dass ich ihnen keinen Schmerz zufügen würde, las ich.

Ich blickte Taylor an. Sie hob die Brauen, als wollte sie sagen: *Ich weiß, okay?*

Es ist an der Zeit, über ein offenes Geheimnis zu sprechen. Es gibt Schüler:innen in Harcote, die von Menschen trinken. Nicht weil sie nicht wissen, dass es gefährlich ist oder weil sie hungern. Sie tun es, weil es ihnen Spaß macht. Weil sie es können.

Es spielt keine Rolle, welche Vorsichtsmaßnahmen man trifft oder wie nett man sie behandelt. Da es Hema gibt, existiert keine Entschuldigung dafür, wenn man sich von Menschen nährt. Es ist falsch, ihnen das Blut auszusaugen. Es ist falsch, sie zu verhexen, damit sie sich nicht wehren können. Vor allem aber ist es falsch, nicht darüber nachzudenken, welche Auswirkungen unser Handeln auf die Welt um uns herum hat.

Man hat uns unser ganzes Leben lang eingeredet, die Youngblood-Generation wäre so anders als unsere Eltern oder die Zahngeber, hat uns immer wieder versichert, wir wären etwas ganz Besonderes in der Vampirgemeinde.

Und der Unterschied ist, dass sie keine andere Wahl hatten, als das Blut von Menschen zu trinken, selbst wenn der Mensch, von dem sie sich nährten, dabei getötet wurde. Wir dagegen haben die Wahl.

Wir können es besser machen als die Vampire, die vor uns kamen. Wir müssen keine Monster, Heuchler oder Mörder sein. Wir müssen unsere Menschlichkeit nicht aufgeben.

Eines Tages müssen wir uns vielleicht gar nicht mehr vor den

Menschen verstecken. Wir hören ja bereits ihre Musik, spielen ihre Sportarten und lesen im Englischunterricht ihre Bücher. Ich wünsche mir eine Welt, in der diese Verbindungen tiefer gehen, in der Vampire von den Menschen lernen können. Eine Welt, in der wir keine Vampirgemeinde mehr brauchen und in der stattdessen nur Menschen und Vampire zusammenleben.

Ich ließ die Zeitung fallen. Mir drehte sich der Magen um – aber auf die gute Art, vor Aufregung. In den letzten Tagen hatte ich die Hoffnung auf die Youngbloods aufgegeben. Und jetzt warb einer von ihnen in der Schulzeitung für die Wiedervereinigung.

»Wirklich frech, Kat«, sagte Carolina Riser vom anderen Ende des Seminartisches. »Es reicht wohl nicht aus, eine Party zu sprengen, du musstest Lucy auch noch vor der ganzen Schule bloßstellen?«

»Ich habe das nicht geschrieben«, erwiderte ich. »Ich lese das gerade zum ersten Mal.«

»Na klar«, höhnte Carolina.

»Tu bloß nicht so unschuldig«, mischte sich Evangeline ein.

»Einen Kommentar zu schreiben ist kein Verbrechen«, gab ich zurück.

»Ein *anonymer* Kommentar ist wohl ein Verbrechen. Es ist zumindest ein Verstoß gegen den Ehrenkodex. Man muss zu seinen Meinungen stehen«, erklärte Carolina.

»Was ich auch täte, wenn ich den Kommentar geschrieben hätte.«

Ich hatte ihn noch einmal überflogen. Es war leicht zu verstehen, warum alle dachten, ich hätte ihn geschrieben. Es las sich exakt wie das Manifest von einer, die gerade den Kapitän des Lacrosse-Teams von der Halsschlagader eines Mädchens gerupft hatte.

Diese Erkenntnis brach über mich herein wie die Scheiße eines ganzen Möwenschwarms.

Ich wusste ganz genau, wer das geschrieben hatte.

Sie saß neben mir.

»Taylor, du hast doch wohl nicht …!« Ich zischte sie förmlich an.

»Kat, so was würde ich niemals tun!«, zischte sie zurück.

Sie gab sich große Mühe, nicht zu lächeln, während sie einen Stift über ihre Knöchel wirbelte. Ich wollte mich über sie ärgern, weil sie gegen den Ehrenkodex verstoßen hatte, weil sie in dieses Hornissennest der Schule gestochen hatte, aber zu meiner eigenen Überraschung empfand ich keinen Ärger. Stattdessen ließ Stolz meine Brust anschwellen. Taylor war die Gegenspielerin in Harcote. Sie verstreute böse Beleidigungen, machte sich über alle lustig und erregte Ärger. Sie riss alles nieder und hinterließ eine Mauer aus schützenden Trümmern um sich herum. Das hier war das erste Mal, dass ich sah, wie sie sich für etwas wirklich einsetzte, auch wenn sie es anonym hatte tun müssen.

Ms Radtke kam herein, gefolgt von einer Wolke Kreidestaub, der sich in dem Dutt auf ihrem Kopf eingenistet hatte. Es war schon ein paar Minuten nach der vollen Stunde, was ziemlich ungewöhnlich war. Sie kam sonst nie zu spät, und außerdem war sie aufgeregt. Es dauerte einige Minuten, bis sie den Ausschnitt aus *Interview mit einem Vampir*, den wir uns ansehen sollten, gefunden hatte. Es war die Stelle, an der Lestat das kleine Mädchen verwandelt. Jedes Mal, wenn einer der Vampire melodramatisch seine Reißzähne in den Hals eines Menschen versenkte, verkrampfte sich mein Magen.

Meine Erinnerungen an den Samstagabend waren vom Alkohol etwas verwischt, aber ich sah immer noch vor mir, wie alle sich genüsslich und gierig auf diese armen Menschen gestürzt hatten. Ms Radtke würde wahrscheinlich nach dem Film eine Debatte mit einer völlig naheliegenden Antwort führen, zum Beispiel, ob es unmoralisch wäre, Fünfjährige in Vampire zu verwandeln, da sie nicht wie Youngbloods alterten. Es war das zweite Mal, dass Ms Radtke uns davor warnte, Kinder unter acht Jahren in Vampire zu verwandeln, aber ich hatte noch nie gehört, dass sie auch nur ein einziges Mal über Rassismus und weiße Privilegien unter Vampiren oder das Patriarchat oder Ungleichheit sprach. Ich hatte Taylor gefragt, ob diese Themen jemals angerissen würden, und sie hatte die Augen verdreht. »Als ob die Leute an deiner Menschenschule wirklich über solche Dinge redeten.« Es bedurfte einiger Überzeugungsarbeit, bis sie wirklich glaubte, dass man darüber redete – dass ich es getan hatte.

Das Licht ging wieder an. »Ms Radtke, Sie sollten uns vorwarnen«, meldete sich Evangeline. Ihre Stimme klang traurig. »Manche von uns regieren sehr empfindlich, wenn sie mit ansehen müssen, wie Menschen gebissen werden.«

Ms Radtkes Miene war verkniffen, als sie antwortete. »Das gilt hoffentlich für Sie alle.«

Hatte der Versuch, die Harcoties dazu zu bringen, über ihre moralische Verantwortung nachzudenken, überhaupt einen Sinn, wenn Moral letzten Endes nur eine Reihe von Regeln war? Wenn man nicht glaubte, dass diese Regeln für einen selbst galten, spielte Moral keine Rolle.

Aber Taylor glaubte, dass es sinnvoll war, es zu versuchen. Und wenn sie es glaubte, stimmte es vielleicht auch.

19

Taylor

Beim Mittagessen herrschte im Speisesaal aufgeregtes Stimmengemurmel wegen des Leitartikels. Ich raffte mich auf, setzte mich zum Cross-Country-Mountainbike-Team und sah anschließend kurz bei einigen Leuten der Theater-AG vorbei. Mein Verdacht bestätigte sich: *Alle* sprachen darüber.

Aber ich hatte keine Zeit, dazubleiben und lange zu plaudern. Ich musste mit Kontos reden.

Seit Samstag hatte ich darüber nachgedacht, was ich ihm sagen wollte. Unsere Welt hatten wir richtig schön heruntergewirtschaftet, aber ich glaubte wie er, dass etwas Besseres möglich war. Zumindest wollte ich es glauben. Und ich war bereit, es zu versuchen. Ich hatte den Artikel geschrieben, um ihm das zu beweisen. Das wollte ich ihm sagen.

Er saß in seinem Büro, wo er auf seinen Computerbildschirm starrte und mit seinem Kuli klickte.

»Taylor! Ich hatte gehofft, Sie würden vorbeikommen.« Er klang nicht besonders glücklich darüber, mich zu sehen. Das sah ihm gar nicht ähnlich. »Machen Sie die Tür zu.«

»Ich habe über das nachgedacht, was Sie neulich Abend gesagt haben …«, begann ich, aber er unterbrach mich.

Er zeigte auf die Ausgabe von *HarNotes*, die auf seinem Schreibtisch lag. »Ich nehme an, Sie stecken dahinter?«

»Was haben Sie denn gedacht?« Ich grinste.

Er biss die Zähne zusammen und atmete dann langsam aus. »Ich wünschte, Sie hätten zuerst mit mir gesprochen.«

»Aber genau das wollten Sie doch! Werbung für die Revolution machen! Alle reden drüber, und das Timing war perfekt – nach dem, was bei Lucy passiert ist.«

Er zuckte zusammen. Also wusste er auch davon.

»Wer weiß noch, dass Sie das geschrieben haben?«, fragte er.

»Niemand, versprochen. Max denkt, ich decke einen Freund, der anonym bleiben will. Er war scharf darauf, unsere Quellen zu schützen. Er hat sogar gesagt, dass er die Ideen wirklich gut findet.«

Er tippte auf die Zeitung. »Das ist viel zu öffentlich, Taylor. Sie lenken eine Menge Aufmerksamkeit auf uns.«

»Wir können die Leute ja wohl kaum heimlich umstimmen, oder? Sie haben gesagt, Sie warten darauf, dass die Youngbloods aufwachen, aber Radtke und Atherton verpassen ihnen jeden Tag eine Gehirnwäsche.«

»Wenn herauskommt, dass Sie das geschrieben haben, bekommen Sie ernsthafte Probleme.«

»Machen Sie sich keine Sorgen. Es denken sowieso alle, dass Kat es geschrieben hat.« Ich fühlte mich ein wenig unwohl dabei, obwohl ich es ja nicht absichtlich so eingefädelt hatte.

Kontos strich die Spitzen seines Schnauzbartes herunter. »Wir müssen in der nächsten Zeit besonders vorsichtig sein. Sie können es sich vielleicht nicht vorstellen, aber dieser Leitartikel schlägt Wellen an Orten, die Sie nicht sehen. Sie dürfen mit niemandem darüber reden, auch nicht, wenn Sie direkt darauf angesprochen werden.«

»Ich soll lügen? Und was ist mit dem Ehrenkodex?« Ich machte Witze darüber, aber in Wahrheit fühlte es sich seltsam an, dass ein Erwachsener – und ausgerechnet Kontos – mich offen aufforderte, zu lügen.

»Das hier ist wichtiger als der Ehrenkodex«, sagte Kontos. »Ehrlich gesagt, Taylor, in das Ganze hier involviert zu sein, könnte gefährlich werden. Ich muss gestehen, dass mir Bedenken gekommen sind, was Ihre Sicherheit angeht. Sind Sie sicher, dass Sie das trotzdem tun wollen?«

Eigentlich war ich mir keineswegs so sicher. »Auf jeden Fall«, behauptete ich.

»Sie müssen mir versprechen, nichts weiter zu unternehmen, ohne es vorher mit mir zu besprechen.«

Ich hob kapitulierend meine Hände. »Versprochen. Ich werde besonders vorsichtig sein. Was ist mein nächster Auftrag?«

»Ihre erste und wichtigste Aufgabe ist es, nichts mehr zu tun, ohne vorher mit mir zu sprechen.«

»Kommen Sie, ich habe doch gesagt, dass ich dazu bereit bin!«

Er nahm eine externe Festplatte aus seinem Schreibtisch und hielt sie mir hin. »Ihre zweite Aufgabe ist es, das hier in Ihrem Zimmer aufzubewahren. Sie brauchen sie nicht zu verstecken – das würde nur Verdacht erregen. Bewahren Sie sie einfach an einem sicheren Ort auf.«

Ich drehte sie in meinen Händen. »Was ist das?«

»Das ist eine externe Festplatte.«

Ich warf ihm einen gereizten Blick zu. »Ich meinte, was ist da drauf?«

»Ein Back-up einiger Daten, die ich gesammelt habe. Fragen Sie nicht, wovon. Aber Ihr Artikel setzt uns unter Druck, und wir müssen eine zusätzliche Kopie sicher verstauen, bis die Wogen sich wieder geglättet haben. Das ist alles, was ich Ihnen sagen kann. Es sind auch ein paar meiner Lieblingsfilme drauf, also wird es aussehen wie …«

Ich klopfte auf die Seite der Festplatte, wo in seiner klobigen Schrift auf einem Aufkleber »Französische-Filme-AG« stand. Ich war stolz auf ihn, weil er so raffiniert war. Kontos entsprach für gewöhnlich eher dem offenherzigen, freundlichen Disneyland-Tourguide-Level an Hilfsbereitschaft und Ehrlichkeit.

»Sie können sich auf mich verlassen«, versprach ich.

Ich tat, was Kontos verlangt hatte. Ich versteckte die supergeheime Festplatte nicht allzu supergeheim in meiner Schreibtischschublade und enthielt mich weiterer Demonstrationen meiner Hingabe für die Sache der Reunionisten. Trotzdem beruhigte sich die Lage nicht wirklich.

Zunächst versuchte Atherton, eine Mini-Inquisition über die Frage durchzuführen, wer den Kommentar geschrieben hatte. Sie blieb im Schlamm stecken, bevor sie überhaupt richtig in Gang kam. Max war seine erste und letzte Spur. Nicht nur, dass Max nicht wusste, wer den Leitartikel geschrieben hatte, weil ich ihn, was das betraf, angelogen hatte, nein, er nahm Athertons Druck zum Anlass, mit seinen ethischen Vorstellungen zur Journalistik herumzufuchteln. Er verriet nicht, dass ich seine Verbindung zu dem Kommentar war. Zur Strafe zitierte Atherton Max vor den Ehrenrat. Dieses Komitee leitete er zusammen mit Radtke. Es bestand aus zwei der schleimigsten Schüler:innen jedes Jahrgangs und suspendierte Max für drei Tage von seinem Job. Gerüchten zufolge überstimmte Atherton die Empfehlung des Rates, ihn nur für einen Tag abzusetzen. Danach hatte ich jedenfalls das starke Gefühl, mich vor Ärger in Acht nehmen zu müssen. Ich riskierte es nicht einmal, Max für sein Verhalten zu danken. Wenigstens trug er die Strafe wie eine Tapferkeitsmedaille.

Aber das war noch nicht das Ende meiner Probleme. Obwohl Atherton Kat nie befragte, glaubte die gesamte Schülerschaft, dass Kat den Kommentar über die Geschehnisse bei Lucy geschrieben hatte. Und natürlich ließ Evangeline die Sache nicht einfach auf sich beruhen. Die Flammen des Fegefeuers in Kats sozialem Leben zu schüren, wurde Evangelines neues Hobby Nummer eins. Der Artikel war schon eine Woche alt, aber Kat konnte sich Evangeline immer noch nicht nähern, ohne einen bissigen Kommentar zu hören. Ich begann zu bereuen, dass wir alle Twilight-Filme in einem einzigen Binge-Marathon verschlungen hatten. Ich hatte unterschätzt, wie viel Aufmunterung Kat brauchen würde.

Nicht einmal das Ereignis des bevorstehenden Gründerballs konnte die Gerüchteküche von ihr ablenken. Kat und ich waren gezwungen gewesen, beim Abendessen Anfang der Woche Carstens albtraumhaften A-cappella-willst-du-mit-mir-gehen-Antrag an Lucy mitzuerleben. Danach hatte Kat verkündet, dass sie definitiv nicht zum Gründerball gehen würde. Ich wollte das auch nicht, aber es machte mich traurig, dass sie das sagte. Ich wollte nicht zum Gründerball gehen, weil ich Taylor Sanger war: Tanzveranstaltungen waren ganz offenkundig nicht mein Ding. Aber Kat war nicht ich. Sie würde sich dort wahrscheinlich amüsieren, obwohl das Fest grottig war.

Dann wurde alles noch schlimmer. Atherton begann schließlich zu untersuchen, was auf Lucys Partys abgegangen war. Er fand jedoch nichts Verfängliches, da keiner von Lucys handverlesenen Partygästen seinen Status als Cool Kid aufgeben wollte, um künftig als Ratte zu gelten. Trotzdem verbot Atherton allen für den Rest des Semesters, außerhalb des Campus zu übernachten. Danach postete jemand anonym (Evangeline) ein Partyfoto von Kat, mit entsetztem Blick und einer Menge Blut im Gesicht, und ich war wieder als Hema-Dealer im Einsatz.

Das war der Tropfen, der das Fass zum Überlaufen brachte.

Nach Unterrichtsschluss marschierte ich zu Evangeline. Sie war im Theater und arbeitete an den Kulissen für ihren Einakter. Das Theater war der Ort, an dem die Sache zwischen uns begonnen hatte. Sie war am Ende des ersten Schuljahres für die Inszenierung des Musicals ausgewählt worden. Ich war für die Technik zuständig und bediente das Lichtpult. Als Kontrollfreak, der sie war, ließ sie mich die ganze Show von vorn bis hinten üben. Es war sonst niemand auf der Bühne, nur wir beide oben in der Loge. Und sie gab die Stichworte. Ich hatte gerade erst mein Outing hinter mir und versuchte, nicht zu viel daraus zu machen, dass ihr Knie das meine streifte. Bis sie sich so dicht zu mir beugte, dass nichts anderes mehr Sinn machte, als sie zu küssen.

Heute war das Theater leer, als ich den Gang hinunterstürmte. Evangeline stand allein im Scheinwerferlicht auf der Bühne. Sie hatte ihr Haar zurückgesteckt, ihr Skript in einer Hand und einen Stift hinter das Ohr geklemmt. Ihre Lippen verzogen sich zu einem perfekten höhnischen Grinsen, als sie mich sah, und ich hätte sie am liebsten bei lebendigem Leib verschlungen.

»Was willst du denn hier?«, fragte sie. »Ich brauche die Technik noch nicht.«

»Wir müssen reden.« Ich ging über die Seitentreppe auf die Bühne und trat zu ihr ins Scheinwerferlicht. »Darüber, was du mit Kat machst.«

»Ich bin absolut höflich zu Kat.«

»Das bist du nicht. Du bist eine Tyrannin, E, und das weißt du genau.«

»Wie kannst du es wagen? Das ist Rufmord!«

Ich gab nicht nach. »Hör auf, dich über sie lustig zu machen. Und sag Lucy, sie soll auch damit aufhören.«

Evangeline zuckte mit den Schultern. Bei dieser Bewegung spannte sich ihre Bluse enger über die Brust. Nicht, dass ich gestarrt hätte. »Wie süß, dass du deine kleine Freundin beschützen willst.«

»Sagt das Mädchen, das ich seit Monaten ficke.«

Blitzartig packte mich Evangeline am Arm und zerrte mich von der Bühne, weg von den leeren Sitzreihen, dorthin, wo die schwarzen Samtvorhänge unsere Stimmen dämpften.

»Was ist denn in dich gefahren? Das hätte irgendjemand hören können!«, fuhr sie mich an. »Und wir *ficken* nicht, wir machen nur ein bisschen rum.«

»Was denkst du denn, wie Mädchen Sex haben?«

Ein Ausdruck echter Verwirrung flog über ihr Gesicht. Mein Gott, Harcote war wirklich der heterosexuellste Ort der Welt. »Ich … bin beschäftigt, Taylor. Spuck aus, was du willst, und lass mich dann weiterarbeiten.«

»Hör auf, Kat das Leben zur Hölle zu machen. Sonst ist es vorbei.«

»Das habe ich doch schon mal gehört. *Ich bin fertig damit, E.*« Sie rückte näher heran und schenkte mir ihr kokettes, anzügliches Lächeln. Zu ihrer Verteidigung muss ich sagen, dass es normalerweise auch auf mich wirkte, weil es wirklich *extrem heiß* war. »Ich kenne dich, Taylor.«

Sie hatte recht. Ich hatte schon ein paarmal laut gesagt, dass es mit uns vorbei war, und öfter, als ich mich erinnern konnte, hatte ich es mir in meinem Kopf gesagt. Aber damals war es nur um mich gegangen. Diesmal war es anders. Ich trat einen Schritt zurück, um Abstand zwischen uns zu bringen. Es waren nur ein paar Zentimeter, aber es fühlte sich nach mehr an.

»Und du glaubst immer noch, ich würde dich nicht auch kennen«, sagte ich. »Du denkst, ich sehe nicht, wie du Galen anschmachtest oder wie du die Mädchen dazu bringst, dich zu lieben, nur damit du ihnen wehtun kannst, oder wie du dich Lucy an den Hals wirfst – die übrigens der heterosexuellste Mensch ist, den ich je in meinem Leben getroffen habe. Niemand von denen kann dir geben, was du willst, und das werden sie auch nie. Du bist so einsam, du bist ein emotionales schwarzes Loch, E. Und ohne mich bist du ganz allein.« Ihr Gesicht hatte sich zu einer Maske aus konzentrierter Wut verfestigt. »Also sei nett zu Kat, okay?«

Evangeline fuhr mit der Zunge über ihre Zähne und rückte den Stift hinter ihrem Ohr zurecht. »Meinetwegen«, erwiderte sie und trat zurück ins Scheinwerferlicht der Bühne. »Komm in einer Stunde in die Kostümkammer.«

20

Kat

Ich stand auf dem kalten, wackeligen Laufsteg und starrte in den Glaskubus des Silos hinab. Ich war ohne Galen hierhergekommen, weil ich nach weiteren Informationen über die Vergangenheit meiner Mutter suchen wollte. Und um dem Getuschel und den Blicken der anderen zu entgehen. Die Woche war überwältigend und einsam gewesen, und zu allem Überfluss hatte jemand (wahrscheinlich Evangeline) dieses schreckliche Foto herumgeschickt. Nach all den Sorgen, die ich mir gemacht hatte, ob die Wahrheit über meinen Zahngeber oder den Tod meines Vaters oder meine Herkunft mein soziales Leben zerstören würde, hatte ich es auf die ganz altmodische Art selbst geschafft: Ich hatte mich auf einer Party zum Narren gemacht. Ich fühlte mich völlig allein. Abgesehen von Taylor natürlich, auf die ich mich mehr verlassen hatte, als ich zugeben wollte.

Aber ich war gar nicht so allein, wie ich erwartet hatte. Durch das Glas sah ich, dass der von uns als Arbeitsbereich genutzte Schreibtisch und die Regale darum herum der einzige beleuchtete Fleck in dem kubischen Gewölbe waren. Galen hatte ein Knie angezogen, und das schwarze Hosenbein schmiegte sich eng um seinen Oberschenkel, das andere lange Bein war ausgestreckt. Er drückte, in Gedanken versunken, einen Daumen auf seine Unterlippe, und die dunklen Locken fielen ihm ins Gesicht.

Obwohl ich gehofft hatte, ihm aus dem Weg zu gehen, fiel mir wieder auf, wie schön er war, selbst in der schwarzen Variante der Schuluniform, die er bevorzugte. Er war nicht so schön, dass man sich nach ihm sehnte. So wie zum Beispiel Evangeline so hübsch war, dass man sie anfassen wollte, nur um sich zu vergewissern, dass sie echt war. Und er besaß nicht einmal die Schönheit von Taylor: Deren Gesichtszüge waren wie eine Karte, die man nicht lesen konnte, egal, wie lange man sie studierte. Galen war eher auf eine Art schön, die mich davon abhielt, ihn anzufassen. Stattdessen wollte ich ihn von allen Seiten untersuchen und ihn dann in einer Konservierungsbox aufbewahren. Was heißen soll, dass er, obwohl er die einzige Lebensform in diesem sauerstoffarmen Silo war, aussah, als gehöre er hierher.

Ich zog meinen Ausweis durch den Leser, und die luftdichte Tür schwang mit einem Zischen auf. Ich ließ mich auf den Stuhl gegenüber von Galen fallen.

Er rappelte sich auf. »Wie geht es dir? Ich meine, ist alles …?«

»Scheiße? Unterm Strich … ja.« Es gelang mir nicht ganz, beiläufig zu klingen. »Du hast doch gehört, wie sie reden.«

Er lächelte sanft. »Als ob es *dich* wirklich kümmert, was sie denken.«

Doch es war mir nicht gleichgültig. Es kümmerte mich sogar mehr, als es sollte, und ich hätte das gern geändert, aber ich konnte nicht. Jedes Mal, wenn Evangeline oder Lucy eine bissige Bemerkung machten, wollte ein Teil von mir sterben. Und dieser Teil von mir ließ sich kein bisschen davon trösten, dass Evangeline und Lucy einfach nur hochsensible Idioten waren.

Galen sah mich fast bewundernd an. »Ich kann einfach nicht glauben, dass du das geschrieben hast.«

»Gut, denn ich *habe* es nicht geschrieben!«

»Aber das sind alles deine Ideen.«

»Und offenbar auch die Ideen von jemand anderem.«

Er zwinkerte mir verschwörerisch zu. »Jedenfalls fand ich diesen Kommentar – der natürlich von jemand anderem geschrieben wurde – wirklich gut. Er hat mich zum Nachdenken angeregt. Die Stiftung wird eines Tages ein Gegenmittel gegen CFaD entwickelt haben. Wir sollten darüber reden, in was für einer Welt wir leben wollen, wenn das passiert.«

Diesmal biss ich mir auf die Zunge. Ich musste aufhören, mich darüber zu ärgern, dass er nicht früher zu diesen Erkenntnissen gekommen war, und mich damit begnügen, dass er sie überhaupt hatte.

»Und wie sollte diese Welt deiner Meinung nach aussehen?«, fragte ich.

Er runzelte die Stirn. »Ich schätze … wir müssten zuallererst und vordringlich die Vampirgemeinde schützen.«

Ich warf meinen Stift nach ihm. Er traf ihn an der Schulter, und Galen versuchte, ihn aufzufangen. »Ich wollte keine Imitation von Victor Castel hören. Was denkst *du*?«

Er warf den Stift wieder zu mir zurück. »Ich weiß es nicht genau. Manchmal frage ich mich, ob die Vampirgemeinde nicht zu … zu *klein* ist. Und zu starr. Victor und Atherton reden über die Gemeinschaft der Vampire, als sei sie zerbrechlich. Als könnten wir sie zerstören, wenn wir das Falsche tun. Aber für mich fühlt es sich nicht so an. Kennst du den Zaun, der um den Campus verläuft, den schmiedeeisernen?«

Ich nickte. Der Zaun, der den Campus abgrenzte, war sogar

mit spitzen Zacken versehen, wo er durch den Wald verlief, und das einzige Tor, das ich kannte, war das, durch das ich am Move-in-Day gefahren war.

»Die meiste Zeit denke ich gar nicht über den Zaun nach. Ich sehe ihn normalerweise nur, wenn ich auf dem Lacrosse-Feld bin, und selbst dann stört er mich selten. Es ist ja keine Mauer, und ich kann hindurchsehen. Aber manchmal denke ich an den Zaun, und dann spüre ich so etwas wie Druck, eine Art Klaustrophobie. Als ob dieser Zaun uns ebenso einsperrt, wie er den Rest der Welt von uns fernhält. Und genauso geht es mir manchmal mit der Vampirgemeinde. Sie haben diese Grenzen gezogen, und jetzt sind wir alle irgendwie darin gefangen.« Er legte den Kopf schief. »Ich weiß, das klingt ziemlich dumm.«

»Das klingt gar nicht dumm«, widersprach ich energisch. »Ganz und gar nicht. Ich glaube, irgendwie fühle ich mich genauso.«

Plötzlich fiel mir auf, dass er mich anders ansah. Der Blick seiner grauen Augen war herzlicher, fast zärtlich, und er hatte die Lippen leicht geöffnet. Ein Kribbeln wanderte meinen Nacken hinauf und erwärmte meine Wangen. Ich wollte nicht mehr, dass er mich so ansah – so eindringlich, also holte ich meinen Laptop heraus. »Ich sollte mich an die Arbeit machen.«

Seine Hand zuckte über den Tisch. Er packte mein Handgelenk und hielt mich davon ab, den Laptop aufzuklappen. »Geh mit mir zum Ball«, bat er.

»Zum Gründerball?«

Er zog eine Augenbraue hoch. »Das meinen wir normalerweise, wenn wir hier vom *Ball* sprechen.«

»Ehrlich gesagt hatte ich vor, gar nicht hinzugehen, nach allem, was passiert ist. Das wäre superpeinlich.«

»Nicht, wenn wir beide zusammen gehen.«

Ein warmes Gefühl durchzuckte mich. Der begehrteste Junge der Schule lud *mich* zum Ball ein. Eigentlich sollte ich Ja sagen, aber ich schüttelte den Kopf. »Was ist mit Evangeline?«

Er nahm seinen Füller und spielte mit der Kappe herum. »Was soll mit ihr sein?«

»Sie macht mir schon jetzt die Hölle heiß. Und ich dachte, du würdest mit ihr zum Ball gehen, wenn du überhaupt mit jemandem gehst.«

»Wie kommst du darauf?«

»Du musst doch wissen, was die Leute über euch reden.«

»Das würden sie ohnehin tun, ob sie nun mein Date ist oder nicht.« Er fuhr sich durch die Haare. »Ich bin hier immer unter dem Mikroskop. Und es geht nicht einmal nur um mich – es geht um Victor, meine Eltern, um Dinge, die ich nicht unter Kontrolle habe.«

»Ist das der Grund, warum du nie datest?«

»Es ist einfacher so.« Er schob die Kappe wieder auf den Stift und ließ sich auf seinen Stuhl zurücksinken. »Hör zu, vergiss einfach, dass ich etwas gesagt habe.«

Ich tat, als würde ich arbeiten, aber ich konnte nicht aufhören, über sein Angebot nachzudenken. Wenn ich in Harcote bleiben und die Führungspersönlichkeit werden wollte, die Victor Castel in mir sah, konnte ich nicht die nächsten zwei Jahre damit verbringen, mich in einer Ecke zu verkriechen und zu hoffen, dass Taylor auftauchte, um mit mir zu Abend zu essen.

Ein geschlossener Mund wird nicht gefüttert.

Es war dumm von mir, zu glauben, dass ich jemals mit Evangeline und Lucy befreundet sein könnte. Und außerdem schützte mich auch ihre Freundschaft nicht vor ihrem Zorn. Doch ich konnte nicht den Rest meines ewigen Lebens damit verbringen, mich vor ihnen zu verstecken.

Ich hatte erlebt, dass sie mich anders behandelten, nachdem ich das Mentorat bei Victor gewonnen hatte, nachdem sie aufgehört hatten, mir einzureden, ich hätte es nicht verdient. Um diese Erfahrung zu wiederholen, musste ich dafür sorgen, dass man mich unmöglich ignorieren konnte.

Und direkt vor mir lag eine weitere Trophäe, die Evangeline erringen wollte, aber noch nicht gewonnen hatte.

»Ja.«

Galen blickte vom Computerdisplay auf. »Ja … was?«

»Ja, ich gehe mit dir zum Gründerball. Unter einer Bedingung«, sagte ich. »Wir halten es bis zum Ball geheim. Du sagst, du gehst allein, und ich tue so, als würde ich gar nicht hingehen, und dann tauchen wir zusammen auf. Das hält mir Evangeline bis dahin vom Hals. Und es könnte ganz amüsant werden.«

Er zögerte. Seine grauen Augen waren hinter seinen dichten Wimpern halb versteckt, als betrachtete er etwas, das er nicht haben konnte und doch unbedingt wollte. Aus irgendeinem Grund war ich mir nicht sicher, ob ich das war.

»Vergiss es«, sagte ich schnell. »Es ist eine blöde Idee.«

»O nein, eigentlich ist sie perfekt.«

Galens Lächeln, strahlend und aufrichtig, leuchtete fast so hell, dass es den finsteren Silo erhellte.

In dieser Nacht hörte ich im Dunkeln dem Wind zu, der durch die Bäume vor unserem Fenster im obersten Stockwerk pfiff, und fuhr mit der Zunge über die scharfen Spitzen meiner Reißzähne, weil ich nicht einschlafen konnte. Meine Gedanken drehten sich im Kreis und gingen die Ereignisse des Tages so lange durch, bis sie vollkommen abgeschliffen waren.

Das ist gut, redete ich mir ein. Galen mochte mich, und auch wenn ich in ihm nicht dasselbe sah wie die anderen Mädchen, würde ich es sicher sehen, sobald ich ihn besser kannte. Aber wenn ich mir vorstellte, wie ich auf dem Ball mitten in dieser Gruppe stand, sah ich nur ihre blutverschmierten Lippen. Ich hatte das unbestimmte Gefühl, dass ich dort jemand anderes sein würde, eine andere Person, die mit Galen zusammen war. Der Ball war erst in einigen Tagen – er fand am Samstag statt –, aber schon jetzt hatte ich einen faustgroßen Klumpen im Magen.

Auf der anderen Seite des winzigen Zimmers raschelte Taylors Bettzeug.

»Taylor?«, flüsterte ich. »Bist du noch wach?«

Sie murmelte etwas Unverständliches, dann schob sich ihr zerzauster Kopf unter der Decke hervor. »Klar. Was ist denn los?«

»Es ist alles in Ordnung. Ich wollte dich nur etwas fragen.«

»Schieß los.« Im kühlen Mondlicht, das den Raum erfüllte, sah ich ihre glänzenden Augen, den feinen Spalt zwischen ihren Lippen.

»Würdest du zum Gründerball gehen?«

»Was, als dein Date?«

»O nein, nein – das habe ich nicht gemeint«, antwortete ich schnell. »Ich meine einfach, würdest du auch gehen?«

Sie stützte sich auf ihre Ellbogen. »Soweit ich weiß, wolltest du doch gar nicht zum Ball gehen. Planst du eine Art Massaker à la Horrorfilm Carrie?«

»Nein, das ist … schwer zu erklären. Ich werde gehen, aber niemand darf es wissen. Es soll eine Überraschung werden.«

»Und was habe ich damit zu tun?«

»Es ist nicht … ich wollte nur …« Ich konnte nicht erklären, warum ich wollte, dass sie hinging. Vielleicht wusste ich es ja selbst nicht. »Bist du mir das nicht irgendwie schuldig?«

Taylor ließ sich aufs Bett zurückfallen. Ihre Augen waren an die Decke gerichtet, und ihre Locken fächerten sich auf dem Kissen auf. Ich sah nicht weg. Es war zu dunkel, um Einzelheiten wahrzunehmen, aber ich kannte ihr Gesicht gut genug, um das Muster aus Grautönen zu erkennen, die die Umrisse ihrer Wangenknochen markierten, ihren Kiefer und die Muskeln ihres Halses. Sie war auf eine unheimliche Art wunderschön, wie ein mystisches Geschöpf. Was sie als Vampirin ja wohl auch war.

»Okay«, sagte sie nach langem Schweigen leise. »Ich komme mit.«

»Danke«, flüsterte ich, während ich spürte, wie sich die Anspannung in mir langsam auflöste.

21

Taylor

Als ich am nächsten Morgen aufwachte und Kat unter der Dusche hörte, brauchte ich eine Sekunde, bis mir klar wurde, warum ich so müde war. Dann drehte ich mich um und stöhnte in mein Kissen.

Was, als dein Date?

Wie hatte ich auf die Idee kommen können, dass Kat mich mitten in der Nacht als Date zum Ball auffordern würde?

Obwohl sie genau das getan hatte. Aber natürlich rein platonisch. Als gute Freundinnen.

Und noch schlimmer war, ich absoluter Trottel hatte auch noch eingewilligt!

Ich schnappte mir das andere Kissen und drückte es mir auf den Kopf, sodass ein Kissen-Kopf-Sandwich entstand, aber selbst diese erstickende Situation konnte nichts an der unbestreitbaren Wahrheit ändern:

Ich würde auf den Gründerball gehen.

Dabei hatte ich mir geschworen, dass ich nie wieder dort hingehen würde. Letztes Jahr hatte mich Kontos dazu überredet: Tänze mochten unangenehm sein, aber sie waren ein Schritt ins Erwachsenenleben! Nach knapp einer Stunde verdrückte ich mich wieder in mein Zimmer – was eigentlich ein Verstoß gegen den Ehrenkodex war. Ich war ja daran gewöhnt, dass ich mich in Harcote irgendwie wie eine Unberührbare fühlte. Doch ich hatte nicht erwartet, dass es sich so viel unangenehmer – fast schmerzhaft – anfühlen würde, zwischen all diesen aufgetakelten Hetero-Paaren zu stehen.

Das Kleid, das ich trug, hatte auch nicht gerade geholfen. Auf dem Bügel hatte es ganz schick ausgesehen, aber als ich es anhatte, fühlte es sich einfach … falsch an. Ich sah aus, als hätte jemand eine Plastikgabel in eine Cocktailserviette eingewickelt. Als ich in mein Zimmer zurückkam, schmiss ich das Kleid in die hinterste Ecke meines Schranks und ließ es dort beim Auszug am Schuljahresende liegen.

Ich wusste zwar noch nicht, wie ich es hinkriegen sollte, aber ich würde Kat auf keinen Fall im Stich lassen. Ich war wie berauscht davon, das Richtige zu tun, ein besserer Mensch zu sein, jemand, dem Dinge wichtig waren, und das Einzige, was mir wichtig war, war Kat.

Außerdem war ich ihr das irgendwie schuldig. Sie hatte jede Menge üble Bemerkungen für den Artikel einstecken müssen.

Ich sprang aus dem Bett und durchwühlte meinen Kleiderschrank. Das war reine Zeitverschwendung, denn ich wusste, dass ich darin nichts Passendes finden würde. Es war eine Sache, sich für das formelle Dinner mit Button-ups und einer Hose zu begnügen. Das bedeutete aber nicht, dass ich eine komplette Junglesben-Garderobe besaß.

Als Kat das Wasser abstellte, warf ich den Kleiderhaufen zurück in den Schrank und sprang wieder ins Bett.

»Du kommst zu spät zur ersten Stunde«, stellte Kat fest. Sie sah aus wie ein Engel, umhüllt von dem Dampf der Dusche.

»Noch zwei Minuten«, stöhnte ich und griff nach meinem Handy.

Ich tippte rasch eine Nachricht:

Dringender Notfall! Können wir uns nach dem Unterricht treffen?

Nein, er würde ausrasten, wenn er das las. Ich änderte es und schrieb:

Mode-Notfall!

Dann schickte ich die Nachricht an Kontos.

Als ich an diesem Abend in mein Zimmer zurückkam, stand Kat mit geradem Rücken regungslos da. Sie starrte in eine große Schachtel auf ihrem Bett. Die Überreste von Seidenpapier waren überall im Zimmer verstreut.

»Ist das für den Ball?« Ich stellte meinen Rucksack mit dem Outfit, das Kontos mir gekauft hatte, auf den Stuhl. Ich würde es später aufhängen, aber nicht vor Kat. »Ich dachte, du wolltest etwas aus deinem Kleiderschrank anziehen.«

»Das wollte ich auch.« Ihre Stimme hatte einen abwesenden Klang, der meinen Puls in die Höhe trieb. »Aber jetzt werde ich wohl das hier tragen.«

Langsam hielt Kat das Kleid hoch. Es löste sich vom Seidenpapier und raschelte wie ein geschupptes Ding. Es war atemberaubend: trägerlos und schlank, komplett mit karmesinroten Pailletten besetzt, die Art von Kleid, die jede Kurve umschmeicheln würde.

»Wow!«, sagte ich. »Das hängt den Modehammer ziemlich hoch, aber ich denke, du kriegst das hin.«

Kat hielt das Kleid, als hätte sie so etwas noch nie gesehen, als würde es sie gleich beißen. Der Saum bildete eine glitzernde rote Pfütze auf dem Boden.

»Mich beschleicht so das Gefühl, als hätte ich etwas verpasst«, sagte ich. »Wann hast du das denn bestellt?«

Das schien den Bann zu brechen, unter dem Kat stand. Sie warf das Kleid achtlos auf ihr Bett.

»Habe ich nicht.«

Sie wühlte in der Schachtel herum und förderte einen cremefarbenen Zettel zutage. Sie hielt ihn mir hin.

Liebe Kat, betrachte dieses Geschenk als Belohnung für deine harte Arbeit. Der Gründerball ist eine altehrwürdige Harcote-Tradition, und du solltest dort angemessen erscheinen.

»Wer hat dir das geschickt? Da klebt überall eklige Männerenergie drauf.«

»Es ist von derselben Person, die meine Ausbildung finanziert.«

»Du bekommst finanzielle Unterstützung?«

»Du brauchst nicht so zu tun, als wüsstest du das nicht.«

»Ich tue auch nicht so, ich wusste es wirklich nicht. Mir war gar nicht klar, dass Harcote finanzielle Unterstützung gewährt. Deshalb wimmelt es hier ja auch von Idioten.«

Kat stopfte das Seidenpapier wütend zurück in die Schachtel, als wollte sie es dafür bestrafen, dass es überhaupt herausgekommen war. »Komm schon, glaubst du wirklich, dass meine Mutter und ich uns diese Schule leisten könnten?«

Es kribbelte in meinem Nacken. Über Geld zu sprechen war mir unangenehm. Es war, als würde man seine Unterwäsche in der Öffentlichkeit ausziehen – es war klar, dass man es nicht tat. »Na und? Du bist jetzt hier.«

»*Na und?*« Kat starrte mich mit offenem Mund an. »*Na und*, ich kann mir das Leben vielleicht nicht leisten, das für dich und alle anderen hier völlig selbstverständlich ist? *Na und*, wir haben vielleicht nicht das Geld, jede Woche ein neues Paar Turnschuhe oder eine Autoreparatur zu bezahlen, und, *na und*, nicht einmal genug verdammtes Hema, um uns am Leben zu erhalten? Vergiss es einfach. Ich bin ja hier, oder?«

Ich trat zurück und hob die Hände. »Ich meinte, ich denke nicht an so etwas, wenn ich an dich denke. Geld spielt da für mich keine Rolle.«

»Das kannst du sagen, weil du es hast. Nur weil dir etwas nicht wichtig ist, heißt das nicht, dass es nicht wichtig ist. Hast du jemals darüber nachgedacht, wie viel Glück du hast, dass du dir aussuchen kannst, was dir wichtig ist?«

»Denkst du, ich bin wie die anderen Idioten, die hier herumlaufen?«, schoss ich zurück.

»Ich denke, wenn man nur die Arschlöcher auf Harcote als Vergleich hat, könnte man dich leicht für eine Art Engel halten. Du weißt schon, dass ich meine finanzielle Unterstützung verlieren könnte, falls Direktor Atherton mich als Autorin dieses Kommentars beschuldigt. Und dann wäre ich völlig aufgeschmissen.«

»Daran habe ich nicht gedacht. Das *wusste* ich nicht.«

Sie ließ das Kleid zurück in den Karton fallen und gab ihm einen Tritt. Er rutschte halb unter ihr Bett. »Was kümmert es dich überhaupt? Du willst wahrscheinlich ohnehin, dass ich verschwinde.«

Eis schien durch meine Adern zu fließen – ich war so dumm, so schrecklich dumm, dass ich angenommen hatte, all diese Momente, die wir in den letzten Wochen miteinander erlebt hatten, könnten zu einer Freundschaft führen. Ich hatte geglaubt, dass diese Momente ihr etwas bedeuteten, so wie sie mir etwas bedeutet hatten.

»Wie kannst du das sagen?« Ich wünschte mir verzweifelt, nicht hier zu sein, irgendwo anders zu sein, im Erdboden zu versinken. Aber das ging nicht. Ich packte sie an den Schultern. Kats Wangen glühten, und sie atmete flach und schnell.

Ich legte meine ganze Aufrichtigkeit in meine Stimme. »Es tut mir leid wegen des Kommentars. Ich hätte daran denken sollen, wie das rüberkommt – dass natürlich jeder glaubt, du hättest ihn geschrieben. Ich kann nicht erklären, warum, aber die Autorenschaft muss anonym bleiben.« Kat sah mir in die Augen, und ich zwang mich, meinen Blick nicht abzuwenden. Ich wusste nicht, wie lange ich es ertragen konnte, ihr so nahe zu sein, wenn sie so war: eine Furie. Ich schluckte schwer. »Ich will nicht, dass du gehst. Ganz und gar nicht. Dich hier zu haben … wir beide … ich meine, es war doch okay, oder?«

»Ja«, antwortete sie heiser. »Es ist alles in Ordnung.«

Vorsichtig ließ ich sie los und trat zurück. Ich war bestimmt knallrot. »Ich kann nicht glauben, dass die Zulassungsstelle dir so ein Sexbombenkleid geschickt hat.«

Kat hätte beinahe gelacht, und mein Herz machte einen perfekten Salto. »Die Finanzierung kommt nicht von Harcote. Es ist ein anonymer Wohltäter – zumindest stelle ich mir das vor. Und es ist nicht nur das Schulgeld. Er hat meinen Computer bezahlt, all diese neuen Kleider, meinen Flug, alles. Aber so etwas wie das hier hat er noch nie gemacht.«

Ein Ausbildungsstipendium war *eine* Sache. Sich von einem unbekannten Zillionär für besondere Anlässe einkleiden zu lassen, war etwas ganz anderes.

»Du wirst es nicht anziehen, richtig?«

Kat betrachtete stirnrunzelnd den Karton, der unter ihrem Bett hervorlugte. »Wenn es passt …«

»Aber …«

»Du hast die Nachricht doch gelesen. Ich muss es anziehen. Er will, dass ich mich der Traditionen von Harcote würdig erweise.«

»Was bedeutet, ein Kleid zu tragen, das dich wie ein Eis am Stiel aussehen lässt?«

»Er hat noch nie etwas von mir verlangt. Und ich muss doch etwas zum Ball anziehen, oder?«

Ich rümpfte die Nase in Richtung des Kleides. »Natürlich. Und du zahlst nur einen kleinen Preis dafür.«

Der Samstag stand vollkommen im Zeichen des Balls: Erst kam der Countdown bis zum Fertigmachen und dann der Countdown vom Fertigmachen bis zum Ball selbst. Als Kat mich fragte, ob ich Hilfe beim Schminken bräuchte – »Es ist cool, wenn du kein Make-up tragen willst, aber mit ein bisschen Mascara und Eyeliner würdest du wirklich toll aussehen« –, sagte ich Ja. Als sie mit ihren Fingern zart über meine Wange strich und ihre Lippen vor Konzentration spitzte, fühlte es sich an, als wäre mein Brustkorb viel zu eng. Hoffentlich verbuchte Kat das unter: große Aufregung wegen des Balls. Dann ging ich ins Bad, um mich umzuziehen.

Ich betrachtete mich im Spiegel. Der Anzug war königsblau, und ich trug ihn über einem weißen Smokinghemd, das ich in der Jungsabteilung gefunden hatte. Ohne Fliege, und den obersten Knopf ließ ich offen. Ich hatte noch nie einen Anzug getragen und war mir nicht sicher, wie er sitzen oder sich anfühlen sollte. Aber Kontos hatte mir gesagt, er sei überzeugt, das sei der richtige, und Wunder über Wunder – er musste nicht geändert werden. Ich ahmte nach, was ich in Filmen gesehen hatte: Ich schlüpfte in die Jacke, streckte meine Arme aus, um die Ärmel zu strecken, und prüfte die Knöpfe an den Manschetten. Zu meiner Überraschung fühlte ich mich tatsächlich gut.

Als ich mich Kat präsentierte und ihren Gesichtsausdruck sah, fühlte ich mich noch besser.

Kat grinste, und sie hatte ein Funkeln in den Augen, wie ich es schon lange nicht mehr an ihr gesehen hatte. Die kleine, fast unhörbar leise Stimme in meinem Kopf erinnerte mich daran, dass es nichts zu bedeuten hatte.

»Du siehst fantastisch aus«, stellte Kat fest.

»Wirklich?«

»Ja. *Wirklich* wirklich.«

Sei nicht dumm, Taylor, flehte die leise Stimme.

»Ich wünschte, ich hätte auch so etwas an.«

Ich ging zu meinem Kleiderschrank, um ein Paar Turnschuhe auszusuchen. »Dafür bist du viel zu mädchenhaft.«

»*So* mädchenhaft bin ich gar nicht«, protestierte sie.

Ich zog ein Paar makellose weiße Knöchelturnschuhe heraus und setzte mich auf mein Bett, um sie zuzuschnüren. »Kath-er-ine, hast du mal einen Blick in deinen Kleiderschrank geworfen?«

»Das sind doch nur *Klamotten*.« Als ich die Frustration in Kats Stimme hörte, fragte ich mich, ob ich vielleicht etwas übersah. Abgesehen von der Schuluniform war Kats Schrank so voll mit Kleidern, Röcken, Plissees, Rüschen und eleganten Schnitten, dass er ohne Weiteres einer Goth Barbie hätte gehören können.

»Das sind alles *deine* Kleider.«

»Nicht wirklich. Mein Wohltäter wollte, dass meine Garderobe *zu einer jungen Vampirin passt.*«

Ich blickte von meinen Turnschuhen auf. Es ging also nicht nur um das Outfit von heute Abend.

Kat fuhr sich mit dem rot lackierten Daumennagel über die Lippe. Für manche Leute mag Kleidung keine große Sache sein. Die Kleiderordnung von Harcote war ziemlich traditionell, und manche Mädchen trugen das Zeug sowieso gern. Aber es ging nicht nur darum, gut auszusehen. Es ging darum, dich auf eine bestimmte Art und Weise zu erziehen und dir beizubringen, wie du als Junge oder Mädchen *zu sein hattest.* Sie wollten erreichen, dass dein Aussehen das ausdrückte, was *sie* wollten, und nicht irgendetwas über dich selbst aussagte.

Plötzlich wallte wieder diese Traurigkeit in mir auf. Die Traurigkeit, dass ich die Chance verpasst hatte, Kat außerhalb dieses Ortes kennenzulernen. Und ich war auch traurig ihretwegen, wegen alldem, was sie wegen dieser blöden Schule und den boshaften Schüler:innen durchmachen musste, und dass sie sich fühlte, als hätte sie keine andere Wahl, als sich jeden Tag wie ein Püppchen anzuziehen.

»Du würdest phänomenal in einem Smoking aussehen«, versicherte ich ihr. »Nächstes Jahr solltest du unbedingt einen tragen. Aber heute Abend ziehst du dich an wie ein großes Glas Tabasco und wirst fantastisch aussehen. Jetzt zieh dich um, sonst kommen wir zu spät.«

Kat betrat das Badezimmer, das rote Kleid in der Hand. Als sich die Tür schloss, trat ich sofort wieder vor den Spiegel. Ich vergewisserte mich, dass alles richtig saß und die Spitzen meiner Turnschuhe unter den scharfen Bügelfalten des leuchtend blauen Stoffes herausragten. Es kribbelte in meiner Magengrube. Ich hatte den ganzen Tag versucht, meine nagende Angst zu ignorieren und mir einzureden, ich hätte keine Bedenken, in einem Anzug zum Ball zu gehen. Meine Eltern würden ausrasten, wenn sie irgendwann die Fotos sahen. Wahrscheinlich würden sie mich anrufen, um mir noch einmal zu versichern, wie sehr sie mich als ihre Tochter liebten und unterstützten und dass sie mit *meinen Entscheidungen (ernsthaft?)* einverstanden seien, aber musste ich wirklich so viel Aufmerksamkeit auf mich ziehen?

Das Schlimme daran war, dass sie wirklich glaubten, sie würden mich unterstützen. Meine Mutter hatte sich einmal selbst dazu beglückwünscht, dass sie *diese ganze Sache sehr modern gehandhabt hatte*. Aber es war nichts Modernes daran, nie das Wort *»lesbisch«* aussprechen zu können oder dass sie hoffte, niemand würde mir ansehen, dass ich lesbisch war. Trotzdem hatte ich Glück, dass es mir nicht schlechter erging, denn meine Eltern waren beide geboren, bevor die Verfassung der Vereinigten Staaten niedergeschrieben wurde.

Aber sie waren heute Abend nicht hier. Ich verbannte alle Gedanken an sie tief in den untersten Keller meines Hirnspeichers und betrachtete mich erneut im Spiegel. Je länger ich hinsah, desto mehr verfestigte sich das Zittern im Bauch zu etwas Solidem, Richtigem und Wahrem. Ich fuhr mit den Fingern über das Revers, schob das Jackett zurück und steckte die Hände in die französischen Taschen meiner Hose. Ich knöpfte einen weiteren Hemdknopf auf – wen kümmerte es schon, wenn Radtke immer sagte, man sollte sich wie eine Lady kleiden –, schüttelte meine Locken aus und lächelte. Scheiß drauf, was irgendjemand dazu zu sagen hatte: Ich fühlte mich in diesem Anzug wie ich selbst, und das konnte mir niemand nehmen. Kat und ich würden zusammen auf den Ball gehen und sie alle umhauen.

Dann kam Kat aus dem Bad, und mir verschlug es glatt die Sprache. Das Kleid war schon der Hammer, als es noch in der Schachtel gelegen hatte, aber an Kat war es einfach *unglaublich*. Es hing locker von ihren Schultern, umschmeichelte die glatte Wölbung ihrer Schlüsselbeine, dann umspielte es ihren Körper, lag an den richtigen Stellen eng an, die roten Pailletten fingen das Licht ein und korrespondierten mit dem Rotbraun ihrer Haare, die sie zu einem lockeren Dutt hochgesteckt hatte.

»Wow! Du siehst … wirklich toll aus«, murmelte ich. Das Kleid war absolut nicht vergleichbar mit den betulichen Kleidern, die ihr Gönner ihr für das formelle Dinner bereitgestellt hatte. Dies hier überließ so gut wie nichts der Fantasie. Aber so umwerfend sie aussah, so kalt und unbehaglich schien sie sich zu fühlen. »Fühlst du dich gut?«

Kat schlang die Arme um sich und legte die Hände auf die Schultern, als wollte sie sich verstecken. »Ich denke nur immer wieder … warum *dieses* Kleid?«

»Du musst es nicht tragen. Du hast noch Zeit, dich umzuziehen.« Sie gab sich Mühe, mich strafend anzusehen. »Ich weiß, was du sagen willst, aber er kann dir unmöglich wegen eines albernen Kleides die finanzielle Unterstützung entziehen.«

»Ich werde es anziehen«, verkündete sie entschlossen. Sie schob ihre Füße in heiße hochhackige Schuhe und kniete sich hin, um die Riemen zu schließen. Das Licht fiel auf ihre Wangenknochen, die Kurve ihres Ohrs, die Linie ihres Halses, und trotz ihrer Schönheit sah sie immer noch nervös aus.

»Es ist nicht nur seinetwegen, oder?«, fragte ich gedehnt. »Es geht um *sie*. Ich dachte, du wärst fertig mit diesen Mädchen …«

Ihr Blick wanderte zu mir. Sie leugnete es nicht.

»Worum geht es heute Abend wirklich? Du hast mich gebeten, dich zum Ball zu begleiten, und ich habe zugesagt, obwohl ich nicht wollte. Ich habe versprochen, alle in dem Glauben zu lassen, du würdest nicht hingehen. Aber um ehrlich zu sein, ich fühle mich nicht ganz wohl dabei, so völlig ahnungslos da in etwas hineinzulaufen.«

Sie stand auf und rückte ihr Kleid zurecht. »Ich gehe mit Galen dorthin.«

Eine eisige Faust schlug mir in den Magen. »Du machst … *was?*«

»Galen ist mein Date. Wir haben es geheim gehalten, um alle zu überraschen.«

»*Galen?*« Ich trat einen Schritt zurück. »Du kannst ihn doch gar nicht ausstehen!«

Kat schrak zusammen. »Das weißt du doch gar nicht.«

Ich starrte sie an. »Ich dachte, wenn du siehst, wie diese Idioten wirklich sind, würdest du aufhören, deine Zeit mit dem Versuch zu verschwenden, dich ihnen anzupassen. Aber jetzt machst du es wieder und kletterst die soziale Leiter zur Hölle hinauf.«

»Ich mache das hier nicht, um mich mit ihnen anzufreunden.«

»Du erwartest, dass ich dir das nach der *Operation Einschleimen* glaube?«

»Ich schwöre, manchmal bist du die schlimmste Zicke auf der ganzen Schule, Taylor.«

Ich musste zugeben, dass dieser Satz wehtat. »Das bist doch nicht du.«

»Woher willst du das denn wissen?«

Mein Herz raste, mein Blut kochte fast. Ich ballte die Fäuste, damit Kat nicht sah, dass meine Hände zitterten. »Warum wolltest du dann, dass ich mitkomme? Nur damit ich dein *wahres Ich* sehen kann, am Arm des größten Arschlochs der Schule? Oder willst du mich vielleicht irgendwie verarschen? Das würde Evangeline wirklich glücklich machen.«

»Nein! Ich will dich natürlich nicht verarschen. Ich war einfach nur schrecklich nervös und wollte, dass du dabei bist, okay?«

»Blödsinn! Wahrscheinlich hast du vor, mich irgendwie zu benutzen, um wieder mit ihnen zusammenzukommen.«

»Das würde ich nie tun.«

»Ach, und woher soll ich das wissen?«, spie ich aus.

»Dann lass es einfach. Mach, was du willst. Ich wollte dir nicht wehtun. Es tut mir leid.«

Bevor ich noch etwas sagen konnte, war Kat durch die Tür gestürmt und polterte auf ihren hochhackigen Schuhen die Treppe hinunter in den Gemeinschaftsraum, wo die anderen Mädchen schon warteten, um sie anzuglotzen – und um ihr zuzusehen, wie sie einen Coup durchzog, der mir weit mehr Schmerzen bereiten würde als ihnen.

Kat

Mein Herz raste wie verrückt, und ich konnte kaum das Gleichgewicht halten, als ich die Treppe von Hunter House hinunterstürmte. Unten kicherten die Mädchen vor lauter Nervosität wegen des Balls. Sie hatten sich im Gemeinschaftsraum versammelt und warteten darauf, dass die Jungs sie abholten – eine weitere alte Harcote-Tradition. Ich musste mich auf sie konzentrieren, auf Galen, der wahrscheinlich gerade auf dem Weg zum Mädchentrakt war, und darauf, meine spitzen Absätze von dem tiefen Saum des schrecklichen roten Kleides fernzuhalten.

Aber ich konnte nur an Taylor denken.

Taylor, die allein in unserem Zimmer saß und vor Wut kochte, weil sie nicht wusste, wie es sich anfühlte, verletzt zu sein. Mir fehlten fast die Worte, um zu beschreiben, wie es sich angefühlt hatte, Taylor in diesem Anzug zu sehen. Es war etwas wie Stolz, Begeisterung, Neid gewesen. Taylor hatte so strahlend ausgesehen. Ihr Lächeln war besonders gewesen – ein Lächeln, das nichts und niemand, nicht einmal Taylor selbst, unterdrücken konnte. Ich hätte es die ganze Nacht anstarren können. Einen Moment lang hatte ich mich bei dem Gedanken ertappt, dass wir wirklich zusammen zum Tanz gehen würden, nicht nur als Freunde.

Und dann brach alles zusammen.

Ich blieb auf dem Treppenabsatz im ersten Stock stehen und klammerte mich an das Geländer.

Ich sollte wieder nach oben gehen. Ich sollte nachsehen, ob es Taylor gut ging. Ich sollte mich bei ihr entschuldigen – aber wofür genau eigentlich? Dafür, dass ich etwas machte, womit Taylor nicht einverstanden war? Taylor war mit dem meisten, was ich und jede andere Person auf der Welt tat, nicht einverstanden. Niemand konnte ihre Maßstäbe erfüllen, sie ließen keinen Raum für Verständnis oder Kompromisse oder die Perspektive eines anderen. Taylor fand, dass ich nicht ich selbst war … und sie hatte recht.

Aber das war kein Zufall oder eine Schwäche. Es war eine Entscheidung.

Doch als ich neben Taylor in ihrem Anzug stand, dieses Kleid trug, das sich an mich schmiegte wie die Haut einer anderen Person, und auf das Date wartete, das ich mir geangelt hatte, um Mädchen zu beeindrucken, die ich nicht respektierte, fühlte es sich ganz und gar nicht so an.

Die Eingangstür schwang auf. Das Poltern männlicher Schritte erfüllte den Eingangsbereich.

Ich presste meine Lippen fest zusammen, um einen Anfall von Übelkeit zu unterdrücken. Jemand nannte Galens Namen, und die melodischen Laute schwebten die Treppe hinauf, dorthin, wo ich stand.

Du kannst ihn doch gar nicht ausstehen!, hatte Taylor mir vorgeworfen.

Ich hätte fast gelacht, als sie das sagte. Nicht weil es lustig war, sondern weil sie recht hatte. Irgendwie hatte Taylor es geschafft, zu sehen, was alle anderen – Evangeline und Lucy, Galen selbst, vielleicht nur ein bisschen auch ich selbst – übersehen hatten: Ich hatte immer nur so getan, als würde ich Galen mehr als nur als einen Freund mögen.

Aber jetzt konnte ich nicht mehr zurück. Meine Zukunft wartete am Fuß dieser Treppe.

Und nicht in dem kleinen Zimmer unterm Dach, aus dem ich gerade quasi geflüchtet war.

Also zupfte ich das Kleid ein letztes Mal zurecht und zwang mich, ihm entgegenzugehen.

Ich betrat den Gemeinschaftsraum. Für eine Sekunde fühlte es sich an wie am ersten Tag: Dutzende von wunderschönen Vampiraugen, die auf mich gerichtet waren, Blicke, die mich musterten, mich checkten.

Aber diesmal war es anders. Diesmal war ich mit zehntausend Pailletten übersät, und ich wusste, dass ich, wenn Blicke töten könnten, so was von unwiederbringlich tot wäre! Auf der anderen Seite des Raumes lehnte ein Junge lässig mit einer Schulter am Kaminsims und wartete nur auf mich. Als Galen mich sah, schlug seine übliche lässige Gleichgültigkeit in Erstaunen um, er öffnete seine perfekt geschwungenen Lippen, und seine grauen Augen weiteten sich. Dann sammelte er sich plötzlich. Er stieß sich vom Kaminsims ab, straffte sich, und sein Gesicht nahm wieder den elegant gleichgültigen Ausdruck an. Aber die rosa Farbe auf seinen Wangen blieb.

Was machte es schon, dass ich keine Schmetterlinge im Bauch hatte, als ich ihn sah? Das wahre Leben war keine Liebeskomödie. Ich mochte es, wenn er mich so ansah, und wenn er das tat, dann sahen mich alle anderen anders. War das nicht genug?

Als ich den Raum zu ihm durchquerte, atmete ich schnell und flach, aber ich glaube nicht, dass es jemand wegen des Raschelns meines Kleides hörte. Lucy – der Carsten die Arme um die Taille geschlungen hatte – stieß einen leisen Pfiff aus. Evangeline stand neben ihr, ohne Date. Sie lächelte, aber das konnte nicht von dem zunehmend schockierten Ausdruck in ihren Augen ablenken, als sie von mir zu Galen und wieder zurück blickte.

Dann legte Evangeline ihre Hand auf meinen Arm. »Kat! Was für eine tolle Überraschung – ich dachte schon, du kommst nicht.«

»Ich hab's mir anders überlegt.« Ich streifte ihre Hand ab und ging auf Galen zu.

»Hallo«, sagte ich leise zu ihm. Da uns alle zusahen, fühlten sich die Schmetterlinge in meinem Bauch fast real an – auch wenn nicht er sie auslöste.

»Hallo.« Seine Stimme war etwas heiser. Dann beugte er sich vor und küsste mich auf die Wange. »Du siehst wunderschön aus, Kat.«

Ich senkte den Blick und biss mir auf die Lippen, als eine Welle von Unbehagen durch mich hindurch schwappte – aber jeder würde nur sehen, wie glücklich ich war, mit Galen zusammen zu sein. Es summte im Raum, und ein leises Flüstern wehte hinter vorgehaltenen Händen von Mündern zu Ohren, als ich meine Hand in seine legte.

Ms Radtke, die uns etwas weniger streng als sonst überwachte, verkündete, dass wir uns, wenn endlich alle versammelt wären, in Richtung Große Halle in Marsch setzen sollten. Ich warf einen Blick zur Treppe. Wollte Taylor wirklich nicht mitkommen? Glaubte sie tatsächlich, dass ich sie zur Zielscheibe eines furchtbaren Witzes machen würde? Jetzt war es zu spät, mir darüber Gedanken zu machen – zu spät, um aufzuhalten, was ich in Gang gesetzt hatte.

Auf dem Weg zur Großen Halle blieben Galens und meine Hände verschränkt, und zwischen unseren Handflächen bildete sich ein leichter Schweißfilm.

»Glaubst du, sie waren überrascht?«, fragte ich.

Er blickte auf mich herab, seine dunklen Locken vermischten sich mit der Dunkelheit, und sein Gesicht leuchtete irgendwie künstlich in dem Goldton der Wegbeleuchtung. »Es ist mir egal, was sie denken. Die einzige Person, die mich heute Abend interessiert, bist du.«

Er war ehrlich, das merkte ich, und plötzlich fühlten sich unsere Hände zu nah an. Ich biss die Zähne zusammen. *Du gewöhnst dich gerade einfach nur daran, so nah bei ihm zu sein*, sagte ich mir. Wenn wir erst einmal auf dem Ball waren, würde ich mich entspannen. »Komm schon, die sind alle früher da als wir«, sagte ich.

Am Eingang zur Großen Halle wimmelte es von Schüler:innen. Jeder sah uns, bemerkte uns, sagte etwas über uns: Der Goldjunge, den sich niemand angeln konnte, das neue Mädchen, von dem sie gerade erst merkten, dass sie scharf auf sie waren. Der Vampirkönig und die Vampirkönigin der Nacht.

Das ist genau das, was du wolltest, rief ich mir ins Gedächtnis. Ich sagte es mir immer wieder, während ich die Treppe zur Großen Halle hinaufstieg und darauf achtete, dass sich meine Absätze nicht in meinem Rock verfingen. Dann tauchte Galen galant neben mir auf und hielt mir den Arm, als ob ich es nicht allein schaffen würde.

Oben an der Treppe angekommen, konnte ich nicht anders. Ich drehte mich um und schaute den Weg zurück, den wir gerade gekommen waren.

»Wonach suchst du?«, wollte Galen.

»Nichts«, sagte ich.

Die anderen Schüler:innen bildeten eine Gasse, als Galen und ich durch die Türen gingen. Keiner von ihnen sprach uns auch nur an.

22

Taylor

Ich saß auf meinem Bett, den Kopf in den Händen, die Finger in den Haaren, und zwar länger, als ich zugeben wollte – noch lange nachdem das Klacken von Kats Absätzen auf der Treppe verstummt war und die Aufregung im Gemeinschaftsraum sich gelegt hatte, alle zur Vordertür hinausgestürmt waren und es wieder ruhig wurde im Hunter House. Ich blies Trübsal, und ich hasste es, Trübsal zu blasen, mein Gesicht war von diesem gottverfluchten Eyeliner verschmiert, den ich mir von ihr hatte auftragen lassen, aber ich konnte mich einfach nicht zurückhalten.

Ich war so eine verdammte Närrin.

Ich hätte mich mit allen Mitteln gegen sie wappnen sollen, aber sie war einfach durchgekommen und hatte sich in mein Herz geschlichen. Ich erlaubte mir, zu glauben, dass das Gefühl, mein Kopf wäre ein Heißluftballon, wenn sie mich ansah, wenigstens ein bisschen davon herrührte, dass sie mich nicht vernichten wollte. Dass sie nicht wie der Rest der Schüler:innen an dieser Schule war. Die waren ein wandelnder Beweis für die Theorie, dass Vampire ihre Seelen für ihre Unsterblichkeit an den Teufel verkauft hatten. Und jetzt saß ich wieder da wie immer: ganz allein, und ich verfluchte mich dafür, dass ich mich auch nur einen Dreck um die verdammte Katherine Finn scherte.

Aber zu meiner – zugegebenermaßen recht dürftigen – Verteidigung: Der Gedanke, dass die Dinge anders liegen würden, nachdem Kat von Lucys Party zerschlagen und mit geronnenem Blut bedeckt nach Hause gekommen war, war durchaus logisch gewesen. Die Person, als die ich Kat kannte, die alte Kat, die ich einfach nicht ganz loslassen konnte, wäre niemals mit so etwas einverstanden gewesen. Aber jetzt ging Kat nicht nur mit dem größten Arschloch von allen zum Ball – der mit seinem lächerlichen, welligen Haar und seinem heißen Cartoongesicht aussah wie ein junger französischer Alkoholiker, wie jemand, der die Hälfte seines NYU-Kurses mit Chlamydien ansteckte und es dann leugnete –, sondern sie tat es auch, um genau *die* Leute für sich zu gewinnen, die diese Blut-Party veranstaltet hatten.

Ich fuhr mit den Händen über den blauen Stoff, der sich auf meinem Oberschenkel spannte. Beim Gedanken daran, wie dumm und glücklich ich noch eine halbe Stunde zuvor gewesen war, hätte ich mir am liebsten die Augen ausgekratzt. Wie ich mir eingeredet hatte, dass, wenn wir schon nicht als ein Date gehen konnten, dann doch als Freunde, und dass das genügen würde. Dass ich in einer Welt zu leben wähnte, in der ich in diesem Anzug zum Gründerball gehen konnte und die Dinge nicht völlig den Bach heruntergehen würden, dass es wichtig war, wie ich mich fühlte, und dass ich mich ausnahmsweise einmal gut fühlte – dass dieses beschissene Universum mir das gönnte, wenigstens für ein paar kurze Stunden.

Aber wenn ich überhaupt jemand für Kat war, dann eine weitere Person, die sie auf ihrem Weg an die Spitze zerquetschen konnte.

Vampire sind nun einmal so – sie können ihre Natur nicht ändern, und ihr Wesen ist egoistisch. Das hatte ich immer gewusst, doch in den letzten Wochen hatte ich mir erlaubt zu glauben – oder zu hoffen –, dass etwas anderes möglich sein könnte.

Ich fuhr mir durchs Haar.

Ich würde zum Ball gehen. Nicht um Kats willen – und auch für keinen anderen.

Kat

Die Große Halle war umgestaltet worden: Die Bänke waren gewichen, um einer Tanzfläche Platz zu machen, die Kronleuchter waren mit farbigen Birnen bestückt, die seltsame Muster an die gotische Decke warfen, und die Bässe der Popmusik dröhnten gegen die mit kunstvoll geschnitzten Paneelen getäfelten Wände. Trotz alledem spürte ich beim Betreten des Raumes immer noch diese Atmosphäre von Möglichkeiten, wie ich es von den Bällen zu Hause kannte. Unsere Gruppe machte einen kurzen Rundgang durch den Raum, damit Lucy, die im Gründerball-Komitee war, auf diese oder jene Dekoration hinweisen konnte, über die sie sich den Kopf zerbrochen hatte. Von dem Moment an, als Galen mich auf die Wange geküsst hatte, taten die Mädchen, als hätte es die zwei letzten Wochen gar nicht gegeben.

Wir kauerten in einer der dunklen Nischen zusammen, und Carsten reichte einen Flachmann herum, den er in seiner Jacke versteckt hatte. Er hatte heute Abend noch nicht mit mir gesprochen, wie schon die ganze Zeit, seit ich mit ihm auf Lucys Party einen Glastisch zertrümmert hatte. Als ich mir von Evangeline den Flachmann geben ließ, warf Galen mir einen fragenden Blick zu, aber ich setzte ihn an die Lippen und kippte ihn. Der Alkohol war warm von Carstens Körperwärme und verätzte meinen Mund wie Säure. Mir drehte sich der Magen um, als ich mich an das letzte Mal erinnerte, als ich dieses Brennen auf der Zunge gespürt hatte, an das chaotische Geräusch des zerbrechenden Glases unter mir, an den heißen Strom von Blut, der meinen Rücken hinunterlief.

Aber der Alkohol machte dafür alles ein bisschen weicher, ein wenig leichter zu handhaben. Dafür war ich dankbar. Evangeline und Lucy taten so, als wüsste ich nicht, dass sie sich die letzten zwei Wochen mir gegenüber wie totale Arschlöcher verhalten hatten, und ich ließ es ihnen durchgehen. Wir klammerten uns aneinander und machten uns Komplimente, wie heiß wir alle aussahen.

»Wirklich umwerfend! Diese Jungs haben uns nicht verdient …«

»Du bist echt der Hammer …!«

»Das ist fast zu heiß, um es zu posten.« Wir umarmten uns gegenseitig für Selfies und drängten uns zusammen, um ein Foto von uns machen zu lassen.

»Raus mit den Zähnen, Mädels!«, rief Lucy und fuhr ihre Reißzähne aus. Deren Spitzen waren so scharf, dass sie fast durchsichtig waren. Daran zu denken, wofür sie erst neulich diese Reißzähne benutzt hatte, löste eine Welle des Abscheus in meinem Magen aus, aber ich zwang mich, das zu ignorieren. Mehr als das. Ich fuhr meine Reißzähne ebenfalls aus und ahmte die anderen Mädchen nach, die mit offenem Mund sexy grinsten, um ihren Lippenstift nicht zu verschmieren. Ich streckte meine Zunge heraus, wenn sie es taten. Ich ahmte nach, wie sie posierten, wie sie die Brust herausstreckten, die Schultern anwinkelten. Und ich fühlte mich nicht schlecht dabei, nicht wirklich, denn genau dafür war ich ja hier.

Evangeline war noch umwerfender als sonst. Ihre Lippen waren knallrot geschminkt, ihr Haar hatte sie in Veronica-Lake-ähnliche Wasserwellen gelegt, und ihr enges, schwarzes Etuikleid brachte die blasse Haut ihrer Schultern und die Wölbung ihres Dekolletés unübersehbar zur Geltung. Bei jedem anderen wäre das kitschig und übertrieben vampirisch gewesen. Vor Evangeline wäre man jedoch am liebsten auf die Knie gegangen und hätte sie angefleht, einem doch bitte schön ein paar Liter Blut auszusaugen.

Jedem in Harcote war klar, dass Evangeline nicht davor zurückscheute, gemein zu sein, wenn nicht sogar grausam, selbst zu ihren Freunden. Deshalb war ihre Meinung so wichtig: Sie legte die Messlatte fest, und die meisten konnten sie unmöglich erreichen. Das führte dazu, dass die Leute um ihre Anerkennung buhlten. Doch ich hatte keine Lust mehr, vor ihr zu kriechen.

Ich setzte ein selbstbewusstes Lächeln auf und begann mit einem Klassiker. »Ich liebe dein Kleid.«

»Ach komm, heute Abend haben alle nur Blicke für dich.« Sie ließ ihre Augen über meinen Körper wandern. »Also echt, woher hast du das?«

»Ich habe mich erst in letzter Minute entschieden zu kommen, also hatte ich keine Zeit, etwas zu kaufen. Zum Glück lag das hier noch in meinem Schrank herum.«

Evangelines Blick glitt durch den Saal. Sie beobachtete die Jungen – um genau zu sein: Sie starrte Galen an. Ich blieb stocksteif stehen und wartete auf einen Angriff, den ich parieren musste, auf einen Versuch, mich niederzustrecken, dem ich ausweichen musste. »Wie hast du ihn dazu gebracht, mit dir zu gehen?«, fragte sie dann stattdessen leise.

In diesem Moment sah Evangeline jünger aus, als ich sie je

gesehen hatte, ihre Stirn war gerunzelt und die Lippen leicht geschürzt. Es war ein Ausdruck aufrichtiger Verwirrung, und darunter lag eine Art Melancholie. Ich brauchte nur die Wahrheit zu sagen, um sie zu verletzen.

»Wie meinst du das? Ich habe ihn nicht durch irgendwas dazu gebracht, etwas zu tun. Er hat mich einfach gefragt. Aus heiterem Himmel.«

Der verletzliche Ausdruck war aus Evangelines Gesicht wie weggewischt. »Das ist ja so süß.«

»Ich weiß.« Ich lächelte. »Ich war vom ersten Tag an in ihn verknallt, aber ich bin schließlich nur das neue Mädchen. Und alle sagen ständig, dass ihr beide am Ende zusammenkommen werdet. Also habe ich es nicht einmal versucht. Ich schätze, er wollte es wohl so sehr, dass es für uns beide reichte.«

Evangeline drehte sich zu mir um. Sie hatte die Arme verschränkt, und ihre langen roten Nägel gruben sich in ihre blasse, makellose Haut. »Hat er es dir gesagt? Bevor er dich einfach so gefragt hat?«

Sie hatte mich überrumpelt, und das wusste sie.

»Es gibt einen Grund, warum die Leute sagen, dass Galen und ich am Ende zusammenkommen werden.« Ihr Blick wanderte über meine Schulter. »Also pass besser auf.«

Plötzlich spürte ich, wie Hände meine Taille umfassten. Ich fuhr zusammen.

»He, ich bin's nur«, sagte Galen. »Willst du tanzen?«

Ich folgte ihm auf die Tanzfläche und ließ Evangeline einfach stehen.

Taylor

Als ich zur Großen Halle hinaufstapfte, drang ein Höllenlärm von dort heraus. Es war nicht nur das Wummern der dumpfen Musik, die gerade lief, sondern auch Gelächter, Geschrei und die Energie von Untoten auf einem Halloween-Ball. Als ich die Stufen hinaufstieg, schlug die Festplatte in meiner Tasche heftig gegen meine Hüfte. Ich biss die Zähne zusammen und stieß die Tür auf.

Was immer da drinnen vor sich ging, könnte für mich kaum weniger von Bedeutung sein. Trav Dorian, in hochgeschlossenem Umhang und mit echtem Zylinder, schaute missmutig auf die Tanzfläche, als wäre er enttäuscht, dass sie keine Orgelmusik spielten. Anna Rose und Jane Marie Dent, die beide wie junge Witwen aussahen, die ihre Männer im Amerikanischen Bürgerkrieg verloren hatten, tuschelten sich gegenseitig etwas ins Ohr. Party-Lichter! Blitzlichter aus der Selfie-Kabine! Mädchen, die ihre elegant gekleideten Ärsche an Jungs rieben, die sie nicht verdient hatten! Mit anderen Worten: typischer Ballmist!

Ich wünschte, es gäbe eine Möglichkeit, nach Kontos zu suchen, ohne diese Orgie von Youngblood-Vampirhormonen miterleben zu müssen, aber leider war das nicht so.

Dann, wie in einer Filmszene, teilte sich die Menge. Ich konnte sie unmöglich übersehen: Galen und Kat, in der Mitte der Tanzfläche. Die Beleuchtung war perfekt. Sie standen direkt unter einem der Scheinwerfer, die von der gewölbten Decke herabhingen und der sie ins Spotlight setzte. Kats rotes Kleid glühte wie ein Flächenbrand, die Pailletten schmiegten sich an ihren Körper, und der tief ausgeschnittene Rücken entblößte ihre Wirbelsäule. Mein Herz schlug mir bis zum Hals. Galens blöde Arme lagen um Kats Taille, sie hatte ihre um seinen Hals geschlungen. Er war genau so viel größer als sie, dass sie nur ein wenig zu ihm aufschauen musste. Und er konnte ein wenig auf sie hinunterschauen, mit seinem blöden Lockenschopf, der mit Pomade nach hinten gegelt und von der Wärme im Raum schon ein wenig aufgelockert war. Für jeden, der sie beobachtete – und das war definitiv nicht nur ich –, sah es aus, als wären sie nur einen Herzschlag von einem Kuss entfernt.

Das musste ich Kat lassen. In dem glasigen, schmachtenden Blick, mit dem sie Galen anschaute, konnte ich die Lüge kaum erkennen.

Doch dann drehten sie sich um, und ich sah die Stelle, wo sie ihre Hände hinter Galens Hals verschränkt hatte. Kat grub einen Fingernagel in die Nagelhaut ihres Daumennagels, so fest, dass es wehtun musste.

»Hab ich dich beim Glotzen erwischt!«, sagte eine Stimme hinter mir.

Ich drehte mich zu Evangeline um, damit sie sehen konnte, dass ich die Augen verdrehte. »Ich habe nur respektvoll hingeschaut.«

Sie hob eine Augenbraue und verzog die Lippen zu einem leuchtend roten Schmollmund. Ich musterte sie kurz: Sie sah absolut umwerfend aus, ein Vampir-Pin-up in einem engen schwarzen Etuikleid, das bis zum Boden reichte.

Im Gegenzug ließ sie ihre Blicke über mich gleiten. »Du siehst verdammt nach Christopher Street Day aus.«

Es klang wie eine Beleidigung, aber ihr Tonfall und das Funkeln in ihren Augen sagten etwas anderes. »Und du siehst aus wie Morticia Adams mit Dauerwelle«, gab ich zurück, »also sind wir wohl quitt.« Da tat Evangeline etwas, womit ich nicht gerechnet hatte: Sie lächelte, sie lächelte tatsächlich darüber. Ich hatte schon alle möglichen Arten miterlebt, wie Evangeline ihre Lippen einsetzte: für herablassendes Grinsen, manipulatives Schmollen und spöttisches Locken. Aber dieses echte Lächeln hatte ich seit unserem ersten Jahr nicht mehr gesehen. »Ich bin nur hier, um Kontos zu suchen«, sagte ich schnell. »Hast du ihn gesehen?«

»Er ist beim Hema.« Evangeline deutete mit dem Kopf in Richtung eines Tisches auf der anderen Saalseite. In der Mitte stand eine sprudelnde Hema-Fontäne, aus der der Blutersatz von einem menschlichen Helfer in elegante Cocktailgläser geschöpft wurde. Kontos wippte albern im Takt und beugte sich hin und wieder vor, um zu hören, was Radtke sagte – wahrscheinlich zeigte sie auf Mädchen, deren Kleider ihrer Meinung nach die Abzweigung zur akzeptablen Weiblichkeit verpasst hatten und direkt nach Schlampen-City unterwegs waren. Ich ließ Evangeline stehen und umrundete die Tanzfläche, um zu ihnen hinüberzugehen.

»Kontos, wir müssen reden!«, versuchte ich die Musik zu übertönen.

»Taylor!« Er strahlte. »Wow, Sie sehen toll aus!«

Ich kämpfte gegen den Drang an, zusammenzuzucken, obwohl sich meine Eingeweide definitiv verkrampften, als Kontos Radtke winkte, damit sie einen Blick auf meinen Anzug warf. Und siehe da: Der nächste Kandidat für die Überraschung des Abends. Radtke begutachtete mich, schenkte mir ein schmales Lächeln und ein knappes Nicken – nicht gerade eine begeisterte Bestätigung, aber auch nicht das Gegenteil. Na, das war mal eine nette Abwechslung!

»Kann ich mit Ihnen reden, draußen, allein?«, fragte ich Kontos.

»Wir können morgen reden! Amüsieren Sie sich heute Abend. Ich habe gesehen, dass Kat mit Galen als Date hier ist. Da sitzen sie beim formellen Dinner immer beide vor meiner Nase an meinem Tisch und es ist mir völlig entgangen.«

»*Kontos!*«

Sein Schnauzbart senkte sich, dann rief er Radtke etwas zu, und ich folgte ihm nach draußen.

Abseits der Musik fühlte sich die Nacht unheimlich ruhig an, wie mit Baumwolle gedämmt. Ich führte Kontos seitlich um das Gebäude herum. Ich wollte nicht, dass uns jemand unterbrach.

»Ich bin raus«, sagte ich.

»Sie sind raus? Raus aus was?«

»Aus Ihrem großen Geheimplan!«, sagte ich. »Ich will damit nichts zu tun haben.«

»Taylor – was ist denn los?«

Ich rieb mir mit einem Fingerknöchel über die Stirn. »Warum muss immer etwas los sein?«

»Sie sind doch offensichtlich wegen etwas verärgert.«

»Ja, ich bin sauer, dass ich auf Ihren Mist reingefallen bin.«

Er machte ein langes Gesicht. Ich machte weiter.

»Das ganze Projekt ist einfach verdammte Zeitverschwendung. Sie können das vielleicht nicht sehen, aber ich kann es.« Meine Stimme zitterte ein wenig. Meine Worte waren brutal, aber ich konnte mich nicht zurückhalten. Scheiß auf ihn, scheiß auf alles! Ich war so verdammt wütend, und diese Wut brauchte ein Ziel. Vielleicht hatte Kontos das nicht verdient, aber er war zum falschen Zeitpunkt in mein Visier geraten. »Vampire können nicht moralisch handeln. Vor allem die Youngbloods nicht. Das ist unmöglich. Und selbst wenn sie es könnten, würden sie es nicht tun. Ohne sie endet Ihr ganzer Plan in einem Blutbad. Es ist eine verlorene Sache.«

»Ich glaube fest daran, dass das nicht passiert.«

»Wie können Sie das wissen?« Plötzlich wollte ich, dass er mir wahrheitsgemäß antwortete. Nach allem, was er durchgemacht hatte, glaubte er immer noch an das Gute. Das wollte ich auch – an Dinge glauben, an Menschen glauben, an Vampire, in die unendliche, unsterbliche Zukunft blicken, die sich vor mir ausbreitete, und mir vorstellen, dass sie etwas anderes sein könnte als totale Scheiße.

»Leute können einen überraschen, wenn man es zulässt«, sagte er ernst.

»Sie überraschen dich, wenn sie dir einen Pfahl in den Rücken rammen«, murmelte ich.

»Es gibt da draußen Menschen und Vampire, die unsere Hilfe brauchen. Ich weiß es. Und Sie wissen es auch, davon bin ich überzeugt. Und wenn wir beide das wissen, wissen es auch andere.«

Ich konnte immer noch das Entsetzen und den Ekel in Kats Gesicht sehen, als sie in der Nacht von Lucys Party zurückkam. Das war weit entfernt von der Kat von heute Abend, wo sie sich bei denselben Leuten einschleimte, die sie selbst als Heuchler bezeichnet hatte.

»Sie irren sich in mir«, behauptete ich rundheraus. »Ich weiß es *nicht.*«

Als seine Miene zusammenfiel, wurde mir klar, dass ich mich an diesen Moment noch lange erinnern würde. Denn sein Blick verriet mehr als nur Enttäuschung: Er war herzzerreißend. »Falls Sie Ihre Meinung noch ändern …«

Ich konnte es nicht ertragen, dass er mich so ansah – als hätte ich ihn im Stich gelassen. Es war nicht meine Schuld, dass er etwas von mir wollte, was ich ihm nicht geben konnte! Das Schlimmste war, ich wusste, dass er mich nicht aufgeben würde, nicht einmal nach dem hier. Er würde weiterhin die Französische-Filme-AG mit mir durchziehen, er würde sich nach meinem Befinden erkundigen, er würde mich vielleicht sogar noch einmal fragen, ob ich bei den Reunionisten mitmachen wollte. Kontos würde mir verzeihen und verzeihen und verzeihen, auch wenn ich es nicht verdiente, denn das war seine schreckliche, wunderschöne Natur: Kreaturen zu verzeihen, die in ihrem ganzen unsterblichen Leben noch nie etwas Gutes getan hatten.

»Ich werde meine Meinung nicht ändern. Ich habe nie wirklich geglaubt, dass es funktionieren würde. Es war immer eine Lüge.« Um den Deal zu besiegeln, schob ich ihm die Festplatte zu. »Und die können Sie wiederhaben.«

»Taylor …«

Ich wollte, dass er aufhörte, mich anzusehen, als wollte er herausfinden, was mit mir los war.

»*Was?*«, fuhr ich ihn giftig an. Er sprach nicht weiter.

»Ich lege das in mein Büro. Vielleicht können wir am Montag darüber reden.«

»Es gibt nichts mehr zu besprechen.«

Er lächelte traurig. »Ich hoffe, Sie können den Ball trotzdem genießen. Ihr Anzug ist einfach perfekt.« Mit diesen Worten drehte er sich um und ging in Richtung des Naturwissenschaftsgebäudes davon.

Ich stand einfach da, im Schatten am Rand der Großen Halle, und in mir brannte ein Gefühl, das ich überhaupt nicht verstand. Ich war unglaublich wütend – auf Kontos, auf Kat, auf mich selbst, auf das ganze verdammte Vampirdasein –, und aus irgendeinem unverständlichen Grund standen mir Tränen in den Augen, obwohl ich Tränen in der Öffentlichkeit strikt aus der Nähe meiner Augen verbannt hatte. Es war, als hätte es mich in zwei Hälften gerissen. Eine Hälfte von mir wollte zurück in mein Zimmer rennen, den Kopf in den Kissen vergraben und zu vergessen versuchen, dass es diese Nacht je gegeben hatte. Aber wenn ich das tat, wäre ich mit diesem Strudel von Gefühlen allein, bis Kat zurückkäme und ich mich dann noch schlimmer fühlte.

Oder ich könnte zurück zum Ball gehen, wo es zu laut war, um über irgendetwas nachzudenken. Ich könnte so tun, als wäre ich genau wie alle anderen, jemand, der sich einen Dreck um irgendwen oder irgendetwas anderes schert, als um sich selbst.

Scheiß drauf. Ich sah toll aus in diesem Anzug. Es wäre kriminell, wenn ich ihn nicht vorführen würde. Ich wollte mich nicht von der verfluchten Katherine Finn aufhalten lassen.

Kat

Natürlich kam gleich, nachdem wir zu tanzen begonnen hatten, ein langsames Lied. Galen legte seine Hände um meine Taille und zog mich an sich, als wäre es die natürlichste Sache der Welt. Ich legte meine Hände auf seine Schultern und verschränkte meine Finger in seinem Nacken.

Nur fühlte es sich für mich absolut nicht natürlich an.

Es fühlte sich sogar vollkommen falsch an. Als wäre die Welt aus den Fugen geraten. Als hätten wir beide nicht so sein sollen, als ob er seine Hände nicht auf die nackte Haut meines Rückens legen durfte, als hätte er seinen sanften Blick nicht in meine Augen richten sollen. Aber dann sah er mich so liebevoll an, mit einem so hoffnungsvollen Lächeln auf den Lippen.

Ich hätte mich in diesen Blick verlieben sollen. Ich hätte ihn erwidern sollen. Ich wollte ihn auch erwidern.

Stattdessen fühlte ich mich klein und verloren.

»Ich habe eine Überraschung für dich«, sagte er und zog mich dichter an sich.

Ich nahm meine Hand aus seinem Nacken und strich mein Haar zurück, obwohl ich genau wusste, dass das nicht nötig war. »Ich stehe nicht auf Überraschungen, Galen.«

»Oh, ich glaube, die wird dir gefallen«, beharrte er. »Erinnerst du dich an die Menschen von Lucys Party?«

Meine Kehle schnürte sich zu. »Natürlich.«

»Ich weiß, dass du dir Sorgen um sie gemacht hast. Also habe ich sie aufgespürt …«

»Du hast sie aufgespürt?«

»Ich verfüge über eine Menge … Ressourcen?«, sagte er unsicher. »Ich dachte, es würde dich interessieren, dass es ihnen allen gut geht.«

»Das ist gut.« Ich wusste nicht, was ich sonst sagen sollte. Es konnte diesen Leuten nicht gut gehen, ganz gleich, was Galen auch dachte oder glauben wollte. Man hatte sie erst um den Verstand gebracht, und dann wurden sie von hungrigen Teenie-Vampiren traumatisiert. Das musste eine Spur in ihrem Verstand zurücklassen, auch wenn sie sich nicht daran erinnerten.

»Aber das ist nicht die Überraschung. Du sagtest, ich hätte die Macht, etwas zu verändern, wenn ich es wollte, und ich musste unaufhörlich daran denken. Also habe ich jedem von ihnen etwas Geld geschickt. Anonym, versteht sich. Jedem fünfhundert Dollar.«

Eine Klammer legte sich um meine Brust. »Du hast ihnen … fünfhundert Dollar gegeben?«

»Es war wichtig, etwas zu tun, weißt du? Und du hast völlig recht … von Menschen zu trinken ist alles andere als harmlos.«

Hinter seinem Hals grub ich einen Fingernagel in die Nagelhaut meines Daumens.

Ich konnte kaum atmen.

Fünfhundert Dollar!

Das deckte nicht einmal eine Monatsmiete! Es war nichts, und es bedeutete absolut nichts – schon gar nicht, wenn es von jemand kam, der so reich war wie Galen, der in ihr Leben hätte eingreifen und es mit Geld verändern können. So wie der Wohltäter es bei mir getan hatte.

Kein noch so großer Geldbetrag konnte wiedergutmachen, wie diese Menschen verletzt worden waren.

Und Galen … Ich konnte ihn kaum ansehen. Als wir uns kennengelernt hatten, hatte ich gedacht, er sei in sich selbst verliebt. Jetzt sah ich, dass das gar nicht das Problem war, sondern dass die ganze Welt in ihn verliebt war und er das noch nicht kapiert hatte. Die Menschen hörten auf ihn, ordneten sich ihm unter, erfüllten seine Bedürfnisse schon im Vorwege, damit er nicht etwa darunter leiden musste. Die Welt reagierte auf seine Macht auf so subtile Weise, dass er es nie wahrnahm. Genau deshalb würde Victor Castel ihn als Stimme der Youngblood-Generation auswählen, eine Rolle, für die er geboren war, und gleichzeitig konnte Galen sich unwidersprochen einreden, das Beste, was er für die Menschen tun konnte, sei, heimlich Almosen an sie zu verteilen.

Plötzlich fühlte sich die Große Halle viel zu eng und stickig an, die Luft brodelte von der Hitze der Körper auf der Tanzfläche, dem dumpfen Wummern der Musik und den grell flackernden Partylichtern. Die Youngbloods mit ihren polierten Schuhen und geschminkten Augen, die *harmlos* ihre Zähne in jede nicht infizierte Ader bohrten.

Ich hätte am liebsten ein Streichholz angezündet und zugesehen, wie sie alle in Flammen aufgingen.

Galen schaute auf mich herab wie ein eifriger Welpe, der darauf wartete, dass ich ihm sagte, dass er ein guter Junge gewesen war.

Und was machte ich?

Ich hob den Kopf, als wäre er mein Held. Ich ignorierte den schwarzen Schleim, der meine Eingeweide überzog. Ich grub meinen Nagel einfach tiefer in die Nagelhaut und ließ mich von dem winzigen Schmerz erden.

»Das war wirklich ganz toll von dir.« Ich hörte meine Stimme. Aber ich war weit, weit weg.

Taylor

Ich schlich mich zurück in die Große Halle, als wäre ich Keanu Reeves in *Matrix* oder in *John Wick*. Ich ließ die Taylor, die sich wegen des Gesprächs mit Kontos mies fühlte, draußen vor der Tür. Diese Taylor hier war high von der Vorstellung, sich wie ein Arsch gegenüber der einzigen Person verhalten zu haben, deren Meinung zählte.

Natürlich bemerkte ich sofort, dass Kat immer noch Galen umklammerte. Das löste bei mir überhaupt keine Reaktion aus. Eher im Gegenteil: Ich fühlte dadurch weniger. Er war eine Arschgeige, Kat war eine Arschgeigerin, das alles war nicht mein Problem.

Evangeline war auch auf der Tanzfläche, umringt von einem Kreis von Mädchen, und ließ die Hüften kreisen. Lucy stand in der Mitte und zeigte ihre »Twerk-Künste« – sie redete seit Wochen von nichts anderem. Nicht einmal der völlig heterosexuelle Akt, ihrer hinreißenden besten Freundin dabei zuzusehen, wie sie gekonnt die Arschbacken wackeln ließ, konnte Evangeline Lazareanu heute Abend ein Lächeln ins Gesicht zaubern.

Sie war immer noch sauer, weil ihr Vampirfürst eine neue Prinzessin auserkoren hatte.

Das stimmte mich optimistisch für das, was ich vorhatte.

Ich hatte ebenso oft von ihr verlangt, mich besser zu behandeln, wie sie mir versichert hatte, dass sie nicht wirklich auf Mädchen stehe. Keine dieser Aussagen hatte jemals einen Unterschied in dem gemacht, was wir tatsächlich taten. Evangeline war immer diejenige, die das Sagen hatte – sie schrieb mir Nachrichten, lockte mich in den Kostümfundus. Ich hatte immer nur mitgespielt, um ihren Körper an meinem zu spüren und so zu tun, als wäre es Zuneigung.

Aber heute Abend nicht.

Heute Abend war ich frei: Frei von irgendwelchen Bedenken wegen Kat, frei von Kontos' wahnhaften Hoffnungen, frei von dieser ganzen idiotischen, armseligen Schule.

Ich steckte die Hände in die Hosentaschen meines Anzugs und schlenderte um die Tanzfläche herum. Ich blieb genau dort stehen, wo Evangeline mich sehen musste. Normalerweise war ich nicht sehr gut im Flirten – ich hatte kaum Gelegenheit zum Üben –, aber in diesem Moment kam es ganz natürlich. Evangeline blickte auf und sah mich, unsere Blicke trafen sich, und es passierte einfach: In mir brannte ein Feuer, ein Feuer, das nach Nahrung verlangte. Das nach *ihr* verlangte.

Evangelines Augen weiteten sich, ihre Lippen öffneten sich. Fast im selben Moment entschuldigte sie sich bei Lucy und verdrehte die Augen, weil ja jeder wusste, dass Taylor Sanger die ultimative Nervensäge war. Ich hörte nicht, was Evangeline sagte, als ihre Freundinnen fragten, was sie mit mir vorhatte. Das Einzige, was zählte, war, dass sie mir folgte, als ich auf eine schummrige Nische am Ende der Großen Halle zuging.

Kat

Als Taylor die Große Halle betrat, war sie kaum zu übersehen – wie immer leuchtete sie wie eine Wunderkerze in der Dunkelheit. Ich schien immer zu wissen, wo sie war.

Ich sah, wie sie Evangeline diesen *Blick* zuwarf. Als würde es ihr nicht mehr genügen, sie nur mit ihren Augen zu entkleiden, sondern wäre bereit, es mit ihren Händen zu tun. Sie deutete mit dem Kinn in Richtung einer der Nischen, und Evangeline folgte ihr auf dem Fuß.

Sie konnten doch nicht … Sie würden doch nicht wirklich … Taylor hasste Evangeline, und Evangeline konnte Taylor nicht ausstehen. Es war unmöglich, völlig *undenkbar*, dass sie sich zusammen davonschleichen würden. Evangeline war eine Schlange, und sie würde Taylor, ohne zu zögern, wehtun, wenn es ihr in den Kram passte. Sie musste irgendeinen Plan haben, um Taylor in Schwierigkeiten zu bringen oder – noch schlimmer – sie zu demütigen. Und es war meine Schuld, dass Taylor überhaupt auf dem Ball war.

Ich überlegte, ob ich ihnen folgen sollte, um Taylor zu packen und sie zu warnen, aber sie verschwanden im Schatten.

Ein weiteres langsames Lied wurde gespielt, und Galen zog mich wieder an sich. Automatisch schob ich jetzt meine Hände vorne an seinem Smoking hoch und legte sie auf seine Schultern. So konnte ich nicht mehr sehen, wohin Taylor und Evangeline gegangen waren.

Aber ich konnte nicht aufhören, darüber nachzudenken, was passieren würde, wenn sie allein waren, was Evangeline tun würde – was sie vielleicht jetzt gerade tat …

Evangelines Hände auf Taylor, die unter ihr Jackett glitten.

Evangelines Finger, die sich in Taylors Locken gruben.

Wie Taylor sie gegen die Wand drückte.

Wie sich ihre Münder, ihre Lippen in einem gierigen Kuss trafen, dem sie zu lange widerstanden hatten.

Galen strich mit der Hand an meiner Seite hinauf. »He, wo bist du?«

Ich zuckte zusammen, keuchte und riss die Augen auf. Es fühlte sich an, als hätte ich sie zu weit geöffnet, als könnte ich auf einmal zu scharf sehen – meine Sinne waren auf das fokussiert, was da drüben in dieser dunklen Ecke geschah.

»Ich bin hier.«

Ich versuchte, das Bild von Taylor und Evangeline aus meinem Kopf zu verdrängen. Aber von all den Dingen, die ich mich in den letzten Wochen zu ignorieren gezwungen hatte, ließ mich ausgerechnet dieses nicht los. Mein ganzer Körper fühlte sich viel zu heiß an, zu verkrampft.

»Du wirkst irgendwie abgelenkt.«

Er zog mich näher an sich heran – er zog mich immer dichter an sich heran, ganz gleich, wie sehr ich auch versuchte, ein paar Zentimeter Abstand zwischen uns zu halten. Er tat das schon den ganzen Abend, berührte mich auf diese scheinbar gentlemanhafte Art: Er legte die Hand auf meinen Rücken, um mich durch die Menge zu dirigieren, schlang seine Arme um meine Taille, während wir tanzten, berührte meine nackte Schulter, wenn er mit mir sprach. Er tat dies mit einer Selbstsicherheit, die vielleicht attraktiv gewesen wäre, wenn ich ihn dabei beobachtet hätte, wie er das mit einem anderen Mädchen tat. Aber stattdessen fühlte ich mich dadurch klein, herabgesetzt, als würde ich mich in nichts auflösen. Die ganze Nacht über hatte ich dieses Gefühl ignoriert, aber jetzt, da ich plötzlich brannte, konnte ich seine Berührung noch weniger ertragen als vorher.

Ich zog mich zurück. »Es ist heiß hier drin, nicht wahr?«

»Sollen wir nach draußen gehen?«

Frische Luft würde alles in Ordnung bringen. Was auch immer Evangeline und Taylor da taten, es ging mich nichts an. Es bestand eine hundertprozentige Chance, dass da gar nichts vor sich ging, dass sich alles nur in meinem Kopf abspielte.

Aber warum war ausgerechnet *das* in meinem Kopf?

»Draußen klingt gut«, sagte ich.

Galen legte seinen Arm um mich, und ich konnte nur mit Mühe verhindern, dass ich zusammenzuckte.

Taylor

Evangeline wartete kaum ab, bis wir außer Sichtweite waren, als sie auch schon ihre Lippen auf meine presste, ihre Zunge in meinen Mund schob und ihre spitzen Nägel in meinen Hals grub. Es war auf die bestmögliche Weise schockierend. Evangeline hatte mich noch nie so geküsst: Als wäre ich Wasser und sie am Verdursten. Ich lächelte hart an ihren Lippen.

Ja! Das war genau das, was ich wollte.

Evangeline packte das Revers meines Anzugs und zerrte mich vorwärts, bis sie mit dem Rücken gegen den Stein der Nischenwand stieß.

Sie drängte sich an mich, als ich ihr ins Ohr hauchte: »Was ist, wenn uns jemand sieht?«

Evangeline zitterte, als sie sagte: »Scheiß auf diesen Ball und auf alle hier.«

Das ließ mich vielleicht auch erzittern.

Ich küsste sie erneut, diesmal leidenschaftlicher, strich mit meinen Händen über ihre nackten Schultern und glitt dann tiefer. Sie presste ihren Körper an meinen.

Evangeline wollte mich. Sie wollte mich, auch wenn sie manchmal so tat, als gäbe es mich nicht, und es war ihr egal, wer uns dabei zusah. Ich war es, die diese Macht über sie hatte, nicht umgekehrt.

Sie unterbrach den Kuss, als wir beide nach Luft schnappten. Ich drängte meinen Oberschenkel gegen die Stelle zwischen ihren. Mit der Daumenkuppe wischte sie den Lippenstift weg, den sie auf meine Lippen geschmiert hatte.

Ich überlegte gerade, ob ich ihren Daumen in den Mund nehmen sollte, als sie sagte: »Du siehst so heiß aus in dem Anzug. Für eine Sekunde dachte ich, du wärst ein Mann.«

Ich erstarrte. »Du dachtest *was?*«

»Ich hätte dich fast für einen Kerl … He …!«

Ich wich zurück, aber Evangeline hielt mich am Arm fest. Ich konnte nur so weit zurücktreten, dass wir nicht gesehen wurden. Also musste ich mich damit begnügen, mich aus ihrem Griff loszureißen.

»Sag nicht so einen Scheiß zu mir!«, zischte ich sie an.

»Komm schon, Taylor. Das war ein Kompliment.«

»Was heißt hier ›komm schon‹, verflucht! Wenn du mit einem Kerl rummachen willst, warum schnappst du dir dann nicht einen?«

Ihre Miene verfinsterte sich, und ich fühlte mich deswegen

fast mies. Aber wenn Evangeline verletzt war oder wenn sie überhaupt irgendetwas fühlte, dann verspritzte sie ihr Gift. »Lass mich raten, was jetzt kommt: *Ich bin fertig mit dir, Evangeline, das ist das letzte Mal.* Aber wir beide wissen, dass es erst das letzte Mal ist, wenn *ich* sage, dass es das letzte Mal ist.«

Ich hätte sie am liebsten mit dem Rücken gegen die Wand gedrückt und geküsst, bis sie nicht mehr sprechen konnte. Das wollte ich fast genauso sehr, wie ich sie einfach stehen lassen und nie wieder zurückschauen wollte. Aber ich schätze, mehr als alles andere wollte ich wohl einfach nur rumstehen und zulassen, dass sie mich verletzte.

Denn genau das machte ich.

»Du hast keine Chance bei Kat.« Evangeline fuhr mit einem Finger den Saum meiner Jacke entlang, und ihr rubinroter Fingernagel leuchtete im Licht der Tanzfläche. »Aber das muss ich dir ja nicht sagen. Du hast sie mit ihm gesehen.«

Ich musste fast kotzen, weil Evangeline mich so gut kannte, dass sie ausgerechnet jetzt Kat erwähnte. Aber ich wusste auch, dass Evangeline auf ihre eigene beschissene Art mitfühlte. Die beiden Menschen, die wir begehrten, wollten sich stattdessen gegenseitig. Man hätte das fast tragisch nennen können, wenn es netteren Menschen passiert wäre.

»Da bist du ja!«, sagten zwei Stimmen unisono. »Wir haben dich gesucht!«

Ich sprang förmlich von Evangeline zurück und wischte mir mit dem Handrücken den Mund ab. Genauso schnell hatte Evangeline die Arme verschränkt und starrte mich gelangweilt an, als könnte sie Anna Rose und Jane Marie Dent allein mit der Kraft ihres ungeduldigen Blicks verschwinden lassen, so wie manche Kinder Ameisen mit Lupen verbrennen.

»Was wollt ihr?«, fuhr Evangeline die beiden an.

»Von dir? Gar nichts!«, gab Anna Rose zurück.

»Wir haben Taylor gesucht«, erklärte Jane Marie.

Ich hatte mich bereits zur anderen Seite der Nische umgedreht und wollte nur noch schleunigst verschwinden. »Mich?«

»Es geht um Kat«, sagten sie beide gleichzeitig.

23

Kat

Ich ließ mich von Galen die Stufen der Großen Halle hinunter und auf die Wiese führen, gerade so weit von der Halle entfernt, dass die Anstandsdamen uns noch sehen konnten. Die kalte Luft stach in meine Lunge, aber sie konnte weder die Klammer um meine Brust noch den Knoten in meinem Magen lösen.

Galen streifte sein Jackett ab. »Dir muss kalt sein.«

Er legte es mir um die Schultern, bevor ich etwas sagen konnte, als ob er nur deshalb nach draußen hatte gehen wollen und nicht etwa, weil ich mich unwohl fühlte. Das Jackett roch nach seinem holzigen Eau de Cologne, gemischt mit dem Geruch seines Schweißes.

Ich zwang mich, mich auf ihn zu konzentrieren. Ich hatte immer von jemandem geträumt, der wie Galen aussah – nicht ganz genau, aber auf genau diese richtige Art, als wäre er aus einem schottischen Hochmoor herabgestiegen oder aus einer Werbung für Männerparfüm gesprungen. Er sah auf eine makellose Art gut aus, exquisit, und es fühlte sich fast blutleer an. Aber durch den Blick, mit dem er mich schon den ganzen Abend ansah, wusste ich, dass ich ihn haben konnte, wenn ich es zuließ. An Galens Seite wäre das Leben in Harcote einfach. Ich würde einen Platz in der Vampirgemeinde bekommen. Man würde mich niemals vergessen oder gar zurücklassen.

Aber sosehr ich mich auch danach gesehnt hatte, ich schaffte es einfach nicht, mich nach *ihm* zu sehnen.

»Amüsierst du dich?«, fragte er.

»Ja«, erwiderte ich schwach.

»Ich bin wirklich froh, dass wir zusammen gegangen sind. Es hat alle schockiert. Es fühlte sich echt gut an, sie so zu sehen.«

Ich dachte an Taylors Gesicht in unserem Zimmer heute Abend, als ich ihr sagte, dass ich mit Galen auf den Ball gehen würde. Der Anflug von Enttäuschung, von Schmerz, der über ihr Gesicht huschte und den sie hatte verbergen wollen.

War das mit Evangeline eine Art Rache?

Nein, das war lächerlich!

Galens Fingerknöchel streiften mein Kinn, als er meinen Kopf anhob. »He, geht es dir wirklich gut?«

Ich suchte verzweifelt nach einer Ausrede. »Ich habe … an zu Hause gedacht. Mir ist gerade klar geworden, dass ich dieses Jahr nicht zum Winterball oder Abschlussball mit meinen Freunden gehen kann.«

Zu meiner Überraschung sah ich es ganz deutlich vor mir: Taylor in der Turnhalle mit mir und Guzman und Shelby. Taylor und ich, wie wir zusammen tanzten, ihre Hand in meiner. Taylor, die tatsächlich lächelte, ja lachte. Das Stirnrunzeln, das sie in Harcote eigentlich immer zeigte, verschwunden.

Galen hob die Braue. »Sag nicht, da wartet ein Kerl zu Hause?«

»Nein. Das meinte ich nicht.«

»Gut.« Seine Stimme war plötzlich rau. Ich merkte, dass er so nah bei mir stand wie noch nie heute Nacht, sein Gesicht war unmittelbar vor meinem. Mir war klar, was jetzt kam. Ich ließ ihn gewähren. Mit dem Finger hob er mein Kinn an, dann lagen seine Lippen auf meinen, und er küsste mich.

Meine Augen blieben weit offen, während seine sich flatternd schlossen. Eine Stimme in meinem Kopf schrie: *Sei normal! Stell dir vor, was eine normale Person in dieser Situation tun würde, und mach es gefälligst!*

Langsam bewegten sich meine Lippen auf seinen.

Ich musste mich zwingen, die Augen zu schließen.

Galen schob seine Hände unter sein Jackett, seine eiskalten Finger gruben sich in die nackte Haut meines Rückens. Er zog mich dichter an sich. Seine Zunge schob sich in meinen Mund. Ich steckte meine in seinen. Ich spürte keine Gier, keine Hitze oder Erregung. Ich fühlte nur überall in mir eine hoffnungslose Taubheit. Es war, als wäre ich aus meiner Haut gefahren und sähe zu, wie ein schönes Mädchen einen schönen Jungen küsst, als wäre ich in einem Film, säße in den roten Samtsesseln, meine Turnschuhe klebten am Boden, und ich sähe einem Starlet zu, das nicht ich war, das ich überhaupt nicht kannte.

Aber ich war nicht aus der Haut gefahren.

So was passierte nicht wirklich.

Ich riss die Augen wieder auf, und einfach so erbebte das zerbrechliche Gerüst, das ich in den letzten Wochen um mich herum gezimmert hatte, und stürzte in sich zusammen. Der Boden schien auf mich zuzurasen, als ich alles sah: Wie ich mich bei Evangeline und Lucy einschleimte, Galen küsste, nicht auf Guzmans und Shelbys Nachrichten antwortete, wie sehr ich meine Mutter vermisste, all das, was ich einmal war. Was tat ich mir da an?

Ich merkte, dass ich weinte.

Dann weinte ich nicht nur. Ich zitterte am ganzen Körper, stieß Galen weg und zog die Schultern fast bis zu den Ohren hoch. Seine Jacke lag auf dem Boden, und ich wiederholte immer wieder: »Es tut mir leid, es tut mir leid, ich kann nicht.« Er wollte wissen, was los war, hatte einen Ausdruck echter Angst in den Augen. »Es ist nichts, es tut mir leid, es tut mir leid.« Ich sagte es wieder und wieder und wieder, bis ich kaum noch atmen konnte. Es gab nur ein Schlucken und Zischen, als meine Lunge nach Luft rang. Starb ich, starb ich ausgerechnet auf einem Schulball? Ich sank auf die Knie, das Gras unter meinen Handflächen fühlte sich nass an, und die Pailletten des roten Kleides schnitten mir in die Haut. Ich glaube nicht, dass Vampire ersticken konnten, aber – konnten wir das doch? *Konnten wir ersticken?*

»Holt Radtke!«, rief jemand.

Irgendwie hockte ich dann auf der Treppe, umringt von Dutzenden von Beinen, und Ms Radtke saß neben mir. »Ein und aus!«, instruierte sie mich. »Langsam, ganz langsam.«

Wie man atmet. Noch etwas, was ich in den letzten Wochen offenbar vergessen hatte.

»Mein Gott, Galen, was hast du mit ihr gemacht?«, meinte jemand lachend.

Galens Faust hämmerte auf seinen Wangenknochen, und dann brach um uns herum das Chaos aus. Ms Radtke rappelte sich auf, um die beiden zu trennen. »Wo ist Mr Kontos?«, schrie sie.

Ich starrte auf meine Hände, die mit Wimperntusche verschmiert waren, die ich von den Wangen gewischt hatte. Die Tränen wollten nicht aufhören, selbst als sich mein Atem beruhigte. Das Gefühl ließ mich nicht los – als wäre ich niemand, als könnte ich einfach völlig verschwinden. Als wäre ich das bereits. Als wäre das vielleicht sogar etwas Gutes.

Etwas Blaues schob sich in mein Blickfeld. Taylor kauerte vor mir im Gras.

»He.« Sie fragte nicht, was los war oder ob es mir gut ging. Sie sagte einfach nur: »He«, aber ich verstand. Es bedeutete: *Ich bin da*. Es bedeutete: *Ich bin für dich da*.

Ich brauchte sie. Und da war sie.

Und das schreckliche Gefühl des Nichts verschwand einfach so.

»Mir ist schon klar, dass du dich wahrscheinlich toll amüsierst«, sagte sie. »Aber ich habe mich beim Tanzen verletzt, und Radtke will, dass du mich auf unser Zimmer bringst. Sie hat alle Hände voll zu tun, um diesen toxischen Männlichkeitswahn-Festzug da einzustampfen.« Taylor deutete mit dem Kopf nach links. Radtke hatte mehrere Jungen antreten lassen und las ihnen die Leviten. Galen schüttelte seine schmerzende Hand.

»Du hast dich beim Tanzen verletzt?«, fragte ich leise.

Taylor nickte ernst. »Sieht aus wie ein typischer Fall von Ballknöchel. Kann jedem passieren.« Sie stand auf und hielt mir die Hand hin.

Ich nahm sie.

Taylor

Der Weg zurück zum Hunter House war lang und kalt. Das einzige Geräusch machte der Wind, der die letzten Blätter von den Bäumen wehte, und das Klacken von Kats Absätzen auf den Pflastersteinen. Ich beobachtete sie aus den Augenwinkeln. Alles, was Anna Rose und Jane Marie gesagt hatten, war, dass sie mit Galen nach draußen gegangen wäre und eine Art Panikattacke bekommen habe. Einige sagten, sie hätten sich geküsst. Als ich das hörte, hätte ich Galen am liebsten umgebracht, obwohl es angesichts meiner Unsterblichkeit viel zu früh war, schon eine Mörderin zu werden. Aber als jetzt die Geräusche aus der Großen Halle verklangen, fragte ich mich, ob das nicht zu Kats Plan gehörte. Alle auf dem Ball sprachen über Kat und Galen. Hätte Harcote etwas so Kitschiges veranstaltet wie die menschliche Tradition der Wahl einer Ballkönigin und eines Ballkönigs, hätte sie mit einem Erdrutschsieg gewonnen. Jetzt sahen alle uns nach, als wir weggingen, als wäre Kat ein kleiner verletzter Vogel. Gehörte das angestrengte Atmen und das mit Mascara verschmierte Gesicht zu ihrem Auftritt?

War ich auch ein Teil davon? Kat hatte behauptet, sie würde mich da raushalten. Ich hätte geschworen, dass ich ihr nicht glaubte, und dann noch einen Eid darauf geleistet, dass ich mit ihr durch wäre. Trotzdem war ich förmlich durch die Halle gerannt, um sie zu finden. Ich hatte nie aufgehört, mich um sie zu sorgen. Das konnte ich einfach nicht. Das war mein Problem. Als wäre meine Liebe zu Katherine Finn der Stein, den ich mein ewiges Leben lang einen Berg hinaufschieben würde, nur damit er jedes Mal zurückrollen und mich wieder und wieder und wieder zerquetschen konnte.

Wir schlossen die Tür des Hunter House hinter uns. Da alle auf dem Ball waren, war es drinnen still und friedlich. Kat streifte ihre hochhackigen Schuhe ab und stapfte die Treppe hinauf. Ich folgte ihr.

Im Zimmer ging Kat direkt zu ihrem Schrank und begann, ganz hinten nach etwas zu kramen.

Ich ging von meinem Schreibtisch zum Bett und wartete wie eine Idiotin darauf, dass sie mir erklärte, was passiert war, sagte, dass es ihr gut ging, oder darauf, dass sie sich als Soziopathin entpuppte. Ich konnte Evangeline immer noch auf meinen Lippen schmecken, spürte die Grausamkeit in ihren Worten. Je länger Kat schwieg, desto leichter fiel es mir, zu glauben, dass sie mich ausgetrickst hatte, dass sie mich genauso schlecht behandelte wie Evangeline, und nach einer Logik, der ich nicht ganz folgen konnte, hatten beide absolut das Recht dazu. Als Kat die Träger dieses blöden, hinreißenden Kleides von den Schultern streifte und es mit einem Rauschen zu Boden fiel, fuhr ich rasch herum und hängte sorgfältig mein Jackett in den Schrank, nur um etwas zu tun zu haben.

Als ich mich umdrehte, trug sie ein übergroßes Sweatshirt von ihrer alten Highschool und Basketballshorts, die ihr bis zu den Knien reichten. Das waren *ihre* Sachen, nicht die von Harcote oder dem Wohltäter. Ich hatte sie seit dem Move-in-Day nicht mehr in diesen Klamotten gesehen. Sie wirkte immer noch erschüttert und ein wenig traurig, doch ein wenig entspannter. Eigentlich sah sie dem Mädchen, an das ich mich erinnerte, wieder sehr ähnlich. Dem Mädchen, von dem ich glaubte, dass es immer noch in ihr steckte.

Schließlich hielt ich es nicht mehr länger aus. »Wenn du mir schon nicht sagst, was passiert ist, dann sag mir wenigstens, ob er dir wehgetan hat.«

»So war das nicht.« Ihre Stimme klang schwer.

Ich lehnte mich mit der Hüfte gegen die Schreibtischkante. »Du hast es aber ganz gut hingekriegt, es so aussehen zu lassen, als wäre es genau so.«

»Was meinst du damit?«

»Das war doch dein Plan, oder? Mit Galen zum Ball gehen, dann eine Panikattacke zu bekommen und für den Rest des Jahres Sympathiepunkte zu sammeln. Ehrlich gesagt bin ich voll dafür, Galen zu verarschen, denn er ist wirklich total ätzend. Und eins muss ich dir lassen: Du bist genau wie Evangeline Lazareanu – unheimlich hinterhältig. Ich hätte nicht gedacht, dass du so was draufhast.«

»So war das nicht.« Ich zwang mich, zu ignorieren, wie erschöpft sie klang.

»Deshalb wolltest du mich dabeihaben, stimmt's? Für einen richtigen, hammermäßigen Abgang.«

Unvermittelt stürmte sie auf mich zu. »Wow, du hast meinen Plan durchschaut, Taylor. *Ich* habe dich manipuliert, damit du auf dem Ball auftauchst. Und dann habe ich dich dazu verführt, mit Evangeline herumzuknutschen, um das Ganze noch dramatischer zu machen.«

Ich erstarrte. »Das habe ich … nicht gemacht.«

»Ich hab dich mit ihr verschwinden sehen.«

»Aber mehr auch nicht«, gab ich zurück. »Du hast keine Ahnung, was passiert ist.«

Sie verschränkte die Arme. »Was ist denn passiert?«

»Wir …« Bei einer guten Lüge kommt es auf das Timing an, und ich zögerte. Kat schüttelte abfällig den Kopf. »Als ob du das Recht hättest, mich zu verurteilen, wo du mit Galen vor der ganzen Schule rumgemacht hast!« Der Name hinterließ einen fauligen Geschmack auf meiner Zunge.

»Ganz genau! Und ich habe jede Sekunde davon gehasst.« Sie hatte es gehasst, Galen zu küssen – so sehr, dass ihr fast die Luft wegblieb? »Ich dachte, du hättest mehr Stil. Ausgerechnet Evangeline!«

»Was kümmert es dich, wen ich küsse, *Kath-er-ine*? Du hast keine Ahnung, wie es hier für mich ist. Wie einsam und isoliert du als einziges lesbisches Mädchen an einer Schule wie dieser bist. Alle halten mich für eine Art Freak, weil ich nicht so bin wie sie …«

»Du bist kein Freak …«

»Danke, aber das weiß ich verdammt noch mal, okay?«, sagte ich. »Ich kann auf deine kläglichen Versuche verzichten, mich aufzuwerten. Ich kann auf mich selbst aufpassen.«

»Oder lass Evangeline sich um dich kümmern«, spottete Kat. »Natürlich nur, falls sie nicht gerade damit beschäftigt ist, dich vor der ganzen Klasse zu demütigen.«

»Was kümmert sie dich überhaupt? Soweit ich weiß, bist du diejenige, die nach ihrer Aufmerksamkeit dürstet, nicht ich. Bist du eifersüchtig? Sie ist nämlich ein totaler Psycho, wenn man sie erst einmal kennengelernt hat und …«

Und gar nichts. Das *und* löste sich in Luft auf, denn Kat küsste mich plötzlich, völlig unerwartet.

Kat küsste *mich*.

Ich hatte nicht einmal mitbekommen, wie sie den Abstand zwischen uns überwunden hatte. Es kam so plötzlich, dass ich mich immer noch an die Schreibtischkante klammerte, die Ellbogen angewinkelt. Kats Lippen waren warm, samtig und süß auf den meinen. Ihr Haar fiel mir ins Gesicht, es roch nach Jasminshampoo. Ihre Hand hielt mein Kinn, ihre Finger lagen leicht auf meiner Wange. Beinahe hätte ich es nicht geschafft, ihren Kuss zu erwidern – bis ich es dann doch tat. Ihre Augen waren geschlossen, und ihre Nase drückte gegen meine Wange, es war irgendwie sanft und hektisch zugleich, so wie es sich anfühlte, kurz bevor man zu weinen beginnt.

Sie zog sich zurück. Ihre Augen waren weit aufgerissen, ihre Wangen glühten. Sie hatte den Mund halb geöffnet, in einem Ausdruck wie von Schock, Ekel oder Verwirrung. Ich wusste es nicht und hatte auch keine Zeit, es herauszufinden, als sie die Hand vor den Mund schlug – wahrscheinlich wollte sie nicht mehr, dass ich sie ansah.

»O mein Gott!«, stieß sie hervor.

Das Blut rauschte in meinen Ohren. Der Ausdruck auf Kats Gesicht schien mich am Boden festzuwurzeln. Meine Hände umklammerten immer noch die Schreibtischkante, so fest, dass meine Knöchel schmerzten. Der Felsbrocken würde gleich den Hügel hinunterrollen und mich unter sich begraben. Der ganze Raum, das ganze Universum, schienen zu erstarren, den Atem anzuhalten, und der Moment zog sich immer weiter in die Länge. Es fühlte sich an, als wäre mein ganzes unsterbliches Leben vergangen, obwohl es wahrscheinlich nur eine Sekunde dauerte, bis Kat sagte: »Es tut mir so leid.«

24

Taylor

Ich floh.

In der Sekunde, in der die kalte Luft mir ins Gesicht schlug, noch bevor sich die Tür zum Hunter House hinter mir schloss, rannte ich los.

Würde mich jemand sehen, stünde ich wie eine Idiotin da, und falls mich jemand erwischte, würde ich wahrscheinlich wegen eines Verstoßes gegen den Ehrenkodex gemeldet werden. Aber das war mir egal, denn solange ich rannte, weinte ich nicht.

Jedenfalls sollte es so funktionieren.

Ich wusste nicht, wohin ich lief, aber wenn ich schon weinen oder zusammenbrechen oder vom Erdboden verschwinden musste, wollte ich es wenigstens allein tun. Als ich das Lacrosse-Feld erreichte, rannen mir die Tränen in Strömen übers Gesicht – als ob mein Laufen mir nur die Energie geraubt hatte, die ich brauchte, um nicht zu weinen.

Dabei dachte ich gar nicht an den Kuss. Ich *konnte* nicht an den Kuss denken. Da war ein schwarzer Fleck in meinem Gehirn, der alles auslöschte, außer einer Stimme, die immer wieder sagte: *Es tut mir so leid.* Jedes Mal, wenn meine Füße auf dem weichen Rasen landeten, hörte ich: *Es tut mir so leid, so leid, so leid.* Das war der Moment, in dem sie ihren Fehler erkannt hatte. Mir war jetzt schon klar, dass ich Ja sagen würde, wenn sie mich später bitten würde, es geheim zu halten. Ich würde tun, als wäre es nie passiert. Ich würde es nie wieder erwähnen. Nichts musste sich ändern.

»Taylor!« *Scheiße!* »Komm schon, ich kann nicht so schnell rennen wie du!«

Von allen Dingen, die Kat hätte sagen können, hätte mich ausgerechnet das nicht bremsen dürfen, aber genau das tat es. Kat konnte nicht so schnell laufen wie ich, nicht mal im Traum, und allein, dass sie es irgendwie geschafft hatte, mich bis auf das Lacrosse-Feld zu verfolgen, war so überraschend, dass ich stehen blieb. Ich drehte mich nicht um – nicht, solange meine Brust sich schwer hob und senkte und mein Gesicht tränenüberströmt war.

Warum war sie überhaupt hinter mir hergelaufen? Als wüsste ich nicht besser als jede andere, wie wenig Küsse bedeuteten, vor allem, wenn ich daran beteiligt war. Ich wischte mir mit dem Handballen die Tränen von den Wangen.

Der Kuss konnte ihr einfach nichts bedeutet haben. Wie sonst hätte sie einfach durch das Zimmer gehen und mich küssen können, einfach so. Sie konnte das, weil sie sich nicht jahrelang deswegen gequält und einen aussichtslosen Traum geträumt hatte wie ich. Sie machte sich keine Gedanken darüber, ob sie auf den perfekten Moment gewartet hatte, ob es so sein würde, wie sie es sich vorgestellt hatte, ob ich völlig angewidert sein und es der ganzen Schule erzählen würde. Der kleine zerquetschte Teil meiner Seele, der überlebt hatte, hätte sich darüber freuen sollen. Stattdessen fühlte ich mich irgendwie betrogen und benutzt. Und wirklich erbärmlich traurig.

»Siehst du mich bitte an?«

Ihre Stimme war weiter weg, als ich erwartet hatte. Ich war kurz hinter der Mittellinie, aber als ich mich langsam umdrehte, kam sie immer noch vom Tor auf mich zu.

Das Feld sah in der Nacht anders aus. Die Bäume umringten uns wie schwarze Spitzen, und jeder Grashalm war im grauen Licht des Vollmonds sichtbar. Die weißen Linien auf dem Feld schienen in der Dunkelheit zu leuchten. In diesem Licht sah Kat eher wie ein Geistermädchen aus als wie ein Vampir: Ihre Haut war silbern und ihr Haar offen, sie trug Basketballshorts, hatte nackte Füße, und ihre Hände steckten in den Ärmeln ihres Sweatshirts.

Ich wollte zu ihr gehen und sie küssen. Da ich wusste, dass ich das nicht konnte und es *nie tun würde*, wäre ich am liebsten ganz verschwunden.

Kat kam langsam auf mich zu, als näherte sie sich einem wilden Tier, das sie nicht erschrecken wollte. In Ordnung. Sie blieb ein paar Meter vor mir stehen. Sie ballte die Fäuste in den Ärmeln ihres Sweatshirts. »Geht es dir gut?«

Ich verschränkte meine Arme fest vor der Brust. Die Kälte war schon längst unter mein Hemd gekrochen, das ich über der Hose trug. »*Deswegen* bist du hinter mir hergejagt? Um mich das zu fragen? Mir geht's super. Es ist der beste Tag meines Lebens.«

»Ich habe dich verfolgt, weil du weggelaufen bist. Hätte ich dich einfach durch die Nacht irren lassen sollen, wo du so offensichtlich verärgert bist?«

»Ich bin eine verdammte Vampirin. Mir stößt nichts Schlimmes zu.«

Sie presste kurz die Lippen aufeinander, bevor sie weitersprach. »Und ich wollte mich entschuldigen. Ich hätte das nicht tun sollen …«

»Schon klar. Aber keine Sorge. Es hat mein Leben nicht komplett auf den Kopf gestellt.«

»Nein, ich …« Kat zögerte, doch dann trat sie über die Mittellinie auf mich zu. Ihre nackten Füße hinterließen Spuren im vom Tau bedeckten Gras. »Okay. Was ich meinte, war, dass ich dich nicht hätte küssen sollen, ohne dich vorher zu fragen. Das war falsch. Und jetzt ist mir auch klar, dass du zweifellos Nein gesagt hättest, wenn ich dich gefragt hätte, und deshalb hätte ich dich überhaupt nicht küssen dürfen.« Ihre Stimme bebte. »Ich hätte nie gedacht, dass ich so etwas tun würde. Ich bin wirklich entsetzt über mich. Aber vor allem tut es mir wirklich, wirklich leid, Taylor.«

Mein Mund war trocken. Was sollte ich jetzt dazu sagen? Dass ich eine Million Mal Ja dazu sagen wollte, sie zu küssen. Dass ich wahrscheinlich tatsächlich Nein gesagt hätte, wenn sie mich gefragt hätte, weil ich es niemals hätte zugeben können. In all meinen Fantasie-Szenarien, in denen wir uns küssten, nach all den Malen, in denen mich die Hetero-Mädchen von Harcote in eine Ecke getrieben hatten, um mich um eine Kostprobe in Taylors Kussnische zu bitten, war ich nie auf die Idee gekommen, Kat einfach selbst zu fragen. Allein beim Gedanken daran hätte ich fast kotzen müssen, so peinlich war er.

»Ich kann Radtke morgen bitten, mich in ein anderes Zimmer zu verlegen«, sagte sie. »Oder, wie du gesagt hast, einfach so tun, als wäre es nie passiert. Wenn du das willst.«

»Wenn ich das will?«, erwiderte ich langsam. Die sechs Fuß zwischen uns kamen mir vor wie sechshundert und gleichzeitig wie gar kein Abstand. »Weißt du, was ich wirklich will? Ich will wissen, warum du mich so hasst.«

Die kleine Falte mitten auf Kats Stirn verriet mir, dass sie bestürzt war. »Ich hasse dich doch nicht, Taylor.«

»Blödsinn!«

»Ich habe dich mal gehasst, das stimmt.« Sie verlagerte ihr Gewicht von einem Fuß auf den anderen. Ihre nackten Zehen sanken in das nasse Gras. »Willst du wirklich, dass ich es dir erkläre?«

Nein. »Ja.«

»Als deine Eltern uns rausgeschmissen haben, wurde mein Leben komplett auf den Kopf gestellt. Es hat lange gedauert, bis meine Mutter und ich wieder … richtig Fuß gefasst haben.«

»Meine Eltern haben dich nicht rausgeworfen! Ihr seid einfach verschwunden.«

»So hast du dir das also zurechtgelegt?« Ihre Stimme war hart, als hätte ich sie enttäuscht und als hätte sie genau das von mir erwartet.

»Ich habe mir gar nichts zurechtgelegt.«

»Dann gib zu, was wirklich passiert ist.« Sie hob das Kinn und starrte mich an. Da war wieder diese Wut, die ich in ihren Augen gesehen hatte, als ich am Move-in-Day in unser Zimmer kam, als wollte sie die Erde und mich persönlich verbrennen. »Du wusstest von der Verwandlung meiner Mutter. Ich hatte es dir erzählt, und du hattest versprochen, es geheim zu halten. Und als Nächstes wirft deine Mutter uns raus, weil sie nicht will, dass ihre Familie mit Vampiren wie uns zu tun hat – besonders du und dein kleiner Bruder nicht. Als ob wir irgendwie auf euch abfärben würden.«

In meinen Ohren summte es. Ich erinnerte mich an den Tag, an dem Kat sich mir wegen des Zahngebers ihrer Mutter anvertraut hatte. In jenem Winter, als ich die Bewerbung für Harcote ausfüllte, war uns beiden klar geworden, dass ich im nächsten Herbst weg sein würde. Das schien uns irgendwie noch mehr gegenseitig anzuziehen. Wir waren so oft zusammen, dass mir die Vorstellung, wegzugehen, um hier zu studieren, noch schwerer fiel. Eines Abends hatte ich einen dummen Witz darüber gemacht, wie ich meine Bewerbung sabotieren könnte. Ich könnte behaupten, ich hätte keine Zahngeber. Daraufhin verstummte Kat. Irgendetwas stimmte nicht.

»Keine Geheimnisse«, hatte ich gesagt.

Daraufhin war sie in Tränen ausgebrochen.

Sie erzählte mir alles: Wie der Zahngeber ihrer Mutter sie nicht hatte verwandeln wollen und sie dem Tod überlassen hatte. Mir war klar, warum sie deswegen hatte lügen müssen, ich wusste, wie sie sich manchmal fühlte: Als wüsste sie nicht, wer sie wirklich war. In der Vampirgemeinde drehte sich so vieles um den Stammbaum, die Eltern, die Zahngeber. Meine Mutter hatte oft gesagt, es sei eine Schande, dass Kat ihre Zahngeber durch die Verseuchung verloren hatte. Aber nicht einmal zu wissen, wer ihr Schöpfer mütterlicherseits überhaupt *gewesen* ist? Dass er ihre Mutter todgeweiht zurückgelassen hatte? Darüber sprachen Vampire normalerweise nicht offen, aber es war ziemlich klar, wie sie dazu standen: Ohne einen Stammbaum war man *wertlos*.

Kat und ich hatten uns bei unserem unsterblichen Leben und unserer Freundschaft geschworen, dass ich ihr Geheimnis bewahren würde. Ich weiß noch, dass ich dachte, das sei nicht nötig. Ich wäre lieber gestorben, als Kats Vertrauen zu brechen. Aber wir verschränkten trotzdem unsere kleinen Finger und führten sie an unsere Lippen.

»Ich habe mein Versprechen gehalten«, sagte ich jetzt.

Sie schüttelte den Kopf. »Lüg mich nicht an, nicht jetzt.«

Ich trat auf sie zu, so nahe, dass ich ihr direkt in die Augen sehen konnte. »Das tue ich auch nicht. Ich habe nie ein Wort zu meinen Eltern gesagt.«

Ich konnte fast wieder spüren, wie sanft ihre Lippen meine liebkost hatten, die kühne Selbstsicherheit ihrer Hand auf meinem Kiefer. Ich zwang mich, diese Hitze, die ich mir zwischen uns wahrscheinlich nur vorstellte, zu ignorieren. Es war viel wichtiger, dass sie mich suchte und einen Weg fand, mir zu vertrauen.

»Aber all die Jahre dachte ich …« Sie flüsterte fast. »Wie haben sie es herausgefunden?«

»Also … bist du wirklich sicher, dass sie es wussten? Sie haben mir nie etwas davon erzählt.«

»Was dachtest du denn, warum wir einfach verschwunden sind?«

Ich schluckte schwer. Was bis vor einer Sekunde noch die Wahrheit gewesen war, schmeckte jetzt plötzlich seltsam und säuerlich. »Meine Mutter hat mir erzählt, dass ihr einfach weitergezogen seid. Ihr wärt mitten in der Nacht einfach aufgebrochen und verschwunden, als ob, wie sie sagte, all unser Mitgefühl nichts bedeutete. Ich wollte dir eine Nachricht schicken. Das hätte ich auch tun sollen. Aber ich habe gezögert. Ich war wohl ziemlich …« Ich wollte sagen, ich war sauer. So erinnerte ich mich gerne an mich selbst: Wenn mir etwas oder jemand wichtig genug war, um Gefühle bei mir auszulösen, dann war es Wut. Aber als ich in Gedanken zurück an diesen Ort ging, in die Zeit, als ich mein Gesicht im Kissen vergrub, als ich Kats Fahrrad sah, das sie hinter der Garage zurückgelassen hatte, wo es vor sich hin rostete, dann hätte ich ihr die Nachricht nicht aus Wut geschickt. »Es fühlte sich an, als hättest du mich im Stich gelassen.«

Wir standen jetzt so nah beieinander, dass ich meinen Blick abwenden musste, als ich es aussprach – die Sache mit dem Sich-verlassen-Fühlen. Als ich sie wieder ansah, hatte sie die Brauen zusammengezogen.

»Und ich dachte, du hättest mich verraten.«

Es war nachvollziehbar, dass Kat mir nicht geschrieben hatte, wenn sie mir nicht mehr vertraute. Aber selbst wenn meine Eltern sie einfach rausgeschmissen hätten, hatte das nichts mit mir zu tun oder mit mir und Kat. Es fühlte sich im Moment zu groß an, als dass ich es ganz fassen konnte. Ich hatte so lange eine andere Version der Geschichte geglaubt. Wann immer ich sie vermisste oder mich einsam fühlte, fühlte sich dieser Gedanke, die Geschichte, die ich mir selbst eingeredet hatte, wahr an, wie ein Stein, der glatt geschliffen wurde, dessen Riefen durch jahrelangen Gebrauch abgetragen wurden. In dieser Geschichte war ich jemand, vor dem man weglaufen musste, jemand, den man nur verlassen konnte – und diese Geschichte hatte ich für mich selbst erfunden.

»Es tut mir leid«, sagte ich. Ein besserer Mensch hätte schon längst daran gedacht, sich zu entschuldigen. »Ich wünschte, das alles wäre nicht passiert. Sic hätten euch nie rausschmeißen dürfen, dann wären wir noch …« Ich brach ab. Wir hatten noch nie über diese Zeit gesprochen. Ich konnte wirklich nicht davon ausgehen, dass sie mich vermisst hatte.

Aber dann sagte sie: »Beste Freundinnen.«

»Ja.« Mehr wusste ich darauf nicht zu erwidern.

»Danke«, sagte sie. »Für die Entschuldigung. Für alles heute Abend.«

»Oh, *Kath-er-ine.*« Ich seufzte. »Heute Abend war gar nichts. Dank mir nicht dafür, dass ich mich entschuldigt habe. Es macht letztlich keinen Unterschied.«

»Vielleicht macht das für dich auch keinen Unterschied, aber mir tut es auch leid.«

Das Mondlicht fiel auf ihre Schläfe, auf die Kurve ihres Ohrs, die Linie ihres Kiefers. Die Art, wie sie mich ansah, mit ihren warmen Augen und den leicht zusammengepressten Lippen, machte es mir leicht, mir vorzustellen, sie zu küssen. Leichter als jemals zuvor. Ich könnte die Distanz zwischen uns überwinden, mich zu ihr beugen, meine Hand auf ihre Wange legen, meine Finger in ihr Haar graben und sie küssen. Ich konnte kaum atmen, wenn ich daran dachte.

Aber ich hatte meinen Vorrat an Peinlichkeiten für diesen Tag aufgebraucht. Eben noch war es völlig normal gewesen, dass Kat und ich auf dem Spielfeld standen, sie im Schlafanzug und ich in Abendgarderobe, im nächsten Moment scharrten wir beide mit den Füßen und fragten uns, wie wir überhaupt hierhergekommen waren.

»Sollen … sollen wir vielleicht zurückgehen?«, schlug Kat vor.

»Warte.« Ich bückte mich, um meine Turnschuhe zu öffnen, zog sie aus und hielt sie ihr hin. Sie zog sie sich selbst über die Füße. So liefen wir zurück zum Mädchenhof, sie in meinen Turnschuhen, ich in meinen Dinosauriersocken.

Als wir zurückkamen, war Hunter House zum Glück noch leer. Gerade als ich das Licht in unserem Zimmer ausmachte, hörten wir, wie die Tür im Erdgeschoss aufflog. Wir lagen im Dunkeln und hörten, wie fünfzehn Mädchen ihre Schuhe auszogen und auf ihre Zimmer hinauf trampelten.

Ich wollte sie nicht ansehen, aber tat es trotzdem. Ich konnte mich nicht zurückhalten.

Kat sah mich auch an.

25

Kat

Ich lief Kreise in der erweiterten Sammlung. Die grünlichen Lichter der Bewegungsmelder schalteten sich in jedem Gang ein, durch den ich ging.

Ich war an diesem Morgen aufgewacht, hatte gesehen, dass Taylor wie eine Tote schlafend in ihrem Bett lag, und war so schnell wie möglich verschwunden. Es war nur anständig, Taylor etwas Freiraum zu lassen, und außerdem musste ich nachdenken.

Aber jetzt, da ich allein im Silo war, konnte ich nur noch an sie denken.

Über die Erleichterung, die mich durchströmt hatte, als sie beim Ball vor mir auf den Stufen kniete.

Wie sie auf dem Feld gestanden hatte, ihr weißes Hemd wie ein Leuchtfeuer im Mondlicht, und wie sich ihre Brust hob, und etwas in mir war sich sicher, dass sie sich verirrt hatte, dass ich sie gerade noch rechtzeitig eingeholt hatte, obwohl ich diejenige war, vor der sie weglief.

Und ich dachte an diesen Kuss.

Eben noch hatten wir uns gestritten, die Wut in uns beiden kochte über, und plötzlich fühlte es sich an, als wäre das Einzige, was zählte, der Schwung ihrer Lippen, dass Evangeline diese Lippen nicht hätte küssen dürfen, und ich konnte nicht mehr *denken*. Ich konnte mich nicht einmal daran erinnern, dass ich mich entschieden hatte, sie zu küssen, als ich es tat. Ihre weichen Locken, die über meine Wange strichen, der sanfte Druck ihres Mundes, der Moment, als sie den Kuss erwiderte, die Art, wie sich ihr Körper an meinen schmiegte. Mich überkam eine Gänsehaut, ein Kribbeln, nicht nur auf meiner Haut, sondern tiefer, wie ein Hunger, wie etwas tief in mir, das mich zu ihr hinzog. Ich wollte weinen, aber ich konnte nicht, ich wollte lachen, aber ich konnte nicht. Ich hätte sie ewig küssen können. Selbst jetzt hatte ich das Gefühl, als würde ich sie immer noch küssen.

Ich schüttelte den Kopf, um meine Gedanken zu ordnen.

Das war nicht richtig. Ich hätte mich ihr nie einfach so aufdrängen dürfen, ohne mich zu vergewissern, ob sie es auch wollte. So ein Mensch war ich nicht. Mir war das Einverständnis wichtig. Aber irgendwie hatte ich mich in diesem Moment nicht gefragt, was sie fühlte. Ich war mir so sicher, dass sie dasselbe fühlte wie ich. Aber so war es nicht. Sie war *weggelaufen*.

Mein Handy summte. »*Hey, Partygirl, komm in den Speisesaal, wir frühstücken*«, schrieb Evangeline.

Plötzlich fühlte sich der Silo so sauerstoffarm an, dass ich nicht mehr atmen konnte.

Evangeline!

Natürlich wollte Taylor mich nicht. Sie hatte jemanden, auch wenn diese Person ein Albtraum mit menschlichem Antlitz war, die ihr niemals das Gefühl geben würde, das sie verdient hätte. Eine Person, auf die ich gestern Abend so eifersüchtig gewesen war, dass ich fast in Ohnmacht gefallen wäre.

Wie konnte ich ausgerechnet von Taylor Sanger so besessen sein, Taylor, die mich verraten und mein Vertrauen missbraucht hatte? Nein, erinnerte ich mich, das hatte sie nicht. Sie hatte mir gestern Abend gesagt, dass sie ihren Eltern nie etwas gesagt hatte. Und ich glaubte ihr. Damit war sie Taylor Sanger, meine ehemalige beste Freundin und Mitbewohnerin. Das fühlte sich nach etwas ganz anderem an.

Aber eigentlich spielte es keine Rolle. Denn ich war nicht lesbisch.

Ich hätte es gewusst, wenn ich lesbisch gewesen wäre.

Ich hätte es ganz bestimmt gewusst.

Ich dachte daran, Guzman oder Shelby anzurufen. Die würden total ausrasten, wenn ich es ihnen sagte.

Wenn ich ihnen *was genau* sagte? Wie sollte ich ihnen etwas erklären, was ich selbst nicht verstand?

Der Gedanke, meinen Freunden das zu erklären, war so demütigend, dass ich am liebsten mitten in die Abteilung für Frühe Amerikanische Vampire im Silo gekotzt hätte.

Ich brauchte eine Ablenkung, etwas anderes, worauf ich mich konzentrieren konnte. Es war das erste Mal, dass ich ohne Galen allein im Silo war. Ich sollte eigentlich Informationen über die Zeit meiner Mutter bei CasTech suchen.

Meine Mutter hatte sich *Meredith Ayres* genannt – Galen hatte sie so genannt, und die Bildunterschrift in der Zeitschrift behauptete dasselbe. Es war nicht ungewöhnlich, dass Vampire ihre Namen änderten, aber meine Mutter hatte nie etwas davon erwähnt. Im Silo gab es keinen digitalen Katalog, also musste ich nach unten in den Zettelkatalog gehen, um nach dem Namen zu suchen.

Nichts. Natürlich nicht.

Frustriert trat ich gegen den Zettelkatalog.

Ich hasste es, keine Antworten zu bekommen. Ich hasste es, *nichts zu wissen*.

Wenn ich lesbisch wäre, hätte ich es gewusst.

Aber ich wusste es nicht. Was bedeutete, ich wusste, dass ich *nicht* lesbisch war.

Ich hatte keinen Grund, Angst davor zu haben, was ich war. Ich war schließlich nicht an einem Ort wie Harcote aufgewachsen, wo Taylor die einzige Regenbogenflagge im Umkreis von fünf Kilometern schwenkte. An meiner alten Highschool gab es eine Million queere, nicht-binäre und transsexuelle Schüler:innen. Sie wurden von Schülerorganisationen vertreten, und es gab alle möglichen Schulungen über Vielfalt und Akzeptanz. Ich machte mir keine Sorgen, was meine Mutter darüber denken würde – auch wenn Harcote offensichtlich die Grenze ihrer Toleranz überschritten hatte. Meine beiden besten Freunde waren queer. Wir gingen zusammen zu Pride und Drag-Shows und All-Ages-Clubnächten, und sie nannten mich ihre wichtigste Cis-Het-Verbündete. Sogar *sie* waren sich sicher, dass ich das war. Hetero.

Ich hatte Guzman einmal gefragt, woher er wisse, dass er schwul sei, und er schaute finster drein. »Ich hasse diese Frage. Woher weißt du, dass du hetero bist?« Als ich das nicht beantworten konnte, sagte er selbstgefällig: »Siehst du? Heterosexuelle gehen immer davon aus, dass man es *herausfinden* muss, aber ich wurde so geboren.« Bei Shelby war es genauso: Sie hatten sich mit neun Jahren bei ihren Eltern als trans geoutet und ein paar Jahre später begonnen, die Pronomen they/them zu verwenden. Guzman und Shelby stellten es dar, als sei dies etwas, was alle queeren Menschen gemeinsam hätten: Sie kannten immer ihre Identität und entschieden, wann und wie sie diese mitteilten.

So fühlte ich mich überhaupt nicht. Wenn ich so geboren wurde, belog ich mich dann selbst? Oder war ich tatsächlich heterosexuell und die letzte Nacht war eine Art Ausrutscher gewesen?

Ich gab den Zettelkatalog auf und ging zurück in die Cas-Tech-Abteilung. Vielleicht gab es noch andere Dokumente aus der Anfangszeit, in denen eine Frau namens Meredith Ayres vorkam.

Ich kaute auf der Innenseite meiner Wange. Es stimmte, dass ich mich nie so sehr für Jungs interessiert hatte, wie es von mir erwartet wurde. Nicht, dass es *wirklich* von mir erwartet wurde, aber seit ich ein kleines Kind war, hatten mir die Leute gesagt, dass ich die Jungs verrückt machen würde, dass sie mir hinterherlaufen würden. Sogar Guzman und Shelby machten solche Bemerkungen, als wäre ich aufgrund meines Aussehens dafür geschaffen, Jungs anzuziehen.

An meiner alten Schule hatte ich Jungs geküsst, und es fühlte sich nicht direkt *schlecht* an. Doch eher war es so, dass ich darauf wartete, dass es sich gut anfühlte. Ich hatte mich nie wirklich darauf eingelassen, aber hätte ich die Kontrolle verloren, hätte es ein Blutbad geben können. Zumindest dachte ich das immer. Vielleicht hatte es etwas zu bedeuten, dass ich nie wirklich angetörnt war. Aber dann war da ja die Nervosität, die Unerfahrenheit. Es war unangenehm genug, sich mit einem anderen Menschen auf derselben Ebene zu befinden, wenn man vollständig bekleidet war, und plötzlich sollte man wissen, was zu tun war, wenn man halb nackt war?

Ich schlug eine weitere Zeitschrift auf, und Victors Gesicht sah mich daraus an. Ich klappte sie zu. Ich dachte daran, wie perfekt Galen in seinem Smoking aussah – wie perfekt er immer aussah. Galen war wie eine griechische Statue: Unbestreitbar und von außen betrachtet exquisit. Aber ich konnte nie so für ihn empfinden, wie Evangeline und Lucy es taten. Zu Hause war es dasselbe – Guzman oder Shelby zeigten mir immer die heißen Typen, aber ich entdeckte sie nie selbst. Aber bei Mädchen … brauchte ich keine Hilfe, um sie wahrzunehmen. Lucy und Evangeline waren auf eine Art und Weise schön, dass ich am liebsten vor ihnen niedergekniet wäre. Ich hatte es vom ersten Moment an gespürt, als ich sie traf, als sie die Tür geöffnet hatten und meine Brust sich zusammenzog. Sie brannten auf eine Weise, neben der Galen wie kalte Asche erschien.

Aber Mädchen fand *jeder* schön. Das Wort wurde im Grunde erfunden, um Mädchen zu beschreiben. Es war nicht lesbisch, zu einer wabbeligen Pfütze zu zerfließen, wenn ein hübsches Mädchen einen ansah.

Es sei denn, es war genau und ganz und gar das.

Ich zog ein Buch über die Gründung von CasTech aus dem Regal mit Materialien.

Ich konnte unmöglich queer sein. Ich war jemand, der sich selbst kannte. Ich wusste, was ich wollte. Ich hatte vielleicht mein ganzes Leben damit verbracht, mich nach meiner Abstammung zu fragen und meinen Platz in der Vampirgemeinde zu suchen, aber das hier ging darüber hinaus. Wenn ich lesbisch war, konnte ich nicht die Person sein, für die ich mich hielt. Und wer war ich dann?

Mir wurde schwindelig. Ich schob das Buch zurück ins Regal und versuchte es mit einem anderen.

Vielleicht war es nur Taylor, vielleicht war irgendetwas Spezielles an ihr. Unsere alte Freundschaft, all diese Gefühle. Die Verrücktheit der letzten Nacht.

Taylor.

Schon beim Gedanken an ihren Namen krampfte sich meine Brust in einer Art Verlangen zusammen.

Aber war das bei uns nicht schon immer so gewesen? Als

würde sich die Welt ohne sie nicht mehr drehen, als wäre sie das Licht in jedem Raum. Selbst als ich sie hasste, war das noch so.

Aber wir waren Freunde – oder auch nicht –, oder ich wollte mehr von ihr – oder vielleicht auch nicht. Es war einfach *sie*, mit ihrem schrägen Lächeln und ihren unpassenden Witzen und der Art, wie sie mich immer durchschaute.

Sie war es schon immer gewesen.

Es war schon immer um uns beide gegangen.

Ich habe noch nie jemanden so geküsst, wie ich sie gestern Abend geküsst habe.

Ich gab die Bücher auf und riss einen Aktenschrank auf.

Diese komische Übelkeit in meinem Magen von gestern Abend war wieder da, als Galen mich zum Ball begleitete. Es war zu viel, um es zu entwirren. Was wir waren. Wer ich war.

Eine Nacht – ein Kuss – konnte nicht alles ändern.

Meine Hand verharrte auf einer Personalliste aus dem Jahr 1979, etwa fünf Jahre nach der Verseuchung. Darin waren alle CasTech-Mitarbeiter:innen mit ihrer Funktion und den Daten ihrer Unternehmenszugehörigkeit aufgeführt. Und es gab eine Spalte mit der Bezeichnung »Status«. Sie stand ganz oben: Meredith Ayres, Forschung und Entwicklung, 1944–1975, unbekannt.

Galen hatte recht gehabt: Meredith Ayres hatte im Gründungsjahr des Unternehmens angefangen, bei CasTech zu arbeiten. Ich fuhr mit dem Finger die Seite hinunter. Selbst Galens Eltern waren dort erst seit 1947. Sie hatten CasTech ebenfalls 1975 verlassen, um die Black-Stiftung zu gründen, fast zeitgleich mit der Entdeckung des ersten Todes eines Vampirs durch CFaD. Meine Mutter hatte dort *dreißig Jahre lang* gearbeitet und war dann verschwunden.

Ich nahm die Liste mit an meinen Schreibtisch und überprüfte die Anfangsdaten der anderen Mitarbeiter. Neben Meredith Ayres war Victor der Einzige, der 1944 dort gearbeitet hatte. Sein Status war »lebend«. Mir sträubten sich die Nackenhaare, als ich mich auf die Statusspalte konzentrierte. Die meisten Vampire, die vor der Katastrophe bei CasTech gearbeitet hatten, hatten diese nicht überlebt, ihr Status lautete »verstorben«. Wie war das möglich? Die Verseuchung hatte Tausende von Vampiren getötet, aber diese Leute hatten geholfen, Hema zu *entwickeln*. Sie hätten den einfachsten Zugang dazu haben müssen, als die Verseuchung zuschlug.

Meredith Ayres war die Einzige, deren Status mit »unbekannt« markiert war. Galen hatte gesagt, sie sei verschwunden. Warum? Wie anders wäre unser Leben verlaufen, wenn sie geblieben wäre? Und warum hatte sie mir nie erzählt, dass sie dreißig Jahre lang mit dem wichtigsten Mann der Vampirgemeinde zusammengearbeitet hatte?

Natürlich konnte ich sie jetzt nicht einfach danach *fragen*. Das hier war eine große Lüge, eine ganze alternative Lebensgeschichte. Ich vertraute nicht darauf, dass sie mir die Wahrheit sagen würde.

»Ich dachte mir schon, dass ich dich hier finde.«

Ich fuhr fast aus der Haut. Eine große Gestalt stand hinter mir, die Schultern hochgezogen. Galen sah aus, als hätte er kaum geschlafen, seine Locken waren zerzaust, und die Haut unter seinen Augen war dunkler als sonst.

»Können wir reden?«, fragte er.

Ich schob die Liste zwischen meine Sachen. Mit Galen zu reden, war das Letzte, was ich jetzt wollte. »Natürlich.«

»Ich hätte dich nie bitten dürfen, mit mir zum Ball zu gehen«, sagte er.

»Okay. Sicher. Ich wollte es dir nicht vermasseln.«

»Nein, so habe ich das überhaupt nicht gemeint. Du brauchst dich nicht zu entschuldigen.« Er setzte sich mir gegenüber und legte seine Hände auf den Schreibtisch. »Lass es mich erklären. Alles, was ich tue, wird genauestens unter die Lupe genommen. Ich wusste, dass es nicht fair war, dich dem auszusetzen, aber ich wollte einmal eine Nacht erleben, in der ich so tun konnte, als wäre ich normal. Und ich dachte, mit dir könnte ich das schaffen. Aber ich konnte es nicht.«

Ich schluckte schwer. *Normal.* Das Mädchen von nirgendwo. Galen hatte mich aus demselben Grund gefragt, aus dem ich das Mentorat bekommen hatte.

Ich suchte meinen Kram zusammen. »Ich hab's kapiert. Ist schon gut.«

Er streckte den Arm aus und packte meine Hand. »Ich meine, ich konnte es deinetwegen nicht schaffen.« Seine grauen Augen glitten forschend über mein Gesicht. »Wer bist du, Kat?«

Taylor

Ich starrte auf die Regenbogenfahne über meinem Bett und erlaubte mir behutsam, an die letzte Nacht zu denken. Ich wollte nur dieses eine Mal an den Kuss denken und dann nie wieder. Ich würde ihn vergessen, so wie Kat es wollte. Wenigstens hatte sie keine Diskussion darüber losgetreten wie einige der Mädchen, die Taylors Kussnische besuchten und die vorher extra klarstellen wollten, dass es nur ein Experiment war. Dann musste ich dasitzen und nicken … klar, ich verstehe. *Ich habe einmal versucht, ein Mädchen zu küssen, und es hat mir nicht gefallen, das macht ja jede* – außer mir.

Ich könnte vielleicht den Kuss aus meinem Kopf verbannen, aber eine Sache von letzter Nacht würde ich nicht vergessen: was Kat darüber gesagt hatte, warum sie Virginia verlassen hatte. All die Jahre hatte Kat gedacht, ich hätte ihr Vertrauen missbraucht, während ich dachte, sie hätte mich im Stich gelassen. Jetzt wussten wir, dass beides nicht wahr war und dass die Geschichten, die man uns erzählt hatte, nicht stimmten. Aber was war wirklich passiert?

Es gab eine einzige Person auf der Welt, der ich zutraute, mir dabei zu helfen, eine Lösung zu finden. Es war dieselbe Person, der ich gestern Abend gesagt hatte, sie solle sich zum Teufel scheren.

Ich hätte nie so mit ihm reden dürfen. Kontos war mein schwuler Patenonkel. Er verdiente meinen Respekt, und ich wollte mir seinen verdienen. Ich schwor mir, ihm alles zu erzählen: von Kat und wie sie mich dazu gebracht hatte, zum Ball zu gehen, und sogar, was wirklich mit Evangeline los gewesen war. Ich konnte nur hoffen, dass er mir im Gegenzug für meine Ehrlichkeit verzieh.

Es wäre sehr Kontos-untypisch, wenn er das nicht täte.

Um Kontos zu finden, selbst an einem Sonntagmorgen, musste man kein Detektiv sein. Er war immer in seinem Büro.

Meine Turnschuhe quietschten in den labyrinthischen Gängen des Naturwissenschaftsgebäudes. Ich rümpfte die Nase. Es roch seltsam hier, als hätte man ein Sektionspräparat liegen lassen. Und der Gestank wurde immer stärker.

Die Tür zu Kontos' Klassenzimmer war offen. Aber der Gestank war jetzt nicht mehr zu ignorieren. Vielleicht hatte einer der Kühlschränke im Bio-Labor den Geist aufgegeben und die Frösche und Schweineföten in ihren kleinen Formaldehydbädern begannen zu verwesen.

»Kontos, wie kannst du diesen Gestank ertragen …?«

Aber dann sagte ich nichts mehr, sondern gab nur noch ein seltsames, halb ersticktes Heulen von mir, das so gar nicht nach mir klang. Es klang so, wie sich das Laufen in Träumen anfühlt, festgefahren und dumpf und unwirklich, aber die Dringlichkeit machte es entsetzlich, die unvermeidliche Erkenntnis, dass es niemals ausreichen würde.

Auf dem Boden war eine Lache aus schwarzbraunem, halb getrocknetem Blut. Die Spitze meines Turnschuhs stand darin. Mein halber Fuß stand in seinem Blut.

In *Kontos'* Blut.

Er lag auf dem Boden, zusammengesunken auf der Seite. Sein Brustkorb war eingefallen, als wären die Knochen darin nicht stark genug, ihn zu halten. Seine Schultern waren in einem seltsamen Winkel erstarrt, durch den sein Gesicht auf den Boden gedrückt wurde – in sein Blut. Das Blut kam aus seinem Mund, seiner Nase, sogar aus seinen Ohren und Augen, es lief aus allen möglichen Öffnungen aus ihm heraus.

Neben ihm, ebenfalls tot, lag eine Frau. Sie hatte eine Tätowierung auf der Schulter, die auf ihrer bläulichen Haut zu grell und bunt aussah. Ihre Augen waren trübe und leer. Das blonde Haar wirkte durch das Linoleum, auf dem es wie ein Fächer lag, noch stumpfer. Zwei kreisförmige Bisswunden in ihrem Hals hatten eine verkrustete Blutspur auf dem Boden hinterlassen.

Ich machte immer noch dieses Geräusch, gab dieses grässliche, leiernde Wimmern von mir, das ich nicht abstellen konnte, als ich zurück in den Flur ging. Dann erinnerte ich mich an den Geruch, daran, was der Geruch wirklich war – es war Kontos, gestorben an CFaD, und diese Frau, von der er es bekommen hatte, tot neben ihm. Das Hema, das ich gerade gefrühstückt hatte, kam hoch und bespritzte den glänzenden Boden des Flurs mit seinem Granatrot, ein Strahl falschen Blutes schoss über den Boden, und es war *so beschissen*, dachte ich, es war so beschissen, dass sich diese drei Arten von Blut miteinander vermischten und ich das alles einfach liegen lassen musste, während ich Hilfe holte.

Die Sechsecke von der Sohle meines Turnschuhs hinterließen Abdrücke auf dem Boden, meine eigenen blutigen Schritte verfolgten mich durch den Flur.

26

Taylor

Ein Lehrer brachte mich in ein Physiklabor im ersten Stock. Irgendjemand hatte mir eine Decke gegeben, weil ich so zitterte – ich klapperte förmlich mit den Zähnen und hätte nie gedacht, dass das wörtlich gemeint war. Die Decke lag neben mir auf einem Hocker. Ich wusste nicht, was ich damit anfangen sollte. Und woher aus dem Naturwissenschaftsgebäude stammte diese Decke, wer hatte sie überhaupt angeschleppt?

Ich wollte zurück in mein Zimmer und ins Bett kriechen, damit ich aus diesem bösen Traum aufwachen konnte.

Kontos.

Sein alberner Schnauzbart und seine Bundfaltenhosen, seine klickenden Kulis und seine ernsthaft guten Absichten. Sein dummer Glaube an die Vampirgemeinde.

Wie konnte Kontos sterben, weil er sich von einem Menschen ernährt hatte? Das widersprach dem Reunionismus völlig. Der Kern ihres Traums war, dass Vampire *gut* sein konnten, dass wir uns zurückhalten konnten, dass wir mit den Menschen gleichberechtigt leben konnten.

Fast hatte er mich überzeugt. Aber ich hatte gestern Abend recht gehabt: Vampiren konnte man nicht trauen. Niemandem konnte man trauen. Niemandem außer einem selbst.

Ich rieb mir das Gesicht und riss die Hände dann weg. Ich starrte auf sie hinab, suchte die Falten meiner Handflächen und die Nagelbetten meiner Finger nach Blut ab. Ich hatte nichts angefasst. Aber es fühlte sich so an.

Atherton tauchte mit Radtke im Schlepptau auf. Radtke wirkte noch ausgezehrter als sonst, mit Ausnahme ihrer Nase. Die war gerötet und lief. Die Haut um ihre Augen war straff, als hätten die Muskeln zuletzt zu stark gezuckt und seien nun erstarrt. Ihr Haar trug sie offen. So hatte ich sie noch nie gesehen, nicht einmal in Hunter House. Ihr Anblick machte mir ein wenig Angst: Das hier konnte sogar jemanden, der so eiskalt war wie Radtke, aus der Fassung bringen.

Also richtete ich meinen Blick auf Atherton, der sichtlich besser damit zurechtkam. Die Nachricht von Kontos' Tod hatte ihn offenbar beim Training unterbrochen. Sein ehrgeiziges Bruderschaftsbruder-Gesicht war noch fleckiger als sonst, und er trug eine Art hautenges Trainingstop. Dadurch konnte ich die Spitzen seiner Brustwarzen sehen. Ich wollte den Anblick aus meinem Gedächtnis löschen, konnte dann aber nicht aufhören, darauf zu starren.

Er setzte sich auf einen Hocker mir gegenüber.

»Sie haben heute Morgen einen echten Schock erlitten, Taylor.« So, wie er klang, schien der schlimmste Tag meines Lebens nur ein lästiger Schluckauf zu sein. »Das muss Sie zutiefst erschüttert haben.«

»Er ist tot.« Es sollte wie eine Frage klingen, aber ich fragte nicht wirklich. Ich wusste, dass er tot war.

Atherton nickte. »Wir glauben, dass es gestern Abend während des Balls passiert ist.«

»Während des Balls?« Ich stammelte. »Aber er war doch da. Ich habe mit ihm gesprochen …«

Und dann ist er in sein Büro gegangen, um die Festplatte an einem sicheren Ort zu deponieren.

Die Festplatte, die ich ihm zurückgegeben hatte.

»Ich weiß, das ist schwierig. Aber ich … wir alle …« Atherton machte eine Geste, die den Raum umfasste, obwohl nur noch Radtke anwesend war. »Ich denke, es wäre das Beste, wenn Sie die Einzelheiten für sich behalten würden. Wir wollen nicht, dass die anderen Youngbloods durch Gerüchte von diesen beunruhigenden Neuigkeiten erfahren.«

Als ob die Youngbloods nicht genau das Gleiche täten, was Kontos jetzt umgebracht hat.

»Würden Sie das für mich tun?«, drängte Atherton.

Ich nickte.

»Ich weiß, das ist schwer zu akzeptieren.« Er schien zu glauben, er wüsste ganz gut, was ich fühlte. »Aber Mr Kontos hatte schon seit einiger Zeit mit diesem Verhalten zu kämpfen.«

»Sie meinen, dass er von Menschen getrunken hat?«

Irgendetwas in mir sträubte sich gegen diese Information. Sie widersprach diametral dem, was ich über Kontos wusste. Wie konnte er mir gegenüber behaupten, die Vampirgemeinde könnte seiner Meinung nach besser werden, wenn er selbst einer der Schlimmsten war?

»Wir haben versucht, ihm zu helfen.« Atherton setzte eine besorgte Miene auf, die wirkte wie aus einem Kinderzeichentrickfilm: Stirn gerunzelt und große Kulleraugen. »Leider war es zu spät.«

Ich blickte zu Radtke hinüber. Sie hatte immer noch denselben Ausdruck auf dem Gesicht. Eingefallene Wangen, die Lippen so fest aufeinandergepresst, dass man sie kaum sehen konnte, und die Ellbogen umklammernd. Sie gab sich große Mühe, erschüttert zu wirken, obwohl das hier wahrscheinlich genau das war, was sie in der Nacht, als wir sie und Atherton in Old Hill belauscht hatten, angedroht hatte. Wahrscheinlich war sie in Wirklichkeit sogar froh, dass Kontos tot war.

»Warum erzählen Sie mir das?«

Athertons Augenbrauen hüpften auf seiner Stirn, was bedeutete, dass er versuchte, uns junge Leute zu verstehen. »Sie waren doch eng mit Mr Kontos befreundet. Da ist es ja nur natürlich, neugierig zu sein.«

»Er war mein Chemielehrer, das war's. Dumm gelaufen.« Die Decke rutschte in diesem Moment vom Hocker auf den Boden. Ich hob sie nicht auf. »Kann ich jetzt wieder auf mein Zimmer gehen? Ich muss das hier erst mal verarbeiten.«

Atherton sah unbehaglich aus. Wahrscheinlich wartete er darauf, dass ich in Tränen ausbrach. Das Einzige, was Männer mehr hassten als weinende Mädchen, war, wenn wir nicht dann weinten, wenn sie es erwarteten. »Gehen Sie nur.«

Ich sprang von dem Hocker auf und stürmte aus dem Naturwissenschaftsgebäude. Die Sonne war herausgekommen und schien auf den nassen Campus. Es sah aus, als wäre er für ein Fotoshooting der Zulassungsstelle inszeniert worden, und ich hatte das Gefühl, zu schweben. Als wäre ich in einem Traum, und nichts von alldem war real, nicht einmal Kontos' Leiche, die noch immer im Gebäude hinter mir auf dem Boden lag, die Eingeweide von CFaD verflüssigt.

Ich fühlte mich weder traurig noch aufgewühlt noch irgendwas von dem, was Atherton gesagt hatte.

Ich war einfach nur müde. Es kam mir vor, als wären drei Jahre vergangen, seit ich Hunter House verlassen hatte. In meinem Zimmer zog ich meine Turnschuhe aus – dieselben, die ich auf dem Ball getragen hatte – und warf sie in den Müll. Ich legte mich ins Bett und lag da, wie Vampire in Filmen in ihren Särgen liegen, die Beine ausgestreckt und die Arme über der Brust verschränkt. Ich starrte an die Decke und ließ meinen Gedanken freien Lauf.

Kat

»Wer ich bin?«, wiederholte ich. »Ich bin niemand.«

»Für sie bist du jemand«, widersprach Galen.

»Das ist doch Unsinn.«

»Als du vorgeschlagen hast, alle auf dem Ball zu überraschen, wollte ich mich nicht nur vor den anderen Harcoties bedeckt halten«, sagte er vorsichtig. »Meine Eltern und mein Schöpfer haben große Erwartungen an mich. Es ist wichtig, mit wem ich gesehen werde …«

»Ich bin mir sicher, dass es Victor egal ist, mit wem du zu einem Highschool-Ball gehst!«, fuhr ich ihm in die Parade.

»Keineswegs. Für sie ist alles, was ich tue, ein Statement.« Bei seinem Tonfall kam ich mir dumm und jung vor. »Das hier ist Harcote. Wir sind die Youngbloods. Die Zukunft der Vampirgemeinde liegt in unseren Händen und in meinen auch noch die Zukunft der Black-Heilmittel-Stiftung, vielleicht sogar die von CasTech.« Das hatte er mir gegenüber noch nie zugegeben. »Meine Eltern waren sich immer darüber im Klaren, dass es auf sie zurückfällt, mit wem ich zusammen bin. Es ist meine Pflicht, das zu respektieren. Als sie an meinem Move-in-Day wegfuhren, kannte ich bereits das Mädchen, das sie für mich vorgesehen hatten.«

»Evangeline.« Ich verdrehte die Augen. »Was sehen alle in ihr?«

»Es geht darum, *was* sie ist, nicht *wer* sie ist. Evangeline stammt aus einer der ältesten Vampirlinien Europas. Sie hat nicht einmal einen Schöpfer väterlicherseits, denn ihr Vater ist so alt, dass er zu den Urvampiren gehören könnte – Vampire, die ohne einen Zahngeber erschaffen wurden. Er lebt in einem echten Schloss in Rumänien. Sie kennt ihn zwar kaum, denn sie wurde von ihrer Mutter und einem Kindermädchen aufgezogen, aber das macht nichts. Sie hat seinen Namen und sein Blut. Und da ist noch etwas … Evangeline hat immer das Gefühl, dass das, was sie hat, nicht genügt.«

»Sie ist reich, sie ist wunderschön, sie gehört zum Vampir-Hochadel. Was will sie mehr?«

Seine Augenbrauen hoben sich. »Macht, natürlich. Ihre *eigene* Macht. Evangeline und ich sind gleich nach Schulbeginn miteinander ausgegangen. Alle waren erfreut. Aber nach ein paar Wochen hielt ich es einfach nicht mehr aus. Schon der Gedanke an sie löste eine Panikattacke bei mir aus.« Er zögerte. »Hattest du jemals das Gefühl, du würdest wie ein Schauspieler durch dein Leben gehen und den Text rezitieren, den jemand anders für dich geschrieben hat?«

Ich nickte.

»So habe ich mich gefühlt, als ich mit Evangeline zusammen war. Also habe ich mit ihr Schluss gemacht. Alle waren wütend auf mich. Ich hatte mich noch nie so sehr als Versager gefühlt. Meine Eltern und Victor glauben immer noch, dass Evangeline die perfekte Partnerin für mich ist. Dass wir …«

»… zusammenkommen werden. Das denken hier alle.«

Er nickte. »Das ist Evangelines persönlicher PR-Maschinerie zu verdanken. Sie hat die Trennung immer so dargestellt, als wären wir ein Liebespaar, das unter einem schlechten Stern gestanden habe. Die größte Romanze der Youngblood-Generation. Im Moment weiß ich nicht, ob sie mich hasst oder liebt oder beides. Aber sie könnte am Ende recht haben.«

»Damit, dass ihr wieder zusammenkommt?«

Er fuhr sich durchs Haar. »Das könnten wir auch. Wenn sie entscheiden, dass wir zusammenkommen sollen. Und Evangeline glaubt fest daran, dass sie so entscheiden werden.«

»Oh, Galen, es tut mir so leid.«

Er lächelte humorlos. »Es gibt schlimmere Schicksale. Nachdem es mit Evangeline vorbei war, habe ich mir geschworen, mich mit niemandem mehr zu verabreden. Ich wollte niemanden mehr in diese Lage bringen. Ich redete mir ein, das sei meine eigene private Rebellion. Nur sollte eine Rebellion nicht privat sein. Das wurde mir klar, als ich dich traf. Die Schwierigkeiten mit meiner Familie sind nichts im Vergleich zu dem, was du durchmachen musstest. Nicht genug Geld für Hema zu haben, ganz allein aufzuwachsen. Du hast mich dazu gebracht, mich zu fragen, ob ich mich gegen sie behaupten könnte. Ich wusste, dass du nicht die Art von Person bist, mit der ich ihrer Meinung nach zusammen sein sollte. Niemand kennt deinen Stammbaum. Du bist die geheimnisvolle Außenseiterin.«

Das gefiel mir gar nicht.

»Du bist genau die Person, die sie *nicht* als Partnerin für mich wollen. Wahrscheinlich habe ich mich deshalb in dich verliebt.« Seine dunklen Wimpern flatterten. »Meine Eltern haben mich heute Morgen angerufen. Ich hatte erwartet, sie seien wütend, weil ich mit dir zum Ball gegangen bin. Aber das waren sie nicht. Es war, als wären all die Male, die sie mich wegen dieser Sache angeschrien haben …«

»Sie haben dich deswegen angeschrien?«

»… niemals passiert. Sie sagten, du wärst nett. Mein Vater

sagte: ›*Gute Wahl, mein Sohn.*‹ Das hat er noch nie in meinem Leben zu mir gesagt, noch nie.«

»Vielleicht habe ich ja bei Victor einen guten Eindruck gemacht. Es könnte alles mit dem Mentorat zu tun haben.«

»Aber warum wurdest du dafür ausgewählt?«, fragte Galen. »Es war eigentlich nur ein Platz vorgesehen.«

»Eben weil ich eine Außenseiterin bin«, erwiderte ich. »Ich bin ihre *Vom-Tellerwäscher-zum-Millionär-Geschichte,* ein Niemand, der unter Menschen aufgewachsen ist.«

»Wer auch immer du bist, ich mag dich.« Plötzlich klang seine Stimme fast schüchtern. »Ich mag dich sehr, Kat. Meinen Zahngeber hast du ja schon kennengelernt, aber ich habe mich gefragt, ob du vielleicht meine Eltern beim Descendants Day nächsten Monat kennenlernen möchtest.«

Ich musste mir auf die Zunge beißen, um nicht etwas Dummes zu sagen. Ich sollte seine *Eltern* kennenlernen? Galen und ich hatten gerade ein Date hinter uns, das in einer halben Katastrophe geendet hatte.

Ich wusste, dass ich Galen nicht so sehr mochte wie er mich. Aber je mehr Zeit wir miteinander verbrachten, desto mehr mochte ich ihn, und nach dem, was er gerade erzählt hatte, war es unmöglich, kein Mitgefühl mit ihm zu haben. Ich hatte ihm den Ball ruiniert. Schuldete ich ihm nicht wenigstens noch eine Chance?

Was auch immer ich für Taylor empfand, es war nur ein Gefühl, nichts Reales. Taylor hatte Evangeline, und wir hatten gerade erst angefangen, unsere Freundschaft zu reparieren.

Aber unter all diesem Durcheinander schimmerte ein Wunsch durch, wie Atommüll, der unaufhörlich Strahlung ausstößt und alles um sich herum verdirbt: Rache. Wenn ich Ja sagte, wäre ich im Prinzip Galens Freundin und selbst auf halbem Weg in den Vampir-Hochadel. Das würde Evangeline in den Wahnsinn treiben.

»Na klar«, sagte ich. »Ich würde sie liebend gerne kennenlernen.«

Galen hielt meine Hand, als wir den Campus hinuntergingen. Er wollte auch meine Mutter am Descendants Day treffen. Vielleicht könnten unsere Eltern ja sogar beim Mittagessen zusammensitzen. Ich sagte ihm, dass meine Mutter ganz sicher nicht kommen würde. Ich schob die Schuld auf ihren Job und erwähnte weder ihre Verachtung für die Schule noch dass sie diese geheimnisvolle Frau war, die spurlos aus CasTech verschwunden war. Er sagte, es täte ihm leid, dass ich an dem Tag niemanden auf dem Campus hatte – was meine Vorfreude auf den Descendants Day nicht gerade steigerte. Dann küsste er mich mitten auf dem Mädchentrakt-Hof, wo uns alle sehen konnten. Es war ein kurzer, flüchtiger Kuss, seine Lippen waren kalt, und ich tat nichts Ungewöhnliches, während es geschah. Er strahlte, als er mir zusah, wie ich die Tür zum Hunter House öffnete.

Drinnen lümmelte Lucy in einem Sessel. Das Klicken ihrer manikürten Fingernägel auf dem Display ihres Handys pausierte kurz, als sie zu mir hochsah. »Die Turteltäubchen haben sich also versöhnt. Seid ihr zwei jetzt offiziell zusammen?«

»Das kann man wohl so sagen.«

Lucys Mund bildete ein perfekt bösartiges O der Überraschung. »Evangeline wird sterben vor Eifersucht!«

»Evangeline ist unsterblich«, sagte ich.

Ich wollte nach oben weitergehen, aber Lucy hielt mich auf. »Hast du es noch nicht gehört? In allen Wohnheimen ist für heute Nachmittag ein Treffen einberufen. Wahrscheinlich hat jemand auf dem Ball gegen den Ehrenkodex verstoßen.«

Der Gemeinschaftsraum füllte sich bereits mit Mädchen. Ich blieb zurück, um nach Taylor an ihrem üblichen Platz auf der Fensterbank Ausschau zu halten, obwohl das gar kein richtiger Sitzplatz war. Aber sie tauchte nicht auf.

Ms Radtke stand vorne im Raum, aber sie sah nicht so perfekt aus wie sonst. Sie hatte ihre Strickjacke falsch zugeknöpft.

Hinter mir knarrte die Treppe. Taylor saß auf der höchsten Stufe, die es ihr noch ermöglichte, durch das Geländer in den Gemeinschaftsraum zu blicken. Sie hatte die Knie fast bis zum Kinn angezogen, als wollte sie sich klein machen, und sie umklammerte fest den geschnitzten Pfosten des Treppengeländers. Ich musste meinen Blick von ihr losreißen.

»Mädchen, ich muss euch eine schlimme Nachricht überbringen«, begann Ms Radtke. Ich wusste sofort, dass es um mehr als einen Verstoß gegen den Ehrenkodex ging. »Ich muss euch traurigerweise mitteilen, dass Mr Kontos gestern Abend verstorben ist.«

Es wurde nicht wirklich still, aber es fühlte sich an wie eisiges Schweigen: Nur das leise Ächzen des Leders der Couch vom vierten Jahrgang war zu hören, als sich ein Mädchen aufrichtete, und das leise Dröhnen von Musik aus dem Obergeschoss.

»Im Ernst jetzt?«, stieß Evangeline hervor.

Ms Radtke erzählte gerade etwas über psychologische Hilfe, gegenseitige Unterstützung und eine Versammlung, die morgen stattfinden sollte, als die Treppe wieder knarrte. Taylor war weg.

Ich wartete nicht, bis Ms Radtke uns entließ. Ich folgte Taylor die Treppe hinauf.

In unserem Zimmer war es ungewöhnlich dunkel. Die Vorhänge waren zugezogen.

Taylor saß auf der Bettkante und hatte sich zusammengekauert, die Arme ausgestreckt, und die Ellbogen steckten zwischen ihren Knien. Ihre Augen sahen groß und traurig aus, als sie zu mir aufsah.

»Geht es dir gut?«, fragte ich.

Sie verdrehte zu Recht die Augen bei meiner blöden Frage.

»Ich habe ihn gefunden«, sagte sie düster. »Also, ich habe seine Leiche gefunden. Heute Morgen.«

»O mein Gott, Taylor ...« Ich setzte mich, ohne nachzudenken, auf ihre Bettkante, bis mir dann doch einfiel, dass es vielleicht komisch war, ihr nach letzter Nacht so nahe zu kommen. Aber dann saß ich schon da und konnte wohl schlecht wieder aufspringen.

Taylor kümmerte das nicht. Sie sah mich nicht an und schien auch den schmalen Spalt zwischen unseren Körpern nicht wahrzunehmen. Ihre Augen waren auf irgendeinen Punkt am anderen Ende des Raumes gerichtet. Ich folgte ihrem Blick zum Papierkorb. Der Absatz eines ihrer nagelneuen Chucks, die sie gestern Abend getragen hatte, ragte daraus hervor. »Er lag einfach auf dem Boden. Und überall war Blut. Überall. Und diese Menschenfrau war auch tot.«

»Mr Kontos starb an CFaD?«

»Ja«, antwortete Taylor und schnalzte mit der Zunge. »Hast du es jemals gesehen? Das Blut ist gar nicht rot. Es ist irgendwie schwarzbraun ... oder vielleicht liegt das auch daran, dass es schon die ganze Nacht dort gewesen ist, seit dem Ball. Vielleicht, weil es alt war. Altes Blut.«

Mr Kontos hatte von Menschen getrunken? Ich konnte das nicht mit dem Mr Kontos in Einklang bringen, der sich an chemischen Experimenten so begeistern konnte und bei jedem formellen Abendessen immer so unverschämt grinste.

»Man kennt die Leute nie wirklich, oder? Jeder kann sich als Arschloch entpuppen.« Taylors Stimme klang unbeschwert, als hätte sie auch nur die kleinste Chance, mich davon zu überzeugen, dass ihr das alles egal war. Plötzlich war ich so unsagbar traurig ihretwegen – und wir saßen so nah beieinander. Ich wollte den Raum zwischen uns schließen und sie küssen, bis es nicht mehr schmerzte, oder falls ich das nicht half, sie festhalten, solange sie weinte, bis sie …

Was dachte ich da für einen Mist?

Es gab wohl kaum einen schlechteren Zeitpunkt, um jemanden, der einen nicht mochte, mit Küssen zu überrumpeln, als kurz nach dem Moment, an dem sie ihren Mentor tot aufgefunden hatte. Ach wirklich! Taylor brauchte mich nicht. Sie hatte Evangeline, die zehntausendmal heißer war als ich, wenn auch auf eine erschreckende Art und Weise. Aber Taylor mochte das, erschreckend heiße Mädchen, die dich zum Frühstück verspeisen. Sie wollte nicht nur einfach im Bett liegen, sich in den Arm nehmen und sich küssen … O mein Gott, warum konnte meine Fantasie sich nicht einfach benehmen?

»Wenn du reden willst …«

Sie verzog die Lippen. »Halt bloß nicht den Atem an.«

»Ich weiß, du bekommst die Krätze, wenn jemand versucht, sich um dich zu kümmern.« Das sollte eigentlich lustig klingen, aber dann fügte ich hinzu: »Aber ich bin nicht irgendjemand.«

»Ha! Wie du meinst, Kath-er-ine …«

Es klopfte an der Tür. Ich sprang auf, um sie zu öffnen.

Ein Teil von mir, wenn auch ein sehr kleiner Teil, hoffte, es wäre Evangeline. Taylor brauchte jemanden, der ihr nicht glaubte, wenn sie sagte, es ginge ihr gut. Jemanden, der wusste, dass sie, bevor sie sich zerquetschen ließ, mit Händen und Füßen ausschlagen würde und dass Taylor trotz ihrer Stärke eine Grenze hatte. Sie hatte es verdient, mit jemandem zusammen zu sein, der zu ihr in diese kleine Dachkammer kam und sie in den Arm nahm. Ich hatte meine Zweifel, dass Evangeline diese Person war, aber da Taylor sie ja unbedingt wollte, hoffte ich, dass sie es war.

Doch als ich die Tür öffnete, stand Radtke davor. Ihre schwarzgraue Kleidung hatte noch nie so passend ausgesehen. »Ms Sanger«, sagte sie. Ich trat zur Seite, aber Taylor stand nicht auf. »Ms Sanger ... Taylor, ich wünschte, Ihnen wäre erspart geblieben, was Sie heute Morgen gesehen haben. Mr Kontos hat sich sehr um Sie gekümmert, und ich weiß, dass Sie beide sich in letzter Zeit nähergekommen sind. Ich kann nur erahnen, wie einsam Sie sich jetzt fühlen.«

Taylors Miene verfinsterte sich. »Was soll das denn heißen?«

»Nur, dass ich für Sie da bin, wenn Sie sich entscheiden, hilfesuchend die Hand auszustrecken.«

Ich schloss die Tür, als Ms Radtke sich abwendete, und drehte mich zu Taylor um. Sie war aschfahl geworden. »Was ist denn los? Ich fand das irgendwie nett von ihr.«

Taylors dichte Augenbrauen zogen sich zusammen, und sie schürzte leicht die Lippen. Mir entging natürlich nicht, was ihre Lippen taten. »Ich muss mit dir über etwas reden.«

»Oh, ja. Sicher. Wir sollten reden ...«

Sie lief knallrot an. »Ich wollte nicht ...«

»Ja, nein, natürlich!«

»Es geht um Kontos. Erinnerst du dich, was Radtke zu Atherton gesagt hat?«

»Dass Mr Kontos etwas Bedrohliches getan hätte«, antwortete ich. »Ich nehme an, sie meinte, dass er von Menschen trinkt.«

»Nein, das glaube ich nicht.« Taylor strich sich mit dem Daumen über die Lippe. »Kontos hatte wirklich etwas vor. Er hat mir davon erzählt, aber ich habe versprochen, es geheim zu halten.« Sie sah so bedrückt aus, als sie das sagte, so niedergeschlagen und traurig, dass es einfach aus mir heraussprudelte. »Keine Geheimnisse.«

Ihr Blick schoss zu mir hinüber.

»Ich meine nur, dass du das nicht allein durchstehen musst«, fügte ich hinzu.

Ich sah, wie sie überlegte, ob sie mir vertrauen sollte. Und mir war klar, dass ihr das nicht mehr leichtfiel. Aber ich hoffte sehr, dass sie es tat.

»Da ist etwas in seinem Büro. Eine Festplatte. Ich muss sie zurückbekommen, bevor Radtke sie in die Finger bekommt.«

27

Taylor

Ich hatte es mir stundenlang durch den Kopf gehen lassen. Kontos hatte immer wieder gelogen. Er hatte behauptet, eine andere Zukunft für die Vampirgemeinde schaffen zu wollen, in der wir frei seien, aber in Wirklichkeit wollte er eine Zukunft, in der er sich wieder an menschlichen Blutwirten laben konnte.

Vampire waren alle gleich. Sie dachten mit ihren Reißzähnen.

Nur klang das nicht nach dem Kontos, den ich kannte. Ich wollte, dass das die Wahrheit war, aber das *war* sie nicht, und das bereitete mir wieder ein ekelhaftes Gefühl.

Durch Kontos war ich mir hier weniger allein vorgekommen. Er gab mir das Gefühl, gesehen zu werden, wie es sonst niemand vermochte. Und *das* war keine Lüge gewesen, auch wenn alles andere erstunken und erlogen war.

Aber wenn das keine Lüge war, was bedeutete es dann für alles andere? Konnte Kontos immer noch ein guter Mensch gewesen sein, wenn er im Geheimen schreckliche Dinge getan hatte? Und konnte er ein schlechter Mensch gewesen sein, wenn er heimlich gute Dinge getan hätte?

Ich wollte diese Zukunft, die er beschrieben hatte: eine, in der die Vampirgemeinde unser Leben nicht im Würgegriff hatte, in der CFaD die Menschen nicht zerstörte, in der niemand auf so schreckliche Weise sterben musste wie Kontos und diese arme Frau.

Wir würden es nicht schaffen, wenn Radtke die Festplatte in die Hände bekam. Ich wusste nicht, was darauf war, aber Kontos hatte es für wichtig genug gehalten, um sie zu verstecken. Ich hatte ihm versprochen, sie sicher aufzubewahren. Der Ausdruck abgrundtiefer Enttäuschung auf seinem Gesicht, als ich sie ihm zurückgegeben hatte, hatte sich für immer genauso in mein Gehirn eingebrannt wie unser letztes Gespräch. Das konnte ich nicht auf sich beruhen lassen.

So kam es, dass ich mich auf den Weg zum Campus machte. Es war kalt und praktisch schon Nacht, so wie der Winter nach Halloween immer über einen hereinbricht.

Aber Kats Gegenwart neben mir wärmte mich.

Ich hätte sie nicht bitten sollen, mitzukommen. Ich hätte ihr überhaupt nichts davon verraten sollen. Es fühlte sich so unfair an, dass sie mir am Samstagabend das Herz brach und am Sonntag so tat, als wäre unsere Freundschaft dadurch nur enger geworden. Ich hatte mir geschworen, meine Abwehr gegen sie doppelt so stark wieder aufzubauen, aber, okay, meine Abwehrkräfte hatten heute einen schweren Schlag bekommen. Und als sie mich ansah, mit ihrem Gesicht, das durch die Sorge irgendwie noch hübscher zu sein schien, und unser Versprechen wiederholte – *keine Geheimnisse* –, hatte ich keine Kraft mehr, zu widerstehen. Sie hatte gesagt, ich müsste das nicht allein tun, obwohl ich es *natürlich* allein tun müsste. Aber plötzlich wollte ich das nicht mehr.

Ich wollte es mit ihr zusammen tun.

Das Naturwissenschaftsgebäude mit seinem hässlichen Moleküldesign war trotz der späten Stunde noch nicht verschlossen. Wir huschten hinein und gingen zu Kontos' Zimmer.

»Lass uns aber diesmal auf die menschlichen Helfer achten«, flüsterte ich. »In letzter Zeit habe ich das Gefühl, dass mir immer einer über die Schulter schaut.«

Wie aufs Stichwort trat einer dieser Helfer mit einem Besen in den Flur und blickte mich direkt an. Ich stieß Kat von hinten an, und wir rannten um die Ecke in den nächsten Gang. In wenigen Sekunden waren wir an Kontos' Klassenzimmer, und bevor ich Zeit hatte, darüber nachzudenken, schlüpften wir hinein, ich zog die Tür zu und schloss hinter uns ab.

»Was sollte das?«

»Ich hatte so ein komisches Gefühl«, erklärte ich. Mein Herz raste.

Als ich mich zum Klassenzimmer umdrehte, stockte mir der Atem.

Die Beleuchtung war aus, und die blaugraue Dämmerung warf ein unheimliches Licht in den Raum. Okay, das war nicht das Problem. Wirklich unheimlich machte es die Erinnerung, dass ich kurz vorher zwei Leichen gefunden hatte, die auf dem Fleck Linoleum lagen, auf den ich jetzt starrte. Die Leichen waren verschwunden, aber ich spürte noch ihre Gestalt, hatte ihren Gestank in der Nase und konnte praktisch sehen, wie das Blut in den Ritzen zwischen den Bodenfliesen zu rostigem Pulver getrocknet war. Ich wollte sofort wieder verschwinden und so tun, als wäre ich nie gekommen. Stattdessen schlug ich vorsichtig einen Bogen um die Stelle, wo sie gelegen hatten.

Auf dem Schreibtisch im vorderen Teil des Raumes stand ein dünnes Glasröhrchen für ein Titrationsexperiment bereit. Kontos schwärmte immer vom Titrieren, als wäre das Einträufeln einer Lösung in einen Kolben eines der größten Dramen unserer Generation. Ein stumpfes Gefühl zog sich in meiner Brust zusammen: Wie konnte ein Mann, der eigentlich ewig leben sollte, von Chemieexperimenten in der Schule so begeistert sein? »Das wird euch umhauen«, sagte er immer. »Am Ende des Unterrichts werdet ihr keine Socken mehr haben, aus denen ihr gehauen werden könnt.« Und dann stöhnten wir alle unisono.

Denn er sagte das bei jedem einzelnen Experiment.

Ich blinzelte die Tränen zurück und merkte, dass Kat mich beobachtete. »Sie liegt wahrscheinlich in seinem Büro«, flüsterte ich.

Einen Moment lang stand ich in der Tür. Die Stapel von Papieren und Lehrbüchern, die abgewetzte braune Lederjacke, die er so liebte – natürlich hatte er sich nicht für ein viel cooleres Schwarz entschieden –, das riesige Bücherregal an der Wand, vollgestopft mit DVDs und Büchern. Die Festplatte lag auf seinem Schreibtisch, das Etikett der Französischen-Filme-AG war deutlich zu erkennen. Erleichtert nahm ich sie an mich und steckte sie mir in die Tasche. Das hätte es eigentlich sein sollen. Wir hätten einfach verschwinden sollen. Aber ich konnte es einfach nicht.

Kat muss sich gefragt haben, was zum Teufel ich da tat, aber sie hetzte mich nicht. Ich saß auf dem Schreibtischstuhl, den er nie wieder drehen würde. Klickte Kugelschreiber aus und ein, die er nie wieder benutzen würde. Schob eine Schublade auf, die er …

Ein Umschlag lag obenauf. *Taylor.* Es war seine Handschrift.

Es war total dumm, aber ich fing an zu weinen, noch bevor ich ihn geöffnet hatte. Richtig zu weinen, meine ich. Mein Gesicht war so verzerrt, dass es wehtat, der Brief zerknitterte in meinen Händen, und ich drückte die Stirn auf die Schreibtischplatte. Ich hätte mich zusammenreißen und nicht wegen eines Lügners weinen sollen, aber ich brach völlig zusammen.

Es hatte mich aus den Socken gehauen; nur hatte ich gar keine Socken mehr, aus denen ich hätte gehauen werden können.

Kat kniete sich neben mich und zog mich an sich. Mehr Ermutigung brauchte ich nicht. Ich vergrub mein Gesicht an ihrer Schulter. Meine Tränen und wahrscheinlich auch mein Rotz verteilten sich auf ihrem Mantel, aber sie war warm und fest, und sie war *da*. Ich weiß nicht, wie ich es sonst ausdrücken sollte, aber es war, als ob sie durch ihre bloße Gegenwart bewies, dass es einen *Ausweg* aus dieser Situation gab und dass ich stark genug war, diesen Weg zu gehen, auch wenn ich Angst hatte und traurig und verletzt war. Also drückte ich mich an sie und schluchzte.

Kat

Was hätte ich denn machen sollen – einfach dastehen und zusehen, wie sie weint?

Taylor

»Tut mir leid.« Ich schniefte, als ich mich endlich aufrichtete.

»Und wer entschuldigt sich jetzt für sein Heulen?«

»Okay«, sagte ich. »Was ich meinte, war: Danke.«

Sie lächelte, aber nur ein wenig. Ihr Blick fiel auf den Brief. »Wirst du ihn lesen?«

Ich öffnete den Umschlag mit dem Kugelschreiber.

Liebe Taylor, wie ich sehe, haben Sie hier herumgeschnüffelt ☺
Es tut mir leid, dass ich nicht hier bin, um Ihnen zu helfen, zu finden, wonach Sie suchen. Das heißt aber nicht, dass Sie damit aufhören sollten. Vertrauen Sie sich selbst. Und behalten Sie ein offenes Herz.
In Liebe,
Leo Kontos

Ein langer, schmaler Schlüssel war mit Tesafilm an den Brief geklebt.

»Was hat er gedacht, wonach du suchst?«, fragte Kat und untersuchte den Schlüssel.

»Nach einer besseren Lebensperspektive«, sagte ich grimmig. »Aber ich glaube nicht, dass dieser Schlüssel mir dabei helfen wird. Ich habe keine Ahnung, wozu er gut ist.«

Kat schob den Brief zurück in den Umschlag. »Das liest sich, als hätte er erwartet, dass ihm etwas zustößt.«

»Zum Beispiel ein multiples Organversagen, das durch die Sucht nach menschlichem Blut hervorgerufen wird?« Kat warf mir einen fragenden Blick zu. »Er hatte anscheinend die Gewohnheit, Menschen auszusaugen. Atherton hat es mir erzählt.« Sofort verspürte ich einen Anflug von Schuldgefühlen. In seinem Büro, umgeben von seiner Kontos-Aura, kam es mir ungeheuerlich vor, auch nur daran zu denken, dass er einen Menschen aussaugen könnte.

»Unkontrollierbarer Blutrausch klingt einfach nicht nach Mr Kontos.«

»Ich weiß«, gab ich zu. »Aber ich habe sie gesehen, ausgesaugt und tot, genau dort.«

Kat wippte auf den Ballen vor und zurück. »Er hat also die Aufsicht beim Gründerball gemacht und ist dann mittendrin in sein Büro gegangen, wo er diese Frau hinbestellt hat? Oder war sie vielleicht eine der Helferinnen?«

»Ich konnte ihr Gesicht nicht richtig erkennen«, sagte ich. »Aber sie war nicht wie eine Helferin gekleidet.«

»Also keine Hilfskraft. Was hat sie überhaupt hier gemacht?«

»Er hat sie sich wahrscheinlich für einen Snack nach dem Ball aufgehoben.«

»Aber warum sollte er sich mitten im Ball an ihr vergreifen, wenn er in aller Ruhe hätte warten können, bis der Ball zu Ende ist, und sich dann alle Zeit der Welt dafür nehmen?«

»Ich hatte ihm die Festplatte zurückgegeben. Das ist der Grund, warum ich überhaupt zum Ball gegangen bin. Und er ist losgegangen, um sie in seinem Büro zu verstecken. Er muss die Frau hier gesehen haben und … du weißt schon. Der Rest ist Geschichte.«

»Er sah sie also in seinem Chemielabor sitzen …«

Plötzlich konnte ich es nicht mehr ertragen. »Was spielt es für eine Rolle, was er sich dabei gedacht hat und wie es passiert ist? Er hat sie wahrscheinlich mit einem Zauber belegt, wie das bei allen anderen Menschen hier ist. Das ist schließlich keine große Kunst. Und es ändert nichts an der Tatsache, dass er jetzt tot ist.«

»Das ist nicht deine Schuld, Taylor«, sagte Kat. »Das weißt du doch, oder?«

»Man kann wissen, dass etwas nicht die eigene Schuld ist, und sich trotzdem schuldig fühlen.« Ich fröstelte. Es war jetzt fast völlig dunkel und noch unheimlicher als vorher. »Lass uns von hier verschwinden.«

Ich war schon fast an der Tür, als Kat mich aufhielt. »Willst du vielleicht etwas mitnehmen, das dich an ihn erinnert? Du hast doch auch dieses Buch, *1000 Filme, die man gesehen haben muss, bevor man stirbt*. Ich glaube nicht, dass jemand etwas dagegen hätte, wenn du …«

Plötzlich war da ein Knirschen, so als ob sich ein Mechanismus mit einem *dumpfen Geräusch* drehte. Kat hielt das Buch in der Hand, während das überfüllte Bücherregal an einem Scharnier auf einer Seite von der Wand schwang. Dahinter befand sich eine graue Stahltür ohne Griff, nur mit einem dunklen Schlüsselloch. Kat hockte sich hin, um hindurchzusehen.

»Vielleicht ist dieser Schlüssel doch für etwas gut«, sagte sie.

Hinter der Tür führte ein Treppenhaus mit Wänden aus Ziegelsteinen nach unten. Offensichtlich hatte Kat die Entdeckung des Geheimgangs nicht so sehr geschockt, sodass ich ihr gerne den Vortritt ließ. Die Treppe mündete in einem langen Korridor. Die Luft hier unten war kalt und feucht. Über mir flackerten nackte Leuchtstoffröhren, was in einem geheimnisvollen unterirdischen Versteck wie eine Szene aus einem Horrorfilm wirkte. Mein Herz schien mir vor lauter Nervosität aus dem Hals springen zu wollen. Ich wollte diesen Gang so was von gar nicht entlanggehen. Vor allem wollte ich nicht herausfinden, was sich hinter der Tür befand, vor der er endete.

»Vielleicht sollten wir das nicht tun«, flüsterte ich Kat zu. »Was, wenn es ein Kerker voller Menschen ist?«

Sie sah mich streng an. »Wenn es ein Kerker voller Menschen ist, dann sollten wir sie ganz bestimmt hier unten schön in Ruhe lassen, ja? Ich bin mir sicher, dass sie mit ihrer Lage ausgesprochen glücklich sind.«

Sie nahm vorsichtig meine Hand und drückte sie.

Ich drückte die Türklinke.

Die Deckenbeleuchtung flammte auf und offenbarte einen fensterlosen Raum voller wissenschaftlicher Geräte.

Kat und ich gingen vorsichtig einmal durch den Raum. Wir fanden nichts Verräterisches wie Handschellen oder Käfige oder irgendetwas, das darauf hindeutete, dass eine Person hier gefangen gehalten worden wäre. Es gab sogar eine weitere Tür mit einem Notausgangsschild, neben der eine Couch und seltsamerweise eine Kaffeekanne standen. Der größte Teil des Raumes war mit Laborgeräten und Aktenschränken vollgestellt. Einiges davon erkannte ich aus dem Chemieunterricht wieder – Pipetten, Mikroskope –, aber viele der Geräte sahen aus wie primitive Plastikapparaturen, wie klobige alte Drucker oder richtig schicke Reiskocher.

Es war auch offensichtlich, dass wir nicht die Ersten waren, die nach Kontos' Tod hier gewesen waren. Der Raum sah aus, als wäre er geplündert worden. Ich zählte genau null Computer. Auf einem Labortisch lagen ein Gewirr von Kabeln, eine externe Tastatur und eine Maus sowie ein von Staub befreites Rechteck, auf dem einst vermutlich ein Laptop gestanden hatte. Die Schubladen eines Aktenschranks hingen halb herausgezogen da wie klaffende, leere Münder. Einige der Papiere, die darin aufbewahrt worden waren, lagen auf dem Boden verstreut herum.

Kat untersuchte eine Maschine, die wie eine alte Registrierkasse aussah, doch dort, wo normalerweise das Geld lag, befand sich eine Plastikschale, die aussah, als könnte man damit hundert der klitzekleinsten Eiswürfel aller Zeiten herstellen. »Hat Kontos dir gesagt, woran er arbeitete?«

»Irgendwie schon. Er war Reunionist. Er wollte mich dazu

bringen, mich ihnen anzuschließen. Was … warum lächelst du denn so?«

Kat betrachtete mich, und ihr Grinsen wurde stärker. »Ich habe mir dich nur gerade in einer Rebellenorganisation vorgestellt«, meinte sie dann.

»Ich weiß, es ist dumm. Ich habe versucht, ihm das zu sagen.«

»Machst du Witze? Wenn ich eine Rebellenorganisation gründen würde, wärst du die Erste, die ich fragen würde, ob sie mitmacht. Du willst doch ohnehin am liebsten alles niederbrennen.«

Meine Wangen glühten. »Ich wüsste nicht, was ich stattdessen tun sollte. Kontos ist nie dazu gekommen, mir die vollständigen Pläne mitzuteilen. Ich weiß nur, dass sie drei Dinge wollen: ein Heilmittel für CFaD, freien Zugang zu menschlichem Blutersatz und die Youngbloods auf ihrer Seite.«

»Ich schätze, er hat hier unten an den ersten beiden dieser Dinge gearbeitet. Ich erkenne einiges von diesem Zeug wieder.« Gott sei Dank! Denn ich erkannte absolut gar nichts. »Das sieht aus wie das Zeug aus der Klinik meiner Mutter. Damit testen sie auf CFaD.« Sie drehte sich zu mir um und sah mich mit großen Augen an. »Unglaublich, dass ein Mensch so etwas auf eigene Faust versuchen kann. Die Black-Stiftung hat von Anfang an versucht, CFaD zu heilen, und sie hat ein Budget von der Größe eines kleinen Landes.«

Sie hatte recht: Es war absolut lächerlich, davon zu träumen, dass man eine Krankheit wie CFaD allein heilen könnte. Aber das hatte Kontos nicht davon abgehalten, es zu versuchen. Mein Herz schmerzte bei dem Gedanken, aber ich wollte nicht schon wieder weinen, also richtete ich meinen Blick auf den Boden des Raumes. Wer auch immer das Labor geplündert hatte, hatte überall Papiere verstreut. Ich stieß mit meinem Zeh gegen eines.

Menschliche Versuchsperson 113A
Behandlungsstatus: behandelt
Testergebnisse: Gerinnungsfaktor-Dysfunktions-Virus – negativ

Das *negativ* war mit hellorangefarbenem Textmarker eingekreist.

Ich hob das Blatt auf.

»Sieh dir das an.«

Sie atmete scharf ein, und ich wusste, dass ich es richtig verstand.

Kontos hatte es tatsächlich geschafft.

Er hatte ein Heilmittel für CFaD gefunden!

Wir sanken beide auf die Knie und sammelten die Testergebnisse dort ein, wo sie unter die Arbeitstische und Stühle gerutscht waren. Auf jedem Blatt das gleiche Ergebnis: *negativ, negativ, negativ.*

»Wie ist das möglich?«, flüsterte Kat, als sie die Ergebnisse durchblätterte.

»Vielleicht ist es das ja gar nicht.« Ich schob eine weitere Metallschublade mit einem Knall zu. Ich ging die Aktenschränke durch, um sicherzugehen, dass wir nichts übersehen hatten. »Die Frau, wegen der er gestorben ist, kam wahrscheinlich von hier unten, oder? Er muss gedacht haben, sie sei sauber, aber das war sie nicht. Vielleicht hat das Heilmittel nicht gewirkt.«

»Das erklärt aber nicht, warum er in seinem Klassenzimmer getrunken hat und nicht hier unten in seiner medizinischen Forschungshöhle, und zwar während des Balls.«

Ich riss die unterste Schublade auf und erwartete, dass sie – wie alle anderen – leer sein würde, aber ganz hinten hatte sich ein Ordner verklemmt. Ich zog ihn heraus und klappte ihn auf. Er war voller Plastikhüllen mit Polaroidfotos von Menschen. Auf der freien weißen Fläche unter den Fotos standen die gleichen Nummern wie bei den Testergebnissen. 113A, ein kahlköpfiger weißer Mann. 124B, eine dunkelhäutige Frau mit dichtem, schwarzem Haar. Ich blätterte auf eine andere Seite. 154B: eine junge Frau mit einem Nasenring, blauen Augen und blondem Haar. Sie trug ein Tanktop, und auf ihrer Schulter war eine Tätowierung zu sehen. Ich fischte das Foto aus seiner Plastikhülle, um es genauer zu betrachten.

Ich kannte die Haare und die Tätowierung.

Ich hatte sie auf dem Boden des Chemiesaals liegen sehen.

»Hast du die Ergebnisse von 154B?«

Kat sortierte die Testergebnisse. »Sie ist negativ. Der Test ist von letzter Woche.«

»Vielleicht wurde sie also wieder infiziert.«

»Oder er hat CFaD nicht von ihr bekommen.«

Ich schüttelte den Kopf. »Es gibt keinen Zweifel an dem, was ich gesehen habe.«

»Vielleicht sollte das genau so sein«, sagte Kat bedächtig. »Überleg doch mal: Ein Reunionist behauptet, CFaD zu heilen, stirbt aber auf eine Weise, die seine Arbeit vollkommen infrage stellt. Das könnte manchen Leuten ganz gelegen kommen.«

»Wenn es inszeniert war, dann war es kein Unfall. Und dann war Kontos kein Lügner«, sagte ich langsam. »Dann wurde er ermordet.«

In diesem Moment flackerte eines der Lichter, und wir fuhren beide fast aus der Haut. Ohne weitere Diskussion hasteten wir durch den unheimlichen Flur und stiegen hinauf in sein

Büro. Doch als ich die Metalltür abschloss und das Bücherregal wieder an seinen Platz schob, verlangsamte sich mein Herzschlag nicht.

Kontos war tot – ermordet –, aber das bedeutete nicht, dass alles, was ihm wichtig war, auch sterben musste.

28

Kat

Am Montag wartete ich fünf Minuten, nachdem Taylor zu ihrem Morgenlauf aufgebrochen war, um meine Mutter anzurufen.

Seit ich in Harcote war, hatten wir hauptsächlich per SMS Kontakt gehalten, was sie, wie ich wusste, hasste. Ich hatte sie nicht mehr angerufen, seit ich vor etlichen Wochen das Mentorat bei Victor gewonnen hatte. Aber jetzt musste ich mit ihr reden, auch wenn ich nicht wollte. Ich konnte Galens Eltern nicht auf dem Descendants Day treffen, ohne zu wissen, ohne ihre Beziehung zu ihnen zu kennen. Außerdem musste ich mich vergewissern, ob sie vorhatte, zu kommen.

Und ich war ein wenig aufgewühlt. Es ging nicht nur darum, was in der Nacht des Gründerballs passiert war oder dass Taylor und ich in einem Mordfall ermitteln mussten oder dass das Heilmittel für CFaD auf einer Festplatte in meinem Zimmer gespeichert sein könnte. Eher war es so, dass ich angesichts des Todes von Mr Kontos an meinen Vater denken musste. Ich hatte noch nie erlebt, dass jemand an CFaD gestorben war. Die Art und Weise, wie Taylor es beschrieben hatte – schwarzer Glibber, der aus allen Körperöffnungen sickerte –, machte es unmöglich, nicht an seine letzten Momente zu denken.

Meine Mutter nahm nach dem ersten Klingeln ab.

»Kat? Was ist los?«

Ich rieb mir die Stirn. »Wie kommst du darauf, dass etwas los ist?«

»Ich bin es nicht gewohnt, dass du mich aus heiterem Himmel anrufst«, sagte sie eisig.

Damit war jede Hoffnung auf ein beruhigendes Mutter-Tochter-Gespräch dahin.

»Ich wollte wissen, ob du zum Descendants Day kommst. Der ist in zwei Wochen. Mein … Freund will mich seinen Eltern vorstellen.«

»Ich wusste noch nicht mal, dass du einen Freund hast, und du lernst schon seine Eltern kennen?«

»Es wäre seltsam, wenn ich versuchen würde, ihnen aus dem Weg zu gehen, da sie auf dem Campus sein werden. Wie auch immer, ich *möchte* sie kennenlernen. Sie leiten die Heilmittel-Stiftung.«

»Du bist mit dem *Sohn* von Simon und Meera Black zusammen?«

»Mit Galen Black, ja. Wir haben uns bei diesem Mentorat kennengelernt. Bei Victor Castel.«

»Ich wusste nicht, dass du Interesse daran hast, Zeit mit solchen Leuten zu verbringen.«

»Das ist aber ziemlich rigoros. Ich weiß nicht, wie sie sind. Ich habe sie noch nicht kennengelernt. Und du?« Ich hielt einen Moment inne, aber sie antwortete nicht. »Ich bin sicher, dass sie sich nach meinen Eltern und meiner Herkunft erkundigen werden, wenn wir uns treffen. Natürlich werde ich ihnen alles darüber erzählen, was ich weiß. Wenn du sie dann eines Tages triffst …«

»Wenn ich eines Tages die Blacks treffe?«

»Ich meine, Galen und ich … es fühlt sich ziemlich ernst

an.« Ich zuckte zusammen. Der Gedanke an eine ernsthafte Beziehung mit Galen, zusammen den Abschluss zu machen, ihn nach Sacramento einzuladen, ihn Guzman und Shelby vorzustellen, war mir auf eine Art und Weise unangenehm, die ich nicht einordnen konnte.

»Wenn ich so darüber nachdenke … ich bin ihnen schon begegnet. Das ist allerdings schon lange her. Ich bezweifle, dass sie sich daran erinnern würden, also ist es wahrscheinlich besser, mich nicht zu erwähnen.«

»Toll!«, erwiderte ich. »Dann werde ich ihnen einfach sagen, dass ich eine Waise bin.«

»*Kat.*«

»Was *soll* ich dann sagen, wenn sie mich nach meinen Eltern fragen? Ich habe deinen Nachnamen, ich bin sicher, sie werden ihn erkennen.«

»Damals trug ich einen anderen Namen«, gab sie zu.

»Was war es …«

»Schatz, meine Mittagspause ist nur kurz, und ich möchte sie nicht damit verbringen, dir zu erklären, warum ich mit Simon und Meera Black nichts zu tun haben will.«

»Du willst nichts mit ihnen zu tun haben?«

»Und mir wäre es auch lieber, wenn du dich von ihnen fernhältst. Das sind keine guten Leute.«

»Wie könnten sie keine guten Leute sein? Sie leiten eine große Wohltätigkeitsstiftung.«

»Ich weiß«, sagte sie düster. »Ich muss los, Kat.«

»Warte – kommst du? Zum Descendants Day?« Meine Stimme klang flehend. »Du könntest den Campus sehen und meine Freunde kennenlernen.«

Ich wusste, dass sie es nicht tun würde. Ich war mir nicht einmal sicher, ob ich es wirklich *wollte*. Trotzdem tat es weh, als sie sagte: »Ich würde gerne kommen, aber die Klinik ist schrecklich unterbesetzt, und wir können uns im Moment kein Ticket leisten. Aber wir sehen uns in der Winterpause.«

Taylor

Als ich am Montag zum Mittagessen ging, hämmerte mein Kopf vor lauter Anstrengung, die Flut von Gerüchten zu ignorieren, die Kontos' Tod ausgelöst hatte. Offiziell wurde uns die Ursache noch nicht mitgeteilt, aber es gab nur wenige Möglichkeiten, wie ein unsterbliches Wesen plötzlich das Zeitliche segnen konnte. Alle redeten über CFaD.

Kat saß an einem Tisch in der Ecke. Ihr Lächeln, mit dem sie mich herüberwinkte, ließ ihr ganzes Gesicht strahlen. Mein Magen hüpfte mir bis zum Hals, was so dumm war, dass ich in meinen Körper greifen und ihn wieder dorthin zurückziehen wollte, wo er hingehörte. Ich hatte Kat erst an diesem Morgen gesehen. Ich sah sie ständig, mehr, als wahrscheinlich gut für mich war, also gab es für mich keinen Grund, jedes Mal auszuflippen, wenn ich sie erblickte.

Ansonsten war ich wie immer total verliebt in sie.

Ich schnappte mir einen Stuhl. Kat rückte ihren sofort dichter an meinen heran und beugte sich vor, um zu flüstern: »Also, ich habe über Ms Radtke nachgedacht …«

Wir waren gestern Nacht viel zu lange aufgeblieben, um diese Debatte zu führen, und waren einfach nicht weitergekommen. Was nicht bedeutete, dass es mich störte, sie im Speisesaal zu wiederholen. Nicht, solange das bedeutete, dass ich Kats heißen Atem an meinem Ohr spürte.

Das eigentliche Problem war, dass wir nicht wussten, wer

sonst noch darüber informiert war, was Kontos entdeckt hatte. Das machte es schwierig, unsere Verdächtigen einzugrenzen.

Für mich war Radtke die naheliegendste Wahl. Wir hatten sie dabei erwischt, wie sie Kontos indirekt bedrohte, *und* wir hatten sie dabei beobachtet, wie sie in seinem Büro herumstöberte. Kontos war sich dagegen vollkommen sicher, dass sie kein Problem darstellte. Das hieß aber nicht, dass er recht hatte.

»Sie hatte keine richtige Gelegenheit, es zu *tun*«, stellte Kat fest. »Ms Radtke hat den ganzen Abend den Ball beaufsichtigt. Warum sollte sie davon ausgehen, dass er sich überhaupt in seinem Büro aufhalten würde? Und sie scheint über seinen Tod wirklich … bestürzt zu sein.«

Auf der anderen Seite des Speisesaals starrte Radtke in ihre Schüssel mit Hema. Ich musste zugeben, dass sie ziemlich mitgenommen aussah. Trotzdem empfand ich kein Mitleid mit ihr. »So sieht sie doch immer aus.«

»Wie wäre es dann damit: Sie hat kein Motiv. Ms Radtke ist eine Trav. Sie will zurück zum alten Lebensstil, wo sich jeder direkt von Menschen ernährt hat. Also will sie wahrscheinlich mehr als jeder andere ein Heilmittel.«

»Vielleicht ist sie in sein Büro eingebrochen, um es zu stehlen, damit sie es veröffentlichen kann.«

»Das ist ein Motiv für Diebstahl, nicht für Mord«, erwiderte Kat kühl, als wäre sie eine heiße Detektivin im Fernsehen.

»Aber wenn es nicht Radtke ist, wer bleibt dann übrig?«

Kat kniff vor Konzentration die Brauen zusammen. »Im Grunde so ziemlich jeder. Würde CFaD geheilt, würde sich die Vampirgemeinde komplett verändern. Es *gäbe* vielleicht nicht einmal mehr eine Vampirgemeinde. Die alten Bräuche würden wieder aufgenommen – wir würden von Menschen trinken, wir müssten nicht mehr dort leben, wo Hema zugänglich ist. Wir bräuchten Hema überhaupt nicht mehr.«

»Du schlägst also Castel vor.«

Kats Augen weiteten sich. »*Das* habe ich nicht gesagt.«

»Das hättest du aber genauso gut tun können. Er hat ein riesiges Vermögen mit Hema verdient und verdankt dem Zeug seine ganze Macht. Die Vampirgemeinde ist praktisch sein Denkmal.«

Kat schüttelte den Kopf. »Er würde nicht einfach einen Mord arrangieren.«

»Wieso nicht? Der Typ ist absolut unheimlich«, antwortete ich. »Er war einmal bei meinen Eltern zu Besuch. Ungefähr zu der Zeit, als du weggegangen bist. Er fragte mich immer wieder, ob ich nach Harcote gehen wolle, und er hatte dieses unheimliche Lächeln aufgesetzt. Aber es war nicht nur das.« Es war das Lächeln und der Geruch, den er ausströmte. Die Art, wie er mich von oben bis unten musterte, als wäre ich ein Exemplar, ein weiteres Youngblood in seiner Sammlung. Sein Tonfall, als er sagte, dass ich so schön gewachsen wäre. »Irgendwas stimmt *ganz und gar nicht* mit ihm.«

»Unsere neuen Kriterien für einen potenziellen Mörder sind also: Interesse an deiner Ausbildung, zu viel Lächeln und ein nicht bestandener Ausstrahlungstest?«

Ich drehte meine leere Schüssel auf den Kopf. »So habe ich das nicht gemeint.«

»Ich glaube nicht, dass Victor wirklich ein Motiv hat. Er hat bereits mehr Geld, als er braucht. Und selbst wenn alle Vampire heute aufhören würden, Hema zu trinken, würde sich das nicht ändern.«

»Aber ist es auch genug Geld, um ihn *für alle Ewigkeit* zu versorgen?«

Kat tat das ab. »Ich bin sicher, er hat einen Plan, wenn erst ein Heilmittel entdeckt wird. Er sitzt ja schließlich im Vorstand der Black-Stiftung.«

»Gut«, räumte ich ein. »Seine Tage sind gezählt. Wenn er das Heilmittel jetzt blockiert, ist es nur eine Frage der Zeit, bis es von jemand anderem entdeckt wird. Wenn Kontos allein in seinem kleinen, selbst gebauten Labor ein Heilmittel entdecken konnte, dann kann die Black-Stiftung unmöglich allzu weit davon entfernt sein.«

»Warum haben sie dann nicht schon längst ein Heilmittel gefunden? Die Blacks kontrollieren das ganze Geld in der CFaD-Forschung. Meine Mutter hat mir einmal erzählt, dass fast jeder Wissenschaftler, der sich mit CFaD beschäftigt, von Zuschüssen der Black-Stiftung abhängig ist.«

»Wer auch immer CFaD heilt, wird einen *Riesenhaufen* Geld damit verdienen, oder? Wenn die Blacks schon fast ihr eigenes Heilmittel entwickelt haben, müssen sie Kontos davon abhalten, mit seinem an die Öffentlichkeit zu gehen. Das würde sie total unterminieren.«

Kat nickte. »Finden wir also heraus, wie nah sie wirklich an einem Heilmittel dran sind.«

Hinter Kat tauchten die perfekt zerzausten Locken auf dem Kopf eines zukünftigen Juniorchefs auf. »Kopf hoch, es ist …«

Aber da lag Galens Hand auch schon auf ihrem Rücken. Er ließ sie zu ihrer Schulter gleiten und *ließ sie einfach dort liegen*, berührte Kat fast beiläufig, während er sich neben sie setzte. Und Kat schlug die Hand nicht weg, schimpfte nicht mit ihm und zuckte nicht einmal mit den Schultern. Kat *lächelte ihn an*. Kat *fragte ihn, wie sein Tag war.*

Ja, natürlich. Ich hätte nicht annehmen sollen, dass der Ball, dass jener Samstagabend irgendetwas an Kats Gefühlen für den Goldenen Jungen der Finsternis geändert hätte.

Ich schnappte mir meine Sachen. »Ich bin dann mal weg.«

»*Bleib doch*«, bat mich Kat.

»Ja, bleib doch hier«, setzte Galen hinzu. Er hatte seinen Arm immer noch um ihre Schultern gelegt.

Warum sollte ich? Wenn Galen da war, konnten wir über nichts Wichtiges reden, und ich fühlte mich, als wäre mein Herz durch eine zerquetschte Cola-Dose ersetzt worden. Dann sagte Kat: »Taylor, komm schon. Bitte.«

Ich ließ meinen Rucksack wieder auf den Boden fallen.

»Galen, ich habe mich gefragt, ob die Black-Stiftung einen Zeitplan für die Entwicklung des Heilmittels hat«, sagte Kat. »Sie forschen seit fast fünfzig Jahren daran. Dann müssten sie doch nahe dran sein, oder?«

Galen warf sein Haar zurück. »Ich weiß nicht, wie nahe sie dran sind. Es ist eine sehr komplizierte Krankheit.«

»Du hast nicht die geringste Ahnung, stimmt's?«, warf ich ein.

Er warf mir einen finsteren Blick zu. Es war ein sehr guter Blick, sehr düster und mürrisch, das musste ich ihm lassen. »Natürlich weiß ich das. Es wird ständig viel geforscht, aber das meiste davon ist nicht öffentlich zugänglich. Wir veröffentlichen keine fehlgeschlagenen Studien, und wenn wir etwas fänden, würden wir es auch nicht veröffentlichen, denn es wäre urheberrechtlich geschützt. Jede Behandlungsmöglichkeit, die entwickelt wird, gehört der Black-Stiftung.«

»Dann ist es nicht wirklich eine *Stiftung*, oder?«, sagte ich. »Klingt eher nach einem pharmazeutischen Unternehmen.«

»Das macht jeder so.« Aber er klang nicht ganz überzeugt.

»Wir versuchen ja nicht, unser eigenes Heilmittel für CFaD auf den Markt zu bringen«, sagte Kat sarkastisch, woraufhin ich sie am liebsten geküsst hätte. »Ich habe mich nur gefragt, ob ein Heilmittel in Sicht ist, wie die wichtigsten Entwicklungen aussehen, so etwas in der Art. Es geht um die Aufgabe, die Victor uns gestellt hat. Du musst doch Zugang zu allen möglichen Insiderinformationen haben. Meinst du, du könntest es herausfinden?«

Er nickte heftig. »Das ist ganz einfach.«

Bevor ich mich weiter über Galen lustig machen konnte, betrat Atherton den Speisesaal. Er strahlte den Enthusiasmus eines Jugendpfarrers aus, der dringend ein paar Seelen retten muss. Die Helfer teilten gerade Hema aus oder räumten das Geschirr ab, hielten jetzt inne und standen stramm für ihn. Doch statt sich auf seinen Platz im vorderen Teil des Raumes zu begeben, trat Atherton an unseren Tisch.

»Genau die, die ich gesucht habe!« Damit war offensichtlich nicht ich gemeint. Er strahlte Kat und Galen an.

»Wie kann ich Ihnen helfen, Sir?«, fragte Galen höflich.

»Ich möchte, dass ihr heute Nachmittag bei der Versammlung ein paar Worte sagt. Um den Youngbloods zu helfen, diese schwierigen Zeiten zu verstehen. Alle blicken zu euch beiden als Anführer der Schülerschaft auf. Eine kurze Rede, die alle dazu ermuntert, den Mut nicht zu verlieren und ihre Zähne zu schärfen, wäre genau das Richtige.«

»Aber die Versammlung ist in einer halben Stunde«, sagte Kat.

»Keine Sorge, Kat!« Atherton drückte ihre Schulter. Er suchte wirklich immer nach Wegen, um meine Abneigung gegen ihn zu verstärken. »Es ist bereits alles vorbereitet. Du brauchst nur ein paar Zeilen von Karteikarten abzulesen.«

»Wir würden uns sehr freuen«, antwortete Galen sanft. »Danke, dass Sie an uns gedacht haben.«

Das musste selbst ich Galen zugestehen: Er konnte brutal gut mit Erwachsenen umgehen, sogar mit Erwachsenen, die wie Teenager aussahen.

Andererseits waren sie auch ziemlich leicht zu beeindrucken, wenn man immer genau das tat, was sie wollten.

Kat

In der Großen Halle herrschte eine düstere Stimmung. Taylor trennte sich von uns, um sich einen Platz beim dritten Jahrgang zu suchen. Galen und ich machten uns gemeinsam auf den Weg nach vorne. Es kam mir vor, als ob uns jeder hinterhersah, als wir vorbeigingen. Als wir vorn ankamen, setzten wir uns neben Direktor Atherton.

Ich beugte mich an Galen vorbei, um Atherton auf mich aufmerksam zu machen. »Darf ich die Notizen für die Rede sehen?«

»Sie liegen auf dem Rednerpult, Kat«, sagte er. »Du kannst sie nicht übersehen.«

Ich sah Galen stirnrunzelnd an. »Wir sollen eine Rede halten, die wir nie gelesen haben?«

»Es ist schließlich nicht die Rede zur Lage der Nation«, flüsterte Galen. »Du schaffst das schon.«

»Ich habe ein schlechtes Gefühl dabei«, sagte ich leise. »Warum hast du für uns beide zugesagt?«

»Ich hielt es für harmlos.« Er klang verblüfft.

Mich beschlich allmählich der Verdacht, dass Galen nicht wusste, was dieses Wort bedeutete.

Atherton trat ans Rednerpult. Wie schon bei der Eröffnungsfeier bat er uns, aufzustehen und unsere Reißzähne auszufahren, um den Harcote-Eid zu sprechen. Diesmal fiel es mir leicht, und ich sprach die Worte genau wie alle anderen – mit einem leichten Lispeln, weil ich mit verlängerten Eckzähnen sprach.

Dann begann er seine Rede in einem düsteren Ton: »Ich wünschte, wir wären unter angenehmeren Umständen zusammengekommen. Aber dieses Schuljahr hat mit einigen Umwälzungen begonnen. Wir betrauern den Verlust eines Mitglieds unserer Vampir- und Harcote-Familie: Leo Kontos. Der Tod eines jeden Vampirs ist eine Tragödie. Besonders nachdem wir so viele von uns durch die Verseuchung verloren haben. Unser Leben – *Ihr* Leben – ist ein Geschenk.«

Schulleiter Athertons Finger packten den Rand des Rednerpults. Seine milchige Haut war rosa gefleckt und sah aus wie ein verschimmelter Vanillejoghurt.

»Wenn das Geschenk des ewigen Lebens verschwendet wird, dürfen wir uns nicht abwenden. Leo Kontos war für seinen Tod selbst verantwortlich. Er kannte das Risiko einer CFaD-Infektion und setzte sein Leben aus freien Stücken aufs Spiel. Schlimmer noch, er tat es auf dem Schulgelände. Leo Kontos hat mit seinem Verhalten jeden von Ihnen, die Schule selbst und die gesamte Vampirgemeinde in Misskredit gebracht. Er hat sich selbst nicht respektiert. Er verriet die Werte unserer Gemeinschaft. Er starb erbärmlich und einsam. Und es war das Ende, das er verdient hat.«

Ein kalter Schauer lief mir über den Rücken. In der Großen Halle herrschte absolute Stille. Keiner flüsterte seinem Sitznachbarn etwas zu, kein Telefon läutete zufällig, keine Holzbank knarrte.

Abrupt nahm Atherton wieder sein übliches Gehabe an, das des am wenigsten coolen Betreuers im Sommerlager. »Meine

Güte, da haben Sie aber eine Menge zu verkraften, stimmt's? Aber keine Sorge, wir stehen das als Gemeinschaft durch. Als Einstieg werden jetzt Galen Black und Kat Finn hier heraufkommen und ein paar Worte darüber sagen, wie sie sich gerade fühlen.«

Galen warf mir einen beruhigenden Blick zu, als wir uns dem Rednerpult näherten. Dort lag ein kleiner Stapel Karteikarten. Auf der obersten stand Galens Name.

Galen räusperte sich, als er die Rede überflog, dann straffte er die Schultern und begann.

»Als Direktor Atherton mich bat, etwas darüber zu sagen, wie mich der Tod von Mr Kontos getroffen hat, wusste ich genau, worüber ich sprechen wollte. Ich bin traurig wie viele von uns, weil ich ihn mochte. Ich dachte, er sei ein guter Kerl. Das ist es, worüber ich nicht hinwegkomme.« Ich wusste, dass Galen von Karten ablas, die er noch nie gesehen hatte, aber er klang so natürlich. Ich hätte nie vermutet, dass die Rede nicht von ihm war. »Mr Kontos hat unser Vertrauen missbraucht. Beim formellen Dinner oder im Chemieunterricht war er eine Person, aber in Wirklichkeit war er jemand anderes. Er hat sein Leben aufs Spiel gesetzt und am Ende mit dem Tod bezahlt.« Galen räusperte sich erneut. »Wahrscheinlich dachte er, die Unsterblichkeit mache ihn unbesiegbar. Aber so funktioniert das nicht. Die Verseuchung hat uns das gelehrt. Wir stammen von Schöpfern und Eltern ab, die diesen Albtraum überlebt haben. Ich schätze, das alles lässt mich wirklich erst wertschätzen, wie viel Glück wir haben, hier zu sein und einander zu haben.«

Als wir die Plätze am Rednerpult tauschten, beugte sich Galen vor. »Siehst du? Das war doch gar nicht so schlimm«, flüsterte er.

Ich stand am Rednerpult, blickte in die Große Halle und war für eine Sekunde wie erstarrt. Ich wusste, dass die Rede, die Atherton für mich geschrieben hatte, die gleiche verurteilende Pro-Vampirgemeinde-Rhetorik verbreiten würde, die Galen gerade vorgelesen hatte. Ich wusste auch, dass ich ein Mikrofon und die Aufmerksamkeit der ganzen Schule hatte und dass ich nicht sagen musste, was sie von mir wollten. Ich hätte über Lucys Party sprechen können oder darüber, worauf Mr Kontos hingearbeitet hatte. Zumindest hätte ich die Wahrheit über seinen Tod sagen können. Meine Handflächen wurden schweißnass. War das der richtige Moment? Aber wo sollte ich anfangen?

Ich suchte nach Taylors Gesicht, als ob ihr Anblick alles klären würde.

Stattdessen fiel mein Blick auf jemand anderen.

Er stand im Schatten einer der Nischen und beobachtete mich.

Victor Castel.

Ich atmete scharf ein. Das Mentorat mochte vielleicht dazu gedacht sein, Galen zu fördern, aber in diesem Moment galt Victors Aufmerksamkeit *mir*. Auch wenn Castel Galen bereits zu seinem Nachfolger gekürt hatte, gab es eine Million Möglichkeiten, wie Victors Hilfe mein Leben verändern konnte – solange ich ihm zeigte, dass ich es verdiente. Nicht nur während des Mentorats, nicht nur in Harcote, sondern für den Rest meines unsterblichen Lebens. Plötzlich schoss mir ein Moment nach der Versammlung in den Kopf, als Victor mir sagte, dass ich mich sehr gut geschlagen und ihn beeindruckt habe. Eine solche Anerkennung hatte ich niemals von meiner Mutter und natürlich auch nicht von meinem Vater bekommen, und plötzlich wollte ich sie so sehr, dass ich Bauchschmerzen bekam.

Ich richtete meinen Blick auf die Karte und begann abzulesen.

»In Harcote zu sein, bedeutet für mich etwas anderes als für die anderen Schüler:innen hier. Es bedeutet für mich eine Gemeinschaft, die mich versteht. Meine Mutter hat mich außerhalb der Vampirgemeinde aufgezogen.

Unser Hema-Händler war der einzige Vampir, den ich kannte. Was es noch schlimmer machte, war, dass ich … meinen Vater durch CFaD und meine beiden Schöpfer durch die Verseuchung verloren habe.« Das waren meine Worte aus der Bewerbung für das Mentorat. Sie waren sehr *persönlich* gewesen. Und ganz sicher nichts, was ich der *ganzen verdammten Schule* mitteilen wollte. Ich fühlte mich benutzt, verletzt, aber da mich alle beobachteten, wusste ich nicht, was ich tun sollte, außer weiterzumachen. Zum Glück wichen die Worte jetzt von dem ab, was ich geschrieben hatte. »Mr Kontos wusste nicht, wie viel Glück er hatte. Er hatte eine Gemeinschaft, hier in Harcote und in der Vampirgemeinde, die ihn unterstützte und verstand. Aber er hat das nicht als das Privileg behandelt, das es ist. Er hat das alles weggeworfen. Ich hoffe, dass alle Youngbloods erkennen, wie verloren wir ohne die Vampirgemeinde wären.«

Galen griff nach mir, als wir gemeinsam die Bühne verließen. Ich bemerkte kaum, dass er meine Hand hielt, bis wir wieder saßen. Ich war wie betäubt, mein Gehirn war verwirrt und vernebelt. Direktor Atherton hatte mich dazu gebracht, der ganzen Schule meine Familiengeheimnisse zu verraten – jedenfalls das, was er davon kannte – und sie in Propaganda zu verwandeln. In Harcote zu sein war *tatsächlich* ein Privileg, ein viel größeres, als die meisten Schüler:innen hier ahnten, aber ich hatte es dargestellt, als wären Youngbloods immer davon abhängig – und von der Vampirgemeinde. So empfand ich das aber gar nicht. Wenn ich etwas gelernt hatte, seit ich hierhergekommen war, dann, dass beide Institutionen dringend einschneidender Veränderungen bedurften.

»Wir haben eine Menge wichtiger Gespräche über diese Ideen vor uns, Jungs und Mädchen«, erklärte Direktor Atherton. »Zuallererst sollten wir uns daran erinnern, dass Harcote eine Bildungseinrichtung ist. Dies ist kein Ort für Politik. Jede Diskussion dieser Art außerhalb des Klassenzimmers verstößt potenziell gegen den Ehrenkodex. Das gilt auch für *gedruckte* Diskussionen. Jeder Schüler, der Informationen über diese Art von Aktivitäten hat, sollte sich bei mir melden. Konzentrieren wir uns auf die Heilung und darauf, uns für den Descendants Day von unserer besten Seite zu zeigen! Die Besten der Besten stehen zusammen.«

Als wir entlassen wurden, bekam ich eine Gänsehaut, weil ich neben Atherton stand. Ich wollte Taylor finden, aber Galen hatte meine Hand wieder fest im Griff, und der Direktor war noch nicht fertig mit uns.

»Nicht so schnell, meine Lieblingsschüler! Mr Castel, der Leiter unseres Gremiums, ist heute auf dem Campus wegen der … unerfreulichen Ereignisse. Er möchte sich gerne mit seinen Mentees treffen.«

29

Kat

»Warum will er uns sehen, da wir doch so viel zu tun haben?«, flüsterte ich Galen zu, als wir Atherton nach Old Hill folgten.

Galen warf mir einen resignierten Blick zu, antwortete aber nicht. Als wir uns Old Hill näherten, hatte er wieder diese steife Körperhaltung, wie immer, wenn er unter Druck stand und sich zusammenreißen musste. Das passierte jedes Mal, wenn es um Victor Castel ging. Dann wirkte er fast wie ein anderer Mensch. Als hätte er sein ganzes Selbstvertrauen wie einen Panzer eng um sich geschlungen. Ich drückte seine Hand.

Atherton führte uns in ein Klassenzimmer, in dem Victor bereits wartete. Sein eleganter Anzug und seine glänzenden Schuhe ließen selbst diesen makellosen Raum schäbig erscheinen. Er sah anders aus als der Mann, den ich in seinem Haus getroffen hatte, kräftiger, einschüchternder. Als könnte man ihm sein Alter ansehen, obwohl das unmöglich war. Er wirkte irgendwie größer, als übte er eine Anziehungskraft aus, die alles an sich riss.

Victor warf einen Blick auf unsere verschränkten Hände. »Gut gemacht, Galen.«

Während ich mich bemühte, nicht zusammenzuzucken, zog Galen den Kopf zwischen die Schultern. »Danke, Sir. Nachdem ich begriffen habe, dass Sie etwas in Kat sahen, sah ich es auch.«

Wir setzten uns an den Seminartisch. Victor musterte uns über seine gefalteten Hände hinweg. »Was glaubt ihr, warum ich heute auf dem Campus bin?«

Ich warf einen Blick auf Galen. Er schien nicht antworten zu wollen, also ergriff ich das Wort: »Sie sind ein Kurator der Schule, und einer der Lehrer ist gestorben. Das hat Direktor Atherton jedenfalls gesagt.«

Das war offensichtlich die falsche Antwort, denn Victor richtete seine Aufmerksamkeit auf Galen.

»Es gibt noch vier weitere Kuratoren. Zwei davon sind meine Eltern. Und sie sind nicht hier«, antwortete Galen. »Der Tod von Leo Kontos ist also nicht nur deshalb von Bedeutung, weil er hier Lehrer war.«

»Korrekt«, bestätigte Victor nachdrücklich. Das Blut prickelte in meinen Wangen. Galen wusste nichts über Mr Kontos, jedenfalls nicht das, was ich wusste. Er spekulierte nur, dass sein Tod mehr bedeutete, weil Victor persönlich aufgetaucht war. Victor sprach weiter: »Und was bedeutet er?«

Was *bedeutete* der Tod von Kontos? Ich versuchte, eine Antwort zu formulieren, aber meine Gedanken kreisten immer wieder um Taylors trauriges Gesicht und den bedrückten Blick in ihren Augen, wenn sie über ihn sprach.

Victor sah mein Zögern. Er beugte sich vor und schlug mit der Faust auf den Tisch. »Achten Sie nicht auf Ihre Gefühle. Emotionales Denken ist der Feind eines klaren Urteils. Es beeinflusst die Entscheidungen, die wir zum Wohle aller Vampire treffen müssen.«

Mir kam es nicht richtig vor, dass Gefühle der Feind von Logik und Urteilsvermögen sein sollten. Was einen traurig, wütend oder empört machte, war einem *wichtig* – es waren die Dinge, die man schätzte. Wenn man das durch kalte Rationalität ersetzte, schienen diese Werte überhaupt keine Rolle mehr zu spielen.

Aber ich schob meine Bedenken beiseite. Victor hatte recht – ich durfte jetzt nicht emotional werden, und das nicht nur, weil ich ihn unbedingt beeindrucken wollte – so sehr, dass mir der Schweiß den Rücken hinunterlief. Denn vor allem musste ich herausfinden, was Victor über Mr Kontos wusste. Wer auch immer in das Labor eingebrochen war und es durchsucht hatte, wusste, dass es ein Heilmittel gab. Aber ob Victor diese Information bereits hatte, war die große Frage.

»Es gibt Gerüchte, dass Mr Kontos ein Reunionist war«, sagte ich zögernd.

»Tatsächlich?« Auf Galens Gesicht blitzte Überraschung auf. »Aber Reunionisten unterstützen doch die Integration. Wie konnte Mr Kontos ein Reunionist sein, wenn er gestorben ist, weil er von einem Menschen getrunken hat?«

»Offensichtlich war sein moralischer Kompass weit weniger entwickelt, als er selbst geglaubt hat«, behauptete Victor.

Galen nickte. »Das beweist sein Tod dann wohl. Mr Kontos dachte, Menschen und Vampire könnten nebeneinanderleben, aber er hat Erstere selbst benutzt. Er war ein Heuchler. Das dürfte ein schwerer Schlag für die Reunionisten-Bewegung sein.«

»Ich dachte, die Reunionisten wären viel zu schwach, um eine echte Bedrohung darzustellen. Das hast du mir jedenfalls gesagt, Galen«, warf ich ein. »Sie können CFaD doch nicht allein heilen, richtig?«

»Natürlich nicht!« Galens Spott schien ernst gemeint zu sein. Er hatte keine Ahnung, was Mr Kontos entdeckt hatte.

Victors Gesicht verriet nichts, als er den Blick seiner tief in den Höhlen liegenden Augen auf mich richtete. »Kat, in gewisser Weise ist das Heilmittel irrelevant. Es sind ihre Ideen, auf die es ankommt. Die Reunionisten wollen unsere Lebensweise grundlegend verändern. Die Vampirgemeinde ist eine empfindliche Struktur. Eine ganze Reihe von Umständen ermöglichen es uns überhaupt, in einer Gemeinschaft zu leben. Es bedurfte einer schweren Krise, die unsere Art fast auslöschte, um die Gemeinde schaffen zu können, in die ihr Youngbloods hineingeboren wurdet. Diese Struktur kann leicht zerbröckeln. Das dürfen wir nicht zulassen.«

»Aber es ist doch nur eine Frage der Zeit, bis CFaD geheilt wird«, setzte ich nach. Bisher hatte er mir nichts verraten. »Es könnte doch sehr bald passieren. Vor allem dank der Arbeit der Black-Stiftung.«

»In meinem Alter bedeutet der Ausdruck *eine Frage der Zeit* etwas ganz anderes.« Victor schmunzelte über seinen Scharfsinn. »Jeder Mensch, der in diesem Moment lebt, könnte längst tot sein, bevor das Heilmittel entdeckt wird.«

Ein Schauer lief mir über den Rücken. »Was wird dann mit der Vampirgemeinde geschehen?«, fragte ich. »Sie haben uns aufgefordert, über die Zukunft nachzudenken, also haben Sie doch sicher einen Plan.«

Er starrte mich mit dieser beunruhigenden Intensität an. »Was würden Sie an meiner Stelle tun, Kat?«

Oh, ich wusste sehr genau, was ich tun würde. Ich würde dafür sorgen, dass jeder Vampir Hema bekam, wann und wo er es brauchte, und zwar möglichst kostenlos, so wie die Reunionisten es wollten. Ich würde eine Vampirgemeinde erschaffen, in der ich mich nur vor Guzman und Shelby verstecken müsste, wenn ich es selbst wollte. Aber danach hatte er nicht gefragt. Victor wollte wissen, was er meiner Meinung nach tun sollte. Ich misstraute ihm vielleicht nicht so sehr, wie Taylor es tat, aber kein einziges Molekül in meinem Körper glaubte, dass Victor den Forderungen der Reunionisten nachgeben würde.

»Ich würde dafür sorgen, dass es noch etwas anderes gibt, das die Vampirgemeinde zusammenhält, bevor das passiert«, sagte ich.

Zufrieden lehnte er sich auf seinem Stuhl zurück. »Sie verstehen also unsere Ziele.«

»Was meinen Sie mit *unsere Ziele?*«, fragte ich. »Wer ist *›wir‹*?«

Victor und Galen wechselten einen Blick, der mir ziemlich unmissverständlich sagte, für wie dumm sie mich hielten. »*Wir*, das ist die Vampirgemeinde, Kat«, antwortete Galen schließlich. »Wer sonst?«

Victor strich sich die Krawatte glatt. »Kat, ich möchte mit Ihnen unter vier Augen sprechen. Galen, mach die Tür zu, wenn du gehst.«

Wortlos gehorchte Galen, und schon war ich mit Victor Castel allein. Mein Mund wurde trocken. Seine Macht schien wie Tentakel von ihm auszugehen und sich im Raum auszubreiten. Ich spürte fast ihren Druck und konnte mich nicht erinnern, wann ich das letzte Mal mit einem solchen Mann allein gewesen war. Victor war Hunderte von Jahren alt, aber er hätte mein Vater sein können, und ich fühlte mich jünger und hungriger als je zuvor in seiner Gegenwart.

Vielleicht sah er das, denn er lächelte mich beruhigend an. »Es gibt keinen Grund, nervös zu sein, Kat. Du sollst wissen, dass mich dein Verhalten heute sehr beeindruckt hat. Ich bin stolz auf dich.«

Der Schock über seine vertrauliche Anrede und seine Worte wich einem seltsamen Gefühl, das in meiner Brust aufstieg. Victor Castel war *stolz auf mich*. Meine Mutter hatte so etwas noch nie gesagt. Ich konnte immer noch die Ablehnung in ihrer Stimme hören, als ich ihr von Harcote erzählte – *ich bin immer stolz auf dich* –, als wäre das zu trivial, um es laut auszusprechen. Mir war klar, dass ich Gründe hatte, Victor gegenüber skeptisch zu sein, aber gleichzeitig schien er die einzige Person in meinem Leben zu sein, die verstand, warum ich überhaupt nach Harcote gekommen war.

»Ich … Danke!«, stammelte ich.

»Dieses Lob hast du dir wohlverdient. Die Youngbloods waren von deinen Worten auf der Versammlung bewegt, und deine Kommentare in unserem Gespräch vorhin waren sehr prägnant. Ich sehe ein sehr großes Potenzial in dir. Und ich weiß, dass diese Chance für dich weit mehr bedeutet als für Galen.«

Die Tatsache, dass Victor das erkannt hatte, fühlte sich wie eine Bestätigung an, aber trotzdem sank mir der Mut. Denn diese Wertschätzung war auch schon alles, worauf ich hoffen konnte. Auf dem Sitz an der Tafel, von dem Victor gesprochen hatte, war Galens Name von Geburt an eingraviert. Ich würde dort niemals Platz nehmen. Es war mir zwar peinlich, zuzugeben, dass ich das wusste, aber ich konnte nicht damit umgehen, dass Victor etwas anderes behauptete, nur um meine Gefühle zu schonen. »Nur damit Sie es wissen … ich verstehe es.«

»Was verstehst du?«

Ich verkniff mir ein Stirnrunzeln. »Galen ist Ihr Zahnnehmer. Sie wollen ihn als Nachfolger anerkennen, aber es muss legitim aussehen – als hätte er es verdient. Sonst wird ihn niemand respektieren. Ich bin hier, weil ich ein Niemand bin, damit es wie ein echter Wettbewerb aussieht. Aber ich glaube, ich kann auch auf andere Weise davon profitieren, wenn ich von Ihnen lerne. Wissen Sie, ich habe sonst niemanden, an den ich mich wirklich wenden oder mit dem ich über meine Zukunft sprechen könnte ...« Ich verstummte.

Victors mäßig amüsierter Gesichtsausdruck gab mir das Gefühl, ein dummes kleines Kind zu sein, und das machte mich auf eine kindische Art wütend. Ich war vielleicht naiv, was die Vampirgemeinde betraf, aber ich war keine Idiotin. Ich richtete mich auf und sah ihn direkt an. »Ich finde das nicht wirklich lustig«, erklärte ich.

»Entschuldige, Kat, das ist es auch nicht. Ich weiß nur einfach nicht, wie du auf die Idee kommst, dass ich Galen bereits als Nachfolger ausgewählt habe. Erstens habe ich nicht vor, in absehbarer Zeit irgendwo hinzugehen. Zweitens hat Galen nie mein volles Vertrauen genossen.«

»Aber ihm geht es doch nur darum, Sie zu beeindrucken.«

Victor rieb sich das Kinn und verzog abweisend die Lippen. »Mag sein, aber er muss erst noch beweisen, dass er seinen Mann stehen kann. Aber du, Kat, du bist nicht wie er. Ich habe dich beobachtet. Ich sehe deinen Tatendrang. Ich sehe hier und da Hinweise in dir auf die Anführerin der Youngbloods. Die könntest du werden, wenn wir diesen Tatendrang in die richtige Richtung lenken. Wärst du an einer solchen Art von Partnerschaft zwischen dir und mir interessiert?«

»*Ja!*«, sagte ich nachdrücklich. Ich war mir nicht sicher, was genau er mir da anbot, aber ich wusste, dass es eines beinhaltete: den Schlüssel zu der Zukunft, von der ich geträumt hatte.

»Gut. Beeindrucke mich weiterhin so wie bisher, und du wirst mir die Entscheidung leicht machen.« In seinem Ton schwang eine gewisse Nonchalance, als hätten wir ein schlichtes geschäftliches Arrangement getroffen und nicht eine Vereinbarung, die den Lauf meines Lebens verändern könnte. »Ein Letztes noch: Ich habe von Direktor Atherton gehört, dass deine Mutter sich nicht für den Descendants Day angemeldet hat. Deshalb würde ich dir gerne meine Dienste für das Wochenende anbieten.«

Ich musste ohnmächtig geworden sein, und jetzt sickerte mein Gehirn aus meinen Ohren. Allein bei dem Gedanken an den Descendants Day hätte ich mich am liebsten in mein Bett verkrochen und bis zum Frühling Winterschlaf gehalten. Nach dem, was ich heute bei der Versammlung öffentlich hatte erklären müssen, würde er bestimmt noch beschissener, als ich befürchtet hatte.

Wenn ich jedoch Victor dort bei mir hätte, wäre ich nicht allein. Ich würde diesen Tag mit jemandem verbringen, der sogar stolz auf mich war. Ich war mir nur nicht ganz sicher, ob ich diese Ehre wirklich verdiente.

Ich zögerte. »Würde das nicht seltsam aussehen?«

»Und warum sollte es?«

»Weil sie Galens Schöpfer sind. Und weil ich … ein Niemand bin.«

»Versprich mir etwas, Kat: Versprich mir, dass du so etwas nie wieder über dich sagen wirst.«

Taylor

Ich hatte lange auf meinen Computer gestarrt, denn ich wollte, dass Kat mich so vorfand: lässig im Internet surfend und keinen Gedanken an sie verschwendend.

Kat war *mit Galen zusammen*. Die Anzeichen waren unübersehbar. Wie er ihre Schulter beim Mittagessen berührte. Die Art und Weise, wie sich ihre Hände am Rednerpult getroffen hatten. Die Blicke, die sie sich dort oben zuwarfen, als ob sie sich in einer geheimen Sprache vor der ganzen Schule verständigten, als ob niemand von uns im Saal wäre und es mitbekäme – als ob *ich* nicht da wäre und es mit ansehen musste.

Evangeline hatte recht: Kat war ein hoffnungsloser Fall. Sie war dieser Felsen, der den Berg hinunterstürzte, um mich immer wieder zu zermalmen, so oft ich mich ihm in den Weg stellte.

Als sie durch die Tür kam, waren ihre Wangen gerötet von der frischen Herbstluft, ihr kastanienbraunes Haar hatte sich in ihrem Schal verfangen, und als sie mich sah, schienen ihre haselnussbraunen Augen aufzuleuchten.

»Du wirst nicht glauben, was gerade passiert ist«, sagte sie.

»Ach du meine Güte! Warst du es etwa, die vor der ganzen Schule Vampirpropaganda verbreitet hat? Das musste ich leider aus erster Hand miterleben.«

Sie ließ die Schultern sinken. »Du weißt, dass Direktor Atherton diese Reden geschrieben hat und Galen derjenige war, der dem zugestimmt hat. Meinst du wirklich, ich hätte all das Zeug über meinen Vater und meine Schöpfer öffentlich zugeben wollen?«

»Und die Lügen über Kontos? Obwohl du wusstest, dass nichts davon der Wahrheit entsprach?«

»*Psst!* Da ist eine Helferin im Flur«, schnauzte sie mich an. »Sie könnte uns belauschen.«

Bevor ich auch nur merkte, was ich tat, hatte ich Kat am Arm gepackt und sie ins Bad gezerrt. Ich stellte die Dusche an. »Jetzt hört sie nichts mehr.«

Kat atmete plötzlich schneller. Zugegeben, ich hatte nicht bedacht, wie klein das Badezimmer war, als ich hineingestürmt war.

»Du weißt, dass Atherton die Reden geschrieben hat. Ich hatte keine andere Wahl!«

»Niemand hat dir einen Pfahl auf die Brust gehalten. Du hättest sagen können, was du wolltest. Die Wahrheit, zum Beispiel.«

»Du darfst dich also hinter der Anonymität verstecken, aber ich soll mich vor die ganze Schule stellen und mir aus dem Stegreif einen Schlachtplan ausdenken? Alle haben mich angestarrt.«

»Richtig, und das hat uns alle daran erinnert, gute, brave Vampire zu sein. Ich bin überrascht, dass sie unserem neuen König und unserer neuen Königin keine Krönchen aufgesetzt haben, während sie zu ihrem Volk sprachen.«

»Was soll das denn heißen?« Sie kam näher. Es war kaum noch Platz zwischen uns.

»Warum hast du mir nicht gesagt, dass du mit Galen zusammen bist?«

»Ich dachte nicht, dass dich das interessiert.«

Ich verzog die Lippen. Sie hatte gedacht, das würde mich nicht *interessieren*? »Es wäre schön gewesen, zu wissen, dass die Hälfte dieses verrückten Ermittlungsteams mit dem Feind schläft.«

»Ich schlafe nicht ... er ist nicht ...«

Ich fiel ihr ins Wort. »Erinnerst du dich nicht an heute Morgen, als wir uns beide einig waren, dass die Blacks ein gutes Motiv für einen Mord an Kontos hätten? Falls es dir entfallen sein sollte, Galen ist Galen *Black*, was ihn zu einem Verdächtigen macht. Das ist ja wohl ziemlich naheliegend.«

»Galen ist ein Schüler auf der Highschool, nicht Teil einer Vampirgemeinde-Verschwörung, und er ist eigentlich keine schlechte Person.«

»Er ist ein privilegierter Arsch.«

»Was ihn in keinerlei Weise von den anderen Harcoties

unterscheidet. Warum hasst du ihn eigentlich so sehr?«, fragte sie.

Ich erstarrte. Ich hasste Galen aus einer Million Gründen. Einige davon verstand ich: Galen benahm sich, als wäre er von Wölfen in einem Schweizer Chalet aufgezogen worden, er ging mit dem Mädchen aus, in das ich verliebt war, und das Mädchen, mit dem ich vögelte, hatte die Rolle des Ehemanns in ihrem Hetero-Traumleben für ihn reserviert. Doch die Wahrheit war, dass ich Galen schon lange, bevor Kat aufgetaucht war, gehasst hatte, sogar noch bevor das mit mir und Evangeline angefangen hatte. Und an dieser Stelle wurden meine Begriffe ein wenig undeutlich. Ja, genau: Warum *hasste* ich ihn so sehr?

Ich hasste sein erstaunlich schönes Haar, das meinem zwar ähnlich, aber irgendwie unerreichbar *besser* war. Ich hasste es, dass er immer sorgfältig gekleidet war, aber nie aussah, als hätte er sich große Mühe gegeben. Er sah in einem Anzug einfach perfekt aus, während ich vor dem Gründerball die Jungenabteilung durchstöbern musste, in der Hoffnung, etwas zu finden, in dem ich mich nicht wie ein Maiskolben fühlte. Ich hasste es, dass er seine Augenbraue wie an einer Schnur hochziehen konnte und ich nicht, denn ich hatte ungefähr tausend Fantasien, in denen ich ein hübsches Mädchen mit einer elegant gelupften Braue zum Schmelzen brachte. Es war nicht so, dass ich mir wünschte, von Wölfen in einem Schweizer Chalet aufgezogen worden zu sein, aber ich wollte – wenigstens einmal – so aussehen, als wäre es so.

Nur konnte ich das alles nicht zugeben. Kat beobachtete mich unsicher. Sie wusste, dass ich gleich lügen würde. »Er will mir nicht sagen, welche Haarprodukte er benutzt. Das ist unverzeihlich.«

Kat atmete aus. »Wenn ich dir jetzt sage, dass dein Haar genauso schön ist wie seins, kommst du dann darüber hinweg?«

Ich kaute auf meiner Lippe. »Einen Versuch wäre es wert.«

Sie fixierte mich mit dem Blick ihrer haselnussbraunen Augen. Sie hätte mir genauso gut die Hände um die Kehle legen und zudrücken können. »Taylor, dein Haar ist genauso schön wie das von Galen. Ich finde deine Haare ehrlich gesagt viel schöner.«

Ich hatte die Lippen fest zusammengepresst und biss mir auf das weiche Fleisch, um zu verbergen, wie sehr mich das aus der Fassung brachte.

Kat sah erwartungsvoll zu mir auf. Ich wusste, dass sie an ihn dachte, obwohl ich wollte, dass sie an mich dachte.

Scheiße, ich *wollte* sie.

Plötzlich tat es mir körperlich weh, als würde sich jeder Muskel in meinem Körper durch die Präsenz von uns beiden in diesem winzigen, engen Badezimmer verkrampfen. Wie konnte Kat mich gern genug haben, um mich aufmuntern zu wollen, selbst wenn sie nicht verstand, was los war, aber mich trotzdem nicht *lieben*? Durch diese Ungerechtigkeit taten selbst die guten Dinge weh. Es war so schlimm geworden, dass ich sie nicht einmal mehr zum Lachen bringen konnte, ohne einen brutalen Stich zu verspüren wegen dem, was ich nie von ihr bekommen würde.

Und zum allerersten Mal schoss mir der Gedanke durch den Kopf, dass ich nicht wusste, wie lange ich das noch durchhalten könnte.

»Besser?«, fragte Kat hoffnungsvoll.

Ich schüttelte den Kopf, fuhr auf dem Absatz herum und flüchtete aus dem Badezimmer. Ich ließ sie einfach neben der rauschenden Dusche stehen.

30

Kat

Es war mittlerweile Mitte November, und morgens glitzerte Frost auf dem Gras. Ich war dankbar für die schicken Pullover und Sakkos, mit denen mein Wohltäter meinen Kleiderschrank gefüllt hatte.

Ich hatte gedacht, es würde mit der Zeit leichter werden, aber all die Tage, die seit dem Kuss – *dem* Kuss – vergangen waren, hatten meine Erinnerung daran nicht trüben können. Ich konnte Taylor kaum ansehen, ohne mir vorzustellen, sie zu berühren. An dem Tag, als sie mich nach der Versammlung ins Bad zog, dachte ich, ich müsste durchdrehen, wenn ich so nah bei ihr stand. Das Letzte, was ich wollte, war, ausgerechnet über *Galen* zu reden.

Leider hatten die letzten paar Tage auch nichts an Taylors Gefühlen geändert. Sie war immer noch genauso sauer über das, was ich auf der Versammlung gesagt hatte. Was ärgerlich war, weil sie genau wusste, dass ich es nicht so gemeint hatte. Und sie war wütend, weil ich ihr nicht gesagt hatte, dass ich mit Galen zusammen war. Das war ziemlich nervig, denn sie hatte mir schließlich auch nicht gesagt, dass sie ausgerechnet mit *Evangeline* zusammen war, was in buchstäblich jeder Hinsicht mieser war.

Im Unterricht ertappte ich Evangeline ständig dabei, wie sie

Taylor anstarrte, als ob sie nicht nur darüber fantasierte, Taylor auszuziehen, sondern sich vorstellte, sie komplett zu zerlegen. Eine geheime Beziehung war offensichtlich echt heiß. Obwohl ich mir nicht sicher war, warum sie bei den beiden geheim sein musste. Hoffentlich, weil Evangeline noch nicht bereit war, sich zu outen, denn wenn sie sich auch nur ein kleines bisschen wegen Taylor schämte, würde ich sie persönlich pfählen.

In letzter Zeit hatte Taylor ihre gesamte Freizeit mit der Theatertechnik für Evangelines Einakter verbracht, bei den Proben für den Descendants Day. Eine nörgelnde kleine Stimme in meinem Kopf fragte mich immer wieder, ob die beiden wirklich probten oder etwas ganz anderes zusammen machten, aber das ging mich nichts an. Taylor war einfach zu viel für mich – zu viele Gefühle, zu viel Ärger, eine zu große Ablenkung.

Ich hatte andere Dinge, auf die ich mich konzentrieren musste. Zum Beispiel Galen. Mit dem ich immer noch zusammen war.

Galen und ich trafen uns in der Bibliothek. Als wir den Raum der erweiterten Sammlungen betraten, noch bevor wir den gruseligen Eiswürfel des Silos erreicht hatten, drehte er mich zu sich herum und küsste mich.

Er hatte mich total überrumpelt, und das machte mich schon etwas atemlos. Ich atmete seinen Duft ein, ein sehr erwachsenes Eau de Cologne und ein Hauch von Hema in seinem Atem. Als ich den Kuss erwiderte, versuchte ich, mich dem hinzugeben, aber dann stiegen panische Gedanken in meinem Hinterkopf auf.

Mag ich das? Wie genau soll Küssen eigentlich ablaufen? Sollte ich entspannter sein oder sollte ich erregt wirken, und warum denke ich überhaupt so viel darüber nach? Wann wird es sich denn gut anfühlen? Und warum fühlt es sich irgendwie nicht richtig an?

Galens Hände waren überall an mir, meine hingen nur wie totes Gewicht an den Enden meiner Arme herunter. Eigentlich hätte ich ihn wohl auch berühren sollen, aber das fühlte sich unmöglich und unangenehm an – ihn berühren, aber wie? Auf einmal stiegen mir verräterische Tränen in die Augen. Ich wich vor ihm zurück. Es schien das erste Richtige zu sein, was ich tat, seit er vor dieser Ewigkeit von ein paar Sekunden seine Lippen auf meine gepresst hatte.

Der Blick seiner aschgrauen Augen war auf mich gerichtet, hinter Wimpern, die so dicht waren, als hätte er sie einer Babypuppe ausgerissen. Ich war mir sicher, dass er an meiner steifen Haltung erkennen konnte, dass etwas nicht stimmte.

Dann verzog er zufrieden die Lippen.

»Darauf habe ich schon den ganzen Tag gewartet«, erklärte er heiser.

Ich war ein wenig enttäuscht, vielleicht aus Erleichterung oder vielleicht auch aus Frustration, als ich mich von der Tür abstieß, an die er mich gepresst hatte. »Wir sollten lieber arbeiten.«

Ich mochte Galen. Ich mochte ihn wirklich. Irgendwie. Das Problem war, dass ich ihn mehr mögen wollte oder anders oder – ich wusste es nicht genau. Seine kleinen Ticks – diese gehobene Braue, die raue Stimme – nervten mich schon längst nicht mehr. Ich sah darin jetzt eine Art Rüstung, auch wenn er mir noch nicht gezeigt hatte, was diese eigentlich beschützte. Die Züge seines makellosen Gesichts wirkten, als hätte man Licht und Schatten nur erfunden, um den Kronprinzen der Vampirgemeinde perfekt in Szene zu setzen. Er besaß so viel, aber irgendwie hatte er trotzdem nie das bekommen, was er brauchte, und er war glücklich, mit mir zusammen zu sein. Das verdiente er doch auch, oder nicht?

Aber je mehr ich darüber nachdachte, desto lauter hörte ich die leisere Stimme in meinem Hinterkopf, die fragte: Aber was verdiene *ich*?

Als Galen von Direktor Atherton die Sondergenehmigung erhielt, den Campus übers Wochenende zu verlassen, war ich sehr erleichtert. Die Abschlussprüfungen waren nicht mehr so weit entfernt, und ich war froh, dass ich die Chance hatte, meine Hausaufgaben nachzuholen. Als er am Sonntagabend zurückkam, schickte er mir eine Nachricht, dass ich ihn im Jungenwohnheim treffen sollte. Ich tat, als bemerkte ich nicht, wie Taylor mich von ihrer Seite des Zimmers aus anstarrte, als ich meinen Mantel zuknöpfte, um ihn zu treffen.

Ich war nur wenige Male auf dem Gelände des Jungentrakts gewesen. Es war genauso angelegt wie das der Mädchen – unsere Unterkünfte lagen um einen zentralen Platz herum. Aber man hatte sich wohl weniger Mühe gegeben, ihn schön zu gestalten. Irgendjemand hatte einen Schwanz in den Stamm der zentralen Eiche geschnitzt.

Galen kam aus seinem Wohnblock und sah unglaublich salopp aus. Er hatte den Kragen seines schwarzen Wollmantels hochgeschlagen und die Hände in den Taschen vergraben. Der Wind peitschte ihm eine Haarsträhne über die Stirn. Doch als er näher kam, sah ich Sorgenfalten auf seiner Stirn, die nicht verschwanden.

»Was ist denn los?«, begrüßte ich ihn.

Er hob die Brauen. Offenbar hatte er gedacht, er könnte es besser verbergen. Er warf einen Blick über die Schulter. Ein paar Schüler des zweiten Jahrgangs liefen durch den Hof. Er nahm meine Hand. »Gehen wir ein Stück.«

Galen führte mich in Richtung der Sportplätze. Ich versuchte, nicht an Taylor zu denken, als wir das Lacrosse-Feld überquerten und dorthin gingen, wo der getrimmte Rasen den Bäumen und dem Zaun dahinter wich, der den Campus umgab.

»Du machst mich nervös, Galen. Nun sag schon was.«

Er hatte die Schultern fast bis zu den Ohren hochgezogen. »Du hast mich doch gebeten, herauszufinden, wie nahe die Stiftung an der Entwicklung eines Heilmittels ist«, begann er. »Das war ehrlich gesagt weit schwieriger, als ich erwartet hatte. Ich müsste eigentlich Zugang zu allen Informationen haben. Schließlich soll ich eines Tages die Nachfolge meiner Eltern antreten. Dann darf mir eigentlich keine Information verwehrt bleiben. Aber alle meine Anfragen wurden abgewiesen.« Er atmete frustriert aus. »Dieses Wochenende bin ich selbst zum Büro der Stiftung gegangen. Sie hätten mir zeigen oder mir zumindest sagen müssen, was ich wissen wollte, oder mir die Information klar verweigern. Aber die Person, die sie anriefen, um es mir zu erklären, war mein *Vater*.«

»Und was hat er gesagt?«

Galen schaute wieder über seine Schulter. Ich hielt das für paranoid, aber vielleicht war es ja notwendig.

»Nichts! Sie haben gar nichts.«

»Komm schon, sag mir die Wahrheit.«

»Das ist die Wahrheit. Er sagte, sie sind weit davon entfernt, ein Heilmittel zu finden.« Er verschluckte sich an einem kläglichen Lachen. »Es nennt sich ja die Black-Heilmittel-Stiftung, richtig? Wir verfügen über sämtliche Ressourcen der Vampirgemeinde. Du fragst dich wahrscheinlich, wie wir bei der einzigen verdammten Aufgabe, die sich uns stellt, so völlig versagen konnten.« Plötzlich senkte er die Stimme, und er redete fast so wie sein Vater, jedenfalls vermutete ich das. »Ich sollte dir das nicht erzählen. Ich sollte überhaupt nicht darüber reden. Es ist eine reine Familienangelegenheit.«

Er hob die Hände, als ob er sich die Haare raufen wollte. Ich packte seine Handgelenke und zog sie herunter.

»Galen, sieh mich an!«

Mit einiger Anstrengung richtete er seinen Blick auf mich. Er wirkte verzweifelt.

Ich redete weiter, als er sich etwas beruhigt zu haben schien. »Erklär es mir. Was macht die Stiftung?«

»Sie suchen gar nicht wirklich nach einem Heilmittel«, sagte er heftig. »Sie finanzieren die Forschung daran, ja. Aber sie verwenden diese Mittel hauptsächlich, um die Ergebnisse geheim zu halten. Sie behandeln es als Firmeneigentum. Wenn eine Studie erfolgreich ist, darf sie auf keinen Fall veröffentlicht werden. Sie verschwindet in einem Tresor, aber sie könnten sie genauso gut in einen Ofen werden. Alle Wissenschaftler werden verhext, damit sie schweigen.«

»Also keine Forschung, kein Fortschritt, keine Heilung«, folgerte ich. »Das verstehe ich nicht. *Wollen* sie denn kein Heilmittel für CFaD?«

»Genau das dachte ich immer! Ich war stolz darauf, ein Black zu sein – mein Name sollte zum Synonym für das Heilmittel gegen diese Krankheit werden. Ich weiß, dass meine Eltern diese Forschungen hauptsächlich zum Wohl der Vampire durchführten, aber die Menschen waren mir auch wichtig. Das war doch das Vermächtnis, das wir der Welt hinterlassen wollten.« Er schüttelte den Kopf. »Aber was sie hinterlassen wollen, ist ein Vermächtnis von Krankheit, Leid und Tod.«

»Aber warum?« Ich verstand es nicht. »Warum das alles?«

»Das wollte mein Vater mir nicht sagen. Er hat mich nur gebeten, ihm zu vertrauen. *Die Welt ist kompliziert*, sagte er. Was bitte ist so kompliziert daran, eine Krankheit zu heilen? Kat, was soll ich tun?«

Er schaute mich so offen und gequält an, dass ich am liebsten den ganzen Weg zurück nach Hunter House gerannt wäre. Ich wusste genauso wenig wie er, was ich mit alldem anfangen sollte. Aber ich wollte vor allem eins: zu Taylor.

Ich drückte Galens Hand. »Nimm dir Zeit, darüber nachzudenken. Dann wirst du herausfinden, was du tun musst.«

Er seufzte schwer. »Glaubst du das wirklich?«

»Ganz bestimmt«, versicherte ich ihm.

Taylor

Ich war mit Evangeline auf der Bühne, um Markierungen für die Requisiten zu machen, als Kat durch den Gang auf uns zustürmte.

»Was machst du hier?«, rief Evangeline. »Die Proben sind nicht öffentlich!«

»Ich muss mit Taylor sprechen«, sagte Kat.

»Kann das nicht eine einzige Stunde warten?«, fragte Evangeline.

»Wenn es so wäre, wäre ich dann hier?«, schoss Kat zurück.

»*Taylor!*«, sagten sie beide dann gleichzeitig. Ich verkrampfte mich unwillkürlich.

»Es dauert nur eine Sekunde, E, versprochen.« Ich sprang von der Bühne zu Kat hinunter. »Was gibt es denn?«

Sie warf einen vielsagenden Seitenblick auf Evangeline.

»Also gut, komm mit.«

Sie folgte mir in den hinteren Teil des Theaters, dann die enge, schwarz gestrichene Treppe hinauf in die Technikkabine.

»Sie kann uns hier nicht hören?«, wollte Kat wissen.

»Nur wenn du schreist«, antwortete ich. »Was ist los?«

»Ich habe gerade mit Galen gesprochen. Es gibt kein Heilmittel.«

»Richtig, aber wie dicht sind sie dran?«

»Nein. Ich meine, die Black-Stiftung sucht gar nicht nach einem Heilmittel für CFaD. Sie versuchen vielmehr, zu verhindern, dass jemand eins entdeckt.«

Sie erzählte mir alles, was sie von Galen erfahren hatte.

»Wenn die Black-Stiftung ein Schwindel ist, stellt Kontos' Heilmittel eine noch größere Bedrohung dar, als wir gedacht haben«, stellte ich fest.

»Wir müssen sie entlarven. Und wir sollten es Victor sagen.«

»Moment! Ich halte das für keine gute Idee, Victor Castel etwas davon zu verraten.«

»Aber wir müssen es irgendjemandem sagen, und ich glaube kaum, dass Atherton eine gute Wahl wäre«, gab sie zurück.

»Genauso wenig wie der Kerl, der Simon Black verwandelt hat, der Meera Blacks Zahngeber ist und buchstäblich im Hintergrund die Fäden in der Organisation zieht, von der du gerade erfahren hast, dass sie ein totaler Betrug ist!«

»Er zieht nicht im Hintergrund …«

»Er sitzt im Vorstand und stellt etwa die Hälfte der Geldmittel zur Verfügung. Aber ich bin mir sicher, dass es ein totaler Zufall ist, dass die Black-Stiftung Forschungen einkassiert, die Hema vom Markt verdrängen würden.«

»War klar, dass du das sagen würdest. Ich halte es nur nicht für völlig unmöglich, dass die Blacks das allein getan haben. Es gibt keinen handfesten Beweis dafür, dass Victor daran beteiligt war.«

»Warum verteidigst du immer deinen lieben Victor?«

Kats Augen blitzten auf. »Weil er mich wirklich unterstützt hat, okay? Er glaubt an mich. Deshalb möchte ich ihm nicht ohne guten Grund in den Rücken fallen. Außerdem glaube ich wirklich nicht, dass er so etwas tun würde. Er ist … er ist einfach nett zu mir.«

Ich schnaubte. »Du erwartest von mir, zu glauben, dass ein so mächtiger Mann, geschweige denn ein so alter Vampir, einfach so nett zu jemandem ist?«

Sie ging jetzt auf und ab, wofür die Kabine wirklich nicht groß genug war. Und außerdem machte es mich nervös.

»Wir müssen noch mal von vorn anfangen«, erklärte sie energisch. »Was wir mit Sicherheit wissen, ist, dass Ms Radtke Direktor Atherton gesagt hat, Mr Kontos stelle eine Bedrohung dar.«

»Davon rede ich seit *Wochen*!«

Plötzlich hielt sie inne. »Was ist mit Atherton? Er wusste, dass Mr Kontos *irgendetwas* vorhatte. Und im Gegensatz zu Ms Radtke hätte er eine Menge zu verlieren, wenn das mit dem Heilmittel bekannt wird.«

»Und das wäre?«

Sie breitete ihre Arme aus. »*All das hier.* Harcote und die Youngbloods sind seine Welt. Er spricht die ganze Zeit nur davon. Diese Schule war sein Traum, und mit jungen Vampiren zusammen zu sein – das ist *wirklich* sein Ding, weißt du?«

Ich verzog das Gesicht. Atherton pendelte mit fast schon irrem Enthusiasmus hin und her zwischen seiner Rolle als Autoritätsperson und »*Ich bin einer von euch, Jungs*«. Letztes Jahr musste sich der Ultimate-Frisbee-Club außerhalb vom Campus treffen, um ihn von ihren Spielen fernzuhalten. »Er ist im Grunde seit dem Krieg von 1812 ein Teenager. Es gibt nicht viele Vampire, die so jung verwandelt wurden«, räumte ich ein.

Kat griff das sofort auf. »Ganz genau. Wenn CFaD geheilt wird, kehren wir wieder zu den Verwandlungen zurück, und wir wären die letzten Youngbloods. Dann wird die Schule irgendwann geschlossen und er würde alles verlieren.«

Das war zwar ein gutes Argument, aber ich wurde das Gefühl nicht los, dass das alles nur ein Ablenkungsmanöver war. »Was willst du tun? In Athertons Büro einbrechen? Nachsehen, wo er die geheimen Akten über Morde bei Schulbällen aufbewahrt?«

»Wir können dort anfangen«, meinte Kat.

Ich verschluckte mich fast an meiner eigenen Spucke. »Das meinst du doch unmöglich ernst! Du willst in Athertons Büro einbrechen?«

»Warum nicht?«, fragte sie etwas beleidigt zurück. »Wir sind in das Naturwissenschaftsgebäude eingebrochen. Und technisch gesehen auch in Hunter House.«

»Das hier ist was anderes, schwerwiegender.«

»Alles ist jetzt schwerwiegender«, gab sie zurück. »Das hier tun wir für Mr Kontos. Für das Heilmittel.«

Ich fühlte mich ein wenig manipuliert, aber ich hatte mir geschworen, es bei Kontos wiedergutzumachen. Also konnte ich jetzt keinen Rückzieher machen.

31

Taylor

Ich sagte Kat, dass ich bei dem Einbruch mitmachen würde, aber sie müsste sich genau überlegen, wie wir in Athertons Büro kommen wollten. Ich gebe zu, ich hätte niemals gedacht, dass sie eine so effiziente Lösung finden würde. Keine zwei Tage später rief sie mich zu sich an ihren Schreibtisch. Sie hatte Baupläne von Old Hill auf ihren Computer geladen.

»Woher hast du das?«, fragte ich.

»Im Silo gibt es einen ganzen Bereich über die Geschichte von Harcote. Wusstest du, dass Atherton die Schule bereits in den 1960er-Jahren gekauft hat?«

»Wirklich? Aber das soll doch der 25. Jahrestag sein«, erwiderte ich. »Warum sollte er ein Internat kaufen, bevor überhaupt der erste Youngblood geboren wurde?«

»Ich weiß es nicht. Aber das Wichtige ist, Old Hill ist … sehr alt. Es wurde ursprünglich als Herrenhaus für die Familie Harcote gebaut und erst Jahre später in ein Schulgebäude umgewandelt. Das war noch vor der Erfindung der Zentralheizung. Damals war es noch modern, hinter den Wänden Gänge zu ziehen, damit die Bediensteten ungesehen die Räume heizen konnten. Als die Schule gegründet wurde, hat man die Zugänge zugemauert.«

»Aber die Gänge sind noch da«, sagte ich.

Kat nickte. »Ich habe neulich nachgesehen. Es gibt einen Eingang in der Nähe der Toiletten im zweiten Stock, der leicht zugänglich wäre. Er ist hinter einem Gemälde versteckt. Und er sollte uns direkt hinführen zu …« Sie fuhr mit dem Finger über den Bildschirm. Der Gang endete in Athertons Büro.

Ich kratzte meine Braue. »Und du glaubst, er ist auf der anderen Seite offen?«

»Es ist einen Versuch wert. Warum sollte man ihn da oben zumauern, wo Schüler:innen sowieso keinen Zugang haben?«

»Also gut«, willigte ich ein. Vielleicht war es nur der Gedanke, innerhalb der Mauern von Old Hill herumzugeistern, der mir Unbehagen bereitete, aber dieser Plan gefiel mir überhaupt nicht. »Wann machen wir es?«

»Während des Lacrosse-Spiels morgen. Alle werden da sein, und es werden außerdem Menschen auf dem Campus sein, sodass Atherton besonders abgelenkt sein wird.«

»Solltest du nicht bei diesem Lacrosse-Spiel sein?«, fragte ich. »Galen ist Kapitän des Teams.«

Sie machte eine abfällige Handbewegung. »Er wird sich so sehr auf das Spiel konzentrieren, dass er gar nicht merkt, dass ich nicht da bin. Außerdem ist das hier viel wichtiger.«

Also versteckte ich mich in der Toilette im zweiten Stock von Old Hill, bis das Gebäude abgeschlossen wurde, damit wir ein fünf Fuß hohes Gemälde von der Wand heben konnten – was nicht so einfach ist, wie es klingt. Dahinter befand sich, wie Kat gesagt hatte, eine kleine Tür, die sich bündig in die Wandverkleidung einfügte. Sie war nicht einmal verschlossen.

»Siehst du?«, sagte Kat selbstzufrieden, als sie sie aufstieß.

Ich spähte in den Gang und bekam eine Gänsehaut. Vor mir lag Dunkelheit, Staub und noch mehr Dunkelheit.

»Wenn wir jetzt nach links gehen, sollten wir auf eine Treppe nach unten stoßen«, sagte Kat.

Ich zeigte auf das Gemälde. »Und das lassen wir einfach hier stehen, bis wir zurückkommen?«

»Es wird alles gut, Taylor.«

Ich hasste jede Sekunde der Zeit, die wir in diesen Wänden verbrachten. Vampire können nachts ausgezeichnet sehen, aber dieser Gang war völlig duster, abgesehen von dem Licht, das unsere Handys spendeten, und die Wände waren absolut fugenlos. Ich konnte es kaum erwarten, wieder rauszukommen, aber als Kat uns zu der Tür führte, die ihrer Meinung nach zu Athertons Büro führte, zögerte ich. Das nervöse Gefühl in meiner Magengrube entsprang nicht nur meiner Klaustrophobie.

»Bist du dir sicher?«, flüsterte ich. »Wir stecken echt in der Klemme, wenn wir erwischt werden.«

»Seit wann kümmert es dich, wenn du Ärger bekommst?«, schnauzte sie mich an, und ich wich vor ihr zurück. Nicht im wörtlichen Sinn, dafür gab es hier nicht genug Platz, aber innerlich hätte sich ein Teil von mir gern vor ihr versteckt. Ich hatte jedes Recht, wegen der Risiken besorgt zu sein, die wir eingingen. Es waren auch meine Risiken, und das hier war leichtsinnig. Ich hatte gedacht, Kat hätte verstanden, dass ich Ärger nicht nur aus reinem Vergnügen riskierte.

»Es ist Direktor Athertons Büro«, flüsterte sie. Sie hatte etwas Labiles, Leichtsinniges an sich. In diesem Moment mochte ich sie ganz und gar nicht. »Ich weiß es genau.«

Sie drückte mit ihrem ganzen Gewicht gegen die Tür. Es knarrte, dann klirrte etwas, und plötzlich stürzten wir aus dem Gang auf den Teppichboden von Athertons Büro.

Kat

Ich kam stolpernd auf die Füße. In dem Büro war es dunkel. Wir waren allein.

»Das ist so verdammt blöd«, brummte Taylor auf dem Boden.

Wir waren so kurz davor, diese Sache aufzuklären, also tat Taylor natürlich so, als wäre es ihr völlig egal. Sie hasste Atherton zwar, aber es war überraschend schwer gewesen, sie davon zu überzeugen, dass er überhaupt ein Motiv hatte, weil sie so sehr auf Victor fixiert war. Ich hatte auch meine Zweifel an Victor, aber ich musste meine Zweifel gegen die Person abwägen, die ich kannte: die Person, die versprochen hatte, mir zu helfen, die über eine zukünftige Partnerschaft mit mir gesprochen hatte, die etwas in mir sah. Ich konnte mich nicht einfach von jemandem abwenden, der mir so viel bot. Und selbst wenn Victor nichts von den Reunionisten hielt, schien er mir nicht der Typ zu sein, der sich die Hände schmutzig machte. Ich konnte mir nicht vorstellen, dass er in Mr Kontos' Labor einbrechen oder ihm eine Falle stellen würde, um ihn zu ermorden. Atherton hingegen strahlte etwas Seltsames aus, und er hatte die Gelegenheit dazu gehabt: Keiner von uns hatte ihn während des Balls gesehen.

Und jetzt brauchten wir nur noch einen Beweis.

Ich ließ den Strahl der Taschenlampe meines Handys durch den Raum gleiten. Im Büro des Schulleiters war ich noch nie gewesen. Was auch immer ich erwartet hatte, *das hier* jedenfalls eher nicht. Auf eine Art war es total vampirisch. Der Strahl meiner Taschenlampe fiel auf ein gruseliges Ölgemälde, auf dem ein Fledermausmonster im Smoking eine nackte, porzellanhäutige Frau begrapschte. Auf einem Regal in der Nähe stand eine Trophäe aus geschliffenem Kristall für hervorragende Leistungen in der Privatschulbildung, flankiert vom Zahnabdruck eines Vampirgebisses und einer Art gruseligem, ausgestopftem Vogel. Und gleichzeitig hatte das Büro eindeutig etwas von der Atmosphäre eines *Strebers*. Eine Ecke war vollgestopft mit Sportgeräten – Lacrosse-Schläger, Frisbees des Ultimate-Teams, ein Basketball mit Unterschriften. Auf einer Seite stand eine verstaubte Spielkonsole. In einem Bücherregal entdeckte ich den knallgelben Buchrücken von *Social Media für Dummies*. Das war vielleicht das Peinlichste, was ich je in meinem Leben gesehen hatte.

»Ich nehme mir den Schreibtisch vor«, erklärte ich.

»Cool, ich werde einfach wahllos hier rumstöbern und hoffen, dass ich etwas Verdächtiges finde.«

Ich zog eine der Aktenschubladen auf. »Du hättest ja nicht mitkommen müssen.«

Das kommentierte Taylor mit einem Schnauben.

Ich blätterte die Akten durch. Taylor hatte recht: Ich hatte keine Ahnung, wonach wir suchen sollten. Direktor Atherton war nicht so dumm, einen dieser Ordner als »Meine Morde« zu etikettieren. Aber irgendetwas musste doch hier sein.

Dann blieb mein Blick an einer Akte hängen, aber es war nicht, was ich erwartet hatte.

KATHERINE FINN

Mein Herz schlug mir bis zum Hals, als ich die Akte öffnete. Auf der ersten Seite befand sich meine Bewerbung, auf der Vorderseite war eine Notiz gekritzelt: *PRIORITÄT*. Das war seltsam. Ich hatte den Antrag im Januar eingereicht und so lange nichts von ihnen gehört, dass ich dachte, sie hätten ihn verloren.

Das nächste Dokument war mein Antrag auf finanzielle Unterstützung, gefolgt vom Ausdruck einer E-Mail.

An: Atherton@TheHarcoteSchool.edu
Von: Castel@CasTech.com
Geben Sie Katherine Finn alles, was sie braucht. Machen Sie es ihr unmöglich, es abzulehnen. Wie besprochen möchte ich, dass dies anonym bleibt.
– V

Mir wich alles Blut aus dem Gesicht. V wie Victor. *Er* unterstützte mich finanziell. Er war der anonyme Spender, der Wohltäter, der mein Schulgeld und meine Unterkunft bezahlt hatte, der meinen Schrank mit Kleidern gefüllt und mir das schreckliche Kleid für den Gründerball geschickt hatte. Er hatte ausdrücklich gewollt, dass ich nach Harcote kam. Ich las immer wieder, *unmöglich, es abzulehnen*, aber ich verstand es einfach nicht. Es war eine Sache, dass er sich jetzt für mich interessierte, da ich das Mentorat gewonnen und er mich kennengelernt hatte. Aber warum hätte er mich in Harcote haben wollen, bevor wir uns überhaupt kannten?

»Kath-er-ine – hallo?« Ich hob hastig den Kopf. Taylor leuchtete mir mit ihrer Taschenlampe direkt ins Gesicht. »Hast du etwas gefunden?«

Ich stopfte die Akte hastig wieder in die Schublade und schob sie zu. »Nein, nichts.«

»Aber ich.«

Taylor stand vor einem offenen Schrank. Ihre Taschenlampe beleuchtete einen schiefen Stapel von Laptops, aus denen Kabel und Schnüre in alle Richtungen baumelten. »Glaubst du, er hat gerade einen Elektronikramschladen überfallen, oder …?«

»Das sind die Computer aus dem Labor!« Ich schnappte mir den obersten Laptop vom Stapel. Die Unterseite war durchlöchert. »Er hat die Festplatten zerstört. Wahrscheinlich dachte er, das wären die einzigen Kopien. Also weiß er definitiv von dem Heilmittel *und* dem geheimen Labor.«

»Du hattest recht«, gab Taylor finster zu. »Bist du jetzt glücklich? Scheiße … hast du das gehört?«

Ein Geräusch im Flur. Ich schaute auf die Uhr. »Das Lacrosse-Spiel ist gerade erst halb vorbei.«

»Klar, das nennt man Halbzeit!«, stieß Taylor hervor. »Jetzt bin ich dran mit ›Ich hab's dir ja gesagt‹.«

»Wie kannst du so was sagen, nachdem wir das alles gefunden haben?«

»Wenn wir erwischt werden, ist das alles egal!«

»Wir werden auf jeden Fall geschnappt, wenn wir hier rumstehen und streiten, anstatt von hier zu verschwinden. Komm schon!«

Wir rannten zurück in den Gang. Taylor zog die Tür hinter sich zu, dann kletterten wir die enge Wendeltreppe hinauf und liefen durch den Korridor. Sobald wir uns befreit hatten, trat ich die Tür zu, und gemeinsam hängten wir das Gemälde wieder an seinen Platz. Wir rannten gerade den Flur im zweiten Stock hinunter, als zwei Gestalten um die Ecke bogen.

Es ging alles so schnell. Wir konnten nichts anderes tun, als stehen zu bleiben, als Radtke und Atherton auf uns zukamen.

32

Taylor

Wir waren so richtig am Arsch.

Nach allem, was ich an dieser blöden Schule durchgemacht hatte, hatte ich endlich auch den Ehrenkodex mit Füßen getreten und stand jetzt kurz davor, vor die Tür gesetzt zu werden.

Athertons von Akne gezeichnete Wangen waren knallrot von der Kälte auf dem Lacrosse-Feld, und er trug ein Sweatshirt von Harcote. Er sah noch mehr wie ein Schüler aus als sonst, was ziemlich verwirrend war, da ich jetzt ziemlich sicher war, dass er auch ein Mörder war. Radtke neben ihm hatte ihr Haar zu einem unordentlichen Heiligenschein aufgetürmt. Ihre Lippen waren zu einem dünnen, blassen Strich zusammengepresst, und ihre Augen zuckten hektisch zwischen mir und Kat hin und her.

»Guten Abend, Direktor, Ms Radtke«, sagte ich mit ausgesuchter Höflichkeit. »Gewinnen wir das Spiel?«

Athertons rosiger Mund bebte. Wenn man an den Geist der Schule appellierte, konnte er nicht widerstehen. »Es ist Halbzeit. Und wir haben einen Punkt Vorsprung.«

»Vorwärts, Harcote!«, rief ich enthusiastisch. »Kat und ich waren gerade dabei …«

»Genau, wobei waren Sie gerade?«, unterbrach mich Atherton. »Was führt Sie beide nach Schulschluss nach Old Hill?«

Kat räusperte sich. »Wir waren …«, stammelte sie. »Also …«

»Diese Schülerinnen sind Mitglieder der Französische-Filme-AG«, sagte Radtke. »Ich habe die Leitung für Mr Kontos übernommen. Wie Sie wissen, Direktor, sind wir noch keine offizielle AG. Wir sind noch dabei, unsere Mitgliederzahlen aufzustocken.«

Wir alle drei starrten sie an.

»Kino?« Atherton echote. »Das ist aber sehr untypisch für Sie, Miriam.«

»Ich habe mich zwar nie so richtig für das bewegte Bild begeistern können, aber ich denke, es ist höchste Zeit, dass ich diese Kunstform zu schätzen lerne«, sagte sie. »Ms Sanger ist eine echte Filmliebhaberin. Ich habe sie gebeten, sich mit mir hier zu treffen, um unsere Filmvorführungen für den Rest des Semesters zu planen.«

Atherton grinste ein wenig, als er uns nach einem Anzeichen dafür musterte, dass er ausgetrickst worden war.

»Direktor, ich glaube, diese Sache ist erledigt«, erklärte Radtke. »Mädchen, kommt mit mir.«

Wollte ich Radtke, meiner Trav-Nemesis, einem wandelnden Denkmal für farbschonende Bleichmittel, durch die Hallen von Old Hill folgen? Ganz sicher nicht. Aber ich hatte keine Wahl. Kat und ich waren Radtkes Gnade ausgeliefert. Sie schob uns fast in ihr Büro und schloss die Tür.

»Setzen!«, befahl sie.

Wir setzten uns.

Radtke stand hinter ihrem Schreibtisch, massierte sich die papierdünne Haut ihrer Fingerknöchel und betrachtete uns mit sichtlicher Bestürzung.

»Erklären Sie sich!«, befahl sie schließlich.

Neben mir zitterte Kat wie ein verängstigtes Kaninchen, und von ihrer früheren Kühnheit war nichts mehr zu sehen. Sie schien nicht auf einen Kampf vorbereitet zu sein. Aber wenn wir schon am Ende waren, würde ich mit wehenden Fahnen untergehen.

Und außerdem muss man manchmal auch einfach geradeheraus sein.

Ich hob mein Kinn, als ich Radtke ansah. »Wir wissen, was Sie getan haben. Sie haben Kontos getötet.«

»*Taylor!*«, platzte Kat heraus, aber ich ließ mich nicht von ihr aufhalten.

»Auch wenn Sie es nicht mit Ihren eigenen Händen getan haben, haben Sie dazu beigetragen. Ich glaube, Sie sind der Teufel in Person!«, spie ich aus.

Ihr Gesicht verfinsterte sich zu einer säuerlichen Grimasse. »Ich habe durchaus meine Fehler, Ms Sanger, aber ich versichere Ihnen, es gibt weitaus schlimmere Teufel als mich.«

»Nein, gibt es nicht!«, rief ich. »Kontos dachte, Sie wären sein Freund. Er *mochte* Sie, weil er ein guter Mensch war, und Sie haben ihn verraten.« Es hatte als ganz ordentliche Schimpftirade begonnen, aber jetzt hatte ich so ein leeres Gefühl in der Brust, weil Kontos nicht mehr da war, und ich hasste Radtke so sehr, dass ich am liebsten in Tränen ausgebrochen wäre. »Sie sollten nicht einmal über die Französische-Filme-AG reden! Das war unsere AG. Sie können nicht einfach tun, als wüssten Sie, was das bedeutet.«

»Ach, Taylor«, sagte Radtke fast zärtlich.

»Ach, Taylor, *was*?« Ich versuchte, entrüstet zu klingen, aber meine Stimme brach, und mein Kinn zitterte.

Radtke trat um den Schreibtisch herum und kniete sich vor

mich. Es war völlig unlogisch, aber ihr Gesicht war wie ein Spiegel meines eigenen: ein wüstes Durcheinander aus Traurigkeit. Sie nahm meine Hände in ihre. Ich ließ sie gewähren. »Ich vermisse ihn auch.«

Das von Radtke, die Anti-Kontos, der Person, die ich gerade des Mordes an ihm beschuldigt hatte, und doch war es unmöglich, sie anzusehen, ohne es zu erkennen: Unsere Herzen hatten identische Löcher in der Form eines albernen Schnauzbarts aus den Siebzigern.

»Ich vermisse ihn so sehr«, brachte ich noch heraus, und dann weinte ich so heftig wie seit Wochen nicht mehr, seit dem Tag, an dem Kat und ich das geheime Labor gefunden hatten. Fast die ganze Zeit war es mir gut gegangen, aber vielleicht konnte Trauer aus dem Nichts aufwallen, wenn sie erst einmal in einem war. Und dann passierte das Seltsamste: *Radtke umarmte mich.* Sie umarmte mich, und sie weinte auch. Noch seltsamer war, dass ich mich dadurch ein wenig besser fühlte, denn sie spürte den gleichen Verlust wie ich.

Sie zog sich zurück und tupfte sich die Wangen mit einem Spitzentaschentuch trocken. »Es tut mir leid, dass ich die Französische-Filme-AG missbraucht habe, aber ich musste Sie von Roger fernhalten, und Leo hat immer so gern von Ihren Treffen gesprochen.« Radtke richtete sich auf. »Ich habe Leo nicht umgebracht. Im Gegenteil, wir haben zusammengearbeitet.«

»Aber Sie sind eine Trav«, widersprach ich. »Schauen Sie sich nur an.«

Radtke schnalzte mit der Zunge. »Ich hätte gedacht, dass gerade Sie, Ms Sanger, Verständnis dafür haben sollten, dass es mir völlig egal ist, ob Ihnen gefällt, wie ich mich kleide. Oder ob Sie mich überhaupt mögen. Ich habe keine Gemeinsamkeiten mit den Travs. Die reden über den traditionellen vampirischen Lebensstil, aber sie imitieren eine Vergangenheit, die nur in Schauergeschichten existiert. Vampire in ihren verfallenen Schlössern, die Unschuldige mit ihrem unwiderstehlichen Charme anlocken. Sie haben verdrängt, wie schmerzhaft anders die Realität gewesen ist.« Sie strich ihren Rock glatt. »Ich ziehe mich so an, weil es mir hilft, mich daran zu erinnern, was ich hatte, als ich ein Mensch war.«

Kat legte mitfühlend die Stirn in Falten. »Das ist Trauerkleidung.«

Radtkes Gesicht wirkte eingefallen. »Ich hatte eine Tochter. Sie war zwei Jahre alt, als ich verwandelt wurde. Ich habe mich gezwungen, nie wieder mit ihr zu sprechen. Sie ist schon lange tot, aber sie hatte Kinder, und jetzt haben schon ihre Urenkel Kinder. Ehrlich gesagt war ein Teil von mir dankbar, als CFaD aufkam, weil es die Menschen vor uns schützte. Dann erkrankte einer meiner Nachkommen an den Komplikationen der chronischen CFaD. Ich wusste, dass ich alles in meiner Macht Stehende tun musste, um CFaD zu stoppen.«

»Sie sind also eine Reunionistin«, stellte Kat fest.

Radtke nickte. »Ms Sanger, Leo und ich haben darüber gesprochen, Sie in unsere Gruppe aufzunehmen. Ich weiß nicht, wie viel er Ihnen vor seinem Tod darüber mitgeteilt hat.«

»Wir haben sein Labor gefunden«, sagte ich. »Wir wissen von dem Heilmittel.«

»Seine Arbeit wurde gestohlen, bevor ich sie sichern konnte.«

»Von Atherton«, sagte ich. »Deshalb waren wir hier, um sein Büro zu durchsuchen. Er hat die Computer zerstört.«

Radtkes Augen zuckten. »Ich hoffe, Sie wissen beide, wie unglaublich dumm es war, in das Büro des Direktors einzubrechen, und dass Sie unglaubliches Glück hatten, dass ich vorhin da war. Aber die Zerstörung von Leos Forschungen ist eine schreckliche Nachricht. Mit dem Verlust von Leo und seiner Forschung wird die Sache der Reunionisten einen schweren Rückschlag erleiden. Wahrscheinlich um Jahrzehnte.«

»Seine Arbeit ist nicht verloren«, sagte ich. »Zumindest glaube ich das nicht. Er hat mir eine Festplatte zur Aufbewahrung gegeben. Ich habe sie noch.«

Bevor ich bei *Climate Activism Now!* aufhörte, zeigten sie eine Zusammenfassung über Gletscher, die ins Meer kalbten – riesige Eisflächen, die einfach abbrachen und ins Meer plumpsten. Ähnlich groß schien die Erleichterung zu sein, die Radtke überkam. Sie ließ ihre normalerweise kerzengerade aufgerichtete Wirbelsäule sogar ein wenig durchhängen. Ich befürchtete, sie würde wieder anfangen zu weinen, als sie mit typisch viktorianischer Zurückhaltung sagte: »Das sind wirklich sehr gute Neuigkeiten. Ich setze mich sofort mit meinem Netzwerk in Verbindung, um eine Übergabe zu organisieren.«

»Es gibt da nur eine Sache, die ich nicht verstehe«, warf Kat ein.

»Nur eine?«, fragte ich. »Es gibt ungefähr fünfzig Sachen, die ich nicht verstehe.«

Sie ignorierte mich. »Ms Radtke, Sie sind keine Trav, aber Sie lassen alle glauben, dass Sie eine sind. Und in Ihrem Kurs über Vampir-Ethik geht es nur darum, dass wir den Menschen überlegen sind, dass die Menschen schwach sind. Warum unterrichten Sie so etwas?«

»Was ich im Unterricht sage, spiegelt den *Lehrplan* wider. Nicht meine persönlichen Überzeugungen.«

Zwei Jahre lang hatte ich mich durch ihren Unterricht gequält und mir eingebildet, sie sei auf einer Ein-Frau-Mission, um uns mit der Trav-Ideologie eine Gehirnwäsche zu verpassen. »Lassen Sie mich raten: Atherton legt den Lehrplan fest.«

Sie legte den Kopf schief. »Roger ist sehr von der Idee unserer Eigenständigkeit und Überlegenheit überzeugt. Der Lehrplan ist so angelegt, dass er zu bestimmten Schlussfolgerungen führen muss. Ich versichere Ihnen, ich wünschte, ich könnte mich dagegen wehren, aber ich darf meine Position hier nicht gefährden. Wir hatten das Labor im Geheimen aufgebaut, mit großen Kosten und enormen Schwierigkeiten. Leos Aufgabe war, wie Sie wissen, die Forschung. Er war brillant, der Beste seines Fachs, vielleicht der Einzige, ob Vampir oder Mensch, der allein ein Heilmittel entwickeln konnte. Meine Rolle in der Bewegung ist die des Vertreters bei den Verhandlungen, die es ja auch gegeben hat. Es war zu unserem Vorteil, dass ich weithin missverstanden werde. Die Vampire halten mich für eine Traditionalistin, die für die Vampirgemeinde keine Bedrohung darstellt. Sie glauben mir, zumeist jedenfalls, wenn ich behaupte, dass ich lediglich eine Botschaft der Reunionisten übermittele und nicht eine von ihnen bin.«

»Wir haben gehört, wie Sie mit Direktor Atherton gesprochen haben«, sagte Kat. »Vor ein paar Wochen – in der Nacht, als es um die Bewerbungen für das Mentorat ging. Sie haben ihm gesagt, dass Mr Kontos eine Bedrohung sei.«

Wieder zuckten ihre Augen. »Dieses Gespräch fand nach der Sperrstunde statt, wenn ich mich recht erinnere! Jedenfalls … Victor Castel war die Bedrohung, auf die ich mich bezog. Sein Monopol auf Hema ist gefährlich und unethisch. Ich habe Roger gebeten, Victor die Nachricht zu übermitteln, dass die Reunionisten ihr eigenes Heilmittel gefunden haben. Wir wollten Victor die Chance geben, die Hema-Produktion zunächst zu diversifizieren. Die Bewegung ließ ihm Optionen: die geschützte Formel für Hema freizugeben, echte Vertriebszentren einzurichten, es zum Selbstkostenpreis zu verkaufen und es für die Vampire, die es sich nicht leisten konnten, zu subventionieren.«

»Was hat Victor dazu gesagt?«, fragte Kat leise.

»Er hat nie etwas gesagt. Aber ich glaube, wir alle kennen seine Antwort.«

Ich schluckte schwer. »Victor Castel hat Kontos getötet, nicht wahr?«

Radtke verzog finster den Mund. »Irgendjemand hat es jedenfalls getan. Und was wir hier schaffen, gefährdet alles, was Victor Castel aufgebaut hat. Sein Vermögen, sein Imperium. Die Vampirgemeinde selbst. Ich glaube, er würde alles tun, um das zu schützen.«

Kat

Mir brummte der Kopf, als Ms Radtke uns aus Old Hill hinausbegleitete. Aber ich dachte nicht an die kaputten Computer in Athertons Büro oder an das, was Radtke uns über die Reunionisten erzählt hatte, wie ich es hätte tun sollen. Alles, woran ich denken konnte, war die Nachricht von Victor.

Machen Sie es ihr unmöglich, es abzulehnen.

Was auch immer ihre Beweggründe waren, er und Atherton hatten Erfolg gehabt: Es war unmöglich für mich gewesen, das abzulehnen. Das Angebot meines unbekannten Gönners war so gut, dass ich alles aufs Spiel gesetzt hatte, um Ja sagen zu können. Und jetzt, da ich in Harcote war, war ich darauf angewiesen, dass er mich weiter förderte. Bei den Dutzenden von Malen, bei denen ich mich verbogen und dafür gesorgt hatte, nicht gegen den Ehrenkodex zu verstoßen und so dem Gönner einen Grund zu liefern, mir die finanzielle Unterstützung zu entziehen, hatte ich wirklich nur an Victor gedacht. Außerdem hatte er mir das Mentorat übertragen und mir angeboten, mir beim Aufbau meiner Zukunft zu helfen – solange ich ihn weiterhin beeindruckte. Irgendwie hatte er genau gewusst, wie er die Lücke nutzen konnte, die mein Vater und meine Schöpfer hinterlassen hatten. Sogar meine Beziehung zu Galen trug seine Handschrift. Victor hatte sich in jede Ritze meines Lebens geschlichen. Aber warum? Woher hatte er überhaupt gewusst, wer ich war?

Als wir die Treppe zum Campus hinuntergingen, unterbrach Taylor meine Gedanken. »Also zurück zu der ganzen *›Ich hab's dir ja gesagt‹*-Nummer …«

»Du hast dich in Radtke geirrt.«

»Ich meinte das mit *Castel*«, sagte sie. »Ich habe dir schon tausendmal gesagt, dass er dahintersteckt, und Radtke hat es im Grunde gerade bestätigt.«

Ich rieb mir die Stirn. Ich wusste nicht, ob ich im Moment in der Lage war, mit Taylor zu streiten. »Sie hat gar nichts bewiesen.«

»Ich schwöre bei Gott, wenn du ihn jetzt verteidigst …«

»Ms Radtke sagte, sie glaube, er sei darin verwickelt! Sie haben ihn gebeten, Hema zugänglicher zu machen, und er hat sich nicht mehr gemeldet. Das ist noch kein Verbrechen.«

Taylor blieb am Fuß der Treppe stehen und starrte mich an. »Ich kann es einfach nicht glauben. Hat Castel dir eine Gehirnwäsche verpasst? Bist du total verknallt in ihn oder so? Er und Galen und dieser ganze Mentorenmüll – du siehst nicht, was direkt unter deiner Nase ist.«

Ich presste den Kiefer so fest zusammen, dass meine Zähne eigentlich hätten knacken müssen. Taylor hatte keine Ahnung, was sich direkt unter meiner Nase abspielte. Wenn Victor wirklich so böse war, was bedeutete das für mich? Im besten Fall verlor ich Harcote, die Zukunft, die ich mir aufgebaut hatte. Schlimmstenfalls könnten die Leute sogar denken, ich sei eingeweiht gewesen. Schließlich war ich sein Mentee, genau wie Galen, und meine Mutter hatte bei CasTech gearbeitet, genau wie die Blacks – das musste ebenfalls eine Rolle spielen bei dem, was da vor sich ging, auch wenn ich keine Ahnung hatte, welche.

»Ich muss darüber nachdenken, okay?«

»Was gibt es da nachzudenken?«, fuhr Taylor mich an. »Er ist ein verdammter Widerling in einem schicken Anzug, und du verrenkst dich förmlich, um ihn zu schützen.«

»Weil ich versuche, etwas aus mir zu machen, und er ein Teil davon ist.«

Sie schüttelte den Kopf, als wäre das, was ich gesagt hatte, eine große Enttäuschung. »Siehst du, das ist genau das, was ich an diesem Ort hasse. Er zwingt dich, so zu denken. Du brauchst nichts aus dir zu machen. Du *bist* schon jemand.«

»Es ist das Schlimmste auf der Welt, mehr zu wollen als das, was man ist, nicht wahr? Du hasst es, dass ich etwas anderes für mich will und keine Angst habe, es zu versuchen und zu bekommen. Ein geschlossener Mund wird nicht gefüttert.«

»Das ist das Dümmste, was ich je gehört habe! Wenigstens bettelt ein geschlossener Mund nicht um Almosen.«

»Ich bin mir sicher, dass es dir lieber wäre, wenn ich mich um nichts scheren würde, so wie du es tust. Ich bin nicht wie du. Ich lasse mich nicht auf dein Niveau herunterziehen.«

Taylor zuckte zurück. »Mach dir keine Sorgen. Auf *meinem Niveau* ist ohnehin nur Platz für eine Person. Ich werde diese ganze Mordverschwörung allein aufklären. Du kannst dich ruhig weiter bei Castel und Galen und Lucy und Evangeline einschleimen.«

»Als ich das letzte Mal nachgesehen habe, war ich nicht die Einzige, die sich bei Evangeline eingeschleimt hat.«

»O mein Gott, das geht dich doch einen Scheißdreck an!«, schrie sie. »Du hast Galen! Warum kümmert es dich überhaupt?«

»Weil du mich wütend machst. Du hast mich schon immer fuchsteufelswild gemacht!«

In der einen Sekunde starrte mich Taylor sehr intensiv an, und dann …

… ging sie weg.

»Wohin gehst du?«, schrie ich ihr nach.

Sie drehte sich um. »Ins Zimmer. Das wir uns teilen. Und wenn ich dort bin, will ich nicht mit dir reden. Über nichts. Überhaupt nicht.«

»Taylor …«

»Ich bin fertig damit, Kat. Ich bin fertig mit dir.«

33

Taylor

»Was machst du denn hier unten?«

Meine Augen öffneten sich, und ich sah eine unbekannte Decke – keine Dachschräge, keine Regenbogenfahne. Dafür schwebte das Gesicht von Evangeline Lazareanu in der Mitte der Decke.

Mein Körper fühlte sich an, als hätte ich die ganze Nacht die Haltung eines Velociraptors imitiert: Jeder Muskel war verkrampft. Ich versuchte, meine Beine zu strecken, und stieß gegen etwas Hartes.

Ach ja, richtig. Ich hatte auf einer Couch im Gemeinschaftsraum des Hunter House geschlafen.

Nach dieser Auseinandersetzung hatte ich wirklich nicht mit Kat in dieses blöde kleine Zimmer im vierten Stock zurückgehen wollen, aber genau das hatte ich getan, weil ich dort *wohnte*. Jedes Mal, wenn ich sie ansah, schien eine weitere Flipperkugel aus seltsam tragischer Wut durch mich hindurchzuschießen. Ich hatte versucht, zu arbeiten. Ich hatte versucht, einen Film zu sehen. Schließlich hatte ich versucht, zu schlafen. Aber die seltsam tragischen Wut-Flipperkugeln hatten mich immer wieder brutal überrollt. Wie konnte Kat immer noch so an Victor-fucking-Castel, an Galen, an Harcote hängen? Wie konnte sie all das mir vorziehen – wenn ich doch *da* war, sie *kannte*.

Ich hatte dort gelegen, hellwach im Dunkeln. Ich war mir ziemlich sicher, dass Kat auch nicht geschlafen hatte. Ich hatte mehr als alles andere gewollt, dass sie dieses dumme Schein-Schlaf-Schweigen brach. Dass sie sich erklärte.

Sich entschuldigte.

Mir versprach, dass sie zu mir halten würde.

Der Moment, in dem mir dieser Gedanke kam, war der Moment, in dem ich all das losließ.

Kat würde *nie* zu mir stehen – nicht so, wie ich es mir wünschte, mich nie so lieben, wie ich sie liebte.

Die ganze Zeit, seit Kat in Harcote war, hatte ich mir vorgemacht, dass sie jemand wäre, der sie nicht war. Ich habe mir eingeredet, dass sie nur eine Fassade aufrechterhielt, um sich anzupassen, aber dass die *echte* Katherine Finn die Person wäre, die ich dahinter sah. Aber es *gab* keine Person hinter der Fassade, es gab keinen Unterschied zwischen dem, was sie wirklich war, und dem, was sie vorgab zu sein. Kat hatte mir gezeigt, wer sie war, wieder und wieder, und ich hatte es ignoriert. Ich hatte an einer Fantasie festgehalten.

Plötzlich war ich nicht einmal mehr in der Lage, zu blinzeln, zu atmen oder physisch im selben Raum wie sie zu sein. Und schlafen konnte ich schon gar nicht.

Ich ging nach unten in die Gemeinschaftsräume, schnappte mir eine der zerfledderten Decken und schlief auf der Couch.

Über deren Lehne sich Evangeline gerade beugte. »Wenn du mir nicht in den nächsten zehn Sekunden antwortest, hole ich Radtke.«

Ich stemmte mich hoch. Meine Muskeln und Gelenke protestierten schmerzhaft. »Ich schlafe hier, verdammt noch mal, wonach sieht es denn aus?«

»Stimmt etwas mit deinem Bett nicht?«

Es dämmerte gerade erst, aber das bläuliche Licht beleuchtete Evangelines blasse Haut wie Eis. Sie sah aus wie ein Engel – die Art, die noch im Himmel geduldet wird, nicht die Art, die gezwungen ist, in der Hölle zu herrschen. Es musste so früh sein, dass noch niemand aufgestanden war, sonst wäre Evangeline mir nicht so nahe gekommen.

»Küss mich, dann sag ich's dir«, sagte ich leise.

Ihre strahlend blauen Augen blickten in Richtung Treppe, dann presste sie ihre Lippen auf meine. Ich drückte mich an sie. Meine Nase grub sich in ihre Wange und ihre in meine, aber ich wollte ihr einfach nur nahe sein – als wollte ein Teil von mir sich vorstellen, dass Evangeline diejenige sein könnte, die mich aus diesem Abgrund herauszog, wenn sie erfuhr, dass ich gerettet werden musste.

Sie unterbrach den Kuss. »Jemand könnte es sehen«, schimpfte sie. »Jetzt bist du dran.«

Ich bin dran. Als ob ich mich nicht schon erbärmlich genug fühlte! Ich hatte schon um einen Moment des Trostes feilschen müssen, und die Sonne war noch nicht einmal aufgegangen. Am liebsten hätte ich mich in der ekligen, mit Fusseln und Fingernagelschnipseln gefüllten Spalte zwischen den Sofakissen vergraben.

»Kat und ich haben uns gestritten.« In Evangelines Augen lag ein böses Funkeln. Ich gab meinem perversen Verlangen, sie zu befriedigen, nach. »Es ging um Galen und Castel und diesen ganzen Scheiß.«

»Ich hatte dich gewarnt.«

Ich hatte nicht einmal genug Energie für Sarkasmus. »Ich weiß.«

Evangelines Augenbrauen zogen sich zusammen, und sie spitzte die Lippen. Abrupt riss sie die Decke von mir herunter und faltete sie zügig zusammen. »Setz dich wenigstens auf, bevor noch einer die Treppe herunterkommt. Ich möchte nicht, dass jemand sieht, wie das Mädchen, das ich vögele, Trübsal bläst.«

Meine Augen wurden groß.

»Ich habe es gegoogelt, nur damit du es weißt.« Sie hob ihr Kinn. »Ich meine, wie Mädchen Sex haben.«

Dann verließ sie das Zimmer, die Decke über einem Arm, und ließ mich auf dem Sofa zurück. Ich starrte ihr nach.

Kat

Unsere Nachforschungen pausierten. Nicht, dass wir das besprochen hätten. Taylor hatte seit der Katastrophe in Old Hill kaum zwei Worte mit mir gewechselt.

Ich beobachtete Taylor während der gesamten Vampirethik-Stunde dabei, wie sie so tat, als würde sie nicht darüber nachdenken, was Ms Radtke uns mitgeteilt hatte. Sie saß ausgestreckt auf dem Stuhl: Die Beine weit gespreizt und den Arm über die Lehne gelegt, als wäre es das Einzige, was sie davor bewahrte, auf den Boden zu rutschen. Außerdem hatte sie eine Sonnenbrille im Haar, obwohl die Sonne ihren Winterschlaf angetreten hatte.

Aber je länger ich sie beobachtete, desto weniger war ich davon überzeugt, dass sie nur bluffte. Welchen Unterschied gab es schließlich zwischen, so zu tun, als wäre es einem egal, und sich tatsächlich nicht zu kümmern? Sie war immer schnell bereit, aufzugeben, alle fallen zu lassen.

Schließlich hatte sie mir das schon einmal angetan. Wir hatten Virginia verlassen, und ich hatte nie wieder ein Wort von ihr gehört. Es war ihr so leichtgefallen zu glauben, ich hätte sie im Stich gelassen. Als ich ihr die Nachricht schickte, in der ich ihr mitteilte, sie solle sich nicht mehr bei mir melden, hatte ich zuvor zwei Wochen lang alle fünf Sekunden auf mein Handy geschaut. Zuerst wartete ich auf eine Entschuldigung dafür, dass sie ihren Eltern das Geheimnis über meinen Schöpfer erzählt hatte, aber dann wollte ich nur noch, dass sie sich meldete – die Entschuldigung konnte sie ja später nachholen. Aber es kam nie etwas. Schließlich schickte ich ihr diese abweisende Nachricht, weil ich dachte, sie würde wenigstens darauf antworten.

Aber sie ließ mich einfach gehen, als wäre ich nicht wichtig gewesen. Und jetzt machte sie es wieder so. Nur war diesmal der Schmerz ein anderer. Jetzt wusste ich, dass unsere Trennung vor Jahren ein Missverständnis gewesen war – ein Missverständnis, für das unsere Eltern verantwortlich waren. Und ich hatte ihr vorgeworfen, mir unrecht zu tun, obwohl es nicht so war. In den letzten Wochen jedoch hatten wir wieder Vertrauen zueinander gefasst, und es war etwas Tieferes zwischen uns entstanden, als ich erwartet hatte.

Ich packte den Stift fester. Selbst nach allem, was geschehen war, konnte ich nicht aufhören, daran zu denken, wie sich ihre Lippen auf meinen angefühlt hatten.

Dieser Kuss war nichts weiter als ein unkontrolliertes Aufwallen gewesen. Er war aus dem Nichts gekommen und hatte mich aus dem Gleichgewicht gebracht. Ich würde mich schon wieder fangen. Sehr bald sogar.

»Alles in Ordnung?«, flüsterte Galen mir zu.

Ich fuhr zusammen. »Ja, natürlich.«

»Du willst Taylor also die ganze Stunde über anstarren?«

»Ich starre gar nicht …«

»Du musst wirklich eine Heilige sein, wenn du es mit ihr aushältst«, stellte Galen fest.

Ich zwang mich, nach vorn zu blicken. »Ich halte sie nicht aus!«

Es gab einen Grund, warum ich nicht versucht hatte, Taylor zu erklären, was ich über die Vergangenheit meiner Mutter bei CasTech oder Victors Identität als der Wohltäter herausgefunden hatte. Sie würde vorschnell urteilen, wie sie es immer tat, bevor sie überhaupt versuchte, zu verstehen, was das für mich bedeutete. Selbst bei den äußerst seltenen Gelegenheiten, bei denen Taylor nicht sagte, was sie dachte, verriet es ihr Gesicht: dieses Zucken ihrer Braue, das schwache Grinsen, das sie sich nie verkneifen konnte. Eine Version von Taylor lebte mietfrei in meinem Kopf und grinste spöttisch, ob sie es nun im echten Leben tat oder nicht.

Das Dumme war nur, dass ich ihr Urteilsvermögen in den letzten Monaten fast aufregend fand. Es war eine Art von Freiheit, so sagte ich mir, so ganz man selbst zu sein. Aber alles um einen herum zu beurteilen, war nicht mutig. Es war kleinmütig und grausam. Damit mauerte man sich mit seinem eigenen Elend ein. Es war genau, wie Lucy gesagt hatte: Nur zu glauben, man wäre besser als alle anderen, war kein Ersatz für eine Persönlichkeit.

Es war besser, wenn es mit Taylor und mir vorbei war. Sie lenkte mich von meinen Zielen ab, ließ mich an dem zweifeln, was ich wollte – und an mir selbst. Ich konnte mich nicht auf Taylors Geheimnis konzentrieren – ich hatte mein eigenes zu lösen.

Galen stürmte direkt vom Lacrosse-Training in den Silo. Er trug immer noch seine Trainingskleidung. Seit er herausgefunden hatte, dass die Stiftung seiner Familie mehr in die Verhinderung eines Heilmittels für CFaD investierte als in die tatsächliche Forschung danach, war er nicht mehr er selbst. Sein Haar war matt und fettig. Er beugte sich zu mir, um mir einen salzigen Kuss zu geben, und ich schüttelte mich unwillkürlich. Er stank. Als ich zurückwich, war er zu aufgeregt, um sich zu setzen.

Ich wusste, dass Galen eine unsichtbare Rüstung trug. Ich hatte noch nie jemanden kennengelernt, der sein Auftreten so gut unter Kontrolle hatte. Bekam diese Rüstung Risse, stimmte etwas nicht. Eine gute Freundin hätte gefragt, was los sei, oder versucht, ihn zu unterstützen.

Ich war keine gute Freundin.

Stattdessen lächelte ich. »Bereit für das Halbfinale?«

Er rieb sich die Schläfen. »Es gibt keinen Wettkampf bis zum Finale, und selbst das ist kaum ein echter Wettbewerb.«

»Stimmt, das Team ist wirklich so gut«, pflichtete ich ihm bei.

»Wir sind nicht gut.« In seiner Stimme klang Frustration mit. »Wir sind Vampire. Es ist absurd, dass wir überhaupt gegen eine dieser menschlichen Mannschaften antreten dürfen, denn sie haben nicht die geringste Chance. Atherton tut, als sei das Sportprogramm so effektiv, als würden wir tatsächlich fair und ehrlich gewinnen. Jedes Jahr trainiert das Team so, als ob es da draußen einen echten Gegner für uns gäbe, obwohl wir schon als Sieger feststehen, bevor die Saison überhaupt losgeht, obwohl das alles Blödsinn ist.«

»Es ist nur ein Spiel.«

»Aber es ist nicht fair, Kat. Wir reden uns ein, dass wir den

Sieg verdient haben. Das ist eine Lüge. Glaubst du nicht, dass so etwas wichtig ist?« Er ließ sich auf einen Stuhl fallen. »Du brauchst nicht darauf zu antworten. Ich weiß, dass es wichtig ist.«

»Geht es hier wirklich um Lacrosse? Du kannst doch einfach aufhören und einem der anderen Sportclubs beitreten.«

Er richtete seinen aufgewühlten Blick zu Boden. Seine Hände ruhten auf seinen Oberschenkeln, zu Fäusten geballt. »Es geht nicht nur um Lacrosse.« Seine Stimme klang rau. »Ich habe das Gefühl, dass alles um mich herum zusammenbricht, dass alles nur Lügen sind. Die Stiftung ist eine Lüge – eine Lüge, die mir meine Eltern und Victor mein ganzes Leben lang weisgemacht haben. Ich frage mich ständig, wann sie mir die Wahrheit sagen wollten. Ich habe mir den Moment auf tausend verschiedene Arten ausgemalt.« Er blickte zu mir hoch, ertrug aber meinen Blick nicht. »Das Schlimmste ist, dass ich in jedem einzelnen Szenario Ja sage. Sie fragen mich, ob ich für sie lügen würde, und ich sage Ja. Ich lasse mich von ihnen manipulieren, wie ich es schon immer gemacht habe.«

»Du kannst dich nicht für ihre Lügen verantwortlich machen.«

»Ich war immerhin dumm genug, ihnen zu glauben.«

»Du warst nicht dumm. Du hast deinen Eltern vertraut«, sagte ich. »Und du hast doch noch gar keiner Vereinbarung zugestimmt, oder?«

»Nein.«

»Dann hast du noch Zeit, dir das anders vorzustellen.«

Er fuhr sich durchs Haar, dann entspannte sich seine Miene, und seine Haltung lockerte sich. »Wenn meine Eltern wüssten, wie wir zusammen sind, wären sie überhaupt nicht glücklich darüber, dass wir zusammen sind.«

»Was meinst du damit?«

»Seit wir uns getroffen haben, fühlt sich für mich alles schärfer und klarer an. Wie das Trinken von Menschen auf Lucys Partys. Ich habe einfach nicht kapiert, warum mir das nie so richtig gefallen hat. Aber seit ich dich kenne, passt das alles plötzlich zusammen. Du machst mich zu einem besseren Menschen.« Er lächelte und sah aus wie ein trauriger Junge. »Ich mag dich wirklich sehr, sehr gern, Kat.«

Plötzlich konnte ich ihn nicht mehr ausstehen.

Dieser hübsche Junge, den alle begehrten und der mich *wirklich* mochte, sah mich mit großen Augen an und sagte mir, dass ich ihn zu einem besseren Menschen gemacht hätte – aber ich hatte das Gefühl, dass mir seine Worte die Luft aus der Lunge pressten. Es würde mich immer wieder schockieren, dass jemand wie Galen so zerbrechlich sein konnte. Jemand, der so viel Macht besaß, dass sich die ganze Welt nach ihm richtete, und er glaubte einfach, dass die Schwerkraft so funktionierte.

Und gleichzeitig war ich Galens *Freundin*. Ich sollte ihm durch diese emotionale Krise helfen. Ich wusste mehr über seine Privilegien, als er wahrscheinlich je begreifen würde. War es nicht meine Aufgabe, ihn aufzuklären? Seine manische Fee zu sein, die ihm emotionale Nachhilfe gab?

Ich wollte aber nicht diejenige sein, die ihn erweckte.

Je länger ich bei ihm blieb, desto mehr würde er von mir nehmen. Weil er nicht wusste, wie er allein stark sein konnte. Und da ich wusste, dass ich ihn ausnutzte, würde ich mich immer ein wenig in seiner Schuld fühlen. Weil ich es ihm erlaubte. Aber Galen würde *mich* nie zu einem besseren Menschen machen. Er würde mich nicht einmal verstehen, selbst wenn ich ihm das immer vorgaukeln würde.

Denn solange wir zusammen waren, würde ich Teil des Systems sein, das ihn zur Sonne im Zentrum dieses Sonnensystems machte. Ich würde darauf achten, was ich sagte und wie ich mich verhielt und was meine Lippen taten, wenn wir uns küssten, und wohin ich schaute – auch wenn es sich anfühlte, als würde ich dabei einen Teil von mir selbst unterdrücken.

Mit einer plötzlichen, schockierenden Klarheit wurde mir bewusst, dass ich Galen niemals wirklich mögen würde.

Nicht so, wie ich ihn mögen sollte.

Nicht so, wie ich Taylor mochte.

»War das zu viel?«, fragte Galen verlegen.

Ich starrte ihn an, den Mund halb offen.

Alles war zu viel. Ich konnte keine weitere Sekunde ertragen, dass er mich so ansah – als würde er darüber nachdenken, mich zu lieben.

»Ich muss los. Ich habe etwas vergessen, es tut mir wirklich leid.« Ich verfluchte mich dafür, dass ich log, aber ich musste hier weg. Ich schob meinen Computer in meinen Rucksack und verschwand, noch bevor er mir einen Abschiedskuss geben konnte.

Taylor

Evangeline und ich sahen uns in dieser Woche im biblischen Sinne fast jeden Tag. Es war nicht schwer, eine Ausrede zu finden. Da die Aufführung ihres Einakters anstand, waren wir jeden Nachmittag oder Abend im Theater.

So war es zwischen uns noch nie gewesen. Nicht so oft. Das erste Mal war großartig. Das zweite Mal, am nächsten Tag, war auch toll. Aber dann hatte sie sich beim fünften Mal an mich gepresst und mir ins Ohr gekeucht: *»Komm, Taylor, komm jetzt!«*, was normalerweise meinen ganzen Körper vibrieren ließ. Stattdessen war da plötzlich dieses abgrundtiefe Gefühl, als würde mir der Boden unter den Füßen weggezogen und ich befände mich im freien Fall.

»Nicht aufhören!«, protestierte sie. Eine Strähne ihres schwarzen Haares klebte an ihrer Wange.

Aber ich musste aufhören. Ich rollte mich von ihr herunter, auf den schmutzigen Teppich des Kostümschranks. Normalerweise fühlte ich mich gut, wenn ich mit Evangeline zusammen war. Oder doch wenigstens besser. Aber je länger wir zusammen waren, desto weniger schien das zu stimmen. Sie tat nie etwas ohne Grund.

»Sag mir, warum, E.«

Sie lächelte verschmitzt und stützte sich auf ihre Ellbogen. Ihre Bluse stand offen und zeigte mir ihre Brüste. »Ist das eine Art Spiel?«

»Nein. Du hast mich in letzter Zeit ständig angemacht. Ich sage nicht, dass es nicht heiß ist, aber ich möchte wissen, warum.«

»Man hat Bedürfnisse«, erwiderte sie und griff nach mir.

Ich löste mich von ihr und zog meinen Sport-BH wieder an. Gott, fiel mir das schwer! Außerdem, wenn nicht mit Evangeline, wer wusste schon, wann es für mich ein nächstes Mal geben würde?

Aber jedes Mal, wenn ich sie küsste, dachte ich an Kat. Und nicht nur daran, wie es sich anfühlen würde, wenn es Kat statt Evangeline wäre, sondern auch daran, was ich sagen würde, wenn ich Kat das hier jemals erklären müsste. Dass ich mich bei Evangeline schrecklich und ausgenutzt fühlte und trotzdem zu ihr zurückkehrte, wann immer sie wollte. Dass sie mich geheim hielt und ich mir eingeredet hatte, es wäre mir egal, dass es so heißer wäre. Ich hatte mir eingeredet, dass ich, wenn ich mich ihr gegenüber wie ein Arsch verhielt und sie auf dem Schulball küsste, ein klitzekleines bisschen Kontrolle hätte. Obwohl ich nichts dergleichen hatte.

Sie richtete sich auf und knöpfte ihre Bluse zu. »Weil du jetzt weißt, wie es ist. Du weißt jetzt wirklich, wie es sich anfühlt, nicht zu genügen. Ich habe gesehen, wie du Kat nachgestellt hast. Genauso wie ich hinter Galen her war.«

Ich schüttelte den Kopf. »Du hast Galen immer nur wegen dem gemocht, was er darstellt.«

»Ich mag Galen, und ich mag, was er darstellt. Das kann man nicht trennen. Du magst Kat, und du magst auch, dass sie anders ist. Sie ist eine Außenseiterin, und du hast dich auch immer als eine solche gefühlt. Du willst ihre Bestätigung, so wie ich die von Galen will.« Ihr Lächeln war schrecklich. »Aber du wirst sie nie bekommen und ich ihn auch nicht. Wir beide werden immer diese Wunde in uns haben.« Sie griff wieder nach mir, ihre schwarzen Haare fielen ihr ins Gesicht. »Jetzt geht es nur noch um uns beide, verstehst du?«

»E, wir beide hassen uns.«

Sie lachte hell auf. »Na und?«

Es war eine echte Frage, nicht anklagend oder wütend. Als wäre unser gemeinsamer Hass das Bühnenbild und wir hätten in den letzten zwei Jahren ein Stück über ein anderes Thema gespielt. Verstohlene Momente des Kennenlernens und der Beleidigungen, heimliche Nachrichten und Seitenblicke. Mein Gehirn versuchte, all diese Szenen zu etwas anderem zusammenzufügen. Mochte Evangeline … *mochte* sie mich wirklich? War das, was wir hatten, wirklich eine Beziehung? Es war unmöglich, sich das vorzustellen, aber ich brauchte es mir nicht vorzustellen – ich konnte es in ihrem Gesicht sehen. Ich war nicht nichts für sie. In diesem Moment war ich alles.

Sie war ein unglückliches Wesen, genau wie ich. Durch ein perverses Schicksal hatten wir uns in einer Abfolge chaotischer, unangenehmer Begegnungen gefunden. Ich war die einzige Person in der ganzen Schule, der sie erlaubte, sie auch nur annähernd kennenzulernen. Sie hatte mir Teile von sich gezeigt, von denen ich wusste, dass sie sie nicht verstand. Vielleicht hatte ich dasselbe getan. In einer anderen Welt hätte es eine Beziehung sein können, die uns beide *besser* machte, statt uns unser schlechtestes Selbst leben zu lassen. Ich wusste in dem Moment, dass alles, was zwischen uns in dieser Welt existierte, zu Ende war. Irgendwie war diese Wahrheit niederschmetternd.

Aber niederschmetternd oder nicht, ich stand auf. »Es geht nicht um uns beide, E.«

Sie grinste mich an. »Gut, wenn du willst, können wir diese ganze *›Ich hasse dich, das ist das letzte Mal‹*-Nummer noch mal durchziehen.«

»Ich hasse dich nicht«, sagte ich leise.

Ihr Lächeln erlosch.

»Aber wenn ich mit dir zusammen bin, hasse ich mich selbst. Die Wunde, von der du sagtest, dass wir sie beide haben – ich glaube, dass wir mit dem, was wir tun, verhindern, dass sie heilt, oder sie sogar noch verschlimmern. Ich will aber, dass sie heilt. Und ich möchte, dass deine auch heilt.«

»Das war doch nur eine blöde Metapher!«, stammelte sie. »Du kannst mich nicht wegen Kat verlassen. Sie will dich nicht und wird dich nie wollen.«

»Es geht nicht um sie.«

»Ich weiß nicht, ob du das wirklich glaubst oder ob du nur

erwartest, dass ich es glaube. Hör auf, dich so erbärmlich zu benehmen, und komm zu mir zurück.«

Ich wünschte mir wirklich, Evangeline hätte nicht halb bekleidet auf dem Boden gelegen, als ich das sagte. Ich servierte sie ab, aber ich wollte nicht, dass sie sich gedemütigt fühlte. »Es tut mir leid, E. Das war das letzte Mal.«

34

Kat

Ich saß an meinem Schreibtisch und arbeitete an einer Abschlussarbeit für Ms Radtkes Vampirethik-Kurs, als jemand an die Tür unseres Zimmers klopfte.

»Zimmerkontrolle! Ziehen Sie sich anständig an, denn in zehn Sekunden öffne ich diese Tür!«

Das war die Stimme von Direktor Atherton. Was hatte er hier zu suchen? Zimmerinspektionen wurden eigentlich vom Hausverwalter durchgeführt.

»Zehn … neun … acht …«

Ich warf mich auf mein Bett und holte die Zeitschrift heraus, die ich aus der erweiterten Sammlung gestohlen hatte. Ich schob sie in den Bund meines Rocks und kletterte dann auf Taylors Seite des Zimmers.

»Sieben … sechs … fünf …«

Taylor war in der Bibliothek, aber die Festplatte war hier irgendwo. Wo hatte sie sie versteckt? Ich durchsuchte ihren Schreibtisch und hoffte, dass Atherton nicht hören würde, wie ich die Schubladen aufzog. Nichts.

»Vier … drei …«

Dort stand sie, im Bücherregal, direkt neben *1000 Filme, die man gesehen haben muss, bevor man stirbt.*

»Zwei …«

Ich nahm sie und schob sie in einen Ärmel meiner Strickjacke.

»Eins.«

Als Atherton die Tür öffnete, stand ich wartend mitten im Zimmer. Neben ihm tauchte Radtke auf mit ihrem typischen, leicht gereizten Blick. Aber als sie mir in die Augen sah, schlug er in Sorge um. Drei menschliche Adjutanten mit bleichen Gesichtern flankierten sie.

Atherton, der in seinem jungenhaften Körper gefangen war, wirkte diesmal so alt wie all die Jahre, die er auf dem Buckel hatte, als er sagte: »Wir haben einen anonymen Hinweis bekommen, dass Sie die Verfasserin dieses Kommentars sind.«

Ein anonymer Hinweis? Der Kommentar war vor etlichen Wochen erschienen, und Atherton hatte nie einen Beweis dafür gefunden, dass ich ihn geschrieben hatte – weil es nicht so war. Warum durchsuchte er jetzt unser Zimmer?

»Das ist Ihre Gelegenheit, den Respekt zu zeigen, den Harcote wertschätzt,« sagte er. »Haben Sie den Kommentar geschrieben, Kat?«

»Nein!« Meine Stimme klang brüchig.

»Ich hoffe, Sie sagen die Wahrheit«, gab Atherton zurück. »Warten Sie im Gang.«

»Das da ist meine Seite des Zimmers.« Ich deutete auf meinen Schreibtisch. »Ich und Taylor achten darauf, unsere Sachen getrennt zu halten.«

»*Taylor und ich*«, korrigierte mich Direktor Atherton. »In den Gang, Kat.«

Ich lehnte mich ans Treppengeländer und beobachtete zwischen Atherton und Radtke, die in der Tür standen, wie die Handlanger unser Zimmer auseinandernahmen. Sie durchsuchten jede Schublade meines Schreibtisches und blätterten sogar in meinen Heften. Dann gingen sie zum Bett und durchsuchten erst die Matratze und dann den Bettrahmen – als wäre die Schule ein Gefängnis und Schulleiter Atherton unser Wächter. Als sie mit meinem Kleiderschrank fertig waren, hoffte ich, sie würden gehen. Bei meinen Sachen hatten sie nichts gefunden, denn es gab nichts zu finden. Immerhin war *ich* das Ziel der Durchsuchung.

Aber dann machten sie sich auf Taylors Seite des Raumes zu schaffen.

In meinem Magen begann die Furcht zu brodeln. Hoffentlich hatte Taylor keine Spuren hinterlassen, die verrieten, dass sie diesen Kommentar geschrieben hatte. Ich wusste, dass es Beweise auf ihrem Computer gab, aber sie hatte ihn mit in die Bibliothek genommen. Wenn ich sie rechtzeitig erreichen konnte, konnte sie sie löschen. Und alles wäre gut.

Alles wird gut.

Taylor wird es gut gehen.

Nicht, dass es mich noch etwas anging, wie es ihr ging.

Ich hörte Schritte auf der Treppe.

»Zimmerkontrolle?« Es war Evangeline. »Wonach suchen sie denn?«

In den letzten Tagen hatte ich mich nicht mehr darum gekümmert, was Evangeline dachte. Diese Aura des Chaos, die sie förmlich vor sich hertrug, faszinierte mich nicht mehr. Sie war nicht heiß. Es war eine Aura der Zerstörung und Grausamkeit um der Dinge selbst willen – oder um *Evangelines* willen.

»Direktor Atherton hat einen anonymen Hinweis bekommen, dass ich den Kommentar geschrieben hätte, deshalb durchsuchen sie jetzt das Zimmer.«

Evangeline schnaubte, geziert und zufrieden, was in mir den unbändigen Wunsch weckte, ihr körperlich Gewalt anzutun.

»Das ganze Zimmer.« Ich zischte, damit Atherton mich nicht hörte. »Wie konntest du das tun?«

»Was macht dich so sicher, dass ich es war?«

»Niemand sonst ist hier aufgetaucht, um zuzusehen, stimmt's? Und da ich weiß, dass du herzlos bist, Evangeline, ist dir das vielleicht entgangen – aber wenn man mit jemandem zusammen ist, sollte man sich um sie kümmern – auf sie aufpassen.«

»Wovon redest du da?«

»Von Taylor! Von wem sonst?«

»Ich bin nicht mit Taylor zusammen«, widersprach sie mürrisch.

Trotz alldem hier durchströmte mich plötzlich Erleichterung. »Ich habe euch beide auf dem Gründerball gesehen.«

Sie strich sich die Haare aus dem Gesicht und versuchte, dabei lässig zu wirken. »Ich weiß nicht, was du glaubst, gesehen zu haben, aber wenn du jemandem davon erzählst, wird dir niemand glauben.« Sie warf einen Blick ins Zimmer und sah mich dann wieder finster an. »Taylor würde sich nicht mit mir verabreden, selbst wenn ich es wollte. Sie ist total verknallt in dich, genau wie Galen und alle anderen an dieser Schule. Aber du wirst nicht mehr lange ein Problem sein.«

»Du bist einfach nur eifersüchtig? Deshalb hast du mich bei Atherton verpfiffen? Du hast ja keine Ahnung, was du da angerichtet hast.«

»Natürlich habe ich das.« Evangeline trat unbehaglich von einem Fuß auf den anderen. Ich hielt mich am Geländer fest, um sie nicht die Treppe hinunterzustoßen.

»Du bist der selbstverliebteste Vollpfosten auf der ganzen Welt, Evangeline!«

Sie stemmte die Arme in die Hüften. »Entschuldige mal, da ich so ein Vollpfosten bin, musst du mir erklären, wovon du redest.«

»Ich habe den Leitartikel nicht geschrieben«, sagte ich langsam und überdeutlich.

Endlich ging ihr ein Licht auf.

»Oh, nein …!«

»Was macht ihr denn da?« Taylor erschien auf dem Treppenabsatz unter uns und knöpfte gerade ihren Mantel auf. Ihre Locken waren nass vom Regen. »Ist das Atherton da oben?«

Ich schaute auf und sah Atherton am oberen Ende der Treppe. Er schwenkte ein zerknittertes Stück Notizbuchpapier mit Taylors zackiger Handschrift. »Taylor, Sie kommen mit.«

Sie hob die Brauen und verzog die Lippen, aber im nächsten Moment wurde ihre Haltung ernst, grimmig und resigniert. Es kostete mich meine ganze Selbstbeherrschung, nicht die Treppe hinunterzurennen, sie in die Arme zu nehmen und ihr zu sagen, dass ich immer noch zu ihr stand. Wenn sie tapfer sein wollte, musste sie es nicht allein tun.

Aber ich tat es nicht.

Ich stand einfach mit Evangeline und Ms Radtke da und sah zu, wie Direktor Atherton sie mitnahm.

Taylor

Atherton und seine Adjutanten eskortierten mich in sein Büro.

Das zerknitterte, linierte Blatt Papier war mit meiner Handschrift bedeckt, und viele Worte waren durchgestrichen. Ich hätte den Kommentar nicht mit der Hand verfassen sollen – wer *tut* das heute schon noch? Aber ich bin nicht sehr gut im

Verfassen von Essays, und das Schreiben mit der Hand hilft mir beim Nachdenken. Ich hätte zumindest so vorsichtig sein sollen, es tatsächlich in den Mülleimer zu werfen, anstatt es nur in Richtung des Mülleimers zu schleudern und zu hoffen, dass die Schwerkraft mir einen Gefallen täte.

Aber das war jetzt nicht mehr wichtig.

»Haben Sie das geschrieben, Taylor?«

Ich öffnete meinen Mund, um etwas Bissiges zu sagen. Ich wollte ihm nicht die Genugtuung lassen, zu sehen, wie ich einknickte.

Aber dann erinnerte ich mich daran, was ich Evangeline gesagt hatte – dass ich diese Wunde in mir heilen wollte. Ich erinnerte mich an Kontos' Worte, dass ich für das einstehen sollte, woran ich glaubte. Und auch wenn ich es nicht wollte, dachte ich an Kat. Sie war wegen des Kommentars stolz auf mich gewesen, auch wenn ich mich hinter der Anonymität und zusätzlich auch noch hinter ihr versteckt hatte. Ich glaubte an das, was ich geschrieben hatte, und ich hatte es einfach satt, so zu tun, als wäre es anders.

»Ja. Das habe ich geschrieben«, gestand ich. »Kat hatte damit nichts zu tun. Ich habe es ganz allein geschrieben. Keiner wusste es, nicht einmal Max. Ich habe ihm erzählt, dass es von einem Freund stammt, der mich vorgeschoben hat, um selbst anonym bleiben zu können.«

Atherton presste seine merkwürdig rosafarbenen Lippen aufeinander. Seine Augen blitzten wölfisch, als hätte er mich in eine Falle gelockt. Er sah jetzt ganz und gar nicht wie der extrem uncool wirkende Schulleiter aus, der er normalerweise zu sein schien. In diesem Moment fiel es mir beunruhigend leicht, mir vorzustellen, wie er sich wie ein Raubtier an Menschen heranpirschte.

»Das ist ein Verstoß gegen den Ehrenkodex, also muss der Ehrenrat über die Konsequenzen entscheiden, richtig?«, fragte ich. »Werden Sie die anderen Mitglieder einberufen?«

»Diesmal nicht. Ich habe diese Angelegenheit persönlich übernommen. Und ich nehme Ihr Verhalten persönlich, Taylor. In den letzten zwei Jahren haben Sie nichts als Ärger gemacht. Bei jeder Gelegenheit haben Sie diese Schule und das, wofür sie steht, beleidigt. Sie sind immer wieder verwarnt worden, haben eine Chance nach der anderen erhalten. Dabei habe ich jedes Mal erwartet, dass Sie sich nicht ändern würden, und Sie haben diese Erwartungen vollends erfüllt. Sie haben nie nach Harcote gehört.« Er grinste bösartig und grausam und zeigte die elfenbeinernen Spitzen seiner Reißzähne. »Taylor Sanger, Sie werden von der Schule verwiesen.«

35

Kat

Ich drückte meine Nase an der Fensterfront von Hunter House platt und beobachtete, wie Direktor Atherton Taylor durch den grauen Regen über den Campus führte. Evangeline hatte sich unten in ihrem Zimmer eingeschlossen. Ich fragte mich, ob wir die Tür verbarrikadieren könnten, um sie und Lucy daran zu hindern, noch mehr Unheil anzurichten.

Die Inspektion hatte unser Zimmer in ein Chaos verwandelt: Überall lagen Kleider und Bücher verstreut herum. Die Handlanger hatten den sorgfältig gestapelten Turm von Schuhkartons umgestoßen, in dem Taylor ihre Turnschuhe aufbewahrte. Sogar ihre Regenbogenflagge war heruntergerissen worden, obwohl sie wohl kaum ernsthaft erwarten konnten, darunter etwas zu finden.

Ich konnte nicht zulassen, dass Taylor in ein solches Chaos zurückkehrte. Ich schnappte mir die Fahne, die unters Bett gefallen war, und befestigte sie wieder an der Decke, genau an derselben Stelle wie vorher. Dann strich ich die geknickten Seiten von *1000 Filme, die man gesehen haben muss, bevor man stirbt* glatt, hängte ihre Blusen wieder auf, die die Hilfskräfte von den Bügeln gerissen hatten, und stapelte ihre Schuhkartons fein säuberlich aufeinander.

Danach setzte ich mich auf Taylors Bett. Meine Seite des

Zimmers sah immer noch aus, als hätte ein Tornado dort gewütet, aber ich machte keine Anstalten, aufzuräumen. Nichts von dem ganzen Zeug gehörte wirklich mir.

Es war alles Eigentum von Victor Castel.

War denn überhaupt irgendetwas an mir *real*?

Ich verkrallte meine Finger in Taylors Laken.

Das hier war real! Was ich für sie empfand. Ich wollte, dass sie in Sicherheit war. Ich wollte sie hier bei mir haben. Es war mehr als Freundschaft, mehr als unsere Vergangenheit, mehr als all unsere kleinen Meinungsverschiedenheiten.

Plötzlich war alles so einfach.

Es fühlte sich an, als hätte sich in mir eine Tür zu einem neuen Universum geöffnet. In den letzten Wochen hatte ich mich Galen und Taylor gegenüber wie eine Versagerin gefühlt. In Wirklichkeit vermasselte ich es nur mir selbst. Ich war so überzeugt gewesen, zu wissen, wer ich war und was ich wollte, und ich hatte in Harcote so viel Energie darauf verwendet, diese Dinge in Einklang zu bringen, dass es mir unmöglich erschienen war, Teile von mir noch nicht entdeckt zu haben. Warum war ich mir bloß so sicher, dass es ein Versagen war, dass ich mich nicht so kannte, wie ich glaubte? Vor allem, nachdem ich mich schon in so vielen Dingen geirrt hatte?

Als ich all das losließ, blieb eine Wahrheit übrig: Ich mochte Mädchen, und ich liebte Taylor.

Wie ich zu dieser Erkenntnis gekommen war, war nicht so wichtig wie die Tatsache, *dass* ich es überhaupt geschnallt hatte. Ich wusste nicht, wie ich mich definieren sollte, welche Bezeichnung ich verwenden würde, wie ich es jemandem erklären konnte, aber all das konnte ich später herausfinden. Es machte mir plötzlich keine Angst mehr. Stattdessen fühlte es sich aufregend an.

Es fühlte sich an wie ich.

Jemand klopfte. Als ich die Tür öffnete, stand Lucy davor. »Harter Tag, Kitty Kat?« Ihr langer Pferdeschwanz pendelte hinter ihr hin und her, als sie den Hals reckte, um einen Blick in den Raum zu werfen.

»Lucy, wenn du mich noch einmal Kitty Kat nennst, zerstückle ich dir deinen Pferdeschwanz zu einer so absurden Frisur, dass LucyK ein Jahr lang keinen Cent mehr einnimmt.«

Ihre Augen verengten sich. »Also wirklich, was ist nur aus deinen Manieren geworden? Vor allem, nachdem ich den ganzen Weg hier raufgetapert bin, nur um dir zu sagen, dass Galen draußen auf dich wartet. Er meinte, du würdest nicht auf seine Nachricht reagieren.«

Ich nahm mein Handy vom Schreibtisch.

Hey, wurde dein Zimmer durchsucht?

Ist alles klar bei dir? Lass mich wissen, wenn du etwas brauchst.

???

Ich warte vor dem Hunter, komm runter.

Okay. Ich versuche es bei Evangeline oder Lucy.

»Danke«, sagte ich widerwillig.

»Gern geschehen, *Kat.*«

Es regnete immer noch, und es war eiskalt. Galen stand mit finsterer Miene unter einem schwarzen Regenschirm. Er sah aus, als wäre er gerade einem französischen Nouvelle-Vague-Film entstiegen. Ich lief durch den Regen zu ihm. Sein Schirm war nicht groß genug für uns beide, und eiskaltes Wasser tropfte mir in den Kragen und lief meinen Rücken hinunter.

Er fuhr mit den Fingern am Kragen meines Mantels entlang, um mich näher heranzuziehen.

Ich nahm seine Hand und schob sie weg. »Nicht«, sagte ich und verschränkte meine Arme.

»Was ist denn los?« Sein Gesicht verfinsterte sich. »Du kannst mit mir reden, Kat.«

Es tat mir wirklich im Herzen weh: Galen wollte sich um mich kümmern, mich unterstützen, mich lieben. Das war genau das, was ich Evangeline vorgeworfen hatte, weil sie es nicht für Taylor tat.

Nur wollte ich gar nicht, dass er all das für mich tat.

Galen war so schön. Vielleicht durfte ich mir selbst verzeihen, weil ich erwartet hatte, meine Wertschätzung seiner Schönheit würde zu etwas Stärkerem wachsen. Und ich konnte ihm verzeihen, dass er nie bemerkt hatte, dass ich fast immer zusammenzuckte, wenn er mich berührte, und dass ich unsere Küsse immer zuerst beendete.

Und dann fragte mich eine kleine Stimme in meinem Kopf: Wenn du dich nicht mal zu Galen hingezogen fühlst, stehst du dann überhaupt auf Jungs?

Ich holte tief Luft. Ich musste nicht gleich alle Antworten parat haben. Aber eines wurde mir in diesem Moment vollkommen klar: dass ich so nicht weitermachen konnte.

Ich sah Galen in die Augen. Ihre Farbe passte zu den Wolken über uns. »Wir können uns nicht mehr treffen. Ich muss mir über einige Dinge klar werden – Dinge, die ich dir im Moment noch nicht so richtig erklären kann.«

»Wir können das zusammen klären. Ich mache im Moment auch viel Scheiße durch – diese Sache mit meiner Familie. Aber wir haben doch einander.« Er griff nach mir.

»*Nein*«, sagte ich. »Ich muss das allein machen. Vielleicht gilt das auch für dich. Ich brauche dir nicht zu sagen, was richtig und falsch ist. Das kannst du selbst entscheiden. Ich werde dich dabei unterstützen, einfach als Freundin.«

»Aber ich verlasse mich auf dich, Kat. Ich brauche dich.«

Ich schüttelte den Kopf. »Das glaubst du, ich weiß. Aber ich kann mich nicht um dich kümmern, wenn ich mich erst um mich selbst kümmern muss.«

Er fuhr sich durch sein feuchtes Haar. Sein Gesicht nahm einen schmerzhaften Ausdruck an. »Ich war gerade dabei, mich in dich zu verlieben.«

Ich schüttelte den Kopf. »Galen, in Wahrheit kennst du mich überhaupt nicht.«

Ich ging zurück zum Hunter House und ließ ihn einfach im Regen stehen.

Es war Taylor. Es war schon immer Taylor gewesen. Und ich wollte es ihr sagen, sobald ich sie sah.

Taylor

Als ich den Hügel hinunterstapfte, spürte ich den Regen kaum.

Von der Schule verwiesen.

Ich hatte diesen Ort lange verabscheut, und jetzt war ich endlich befreit. Ich würde Harcote hinter mir lassen, mit all seiner dummen Politik, den unaufrichtigen Leuten und der vampirischen Lächerlichkeit. Ich würde nach Hause zurückkehren … und was dann?

Ich hatte schon so oft darüber nachgedacht, wegzugehen, dass mir nie in den Sinn gekommen war, was ich eigentlich verlieren würde, wenn ich es wirklich tat.

Dann öffnete ich die Tür zu Hunter House. Während ich

weg gewesen war, um mich von Atherton abkanzeln zu lassen, war die gesamte Belegschaft von Hunter House offenbar von dem unwiderstehlichen Bedürfnis überwältigt worden, im Gemeinschaftsraum zu lernen. Die doofen Dent-Mädchen glotzten mich aus ihren Trav-Klamotten neugierig an. Lucy hob rasch ihr Handy, damit sie ein Foto von meiner Niederlage schießen konnte. Evangeline saß an dem Fenster, an dem ich normalerweise saß, und beobachtete mich mit ernstem, verkniffenem Gesicht.

Und vom oberen Treppenabsatz starrte mich Kat an.

Es tat zu weh, sie auch nur anzuschauen. Stattdessen schüttelte ich den Regen von meinem Mantel und stellte mich den Hunter-House-Hexen.

»Ich erspare euch die Mühe, Gerüchte in die Welt zu setzen«, sagte ich ihnen. »Ich habe den Kommentar geschrieben. Ich bereue ihn nicht, aber ich hätte ihn niemals anonym veröffentlichen dürfen. Denn ich stehe zu dem, was ich gesagt habe. Atherton hat mich deswegen von der Schule geschmissen, also seid ihr mich nach dem Descendants Day los.«

Ich hatte kaum die Worte ausgesprochen, da klebte Evangeline schon an mir.

»Er kann dich doch nicht rauswerfen!«, schrie sie. Sie packte meine Hände und riss mich praktisch an sich – vor aller Augen. Ich sah auf ihre manikürten Nägel an meinen Knöcheln. »Es tut mir so leid«, fuhr sie fort. »Das hätte nicht passieren dürfen. Du musst mir glauben, Taylor, das habe ich nicht beabsichtigt, als ich – es sollte Kat erwischen, nicht dich!«

Ich hätte mich am liebsten selbst getreten. Ich hätte wissen müssen, dass Evangeline mich nicht so einfach gehen lassen würde. Ich hatte ihr gesagt, dass ich die Sache mit ihr nicht wegen Kat beendete, aber sie konnte es verstandesmäßig einfach nicht begreifen. Kat hatte Galen, also konnte Evangeline ihr nicht auch noch mich überlassen. Nur hatte ihr Plan, Kat aus dem Spiel zu nehmen, die Falsche getroffen.

Ich drückte ihre Hände. »Ich bin dir nicht böse, E. Es ist okay.«

»Es ist absolut nicht okay!« Ihre Stimme zitterte, wie ich es noch nie gehört hatte, als ob sie gleich weinen würde – meinetwegen, wegen eines Fehlers, den sie gemacht hatte. »Du gehörst hierher. Ich brauche dich!«

»Wie jetzt … du brauchst sie?« Lucys Stimme klang etwas gepresst. »Das ist Taylor Sanger. Es kann dich doch nicht ernsthaft überraschen, dass sie sie endlich rausgeworfen haben.«

Evangeline ließ meine Hände los und drehte sich um, als wäre ihr gerade eingefallen, dass wir nicht allein waren. Dann verwandelte sie sich in den glorreichen Rachedämon, den ich so gut kannte. »Ich lasse mich überraschen, wie und von wem ich will, Lucy. Atherton darf sie nicht der Schule verweisen, nur weil sie ihre Meinung sagt. Das wäre … Faschismus! Taylor ist die einzige Person an dieser Schule, die auch nur halbwegs interessant ist, und wir alle haben sie schrecklich behandelt.« Sie drehte sich zu mir zurück, und der Dämon verschwand wieder im Käfig. »Ich habe dich schrecklich behandelt.«

Es war nicht so, dass ich Evangelines Entschuldigung nicht zu schätzen gewusst hätte. Das tat ich, und zwar sehr. Aber ich hatte einen Kloß im Hals, und die Augen aller Anwesenden waren auf mich gerichtet. Es war eine Sache, zu gestehen, dass ich den Kommentar geschrieben hatte, aber eine ganz andere, im Gemeinschaftsraum eine Seifenoper aufzuführen. Über Evangelines Schulter sah ich immer noch Kat, die mittlerweile auf der Treppe stand, wie eine Sphinx zwischen mir und der süßen Erleichterung, nur eine Minute allein zu sein, um das zu verarbeiten.

Und das ging hier nicht.

Also drehte ich mich um und marschierte wieder in den Regen hinaus.

Ich hockte auf der Tribüne und starrte auf das Lacrosse-Feld. Der Regen war zu einem dichten Nieseln abgeklungen. Mein Blick wanderte immer wieder zur Mittellinie. Und ich musste ständig an Kat denken. Ich hatte versucht, sie zu vergessen. Ich hatte versucht, ihr eine gute Freundin zu sein. Ich hatte versucht, sie von mir zu stoßen.

Nichts hatte funktioniert.

Es war nicht fair, dass ich sie schon wieder verlieren würde.

Andererseits konnte ich sie gar nicht verlieren, weil sie mir nicht gehörte. Das hatte sie nie.

Unter mir klirrte die Tribüne. Eine tropfnasse Gestalt in Schwarz raffte ihre übergroßen, schlammgesäumten Röcke und kletterte in meine Richtung. Als Radtke oben bei mir ankam, sah sie wie eine nasse, schwarze Katze aus.

»Ich werde mit Roger sprechen«, erklärte sie. »Es ist ein Verstoß gegen das Protokoll, Sie zu verweisen, ohne den Ehrenrat einzuberufen.«

Ich zuckte mit den Schultern. »Das spielt keine Rolle. Er will mich unbedingt loswerden.«

»Ja, das will er«, stimmte sie zu. »Es tut mir leid, dass es so weit gekommen ist, Taylor.«

Ich zupfte an meiner Nagelhaut. Ich wollte etwas Bissiges sagen, um ihr zu zeigen, dass ich ihr Mitleid nicht nötig hatte.

Aber mir fiel nichts ein. Was denn jetzt? Hatte ich sogar die Fähigkeit verloren, Radtke zu provozieren?

»Warum waren Sie so hart zu mir, wenn Sie insgeheim zum Team Kontos gehörten?«, wollte ich wissen.

»Ich war nicht nur hart zu Ihnen. Es ist meine Aufgabe, den Ehrenkodex durchzusetzen. Damit habe ich mich bei allen Schülern unbeliebt gemacht. Aber den meisten musste ich es nur einmal sagen, bevor sie sich fügten. Sie haben das nicht getan. Jedes Mal, wenn ich Sie wegen eines Verstoßes gegen den Ehrenkodex verwarnt habe, hat Sie das nur angestachelt, noch eins draufzusetzen. Sie erinnern mich daran, wie ich selbst war, bevor ich Geduld gelernt habe.« Sie lächelte über meine erschreckte Miene. »Ich gebe zu, dass ich Sie sehr genau beobachtet habe, aber nur in der Hoffnung, dass ich Ihre kleinen Protestaktionen vor einem weniger mitfühlenden Beobachter mitbekomme.«

»Atherton?«

»Atherton«, stimmte sie zu.

Ich schlug die Hände vors Gesicht. Regenwasser lief mir in die Augen. »Er hat mir bis Sonntagabend Zeit gegeben, um zu verschwinden. Ich darf am Descendants Day nichts mehr machen – nur noch die Technik von Evangelines Aufführung.«

»Wie wollen Sie all diese Zeit nutzen?«

»Gar nicht. Ich würde heute abreisen, wenn ich könnte. Es hinter mich bringen, statt zwei Tage lang so zu tun, als bekäme ich nicht mit, dass alle über mich reden. Ich werde wahrscheinlich einfach in meinem Zimmer Filme gucken, obwohl …« Mein Zimmer war voll von der verdammten Katherine Finn. Ich warf Radtke einen Seitenblick zu. »Es ist etwas unangenehm in dem Zimmer.«

Radtke strich sich die Regentropfen von den Röcken. »Wenn

Sie meinen Rat wollen«, begann sie etwas zögernd. Ich wollte eigentlich keinen Rat von ihr. Sie würde mir wahrscheinlich vorschlagen, über die Tugenden der Freundschaft zu meditieren oder so etwas. »Sie könnten ihr einfach sagen, wie Sie sich fühlen. Sie verlassen die Schule, und wer weiß, was alles passiert, bevor Sie Kat wiedersehen. Wenn ich Sie wäre, würde ich alles auf den Tisch packen.«

Ich starrte sie an. »Ich glaube, Sie verstehen nicht …«

»Taylor, ich lebe bereits zehnmal so lange wie Sie. Glauben Sie wirklich, dass Homosexualität ein Buch mit sieben Siegeln für mich ist?« Sie schnaubte verärgert. »Und selbst wenn ich es nicht nachvollziehen könnte, macht die Art, wie Sie Kat ansehen, mehr als deutlich, was Sie für sie empfinden.«

Ich lief rot an. »Wenn es so offensichtlich ist, warum muss ich dann noch etwas sagen? Ich würde ihr damit nur eine neue Gelegenheit geben, mich zurückzuweisen, und bevor es so weit kommt, lasse ich es lieber ganz bleiben.«

»Eines Tages werden Sie erkennen, dass Sie, wenn Sie etwas wollen, wenn Sie etwas wirklich wollen, es mit aller Kraft verfolgen müssen. Das sind Sie sich selbst schuldig. Ja, es ist riskant, peinlich und manchmal schmerzhaft, sich darum zu bemühen, aber Sie werden nie bekommen, was Sie wollen, wenn Sie nicht lernen, danach zu fragen. Sie sind unsterblich, Taylor. Aber das bedeutet noch lange nicht, dass Sie ihre Zeit verschwenden dürfen.«

36

Kat

Taylor war weg.

Schon wieder.

Sie war immer auf der Flucht und ging, bevor sie Gefahr lief, verlassen zu werden. Sie machte es unmöglich, wirklich zu ihr zu stehen.

Mir blieb nichts anderes übrig, als auf ihre Rückkehr zu warten.

Ich starrte aus dem Fenster unseres Dachgeschosses, beobachtete den Regen und kaute auf der Innenseite meiner Wange, als die Tür hinter mir aufschwang. Taylor war vollkommen durchnässt, das Haar klebte ihr im Gesicht, und sie war blass vor Kälte. Ich hatte es mir selbst vielleicht nie eingestanden, aber mein Herz schlug plötzlich unregelmäßig, als mir klar wurde, wie wunderschön sie war: die weiche Spalte an ihrem Kinn, wie ihre Lippen einen perfekten Amorbogen formten, ihre sanft geschwungenen, dunklen Brauen, das goldene Schimmern in ihren Augen. Ein kalter Luftzug wehte hinter ihr in den Raum, aber mein ganzer Körper fühlte sich glühend heiß an.

»Taylor, ich …«

Sie unterbrach mich: »Ich muss dir …«

»Nein, ich zuerst!«, fiel ich ihr ins Wort. »Ich habe stundenlang darüber nachgedacht, was ich dir sagen will. Ich bin nach Harcote gekommen, weil ich versuchen wollte, ein anderer Mensch zu werden. Das war es, was ich wollte, und ich dachte, es sei sinnvoll. Aber am Ende habe ich aus den Augen verloren, wer ich wirklich bin. Ich habe vieles getan, was ich bereue. Aber das Einzige, was ich nicht bereue, was ich nie bereuen könnte, bist du.« Ich holte tief Luft.

»Du bist die einzige Person in diesem ganzen blöden Internat, bei der ich mich normal fühle. Als ob ich die Person wäre, die ich sein sollte – die, die ich wirklich bin. Du hast mich immer durchschaut, egal, was ich vorgetäuscht oder an Lügen verbreitet habe. Deshalb habe ich beschlossen, auch zu gehen, wenn du von der Schule fliegst. Ich weiß, das klingt nicht so, als würde es etwas ungeschehen machen, aber wir können uns etwas einfallen lassen. Vielleicht kannst du ja bei uns in Sacramento wohnen. Du würdest meine Freunde wirklich mögen. Und im Grunde ist dort jeder queer.« Es hörte sich so dumm an, als ich es aussprach, obwohl ich es mir als große Geste vorgestellt hatte – wir beide zusammen. Taylor stand einfach nur da, mit offenem Mund und einem Gesichtsausdruck, als hätte ich sie auf offener See ausgesetzt.

Ich trat näher an sie heran. Näher war besser.

»Ich kann hier ohne dich nicht überleben. Ich verstehe nicht mehr, wie ich mir jemals einbilden konnte, dass es geht. Ich begreife nicht einmal, wie ich es in den letzten drei Jahren geschafft habe, mir einzureden, ich würde dich hassen. Du bist mein Mittelpunkt. Ich werde dich nicht noch einmal verlassen.«

Ihr Körper war angespannt, vielleicht hatten meine Worte sie verletzt und sie bemühte sich jetzt, sich nichts anmerken zu lassen. Sie kratzte sich an der Braue, dann verschränkte sie die Arme fest vor der Brust.

»Du meinst als Freunde, oder?«, sagte sie vorsichtig. »Du willst mit mir freundschaftlich zusammen sein.«

»Taylor …!«

Aber die Worte sprudelten aus ihr heraus, und sie ließ sich von mir nicht unterbrechen. »Du musst mir sagen, ob wir nur gute Freunde sind, denn ich halte das nicht mehr aus. Ich habe mir vorgenommen, es auszusprechen, und ich habe keine Ahnung, wie du reagieren wirst – vielleicht wirst du mich hassen … Aber ich verschwinde ja sowieso, und ich will nicht den Rest meines Lebens bereuen, dass ich es nie gesagt habe.« Sie kniff die Augen kurz fest zusammen, atmete dann aus und sah mir in die Augen. »Ich bin total in dich verliebt. Das war ich schon immer.«

»Ich …«

»Nein, sag nichts. Noch eine Sekunde, okay?« In ihren Augen glitzerten Tränen, aber langsam machte sich ein Anflug von Erleichterung breit, als hätte sie diese Bürde zu lange mit sich herumgeschleppt und sich jetzt endlich davon befreit.

Mein Herz hämmerte wie verrückt. Ich konnte es im ganzen Körper spüren. »Schon immer?«

Sie nickte. »Ich weiß, das ist ziemlich heftig, und ich weiß …«

»Taylor …«

»… du flippst jetzt wahrscheinlich total aus, aber …«

»Taylor, hör mir zu! Das wollte ich dir doch gerade sagen!« Ich schrie fast. »Ich glaube … ich glaube, ich bin auch total in dich verliebt.«

»Du … Was?« Ihre Augen wurden so groß, wie ich sie noch nie gesehen hatte. Das Weiße war rund um die ganze Iris sichtbar. »Was ist mit Galen?«

»Ich habe mit ihm Schluss gemacht. Du hast es ja selbst gesagt, ich kann ihn nicht mal leiden.«

Sie starrte mich an, und ihre Lippen waren leicht geöffnet. Sie wirkte so vollkommen wehrlos und verletzlich, dass es fast schon beängstigend war. Andererseits fühlte ich mich genauso.

»Und ich habe dich geküsst, schon vergessen?«, setzte ich nach.

Sie schüttelte den Kopf. »Das war ein Fehler. Du hast dich dafür entschuldigt.«

»Nicht für den Kuss, sondern weil ich dich überrumpelt habe. Dann warst du so sauer, dass ich dachte, du wolltest es nicht, und dann dachte ich, du wärst mit Evangeline zusammen. Aber der Kuss war kein Fehler. Ehrlich gesagt musste ich ständig daran denken.«

»Kath-er-ine …« Ihre Stimme war tief und rau, und sie sprach meinen Namen auf diese Art und Weise aus, wie nur sie es tat. Damit zündete sie eine Lunte in mir, die Funken sprühte, die alles zu entzünden drohten. »Das habe ich auch.«

»Sag noch einmal meinen Namen.« Auch meine Stimme klang plötzlich heiser.

»*Kath-er-ine.*« Taylors Lippen verzogen sich zu einem Grinsen, schief und hungrig. »Darf ich dich küssen?«

»Oh, bitte!«

Aber sie ließ sich Zeit. Zuerst ließ sie ihren nassen Mantel auf den Boden fallen. Ihre Bluse darunter klebte durchnässt an ihrem Körper. Ich bewunderte, wie sie sich an sie schmiegte, an die Kurven, Flächen und Wölbungen ihres Körpers. Hitze durchströmte mich, wie ich sie noch bei keinem Jungen empfunden hatte. Aber ich wollte jetzt nicht an Jungs denken – ich wollte nie wieder an Jungs denken, nicht, wenn es tausend andere Dinge gab, die ich brauchte und die alle genau hier waren: Ich musste ihr die Bluse ausziehen. Ich musste meine gegen ihre Haut pressen. Ich wollte, dass sie mich endlich küsste.

Taylor legte die Hände auf meine Wangen. Ich versuchte, mein Zittern zu unterdrücken. Sie fuhr mit ihren Fingern durch mein Haar. Ihre Miene wirkte geradezu schmerzerfüllt, aber es war eine Art von Schmerz, die ich als diese unbändige Freude erkannte, wenn man *endlich, endlich, endlich* bekam, was man wollte, und noch nicht zu glauben wagte, dass es real war. Ich strich mit den Händen über ihre, verschränkte die Finger mit ihr, und trotzdem dachte ich einen gefühlt unendlich langen Moment, dass sie es nicht tun und wieder weglaufen würde.

Dann beugte sie sich vor und küsste mich.

Ihre Lippen auf meinen fühlten sich warm und weich an, ihr Kuss war zaghaft, sanft – als wollte sie testen, ob ich das wirklich wollte. Vielleicht auch, ob sie es wollte. Aber noch während ich darüber nachdachte, küsste ich sie fordernder, lehnte mich an sie, strich mit der Zunge über ihre Lippen.

Wärme strömte von der Stelle, an der meine Fingerspitzen sie berührten, durch meine Arme, meine Wirbelsäule hinunter und in mein Inneres. Ihre magnetische Anziehungskraft ließ mich mich so dicht an sie drängen, dass nicht einmal Luft zwischen uns kommen konnte.

Das war echtes Verlangen, stark und heiß und wahrhaftig, und nichts im Vergleich zu dem armseligen Gefühl, das ich zuvor mit diesem Namen bezeichnet hatte.

Ich strich über Taylors Arme, drückte ihre Muskeln unter dem feuchten Stoff ihrer Ärmel und presste sie dann, zu meiner eigenen Überraschung, gegen die Tür. Ich strich mit meinen Handflächen ihren Oberkörper hinauf, fühlte die Rippen und die Nähte ihres Sport-BHs. Sie bog den Kopf zurück, und ich fuhr mit meinen Lippen über ihren Kiefer, ihren Hals. Die dunkelste Ecke meines Gehirns, der letzte Teil, der noch funktionierte, fragte sich, ob ich es vielleicht falsch machte, ob sie nicht die Führung übernehmen sollte oder ob das Küssen eines Kiefers ein Unding war. Aber dann bog Taylor ihren Körper gegen meinen und stöhnte leise. So ein Geräusch hatte ich noch nie gehört – ein Geräusch, das mir durch Mark und Bein fuhr und mein Herz erbeben ließ.

Der Gedanke, dass sie das hier genauso genoss wie ich, erschütterte mich in meinem Inneren.

Schon immer, hatte Taylor gesagt. Sie hatte mich *schon immer* gewollt.

Ich wich etwas zurück und sah sie an. Ihr Puls pochte sichtbar in ihrem Hals. Sie sah mich mit dunklen Augen an, und ihre Lippen waren ganz weich und nachgiebig.

»War das okay?« Ich atmete schnell und flach.

»Ja«, flüsterte sie kehlig. »Sehr gut. Wirklich, wirklich gut.«

Ich lächelte und verschränkte meine Finger mit ihren. »Bett?«

Sie zog die Brauen zusammen. »Bist du sicher, dass du das willst?«

War ich mir sicher? Ich war noch nie jemand gewesen, der darauf drängte, sich auszuziehen oder ins Bett zu gehen. Vielleicht hätte ich nervös sein sollen, aber ich war es nicht.

»Wenn es dir zu schnell geht, können wir es auch langsamer angehen. Wie du möchtest«, sagte ich. »Aber ich will dich, Taylor. Da bin ich mir sicher.«

37

Kat

Ich saß im Auditorium mit dem Descendants-Day-Komitee von *Climate Activism Now!* und besprach die Präsentation, die wir am Sonntag während des Mittagessens halten wollten. Ich hatte mich freiwillig gemeldet, um die Diashow zu machen, in der – wahrscheinlich vergeblichen – Hoffnung, dass in der Präsentation über etwas Reales gesprochen wurde.

Aber ich war überhaupt nicht bei der Sache. In unserem Zimmer packte Taylor gerade ihre Sachen. Ich wusste, dass sie packte, weil ich weg war und sie in meiner Anwesenheit nicht viel zustande brachte. Wenn ich an die letzten zwei Tage dachte, bekam ich heiße Wangen. Ich konnte kaum fassen, dass ich mich mal ernsthaft gefragt hatte, ob ich vielleicht einfach keine Lust hatte, mit jemandem zu schlafen. Denn jetzt wusste ich, dass ich es wirklich, wirklich wollte.

Es dauerte eine Weile, Taylor klarzumachen, dass es mir ernst damit war, die Schule abzubrechen und mit ihr nach Sacramento zu gehen, aber als sie es kapiert hatte, lehnte sie mein Angebot entschieden ab. Sie wusste, dass Harcote mir sehr viel bedeutete. Es tat mir im Herzen weh, an all das zu denken, was wir jetzt bald nicht mehr teilen würden: gemütliche Winternächte zusammen, Händchen halten auf dem Campus, die empörten Blicke der anderen Harcoties.

Wir sichteten die Folien, die ich von Mülldeponien und Plastikabfällen im Meer gemacht hatte.

»Wir wollen nicht, dass die Präsentation zu deprimierend wird«, wandte einer der Gruppenführer ein. »Unsere Schöpfer und Eltern werden da sein.«

Ich verdrehte die Augen. »Stimmt, sie haben eine fröhlichere Vision des Klimawandels verdient. Ich tausche die Bilder gegen Vogelbabys aus, die vor einer Ölpest gerettet werden.«

Ich hatte das nicht ernst gemeint, aber die Idee gefiel allen auf Anhieb.

Dann spürte ich eine Hand auf meiner Schulter: Es war der Vampir mit dem spitzen Gesicht, der mich am Move-in-Day begrüßt hatte. »Kat Finn.« Seine nasale, dröhnende Stimme verursachte mir eine Gänsehaut. »Im Besucherzentrum wartet jemand auf Sie.«

Harcotes Besucherzentrum war ein von wildem Wein überwuchertes Häuschen in der Nähe des Eingangstors. Es war so niedlich, dass man kaum merkte, dass es eigentlich das Büro der Sicherheit war, durch das alle Gäste geführt wurden, die auf den Campus wollten, vor allem Menschen, die das Internat am Tag der offenen Tür und bei Sportveranstaltungen besuchten. Letztere musste die Schule ausrichten, um in der Öffentlichkeit ihr Image als Eliteschule zu pflegen.

Als der Vampir die Tür zum Wartezimmer öffnete, fiel mein Blick auf meine Mutter.

Als sie mich sah, stürzte sie sofort auf mich zu und umarmte mich.

»Mom, was machst du denn hier?«, nuschelte ich, weil sie mein Gesicht an ihre Schulter drückte.

»Ich wollte mal etwas früher zum Descendants Day anreisen, damit ich Zeit mit meinem Schatz verbringen kann.«

»Du hast doch gesagt, du würdest nicht kommen.«

»Überraschung!« Sie strahlte eine unruhige, bebende Energie aus. Ihre Blicke zuckten immer wieder zu dem Vampir, der mich hergeführt hatte. Er ließ uns nicht mehr aus den Augen. »Ich habe ein Hotelzimmer in der Stadt, du kannst die Nacht bei mir verbringen.«

Ein Hotelzimmer? »Aber wir bekommen zurzeit keine Übernachtungsprivilegien.«

Sie lächelte auf eine Art und Weise, die ihr gar nicht ähnlich sah. »Ich bin deine Mutter, Kat. Ich habe durchaus die Befugnis, dich abzumelden.«

Während meine Mutter den Mietwagen nervös durch die Tore von Harcote manövrierte, schrieb ich Taylor eine Nachricht, obwohl ich selbst nicht wusste, was vor sich ging. Wollte meine Mutter mich entführen? Dann schlossen sich die Tore hinter uns, und meine Mutter atmete aus.

»Gott, ist es dort immer so beklemmend?«

»Mehr oder weniger«, gab ich zu. »Wohin fahren wir?«

»Nach Hause«, sagte sie. »Ich bringe dich nach Hause.«

»Das machst du nicht!« Was war mit Taylor? Ich wusste nicht, wann ich sie wiedersehen würde, wenn ich jetzt ginge. Die Forschungen von Mr Kontos und Ms Radtke. Der Descendants Day, Galen und seine Eltern. Victor und was immer er von mir wollte. Wir hatten fast ergründet, wie alles zusammenhing, und jetzt wollte meine Mutter mich nach Hause verfrachten? »Das kannst du nicht machen!«

»Ich kann nicht zulassen, dass meine Tochter ein Wochenende mit den Blacks und Victor Castel verbringt.« Sie spie seinen Namen geradezu aus. »Ich darf dich nicht an ihn verlieren. Als du hier zugelassen wurdest, wollte ich mir einreden, dass sie sich nicht mit dir befassen würden. Ich war so dumm.«

»Wovon redest du da?«

»Es war ein Fehler, dich auf dieses Internat gehen zu lassen, und ich werde noch lange dafür bezahlen.«

»Wenn du nicht sofort anhältst und mir sagst, was wirklich los ist, öffne ich die Tür und springe aus dem Wagen.«

»Kat!«

»Ich mache es! Du weißt genau, dass ich das überlebe!«

Ein paar Kilometer vom Campus entfernt hielt sie auf einem Rastplatz an und stellte den Motor ab. Es hatte angefangen zu regnen. Dicke Tropfen klatschten auf die Windschutzscheibe.

»Ich weiß, dass du früher bei CasTech gearbeitet hast«, sagte ich. »Ich habe im Archiv ein Bild von dir gefunden, Mrs Meredith Ayres.«

»Tatsächlich?« Sie schnaubte verächtlich. »Ich dachte, sie hätten alle Hinweise auf mich vernichtet.«

»Das ist alles, was du dazu zu sagen hast? Du hast mir weisgemacht, du hättest kaum Kontakt zu Vampiren gehabt, dabei kanntest du sie alle, die Blacks, Victor Castel! Du warst praktisch von Anfang an bei CasTech dabei.«

»Nicht nur praktisch. Victor und ich hatten gemeinsam die Idee für einen Blutersatz.«

Ich wich vor ihr zurück. »Wovon sprichst du? Victor hat Hema erfunden, das weiß doch jeder.«

»Kat.« Ihre Stimme war flach. Sie warf mir diesen vertrauten, harten Blick zu und zeigte die Miene, die sie aufsetzte, wenn sie von mir verlangte, mich erwachsen zu benehmen und mich nicht kindisch aufzuführen. »Victor und ich haben Castel

Technologies gemeinsam gegründet. Später hat er den Namen in CasTech geändert, weil er fand, dass er moderner klang.« Sie verdrehte die Augen. »Über Geschmack lässt sich nicht streiten.«

Ich hatte nie richtig über den Victor Castel nachgedacht, der er war, bevor er der Retter der Vampirgemeinde wurde – über den vor CFaD oder Hema. Bevor es eine Vampirgemeinde gab, die man retten musste.

»Du hast dreißig Jahre mit ihm verbracht und es mir nie erzählt. Warum?«

»Du musst verstehen, Kat, dass ich gegangen bin, sobald ich konnte. Es war nicht immer so wie jetzt. Victor war nicht immer das, was er jetzt ist. Ich habe nicht erkannt, dass sich die Dinge änderten, bis es zu spät war.«

»Du sprichst von dem Geld, das er mit Hema verdient hat, richtig? Die Tatsache, dass CasTech, solange es CFaD gibt, Millionen mit Hema verdienen wird.«

»Ja, ich schätze, genau das meine ich«, sagte sie langsam. Aber ich spürte, dass das nicht die ganze Geschichte war.

»Taylor und ich …« Trotz dieses angespannten Moments wurde ich rot. Meine Mutter hob die Brauen bei dem Namen, aber ich ignorierte es. »… haben herausgefunden, dass die Black-Stiftung gar nicht an einem Heilmittel arbeitet. Sie versuchen vielmehr zu verhindern, dass ein Heilmittel entdeckt wird. Wir glauben, dass Victor darin verwickelt sein könnte.«

»Er könnte darin verwickelt sein? Ich glaube, Simon Black hat seit dem Tag seiner Verwandlung keine Entscheidung getroffen, die nicht auf Victors Billigung abzielte. Andererseits ist es auch schon eine Ewigkeit her, seit er überhaupt hätte abwägen müssen.«

»Was meinst du damit?«

»Ich meine, im Moment sind ihre Interessen identisch. Was gut für Victor ist, ist gut für die Blacks und umgekehrt. Victor ist der Grund, warum es die Black-Stiftung überhaupt gibt.«

Hatte ich richtig verstanden? »Du meinst, er hat die Blacks beauftragt, dafür zu sorgen, dass kein Heilmittel entdeckt wird?«

»Das stimmt, ja. Aber ich meinte eigentlich, dass Victor der Grund dafür ist, warum wir *überhaupt* ein Heilmittel brauchen. Er ist für die Existenz von CFaD verantwortlich. Er hat das Virus entwickelt. In seinem Labor. Im CasTech.«

»Das kann doch nicht wahr sein«, stammelte ich. »CFaD ist von Fledermäusen auf Menschen übertragen worden.«

»Fledermäuse, Menschen, Vampire.« Sie schnalzte mit der Zunge. »Ich habe ihm gesagt, dass das ein bisschen übertrieben sei, aber wenn ihn meine Meinung wirklich interessiert hätte, hätte er es gar nicht erst geschaffen.«

Meine Augen mussten so groß wie Untertassen sein, als ich sie anstarrte. Ich konnte kaum Luft holen, geschweige denn sprechen, und selbst wenn es gegangen wäre – was hätte ich sagen sollen? Die Welt schien plötzlich kopfzustehen: Victor Castel, der Entwickler eines tödlichen Virus, und meine Mutter war seine … *was*?

»Glaub mir, Kat«, fuhr sie fort. »Ich hätte nie gedacht, dass es so sehr schaden konnte – jedenfalls nicht in diesem Ausmaß. Das musst du verstehen.«

»Ich verstehe gar nichts, wenn du es mir nicht von Anfang an erklärst.«

Meine Mutter und Victor teilten einen Traum – anfangs sei das wirklich so gewesen, versicherte sie mir. Ein Vampir zu sein, bedeutete Isolation. Wurde man verwandelt, ließ man sein ganzes Leben hinter sich – seine Familie und seine Freunde, seinen Beruf, seine Religion und schließlich sogar seinen Namen. Alles, was einen ausmachte. Was man dafür bekam, waren Blutdurst, Unsterblichkeit, eine bessere Nachtsicht und ein paar andere vampirische Eigenschaften, über die man sich zwar nicht direkt beschweren konnte, die einem aber kaum das klaffende Loch im Leben und im Selbstverständnis füllen konnten.

Sie und Victor waren einsam. Sie wussten, dass andere Vampire auch einsam sein mussten: isoliert, in feuchten Höhlen und staubigen Schlössern herumschleichend, um die die Travs so viel Tamtam machten. Sie schämten sich für ihr Jagdfieber oder dafür, dass sie die Jagd zu sehr genossen. Wenn sich die Vampire zusammenschlössen, hätte vielleicht alles besser sein können. Aber eine starke Population von Vampiren führte zu Problemen, sobald sie hungrig wurden. Und wenn der Sinn einer Vampirgemeinde darin bestehen sollte, etwas von dem zurückzugewinnen, was sie als Menschen verloren hatten, musste die Zahl der Toten begrenzt werden.

Was sie benötigten – was *alle* Vampire benötigten –, war die Befreiung vom Zwang, sich von Menschen zu ernähren. Sie brauchten synthetisches Blut.

Gerade war der Zweite Weltkrieg ausgebrochen und hatte große Fortschritte in der Hämatologie gebracht. Victor und meine Mutter widmeten sich der Erforschung eines Blutersatzes. Kunstblut herzustellen, das auf Menschen übertragen werden konnte, wäre unglaublich kompliziert gewesen, die Nachbildung der Blutbestandteile, die Vampire zum Überleben brauchen, war dagegen wesentlich einfacher. Nach fünfzehn Jahren hatten sie einen Prototyp, den sie testen konnten.

»Als wir ihn das erste Mal ausprobierten, wusste keiner, was passieren würde«, erklärte sie. »Hatten wir alles richtig gemacht? Wenn uns normales Essen krank machte, was würde dann dieses Ersatzblut bewirken, falls wir uns irrten? Konnte es uns umbringen? Nur wir beide waren im Labor. Victor brachte Champagnerflöten mit. Du musst wissen, Hema hat Zusätze, die es blutähnlicher machen. Farbstoffe, zum Beispiel, und Aromastoffe. Ohne die sähe es wie Schokoladensirup aus und schmeckte wie … na ja, nichts Gutes jedenfalls. Wir stießen an. Ich erinnere mich noch, wie sich das Glas an meinen Lippen anfühlte. Es war so ungewohnt, aus einem kalten Gefäß zu trinken.«

»Mom, igitt!« Die Vorstellung, dass sie einem Menschen das Blut aussaugte, war fast so eklig wie die Vorstellung, dass sie Sex hatte. »Ich weiß schon einiges, was danach passiert ist. Ihr fandet keine Möglichkeit, Hema an andere Vampire zu verteilen. Das war doch Ende der Fünfziger, richtig?«

Sie nickte. »Du musst verstehen, Victor ist hochintelligent und denkt extrem strategisch. Aber das hatte er nicht vorausgesehen. Das ist sein blinder Fleck: Er ist von seiner eigenen Genialität so eingenommen, dass er sich nicht vorstellen kann, dass jemand sie nicht erkennt. Er war nicht nur enttäuscht. Es ging nicht einmal um die Tatsache, dass er seine persönlichen Ressourcen und noch viel mehr vom Vermögen der Blacks für dieses Projekt fast vollkommen aufgebraucht hatte. Er hatte jahrelang von einer Gemeinschaft der Vampire geträumt, die er zusammenbringen würde. Schon lange bevor wir den ersten Prototyp von Hema kosteten, hatte er angefangen, über seine Idee einer *Vampirgemeinde* zu sprechen. Dass Vampire nicht anerkannten, was er für sie getan hatte, war einfach inakzeptabel. Er sagte mir einmal, dass er sich fühlte, als hätte man ihm ins Herz gestochen – obwohl er sich zu diesem Zeitpunkt nicht mal mehr daran erinnerte, wie sich eine Fleischwunde anfühlte.«

Sie sah mich aufmerksam an. »Dass wir als Vampire Kinder bekommen könnten, war auch seine Idee gewesen. Ich habe ihm versichert, dass er Vampirfrauen niemals dazu bringen würde, sich auf so etwas einzulassen, und er sagte, wir würden das schon sehen.« Sie stockte, und ihre Miene verdunkelte sich. »Er selbst kann keine Kinder zeugen. Nicht alle Vampire können das.«

Etwas in ihrem Tonfall ließ mich stutzen. »Mom, warst du … warst du mit ihm zusammen?« Sie sah mich genervt an, als ob ich mich anstellen würde, was eindeutig Ja bedeutete. »Igitt! Was ist mit meinem *Vater*?«

»Ich lernte deinen Vater viel später kennen, und er war die wahre Liebe meines Lebens. Aber Victor und ich sind viele Jahre zusammen gewesen. Damals dachte ich, dass ich ihn liebe.« Sie schüttelte den Kopf. »Nur war das keine Liebe, nicht einmal annähernd.«

»Wie lange? Was ist mit all den Jahren, von denen du mir erzähltest, dass du sie allein verbracht hast?«

Sie schlug mir mit dem Handrücken auf den Arm. »Lenk nicht ab. Der Punkt ist, dass Victor alles in seine Utopie einer Vampirgemeinde investiert hat. Und was hat es gebracht? Gar nichts.« Sie seufzte.

»Er war wie besessen davon, und es war unerträglich, auch nur in seiner Nähe zu sein: Eben wollte er noch getröstet werden, aber im nächsten Moment wurde er schon wütend, dass er Trost nötig hatte.« Sie drückte mit den Händen gegen das Lenkrad. »Ich gebe zu, dass ich froh war, als er wieder viel Zeit im Labor verbrachte. Schließlich bekam ich Wind von seinem Plan: Er wollte eine Krankheit entwickeln, die Vampire daran hinderte, sich von menschlichem Blut zu ernähren. Dann wären sie auf Hema angewiesen, um zu überleben. Und seine Vampirgemeinde würde Realität.« Sie schüttelte den Kopf.

»Ich hätte ihn aufhalten sollen, das ist mir jetzt klar. Wenn ich sage, dass ich dies am meisten in meinem Leben bedauere, drückt das nicht annähernd die Schuld aus, mit der ich leben musste. Aber die Wahrheit ist, dass ich lange Zeit einfach nicht geglaubt habe, dass er es tatsächlich schaffen würde. Selbst nachdem er Fledermäuse mit dem Virus infiziert und freigelassen hatte, dauerte es zehn Jahre, bis wir vom ersten Todesfall unter den Vampiren hörten. Da habe ich endlich begriffen, dass er die Büchse der Pandora geöffnet hat.«

»Wenigstens hast du ihm nicht direkt dabei geholfen, jedenfalls nicht so wie die Blacks.«

»Auch wenn ich selbst nichts mit dem Virus zu tun hatte, wusste ich, was er tat, und ich habe beide Augen zugedrückt. Wir haben alle unsere Rollen gespielt. Die Blacks, die Ingenieure und Wissenschaftler, mit denen er zusammenarbeitete …«

Die Personalliste, auf denen alle frühen Angestellten mit dem Vermerk »verstorben« gekennzeichnet waren. »Keiner von ihnen hat die Verseuchung überlebt. Victor hat sie getötet, nicht wahr?«

Ihr Gesicht verblasste. »Nicht direkt. Er hat sie von der Versorgung mit Hema abgeschnitten. Victor wollte nicht darüber nachdenken müssen, ob sie für immer über den Ursprung des Virus schweigen würden.«

Ich schluckte, um den Knoten in meiner Kehle aufzulösen. »Was ist mit dir? Hat er … hat er auch versucht …?«

»… mich zu töten?« Sie zuckte mit den Schultern. »Ich habe

mein Bestes getan, um es ihm schwer zu machen. Ich bin weggelaufen, habe mich versteckt und überall sein Gesicht gesehen. Irgendwann dachte ich, ich hätte es geschafft, unterzutauchen, aber in Wirklichkeit kann man ihm nicht entkommen, das ist mir jetzt klar. Wenn er wirklich meinen Tod gewollt hätte, wäre ich nicht hier. Ich glaube, ich bedeutete ihm anfangs zu viel, um mich zu töten, obwohl er mich hasste, weil ich weggegangen war. Erst als ich dich bekam, hatte ich ein wenig Sicherheit. Victor dachte, seine Schöpfungen würden …« Sie unterbrach sich.

»Seine Schöpfungen?« Mein Magen krampfte sich zusammen. »Mom, was haben seine Zahnnehmer mit mir zu tun?«

Die Stille im Auto war unerträglich, wie in diesen Filmen über die Explosion von Atombomben, in denen die Zeit zwischen der Detonation und der Zerstörung stillzustehen scheint.

Sie atmete tief durch und zwang sich, mir in die Augen zu sehen. »Du bist auch seine Schöpfung, Kat. Victor hat mich verwandelt.«

Ich sprang förmlich aus dem Auto.

Es war viel zu klein, und die Luft darin erstickte mich. Bevor ich überhaupt einen klaren Gedanken fassen konnte, stand ich schon zwanzig Meter von meiner Mutter entfernt auf dem Raststättenparkplatz. Aber ich spürte weder den kalten Regen noch den peitschenden Wind, der von den Lastzügen auf der Autobahn aufgewirbelt wurde.

Victor Castel war mein *Schöpfer!*

Der Schöpfer meiner Mutter hatte sie keineswegs zum Sterben in einem Straßengraben zurückgelassen. Sie war als Vampir nicht einsam umhergeirrt. Sie hatte ihr Vampirleben als seine Zahnnehmerin und Geliebte mit Victor Castel verbracht und schließlich den Tod riskiert, um ihm zu entkommen.

In Harcote war ich ihm dann direkt in die Arme gelaufen. Ich hatte mir ein Dutzend verschiedene Erklärungen für Victors Interesse an mir zurechtgelegt: Ich ließ Galen gut aussehen, arbeitete hart und war eine echte Außenseiterin.

Aber die ganze Zeit über hatte es nur einen Grund gegeben. Ich stammte von ihm ab. Ich gehörte ihm, wie Galen es gesagt hatte.

Victor hatte es immer gewusst.

Mir drehte sich der Magen um, als ich mich daran erinnerte, wie Victor mir das Versprechen abnahm, mich niemals als Niemand zu bezeichnen. Er musste verabscheut haben, mich das sagen zu hören.

Ich dachte, ich hätte es aus eigener Kraft geschafft, in Harcote akzeptiert zu werden und das Mentorat zu bekommen, aber ich hatte gar nichts geschafft. Genau wie Galen hatte ich nicht erkannt, dass die Karten zu meinen Gunsten gemischt worden waren.

Und Galen? Hatte er es die ganze Zeit gewusst? War das der Grund, warum er mit mir zusammen sein wollte? Ich erinnerte mich an diesen anerkennenden Blick, den Victor Galen zugeworfen hatte, als er meine Hand gehalten hatte.

Seine beiden Youngbloods – endlich vereint und bereit, seine Wünsche zu erfüllen.

Denn genau das hatte ich doch getan, richtig?

»Kat! Schatz, bleib stehen!« Der Regen durchnässte das Haar meiner Mutter, als sie über den Asphalt zu mir rannte.

»Er hat das alles bezahlt … mein Schulgeld, meine Uniformen, den Flug hierher.« Die Tränen auf meinen Wangen vermischten sich mit dem Regen. »Er hat mir dieses Mentorat zugeschustert. Er hat dafür gesorgt, dass ich ihn brauchte, und ich bin darauf hereingefallen. Ich habe ihn sogar verteidigt. Für alles, was Taylor an ihm problematisierte, hatte ich eine Ausrede. Ich dachte, Galen würde ihn nur abweisen, weil er undankbar war. Ich habe ihm vertraut! Ich wollte seine Anerkennung! Ich habe alles getan, was er von mir wollte – und er ist nur ein *Monster*! Was macht das aus mir?«

»Schatz, nein! Das ist Victors Natur. Er hat jahrhundertelange Übung darin, Vampire zu manipulieren, und du wusstest nicht, dass er gefährlich ist. Es ist meine Schuld. Ich hätte es dir sagen sollen. Aber ich dachte, wenn ich dir die Wahrheit vorenthalte, könnte ich dich von der Krankheit und dem Tod fernhalten. Von *ihm* fernhalten. Deshalb wollte ich nie, dass du nach Harcote gehst. Hier konnte ich dich nicht beschützen. Als du mir von dem Mentorat bei ihm geschrieben hast – ach, Kat, ich weiß gar nicht, wie ich dieses Gefühl beschreiben soll. Als ob ich dich verloren hätte.«

Ich umarmte sie fest. Es reichte nicht aus, um die Distanz wettzumachen, zu der Victor uns wochenlang manipuliert hatte, aber es war ein Anfang. »Du hast mich nicht verloren. Ich bin hier, bei dir.«

Sie wischte mir die Tränen aus dem Gesicht. »Du verstehst also, warum ich dich nach Hause bringen muss?«

»Nein«, sagte ich. »Ich kann jetzt nicht hier weg. Du hast doch von den Reunionisten gehört, oder?«

38

Taylor

Radtke führte Kats Mutter über den Campus, und Kat und ich waren mit von der Partie.

Jedenfalls sollte es so aussehen.

Radtke hatte gesagt, dies sei die sicherste Art, sich zu unterhalten, ohne belauscht zu werden. »Lassen Sie Ihr Telefon zurück, halten Sie sich von Gebäuden fern, bleiben Sie in Bewegung, und achten Sie darauf, ob Ihnen jemand folgt.« Das war richtiger, heimlicher Spionagescheiß. Radtke war cool.

»Ich musste meine Mutter anflehen, hierher zurückzukommen«, sagte Kat zu mir. Der eisige Regen hatte sich gelegt, und ihr Haar schimmerte rot in der Sonne. Eine Strähne glitt in ihr wunderschönes Gesicht, und ich konnte nicht fassen, dass ich dieses Gesicht nicht gerade küsste. Die Muskeln in meiner Hand verkrampften sich, weil ich ihre Hand nicht hielt, weil ich ihr nah war und sie nicht berührte. In diesem Moment hakte sie ihren kleinen Finger bei meinem ein und blickte mit dieser schelmischen Freude zu mir auf, als hätte sie genau dasselbe gefühlt.

Explosionsartig überflutete Euphorie mein Gehirn und verformte meine eigene Miene in ein albernes und etwas unpassendes Grinsen. Es war unwirklich, wie *gut* ich mich mit ihr fühlte. Alles, was vorher war, fühlte sich dumpf, grau und traurig an.

Ich hatte mich an dieser Schule zwei Jahre lang versteckt – und wer weiß, wie viele Jahre davor. Heterosexuelle Personen hätten es bestimmt nicht so beschrieben, aber sie konnten die Stimme in meinem Kopf nicht hören, die jede Kleinigkeit, die ich tat oder tun wollte, hinterfragte und analysierte. Ist sie es wert, dafür womöglich verletzt zu werden? Was sind die Konsequenzen? Deshalb fühlte es sich fast etwas tragisch an, wie Kat ihren Finger mit meinem verhakte: Sie tat es anscheinend, ohne sich darüber auch nur im Geringsten den Kopf zu zerbrechen. Es war dieselbe Leichtigkeit, mit der sie mich nach dem Gründerball geküsst hatte und die mich so wütend gemacht hatte. Nein, nicht wütend. Ich war eher traurig darüber gewesen, weil ich nichts tun konnte, ohne es wie ein militärisches Manöver anzugehen. Aber vielleicht konnte ich mich durch Kat ändern.

»Hast du ihr von uns erzählt?«, wollte ich von Kat wissen.

»Noch nicht. Sie hat viel um die Ohren. Aber ich mache mir keine Sorgen.«

Als wir zum Lacrosse-Feld kamen, drehte ich meine Hand um und legte sie in ihre. Als Kat mich anlächelte, schimmerten ihre Augen wie Bernstein. Sie war das schönste Wesen, das ich je gesehen hatte.

In der Nähe des hinteren Tores blieben Radtke und Kats Mutter vor uns stehen und drehten sich um, um auf uns zu warten. Ich sah, wie der Blick ihrer Mutter auf unsere verschränkten Hände fiel, und ich verkrampfte mich innerlich.

Auch Kats Griff um meine Hand wurde fester.

Und dann lächelte ihre Mutter nur und drehte sich wieder zu Radtke um. Sie verlor darüber kein Wort.

»Es ist unfassbar, was Sie mir erzählen«, sagte Radtke gerade zu Kats Mutter. »Es bestätigt unseren jahrelangen Verdacht über die Herkunft von Hema und CFaD. Und jetzt lassen Sie mich von einer Entdeckung berichten. Wir haben erfolgreich etwas entwickelt, von dem wir sicher annehmen, dass es ein Heilmittel für CFaD ist.«

Lasst das Feuerwerk beginnen, richtig?

Nicht richtig. Gar nicht richtig.

Kats Mutter verzog ihr Gesicht zu einem Ausdruck blanken Entsetzens. »Nein!«

»Mom!«, rief Kat. »Du arbeitest in einer *CFaD-Klinik*. Du wolltest doch schon immer ein Heilmittel.«

Kats Mutter hatte die Schultern bis zu den Ohren hochgezogen und die Arme verschränkt, als ob sie sich am liebsten in sich verkriechen würde. »Ich will ein Heilmittel, unbedingt. Es gab so viel Leid. Aber du kennst Victor nicht. Ein Heilmittel bedroht alles, was er aufgebaut hat. Die Vampirgemeinde. Hema. CasTech. Er wird nicht zulassen, dass ihr das einfach niederreißt.«

»Wenn wir der Vampirgemeinde die Wahrheit über CFaD sagen, wird das, was er will, keine Rolle mehr spielen«, meinte Radtke.

Kats Mutter warf ihr einen vernichtenden Blick zu. »Er kann dafür sorgen, dass es eine Rolle spielt.«

»Ms Radtke, Sie haben ihm im September gesagt, dass es ein Heilmittel gibt, aber nach dem Mord an Mr Kontos und dem Einbruch in sein Labor denkt Victor wahrscheinlich, dass er fürs Erste damit fertiggeworden ist«, sagte Kat. »Das heißt, er bildet sich ein, über genug Zeit zu verfügen, um sich andere Strategien einfallen zu lassen. Er hat mir gesagt, dass er mindestens einen Notfallplan für den Fall hat, dass das Heilmittel entdeckt wird. Könnte das etwas noch Schlimmeres als CFaD sein?«

»Spielt das eine Rolle?«, mischte ich mich ein. »Denken wir gerade ernsthaft darüber nach, das Heilmittel für CFaD zurückzuhalten, nur weil Victor Castel etwas dagegen unternehmen könnte? Überall leiden die Menschen. Und Vampire sterben.

Außerdem ist es Kontos Vermächtnis. Wir können Castel nicht einfach seinen Willen lassen, nur weil er reich und Furcht einflößend ist.«

»Verzeih mir, wenn mich die Vorstellung, Victor Castel entgegenzutreten, bis ins Mark erschreckt.« Kats Mutter zog ihre Jacke enger um sich. »Ich habe so viele Jahre damit verbracht, mich vor ihm zu verstecken. Sogar vor ihm wegzulaufen. Zuerst wollte er mich, dann wollte er Kat.« Sie sah mich an, und ihre Miene wurde weicher. »Ich kann deinen Eltern niemals vergelten, was sie für uns getan haben.«

»Meinen … was?«, stammelte ich.

»Deine Eltern haben uns jahrelang eine sichere Bleibe geboten, als Kat in einem Alter war, in dem sie Stabilität brauchte.«

»Wollen Sie mir sagen, dass meine Eltern davon wussten?«

»Sie kannten natürlich nicht alle Details, nein. Aber sie wussten, dass mein Schöpfer mich missbraucht hatte und dass ich darum gekämpft hatte, von ihm wegzukommen. Deine Mutter verstand das. Ich kannte sie seit Jahrzehnten, und sie hatte Victor immer gehasst.«

»Warte … du willst damit sagen, die Sangers wussten die ganze Zeit, dass Victor dein Schöpfer war?«, hakte Kat nach.

Ihre Mutter nickte.

»Warum haben sie uns dann weggeschickt?«

Sie schüttelte den Kopf. »Das haben sie nicht. Victor ist deinetwegen gekommen.«

»Als er uns besuchte.« Ich flüsterte. »Es war in dem Winter, in dem du verschwunden bist, aber ich konnte mich nicht erinnern, ob es war, bevor oder nachdem du verschwunden bist.«

Ihre Mutter nickte. »Er war gekommen, um sicherzustellen, dass Kat im nächsten Herbst nach Harcote ging. Wir hatten Glück, dass sie zufälligerweise nicht zu Hause war. Deine Mutter sagte es mir an dem Abend, und wir sind weggegangen. Ihr Mädchen standet euch so nahe. Wir konnten nicht zulassen, dass Victor uns über diese Verbindung aufspüren konnte. Deine Mutter und ich kamen überein, zu verhindern, dass ihr in Kontakt bliebt.«

Das musste ich erst einmal verdauen. Kat und mir war schon vor Wochen klar geworden, dass wir nicht alle Gründe kannten, warum sie und ihre Mutter weggegangen waren. Aber ohne weitere Erklärungen hatte das nicht viel dazu beigetragen, die Wunde zu heilen, die seit Jahren in mir schwärte – das schlechte Gewissen, dass es meine Schuld war. Ich wusste nicht einmal, woher ich diese Schuldgefühle hatte. Vielleicht war mir nichts anderes übrig geblieben, als mir selbst die Schuld zu geben.

Aber es war gar nicht meine Schuld. Es war die des größten Mistkerls der Vampirgemeinde.

»Wenigstens scheint diese Verbindung wiederhergestellt worden zu sein«, stellte Kats Mutter dezent lächelnd fest.

Kats Gesicht erglühte in einem wunderschönen, leuchtenden Scharlachrot.

Wir sahen Kats Mutter hinterher, als sie wegfuhr.

Radtke hatte die Kiefer zusammengepresst, als sie sich zu mir und Kat umdrehte. »Tun Sie jetzt nichts Unüberlegtes. Denken Sie daran, Sie müssen so tun, als wüssten Sie von nichts und als wäre nichts passiert.«

Das war der Plan. Wir wollten nicht erleben, was Castel tun würde, wenn er merkte, dass er von den Reunionisten in die Ecke gedrängt wurde. Jetzt, da Kats Mutter wieder auf der Bildfläche erschienen war, schien es keine unmögliche Aufgabe zu sein, Hema zu analysieren und in seine Bestandteile zu zerlegen. Wir mussten vorsichtig vorgehen. Der erste Schritt war, dass Radtke ihren Kontaktleuten außerhalb Kontos' Forschungsergebnisse in die Hände spielte. Das sollte geschehen, während alle wegen des Descendants Days abgelenkt waren. Unsere vorrangigste Aufgabe bei der *Operation Revolution* war es, keinen Verdacht zu erregen. Für Kat bedeutete das, mit Castel herumzuhängen, als ob sie nicht wüsste, dass er die Vampire fast vernichtet hatte, um uns von Hema abhängig zu machen, oder dass er ihr Schöpfer und der Wohltäter war, der sie als Jessica Rabbit verkleidet zum Gründerball geschickt hatte. Im Vergleich dazu hatte ich einen sehr ruhigen Tag vor mir: Ich musste noch die Technik für Evangelines Stück bewältigen, aber ansonsten war ich durch meinen Rausschmiss von allen Aktivitäten am Descendants Day befreit. Ich brauchte nur noch zu Ende zu packen.

Aus irgendeinem Grund fühlte es sich überraschend deprimierend an, als wir Radtke in Old Hill verließen und uns auf den Weg zur Treppe zum unteren Campus machten. Ich hatte endlich Kat an meiner Seite, mit Evangeline war alles in Ordnung, und obwohl Kontos nicht mehr da war, glaubte ich langsam, dass ich den Teil in mir gefunden hatte, den er immer gesehen hatte. Den Teil, der Anteil nahm. Und jetzt musste ich all das hinter mir lassen. Irgendwie war das nicht fair.

Kat nahm meine Hand. Damit hatte ich nicht gerechnet. Unter uns schlenderten gerade die Harcoties von den Wohnvierteln zum Speisesaal, also drückte ich einmal ihre Hand und ließ sie dann fallen.

»Zu viel?«

»Nein, es ist nur …« Ich deutete mit dem Kinn in Richtung der Wohntrakts.

»Verstehe ich nicht. Du gehst doch hier weg.«

»Das schon«, erwiderte ich. »Aber du nicht.«

Kat hatte angekündigt, Harcote zu verlassen, weil ich es tue, aber das war lächerlich. Sie hatte mir ständig zu verstehen gegeben, dass für sie die Möglichkeiten hier mehr bedeuteten als für mich. Sie hatte es verdient, hierzubleiben, zumindest so lange sie konnte. Radtke hatte versprochen, sich nach anderen Möglichkeiten zur Finanzierung ihrer Studiengebühren umzusehen, nur für den Fall …

»Ich werde dich bestimmt nicht zwingen, meinen Platz als Alibi-Queer einzunehmen«, erklärte ich.

Wir hatten inzwischen das untere Ende der Treppe erreicht und befanden uns in der Nähe des Speisesaals. Kat drehte sich um, sodass sie vor mir stand, und sah mich streng an. »Erstens weißt du genau, dass es hier noch andere queere Leute gibt. Nur weil jemand noch nicht so weit ist, sich zu outen, oder es vielleicht noch nicht genau weiß, heißt das noch lange nicht, dass er nicht queer ist. Zweitens, wann hast du das letzte Mal geschafft, mich zu etwas zu zwingen, was ich nicht wollte?«

Gott, es war unglaublich, wie sie mich ansah, als würde sie mich ohne Weiteres hier vor allen Leuten küssen. Trotzdem hatte ich ihren nächsten Satz wirklich nicht erwartet. »Ich werde dich jetzt küssen, okay?«

Ich öffnete vor Überraschung die Lippen und schaffte es, zu nicken. Dann beugte sie sich vor und küsste mich.

Es fühlte sich an, als hätte man mich nackt ausgezogen. Jemanden zu lieben tat weh, aber das hatte nichts damit zu tun, wie beängstigend es war, mit dieser wichtigsten Person vor dem

Speisesaal zu stehen und jedem, der hinsah, zu zeigen, wie sehr ich Kat liebte und wie sehr sie mich liebte. Trotzdem zwang ich mich, die Augen zu schließen. Uns blieb so wenig gemeinsame Zeit, dass ich jeden Kuss auskosten musste.

Schließlich beendete Kat den Kuss. Hinter ihr taten alle so, als ob sie uns nicht beobachtet hätten. Vielleicht war ja gar nichts dabei.

»Ist mir egal, wer es erfährt«, sagte Kat.

»Mir auch.« Ich grinste, als ich meine Finger mit ihren verschränkte. »Aber es nervt echt, dass wir nur noch einen Tag zusammen haben und du ihn dann auch noch mit Castel verbringen musst.«

Kat verzog das Gesicht. »Ich weiß. Aber wir müssen so tun, als ob alles normal wäre.«

»Dir ist das auch nicht ganz geheuer, oder?«

»Nein«, gab sie zu. »Aber welche Wahl haben wir denn schon?«

Kat

Ich wusste, dass wir einen großen Fortschritt erzielt hatten: Radtke wollte Kontos' Forschungsergebnisse heute in sichere Hände übergeben, und die Reunionisten würden einen Plan ausarbeiten, um sie zu veröffentlichen. Endlich würden die Menschen, die an CFaD litten, die Hilfe bekommen, die sie so dringend brauchen. Und dank der Mitarbeit meiner Mutter schien plötzlich auch eine Alternative zu Hema möglich zu sein. Aber als ich im kühlen Morgennebel auf dem Lacrosse-Feld stand und auf Victors Hubschrauber wartete, hatte ich trotzdem nicht das Gefühl, dass wir schon gewonnen hatten. Zumal ich bei dem Gedanken, den Rest des Jahres ohne Taylor zu verbringen, am liebsten zurück in mein Zimmer gerannt wäre, um mich dort mit ihr zu verbarrikadieren.

Neben mir betrachtete Galen die Wolken. Die Ringe unter seinen Augen waren ungewöhnlich dunkel. Wir hatten nicht mehr miteinander gesprochen, seit ich mit ihm Schluss gemacht hatte. Ich ging davon aus, dass er jetzt ahnte, wer der Grund war. Meine Wangen wurden warm, als ich mich daran erinnerte, wie ich Taylor gestern Abend vor dem Speisesaal geküsst hatte.

Leises Wummern kündigte den Hubschrauber an, der hinter den Bäumen auftauchte.

»Ich muss mich bei dir bedanken«, sagte Galen plötzlich. »Du hast mir eine Menge klargemacht – Dinge, über die ich schon früher hätte nachdenken sollen.«

Der Hubschrauber kam näher. Der Wind peitschte um uns und klebte Galen die Locken auf die Stirn. Ich war mir nicht sicher, ob ich ihn richtig verstanden hatte, aber ich glaubte, er rief über den Lärm hinweg: »Ich weiß, dass du das Richtige tun wirst.«

»Was meinst du?«, schrie ich, aber es war zu spät. Der Hubschrauber landete auf dem Feld, und die Luke wurde geöffnet. Simon und Meera Black und Victor Castel schritten auf uns zu.

Descendants Day war der unfestlichste Anlass, den ich mir hätte vorstellen können. Er begann mit einer Versammlung in der Großen Halle, in der sich Direktor Atherton so sehr über das fünfundzwanzigjährige Bestehen der Schule freute, dass ich schon fürchtete, sein Kopf würde ihm vom Hals kullern.

Danach wohnten unsere Familien und Zahngeber einer verkürzten Version unserer Unterrichtsstunden bei. Ich führte Victor durch Old Hill, nahm mit ihm an einer »Debatte« in Ms Radtkes Klasse teil und erklärte ihm in dem nach ihm benannten Wissenschaftsgebäude, was Mr Kontos uns über Titration beigebracht hatte. Ich setzte ein ehrerbietiges Lächeln auf und reagierte auf alles, was er sagte, als wäre es eine Perle der Weisheit. Ich gab vor, jemand anderes zu sein, aber es unterschied sich von früher – diesmal spielte ich eine Rolle, aber ich versuchte nicht mehr, zu ändern, wer ich war.

Schließlich versammelten sich alle im Speisesaal zum Mittagessen. Ein Schauder durchlief mich, als ich mich in dem Raum umsah. Diese erwachsenen Vampire waren die ältesten und mächtigsten unter uns. Sie hatten nicht nur die Verseuchung überlebt, sondern schon Jahrzehnte oder Jahrhunderte davor gelebt. Victor und die Blacks blieben meist unter sich, obwohl wir uns einen Tisch mit Lucy und Evangeline teilten. Lucys Schöpferin war eine Frau, dünn und eckig wie eine Modezeichnung, mit einer weißen Strähne in ihrem ansonsten schwarzen Haar. Sie trug eine aufwendige Jacke, die an eine Rüstung erinnerte, und hätte eher in die *Vogue* oder an den Internationalen Strafgerichtshof gepasst als in einen Highschool-Speisesaal.

Evangeline hatte große Ähnlichkeit mit ihrer Mutter. Sie war genauso hübsch und sah fast so jung wie ihre Tochter aus. Der deutlichste Unterschied zwischen den beiden war, dass Evangelines Mutter kein Interesse daran zu haben schien, sich an einer Unterhaltung zu beteiligen. Ich hatte mir Carstens Schöpfer wie eine Art Wikingerfürst vorgestellt, aber er hatte sich als ein extrem gruselig aussehender Imperator-Palpatine-Honk in einer zerfledderten Robe entpuppt. Zum Glück hatte

Lucy ihn abserviert, sodass er nicht bei uns saß. Die Dent-Zwillinge sowie Dorian und ihre aller Eltern umschwärmten ihre Schöpferin, bei der es sich offenbar um dieselbe Person handelte: eine klapprig aussehende Frau mit einer meterhohen blonden Hochsteckfrisur, viel zu langen, falschen Wimpern und neonpinkem Lippenstift. Sie hatte ihre langen, gefleckten Reißzähne nicht mehr eingezogen, seit sie auf dem Campus war. Weit entfernt von dieser Lady saßen die wenigen Schwarzen Familien der Schule zusammen und wirkten sichtlich unbehaglich. An einem Tisch in der Ecke nippte Taylor an ihrem Hema, zusammen mit einer Handvoll anderer Schüler:innen, deren Vorfahren nicht angereist waren. Ich wäre gerne bei ihnen gewesen.

Der A-cappella-Chor gab ein paar Lieder zum Besten. Als Nächstes stand die Präsentation von *Climate Activism Now!* an, auf die ich mich nicht sonderlich freute. Max Krovchuk schlenderte durch den Speisesaal und verteilte die neueste Ausgabe der *HarNotes* auf allen Tischen.

Max packte einen Stapel auf unseren Tisch und nickte mir und Galen ernst zu, bevor er weiterging. Ich schnappte mir eine Ausgabe. Aber es war gar nicht die *HarNotes*, sondern ein auf Recyclingpapier gedrucktes Faltblatt.

The Harcote Renegade stand ganz oben drauf.

Ich schmunzelte. Klar, dass Max seine eigene Zeitschrift gegründet hatte. Nach dem Skandal mit dem Kommentar kontrollierte Direktor Atherton die Zeitung; jetzt wurde nichts mehr gedruckt, was er nicht abgesegnet hatte.

Ich las die Überschrift des einzigen Artikels auf dem Flugblatt.

BETRUG BEI DER BLACK STIFTUNG,
CFaD-ERBE packt aus:
Galen Black deckt auf

Ich traute meinen Augen nicht. Ich starrte Galen mit offenem Mund an. Er musterte aufmerksam den Tisch, wobei er sich fest auf die Lippen biss. Im Speisesaal wurde es mucksmäuschenstill, als die gesamte vampirische Elite, die Harcoties, ihre Eltern und Schöpfer Galens Artikel lasen.

»Was soll das, Galen?«, fragte Simon Black. »Soll das ein Scherz sein?«

Galen schob trotzig das Kinn vor. »Es ist die Wahrheit.«

»Das ist sie nicht!«, schnauzte sein Vater ihn an.

»Aber du hast es mir selbst gesagt, Dad«, widersprach Galen mit der ihm eigenen Gelassenheit. Die leichte Röte auf seinen Wangen war das einzige Anzeichen seiner Beunruhigung. *»Es ist unser Familienunternehmen.* Das hast du gesagt. *Das sind wir der Vampirgemeinde schuldig,* hast du gesagt. *CFaD zu heilen, passt nicht zu unseren Zielen.* Das sind exakt deine Worte. Die Stiftung existiert nur, um sicherzustellen, dass wir von Hema abhängig bleiben oder sterben. Ist es nicht so, Victor?«

Victor durchbohrte ihn mit einem glühenden, unendlich hasserfüllten Blick, als stellte er sich gerade vor, wie er einen Pflock in die Brust seines Zahnnehmers trieb.

»Geht es dem Jungen nicht gut?«, presste Victor schließlich hervor.

Meera Black sprang auf, packte Galen am Arm und riss ihn vom Stuhl. »Ja, genau, meinem Sohn geht es nicht gut. Seine geistige Gesundheit … er ist ja so labil!«

Direktor Atherton sprang zwischen den Tischen umher und schnappte sich Exemplare von *The Harcote Renegade.*

Seine Adjutanten schwärmten im Speisesaal aus, um ungelesene Exemplare einzusammeln. Dann versuchte Atherton, der Schöpferin von Lucy ein Flugblatt aus den Händen zu reißen. Die sagte anscheinend etwas so Verblüffendes zu ihm, dass Atherton hastig mit erhobenen Händen zurückwich und seine Helfer erstarrten.

Das alles hielt niemanden – mich eingeschlossen – davon ab, das Flugblatt zu lesen. Was Galen geschrieben hatte, war überzeugend. Er hatte seinen Zugang zur Black-Stiftung genutzt, um eine Menge Beweise zu sammeln, und die Art, wie er sie dargelegt hatte, untermauerten seine Schlussfolgerungen. Als Meera versuchte, Galen aus dem Speisesaal zu zerren, erhoben sich einige Vampire von ihren Stühlen, schwenkten das Flugblatt in ihren Fäusten und verlangten eine Erklärung.

Als Simon seine Finger um Galens anderen Arm legte, hörte Galen auf, sich zu wehren. Während seine Eltern ihn aus dem Speisesaal zerrten, blickte Galen zu mir zurück.

Er hatte ein trotziges Lächeln aufgesetzt.

Als die Blacks verschwunden waren, konzentrierte sich der Zorn der Anwesenden auf Victor Castel. In aller Ruhe erhob er sich und schob eine gefaltete Kopie des Flugblatts in seine Anzugtasche. »Ich bin über diese Behauptungen genauso schockiert wie Sie. Die Blacks waren enge Mitarbeiter und Freunde, denen ich vertraut habe« – es erschreckte mich, ihn in der Vergangenheitsform von ihnen sprechen zu hören –, »aber es wird eine gründliche Untersuchung dieser sehr ernsten Anschuldigungen geben. Die Vampirgemeinde verdient ein Heilmittel für CFaD. Der Gerechtigkeit wird Genüge getan werden.«

Dann rief Victor Direktor Atherton zu sich und stürmte mit ihm aus dem Speisesaal. Als sie in Richtung Old Hill gingen, schnappte ich mir Taylor.

»Ziemlich mutig für eine Timothée-Chalamet-Kopie«, stellte sie auf Galen gemünzt fest.

»Schon, aber das ändert alles. Das ist genau das, was Radtke und meine Mutter unbedingt vermeiden wollten. Das ist nicht irgendein anonymer Kommentar, sondern er kommt direkt aus der Feder von Galen, seinem kleinen Prinzen. Victor kann das nicht mehr unter den Teppich kehren. Also wird er alles auf die Blacks schieben.«

»Selbst wenn er die Stiftung nicht auflöst, muss er zumindest einen Teil ihrer Forschungsarbeiten veröffentlichen – einen Teil der wichtigen Ergebnisse, die sie laut Galen geheim halten.«

»Das bedeutet, dass sich der Zeitplan für das Heilmittel gerade drastisch beschleunigt hat. Schlimmer noch, Victor wurde gerade in aller Öffentlichkeit gedemütigt. Das wird er nicht einfach hinnehmen.«

Taylor fuhr sich mit den Händen durch die Haare. »Was sollen wir tun? Radtke ist noch nicht wieder auf dem Campus, weil sie die Forschungsergebnisse von Kotos weitergibt, aber das hier scheint ein wirklich guter Grund zu sein, unseren alten Plan umzustoßen.«

»Wir müssen ihn daran hindern, den Campus zu verlassen«, dachte ich laut. »Wenn er in den Hubschrauber steigt, wird alles nur noch schlimmer. Aber wie sollen wir das anstellen?«

»Wie?« Taylor grinste schief. »Du bist das *wie*. Bitte ihn einfach, nicht zu gehen. Castel ist besessen von dir, Kat. Er hat jahrelang darüber nachgedacht, wie er dich nach Harcote kriegen kann, damit er mit dir auf dem Descendants Day abhängen kann, genau wie jetzt. Er ist eigentlich nur deinetwegen hier.«

»Und wegen Galen.«

»Nein, er hat angeboten, deinetwegen zu kommen, um für

deine Familie einzuspringen«, sagte sie. »Jedenfalls glaube ich nicht, dass er sich noch für Galen interessiert.«

Sie hatte recht. Nach dem Skandal würde sich Victor nicht mehr um Galen kümmern. Victor hatte Jahre damit verbracht, Galen zu einem willfährigen Nachfolger zu formen, aber er hatte Galen nie dafür respektiert, dass er das tat, was ihm gesagt wurde. Dabei hatte Galen jetzt, da er nicht mehr so gehorsam war, die Chance, tatsächlich eine Art Anführer für die Youngbloods zu werden – doch Victor würde ihm nie wieder vertrauen.

Galen war für ihn erledigt. Der Verlust würde ihn schmerzen, aber Victor würde sich schnell erholen.

Denn jetzt hatte er ja mich.

In den letzten Wochen hatte er mich getestet, ausgebildet und vorbereitet, so wie er es mit Galen getan hatte. Er hatte mich nicht hierhergeholt, damit Galen gut aussah. Vielmehr wollte er mich schon immer für sich – seine Erschaffene. Und da Galen jetzt aus dem Spiel war, brauchte er mich auch.

Ich blickte zu Taylor auf. Ihre Locken fielen ihr ins Gesicht, und ihre Augen leuchteten.

»*Kath-er-ine,* sieh mich nicht so an. Du darfst mich nur küssen, wenn du eine geniale Idee hast.«

Ich stellte mich auf die Zehenspitzen und presste meine Lippen auf ihre.

39

Kat

Ich wartete beim Hubschrauber am Lacrosse-Feld auf ihn, war ängstlich besorgt, ob ich es schaffen würde, das durchzuziehen. Was passierte jetzt mit Galen? Ich hatte Zweifel, ob es funktionieren würde. Mein Handy summte.

Du schaffst das, meine Vampirkönigin

Ich musste mir auf die Wange beißen, um die Fassung zu bewahren, als Victor Castel auf dem Weg vom oberen Campus auftauchte. Direktor Atherton lief neben ihm wie ein Kätzchen, das um einen Pitbull herumtänzelt.

»Kat, du kannst dich weiter am Descendants Day beteiligen«, sagte Atherton. »Mr Castel hat seinen Besuch abgekürzt.«

Ich würdigte ihn keines Blickes. Seine Aufgeregtheit machte es mir sogar leichter, mich Victor zuzuwenden und Atherton ganz aus dem Gespräch auszuschließen. »Victor, Sie haben mir einen Auftrag gegeben – die Bedrohungen für die Vampirgemeinde einzuschätzen. Eine dieser Bedrohungen ist akut geworden.«

»Mr Castel ist sehr beschäftigt …«, begann Atherton.

Victor brachte ihn mit erhobener Hand zum Schweigen.

»Und?«

»Als mein Mentor haben Sie mich gelehrt, wie wichtig es ist, zu kontrollieren, wer was weiß.« Ich warf einen kurzen Blick zu Atherton, der mit seinem rot angelaufenen Gesicht noch viel zu nah war. »Ich weiß, wo wir unter vier Augen sprechen können.«

Victor musterte mich mit undurchdringlicher Miene. Ich versuchte, seinen versteinerten Ausdruck zu kopieren. Das heißt, ich bemühte mich sehr, wie seine »Schöpfung« auszusehen.

»Geh voran.«

Mit einem saugenden Geräusch schloss sich die Tür hinter uns. Die Dunkelheit hinter den Glaswänden des Silos vermittelte den Eindruck, wir schwebten im Weltraum. Ich war jetzt ganz allein mit Victor Castel – dem Mann, der die Verseuchung bewirkt hatte, die zum Tod meines Vaters führte. Dem Vampir, der meine Mutter verwandelt und alles so arrangiert hatte, dass es mich an diesen Punkt führte.

Ich wedelte mit meinem Handy. »Es gibt hier keinen Empfang, und Direktor Atherton hat hier kein WLAN installiert. Außerdem enthält die Luft hier drinnen kaum Sauerstoff, um die Brandgefahr zu verringern. Keiner seiner Adjutanten kann uns hier nachspionieren. Wir können frei sprechen. Zu Ihrem Archiv geht es hier entlang.«

Bewegungsmelder ließen Lampen aufflackern, die den Blick auf das CasTech-Archiv freigaben. Ich legte mein Telefon mit dem Display nach unten auf denselben Tisch, an dem Galen und ich gearbeitet hatten.

»Galen hat Sie in eine schwierige Lage gebracht.«

»Die Blacks haben aus eigenem Antrieb gehandelt«, behauptete Victor ruhig. »Ich hätte sie aufgehalten, wenn ich es gewusst hätte.«

Ich lächelte, um ihn zu beruhigen. »Ich habe Ihnen doch gesagt, dass wir hier nur zu zweit sind. Sie brauchen nicht so zu tun, als ob Simon und Meera Black jemals etwas aus eigenem Antrieb getan hätten. Ebenso wenig wie Galen, jedenfalls bis jetzt. Es muss wehtun, nachdem Sie ihm so viel gegeben haben. Ich meine, Sie haben sich alles selbst erarbeitet, was Sie besitzen, und Galen begreift nicht annähernd, wie dankbar er für alles sein müsste. Ich verstehe, warum Sie ihn nie respektiert haben.«

Victor massierte seine Fingerknöchel und runzelte die Stirn. »Respekt muss man sich verdienen.«

»Ganz genau«, bestätigte ich. »Galen wird nie so sein, wie Sie ihn haben wollten. Und das haben Sie immer gewusst. Um die Youngbloods so zu führen, wie Sie die Vampirgemeinde führen, muss er sein eigener Herr sein. Aber wenn er das ist, können Sie ihn nicht kontrollieren, und jetzt können Sie ihm nicht einmal mehr vertrauen. Das Problem ist, dass Sie Galen wie einen Protegé behandelt haben.«

»Hast du mich hierhergelockt, um Galens Erziehung zu kritisieren?«

»Die ist nur ein Problem, weil Sie gar keinen Protegé brauchen. Sie brauchen einen Verbündeten. Jemanden, der dasselbe will wie Sie. Sie brauchen mich. Ist das nicht der Grund, warum Sie mich hierhergebracht haben?«

Ein selbstgefälliges Grinsen huschte über Victors Gesicht, und seine tiefliegenden, dunklen Augen funkelten. »Du hast es also herausgefunden?«

Ich nickte und holte tief Luft. »Die finanzielle Unterstützung, das Mentorat. Ich bin Ihnen unglaublich dankbar, aber gleichzeitig fühlt es sich wie eine Verschwendung an. Ich hätte wissen müssen, dass Sie auch mein Schöpfer sind.«

Seine Augen weiteten sich. Einen beunruhigenden Moment lang fürchtete ich, er würde mich umarmen, also sprach ich weiter.

»Ich bin die Verbündete, die Sie jetzt brauchen. Ich habe mein Leben außerhalb der Vampirgemeinde verbracht, also verstehe ich, warum wir sie brauchen, um stark zu bleiben. Denn genau das wollen Sie. Aber die Youngbloods denken, ich sei anders. Sie halten mich für unabhängig, weil sie nicht wissen, wie Sie über mich gewacht haben. Sie haben gesehen, wie ich in nur wenigen Monaten aufgestiegen bin. Ich kann die Youngbloods führen. Und ich werde sie genau dorthin führen, wo Sie sie haben wollen.«

Er sah mich an, blinzelte kaum, als sähe er mich zum ersten Mal. »Kat, ich … Ich gebe zu, ich hätte nicht gedacht, dass du schon so weit bist. Ich wusste nicht, dass du es weißt.«

»Ich hatte einen Verdacht, aber meine Mutter hat es mir gerade erst verraten.«

Er schüttelte den Kopf. »Ich hätte deine Mutter nie gehen lassen dürfen. Ich hätte sie zurückgeholt, aber dann hat sie sich mit diesem Mann eingelassen, und du wurdest geboren. Du hättest mir gehören sollen, aber so war ich gezwungen, dich nur aus der Ferne im Auge zu behalten.«

Seine Worte fuhren mir wie Eiszapfen in die Eingeweide. Ich brannte darauf, ihm zu sagen, dass ich ihm nie gehört hatte und ihm auch nie gehören würde. »Bis ich mich auf Harcote beworben habe«, sagte ich stattdessen.

»Ich hätte einen Weg zu dir gefunden.«

Davon wollte ich nichts mehr hören. Und selbst wenn ich es gewollt hätte – uns lief die Zeit davon. Evangelines Theaterstück begann bald, und wir mussten unbedingt im Publikum sitzen.

»Jetzt ist nicht der richtige Moment für Gefühlsduseleien«, sagte ich. »Wenn Sie mich zur Verbündeten wollen, brauche ich zuerst etwas.«

»Alles. Alles, was du brauchst, Kat.«

»Ich muss wissen, was wirklich passiert ist. Ich meine nicht die Black-Stiftung. Ich meine Hema, und CFaD. Ich habe das meiste herausgefunden, aber Sie haben Ihre Spuren wirklich gut verwischt. Es gibt einige fehlende Puzzleteile. Wenn Sie mich als Partnerin haben wollen, um herauszufinden, was Galen der Black-Stiftung angetan hat, muss ich die Wahrheit wissen.« Ich blickte voller Dankbarkeit zu ihm auf. »Sie sind mein Schöpfer. Alles, was ich bin, verdanke ich Ihnen. Vertrauen Sie mir: Ich würde Sie niemals hintergehen.«

Taylor

Ich saß in der Technikkabine des Theaters und wippte unentwegt mit dem Bein. Evangelines Stück begann in fünfzehn Minuten, und allmählich füllten sich die Sitzreihen unter mir. Ich versuchte, nicht daran zu denken, dass Kat in einer unterirdischen Bücherkaverne hockte und den größten Vampirkiller aller Zeiten in eine Falle lockte. Stattdessen versuchte ich, daran zu denken, dass dies mein letzter Auftritt in Harcote war – das letzte Mal, dass ich Bühnentechnik machte und all diese dummen Youngblood-Gesichter sah. Bald würde nichts mehr verraten, dass ich jemals hier gewesen war.

Auf der schmalen Treppe waren Schritte zu hören. Ich sprang von meinem Sitz auf und riss die Tür auf.

Es war Evangeline.

In ihrem Jeanne d'Arc-Kostüm sah sie hinreißend aus. Ihr Haar war unter einer Pagenperücke hochgesteckt, und sie trug ein Kettenhemd: kampfbereit auf die heißeste Art und Weise, die möglich war. Ich hatte sie seit ihrem Ausbruch im Hunter House nicht mehr gesehen. Zum Glück für sie war die Gerüchteküche bereits mit meinem und Kats Outing und Galens Enthüllung mehr als ausgelastet.

»Du solltest hinter der Bühne sein!«, schimpfte ich. »Jemand könnte dich sehen.«

»Ich wollte mich nur vergewissern, dass du weißt, was du tun sollst!«, fuhr sie mich an.

»Oje, ich habe noch nie in meinem Leben ein Lichtpult gesehen, bitte erklär es mir schnell.« Ich verdrehte die Augen. »Natürlich weiß ich, was ich tue.«

»Eigentlich bin ich nicht deshalb hier.« Sie nestelte am Rand ihres Kettenhemdes. »Sie wollen dich wirklich von der Schule werfen?«

»Ich fliege spät heute Abend.«

»Ich kann mir das hier ohne dich nicht vorstellen. Nach Galens Enthüllung wird nichts mehr so sein wie vorher. Ich hätte mich nie an Atherton wenden dürfen. Ich dachte, Kat hätte den Kommentar geschrieben, und ich war so eifersüchtig auf sie. Ich habe nie richtig darüber nachgedacht, was da eigentlich stand.«

Ich hob meine Brauen. »Und?«

»Ich habe Lucy gesagt, wenn sie jemals wieder eine ihrer Blutsauger-Partys veranstaltet, würde ich die Fotos veröffentlichen, die ich von ihr habe, wie sie von Menschen trinkt. Ich habe wahrscheinlich Hunderte davon. Sie würde so tief fallen, dass nicht einmal ihr vampirisches Charisma sie da rausholen könnte.«

»Ach, E.« Ich grinste. »Ich wusste, dass da irgendwo in dir drin ein Gewissen schlummert.«

»Ja, nun. Was für eine Überraschung! Ich sollte wieder nach unten gehen.« Sie ging aber nicht. Ihr Blick zuckte zwischen mir und dem Boden vor ihren Füßen hin und her. Dann trat sie rasch vor und schlang ihre Arme um mich. »Auf Wiedersehen, Taylor.«

Sie wirbelte herum, huschte die Treppe hinunter und war verschwunden.

Ich setzte mein Headset auf und suchte das Theater ab. Es waren noch fünf Minuten bis zum Vorhang, und der Inspizient befahl allen Mitwirkenden, ihre Positionen einzunehmen. Die meisten Sitzplätze unter mir waren besetzt. Eine traurige Gestalt schritt den linken Gang entlang. Radtke blickte auf, registrierte meinen Blick und nickte genau einmal – Sie hatte die Festplatte erfolgreich übergeben. Zweifellos hatte sie gehört, was Galen getan hatte, und das Letzte, wozu sie jetzt Lust hatte, war mit Sicherheit, Evangelines Einakter anzusehen. Hoffentlich konnte Radtke noch eine Überraschung verdauen.

Und hoffentlich schaffte Kat es rechtzeitig hierher, um sie ihr zu bereiten.

Zwei Minuten bevor ich das Licht dimmen wollte, kamen Kat und Castel den Gang entlang. Atherton hatte einen Platz neben sich freigehalten, aber nur den einen. Er hatte Kat praktisch abserviert, damit er mit seinem Kumpel Castel allein sein konnte. Ich war mir nicht sicher, ob das ein gutes oder schlechtes Zeichen war. Dann sah ich, wie Castel zu Kat schaute, als ob er ihre Zustimmung einholen wollte. Sie schenkte ihm ein sehr freundliches Lächeln, und erst dann setzte sich Castel.

In diesem Moment wusste ich, dass wir ihn im Sack hatten.

Ich drehte das Licht ganz herunter, öffnete den Vorhang und richtete das Scheinwerferlicht auf Evangeline.

Eine Minute später stürmte Kat durch die Tür zur Box und schmetterte mir geradezu einen Kuss auf den Mund – jedenfalls hätte sie es getan, wenn das Mikrofon meines Headsets nicht im Weg gewesen wäre. So knallte sie es mir zwischen die Zähne.

»Au!«, flüsterte ich. »Hast du es geschafft?«

Sie nickte und reichte mir ihr Telefon.

»Es ist vorgespult«, hauchte Kat, als ich das Kabel einsteckte. »Evangeline wird uns umbringen, weil wir ihr Stück sabotieren.«

»Zu unserem Glück sind wir die Ewig-Lebenden, Niemals-Sterbenden«, sagte ich. »Bist du bereit?«

»Noch ein Kuss als Glücksbringer«, bat sie flüsternd.

Ich presste meine Lippen auf ihre.

Dann drückte ich Play.

40

Kat

Das weiße Scheinwerferlicht glitzerte auf Evangelines Kettenhemd, während eine Zofe, gespielt von Carolina Riser, ihr auf der Bühne aufwartete. Plötzlich dröhnte die Stimme von Victor Castel durch das ganze Theater.

»*Das Problem mit den Vampiren ist, dass die meisten von ihnen viele Jahrzehnte lang nur darüber nachgedacht haben, wo sie ihre nächste Mahlzeit finden können, weshalb ihr Verstand vollkommen abgestumpft ist. Ich habe ihnen mit Hema ein Geschenk gemacht, und sie waren zu dumm, um sein Potenzial zu erkennen.*«

»*Welches wäre?*« Das war meine Stimme.

»*Die Vampirgemeinde. Eine Gemeinschaft, in der wir uns aus unserer erbärmlichen Abhängigkeit von Menschen befreien konnten. Vampire sind überlegene Geschöpfe. Und wir verdienen es, diese Überlegenheit auszuleben. Aber es braucht einen Visionär, eine andere Zukunft vorherzusehen und diese Zukunft Wirklichkeit werden zu lassen.*«

»*Da kam CFaD ins Spiel.*« Ich blickte hinunter in den noch dunklen Kinosaal. Victor klammerte sich an die Armlehnen, sein Rücken war stocksteif aufgerichtet. Er wusste, was jetzt kommen würde.

»*CFaD war meine Idee – vielleicht meine beste Idee.*« Ich schüttelte mich, als ich mich an seinen Stolz erinnerte, an die selbstgefällige Genugtuung, endlich mit seiner schrecklichen Errungenschaft prahlen zu können. *»Du kannst dir nicht vorstellen, wie schwierig es war, es perfekt zu entwerfen. Die Menschen waren damals kaum imstande, einfach ein Virus zu erschaffen. Aber eine solch komplexe Technologie zu entwickeln und mit Maßarbeit eine von Menschen übertragene Krankheit zu entwerfen, die für Vampire tödlich ist? CFaD ist ein Kunstwerk. Es ist eine Schande, dass nur so wenige das verstehen.«*

»Was für ein verdammtes Monster«, flüsterte Taylor. Sie hatte die Brauen fast bis zur Mitte ihrer Stirn hochgezogen.

»Das ist noch nicht das Schlimmste.« Ich zitterte, weil ich wusste, was er als Nächstes sagen würde. Ich erinnerte mich an den wölfischen Ausdruck in seiner Miene, als er es sagte.

»Sie wussten also, dass CFaD viele Vampire töten würde.«

»Ob ich es wusste? Ihr Tod war der Grund dafür, es zu erschaffen. Der notwendige Preis des Fortschritts. CFaD ist viel besser gelaufen, als ich gehofft hatte. Schau doch, wo ich jetzt stehe. Die Vampire verehren mich. Sie konsultieren mich vor jeder Entscheidung. Jede Mahlzeit, die sie zu sich nehmen, füllt meine Brieftasche. Und die Youngbloods – eine ganze Generation von Vampiren ohne jede Menschlichkeit, die in meiner Schuld stehen. Ich muss Roger Atherton wirklich dafür loben, dass er diese Schule gegründet hat: Wenn es denn schon Youngbloods geben musste, wollten wir dafür sorgen, dass sie so denken wie wir. Das hat er kapiert.«

»Und das Heilmittel für CFaD? Sie wissen ja, dass die Reunionisten eines haben.«

Im Theater unter uns wurden Rufe der Überraschung laut.

»Mach dir deshalb keine Sorgen«, spottete Victor in der Aufnahme. *»Die Blacks können mir jetzt natürlich nicht mehr nützlich sein, aber ich habe noch andere Strategien auf Lager, andere Krankheiten, andere Verbündete. Und vor allem habe ich jetzt dich.«*

Ich tat für Taylor so, als müsste ich mich erbrechen.

»Alles, was ich tat, hat zu diesem Punkt geführt: Die Vampirgemeinde gehört mir.«

Ich drückte auf die Pausentaste, und Taylor schaltete die Saalbeleuchtung ein. Die Vampire im Theater hatten mehr als genug gehört. Manche waren verwirrt oder fragten sich, ob es sich um eine Art Scherz handelte, aber die anderen – die Schöpfer und die ältesten Vampire – begriffen, dass dem nicht so war. Sie sprangen auf, schrien Victor an und bedrängten ihn. Victor stand ebenfalls auf und versuchte, sich gestenreich zu rechtfertigen – als wäre es nur wieder etwas, was er wegerklären könnte. Irgendwie war Atherton von seinem Sitzplatz entwischt und abgetaucht.

Die Youngbloods – die Harcoties – wussten nicht, was sie tun sollten. Evangeline und Carolina standen noch auf der Bühne und wirkten wie vor den Kopf geschlagen. Ms Radtke machte sich auf den Weg zum vorderen Teil des Theaters und versuchte, sie in die Seitenflügel zu scheuchen.

Dann trat Victor in den Gang zwischen den Sitzreihen und machte einen winzigen Schritt in die Richtung des Notausgangs, der sich im vorderen Teil des Theaters befand. Das war ein fataler Fehler. Max Krovchuks Vater, ein riesiger, glatzköpfiger Hüne, der wie ein echter Superschurke aussah, packte Victors Arme und bog sie ihm auf den Rücken.

»Was machen sie jetzt mit ihm?« Ich war wie gebannt von der Szene.

»Hoffentlich etwas Schlimmes.« Taylor drehte sich zu mir um. »Was er da über Atherton und die Schule gesagt hat … Atherton war also von Anfang an eingeweiht, oder?«

In diesem Moment öffnete sich die Tür der Kabine.

Direktor Atherton stand in der Türöffnung.

Taylor

»Natürlich war ich eingeweiht, ihr dämlichen Idiotinnen!« Atherton schloss die Tür hinter sich und verriegelte sie. Ich stand auf, Kat ebenfalls. »Victor würde sich vielleicht auf die Fahnen schreiben, den ersten Vampir verwandelt zu haben, wenn ihn niemand daran hindert, aber er macht nicht alles allein. Sie haben ja gehört, wie er sagte, dass die Schule meine Idee war, aber vor allem war ich es, der das Potenzial der Youngbloods erkannte. Mir war klar, dass wir unsere eigene Vampirjugend brauchten!«

»Deshalb haben Sie die Schule schon gekauft, bevor die Verseuchung begann«, flüsterte Kat.

»Sie waren also schon von den Youngbloods besessen, bevor sie überhaupt existierten? Damit würde ich aber nicht überall hausieren gehen.« Ich versuchte wie immer, schnippisch zu klingen, aber ich hatte einen dicken Kloß im Hals. Atherton hatte einen irren Blick, und er war mit uns allein. Ich schaute zum Theater hinunter: Niemand achtete darauf, was in der Technikkabine über ihnen vor sich ging.

»Halt die Klappe, Taylor!«, brüllte er mich an. Unwillkürlich zuckte ich zurück. »Du kannst einfach nicht dein dummes Mundwerk halten, oder?«

»Direktor …«, schaltete sich Kat ein.

Er verpasste ihr eine Ohrfeige.

Die Wucht des Schlages schleuderte Kat gegen die Wand, und sie sank zu Boden. Ich stürzte zu ihr und schob mich zwischen sie und Atherton. Mein Herzschlag hämmerte in meinen Ohren, als Kat murmelte: »Schon gut, nichts passiert.«

»Du undankbare Schlampe!«, schrie Atherton sie an. »Victor war bereit, dir alles zu geben, und du hast ihm ins Gesicht gespuckt! Ihr beide habt immer nur versucht, das zu zerstören, was die älteren Generationen für euch aufgebaut haben. Ihr habt doch keine Ahnung, wie viel Glück ihr habt, dass ihr nie so leiden musstet wie wir. Ihr wisst nicht zu schätzen, welche Opfer wir gebracht haben, nur damit ihr eine schöne Highschool-Ausbildung bekommt!«

Ich stand auf. »Harcote ist Ihr Spielplatz. Es ist der einzige Ort auf der Welt, an dem Sie nicht entscheiden müssen, ob Sie lieber ein Teenager oder ein fünfhundert Jahre altes Monster sein wollen.«

»Ich habe Harcote für die Youngbloods gebaut!«

»Lügner«, zischte Kat, während sie sich aufrichtete. »Wenn Sie es für die Youngbloods getan haben, warum sind sie dann nicht alle hier? Es muss Dutzende, Hunderte von geeigneten Youngblood-Vampiren mehr geben, als hier sind. Sind sie aber nicht. Was ist mit ihnen?«

»Harcote ist ein Elite-Institut. Das Internat ist nur für die Besten der Besten bestimmt.«

»Genau«, sagte Kat. »Sie wollen, dass die Schule exklusiv bleibt. Sie setzen das Schulgeld fest und sorgen dafür, dass keine finanziellen Beihilfen existieren. Sie wissen, dass es hier kaum Schwarze und indigene Vampire gibt, und Sie haben nichts dagegen unternommen. Sie versuchen alles, um es queeren Studenten hier so unbehaglich wie möglich zu machen, und sie laufen herum und nennen uns Jungen und Mädchen, als ob nicht-binäre Menschen gar nicht existieren. Die Schule ist nichts als eine abgefuckte Fantasie.«

»Und Sie haben sie benutzt, um uns mit Ihren toxischen Ideen über die Überlegenheit der Vampire eine Gehirnwäsche zu verpassen«, fügte ich hinzu.

»Leo Kontos war der Einzige, der hier jemanden indoktriniert hat! Ich habe nie etwas anderes getan, als Youngbloods zu erziehen – bis ihr aufgetaucht seid und versucht habt, alles zu zerstören, was ich geschaffen habe.«

»Ihr kleines Reich war sowieso dem Untergang geweiht«, sagte ich. »Kontos hat das Heilmittel gefunden.«

»Sein Heilmittel?« Atherton schnaubte. »Darum habe ich mich gekümmert. Und um ihn habe ich mich auch gekümmert.«

»Sie haben ihn getötet?« Es zu vermuten, war eine Sache, aber Atherton – diesen dürren, Frisbee liebenden, unsterblichen Jungburschen – anzuschauen und zu hören, wie er es zugab, war eine ganz andere.

»Ist das so schwer zu glauben?«, brüllte er. »Leo hat die Fundamente der Vampirgemeinde angegriffen – alles, wofür wir gearbeitet haben. Er besaß die Dreistigkeit, es direkt vor meiner Nase zu tun. Ich wusste von seinem Labor, seinen Experimenten. Von euren kleinen, nächtlichen Ausflügen.«

»Ich wusste es!«, rief Kat. »Sie benutzen Ihre Adjutanten, um uns auszuspionieren!«

Atherton verzog höhnisch die Lippen. »Selbstverständlich! Es wäre lächerlich gewesen, es nicht zu tun! An meiner Schule passiert nichts, wovon ich nichts weiß.«

Ich deutete auf das Chaos im Theater unten. »Außer dem hier, stimmt's?«

Atherton stürzte sich auf uns. Kat und ich sprangen zurück, konnten aber nirgendwo hin ausweichen. Wir wurden gegen die Rückwand der Kabine gequetscht. Atherton war mir so nah, dass ich die Krater seiner alten Aknenarben sehen und den metallischen Geruch des Hema in seinem Atem riechen konnte.

Er griff in seine Jacke und zog eine Spritze hervor. In der Kammer schimmerte eine rote Flüssigkeit.

Die Welt verengte sich auf die Spitze der Spritze. Ich suchte Kats Hand und drückte sie.

»Ist das …?«, begann Kat.

»Infiziertes Blut? Ja, sehr richtig. Du bist ja so scharfsinnig, Kat.« Atherton lachte grausam. »Um Leo loszuwerden, brauchte ich nur ein wenig davon. Ich habe die Frau selbst ausgesaugt, um die Szene zu inszenieren. Sein Heilmittel ist wirklich unglaublich.«

Kat schob sich vor mich, und ich umklammerte ihre Schulter. »Was machst du da?«

»Victor Castel ist mein Schöpfer«, erklärte Kat. »Wenn er das herausfindet …«

»Verstehst du nicht? Das hat jetzt nichts mehr zu bedeuten! Dafür hast du vorhin gründlich gesorgt.« Athertons viel zu rosige Lippen verzogen sich zu einem bösartigen Grinsen. »Jetzt kommt niemand mehr, um dich zu retten.«

Wir standen buchstäblich mit dem Rücken zur Wand. Wir konnten nirgendwo hin. Atherton mochte dürr sein, aber er war groß, und er hatte die Kraft eines jahrhundertealten Vampirs. Und unter uns regierte das Chaos im Theater.

Er hatte recht.

Ich zog Kat an mich und schlang meine Arme um sie. Sie umschlang meine Taille und vergrub ihr Gesicht an meiner Schulter. Ich drückte meine Wange in ihr Haar und sog tief ein letztes Mal den Geruch ihres Jasminshampoos ein. Das war zwar alles total beschissen, aber auch wenn ich vielleicht jung sterben musste – ich hatte wenigstens ein paar Dinge richtig gemacht, bevor ich abtrat.

Dann ging alles rasend schnell: Atherton stürzte sich auf

uns, die Spritze in der Faust. Ihre Spitze zielte auf mich, da war ich mir sicher. Ich drückte Kat zum letzten Mal fester an mich und kniff die Augen zusammen.

Ein gewaltiges Krachen ließ die Kabine erbeben. Ich riss die Augen auf. Die Zeit schien langsamer zu verstreichen. Nur wenige Zentimeter von mir entfernt stand Atherton wie angewurzelt da. Er hatte den Arm erhoben, und die Spritze war nur Zentimeter von meiner Schulter entfernt, aber sein Körper hatte sich versteift und ihn mitten in der Bewegung gestoppt. Sein Gesicht war eine harte Maske, wie erstarrt in dem verzweifelten Moment vor einem Schrei. Plötzlich zeigten sich violette, spindeldürre Kapillare in seinem fleckigen Teint, wie Risse, die ein Netzwerk in Glas bildeten.

Kat drückte sich gegen mich. Wir taumelten zur Seite, weg von der Spritze, während Atherton gegen die Wand krachte. Er landete mit dem Gesicht voraus.

Aus seinem Rücken ragte ein langer Holzpflock.

Auf der anderen Seite der Kabine war die Tür, die Atherton eben noch verschlossen hatte, aus den Angeln gerissen worden. Das Holz lag in dicken Splittern auf dem Boden verstreut.

Radtke stand im Rahmen. Ihre schwarzgraue Gestalt war von hellen Holzspänen übersät. Ihr Haar hatte sich aus ihrem Knoten gelöst, sie war außer Atem und hielt lange Splitter der Tür in der Faust, bereit, sie Atherton in den Rücken zu rammen.

Dann öffnete sie die Hand und ließ sie fallen.

Auf dem Boden zwischen uns lag Atherton. Er war tot.

41

Kat

Noch im Schlafanzug, obwohl es schon fast Mittag war, nahm ich meinen Becher mit Hema aus der Mikrowelle und hüpfte auf den Tresen. Ich hatte das Hema zu lange erhitzt, und der erste Schluck brannte auf meiner Zunge. Die kalifornische Sonne schien so hell durch die vorderen Fenster der Wohnung, dass ich kaum glauben mochte, dass wir Dezember hatten. Ich vermisste Upstate New York nicht im Geringsten.

Ich war seit drei Wochen wieder zu Hause. Nach den Ereignissen am Descendants Day war es sinnlos, Harcote weiter geöffnet zu lassen. Viele Eltern hatten an Ort und Stelle beschlossen, ihre Kinder mit nach Hause zu nehmen, sodass die Schule wahrscheinlich auch geschlossen worden wäre, wenn Atherton nicht den Tod gefunden hätte. Als kommissarische Schulleiterin verfügte Ms Radtke sofort, dass die letzten beiden Wochen des Semesters gestrichen wurden und wir unsere Abschlussprüfungen zu Hause schreiben konnten.

Ms Radtke hatte nicht viel Konkurrenz gehabt, als es darum ging, vorübergehend die Leitung von Harcote zu übernehmen. Die meisten von Athertons engsten Vertrauten, wie zum Beispiel der Vampir aus dem Besucherzentrum, versuchten, den Campus unauffällig zu verlassen, wurden aber von Max Krovchuks Schöpfer aufgehalten, der schon vor dem Ende des

Dramas im Theater auf dem Gelände patrouillierte, um genau so etwas zu verhindern. Er war wirklich ein ziemlich Furcht einflößender Kerl. Ms Radtke fiel es nicht schwer, zu beweisen, dass sie die Rolle der Verbündeten von Direktor Atherton nur gespielt hatte. Schließlich hatte sie ihn gerade gepfählt, um die beiden Schülerinnen zu schützen, die Victor Castel zu Fall gebracht hatten. Außerdem haben Taylor und ich uns beide für sie eingesetzt.

Die zweite Maßnahme, die Ms Radtke als kommissarische Direktorin verfügt hatte, war die Schließung der Schule – zumindest für den Rest des Jahres.

Die Harcote School sei eine Institution, die auf Ausgrenzung, Ausbeutung und Tod aufgebaut wurde, hatte Radtke verkündet – angefangen von der Ausbeutung verhexter Menschen als Diener über den verheerenden Mangel an ethnischer Vielfalt in der Schülerschaft bis hin zum ideologisch ausgerichteten Lehrplan. Falls dieses Internat weiterhin als Ausbildungsstätte für Youngbloods dienen sollte, dann nur in einer ganz anderen Form: offen für alle und nach dem Grundsatz, dass Vampire und Menschen von Natur aus miteinander verbunden sind. Ms Radtke hatte ehrlich eingestanden, dass sie sich nicht sicher sei, ob eine solche Reform möglich war. Deshalb hatte sie die Eltern ermutigt, ihre Youngbloods für das nächste Semester an regulären menschlichen Highschools anzumelden, statt sie wieder zu ihren Privatlehrern zu schicken. Das war ein klares Signal, dass unsere Isolation von den Menschen nicht mehr von Dauer sein würde.

Dreieinhalb Monate und ein ganzes Leben nach meiner Abreise war ich jetzt also wieder in Sacramento.

Selbst wenn Harcote wieder geöffnet würde, war ich mir nicht sicher, ob ich zurückkehren wollte. Immerhin stand mein nicht mehr anonymer Wohltäter vor einem Vampirtribunal, und sein Vermögen war beschlagnahmt worden. Die Vampirgemeinde hatte kein funktionierendes Rechtssystem. Und nach allem, was ich über den Ehrenkodex in Harcote mitbekommen hatte, überraschte mich das auch nicht. Es war alles ein bisschen zusammengeschustert gewesen. Victor und die Blacks wurden zusammen mit einigen anderen Spießgesellen in einem Schnellstraßen-Motel in der Nähe von Harcote festgehalten. Es war schlicht der bequemste Ort, um sie zu bewachen. Angesichts des Ausmaßes ihrer Taten hatten sich Vampire nicht nur aus dem ganzen Land, sondern der ganzen Welt zusammengefunden, um die Krise zu bewältigen – einschließlich der Vampire, die durch die Bedingungen, die Victor festgelegt hatte, von Harcote und der Vampirgemeinde ausgeschlossen gewesen waren. Sie organisierten nicht nur Ermittlungen zu Victors verschiedenen Verbrechen oder Debatten über die angemessene Bestrafung der Leute, die für all das Böse verantwortlich waren. Plötzlich gab es echte, offene Diskussionen über den Zugang zu Hema, die Ausbildung von Youngbloods und das Leben nach CFaD. Zum ersten Mal sprachen die Vampire darüber, wie eine gerechtere Vampirgesellschaft aussehen könnte. Ich lächelte, als ich mir vorstellte, wie Victor in seinem schmuddeligen Motelzimmer eingesperrt war, während seine geliebte Schöpfung sich über ihn hinaus entwickelte.

Ich trank einen weiteren Schluck Hema. Es war auf die perfekte Temperatur abgekühlt.

Der Deckenhaufen auf der Couch bewegte sich und ließ ein Stöhnen vernehmen. Taylor streckte den Kopf heraus. Ihre Locken waren zerzaust, und ein Kissenabdruck zeichnete sich auf ihrer Wange ab. Ich grinste.

»Hungrig?«, fragte ich.

Sie rieb sich den Schlaf aus den Augen. »Ich bin am Verhungern.«

»Dann komm her.«

Taylor hievte sich von der Couch und schlurfte in Socken in die Küche. Es war ihr dritter Tag hier. Sie hatte ihre Abschlussprüfungen zu Hause gemacht und war dann hierhergeflogen, um die Winterferien bei uns zu verbringen. Da meine Mutter einen neuen Job als wissenschaftliche Leiterin der Leo-Kontos-Stiftung – ehemals Black Heilmittel-Stiftung – angetreten hatte, konnten wir es uns tatsächlich leisten, sie bei uns aufzunehmen.

Ihre Eltern ließen sie gern zu uns kommen. Taylor hatte ihnen nicht gesagt, dass wir ein Paar waren, aber sie vermutete, dass ihre Mutter etwas ahnte. Zu oft hatte sie uns versichert, wie froh sie sei, dass wir Mädchen uns versöhnt hatten.

Ich hatte Taylor in diesen drei Wochen schrecklich vermisst, aber gleichzeitig war es nicht so schlimm, wie ich erwartet hatte. Sie überhaupt in meinem Leben zu haben, zu wissen, dass sie da war und mich verstand, sie zu begehren und im Gegenzug begehrt zu werden – selbst wenn sie weit weg war, das war alles so viel besser als ihre Abwesenheit. Ich hatte meiner Mutter sogar verziehen, dass Taylor im Wohnzimmer schlafen musste. Denn sie morgens hier zu sehen, war wie der erste Sonnenaufgang nach einer lebenslangen Nacht.

Taylor war noch im Halbschlaf, und ihr zerwuscheltes Haar stand ihr zu Berge. Ich stellte die Tasse ab und zog sie an mich, zwischen meine Beine, damit ich mein Gesicht an ihres schmiegen konnte. Sie seufzte glücklich, und ihre Wimpern kitzelten meine Wange.

»Dir ist schon klar, dass ich bestimmt Mundgeruch habe und das echt eklig ist, oder?«

»Ist mir egal«, murmelte ich an ihren Lippen. Und küsste sie.

Taylor

Ich saß in Kats Auto, kaute auf meinem Daumennagel und wippte mit dem Bein.

»Was ist Bubbletee überhaupt?«

»Ein Getränk mit Tapioka-Perlen.«

Ich rümpfte die Nase. »Und du saugst die Perlen mit einem Strohhalm auf?«

»Komm schon, du musst es ja nicht trinken. Aber Shelby und Guzman sind ganz verrückt danach.«

»Hört sich schrecklich an«, sagte ich und blinzelte hinter meiner Sonnenbrille in die über dem Parkplatz untergehende Sonne.

»Taylor …«

»Was?«

Sie streckte die Hand aus und streichelte meine Schulter. »Es wird alles gut, okay?«

Ich versuchte, mich von ihrer Berührung beruhigen zu lassen, und fuhr mir trotzdem mit dem Nagel über die Lippe. »Das sagst du so … Aber was, wenn nicht?«

Ob ich mich freute, in Sacramento zu sein und bei Kat zu wohnen, die immer noch und unglaublicherweise offiziell meine Freundin war? Ja, ich war verflucht überglücklich. Wollte ich, dass sie mir beibringt, wie man einen Elektroroller fährt, dass sie im Kino mit mir rummacht und mich in ihrem Auto herumkutschiert, was aus irgendeinem Grund wirklich heiß war? Ja, ein unglaubliches, uneingeschränktes Ja. Wollte ich, dass sie mich ihren Freunden vorstellt? Vom Kopf her betrachtet: Ja.

Aber in echt, in der realen Welt? Irgendwie nicht.

Mein Gehirn war noch mit sich im Clinch, welche Angst die Oberhand gewinnen würde.

Es war mir peinlich, das zuzugeben, aber es war schon Jahre her, seit ich Menschen meines Alters getroffen hatte – das war, noch bevor ich meine Reißzähne bekommen hatte –, und ich war nervös. Ich glaubte nicht, dass die Menschen sich groß von mir unterschieden, und schon gar nicht, dass sie eine minderwertige Spezies waren, aber man hatte praktisch mein ganzes Leben versucht, mir das einzureden. Würde ich die Menschen ungewollt schlecht behandeln? Würde ich überhaupt merken, wenn ich das tat?

Außerdem waren Guzman und Shelby Kats beste Freunde. Sie hatte versprochen, dass sie mich lieben würden, aber das lag schließlich nicht in ihrer Hand. Zwei Jahre in Harcote hatten mich nicht gerade darauf konditioniert, von anderen Personen Freundlichkeit und Akzeptanz zu erwarten, wenn ich ihnen begegnete. Kat hatte sich bei ihnen erst geoutet, als sie vor ein paar Wochen nach Hause gekommen war, und ich wusste, dass sie unbedingt das Mädchen kennenlernen wollten, das für das große Coming-out ihrer Freundin verantwortlich war. Aber es gab noch eine Million Möglichkeiten für mich, sie zu enttäuschen – und Kat. Das war transitive Relation. Oder einfacher ausgedrückt: Ich könnte es gut vermasseln.

Vielleicht war das ja die Wurzel des Übels: Es waren nicht allein Menschen oder Kats beste Menschenfreunde, sondern Kats queere beste Menschenfreunde. Ich spürte, wie sich meine Schultern trotz Kats Berührung verspannten. Ich hatte tatsächlich fast genauso wenig Kontakt zu queeren Menschen wie zu nicht queeren gehabt. Vielleicht verstand ich mich gar nicht mit ihnen? Vielleicht war ich nicht queer genug – oder nicht auf die richtige Art und Weise? Einerseits wusste ich, dass das lächerlich war – ich war, wer ich war, unabhängig von ihrer Meinung –, aber andererseits stammten meine Vorstellungen davon, was es bedeutete, queer zu sein, überwiegend aus Filmen, dem Fernsehen und dem Internet. Wie gut ich diesen Vorstellungen entsprach, war in Harcote nicht von Bedeutung gewesen, weil niemand dort auf solche Dinge geachtet hatte. Ich meine, selbst ich war voreingenommen davon ausgegangen, dass die gesamte Schülerschaft heterosexuell sei, obwohl ich aus erster Hand den Gegenbeweis kannte. Und wer wusste schon, was im Jungstrakt vor sich ging? Bestimmt auch irgendwas Queeres. Hier, in der realen Welt – der menschlichen Welt – gab es eine richtige LGBTQ+-*Gemeinschaft*, der man sich anschließen konnte.

Kat drückte meinen Arm. »Willst du es lieber lassen? Wir müssen das nicht machen.«

Ich schob meine Sonnenbrille hoch. »Doch, ich will sie treffen, es ist nur … es kann so viel schiefgehen, weißt du?«

»Du meinst, zusätzlich zu den dreitausend anderen Dingen, die bereits schiefgegangen sind?« Ihre haselnussbraunen Augen strahlten. »Tja, dann müssen wir wohl einfach damit klarkommen.«

Ich biss mir auf die Lippen. Sie hatte recht, aber trotzdem wollte ein Teil von mir am liebsten weglaufen. Ich versuchte, mir vorzustellen, was Kontos sagen würde. Er würde mir sagen, dass es in Ordnung ist, nervös zu sein, dass diese Angst ein Zeichen dafür sei, dass es mir wirklich wichtig war. Dafür musste man sich nicht schämen. Um Kats willen lohnte es sich auf jeden Fall, das Risiko einzugehen, verletzt zu werden.

»Weißt du, was? Ich bin eigentlich ziemlich neugierig auf dieses Bubbletee-Gesöff«, erklärte ich. »Lass es uns ausprobieren.«

Ein paar Stunden später konnte ich mich kaum noch daran erinnern, worüber ich mir Sorgen gemacht hatte. Guzman und Shelby hockten auf dem Rücksitz von Kats Auto und waren einfach großartig. Ich hatte mich immer noch nicht an das Gefühl gewöhnt, unter Menschen zu sein, die so waren wie ich. Und dass ich Kats Hand halten oder sie sogar küssen konnte, wenn ich wollte, ohne mit dummen Kommentaren oder seltsamen Blicken rechnen zu müssen. Das heißt, Guzman und Shelby hielten sich mit Kommentaren und komischen Blicken nicht gerade zurück, aber sie waren neckisch, spielerisch und immer positiv.

»Ich kann nicht glauben, dass ihr mit LucyK auf dasselbe Internat gegangen seid«, stellte Guzman fest. »Es ist so deprimierend, dass alle ihre Accounts eingefroren wurden. War sie echt so cool, wie sie rüberkam, oder noch cooler?«

Ich wusste nicht, ob es an Evangelines Drohungen lag, aber Lucy hatte Funkstille gehalten, seit Harcote geschlossen worden war. Möglicherweise hatte ja ihre Schöpferin, die die Ermittlungen gegen Victor Castel und die Ursprünge von CFaD leitete, etwas damit zu tun.

»Weder noch. Sie war viel uncooler«, antwortete Kat. »Eigentlich ist sie sogar ziemlich schwierig. Ich kann dir das im Moment nicht genau erklären, aber sagen wir einfach, ich wäre nicht überrascht, wenn sie ganz gesperrt wird. Ich würde ihr an deiner Stelle einfach nicht mehr folgen.«

»Ernsthaft? Das ist aber echt schwach!«, protestierte Guzman.

Ich drehte mich auf meinem Sitz herum. »Lucy hat viel Mist gebaut, aber für eins werde ich ihr ewig danken, und zwar, dass sie Kat überlistet hat, damit sie das Zimmer tauscht. Ihretwegen sind wir zusammen in einem Zimmer gelandet.«

Shelby warf Guzman einen Blick zu. »O mein Gott, sie waren Zimmergenossinnen!«

»Sie hat mich nicht reingelegt, okay?«, protestierte Kat. »Sie hat mich gefragt, und ich habe eingewilligt. Vergiss nicht, dass ich dich auch davor bewahrt habe, mit Evangeline zusammenzuwohnen.«

Kat straffte sich auf ihrem Sitz.

Ich fing Kats Blick auf. »Das hast du … du hast mich sprichwörtlich gerettet.«

Der Nachteil an Freunden wie Guzman und Shelby war, dass sie auf Kats kleinste emotionale Schwankungen ebenso sensibel reagierten wie ich.

»Aha. Wer ist Evangeline?«, fragte Shelby. »Was ist das überhaupt für ein Name?«

»Taylors Ex«, erklärte Kat, als sie von der Hauptstraße abbog.

Kat fand es nicht ganz so toll, dass sich aus meiner Kurz-Beziehung zu Evangeline so etwas wie eine Freundschaft entwickelt hatte. Wir schrieben uns fast jeden Tag Nachrichten. Kat sagte, sie vertraue mir, aber Evangeline sei ein verkapptes Monster. Eine Freundschaft mit jemandem wie ihr kam ihr angesichts unserer Vergangenheit gefährlich vor.

Ich widersprach ihr nicht, aber ich kannte Evangeline auf eine Weise, die Kat nicht kannte. Evangeline hatte gerade erst begonnen, die Teile von sich zu akzeptieren, die sie mit mir gelebt hatte, als sie, wie Lucy, gemaßregelt wurde. Ihr superuralter Schöpfer hatte sie nach Rumänien beordert, damit sie den Rest des Jahres und vielleicht sogar den Rest der Highschool-Zeit auf seinem Schloss verbrachte. Für sie gab es also keine öffentliche amerikanische Schule.

»Sie ist nur so ungefähr meine Ex. Wir haben nur … ein

bisschen rumgemacht.« Ich war plötzlich verlegen. »Sie war eigentlich in den Typen verknallt, mit dem Kat zusammen war.«

Ich wusste nicht, was Kat ihren Freunden über Galen erzählt hatte, aber bevor sie etwas sagen konnten, fuhr das Auto an einem Schild vorbei, auf dem *El Dorado Hills Country Club* stand. Kat fragte: »Du hast doch den Schlüssel, Shelbs, oder?«

Kat

Wir schlichen zum Hintereingang des Clubs. Nach monatelanger Tätigkeit als Rettungsschwimmer hatte Shelby den Schlüssel zur Hintertür erhalten. Es war bereits zehn Uhr abends, und die Temperatur musste so bei zehn Grad liegen, aber der Club war den ganzen Winter über geöffnet, weshalb der Pool beheizt war. Die Kälte stellte für Taylor und mich naturgemäß kein großes Problem dar.

Wir folgten Shelby um das Gebäude herum zum Pool und sahen zu, wie they die Abdeckung zurückrollte und das dampfende, türkisfarbene Wasser darunter zum Vorschein kam. Taylor stand plötzlich hinter mir, schlang die Arme um meine Taille und drückte ihre Nase in mein Haar. Guzman entschuldigte sich schnell, um Shelby zu helfen.

»Du brauchst kein Mitleid mit Galen zu haben«, sagte sie. »Er hat das aus eigenem Antrieb getan.«

»Ich weiß«, sagte ich leise. »Aber ich habe trotzdem Mitleid mit ihm.« Seit Galen die Black-Stiftung entlarvt hatte, war sein Leben ein einziges Chaos. Seine Eltern konnten sich nicht mehr um ihn kümmern: Sie saßen nicht nur in diesem

Motel-Gefängnis fest, sondern hatten ihn praktisch verstoßen. Er hatte keine Familie mehr und konnte sonst nirgendwo hin. Also war er unter Ms Radtke Fittichen in Harcote gelandet. Wir hatten uns seit Schulschluss ein paar Nachrichten geschrieben – meistens hatte ich die Initiative ergriffen, um mich über seinen Zustand zu informieren. Deshalb wusste ich, dass er Probleme hatte, aber nicht darüber reden wollte. Fairerweise muss man sagen, dass ich genau das immer gewollt hatte – dass er das Richtige tat und auf eigenen Füßen stand. Aber ich hatte den starken Verdacht, dass er noch nicht darüber hinweggekommen war, dass ich ihn für die einzige Person in Harcote verlassen hatte, deren Haare schöner waren als seine. Trotzdem wurde ich das Gefühl nicht los, dass ich mehr für ihn hätte tun können, vielleicht sogar müssen.

Ich drehte mich um und sah Taylor an. »Daran will ich jetzt nicht denken. Ich habe jahrelang sehnsüchtig darauf gewartet, in diesem Pool zu schwimmen.«

Hinter uns hörte ich ein Platschen. Guzman war mit einer Arschbombe in den Pool gesprungen, und Shelby sprang ihm elegant nach.

Ich trat zurück, zog mir das Sweatshirt über den Kopf und ließ es auf den Boden fallen, dann mein T-Shirt. Taylors Blick heftete sich lüstern auf meinen BH, glitt über meine Schlüsselbeine und blieb dann an meinem Hals hängen. Sie griff nach mir, aber ich wich zurück und sah ihr in die Augen, während ich meine Jeans aufknöpfte. »Im Pool«, flüsterte ich leise. »Komm, lass uns reinhüpfen.«

Taylor zog ihre Jacke und das Flanellhemd aus, bis sie nur im Sport-BH dastand. Jetzt war ich diejenige, die sie gierig ansah. Sie zog die Turnschuhe aus, dann die Chino. Sie war wunderschön, sie war perfekt, und sie war mit mir zusammen.

Ich zitterte ein wenig, als ich nach ihrer Hand griff. Gemeinsam rannten wir zum Rand des Pools und sprangen ins kalte Wasser.

Ende

Danksagungen

Die Idee für das lesbische Vampirinternat entstand zu einer Zeit, als ich von all der kreativen Arbeit völlig ausgebrannt war, vorübergehend in Russland lebte und eine Menge, Sie wissen schon, persönliches Wachstum durchmachte. Ich hatte noch nie ein Buch über Vampire gelesen, aber ich war zu erschöpft, um mir ein originelleres Fantasyelement einfallen zu lassen. Weil Blut trinken eklig ist, habe ich eine Welt erschaffen, in der Vampire das eben nicht tun können. Wie sich herausstellte, erwies sich der Jahresbeginn 2020 als ein seltsamer Zeitpunkt, um mit der Arbeit an einer Geschichte über eine pandemische Krankheit zu beginnen. Dieses Buch läge ohne die Ermutigung und harte Arbeit vieler Menschen nicht in Ihren Händen.

Das Team von Razorbill und Penguin Young Readers hat mich bei diesem Buch enorm unterstützt. Ich habe immer darauf gewartet, dass jemand meine Ideen ablehnt, aber es fühlt sich so an, als ob das nie jemand getan hätte. Meine Lektorin, Ruta Rimas, hat meiner Vision so sehr vertraut, dass es mir selbst tatsächlich schwerfiel, es zu glauben. Ich bin so dankbar, dass sie immer verstanden hat, worauf ich hinauswollte, und mich wissen ließ, wenn mir das nicht gelang. Weiterhin bin ich Casey McIntyre und Simone Roberts-Payne für ihre Arbeit sehr dankbar.

Jayne Ziemba, Krista Ahlberg und Abigail Powers haben dafür gesorgt, dass der Text lesbar ist. Es tut mir echt leid, dass meine Rechtschreibung nicht so gut ist und dass ich auch nicht genau weiß, wie man Kommas oder Großbuchstaben verwendet.

Kristin Boyle, Maria Fazio und Rebecca Aidlin haben unglaubliche Arbeit beim Design geleistet. Als ich dieses Projekt plante, wollte ich Charaktere schreiben, die so cool sind, dass Kevin Wada sie illustrieren kann, aber ich hätte nie gedacht, dass das auch tatsächlich passieren würde. Ich bin so überwältigt davon, wie er Kat und Taylor zum Leben erweckt hat – sie sind noch besser geworden, als ich sie mir vorgestellt hatte.

Felicity Vallence, Bri Lockhart, Vanessa DeJesús und andere bei Penguin Young Readers haben großartige Arbeit geleistet, um sicherzustellen, dass dieses Buch seine Leser:innen erreicht, und dafür danke ich ihnen sehr.

Stephanie Kim, meine Agentin, war eine unerschütterliche Fürsprecherin und Verbündete, und ich bin so froh, dass das Schicksal uns zusammengeführt hat. Ich bin Veronica Grijalva und Victoria Gilleland-Hendersen, meinen Agentinnen für ausländische Rechte bei New Leaf, sowie Pouya Shahbazian und Katherine Curtis, meinen Agentinnen für Filmrechte, sehr dankbar. Wie immer danke ich Jennifer Udden, dass sie mich aus dem dunklen Schneematsch befreite, auch wenn sie sich von einer Agentin in eine Vollzeitfreundin verwandelt hat.

Ich danke Andrea Contos, Cale Dietrich, Kelly DeVos, Jessica Goodman, Jennifer Iacopelli und Cameron Lund sowie all den anderen frühen Leser:innen und Rezensent:innen sehr für ihre Unterstützung.

Amanda Zadorian erlaubte mir, in den Cocktailbars von Moskau, den Brauereien von Kaliningrad und den gefrorenen Straßen von Nizhny über queeren Scheiß und die romantische

Dynamik von Personen zu schwafeln, die sie nie getroffen hatte. Sie sorgte auch dafür, dass ich während meiner Feldforschung nicht völlig in ein emotionales schwarzes Loch abtauchte. Dieses Buch würde ohne sie nicht existieren, und ich bin durch ihre Freundschaft ein viel besserer Mensch geworden. Sie möchte, dass Sie wissen, dass eines der fantastischen Elemente dieses Buches darin besteht, dass Taylors Anzug von der Stange ohne jede Änderung passte.

Ich bin so dankbar für die Freundschaft mit Kylie Schacte, für ihren unendlichen Vorrat an exzellenten handwerklichen Ratschlägen und ihre Bereitschaft, zu jeder Tageszeit auf meine chaotischen Textnachrichten zu antworten. Dieses Buch in der Isolation der Pandemie zu schreiben, war schwer, aber Kylie war die Ein-Frau-Schreibgruppe, die mir da durch half. Devi und Stephanie, ich danke euch, dass ihr das Buch und mich bei jedem Schritt unterstützt habt. Ich bin so glücklich, euch in meinem Leben zu haben. Erin Miles hat mir ihre Wohnung überlassen, als ich Anfang März 2020 das Exposé schrieb, und noch einmal im November 2021, als ich dieses Nachwort verfasste. Ashraya Gupta gab mir schon früh den klugen Rat, dass es kein befriedigendes Ende wäre, wenn Kat alle Bösewichte töten würde, und sie hatte recht. Ich bin auch Katie Reedy dankbar, die ich schon beim Schreiben dieser Zeilen die Augenbrauen heben sehe. Zander Furnas, Joe Klaver, Blake Miller, Steven Moore und Mike Thompson-Brusstar haben so viel mit mir durchgestanden, einschließlich der Fertigstellung meiner Dissertation, während ich an diesem Buch gearbeitet habe. Danke, dass ihr mir immer den Rücken freigehalten habt.

Ich weiß nie, wie ich meinen Eltern Ann und Ronald richtig danken soll. Worte scheinen dafür nie genug zu sein. Meine

Schwester Alissa – du bist mein Lieblingsmensch. Danke für deine unerschöpfliche Liebe und deine Begeisterung für alles, was ich tue.

Vielen Dank an Adrienne Rich für ihren Artikel »Obligatorische Heterosexualität und lesbische Existenz«.

ENTDECKE
PHANTASTISCHE
WELTEN MIT
PIPER FANTASY
©Adobe Stock
PIPER
piper-fantasy.de